A LADRA DO DEMÔNIO

LISA MAXWELL

TRADUÇÃO: Lavínia Fávero

PLATAFORMA21

TÍTULO ORIGINAL The Devil's Thief
Brazilian Portuguese language copyright © 2019 by Vergara & Riba Editoras S.A.
Original English language copyright © 2018 by Lisa Maxwell
Published by arrangement with Simon Pulse, an Imprint of Simon & Schuster Children's Publishing Division
All rights reserved. No part of this book may be reproduced or transmitted in any form or by any means, electronic or mechanical, including photocopying, recording or by any information storage and retrieval system, without permission in writing from the Publisher.

Plataforma21 é o selo jovem da V&R Editoras.

DIREÇÃO EDITORIAL Marco Garcia
EDIÇÃO Thaíse Costa Macêdo
EDITORA-ASSISTENTE Natália Chagas Máximo
PREPARAÇÃO Alexandre Boide
REVISÃO Flávia Yacubian e Raquel Nakasone
DIREÇÃO DE ARTE Ana Solt
DIAGRAMAÇÃO Juliana Pellegrini
FOTO-ILUSTRAÇÃO E *LETTERING* DE CAPA © 2018 Craig Howell
ILUSTRAÇÃO DE CONTRACAPA
MAPAS © 2017 (PP. 6-7) E © 2018 (PP. 8-9) DREW WILLIS

Dados Internacionais de Catalogação na Publicação (CIP)
(Câmara Brasileira do Livro, SP, Brasil)

Maxwell, Lisa
A ladra do demônio / Lisa Maxwell ; tradução Lavínia Fávero.
– 1. ed. – São Paulo : Plataforma21, 2019. (O último dos magos ; 2)
Título original: The devil's thief.
ISBN 978-65-5008-003-7
1. Ficção - Literatura juvenil 2. Ficção fantástica 3. Ficção norte-americana I. Título. II. Série.
19-25532   CDD-028.5

Índices para catálogo sistemático:
1. Ficção fantástica : Literatura juvenil 028.5
Maria Paula C. Riyuzo - Bibliotecária - CRB-8/7639

Todos os direitos desta edição reservados à
VERGARA & RIBA EDITORAS S.A.
Rua Cel. Lisboa, 989 | Vila Mariana
CEP 04020-041 | São Paulo | SP
Tel.| Fax: (+55 11) 4612-2866
plataforma21.com.br | plataforma21@vreditoras.com.br

Para Olivia e Danielle

*É raro conhecer alguém
que é um amigo de verdade e bom escritor.*
— E. B. WHITE

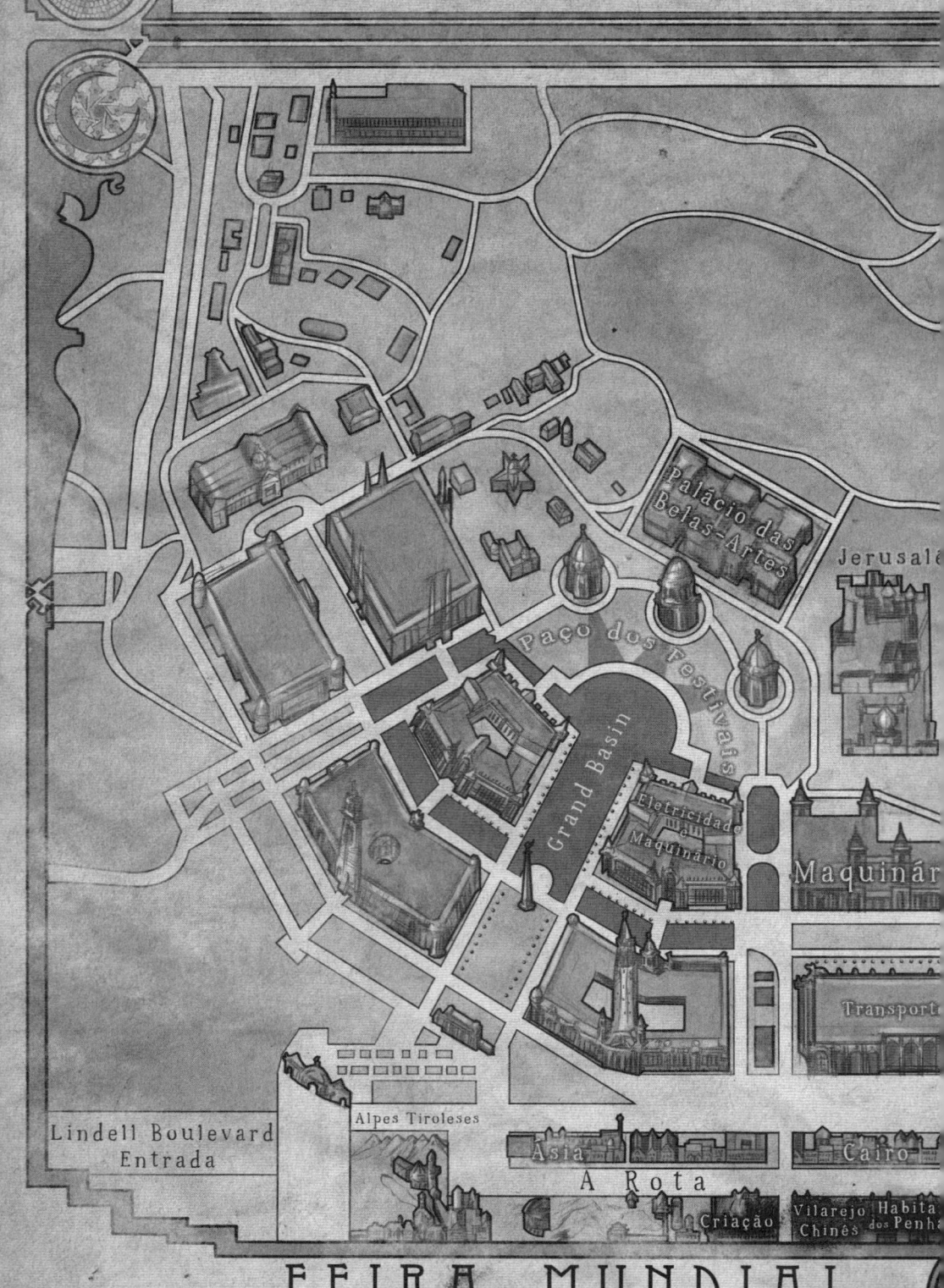

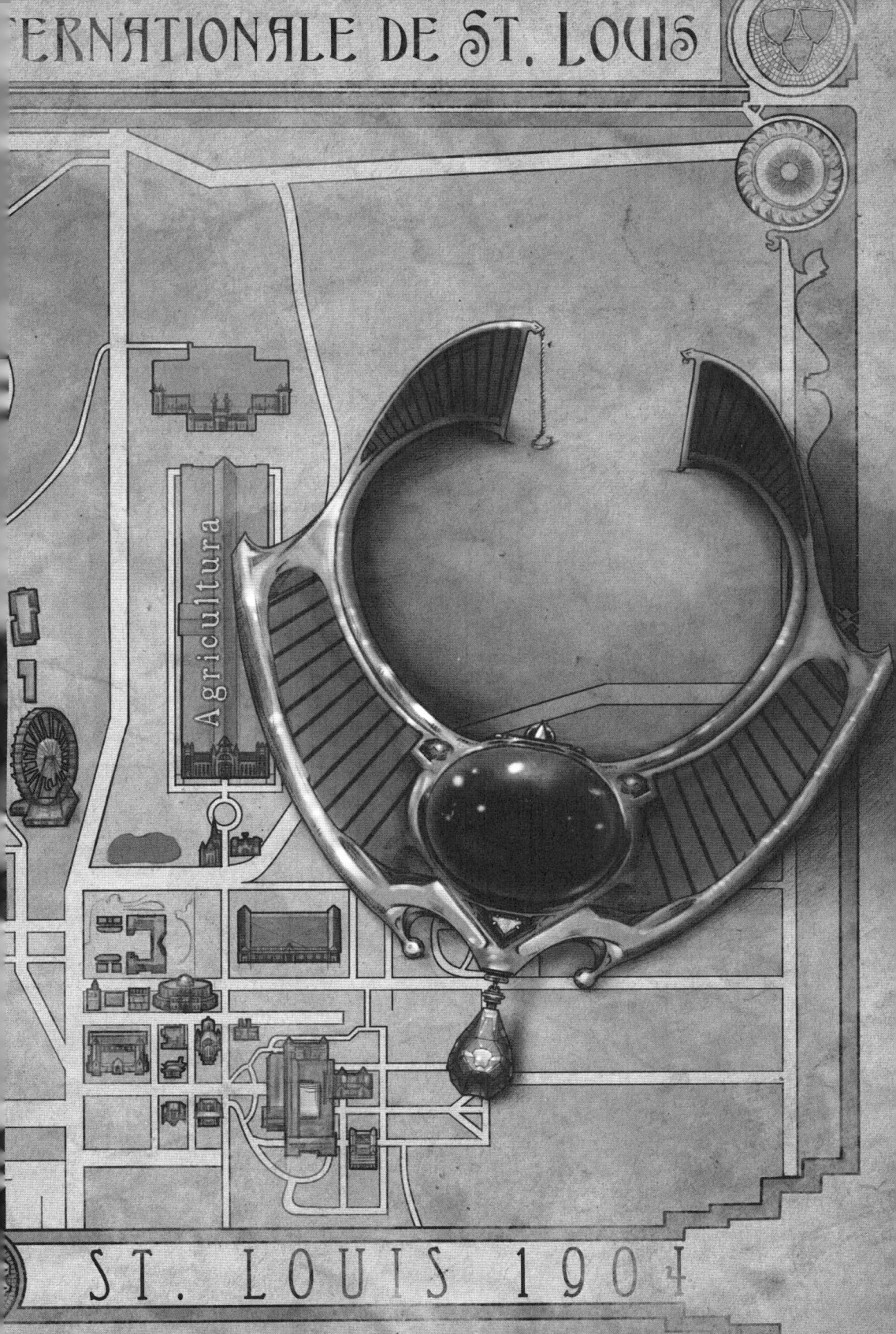

A LADRA

1902 – Nova York

A Ladra deu as costas para a cidade – para tudo o que já fora e para todas as mentiras nas quais um dia acreditara. A dor da perda a havia afiado, e o peso da memória a comprimira até transformá-la em algo novo – algo duro e gélido como um diamante. A Ladra portava a memória dessas perdas como uma arma contra o que estava por vir, quando ficou de frente para a extensão da grandiosa ponte.

O caminho escuro se esparramava à sua frente, conduzindo ao local onde a noite já havia ferido o horizonte, derramando sua sombra sobre os prédios baixos e sobre as copas nuas das árvores de uma terra que jamais pensara em visitar. Medida em passos, a distância não era tão grande. Mas entre a Ladra e a outra margem se interpunha a Beira, com todo o seu poder devastador.

Ao seu lado, estava o Mago. Seu antigo inimigo. Mas sempre um igual. Naquele momento era seu aliado, e a Ladra arriscara tudo para voltar até ele. O Mago tremia. Mas, se era por causa do vento frio da noite que soprava em seus braços desnudos ou em razão do que ambos precisavam fazer – *da impossibilidade disso* –, a Ladra não sabia ao certo.

A voz do Mago chegou até ela, um sussurro abafado ao vento.

– Até ontem, eu planejava morrer. *Pensei* que estivesse preparado, mas...

Então olhou para a Ladra, e seus olhos tempestuosos revelavam tudo o que não estava dizendo.

– Vai funcionar – garantiu ela. Não porque tivesse certeza, mas porque não havia opção. A Ladra podia até ser incapaz de mudar o passado, de salvar os inocentes ou de reescrever seus erros e arrependimentos, mas conseguiria, *sim*, mudar o futuro.

Atrás deles, um bonde se aproximou, fazendo vibrar os trilhos sob seus pés.

Os dois não podiam ser vistos ali.

— Me dê sua mão — ordenou a Ladra.

O Mago lhe lançou um olhar, uma expressão de questionamento, mas a Ladra lhe estendeu a mão sem luvas, preparada. Com um único toque, ele conseguiria ler todas as suas esperanças e todos os seus medos. Com um único toque, poderia afastá-la daquele caminho. Era melhor saber logo o que o Mago guardava em seu coração.

Um segundo depois, ele segurou sua mão, palma contra palma.

A Ladra mal notou a frieza da pele do Mago. Porque, quando sua pele encostou na dele, um poder crepitou na palma de sua mão. Ela já havia sentido o calor de sua afinidade, mas o que experimentou naquele momento foi algo novo. Uma onda de energia desconhecida roçou na sua pele, testando seus limites, como se procurasse uma maneira de *entrar* nela.

"O Livro."

O Mago tentara explicar — buscou alertá-la quando voltou do futuro para o qual ele a enviara, um futuro onde, pensara, a Ladra estaria em segurança. "Todo aquele poder está dentro de mim", dissera.

A Ladra não havia entendido. Até aquele momento.

Naquele momento, o habitual calor da afinidade com o Mago foi suplantado por uma magia mais forte, um poder que outrora era contido nas páginas do *Ars Arcana*, que a Ladra escondera em suas saias — um Livro pelo qual pessoas que ela amava haviam mentido, brigado, morrido. Então seu poder começou a lhe subir pelo corpo, enroscando-se em seu pulso, sólido e pesado como o bracelete de prata que ela levava no braço.

No limiar da consciência, a Ladra pensou ter ouvido vozes sussurrando.

— Pare — disse, entredentes.

A resposta do Mago saiu seca, com muito esforço:

— Estou tentando.

Quando a Ladra olhou para o Mago, a expressão dele era de dor, mas os olhos brilhavam. Nas íris, cintilavam cores que ela não conseguiu definir. O Mago respirou fundo, as narinas se expandiram de leve, por causa do esforço. E, um minuto depois, as cores nos olhos desbotaram, até se resumirem ao costumeiro cinza de tempestade. O calor que se enrodilhava em volta do braço da Ladra amainou, e as vozes que arranhavam os limites de sua consciência se calaram.

Juntos, começaram a andar. Para longe de sua cidade, de seu único lar. Para longe dos arrependimentos e dos fracassos.

Assim que passassem pelo primeiro conjunto de tijolos e arcos de aço, cada passo seria um avanço na direção de seu possível fim. Ali, tão perto da Beira, a energia gélida era um presságio, alertando a todos os que possuíssem uma afinidade com a antiga magia para se afastarem dali. A Ladra podia sentir, era possível perceber aquelas trepadeiras gélidas de poder corrompido tentando se grudar nela, no mais íntimo do seu ser.

Mas o presságio não a deteve.

Aconteceram coisas demais. Pessoas demais se foram, e tudo porque ela se dispusera a acreditar no conforto das mentiras e se deixou manipular facilmente. Era um erro que a Ladra não repetiria. A verdade a respeito de quem e do que havia sido fora marcada nela a fogo, queimando todas as mentiras que um dia aceitara. Mentiras a respeito de seu mundo. De *si mesma*.

Aquela chama cauterizara seus dolorosos arrependimentos e a transformara em uma garota feita de fogo. De cinzas e cicatrizes. Havia um gosto em sua boca que a fazia pensar em vingança. Fortalecia sua determinação e fazia seus pés continuarem andando. Porque, depois de tudo o que acontecera, de tudo o que aprendera, não tinha mais nada a perder.

Tinha *tudo* a perder.

Ignorando esse pensamento sombrio, a Ladra respirou fundo para se acalmar e encontrou os espaços entre os segundos suspensos ao seu redor. Houve um tempo em que ela não achava que o tempo ou sua habilidade de manipulá-lo fossem algo especial. Mas agora sabia. O tempo é a quintessência da existência – Éter –, a substância que dá sustentação ao mundo. Passara a dar valor ao fato de poder sentir *tudo* – o ar e a luz, a matéria em si – o que puxava os fios da teia do tempo.

Como pôde deixar isso passar? Era tão absurdamente claro.

O sino do bonde soou seu alerta de novo e, dessa vez, a Ladra não hesitou em usar sua afinidade para arrastar os segundos até torná-los bem lentos. À medida que o mundo à sua volta se imobilizava, o ronco do bonde esmaeceu até virar silêncio. E a Ladra soltou um suspiro de surpresa engasgado.

– Esta? – perguntou o Mago, com a voz trêmula de medo. – O que foi?

– Você não está vendo? – questionou ela, sem se dar ao trabalho de esconder seu deslumbramento.

À sua frente, a Beira resplandecia à luz do pôr do sol, o poder flutuava fortuitamente em fitas de energia. *Visível*. Quase palpável. As fitas eram de todas as cores que a Ladra imaginara e mais algumas para as quais não conhecia um nome. Como as cores que brilharam nos olhos do Mago, eram lindas. *Terríveis*.

– Ande – falou para o Mago, levando-o em direção à barreira. A Ladra conseguia enxergar o caminho que deveriam seguir, os espaços entre as trepadeiras espiraladas de poder que permitiriam que os dois se esgueirassem incólumes.

Estavam no meio do redemoinho de cores, e a mão do Mago segurava a sua como se fosse um torniquete, fria e suada de medo, quando ela notou a escuridão. Começou em sua visão periférica, como aqueles pontinhos pretos que se vê depois de um clarão. Nada além de uma leve névoa, de início. A escuridão foi se derramando devagar em seu campo de visão, como uma tinta se espalhando na água.

Antes, os espaços entre os segundos eram fáceis de encontrar e de agarrar, mas nesse instante pareciam escorregadios, perdiam substância, como se fossem devorados pela mesma escuridão que tomava conta de sua visão.

— Corra — disse a Ladra, ao perceber que o tempo escorria de suas mãos.

— Quê?

O Mago lhe lançou um olhar, e os olhos dele também estavam enegrecidos pela escuridão rastejante.

Ela cambaleou: suas pernas de repente pareciam ser feitas de borracha. O poder gélido da Beira deslizava por sua pele como uma lâmina. Tudo estava escurecendo, e o mundo ao redor aos poucos se reduzia a nada.

— Corra!

PARTE

I

A MULHER DE BRANCO

1902 – Nova York

A mulher de branco estava morrendo, e não havia nada que Cela Johnson pudesse fazer para impedir. Cela enrugou o nariz ao se aproximar do amontoado de trapos e de sujeira no canto do porão. O cheiro de suor, mijo e algo parecido com podridão tomava conta do ar. Foi a podridão – o odor adocicado de fruta passada – que comunicou a Cela que a mulher não passaria daquela semana. Talvez sequer do amanhecer. Parecia que a própria Morte já chegara no recinto e estava ali sentada, só esperando pelo momento certo.

Cela desejou que a Morte se apressasse. Abel, seu irmão, chegaria na noite seguinte e, se encontrasse a mulher ali, seria um inferno.

Ela fora burra demais quando concordara em abrigar a mulher. Não que conseguisse entender o que tinha lhe dado na telha para aceitar o pedido que Harte Darrigan fizera duas noites antes. Cela gostava do mago – era um dos poucos no teatro que se dava ao trabalho de olhar nos seus olhos quando falava com ela –, achava que lhe devia mesmo um favor por ter feito secretamente aquele vestido estrelado para Esta. Mas com certeza não a ponto de ter que aguentar aquele espectro drogado que era a mãe dele.

Só que Harte sempre fora ardiloso, para o bem e para o mal. Era como as pedrarias que Cela utilizava nos figurinos dos artistas: aos olhos do público, suas criações brilhavam como se fossem cobertas de pedras preciosas. Mas tudo não passava de um truque de luzes e fumaça. Suas roupas podiam até ser bem-feitas, costuras retas, com pontos de verdade, mas não havia nada de real em todo aquele brilho reluzente. De perto, era fácil perceber que as pedrarias não passavam de vidro polido.

Harte era um pouco assim. O problema era que a maioria das pessoas não enxergava o que havia por trás do brilho.

Mas provavelmente Cela não deveria ser tão impiedosa com os mortos. Tinha ouvido falar do que acontecera na ponte do Brooklyn naquele mesmo dia. Harte tentara fazer algum truque tolo e acabou saltando para a própria morte. Ou seja: não voltaria para buscar a mãe, como prometera.

Ainda assim... Por mais que Darrigan fosse todo fino e polido na superfície, como as costuras retas de pontos regulares dos figurinos, havia algo mais abaixo que era palpável e verdadeiro. Cela sempre suspeitara disso, mas teve certeza de que era verdade quando o mago apareceu à sua porta, carregando aquela mulher imunda como se fosse a mais preciosa das cargas. Cela pensou que devia honrar os últimos desejos de Harte ajudando a mãe dele a fazer a travessia para o além.

Dois dias antes, a mulher estava tão mergulhada em seu delírio de ópio que nada era capaz de despertá-la. Mas o efeito não demorou a passar, e então começaram os gemidos. O vinho batizado com láudano que Harte deixara não durou um dia sequer, porém a dor da mulher persistiu muito mais. Pelo menos parecia estar tranquila naquele momento.

Cela soltou um suspiro e se ajoelhou ao lado dela, com cuidado para não sujar muito as saias no chão do porão. A velha não estava dormindo, como pensara Cela. Os olhos estavam vidrados, encarando a escuridão do teto, e o peito subia e descia de modo constante. Um chiado úmido naquela respiração rasa confirmou as suspeitas de Cela. A mãe de Harte estaria morta ao amanhecer.

Talvez ela devesse se sentir mal por isso, mas prometera a Harte que cuidaria da velha e garantiria seu conforto, não que a salvaria. Afinal de contas, Cela era costureira, não milagreira, e a mãe de Harte – Molly O'Doherty, foi assim que ele a chamou – passara muito do ponto de ser salva. Qualquer um era capaz de enxergar.

Ainda assim, a mulher – por mais que a vida a tivesse jogado para baixo e por mais que fedesse – merecia ser reconfortada ao menos um pouco nos últimos momentos de vida. Cela pegou a bacia de água limpa e quente que trouxera para o porão e, com cuidado, limpou a testa e a baba seca ao redor da boca, mas a mulher sequer se mexeu.

Quando terminou de limpá-la o melhor que pôde sem perturbá-la, ouviu passos no alto da escada de madeira.

– Cela?

Era Abel, seu irmão mais velho, que ainda não deveria ter chegado. Trabalhava como carregador nos vagões-leito da empresa Pullman, que circulavam na ferrovia New York Central, e deveria estar dentro de um trem, voltando de Chicago, não ali, parado na escada.

– É você, Abe? – gritou, levantando do chão e afastando o cabelo do rosto. A umidade do porão estava fazendo as mechas se enrolarem na altura das têmporas. – Achei que seu trem só chegava amanhã.

– Troquei de turno para folgar antes. – Cela ouviu seus passos descendo a escada. – O que você está fazendo aí embaixo?

– Já estou subindo. – Cela pegou um vidro de pêssegos (uma desculpa para estar no porão) e começou a subir antes que o irmão descesse a escada até o fim. – Só vim pegar uma fruta para o jantar de hoje.

Alguns degraus acima, Abe ainda vestia seu uniforme. Seus olhos estavam fundos de cansaço – provavelmente por ter emendado dois turnos para chegar em casa antes –, mas ele sorria para a irmã com o mesmo sorriso do pai.

Abel Johnson pai fora um homem alto e robusto, com o físico de quem ganha a vida usando as mãos. Morrera assassinado no verão de 1900, quando os tumultos eclodiram na cidade depois da prisão de Arthur Harris por esfaquear um homem branco que mais tarde se descobriu ser um policial à paisana. Seu pai não teve nada a ver com o caso, mas isso não impediu que acabasse envolvido no ódio e na fúria que tomaram conta da cidade durante aqueles meses turbulentos.

Havia dias em que Cela mal conseguia se recordar da voz do pai ou do som da risada dele, como se já estivesse se esvaindo de sua memória. Mas o fato de Abe abrir o mesmo sorriso do pai quase todos os dias a ajudava a se lembrar.

Em momentos como aquele, ela se dava conta de como o irmão era parecido com o pai. O mesmo físico alto, robusto. A mesma testa grande e o mesmo queixo quadrado. As mesmas rugas de preocupação e exaustão tracejando o rosto ainda tão jovem, por passar tantas horas trabalhando nas linhas de trem. Mas Abel não era *exatamente* a versão cuspida e escarrada do homem a quem devia o nome. Os olhos profundos eram de um castanho quente, salpicado de dourado, o tom avermelhado da pele... esses traços vinham da mãe. A pele de Cela era bem mais escura, mais parecida com o castanho-escuro do pai.

A expressão de Abel ficou animada quando Cela falou em comida.

— Você está preparando alguma coisa boa para mim?

Ela franziu a testa. Ficara tão envolvida nos cuidados com a mulher que não fora ao mercado, não tinha nada em casa além do vidro de pêssegos que estava em sua mão.

— Levando em consideração que só esperava ver você em casa amanhã à noite? Terá que se contentar com mingau e pêssego, a mesma coisa que eu estava planejando fazer para mim.

Com uma expressão visivelmente desanimada, Abel parecia tão desolado que Cela teve de se segurar para não rir. Levantou as saias, subiu mais alguns degraus e disse:

— Ah, não faça essa cara de...

Antes que pudesse terminar a frase, um gemido baixinho ressoou na escuridão do porão.

Abe ficou completamente imóvel e perguntou:

— Você ouviu isso?

— Isso o quê? – perguntou Cela, xingando, em pensamento, a si mesma e à velha também. – Eu não ouvi nada. – Ela subiu mais um degrau, chegando mais perto de Abel. Mas a imbecil da velha soltou outro gemido, o que fez o irmão franzir o cenho. Cela fingiu que não tinha ouvido. — Você sabe, esse prédio antigo... Deve ser um rato ou algo assim.

Abel começou a descer a escada estreita e retrucou:

— Ratos não fazem esse barulho.

— Abe — gritou Cela, mas ele já tinha tirado o lampião de sua mão e passado por ela. Cela fechou os olhos e aguardou pelo ataque de raiva inevitável e, quando aconteceu, esperou um instante, para benefício de Abel e de si mesma, antes de voltar devagar para o porão.

— Que droga está acontecendo aqui, Cela? — perguntou Abel, debruçado sobre a mulher, no canto do porão. O tecido azul-marinho de seu uniforme de carregador estava esticado na altura dos ombros, e ele estava com o nariz enfiado na camisa. Cela não podia condená-lo: a mulher fedia. Simples assim.

— Não precisa se preocupar — respondeu Cela, cruzando os braços. Talvez ajudar o mago tivesse sido uma estupidez, mas fora *sua* decisão. Por mais que Abe se achasse no dever de tomar o lugar do pai, Cela não era mais criança. Não precisava que o irmão mais velho aprovasse cada coisinha que fazia, principalmente porque ele ficava fora de casa cinco dias por semana.

— Não preciso me preocupar? — repetiu Abe, incrédulo. — Tem uma mulher branca inconsciente no meu porão, e eu *não preciso* me preocupar com isso? O que foi que você aprontou desta vez?

— No *nosso* porão — corrigiu Cela, enfatizando a palavra. Deixado para *os dois* pelos pais. — E eu não aprontei nada. Estou ajudando uma pessoa, por amizade — respondeu, adotando uma postura defensiva.

— Ela é sua amiga? — Abe fechou a cara, sem conseguir acreditar.

— Não. Prometi para uma pessoa com quem tenho amizade que cuidaria dela, até... — Mas lhe pareceu errado, por algum motivo, pronunciar o nome da Morte quando ela estava ali, no mesmo recinto. — Enfim, essa mulher tem muito tempo pela frente.

— Isso não ajuda em nada, Cela. Você sabe o que pode acontecer se alguém descobrir que esta mulher está aqui? Como vamos explicar que uma mulher branca está morrendo no nosso porão? Podemos perder o prédio. Podemos perder *tudo*.

— Ninguém sabe que ela está aqui — disse Cela, apesar de sentir as entranhas se retorcerem. *Por que* tinha concordado com aquilo? Queria voltar no tempo e bater na própria cara até não poder mais por sequer ter considerado ajudar Harte. — Eu e você somos os únicos que têm a chave do porão. Nenhum dos inquilinos lá de cima sabe de nada. Não *precisam* saber. A mulher vai partir antes do amanhecer, e você não vai precisar se preocupar. Você nem deveria estar em casa — completou, como se fizesse alguma diferença.

— Então você anda fazendo coisas pelas minhas costas?

— A casa é minha também — respondeu Cela, empertigando-se. — Não sou nenhuma imbecil. Fui recompensada pelo meu transtorno.

— Foi recompensada, é? — disse Abe, com um tom vazio.

Cela então contou do anel que levava costurado debaixo das saias. Com uma pedra enorme e límpida, que deveria valer uma fortuna.

Abel ficou sacudindo a cabeça.

— Então simplesmente vai entrar em uma daquelas joalherias chiques do East Side e vender, não é mesmo?

Cela sentiu o estômago se revirar. O irmão estava certo. "Como não pensei nisso antes?" Ela não tinha como vender o anel sem levantar suspeitas. Não que fosse admitir para Abe naquele momento específico.

— É uma garantia de segurança. Só isso — respondeu.

— Segurança é este prédio em que estamos — falou Abel, levantando os olhos como se pudesse enxergar através do teto e ver o primeiro andar onde os dois moravam, o segundo andar, alugado pela família Brown, e o sótão, onde havia uma série de catres que os dois alugavam para homens solteiros em maré de azar no auge do inverno. — Segurança é o que nossos pais nos deram quando nos deixaram *este lugar aqui*.

Abel não estava de todo errado. A casa fora comprada e quitada com o suor do pai. Ninguém poderia expulsá-los nem aumentar o aluguel por causa da cor de sua pele. Mais do que isso, era uma prova diária de que sua mãe fizera uma boa escolha ao ficar com seu pai, contrariando o que a família dela pensava.

A mulher gemeu de novo, com a respiração chiando como se a própria Morte lhe puxasse o ar do peito. O som era de um desamparo tão absoluto que Cela não conseguiu se conter e se debruçou sobre ela.

– Cela, você pelo menos está me ouvindo? – perguntou Abel.

Como se fosse possível, a pele dela estava ainda mais sem cor. Os olhos estavam vidrados, sem vida. Cela estendeu o braço, receosa, e segurou sua mão gelada. As pontas dos dedos já estavam azuladas por baixo das unhas.

– Ela está morrendo, Abe. É a hora dela e, seja qual for o erro que cometi trazendo-a para cá, não vou deixar uma mulher à beira da morte sozinha, não importa o que seja ou deixe de ser. – Cela levantou os olhos para o irmão e completou: – Você deixaria?

O rosto de Abel estava crispado de frustração. Mas, no instante seguinte, ele fechou os olhos e relaxou os ombros.

– Não, Coelha – disse, baixinho, chamando a irmã pelo apelido de infância. – Acho que não. – Então abriu os olhos novamente e perguntou: – Quanto tempo você acha que ela ainda tem?

Cela franziu a testa, olhando para o corpo frágil da mulher. Não sabia ao certo. Quando sua mãe morrera de tísica, cinco anos antes, Cela acabara de completar 12 anos. O pai a impedira de entrar no quarto de convalescência até os instantes finais, tentando protegê-la. Sempre tentava proteger todos eles.

– Você não está ouvindo o chiado da Morte? Ela tem algumas horas… minutos, talvez. Não sei. Mas não muito. – Pois aquele chiado na garganta da mulher era uma das poucas coisas de que Cela se recordava dos instantes finais da mãe. Aquele chiado doentio e fino como um papel que em nada lembrava a mãe, tão risonha e alegre. – Ela vai morrer antes de esta noite chegar ao fim.

Juntos, os dois esperaram em silêncio pelo momento em que o peito da mulher parasse de subir e descer.

— O que vamos fazer quando ela finalmente morrer? — perguntou Abel, depois de um bom tempo. — Não podemos chamar ninguém, no caso.

— Quando ela se for, esperamos até a calada da noite, e a levamos até a Igreja de São João na Christopher Street — respondeu Cela, sem entender de onde viera aquele impulso. Mas, assim que as palavras saíram de sua boca, teve certeza de que eram acertadas. — Lá vão saber o que fazer com ela.

Abel fazia sinal negativo com a cabeça, mas não discutiu. Cela sabia que o irmão estava tentando pensar em uma alternativa melhor. Foi quando ouviram uma batida forte vinda do andar de cima.

Os olhos escuros de Abel cruzaram com os de Cela sob a luz bruxuleante do lampião. Já passava das dez da noite, era muito tarde para uma visita.

— Tem alguém aqui — disse ele, como se Cela não fosse capaz de deduzir por conta própria. Mas a voz de Abel transmitia a mesma preocupação que ela sentia.

— Talvez seja só um hóspede que precisa de um lugar para passar a noite — sugeriu.

— O tempo está bom demais para isso — respondeu Abel, quase para si mesmo, com os olhos fixos no teto. As batidas se repetiram, com mais força e urgência do que as anteriores.

— Simplesmente ignore. Mais cedo ou mais tarde, vão embora.

Mas Abel balançou a cabeça. Havia tensão em seu olhar.

— Espere aqui, vou ver o que querem.

— Abe...

"Ele nem chegou a ouvir", pensou Cela, quando Abel desapareceu na escuridão da escada que levava ao apartamento deles, no andar de cima. As batidas cessaram, e Cela mal conseguiu ouvir as vozes masculinas, de tão baixo que falavam.

E então as vozes se tornaram gritos.

Um som súbito de briga fez Cela ficar de pé. Mas, antes que conseguisse dar um passo sequer, o disparo de uma arma rompeu o silêncio na noite, e a pancada seca de um corpo batendo no chão expulsou o ar de seus pulmões.

"Não."

Ouviu mais passos vindos do andar de cima. Passos pesados, de botas. Havia homens na casa deles. Na casa *dela*.

"Abel."

Cela começou a andar em direção à escada, desesperada para chegar ao local onde o irmão estava, mas algo dentro dela estalou, algum impulso primitivo que não conseguiu entender nem resistir. Parecia que seus pés tinham criado raízes.

Ela precisava chegar até o irmão. Mas *não conseguia se mexer*.

Os jornais andavam repletos de notícias das patrulhas que vasculhavam a cidade, saqueando moradias e incendiando casas, reduzindo-as a cinzas. Os incêndios se concentravam nas áreas de imigrantes perto da Bowery. As quadras mais a oeste de Greenwich Village, onde se localizava o prédio onde moravam, comprado por seu pai, estavam a salvo até então. Mas Cela sabia muito bem que as coisas podiam mudar de uma hora para a outra, reconhecia que a segurança da semana anterior poderia não significar nada mais dia, menos dia.

Havia homens dentro de casa.

Cela conseguia ouvir as vozes deles, conseguia ouvir seus passos vibrando através do seu corpo, que eles se espalharam, como se estivessem revistando os cômodos do andar de cima. "Para nos roubar? Procurando alguma coisa?"

"Abe."

Cela não se importava com nada. Só precisava se certificar de que Abel estava bem. Precisava ir lá para cima, mas parecia que sua força de vontade não lhe pertencia mais.

Sem saber por que estava fazendo aquilo ou o que a impeliu a tomar tal atitude, deu as costas para os degraus que levavam à casa comprada pelos pais dez anos antes, com seu suado dinheirinho, e chegou perto da mulher de branco, já visivelmente sem vida. Com as pontas dos dedos, fechou os olhos da recém-falecida, fez uma oração rápida pela alma dela e pela sua e então começou a escalar a curta rampa do duto de carvão.

Abriu a porta e saiu para o frescor gelado da noite. Seus pés começaram a se mexer antes que ela conseguisse se obrigar a parar, antes que pudesse pensar "Abe" ou "não" ou qualquer uma das coisas que *deveriam* passar por sua cabeça naquele momento. Não teria conseguido parar de correr nem se quisesse e já tinha virado a esquina, saindo do campo de visão dos homens, quando as chamas começaram a sair pelas janelas do único lar que conhecera na vida.

BOWERY EM CHAMAS

1902 – Nova York

Quando Jianyu Lee conseguiu chegar à Bowery, voltando da ponte do Brooklyn, sua cabeça só pensava em assassinato. Que ironia estar decidido a matar para vingar o homem que o tinha resgatado de uma vida de violência... Jianyu imaginou que Dolph Saunders acharia graça dessa reviravolta. Só que Dolph estava morto. O líder do Filhos do Diabo era o único *sai yàn* que não encarava Jianyu com a desconfiança que brilhava nos olhos de tantos outros, e levara um tiro nas costas de um de seus próprios aliados – de alguém em quem confiava. Alguém em quem *todos eles* confiavam.

Nibsy Lorcan.

Para Jianyu, não fazia a menor diferença se Esta e Harte tinham conseguido atravessar a Beira, como planejavam. Mesmo que seu plano louco para enfrentar aquele poder devastador houvesse funcionado, ele duvidava que algum dia voltariam. Por que fariam isso, se encontrassem a liberdade do lado de lá? Se *ele* conseguisse escapar da armadilha que era a cidade de Nova York, certamente jamais olharia para trás. Encontraria o primeiro navio partindo em direção ao Oriente, ao lar do qual jamais deveria ter partido.

Veria novamente a terra que lhe dera à luz.

Respiraria o ar puro do vilarejo onde sua família vivia, em Zhanjiang, e se esqueceria de todas as suas ambições.

Naquela época, era *tão* jovem, tão inocente em sua autoconfiança voluntariosa. Depois que os pais morreram, fora criado por seu irmão mais velho, Siu-Kao, que era quase dez anos mais velho e tinha uma mulher que, por mais linda que fosse, era traiçoeira como uma raposa. Casara com seu irmão tanto pela magia – que era hereditária – como para se beneficiar das terras da família. Só que, quando percebeu que o primogênito do casal não tinha qualquer tipo de afinidade, começou a deixar claro para o marido que Jianyu não era mais bem-vindo. Quando os pelos debaixo do braço de Jianyu começaram a aparecer, ele estava tão revoltado com o papel que desempenhava no lar do irmão mais velho, tão desesperado para trilhar o próprio caminho, que resolveu ir embora.

Agora conseguia enxergar que fora cegado pela própria juventude, e que sua magia o transformara em uma pessoa imprudente. Atraído por um dos bandos de ladrõezinhos itinerantes, tão comuns nos vilarejos empobrecidos de toda a província de Cantão, viveu livre por algum tempo, repudiando o controle do irmão e decidindo seus próprios passos. Mas acabou ficando tempo demais na mesma cidade, um povoado minúsculo perto das margens do rio das Pérolas, esquecendo que a magia não é uma panaceia que cura burrice, e mal tinha completado 13 anos quando foi pego invadindo a casa de um comerciante local.

Naquela época, não poderia ter voltado para casa e encarado o irmão. Ele *se recusava*.

Naquela época, acreditou que sair do país em que nascera e recomeçar a vida em outro lugar era sua única alternativa.

Não se deu conta de que havia lugares no mundo em que a magia era aprisionada. Agora sabia muito bem disso. Havia uma certa segurança na obediência que ele não fora capaz de entender. E uma certa liberdade nas restrições dos deveres de família que desprezara quando garoto.

Houve um tempo em que pensou que, caso surgisse a oportunidade, se arrependeria e voltaria a levar a vida que lhe exigiram, a vida da qual fugira. Não cometeria os mesmos erros de novo.

Que outra razão teria para prometer lealdade a Dolph Saunders, além da possibilidade de que um dia a Beira fosse derrubada? Que outra razão teria para se manter no caminho que tantos outros já haviam abandonado além da esperança de que um dia encontraria um modo de voltar para sua terra natal? Claro, seria mais fácil cortar a longa trança que atraía olhares curiosos e expressões de desconfiança – muitos de seus compatriotas já haviam feito isso. Só que cortar o cabelo seria a derradeira admissão de que jamais voltaria para a China.

Pelo que Esta havia lhe contado, voltar para Zhanjiang seria inútil se o perigo que ela previa se concretizasse. Se Nibsy Lorcan conseguisse pôr as mãos no *Ars Arcana*, o Livro que continha a origem da magia, ou se obtivesse os cinco artefatos da Ordem – pedras ancestrais que a Ordem usara para criar a Beira e se manter no poder –, seria impossível deter o garoto. Nenhum país, nenhum povo – Mageus ou Sundren – estaria a salvo do poder exercido por Nibsy. Ele subjugaria os Sundren, usando seu controle sobre os Mageus.

Jianyu encarava como sua obrigação garantir que tal futuro jamais se concretizasse. Se não podia voltar para sua terra natal, pelo menos a protegeria de Nibsy Lorcan e da gente de sua laia.

Darrigan lhe deixara instruções muito específicas: Jianyu deveria proteger o primeiro dos artefatos da Ordem – e a mulher que o detinha. Só que ele não tinha muito tempo. O garoto a respeito do qual Esta alertara logo apareceria – um menino com o poder de encontrar objetos perdidos e conhecimento do futuro que estava por vir. E que era leal a Nibsy. Portanto não poderia chegar até Nibsy, muito menos enquanto houvesse, em algum lugar da cidade, alguma das pedras da Ordem dando sopa.

Jianyu preferia se arriscar a morrer em uma terra estrangeira, ter seus ossos enterrados longe de seus ancestrais, a permitir que Nibsy Lorcan vencesse. Encontraria o artefato e deteria esse tal de Logan. E então mataria Nibsy e vingaria seu amigo assassinado. Ou morreria tentando.

Enquanto Jianyu andava pela Bowery em direção ao seu destino, no Village, o cheiro de cinzas e fuligem foi ficando cada vez mais forte. Na semana anterior – desde que a equipe de Dolph Saunders roubara os mais poderosos artefatos da Ordem e a Mansão Quéfren fora reduzida a cinzas —, boa parte do Lower East Side ficara envolta em chamas. Em retaliação ao assalto, os bairros mais pobres da cidade foram assolados por um incêndio atrás do outro. Afinal de contas, a Ordem precisava transmitir seu recado.

No ponto em que a Hester Street cruzava com o amplo bulevar que era a Bowery, Jianyu passou pela ruína carbonizada de um cortiço. A calçada estava tomada por destroços de vidas destruídas. O prédio um dia abrigara Mageus, pessoas que viviam sob a proteção de Dolph. Jianyu ficou imaginando para onde teriam ido e com quem poderiam contar agora que Dolph estava morto.

À medida que caminhava, Jianyu foi percebendo um amontoado de sombras escuras à espreita logo depois do círculo de luz do poste, do lado oposto ao prédio em ruínas. "Homens de Paul Kelly." Sundren, todos eles, da gangue Cinco Pontos. Não tinham nada a temer em relação à Ordem.

Houve uma época em que os integrantes da Cinco Pontos não ousariam cruzar a Elizabeth Street ou se aproximar mais que quatro quadras do Bella Strega, a taberna de Dolph. Mas agora andavam pelas ruas antes protegidas por Dolph, e aquela presença era uma declaração de intenção de tomar conta da área. De conquistá-la.

Não que fosse algo inesperado. Assim que a notícia da morte de Dolph se espalhasse, as outras gangues começariam a tomar o território que fora dos membros do Filhos do Diabo. Não era mais surpreendente ver integrantes da Cinco Pontos na vizinhança do que encontrar alguém da Eastman ou de alguma outra gangue. Se fosse para apostar, Jianyu suspeitava que até Tom Lee, o líder da mais poderosa *tong* de Chinatown, tentaria se apossar do território se tivesse capacidade.

Só que a Cinco Pontos era diferente. Mais perigosa. Mais impiedosa.

Era uma facção nova na Bowery. E, por isso, seus integrantes brigavam como se tivessem algo a provar. Mas, ao contrário das outras gangues, os rapazes de Kelly haviam conseguido assegurar a proteção do Tammany Hall. No ano anterior, os integrantes da Cinco Pontos praticaram espancamentos e patrulharam os postos de votação para pôr um fantoche do Tammany na Prefeitura. Desde então, a polícia fazia vistas grossas para qualquer crime cometido pela Cinco Pontos.

Já era bem ruim quando Kelly começou a trabalhar em conjunto com os chefões corruptos do Tammany. Mas, durante os dias que precederam a morte de Dolph, sua gangue se tornou mais descarada do que nunca. Era um sinal inconfundível de que algo estava por acontecer. Todo mundo no Strega sabia que havia um clima de inquietude na Bowery, mas esse sinal foi mal interpretado – e tarde demais.

Sentindo-se exposto, Jianyu acionou sua afinidade e abriu os fios da luz projetada pelos postes da rua. Em seguida, os enrolou ao seu redor como se fossem uma capa, para que os integrantes da Cinco Pontos não o vissem passar. Invisível à vigilância predatória, permitiu-se relaxar no conforto de sua magia, na certeza de que a possuía, mesmo quando tudo o mais era tão incerto. E então apressou o passo.

Mais algumas quadras, e a conhecida bruxa de olhos dourados da tabuleta do Strega entrou em seu campo de visão. Para uma pessoa comum querendo se aquecer na noite gelada ou tomar alguma coisa para anestesiar a dor de uma vida passada à margem da sociedade, o público do Bella Strega não pareceria nada diferente daquele de qualquer uma das tabernas ou cervejarias espalhadas por Nova York. Legais ou ilegais, aqueles salões escuros eram um modo de os pobres da cidade fugirem das decepções e provações da vida. Só que o Strega era diferente, *sim*.

Ou pelo menos tinha sido.

Mageus de todos os tipos se sentiam seguros para se reunir entre suas quatro paredes sem temer nem precisar esconder o que eram, porque Dolph Saunders se recusava a ceder ao medo e à ignorância da corja de pensamento estreito ou a tolerar as costumeiras divisões entre os residentes da Bowery. Ir ao Strega era uma promessa de ser bem-vindo – ou de *segurança* – em uma cidade perigosa até para alguém como Jianyu. Em qualquer noite, sem exceção, o salão estaria lotado por uma mistura de idiomas e pessoas, e o elo entre elas era a antiga magia que corria em suas veias.

"Isso foi antes de uma única bala mandar Dolph para a cova", lembrou Jianyu ao passar debaixo do olhar atento da bruxa. Agora que Nibsy Lorcan controlava o Filhos do Diabo, não havia mais garantia de segurança entre aquelas quatro paredes. Principalmente para Jianyu.

De acordo com Esta, Nibsy tinha uma estranha habilidade de ver as relações entre os acontecimentos e de prever seus resultados. Como Jianyu estava determinado a acabar com o reinado de Nibsy — e com sua vida também —, não podia correr o risco de voltar ao Strega.

Ainda assim, Nibsy não conseguira prever a mudança de planos de Dolph na Mansão Quéfren, nem que Jianyu tinha a intenção de ajudar Harte Darrigan a simular a própria morte na ponte apenas algumas horas antes. Talvez o garoto não fosse tão poderoso quanto Esta pensava, ou talvez sua afinidade simplesmente tivesse suas limitações, como acontece em todos os casos. Acabar com Nibsy poderia até ser difícil, mas não seria impossível. Até porque Viola era capaz de matar alguém sem sequer encostar na pessoa.

Só que isso teria que ficar para outro dia. Jianyu ainda precisava encontrar Viola e contar tudo. Ela ainda devia acreditar que Jianyu não estava na ponte, e que Harte Darrigan traíra todo mundo.

Jianyu passou reto pelo Strega e continuou andando. Poderia ter subido em um bonde ou em dos trens elevados, mas preferia caminhar, pois assim conseguia pensar e fazer planos. Conquistar a confiança de Cela seria complicado, já que Cela Johnson não estava esperando por sua visita, e poucos naquela cidade confiavam em seus conterrâneos. Proteger a garota e a pedra seria ainda mais difícil, pois ela era Sundren e não fazia ideia do perigo representado pelo anel. Mas Jianyu fizera uma promessa a Darrigan e entendia o que estava em jogo. Não fracassaria.

Quando chegou ao South Village, Jianyu detectou um cheiro de fumaça no ar. À medida que se aproximava da Minetta Lane, onde a senhorita Johnson morava, o odor foi ficando mais forte, preenchendo suas narinas com um presságio e revirando seu estômago de pavor.

Por algum motivo, Jianyu teve certeza, antes mesmo de avistar o prédio, que seria a casa de Cela Johnson que encontraria em chamas. Labaredas subiam pelas janelas, e toda a construção brilhava por causa do fogo que ardia lá dentro. Mesmo do outro lado da rua, o calor arrepiou sua pele, fazendo o casaco de lã que usava parecer quente demais para aquela noite de início da primavera.

Nos arredores, os inquilinos do prédio observavam seu lar sendo devorado pelas chamas. Em grupos, tentavam proteger as escassas pilhas de pertences que tinham conseguido salvar, enquanto a carroça da brigada de incêndio permanecia imóvel. Os cavalos batiam os cascos no chão, demonstrando seu receio da luz bruxuleante do fogo e da multidão que se assomava. Mas os bombeiros não faziam nada.

O que não era surpresa nenhuma.

Jianyu sabia que a inação da brigada de incêndio era intencional. As brigadas eram, em sua maioria, formadas por irlandeses. Só que, por terem sido tirados dos barcos e da fome que os trouxeram até aquela terra havia pelo menos uma geração, consideravam-se nativos. Olhavam com desprezo para as ondas de imigrantes mais recentes, vindas do Oriente e do Sul, e para qualquer um cuja pele não fosse tão branca quanto a deles, por mais que essas famílias vivessem no país fazia muito mais tempo. Quando as casas desses novos moradores pegavam fogo, não era raro as brigadas se movimentarem de modo mais vagaroso, correndo menos riscos. Às vezes, quando isso servia aos seus propósitos, simplesmente ignoravam as chamas.

Se alguém perguntasse, respondiam que era tarde demais. E diziam para as pessoas que choravam e retorciam as mãos que o fogo já comprometera a estrutura do prédio, que era perigoso demais até tentar entrar. Não podiam desperdiçar a vida em causas perdidas.

Se suas palavras eram ou não verdadeiras, não tinha a menor importância. O efeito era o mesmo. Mesmo naquele momento, os homens simplesmente estavam encostados na carroça, com as mãos cruzadas por cima dos uniformes escuros, impassíveis como as fileiras de botões dourados que levavam no peito. Os capacetes brilhantes refletiam a luz das chamas, enquanto aqueles homens alvos de nariz comprido e fino observavam lares sendo reduzidos a cinzas. Isso já ocorrera antes incontáveis vezes, e Jianyu sabia que aconteceria de novo nos próximos dias.

Ainda sob o disfarce de sua magia, aproximou-se devagar de um grupinho, tentando ouvir alguma indicação de que Cela estava entre aquelas pessoas. Fazia anos que Jianyu era os olhos e os ouvidos de Dolph Saunders na Bowery, não só porque conseguia passar desapercebido graças à sua afinidade. Não, ele também tinha um talento para entender as pessoas e ler nas entrelinhas, uma habilidade que desenvolvera quando viajara pelo Cantão antes de ser preso. Queria começar uma nova vida e deixar aquela para trás. Mas, como tinha esperança de que a Beira pudesse ser destruída, Jianyu concordara em usar sua habilidade a serviço de Dolph, para alertá-lo quando o perigo se aproximava ou encontrar quem precisava de ajuda mas não sabia para quem pedir.

Essa habilidade foi usada naquele momento, enquanto ouvia a conversa do grupinho que se reunira para confortar uma família.

— ... viu ela sair fugindo como se um cão do inferno estivesse na sua cola.

— A menina Cela?

— *Ã-hã.*

— *Não...*

— Você não acha que foi ela que pôs fogo, acha?

— Foi ela, com certeza. Não ficou para ajudar, ficou? Deixou a família Brown lá em cima, nem sequer avisou.

— Sempre achei que aquela menina tinha alguma coisa estranha... Muito metida para o meu gosto, se você quer saber.

— *Shhh.* Nada de ficar contando mentiras sobre os outros. Ela era uma boa moça. Trabalhadora. Não colocaria fogo na própria casa.

— Abel não estava lá dentro, estava?

— Não tenho certeza...

— Cela não faria mal ao irmão. Fale o que quiserem dela, mas Abe era louco por aquela moça.

— Não seria a primeira vez que uma vadia cospe no prato em que comeu. Uma casa grande que nem aquela? Cela poderia vendê-la e ir para onde bem entendesse.

— Abel jamais venderia a casa.

— É *disso* que eu estou falando... Os dois pagaram o homem do seguro, como todo mundo.

— Carl Brown disse que ouviu um tiro...

Jianyu se afastou da amargura e da inveja que escorriam daquelas palavras como se fossem veneno. Essa gente não sabia de nada, a não ser que Cela não estava dentro da casa.

O tiro, a casa em chamas... Poderia ser obra de Cela, mas pelo modo como a brigada ficou parada em silêncio, só observando, em vez de apagar o incêndio, Jianyu achou que não. Era tudo muito parecido com o que tinha acontecido em outras áreas da cidade. Tinha a marca da Ordem.

O que queria dizer que alguém, de alguma maneira, já devia suspeitar que Cela estava de posse do artefato da Ordem. Enquanto estivesse sozinha naquela cidade, sem proteção, Cela corria perigo.

Todos corriam.

A VERDADE
A RESPEITO DO PODER

1902 – Nova York

Sentado à mesa no fundo do Bella Strega, James Lorcan equilibrava a adaga na ponta do dedo enquanto observava o salão. A faca pertencera a Viola. Mas, considerando que James a encontrara alojada em sua coxa, resolveu que era sua por direito. Ficou olhando para a luz refletida em sua lâmina mortal – capaz de atravessar qualquer tecido – enquanto ponderava tudo o que havia acontecido.

Ele não estava mais relegado a um lugar secundário, sentado nas beiradas, como quando Dolph Saunders ainda era vivo. Agora James ocupava a cabeceira da mesa – o lugar reservado para o líder do Filhos do Diabo –, onde sempre deveria ter estado, e Saunders ocupava um pequeno lote de terra em um cemitério próximo, onde era o devido lugar *dele*. Mas isso não era o suficiente. Estava *longe* de ser.

Na mesa ao lado, estavam Sanguessuga e Werner – dois brutamontes da Bowery que receberam a marca de Dolph Saunders e juraram fidelidade ao Filhos do Diabo. Agora os dois, assim como os demais integrantes da gangue de Dolph, se voltavam para James em busca de liderança. Estavam jogando cartas com alguns outros. Pelo modo como o Éter ao redor tremeluzia e vibrava, alguém estava blefando – provavelmente Sanguessuga – e prestes a perder. Pelo que James conseguia interpretar, os demais sabiam, e começaram a aumentar as apostas de propósito.

Ninguém convidou James para jogar e, de qualquer modo, ele não aceitaria o convite. Nunca se interessou por jogos – não desse tipo. O xadrez, por exemplo. Pessoas simplórias acham que é um desafio. Mas na realidade é bem previsível. Cada peça do tabuleiro tem limitações específicas, cada movimento abre para o jogador um número limitado de possibilidades. Qualquer um que tenha meio cérebro entre as orelhas consegue aprender estratégias simples que garantem a vitória. Não é nenhum verdadeiro desafio.

A vida era um jogo bem mais interessante. Os jogadores eram bem mais variados, e as regras mudavam constantemente. E quanto aos desafios que essas variáveis representavam? Só serviam para adoçar a vitória. Porque *sempre* há vitória. Pelo menos para James Lorcan. As pessoas, afinal de contas, não eram capazes de explorar profundezas inenarráveis. Ele não precisava de sua afinidade para entender que, no fundo, os seres humanos não eram mais do que animais, levados por suas necessidades e por seus medos.

Facilmente manipuláveis.

Previsíveis.

Não, James não precisava de sua afinidade para entender a natureza humana. Mas, com certeza, ajudava. Aguçava e aprofundava suas percepções, conferindo-lhe uma vantagem em relação a qualquer peça do tabuleiro.

Não que conseguisse prever o futuro propriamente dito – não era vidente. Sua afinidade simplesmente permitia que James reconhecesse as possibilidades que o destino reserva de um modo que os outros não conseguiam entender. Afinal de contas, o mundo e tudo o que existia nele estava conectado pelo Éter, assim como as palavras nas páginas de um livro. Havia um padrão em tudo, como a gramática de uma oração ou a estrutura de uma narrativa, e sua afinidade lhe conferia a habilidade de ler esses padrões. Mas era a sua *inteligência* que permitia *ajustar* esses padrões como bem lhe aprouvesse. Era só mudar uma palavra aqui que toda a frase se adequava. Cortar uma oração ali que um novo sentido surgia. Um novo fim era escrito.

No dia anterior mesmo, o futuro que James havia planejado estivera ao seu alcance. Com o poder do Livro, poderia ter restabelecido a magia e provado para seus iguais qual deveria ser seu *verdadeiro* destino

– sem se acovardar perante os simplórios e impotentes Sundren, mas *dominando-os*. *Destruindo* aqueles que haviam tentado roubar esse poder para se apossar do mundo. E James seria o escolhido para guiar os Mageus a uma nova era.

Só que o Livro se perdera. James esperava que Darrigan resistisse – tinha até planejado que o mago fugisse –, mas não previra que estivesse disposto a *morrer*.

Também não previra o papel de Esta, mas talvez devesse. A garota sempre fora um tanto nebulosa, as conexões dela com o Éter tremeluziam e eram instáveis desde sempre. No fim das contas, James estivera enganado a seu respeito. No fim das contas, Esta era tão vulnerável e inútil como as demais ovelhas que seguiam Dolph Saunders.

Sem o Livro, talvez esse sonho específico jamais fosse possível, mas James Lorcan ainda não havia desistido. Enquanto o futuro ainda reservasse possibilidades para qualquer um que tivesse a inteligência de aproveitá-las, seu jogo ainda não chegara ao fim. Talvez ele não conseguisse assumir o controle da magia, como um dia sonhara. Talvez a magia desaparecesse da face da Terra, mas havia *tantas* outras maneiras de vencer. Tantas outras maneiras de fazer aqueles que roubaram sua família – e seu futuro – pagarem pelo que fizeram. Tantas outras maneiras de acabar por cima deles todos.

Afinal de contas, o poder nem sempre é relacionado a uma força óbvia. Por exemplo, o que aconteceu com o próprio pai de James, que não queria nada além de justiça para os trabalhadores como ele – condições de segurança, um bom ordenado. Tentou liderá-los e foi esmagado. Incendiaram a casa de James, mataram sua família e levaram tudo o que tinham. James já vira muitas vezes o que acontece quando alguém assume a posição de líder.

A pessoa se transformava em alvo.

Como não tinha nenhum interesse em ter o mesmo destino de Dolph, faria a mesma coisa de sempre. Esperaria, com toda a paciência. Teria em mente o jogo mais amplo, enquanto os de mente estreita tentavam pular de casa em casa, derrubando uns aos outros do tabuleiro, e ele observava de longe. Não seria preciso muito para que isso acontecesse – uma sugestão aqui, um sussurro ali, e os líderes da Bowery ficariam tão concentrados em aniquilar uns aos outros, para ficar com os restos deixados pela Ordem, que não se importariam com James. E isso o deixaria livre para se concentrar em assuntos mais importantes.

Não. James com certeza não era nenhum vidente. Mas podia ver o futuro despontando no horizonte. Sem o Livro, a magia enfraqueceria até sumir, e a Beira seria apenas um artifício antiquado. Que poder a Ordem conseguiria ter então, ainda mais sem suas mais preciosas posses?

Enquanto o poder deles minguasse, James estaria movimentando suas próprias peças, se preparando para conversar com eles na língua que entendiam: a do dinheiro. Da influência política. Porque ele compreendia que, sem o Livro, quem ganharia não seriam aqueles como Dolph Saunders, que tentavam recuperar um passado perdido, mas quem estivesse disposto a assumir as rédeas de um novo futuro, admirável e perigoso. Gente como Paul Kelly, que já sabia usar os políticos como ferramenta. E como o próprio James, que sabia que o poder – o *verdadeiro* poder – não ia parar nas mãos daqueles governados à força, mas pertencia àqueles que seguravam os pauzinhos das marionetes. O verdadeiro poder era a habilidade de manipular os outros a seu bel-prazer, fazendo-os pensar que se curvar foi ideia deles.

Talvez James não pudesse mais contar com o Livro. Talvez não existisse mais uma maneira de salvar a magia, mas seu jogo ainda não chegara ao fim. Com um puxão aqui e um empurrão ali, amarraria os poderes com um nó tão bem atado que jamais perceberiam qual era a verdadeira fonte do perigo. E, quando chegasse a hora certa, James Lorcan usaria sua própria arma – um segredo que Dolph jamais descobrira.

Uma menina que representaria o fracasso da Ordem e a chave para a derradeira vitória de James Lorcan.

REFÚGIO

1902 – Nova York

Quando subiu em um dos últimos bondes da noite, Cela ergueu o xale para esconder o rosto e engoliu o choro. A lembrança do disparo, um som tão forte, claro e inconfundível no silêncio da noite, ainda zumbia em seus ouvidos. Não conseguia esquecer como *sentira* o baque de um corpo caindo no chão. Aquilo ecoava em seu peito, parecia que ouviria para sempre aquele som e sentiria o vazio que o acompanhara.

"Abe." Cela não sabia como encontrara um lugar para sentar, já que mal conseguia respirar. E, enquanto o bonde roncava e seguia cegamente, a sensação era que seu corpo desmoronaria para dentro de si mesmo para preencher o enorme buraco que ficara em seu peito.

Cela precisava voltar para casa. Não podia deixar Abe, seu irmão, o último parente próximo que ainda tinha. Precisava cuidar de seu corpo e proteger o patrimônio que seu pai trabalhara de sol a sol para conseguir... Só que *não podia*. Toda vez que pensava em dar meia-volta, uma onda de medo tão absoluta se elevava que ela se sentia fisicamente mal.

Enquanto o bonde seguia seu caminho, Cela pensou em procurar a família da mãe. Eles tinham se mudado para a Rua 52 Oeste havia alguns anos, mas nunca foram muito com a cara de seu pai. Os tios sempre o consideraram inferior à irmã – um galho preso em uma curva de rio. Agora que a avó havia falecido, não haveria nada que se interpusesse entre o julgamento da família e os sentimentos de Cela. Ela acabaria passando por lá uma hora ou outra – eles precisavam ser avisados, afinal de contas –, mas achava que ainda não estava preparada para lidar com os parentes. Pelo menos não enquanto tudo ainda era tão recente. Não enquanto ainda era tão difícil encontrar palavras para pensar, e ainda mais para dizer em voz alta.

Em especial para pessoas que considerariam Abe culpado pela própria morte – o mesmo que disseram quando o pai de Cela morreu. Como não sabiam que Cela estava ouvindo os cochichos deles depois do enterro, os tios não se censuraram. Reclamaram que seu pai deveria estar dentro de casa, onde era seu lugar, em vez de ficar de guarda no portão, esperando as massas ensandecidas que haviam tomado conta das ruas. Achavam que seu pai devia saber que não podia enfrentá-las.

O pai de Cela estava tentando proteger a família, assim como Abe tentara fazer com ela. Cela tinha certeza de que não conseguiria sequer olhar para a família materna sem ouvir os ecos daqueles insultos. Não naquele momento, em que sua própria culpa e dor eram como trepadeiras que se enroscavam em seu coração, vivas e perfurantes, crescendo a cada segundo que passava.

Além disso, por mais que sua família a tivesse magoado no passado, ainda eram seus parentes de sangue. Não podia correr o risco de colocá-los em perigo. Talvez os homens que vieram bater à sua porta naquela noite apenas quisessem seu imóvel. Não seria a primeira vez que alguém achava ter direito àquela casa só porque a queria. Muita gente já aparecera com belas promessas, com uma papelada em mãos. Mas primeiro o pai, depois o irmão, puseram todos para correr.

Só que nunca ninguém aparecera armado.

E nunca uma mulher branca morrera em seu porão. Talvez as duas coisas não estivessem relacionadas, mas tinha a sensação de que estavam.

Cela precisava avisar a família.

Mas estava tarde demais para acordar as pessoas.

De jeito nenhum seu tio abriria a porta sem perguntar qual era o problema, e Cela não conseguiria de jeito nenhum pronunciar as palavras que transformariam o que acabara de acontecer em realidade. Ainda não. Não estava preparada. Não sabia se algum dia estaria, mas pensou que seria bem mais fácil fazer isso à luz do dia. Apesar de ser muito provável que estivesse enganada a esse respeito também.

Cela desceu do bonde na parada de sempre, deixando que seu corpo a conduzisse pelas ruas por meio de um misto de exaustão e memória. O teatro, pelo menos, era um espaço razoavelmente seguro, já que pertencia a um homem branco e rico. Ninguém iria entrar ali e pôr fogo no imóvel, e ela conhecia todos os cantinhos dos bastidores, conseguiria fugir se os problemas tornassem a encontrá-la.

A costureira entrou pela porta do palco, no beco dos fundos, que ninguém usava muito. Só as pessoas que faziam tudo funcionar no dia a dia do teatro. Tudo estava em silêncio. Àquela hora, até o último faxineiro já teria ido para casa, o que era bom. Cela não queria encontrar com ninguém mesmo.

Seu ateliê de figurinista ficava no porão. Como aquele era seu reino, foi para lá que se dirigiu. Trabalhar até tarde para terminar um projeto não era nenhuma novidade, mas, se não quisesse quebrar o pescoço nas cordas ou nos cenários, precisava de luz. Resolveu pegar um dos lampiões a óleo que ficavam nos bastidores, para o caso de falta de energia, em vez de acender as lâmpadas elétricas. O lampião projetou um pequeno halo de luz dourada ao seu redor, iluminando um ou dois degraus à frente, não muito mais do que isso. Era tudo de que Cela precisava.

A costureira desceu a escada, contando os degraus como sempre fazia, para poder pular o décimo terceiro. Era um hábito seu, mas sentiu as trepadeiras em volta de seu coração se apertarem mais um pouco dessa vez, pois lembrou que Abe zombava dela por causa disso. Caminhou pela escuridão silenciosa do porão, secando a umidade do rosto antes de destrancar a porta da pequena despensa convertida em ateliê.

Depois de entrar, pôs o lampião sobre a mesa de trabalho e sentou na cadeira de espaldar reto na frente da pesada máquina de costura, na qual passava a maior parte dos dias, cortando, alinhavando e costurando as obras-primas que faziam o palco ganhar vida. Por um instante, não sentiu nada — nem medo, nem alívio, nem sequer o vazio. Por um instante, foi apenas um sopro na noite, rodeada pelo calor de um corpo. Mas então a dor da perda a atingiu em cheio, e um grito se libertou de sua garganta.

"Meu irmão morreu."

Cela permitiu que a dor viesse, que a levasse para profundezas tão sombrias que nem sequer a luz do lampião poderia iluminar. Só tinha a roupa do corpo e um anel caro demais para que pudesse se desfazer dele sem ser presa ou algo pior.

E tinha seu trabalho...

E tinha a si mesma...

Cela teve vontade de ficar lá embaixo, naquele ponto sombrio, bem abaixo das ondas de dor, mas esses pensamentos a levaram para cima, para cima, para cima... até que conseguiu sentir o rosto molhado de novo e ver o lampião a óleo brilhando suavemente naquele ateliê pequeno e entulhado.

Abel odiaria vê-la chafurdando daquele jeito. Depois que o pai deles levara um tiro por tentar proteger a própria casa, não fora Abe quem a abraçara e a fizera continuar vivendo? Cela ficara anestesiada com a perda. A cidade onde sempre vivera se tornou um lugar feio e irreconhecível, e a vida com a qual um dia sonhara foi enterrada junto com o corpo do pai. Mas Abe puxou Cela para um canto e disse que as decisões que o pai tomara precisavam ser honradas com uma vida vivida, de forma plena. Foi por isso que Cela saiu para procurar um emprego como costureira e depois batalhou por um trabalho em um dos teatros de brancos, onde se pagava mais, ainda que os artistas respeitassem menos os funcionários. Cela *conquistou* o respeito deles, ainda que de má vontade, por causa de seu talento com as agulhas. Abel arrancou esses sonhos da irmã do túmulo e os devolveu para ela, obrigando-a a realizá-los.

Cela ainda tinha o emprego que deixara o irmão tão orgulhoso, e ainda tinha a si mesma. Tinha parentes em Nova York que a acolheriam se ela de fato precisasse, independentemente do que pudessem pensar. E tinha um anel, um glorioso anel de ouro com uma pedra preciosa do tamanho de um ovo de passarinho, límpida como uma lágrima. Não era de vidro, Cela estava certa disso. Vidro não brilhava daquele jeito nem reluzia como uma estrela sob a luz. E vidro não era tão pesado. Mesmo sentada, era possível sentir o peso da joia, puxando suas saias para baixo, escondida no bolsinho secreto que Cela fizera para escondê-la.

Mas seu irmão...

As trepadeiras apertaram tanto seu coração que pareciam querer comprimi-lo até não sobrar mais nada. Mas, antes que a dor tomasse conta dela de novo, Cela ouviu um som na escuridão: passos descendo a escada. Era tarde demais para alguém ainda estar ali.

Segurou a tesoura. Não era uma grande arma, verdade, mas era afiada como qualquer faca e cortava tão fundo quanto.

– Olá?

Era uma voz de mulher e, quando Cela prestou atenção, percebeu que os passos também eram. Mas nem por isso largou a tesoura.

Cela não respondeu. Em pensamento, rogou que a mulher fosse embora.

– Oláááá...? – insistiu a voz. – Tem alguém aí embaixo?

"Conheço essa voz", pensou Cela, com um mau pressentimento. Ela a ouvia até demais. Toda vez que Evelyn DeMure tinha uma ideia para um novo jeito de sua cintura parecer mais fina ou seu busto parecer maior, era Cela quem precisava escutar... e, *puxa*, ela ouvia até não poder mais. Evelyn era do tipo de artista que o pessoal dos bastidores fazia de tudo para não encontrar. Apesar do inegável talento, ela se julgava ainda mais talentosa e agia como se o mundo lhe devesse algo por sua simples presença.

Evelyn DeMure espiou pela porta e viu a costureira.

– Ora, ora, Cela Johnson... – Sem o ruge e o batom costumeiros, Evelyn mais parecia um cadáver, naquela luz fraca. – O *que é* que você está fazendo aqui tão tarde?

Cela continuou segurando a tesoura, mas pegou um pedaço de tecido para disfarçar melhor.

— Tenho umas coisinhas para terminar — respondeu.

— A esta hora? — perguntou Evelyn, medindo-a com os olhos. — Pensei que você já estivesse em casa.

"Em casa." Quando respondeu, Cela teve de se segurar para manter uma expressão plácida e não esboçar nenhum traço de dor na voz.

Pretendia mentir e dispensar Evelyn. Mas, de repente, não conseguia lembrar por que não gostava dela. Havia algo de tranquilizador na cantora, como se sua simples presença fosse capaz de fazer toda a dor e todo o medo de Cela sumirem. A costureira não queria encarar a família e contar tudo o que acontecera. Mas por algum motivo, quando percebeu, estava contando *tudo* para Evelyn.

Contou sobre a mulher de branco que morrera sob seus cuidados e sobre o irmão que jamais veria de novo... E sobre o anel, com sua gema perfeita e brilhante. Tudo saiu de dentro dela aos borbotões e, quando terminou de contar, Cela estava com sono. Exausta e relaxada, depois de verter todas as lágrimas que ainda havia em seu corpo.

— Pronto, pronto — consolou Evelyn. — Apenas descanse. Tudo vai ficar bem. Tudo vai ficar bem de *verdade*.

Seus olhos estavam pesados... *tão pesados...*

— Isso — disse Evelyn, com uma voz suave e terna. — É só encostar a cabeça ali...

Cela sentiu vagamente que soltava a tesoura. Seu corpo, que antes estava todo retorcido de dor, parecia leve. Seu peito, um instante antes, estava frio e vazio. Oco. E naquele momento ela sentiu um calor. Uma segurança.

Seus olhos foram se fechando e, quando tornaram a se abrir, Evelyn tinha ido embora. O lampião se apagara fazia tempo, e em seu ateliê reinava um silêncio sepulcral.

Soltando um gemido grogue, Cela levantou e esfregou a cabeça, que ainda estava confusa e enevoada. A visita de Evelyn, assim como tudo o que acontecera naquela noite, parecia um sonho. Um sonho terrível. Por um instante, Cela se permitiu acreditar que era isso mesmo.

Não precisava do lampião para chegar até a porta. Conhecia muito bem seu ateliê. Mas, quando tentou abrir, a porta estava emperrada. Não. Estava *trancada*.

Não era um sonho, então.

Isso significava que havia acontecido – tudo aquilo havia acontecido. Abe, sua casa. Evelyn.

Evelyn.

Cela estava presa e não precisava passar a mão nas saias para ter certeza de que o anel que Harte Darrigan lhe dera havia sumido.

A SIMPLES RALÉ

1902 – Nova York

Jack Grew cheirava a merda. Estava sentado em uma cela fedorenta, cercado pelos mais infectos resíduos dos piores residentes da cidade, sabia-se lá desde quando. Desde que seu relógio fora roubado, ele com certeza não fazia ideia. Não havia janelas nem relógio de parede para marcar a passagem do tempo. Poderiam ser horas ou dias, no seu entendimento. E, durante todo esse período, estivera cercado por uma escória pulguenta, que chafurdava de bom grado nos próprios excrementos.

A maioria estava dormindo, o que era melhor do que antes. Quando fora atirado naquela cela, os outros cinco homens olharam Jack com cobiça, e o maior deles, um sujeito alto e barbudo que não falava muito – talvez porque sequer dominasse o idioma inglês – o encurralara em um canto.

Jack encostou a língua no buraco onde outrora havia um dente, encolheu-se de dor no maxilar e tentou se convencer de que seguraria as pontas. Conseguira pelo menos se defender. Podia até não ter impedido o homem de roubar seu casaco, mas lutara até o animal desistir e deixá-lo em paz. Todos o deixariam em paz, uma hora ou outra.

Então levantou a mão para coçar a cabeça. Seu cabelo provavelmente fora infestado de piolhos no mesmo instante em que entrou na cela. Mas o movimento causou uma dor aguda em seu ombro. Os malditos policiais deviam tê-lo deslocado lá na ponte.

Nenhum daqueles imbecis entendeu o que Jack estava tentando

dizer – que era Harte Darrigan quem deveriam prender. O maldito mago estava *bem* ali, e a polícia não fizera nada.

Em vez disso, prenderam Jack. E o pior? Ele foi preso por *tentativa* de homicídio. Darrigan estava bem na mira, Jack tinha certeza de que a bala atingiria o alvo, mas então... nada. A bala sequer o atingiu de raspão. Darrigan parecia um maldito fantasma se esquivando da morte.

A imundície da cela e o fedor do balde de necessidades em um dos cantos seriam mais fáceis de aturar se Darrigan estivesse morto. O dente faltando, o braço dolorido e o cabelo cheio de piolhos até teriam valido a pena se Jack fosse o homem que houvesse colocado um fim à inútil vida do mago.

O eco dos passos veio do corredor escuro além das grades da cela. Os prisioneiros ao redor de Jack começaram a acordar e a fazer barulho, incomodados. À medida que os passos se aproximavam, homens das outras celas sacudiam as grades e falavam palavrões. "Animais, sem exceção." Quando o guarda parou na frente da cela onde Jack estava, a janelinha na grade da porta foi obscurecida pelo rosto do policial. E então Jack ouviu seu nome sendo chamado, e uma fresta se abriu na parte de baixo da janelinha.

"Finalmente." Ele não duvidava de que alguém viria buscá-lo. Seu lugar não era ali, em meio à simples ralé. Jack colocou as mãos na abertura, como esperavam que fizesse.

– Aproveitando a estadia? – perguntou o policial com uma voz de deboche, enquanto punha as algemas em Jack através da grade. – Acho que não, aqui não é tão chique quanto as acomodações a que você está acostumado.

Jack o ignorou.

– Para onde você está me levando? – perguntou, enquanto o guarda o empurrava na direção da escada que havia no final do corredor.

– Você será sentenciado – respondeu o guarda. – Está na hora de se apresentar perante o juiz.

Assim que terminaram de descer a escada, Jack foi empurrado

através de uma porta dupla pesada e, quando viu, estava dentro de um tribunal. Um juiz de aparência turrona estava sentado na tribuna, ouvindo o que o homem à sua frente dizia. Ao ver as costas do sujeito – seu cabelo grisalho, sua pequena entrada no topo da cabeça, a lã fina de seu sobretudo –, o estômago de Jack se revirou. Não era seu pai, nem seu primo... Era pior. *Muito* pior.

O homem diante do juiz se virou, e o próprio J. P. Morgan deu uma encarada em Jack, que se aproximava da tribuna.

Quando aquela camponesa vagabunda enredara Jack em sua teia de mentiras, lá na Grécia, no ano anterior, o amarrara tão forte que ele praticamente perdeu o rumo. Ainda não conseguia lembrar da maioria dos dias e noites que passou inebriado pelo feitiço dela. Mas, mesmo naquela ocasião, sua família mandara o primo para resgatá-lo. Se acontecia de Jack ficar sem recursos na hora de fechar uma conta, um dos homens da família aparecia para pagar. O tio não costumava se preocupar com as minúcias da vida em família, principalmente se a vida fosse do filho mais velho da irmã de sua esposa. Mas ali estava o próprio Morgan, em carne e osso: aquele nariz protuberante e perebento, aqueles ombros alquebrados e aquela cara fechada significavam que Jack estava em apuros.

"Merda."

Jack parou na frente da tribuna. Tentou ouvir o que o juiz estava dizendo, mas não conseguia se concentrar. Até porque o tio o encarava como se ele fosse algo saído do esgoto.

O juiz terminou de falar, perguntando:

– Você entendeu?

– Sim, meritíssimo – respondeu Jack, sem se importar muito com o que estava dizendo. Não era nenhum garotinho para ficar no canto, de castigo. Desde que significasse liberdade, concordaria com qualquer coisa.

Outro guarda se aproximou e removeu as pesadas algemas. Jack esfregou os pulsos.

– Espero não ter que ver o senhor aqui novamente – falou o juiz, em um tom imperativo.

— Não, meritíssimo — disse Jack, xingando o juiz em pensamento, bem como o tio e toda aquela corja.

Morgan não disse nada até os dois estarem dentro da carruagem particular, a portas fechadas e a salvo dos olhares curiosos da cidade. Lá fora, o céu mal começava a perder a luz fraca do nascer do sol e virar dia. Jack passara a noite inteira naquela droga de cela.

Quando a carruagem começou a se movimentar, seu tio finalmente falou:

— Você tem muita sorte de o juiz Sinclair ser candidato à eleição no próximo outono. Caso contrário, não seria nada fácil tirar você de lá de dentro, rapaz. Não sei o que passou pela sua cabeça, querer atirar em alguém em plena luz do dia.

— Eu estava tentando...

— E por acaso você acha que eu me importo com isso? — disparou Morgan, com um olhar gélido que calou Jack de modo tão eficiente quanto as palavras que proferiu. — Você só tinha uma tarefa: encontrar Darrigan e pegar os artefatos que ele roubou. Só precisava sair da frente, para que a Ordem, e não *você*, pudesse se livrar dele.

— Darrigan me fez de idiota — disse Jack, mal conseguindo controlar seu mau humor. — Não dava para deixar barato o que ele fez comigo.

— *Você mesmo* se fez de idiota — retrucou Morgan. — O maldito mago só lhe deu corda para se enforcar. Ninguém do alto escalão queria que você estivesse naquela ponte, mas eu convenci a Ordem a lhe dar mais uma chance. E o que foi que aconteceu? Você agiu como um despreparado, como sempre. Como se não bastasse ter aberto as portas do nosso santuário para aqueles celerados, a Mansão Quéfren estar em ruínas e os mais preciosos artefatos da Ordem terem sumido... Você tinha que ir lá e chamar ainda mais atenção para a situação... Você envergonhou toda a família. Você *me* envergonhou.

"Você que é uma vergonha." Jack, pelo menos, tentara fazer alguma coisa. Se a Ordem lhe tivesse concedido o acesso que queria meses atrás, Harte Darrigan não teria se tornado um problema.

— Encontrarei Darrigan. Vou reaver o Livro e os artefatos.
— Darrigan está morto — falou Morgan, seco.
— Morto?
"Não. Não pode ser." Jack ainda tinha planos de matar o mago com suas próprias mãos.
— Pulou da ponte logo depois que você foi levado. Se estava com os bens da Ordem, das duas uma: ou escondeu ou entregou para alguém. Não que faça alguma diferença... Encontraremos os artefatos mais cedo ou mais tarde.
— Posso ajudar...
— Não — Morgan, curto e grosso, interrompeu. — Não pode. Você está acabado. Seu título da Ordem foi revogado.

O tom peremptório da voz do tio comunicou a Jack que não valia a pena tentar dar explicações ou pedir desculpas. Muito menos quando Morgan fazia *aquela* cara. Ele teria que esperar, como fizera depois do fiasco na Grécia. Uma hora ou outra, Morgan esfriaria a cabeça, e Jack se faria entender por todos.

— Além disso — continuou Morgan —, você sairá da cidade *imediatamente*. Suas malas já foram feitas e estão à sua espera, na casa de sua mãe. Assim que chegarmos lá, você terá exatos trinta minutos para tomar banho e se despedir. Quando estiver apresentável, será levado para a estação de trem.

Jack bufou:
— Você não pode me obrigar a ir embora.
Morgan estreitou os olhos.
— Talvez não. Mas, diga, como planeja viver? Seus pais decidiram que não pagarão nenhuma despesa sua até você provar que tem algum valor. O aluguel de sua casa precisará ser pago. Essas suas farras, regadas a bebida e prostitutas, são responsabilidade sua daqui em diante. Quem você acha que vai contratá-lo nesta cidade depois da vergonha de ontem?

Uma onda da mais absoluta incredulidade fez Jack ter a sensação de que estava no meio de um nevoeiro. O tio acabara com ele. Fizera seus pais se virarem contra o filho. E, com uma única palavra, poderia garantir que ninguém naquela cidade se relacionasse com Jack. A realidade de sua própria impotência lhe doeu.

— E para onde eu vou? — perguntou. Sua voz nem sequer parecia sua.

— Para onde deveria ter ido ontem. Aquele emprego ainda está à sua espera em Cleveland, do mesmo jeito que estava antes daquele fiasco em cima da ponte.

— E por quanto tempo devo trabalhar lá? — perguntou Jack, sem rodeios.

— Por tempo indeterminado.

Morgan pegou o jornal que estava a seu lado, no banco da carruagem, e o abriu, estalando o papel. A manchete da primeira página se apresentou sinistramente para Jack: TRÁGICO TOMBO DO MAGO. Logo abaixo das palavras, havia um desenho de Darrigan, que olhava fixo da superfície do jornal, zombando de Jack com um meio sorriso.

"Por tempo indeterminado."

— Então é isso? Fui exilado.

— Droga, não seja tão dramático — rosnou Morgan, por trás do jornal.

Houve um tempo em que a autoridade do tio teria feito Jack tremer. Mas, naquele momento, algo no tom de desdém de J. P. Morgan deixou Jack arrepiado. "Eles ainda não entenderam." Os membros do mais alto escalão da Ordem, com suas salas de reuniões confortáveis e suas mansões-palacete na Quinta Avenida, se consideravam reis — viam a si mesmos como intocáveis. Não se davam conta de que eram os plebeus que iniciavam todas as revoluções e que, nos levantes dos plebeus, as cabeças da realeza eram as primeiras a rolar.

Mas Jack sabia disso. Ele entendia.

— Você está cometendo um erro — disse Jack friamente. — Não faz ideia do que esses vermes são capazes. Não faz ideia da ameaça que representam.

Com outro estalo violento do papel, Morgan fechou o jornal, praticamente rasgando-o em cima do colo. Olhou feio para Jack e disse:

— Dobre essa língua, rapaz.

— Não sou nenhum *rapaz* — retrucou Jack, entredentes. — Venho estudando as artes ocultas, aprendendo tudo o que posso para compreender as ciências herméticas e as ameaças que a antiga magia representa. E, ainda assim, você se recusa a enxergar minha evolução ou me encarar em pé de igualdade.

— Porque você *não está* em pé de igualdade conosco — disse Morgan, com um tom de voz absolutamente frio. — Você se julga o herói de um grande drama, mas não serve nem para bobo da corte. Ou realmente acha que a Ordem não tem ciência das crescentes ameaças? Você não é o único a perceber que Ellis Island acabou se revelando uma grande decepção, que cada recém-chegado ameaça as mais profundas fibras de nossa sociedade. Por que acha que organizamos o Conclave? — Morgan sacudiu a cabeça, visivelmente indignado. — Você não passa de um cachorrinho insolente, preocupado demais com o próprio ego para perceber como seus conhecimentos são limitados. O trabalho do mais alto escalão da Ordem não é da sua conta e, mesmo assim, sua arrogância e imprudência custaram mais do que você é capaz de imaginar.

— Mas os Mageus...

— Os Mageus são problema *nosso*, não seu. Por acaso se julga mais informado, mais *inteligente* do que homens que têm muito mais anos de experiência do que você? — zombou Morgan.

— A Ordem está muito concentrada em Manhattan. Não se dá conta...

— O dever da Ordem vai *muito* além de manter uns poucos imigrantes em seu devido lugar, que é a Bowery. Você pensa que sou um velho sem nenhuma conexão com a realidade do mundo, mas *não sou eu* quem não sabe de nada. O país está em um momento decisivo. Não apenas nossa cidade, mas o *país* como um todo, e há mais forças em jogo do que você é capaz de entender, que *sequer* conhece.

Morgan se inclinou para a frente de leve, um movimento mais ameaçador do que de cumplicidade.

— A Ordem tem um plano. Ou pelo menos tinha, antes de Darrigan estragar tudo. Era para o Conclave do final do ano ser nossa maior conquista, um encontro que reuniria todos os segmentos de nossa irmandade, e a Ordem provaria nosso domínio, nossa capacidade de liderança. E, de uma vez por todas, expulsaria os perigos da magia selvagem de nosso território. Mas você trouxe as víboras para o nosso meio. Agora, por sua causa, todo o nosso esforço está ameaçado.

— Então me deixe ficar aqui — pediu Jack. — Possuo conhecimentos que podem ser úteis. Permita-me ajudar vocês. Minha máquina...

— Já chega! — Morgan franziu o nariz protuberante, como se tivesse sentido um odor desagradável. —Você já fez mais do que deveria.Vá para Cleveland. Não chame atenção. Olhe ao seu redor e aprenda alguma coisa a respeito de como o mundo *realmente* funciona. E então, quem sabe, se não fizer uma burrada maior ainda, podemos permitir que venha nos visitar no Natal.

SANGUE E ÁGUA

1902 – Nova York

Viola Vaccarelli fingia examinar as frutas em um dos mercadinhos da Mott Street enquanto observava a porta da igreja, do outro lado da rua. O dono do estabelecimento, um homem mais velho, com o cabelo grisalho preso para trás em uma bela trança, ficou parado perto da porta e a observava com desconfiança. Viola se perguntou se seria assim que Jianyu ficaria com o passar dos anos. Mas se lembrar de Jianyu, que era o espião de confiança de Dolph – e que abandonara a todos naquela ponte – trouxe pensamentos sombrios.

Quando o dono do mercadinho se afastou, Viola se deu conta de que estava fazendo careta. Para se redimir, retorceu os lábios, em uma tentativa malfadada de sorriso. O homem piscou, franzindo ainda mais as sobrancelhas, como se soubesse que Viola na verdade era uma predadora.

"*Fermati*. Deixe que fique nervoso." Um tigre não pede desculpas por ter presas, e Viola não tinha tempo para ser simpática com um desconhecido qualquer. Entregou algumas moedas em troca da pera madura que escolhera, e o homem baixou a mão com cautela para pegá-las.

Do outro lado da rua, a porta lateral da igreja se abriu, e as primeiras paroquianas apareceram. Viola se afastou do velho, sem se dar ao trabalho de esperar pelo troco, e ficou observando o fluxo de mulheres que emergia da entrada lateral. A maioria era de senhoras, apesar de haver algumas jovens cujos rostos já começavam a mostrar as mesmas rugas que sulcavam a pele das mães. Eram as filhas solteiras – moças que não tiveram sorte na procura por um marido e que ainda viviam sob o teto e as regras das famílias. Viola renegara esse futuro. Dera as costas para os parentes e para todas as expectativas que tinham dela.

E agora teria que pagar por isso.

A idosa usava o uniforme de sua geração: saias escuras e grossas, capas pesadas e disformes e um *fazzoletto copricapo*, uma espécie de lenço feito de renda ou linho simples, para cobrir a cabeça e resguardar o recato e a humildade diante do Senhor e de toda a vizinhança. Viola também cobrira seu cabelo castanho com um lenço naquela manhã, mas não tinha o menor interesse pelo recato. Disfarçar-se era seu objetivo.

Para qualquer outra pessoa, aquelas mulheres italianas poderiam parecer indistinguíveis entre si, mas Viola seria capaz de avistar a mãe no meio de uma multidão como aquela. O compasso do corpo avantajado da mãe balançando ao virar à esquerda, em direção à Mulberry Street, fora o ritmo de sua infância.

Fazia três anos que Viola não falava com a mãe ou sequer *via* alguém da família, apesar de seus parentes morarem a poucas quadras do Bella Strega. Mas, nas ruas da região da Bowery, essas poucas quadras eram a diferença entre a segurança do lar e um encontro com a gangue errada. Não que Viola se preocupasse muito com isso: era capaz de cuidar de si mesma e de qualquer um que pudesse pensar em incomodá-la.

As mãos robustas da mãe voejavam como passarinhos enquanto ela conversava com a mulher que a acompanhava. Aquelas mãos pesadas podiam quebrar o pescoço de uma galinha e moldar os mais delicados *casarecce*. Podiam limpar uma lágrima... ou deixar uma marca que ficava doendo por dias e dias.

"É melhor eu deixá-la em paz."

Viola daria outro jeito.

Sem pensar, pôs a mão na faca que sempre levava junto ao corpo, a adaga que batizara de Libitina em homenagem à deusa romana dos funerais... E percebeu que a arma não estava ali. Viola atirara a adaga em Nibsy Lorcan, para proteger Esta, no dia anterior. Mas, na confusão que se formou na ponte, não conseguiu reavê-la. Esta havia sumido – a garota desaparecera como se jamais tivesse existido –, assim como Libitina, que agora estava em poder de Nibsy Lorcan. Viola estava por sua própria conta, sem amigos nem aliados, mas era a ausência da faca que mais sentia, como se tivesse perdido uma parte de si mesma.

Sua adaga seria recuperada... mais cedo ou mais tarde. Enquanto isso, a substituta de Libitina estava muito bem guardada na bainha presa em sua coxa. Mas não era a mesma coisa. O aço *desta* faca não falava com Viola da mesma maneira, e o peso ao qual não estava acostumada transmitia a sensação de haver algo errado, como se poucos gramas tivessem o poder de fazer Viola perder o equilíbrio.

Só que ela precisava de *alguma coisa* para se proteger. A Bowery estava um caos. A polícia, que já era corrupta, tornara-se ainda mais abusada nos últimos dias. Sob a direção da Ordem, andava invadindo Lower Manhattan para encontrar os Mageus que roubaram os tesouros da Ordem mantidos na Mansão Quéfren. Viola fizera parte dessa equipe. Liderados por Dolph Saunders, organizaram-se em missão para roubar o *Ars Arcana*, um livro de poder inenarrável. Dolph acreditava que o Livro era capaz de restaurar a magia e libertar todos eles do controle da Ordem – e da Beira.

Dolph estava morto, e só de pensar nele estirado, pálido e sem vida, em cima do balcão do Strega, Viola ainda ficava sem ar. Dolph fora um verdadeiro amigo, em quem ela acabou confiando – e dependendo dele para manter a constância e o equilíbrio – mesmo depois de a vida lhe ensinar a jamais acreditar em nada. Mas Dolph se fora, assim como o Livro e qualquer sonho de liberdade ou futuro que fosse diferente daquela peleja do presente.

Harte Darrigan, aquele *cazzo* de mago traidor, estragara tudo ao roubar o Livro dela nas entranhas da Mansão Quéfren, fazendo Viola de boba. Por causa dele, os integrantes do Filhos do Diabo encararam Viola com um brilho de desconfiança nos olhos quando descobriram que o saco que ela carregava não continha nada de valor. Não havia como Viola consertar seus erros. Darrigan levara toda esperança de reaver o Livro para sua tumba no fundo do rio, quando pulou da ponte.

Como se isso não bastasse, Viola tornara tudo ainda pior lá na ponte.

Sabia que Nibsy suspeitava que Esta e Harte estavam mancomunados. Recebera instruções específicas de garantir que *nenhum dos dois* fugisse. Mas, quando Nibsy pôs um revólver no pescoço de Esta, Viola agiu sem pensar. Atacou o garoto para salvar Esta – porque era isso que Tilly esperaria dela. E porque foi isso que seus próprios instintos insistiram que fizesse.

Mas suas ações significavam que ela não podia voltar para o Strega. Pelo menos não enquanto Nibsy Lorcan tivesse o apoio do bando de Dolph.

Sem Dolph, Viola não tinha ninguém para protegê-la dos perigos da Bowery. Sem o Livro, não havia mais nada a negociar com o Filhos do Diabo. Certamente, não poderia contar com o perdão de Nibsy por tê-lo esfaqueado.

Não que se importasse muito com isso. Viola jamais gostara daquele moleque mesmo.

Mas o Strega era a sua casa. O Filhos do Diabo fora como sua família, uma família que respeitava sua habilidade e a aceitava como ela era. O Livro até podia estar perdido, mas Viola faria o que fosse necessário para provar que não traíra a confiança deles. Mesmo sem o Livro, poderia terminar o que Dolph começara. Faria tudo o que estivesse ao seu alcance para destruir a Ordem.

Para isso, precisaria de ajuda. E só conseguia pensar em uma pessoa capaz de protegê-la das patrulhas: seu irmão mais velho, Paolo. E procurar Paolo tinha mais uma vantagem: corria o boato nas ruas de que a Cinco Pontos também fazia o serviço sujo da Ordem, assim como fazia o do Tammany.

Paolo não perdoaria Viola por ter abandonado a família, muito menos por ter fugido de seu controle e ido trabalhar para Dolph, um homem que considerava seu inimigo. Mesmo assim, se o "querido" irmão pudesse ajudá-la a se aproximar da Ordem, Viola sofreria as consequências necessárias. E por isso fora àquele lugar, esperar pela mãe, a única pessoa capaz de protegê-la da ira de Paolo.

Viola deu a pera que acabara de comprar para um pivete imundo que estava na esquina e correu para alcançar a mãe.

— *Mamma*! — gritou. Mas esse vocativo era tão frequente nas ruas da região da Bowery que sua mãe só reagiu quando Viola a chamou pelo nome:

— Pasqualina!

Foi só então que sua mãe se virou, ao ouvir alguém gritando o nome dela em meio à balbúrdia da rua. Demorou um pouco até os olhos castanhos demonstrarem o entendimento do que acontecia, e Viola pôde interpretar cada emoção que passou pela expressão daquele rosto: choque, esperança, depois assimilação... e desconfiança.

Depois de murmurar alguma coisa para a companheira, que lançou para Viola um olhar desconfiado, de reprovação, antes de seguir sozinha, sua mãe franziu a testa para ela. Mas parou de caminhar e ficou esperando pela filha.

Sentindo a garganta apertada por uma ternura que pensara ter matado havia muito tempo, de forma definitiva como a das vidas que tirara com a adaga, Viola foi se aproximando da mãe devagar, até as duas ficarem ao alcance das mãos uma da outra.

— Viola? — Sua mãe levantou a mão, como se fosse acariciar o rosto da filha, mas não chegou a fazê-lo. Passou um instante, longo e terrível, então baixou a mão, que caiu inerte na lateral de seu corpo.

Viola balançou a cabeça, sem conseguir dizer nada. Apesar de tudo o que a família fizera, apesar de toda a raiva que ainda tinha, sentira falta da mãe. Deles todos. Sentira falta até da menina que fora quando convivia com seus parentes.

A expressão de sua mãe ficou confusa.

— O que você quer?

Ditas no dialeto siciliano da infância de Viola, as palavras tinham um quê de boas-vindas. Mas o tom da voz fora como o olhar: frio e sem emoção.

Viola esperava por isso. Afinal de contas, cometera um pecado cardeal: abandonara a família. Traíra o irmão e rejeitara a autoridade dele, além de — o que, talvez, fosse o mais grave de tudo — ousar ter a audácia de adotar um estilo de vida que ia muito além do que qualquer mulher *direita* poderia querer.

O fato de Viola não se considerar uma mulher direita fazia tempo não tinha a menor importância. O julgamento da mãe ainda a atingia. Já fora alvo daquela mesma expressão centenas de vezes quando era menina. Mas, mesmo depois de aprender a matar sem arrependimentos, jamais conseguira se tornar imune àquela cara.

Viola desviou os olhos e obrigou-se a baixar a cabeça, demonstrando a submissão que esperavam dela.

– Quero voltar para casa, *mamma*.

– Que casa?

Viola olhou para cima e viu que sua mãe franzia as sobrancelhas grossas.

– Quero voltar para o convívio da família.

Sua mãe não disse nada logo de início. Ficou examinando Viola com o mesmo olhar crítico que costumava usar para avaliar uma fruta batida no mercado, logo antes de pedir desconto.

– Eu estava errada – disse, baixinho, mantendo a cabeça baixa e os ombros encolhidos. – A senhora tinha razão ao meu respeito. Sou muito cabeça-dura e me considero mais importante do que sou. Aprendi o que significa ficar sem nossa própria família.

Aquelas palavras deixaram um gosto de cinzas em sua boca, mas não eram uma completa mentira. Sob a proteção de Dolph, Viola apreendeu o que significa se ver livre das expectativas, das exigências e das restrições que a família lhe impunha.

– Está parecendo mais que você se meteu em encrenca – retrucou sua mãe, curta e grossa, olhando para a barriga de Viola. – Quem é ele?

Viola fez careta e respondeu:

– Não tem homem nenhum.

– Não acredito.

– A senhora está vendo o que anda acontecendo, não está? Os incêndios, o tumulto na rua? Agora vejo o quanto fui burra de pensar que poderia ficar sem minha família: *il sangue non è acqua*.

A mãe comprimiu os lábios, estreitou os olhos e disse:

– Falei isso a vida inteira, e você só dá ouvidos agora? Agora que é tarde demais?

— Ainda sou sangue do seu sangue — respondeu Viola, bem baixinho, com um tom dócil forçado, que lhe pareceu uma traição a tudo o que ela era.

Viola só entendeu o quanto esse ditado era verdadeiro quando tentou deixar sua família para trás. Não importava a vida que tentasse levar, sempre fora a irmã de Paul Kelly — e sempre seria.

Não, sangue não é água. Sangue deixa manchas.

— Por que você veio procurar justo a *mim*? Por que não procurou Paolo, como deveria? Ele é o chefe da família agora — falou sua mãe, fazendo o sinal da cruz e olhando para o céu, como se o pai de Viola fosse aparecer, santificado, no meio das nuvens. — Você precisa da bênção *dele*, não da minha.

— Eu *quero* falar com ele — disse Viola, enrolando as mãos nas saias, fazendo questão de mostrar que estava nervosa e se odiando por isso. Não pela mentira, mas pela demonstração de fraqueza, já que prometera a si mesma que sempre seria forte. — Mas não sei como me desculpar pelo que fiz. Paolo sempre escuta a senhora, *mamma*. Dá ouvidos ao que a senhora diz. Se disser para me perdoar, ele perdoará.

A mãe de Viola tensionou o maxilar e ficou com o rosto vermelho.

— Entendi tudo... Você veio me procurar porque precisa da minha ajuda? Depois de tudo o que fez conosco... comigo... — A voz da mulher falhou por um instante. — Você me desgraçou.

Sacudindo a cabeça, a mãe de Viola virou-se para ir embora. Mas, ao descer da calçada, soltou um suspiro e quase caiu de joelhos.

Viola a segurou antes que ela chegasse ao chão e a levantou. Pasqualina Vaccarelli era uma mulher forte, corpulenta, mas Viola pôde sentir a fragilidade da mãe, o envelhecimento que levara parte de sua vitalidade nos últimos três anos.

Era arriscado usar sua afinidade ali, no meio da rua — ainda mais depois que tudo se tornara tão perigoso —, mas Viola instilou poder em sua mãe, tateando em busca da origem da dor e encontrando-a na mesma hora. A gota em suas juntas estava muito pior. Sem pensar duas vezes, Viola direcionou sua afinidade para ela, limpando as juntas endurecidas.

Sua mãe soltou um suspiro de alívio e cruzou o olhar com a filha quando ela retirou as mãos. Viola sentiu o próprio sangue ficar quente, e a ficar viva, quando exerceu sua magia. Era para *aquilo* que tinha nascido. Seu Deus lhe dera aquela dádiva de vida, não das mortes que seu irmão a forçara a cometer.

Com um misto de surpresa e alívio no olhar, a mãe levantou a mão calejada por tantos anos de trabalho e a encostou no rosto de Viola. Ainda estava com a boca retorcida e um olhar duro, mas também havia gratidão naquela expressão.

— Você teria me sido muito útil esses anos todos.

— Eu sei, *mamma* — disse Viola, colocando a própria mão sobre a da mãe e piscando para reter as lágrimas que pinicavam seus olhos. — Também senti falta da senhora.

Isso, pelo menos, não era mentira. Viola sentia, sim, saudade da mãe que conhecera, da mulher que costumava cantar quando pendurava a roupa no varal, que tentara ensinar Viola a sovar massa até ficar maleável, a passar lençóis com as próprias mãos até ficarem lisinhos. Essas lições jamais foram aprendidas. Por mais que se esforçasse, Viola não nascera para aquela vida. Suas mãos eram feitas para segurar uma faca, para irradiar magia, e sua família fizera tudo o possível para encaixá-la no molde que acreditava ser correto. No fim das contas, as expectativas dos parentes só conseguiram expulsá-la dali.

Mas Viola tinha voltado. Ela se ajustaria às expectativas deles, só que estava mais velha. Mais forte. Não permitiria que a domesticassem.

A mãe de Viola tirou a mão de seu rosto e disse:

— Vou conversar com seu irmão.

— Obrigada...

Ela levantou a mão para impedir que a filha continuasse falando e completou:

— Não me agradeça. Não estou lhe dando nenhuma garantia. Você precisa estar preparada para cumprir a penitência que Paolo lhe der... *seja lá* o que seu irmão exigir.

Viola baixou a cabeça para esconder o desgosto. Sua mãe não fazia ideia do que o "querido Paolino" era capaz de fazer. Só sabia que era proprietário de um clube de boxe chamado New Brighton e de um restaurante chamado Little Naples Cafe. Compreendia que o filho conhecia os homens importantes da cidade, mas não fazia ideia de que era um dos mais poderosos e perigosos chefes de gangue do Lower East Side, nem dos pecados que obrigara a irmã a cometer.

Viola ficou se perguntando se sua mãe daria alguma importância se a visse com o lábio rachado e os olhos roxos que exibiu da primeira vez que se refugiou na segurança do Strega.

– Venha.

Sem dizer mais nada, a mãe de Viola começou a caminhar.

– Para onde vamos? – perguntou Viola, já enxergando os cubículos superlotados onde crescera. Mas sua mãe não estava indo na direção do cortiço onde Viola passara a infância.

Ela se virou de novo para a filha e disse:

– Pensei que você queria que eu conversasse com Paolo...

– Vamos fazer isso agora?

Sua mãe lhe lançou um olhar sinistro e desconfiado e indagou:

– Você quer esperar?

"Sim."

Viola precisava de tempo para se preparar, para estar pronta para o que quer que seu sádico irmão tivesse lhe reservado. Mas, pela expressão da mãe, ficou claro que só teria uma oportunidade.

– Não. É claro que não, *mamma*. Agora é o momento perfeito – falou. E baixou a cabeça, como forma de agradecimento. "Submissa." – Obrigada, *mamma*.

– Não me agradeça assim, tão rápido – respondeu sua mãe, franzindo a testa. – Você ainda tem que falar com Paolo.

O MAIOR DOS EXÍLIOS

1902 – Nova York

Naquele começo de manhã, o céu estava carregado de nuvens, e uma espessa névoa cobria a água enquanto a balsa atravessava lentamente a Upper Bay, que separava o Brooklyn de Nova Jersey. Na popa da embarcação, Esta Filosik parecia uma passageira como outra qualquer. Seu cabelo longo e castanho-escuro estava preso para trás, em um penteado que não chamava a atenção, sua saia surrada e a pesada capa desbotada eram do tipo de roupa que fazia os olhares passarem reto, sem sequer notar quem as estava usando. Ela rasgara a bainha da saia, para que ficasse mais longa. Fora isso, as peças lhe caíam bem, levando em consideração que Esta tirara ambas de um varal desguardado naquela mesma manhã. Só que, por baixo daquele tecido áspero e daquela lã amarrotada, Esta levava uma pedra capaz de interferir no tempo e um Livro que tinha o poder de transformar o mundo.

Podia até parecer à vontade, pouco interessada nos contornos longínquos da cidade, que haviam se tornado pouco mais de uma sombra distante e enevoada que ficara para trás, mas a atenção de Esta estava aguçada, reparando em todos os demais passageiros. Escolhera uma posição da qual pudesse observar qualquer sinal de perigo e sem revelar para ninguém o quanto precisava do apoio da barra de proteção que havia atrás dela.

A balsa desbravava as águas turvas, acompanhando a Liberty Island – que só ganharia esse nome dentro de cinquenta anos –, e a própria Estátua da Liberdade assomava-se acima dos passageiros, uma sombra escura feita de cobre polido. Esta jamais vira a estátua tão de perto. Mas, mesmo daquela curta distância, era bem menor do que esperava. Nem um pouco impressionante, levando em conta tudo o que deveria simbolizar. Só que Esta sabia que a maioria dos simbolismos é oca como aquela estátua. Para pessoas como ela – pessoas com a antiga magia –, a tocha reluzente da dama deveria servir de alerta, não de farol, do que encontrariam naquele território.

Esta ficou se perguntando se sua decepção com a estátua era um sinal profético do que estava por vir. Talvez, quando finalmente conhecesse aquele mundo que jamais imaginara ver um dia, também o achasse pequeno e pouco impressionante.

Por algum motivo, duvidava que seria assim, tão simples. O mundo era grande e vasto e, para Esta, desconhecido. Ela sabia de tudo a respeito de Nova York. Mas, fora isso... estava tateando às cegas.

Mas não estava sozinha.

Ao seu lado, encostado na barra de proteção, estava Harte Darrigan, ex-mago e trapaceiro contumaz. Usava um quepe que cobria o cabelo escuro e os singulares olhos cinza-tempestade, fazendo-o parecer uma pessoa comum, sem pretensões... como qualquer outro viajante. Harte o baixara, para cobrir a testa, e ficara de costas para os demais passageiros, para que ninguém o reconhecesse.

Sem deixar Harte perceber, Esta ficou observando o mago de canto de olho. Quando seu mundo ruíra, decidira voltar porque queria salvá-lo. Sim, precisava de um aliado, alguém que ficasse ao seu lado nas batalhas que estavam por vir. Mas voltara para lá, para aquele exato momento e lugar, porque queria que esse aliado fosse *Harte*. Por quem o mago era e pelo que havia feito por ela. E por quem era quando estava com Harte.

Só que era impossível decifrar qual era o estado de humor de Harte naquele momento, assim como quando Esta acordara, bem cedo pela manhã, e dera de cara com o mago a observando. Ele devia ter passado a noite inteira acordado pois, quando Esta finalmente acordou, naquele quarto de pensão desconhecido do Brooklyn, Harte estava sentado na cadeira bamba que havia no pé da cama estreita, com os cotovelos apoiados nos joelhos, profundas olheiras e um olhar de preocupação. Esta ainda não sabia como o mago conseguira carregá-los através daqueles poucos metros finais da Beira.

Tinha vontade de perguntar. Tinha vontade de perguntar tantas coisas para Harte: sobre a escuridão que vira na ponte, o modo como aquele preto-nanquim se espalhara, tomando conta de tudo. Queria saber se Harte também havia visto. Mais do que tudo, queria se encostar nele e tirar todo o apoio e calor humano que pudesse arrancar de sua presença. Mas o modo como Harte a olhava a deteve. Esta já percebera sinais de admiração nos olhos dele, mas também de frustração, de desconfiança e até de desgosto, porém o mago jamais a olhara como se ela fosse algo frágil e danificado.

Só que, naquele momento, ele sequer olhava para Esta. Enquanto a balsa desbravava as águas, os olhos de Harte estavam fixos no horizonte cada vez mais distante da cidade que, por tanto tempo, representara uma prisão para os dois. Cada mentira que contara, cada golpe que dera, cada traição que cometera, fora para fugir daquela ilha. E, mesmo assim, não estava com uma expressão vitoriosa, agora que havia conquistado a liberdade. Pelo contrário: o maxilar de Harte estava tenso; os lábios, duros e esticados, e a postura era rígida, como se estivesse à espera do ataque seguinte.

Sem mais nem menos, o apito sinistro da balsa rompeu a tranquilidade das primeiras horas da manhã, abafando o ronco dos motores e o farfalhar suave e constante da água. Esta se encolheu toda ao ouvir esse som e não conseguiu esconder a leve tremedeira causada pelo vento repentino – ou pela lembrança daquela escuridão se esparramando pelo mundo, obliterando a luz. Obliterando *tudo*.

– Você está bem? – perguntou Harte, virando-se para ela com uma expressão preocupada. Os olhos dele percorreram o corpo de Esta, como se estivessem esperando o instante em que ela fosse desmaiar e seria necessário segurá-la de novo.

Mas Esta não desmaiaria. Não *se permitiria* ser tão fraca novamente. E odiava a preocupação excessiva de Harte.

— Só estou um pouco tensa.

Esta pensou que Harte fosse abraçá-la. Antes que ele pudesse fazer isso, empertigou-se e se afastou um pouco. Se os dois fossem ser parceiros, precisariam estar em pé de igualdade. Esta não podia – *não queria* – permitir que sua fragilidade momentânea se tornasse uma desvantagem.

Harte franziu a testa e deixou as mãos paradas na lateral do corpo, mas Esta não pôde deixar de perceber que o mago cerrou os punhos. Por mais que fosse um mentiroso bem treinado, Harte não conseguiu disfarçar a mágoa estampada no rosto, assim como não conseguia disfarçar por completo a preocupação que lhe turvava a expressão sempre que olhava para Esta.

Ela se obrigou a ignorar isso também e se concentrou em manter a postura ereta. Em parecer mais forte do que se sentia por dentro. *Confiante*.

Harte lhe lançou mais um olhar e então, finalmente, voltou a observar a terra natal, que se afastava cada vez mais. Esta fez a mesma coisa, mas concentrou seus pensamentos no que estaria à espera dos dois quando a balsa por fim atracasse.

Os dois tinham uma tarefa impossível por cumprir: encontrar as quatro pedras que estavam espalhadas pelo país, graças a Harte. Como a Chave de Ishtar – a pedra que Esta usava no braço, engastada em um bracelete –, as gemas um dia estiveram em poder da Ordem: o Olho do Dragão, a Estrela de Djinni, a Lágrima de Delfos e o Coração do Faraó. Foram criadas quando Isaac Newton instilou em cinco artefatos antigos o poder de Mageus cujas afinidades se alinhavam com os elementos. O cientista estava tentando controlar o poder contido no Livro – que, naquele momento, estava escondido na saia de Esta –, mas não conseguira. Depois de sofrer um colapso nervoso, Newton confiou os artefatos e o Livro à Ordem, que os usou para criar a Beira e estabelecer seu poder sobre Nova York – e manter os Mageus presos na ilha de Manhattan, subjugados ao controle da Irmandade. Mas Dolph Saunders e sua gangue mudaram tudo isso.

Mesmo assim, ainda que Harte conseguisse se movimentar pelo vasto mundo, encontrar as pedras e reavê-las, ainda precisavam descobrir como *usá-las* para tirar o poder do Livro de dentro de Harte e libertar os Mageus de Nova York sem destruir a Beira. Porque, por uma grande ironia do destino, a Beira também continha a magia que roubava. Se destruíssem a Beira, corriam o risco de destruir a magia em si – e todos os Mageus, por conseguinte.

Ela estava perdida em seus pensamentos quando a balsa sacudiu com força, ao bater na doca. O apito soou mais uma vez, e os motores silenciaram. Os poucos passageiros em volta de Esta e Darrigan começaram a se dirigir para as escadas.

– Preparada? – perguntou Harte, com uma voz baixa demais, um olhar preocupado demais.

Aquela preocupação foi a gota d'água para Esta, que parou para olhar os contornos distantes da cidade uma última vez, virou para Harte e disse:

– Eu estava pensando...

– Que coisa perigosa – resmungou Harte. Mas os olhos dele não sorriam. Não como deveriam. O mago estava preocupado demais com Esta, e ela sabia muito bem que não podiam se dar ao luxo de ter medo daquele jeito. Muito menos com tudo o que estava por vir.

– Acho que deveríamos nos separar – falou Esta.

– Separar? – perguntou Harte, surpreso.

– Não vou conseguir nossas passagens para Chicago se você me atrapalhar. Você não para de me olhar como se eu fosse desabar a qualquer momento. As pessoas vão perceber.

– Talvez eu não pare de olhar porque você está tendo dificuldades para se manter em pé.

– Não há nada de errado comigo.

– Pensa que não percebi que você estava apoiada na barra de proteção como se fosse uma espécie de muleta?

Esta ignorou a verdade – e a irritação – por trás da afirmação de Harte.

– Não vou conseguir roubar duas passagens se você não desgrudar de mim.

Harte abriu a boca para argumentar, mas Esta foi mais rápida:

— Além disso, você está morto, para todos os efeitos — lembrou. — A única coisa que temos a nosso favor é o fato de a Ordem não estar procurando você. Não podemos correr o risco de alguém reconhecer nenhum de nós dois lá dentro, e esse risco é maior se estivermos juntos.

O mago ficou olhando bem para Esta por um instante e falou:

— Você deve ter razão...

— Costumo ter.

— ...mas tenho uma condição.

— Que condição? — perguntou Esta, não gostando nem um pouco do olhar ardiloso de Harte.

Ele estendeu a mão e respondeu:

— Deixe o Livro comigo.

— O quê?

Esta se afastou. Desde o início, o Livro fora o motivo de Harte ter planejado trair a gangue de Dolph e, por um instante, ela se perguntou se não fora idiotice sua pensar que havia alguma coisa entre os dois.

— Se você quer se separar, tudo bem. Vamos nos separar. Mas eu vou ficar com o Livro.

— Você não confia em mim — disse Esta, ignorando a pontada de mágoa que sentiu.

Depois de todos os riscos que correra por Harte... Mas o que esperava? Aquele homem era um golpista, um mentiroso. Essas eram algumas das características que admirava nele, não eram? Não queria que o mago fosse diferente.

— Confio na mesma medida que você confia em mim — ele falou, dando a mais vaga das respostas.

— Depois de tudo o que eu fiz por você...

Esta fingiu uma irritação maior do que de fato sentia. Na verdade, não podia condená-lo. Teria feito exatamente a mesma coisa. E havia um certo conforto no fato de os dois voltarem a desempenhar seus antigos papéis, adotar aquela desconfiança tão conhecida que impedira que se apaixonassem um pelo outro com muita facilidade.

— Você tem o bracelete com a primeira pedra — explicou Harte. — Se eu estiver com o Livro, ficaremos em pé de igualdade. Além do mais, se um dos dois se meter em encrenca, não poremos a perder ambas as coisas que temos.

Esta poderia argumentar. Provavelmente *deveria*. Mas entendeu, sem precisar de explicações, que atender à exigência de Harte ajudaria a consolidar a parceria. Os sentimentos que talvez nutrisse por ele empalideciam em comparação ao que ainda precisavam fazer. Ou pelo menos foi disso que Esta tentou se convencer. Além do mais, se o mago já possuía o poder do Livro dentro dele, não precisava do Livro em si, certo? Precisava, isso sim, da pedra engastada no bracelete que Esta usava por baixo da manga e ele não estava pedindo isso.

— Tudo bem — respondeu Esta, deixando a decepção de lado enquanto tirava o Livro de sua capa e o entregava para Harte.

Era um pequeno tomo encadernado em um couro escuro e rachado. O *Ars Arcana* não parecia ser grande coisa. Mesmo com os estranhos desenhos geométricos da capa, não tinha nada que chamasse muita atenção. Talvez porque seu poder não estivesse mais contido em suas páginas. Ou talvez porque simplesmente seja assim que as coisas são — talvez o poder nem sempre assuma a aparência que se espera dele.

Harte pegou o volume das mãos de Esta e, no instante em que seus dedos envolveram a encadernação de couro, ela pensou ter visto aquelas cores estranhas refletidas novamente nos olhos do mago. Mas, se as tais cores de fato apareceram, desapareceram antes de Esta poder ter certeza de que as vira.

Harte enfiou o Livro dentro do casaco e baixou, mais uma vez, a aba do quepe.

— Vá primeiro. Eu saio em um minuto.

— Precisamos combinar onde vamos nos encontrar.

— Eu encontro você — ele respondeu, com os olhos fixos nos de Esta. — Arranje duas passagens para nós e espere por mim na plataforma de onde sairá o primeiro trem para Chicago.

Para manter os artefatos longe das mãos de Nibsy Lorcan, Harte enviara a maioria para longe de Nova York. Para evitar que a Ordem os encontrasse, precisou espalhá-los. A primeira pedra estava à sua espera em Chicago, onde um de seus velhos amigos do teatro de revista, Julien Eltinge, se apresentava. Harte e Esta partiram um dia depois de a pedra ter sido enviada, e talvez até fosse possível reavê-la antes que Julien recebesse o pacote.

Mas Chicago era apenas a primeira parada. Depois, vinha Bill Packet, um caubói que viajava com uma trupe de rodeio e estava com a adaga. A coroa fora enviada para um parente distante de São Francisco, que ficava a um continente de distância. E o que era pior: Esta e Harte não eram os únicos atrás dos artefatos da Ordem nem os únicos que precisavam dos segredos contidos no Livro. Os dois não conseguiriam jamais encontrar todos antes que Logan aparecesse dentro de uma semana em Nova York, onde Esta o deixara, e contasse tudo para Nibsy — a respeito do futuro, de quem Esta realmente era e de cada uma de suas fraquezas.

Mas ela e Harte podiam fazer tudo o mais rápido possível. Quando estivessem de posse dos quatro artefatos, voltariam para a cidade, onde estava escondida a última pedra, protegida por Jianyu, e então lutariam ao lado das mesmas pessoas que deixaram para trás.

"Se tiver sobrado alguém."

– Então acho que nos vemos logo, logo?

"Deus." Esta odiou o fato de a rouquidão de sua voz deixar transparecer todas as preocupações que giravam na sua cabeça e todas as esperanças que ela não estava disposta a admitir.

Esta não era de se preocupar. Não era de ficar nervosa, de hesitar nem de se arrepender. E não ia começar a fazer isso naquele momento, por mais lindos que fossem os olhos de Harte Darrigan e por mais fraca que estivesse se sentindo desde aquele sabia-se-lá-o-quê que lhe acontecera quando atravessara a Beira. O único jeito de conseguir era seguindo em frente – e ela não precisava que ninguém a carregasse.

Para provar para si mesma, bem como para Harte, que era capaz, começou a andar, mas ele segurou seu pulso com delicadeza. Esta poderia ter se soltado se quisesse, mas a pressão daquela mão segurando a sua era tão tranquilizadora que se permitiu ter aquele instante de conforto.

— Não vou para lugar nenhum, Esta — disse ele, com um olhar sério. — Não enquanto não terminarmos o que temos que fazer.

"E, aí sim, ele irá embora."

O sentimentalismo inesperado desse pensamento a assustou. Ela não podia se permitir ser tão delicada. Harte não acabara de deixar isso muito claro? Agora, Esta só podia se preocupar em consertar seus erros — os que *podia* consertar, pelo menos. Quanto aos outros — "e cometi tantos outros" —, teria que simplesmente aprender a conviver com eles. Libertaria o Livro antes que seu poder conseguisse estraçalhar Harte, e então o utilizaria para destruir a Ordem, os homens ricos que se alimentavam dos vulneráveis. Esta terminaria a tarefa que Dolph Saunders começara, mesmo que fosse obrigada a sacrificar a própria vida.

E, antes que tudo estivesse terminado, faria Nibsy Lorcan pagar, claro — por Dakari, a única pessoa que sempre fora sua amiga. Por Dolph, o pai que não lhe permitiram que conhecesse, e por Leena, a mãe que *jamais* conheceria.

O primeiro passo era reaver as pedras, e eles começariam por Chicago. "Um passo por vez. Nada é mais importante do que a tarefa."

Esta se encolheu toda ao perceber a facilidade com a qual as palavras do Professor Lachlan vieram à sua cabeça. "Não", corrigiu-se. "Palavras de Nibsy." Eram palavras de um traidor, *não* de um mentor, e muito menos de um pai. Não precisava mais segui-las e, certamente, não as queria dentro de sua cabeça.

Esta soltou-se de Harte sem dizer nada e foi em direção ao convés superior. Manteve a cabeça abaixada e apressou o passo para alcançar o modesto fluxo de passageiros que tinham embarcado de manhã cedo e saíam das docas em direção à estação de trem, bem maior e mais movimentada. Olhou para trás logo antes de passar pelas portas largas, mas não conseguiu ver Harte em lugar nenhum.

O ARS ARCANA

1902 – Nova York

Harte Darrigan já vira muita gente se afastar dele ao longo de sua breve vida. Já vira diretores de teatro fecharem as portas na sua cara, plateias levantarem e irem embora pois seu número não as impressionara. Já vira os rapazes ao lado dos quais passara seus loucos anos de moleque fingirem que não o conheciam, quando fora forçado a receber a marca da gangue Cinco Pontos. Já vira até sua própria mãe lhe dar as costas quando tinha pouco mais de 12 anos... apesar de não negar que foi merecido. Mas, por alguma razão, ver Esta ir embora lhe dava vontade de gritar, de correr atrás dela e dizer que mudara de ideia.

Foi um impulso no qual Harte não confiou por completo.

Sim, ele admirava Esta – pelo talento e pela determinação. Pelo modo como sempre olhava bem nos seus olhos, com uma postura altiva, sem medo do que poderia acontecer. Em pé de igualdade – *melhor* do que ele, talvez – em todos os sentidos.

É claro que Harte também *gostava* de Esta – por seu senso de humor aguçado e pelo brilho dos olhos dela quando ficava brava. E gostava do fato de Esta, mesmo quando mentia descaradamente, jamais fingir ser algo que não era.

Harte não podia dizer que a amava. Não... Tinha visto o que o amor fizera com sua mãe e com Dolph. Para Harte, a própria palavra "amor" era um golpe – uma mentira que as pessoas repetiam para si mesmas e para as outras na tentativa de encobrir a verdade. Quando diziam "amor", na verdade se referiam a "dependência". "Obsessão". "Fraqueza". Então, não, Harte não queria dizer que amava Esta, mas podia admitir que a cobiçava. Poderia, talvez, *talvez*, até admitir que precisava dela. Mas apenas para si mesmo.

Só que, naquele momento, o desejo que sentia por ela – a necessidade e a cobiça – se tornou um anseio mais forte, mais *sinistro* do que nunca. Harte confiava menos ainda nesse sentimento, porque não era propriamente seu. Nos cantos mais recônditos de sua mente, podia sentir o poder que um dia estivera contido no Livro recuperando as forças e pressionando sua alma, como uma criatura de bico e garras prestes a pôr um ovo.

À medida que Esta se afastava, Harte foi apertando cada vez mais a amurada da balsa. Teve que se segurar para não perder o equilíbrio ao sentir aquele poder se libertando dentro dele, porque já descobrira a verdade – já ficara sabendo que *ela* era a sua fraqueza.

Se Harte soltasse a amurada, iria atrás de Esta, coisa que o poder preso dentro dele queria mais do que tudo. Se fosse atrás de Esta, como *ele* queria, seria muito mais difícil controlar aquele poder, manter-se íntegro... e garantir a segurança de Esta. Pois, se deixasse o poder tomar conta, se permitisse que tal força alcançasse Esta – alcançasse tudo o que Esta era e poderia ser –, aquelas garras afiadas a dominariam. E a destruiriam.

Se Harte soubesse o que o Livro era, jamais teria desejado tanto pôr as mãos nele. Quando Dolph Saunders o seduzira com a perspectiva de sair da cidade, o mago não imaginou que seu próprio corpo e sua própria mente poderiam se tornar uma prisão mais absoluta do que a ilha onde nascera. Com certeza não esperava que o Livro roubado da Ordem fosse algo vivo – ninguém esperava. Mas, se algum dos demais – Dolph, Nibsy ou qualquer um dos outros – tivessem a mais vaga ideia do que *realmente* estava contido no Livro, jamais teriam permitido que Harte se aproximasse dele.

Poucos dias antes, tudo parecia mais claro, mais simples, até. No porão da Mansão Quéfren, seu plano fora muito objetivo. Se roubasse o

Livro do bando de Dolph, teria em suas mãos a tão sonhada liberdade. Nibsy Lorcan – aquele rato traidor – não conseguiria usá-lo para propósitos próprios. Harte vira o plano de Nibsy, o modo como usaria o Livro para controlar Mageus e controlá-los para erradicar os Sundren. Seria um mundo seguro para aqueles que possuíam magia, mas a única pessoa que teria algum tipo de liberdade seria o próprio Nibsy.

Só que Harte não se preocupava apenas com Nibsy. Roubar o Livro da Ordem também significava que Jack Grew jamais poderia usá-lo para finalizar a máquina monstruosa que estava construindo, que poderia erradicar a magia da face da Terra. Pena que, no instante em que as mãos de Harte roçaram no couro rachado, todos esses planos mudaram.

Ele estava acostumado a manter distância dos outros. Como a maioria das pessoas não se dava conta do quanto projetava para fora de si mesmas, Harte se acostumara fazia tempo a direcionar sua afinidade para dentro e a se manter fechado ao exterior. Detestava ser pego de surpresa pela avalanche confusa de imagens, sentimentos e pensamentos que boa parte das pessoas derrama no mundo sem ter consciência. Mas não passou pela sua cabeça se preparar para o Livro.

Quando sua pele encostou na capa antiga e rachada, Harte percebeu seu erro. Sentiu uma energia escaldante e lancinante penetrar nele – a magia mais poderosa que conhecera em sua vida.

E então começou a gritaria.

Durou apenas alguns segundos. Só que esses segundos pareceram uma enxurrada interminável de sons e impressões, uma mistura incoerente de línguas que Harte não deveria ser capaz de compreender. Mas ele jamais precisou conhecer as palavras para decifrar o que se passava na mente e no coração de uma pessoa, e tocar o Livro foi como interpretar uma pessoa.

Na verdade, foi muito mais fácil. Foi como se o poder contido no Livro estivesse à espera daquele momento – que *ele* se tornasse seu corpo de carne e osso. Harte entendeu, quase imediatamente, que o

Livro era mais do que qualquer um havia previsto. Era poder. Era ira. Era o coração pulsante da magia que existe no mundo e queria – nada mais, nada menos – ser libertada. Tornar-se alguém. *Consumir*.

E o que o Livro mais queria consumir era Esta.

Felizmente, o poder que Harte libertou sem querer ainda estava enfraquecido pelos séculos que passou aprisionado. O mago ainda conseguia controlá-lo e trancafiá-lo, desde que se concentrasse. Só que aquele poder ficava mais forte a cada dia, e Harte sabia que não conseguiria domá-lo para sempre. Não *planejara* isso.

Harte planejara morrer. Não sabia ao certo se, quando se jogasse da ponte, silenciaria a algazarra de vozes. Mas pensou que, pelo menos, isso impediria que elas o usassem, fizessem dele um fantoche. Só que, então, Jianyu apareceu nas docas, na noite anterior à sua apresentação na ponte, e sugeriu uma alternativa.

Naquele momento, Harte já havia espalhado os artefatos, enviando a maioria deles para longe de Nova York, fora do alcance de Nibsy. E só se deu conta quando já era tarde demais que poderia usá-los para controlar o poder do Livro. *Certamente*, não esperava que Esta fosse voltar.

E, naquele momento, deter Nibsy e a Ordem, além de garantir a segurança de Esta, dependia de Harte conseguir controlar esse poder. Para fazer isso, eles precisavam dos artefatos. Só que reavê-los significava deixar pessoas para trás – sua mãe, por exemplo. Jianyu era outro. E, o que talvez fosse o mais preocupante, significava deixar para trás uma das pedras.

Harte a entregara para Cela porque não tinha outro meio de recompensá-la por ter usado sua magia para obrigá-la a ficar com sua mãe moribunda. O anel era a menos inconveniente das joias da Ordem, tirando o bracelete que Harte dera para Esta. Só que, já naquele momento, o mago sabia que não era uma boa troca. Mas agora que Esta voltara, ele entendeu a dimensão do perigo que fez Cela correr – principalmente se o garoto que Esta trouxera consigo conseguisse encontrar alguma coisa. Harte só podia torcer para que o comando que incutira na mente de Cela com sua afinidade fosse o suficiente para ajudar a costureira a fugir do perigo até que Jianyu pudesse protegê-la, assim como a pedra.

O mago esperou alguns instantes para soltar a amurada, o suficiente para Esta sair de seu campo de visão e a tripulação da balsa começar a prestar mais atenção nele do que o desejado.

Quando saiu da balsa e pôs os pés na terra firme de Nova Jersey, certificou-se de que o poder contido dentro dele ainda estava calmo, guardado no fundo de sua alma. Era uma nova cidade em outro estado, mas para Harte, que passara a vida inteira preso na ilha de Manhattan, era como estar em um novo continente.

Ao seu redor, as pessoas se movimentavam apressadas, recolhendo malas e filhos e se dirigindo para a entrada da estação. Harte se misturou a elas, mantendo o quepe abaixado, olhando para baixo, permitindo-se fazer parte do fluxo. Sentiu a excitação de algumas pessoas prestes a embarcar para lugares desconhecidos e o cansaço de outras que fariam a mesma viagem que já tinham empreendido incontáveis vezes. Nenhuma delas tinha consciência do milagre que era poder tomar a decisão de comprar uma passagem, entrar em um trem e desembarcar em outro lugar. Harte jamais poderia deixar de valorizar esse milagre, independentemente do tempo que ainda lhe restasse.

Ao acompanhar a multidão, quase sentiu que aquele poderia ser o seu mundo. Talvez a missão que devia cumprir com Esta pudesse dar certo, e um futuro diferente fosse possível. Mas então começou a ouvir um sussurro que foi se tornando cada vez mais alto, nos recônditos de sua mente. O coro sinistro se tornou uma única voz, que falava em uma língua que Harte não deveria ser capaz de reconhecer, mas mesmo assim entendia. Uma única palavra que guardava um significado ainda não revelado.

"Logo."

A SEREIA

1902 – Nova York

O sol já estava subindo no céu quando o bonde atravessava a cidade em direção ao norte, sacolejando ruidosamente. Jianyu ficou encolhido em um canto, tomando cuidado para não encostar em ninguém e revelar sua presença, até chegar à parada na Broadway, perto do Teatro Wallack, onde Harte Darrigan costumava se apresentar. Os vizinhos de Cela acreditavam que ela havia fugido de casa porque era culpada pelo incêndio, mas Jianyu suspeitava que não fosse verdade. Não sabia ao certo para onde a costureira poderia ir, mas tinha esperança de que, uma hora ou outra, voltasse para o teatro onde trabalhava.

Estava mais fácil manter-se envolto na luz, já que o sol da manhã fornecia longos fios que Jianyu podia segurar e abrir ao seu redor. Quando chegou ao Wallack, olhou para cima e deu de cara com um par de olhos conhecidos, que o fitavam.

Era apenas uma pintura, um grande cartaz que ocupava vários andares, anunciando as atrações que se apresentavam ali dentro, mas o olhar de Harte Darrigan parecia estar fixo em Jianyu – embora ele não conseguisse determinar se aquilo era um presságio ou um incentivo.

Ainda escondido por sua afinidade, Jianyu examinou o teatro, do outro lado da rua. Podia esperar, observando se Cela chegava, mas resolveu que lá dentro poderia encontrar alguma pista de outros lugares para onde a costureira poderia ter ido. Deixando a afinidade bem perto do corpo, atravessou a rua e foi até a porta do palco. Desarmou a fechadura de forma imperceptível, entrou de fininho no teatro escuro e começou a procurar sinais de Cela nos bastidores.

Do lado de dentro, o teatro estava em suspenso, escuro e silencioso. Jianyu nunca tinha entrado no Wallack nem nas demais casas da Broadway que anunciavam atrações nas marquises chamativas e iluminadas. Uma vez, fora a um espetáculo no Teatro Bowery, assim que chegara à cidade, mas foi uma coisa barulhenta e estridente em um pardieiro vandalizado pelo próprio público que frequentava o lugar. O Wallack era diferente. Parecia um palácio, e Jianyu tinha a sensação de que pareceria assim também quando estivesse lotado.

Percorreu os corredores estreitos, penetrando ainda mais fundo no teatro, passando por um camarim após o outro. Mas Cela não era artista. Não lhe dariam um camarim com seu nome na porta. Não... ficaria em outro lugar, mais tranquilo. Jianyu continuou adentrando a escuridão até chegar aos degraus que desciam ao andar mais baixo do edifício.

O porão tinha cheiro de pó e de mofo, de madeira recém-cortada e um odor pungente de tinta. Era mais escuro ali, mas dificilmente a escuridão é desprovida de alguns fios de luz. Jianyu pegou os discos espelhados de bronze que o ajudavam a concentrar sua afinidade e abriu com eles os parcos fios de luz, mantendo-se escondido enquanto vasculhava o porão.

Jianyu viu a luz que bruxuleava atrás dele antes de ouvir a voz que a acompanhava.

– Pois não?

Virou para trás e deparou com uma mulher com um cabelo luminoso como o próprio sol, olhando bem na sua direção.

"Não tem como ela estar me enxergando..."

– Sei que você está aí – disse ela, mantendo o olhar fixo. Seu rosto era pálido como o de um fantasma naquela escuridão. – Posso sentir sua presença. É melhor aparecer, se não quiser que eu chame alguém.

Jianyu ficou parado em silêncio, mal se permitindo respirar, enquanto ponderava sobre o que fazer.

— Para sua informação, esta escada é a única forma de chegar à saída. — A expressão da mulher era impassível. — Sei o que você é — falou, olhando para Jianyu, mas seus olhos não conseguiam encontrá-lo. — Posso *sentir*.

Sem mais nem menos, Jianyu sentiu as trepadeiras cálidas — as trepadeiras da magia — roçarem em seu corpo. A mulher era Mageus, como ele. Jianyu poderia tentar fugir do jeito como estava, mas se ela tivesse magia, só Deus sabia do que seria capaz. Era melhor enfrentá-la logo do que acabar encurralado. Talvez pudessem até se tornar aliados.

Então parou de dominar a luz e ficou observando os olhos da moça perceberem sua presença na escuridão do porão.

— Pronto. Não foi tão ruim assim, foi? — perguntou ela, com um sorriso.

— Não fiz por mal — respondeu Jianyu, com o rosto baixo para que a aba de seu chapéu pudesse lançar uma sombra sobre suas feições.

— Você chegou cedo demais — disse a mulher. Sua magia ainda roçava em Jianyu, como se fossem dedos cálidos que passavam pelo seu pescoço, acariciavam seu rosto e faziam seu sangue ferver com algo que parecia desejo, de uma maneira muito suspeita.

— Estou procurando alguém — falou Jianyu, tentando bloquear a tentação daquelas trepadeiras cálidas.

— Bem, parece que alguém você já encontrou — retrucou a mulher, com um sorriso convidativo demais, descendo as escadas para encontrar Jianyu.

Ele engoliu em seco. Ostensivamente.

— Estou procurando uma tal senhorita Johnson... senhorita Cela Johnson — falou, lutando contra o impulso de ir ao encontro da mulher. Pelo jeito, estava vestindo apenas um robe de seda, e cada movimento que fazia ameaçava expor um pouco mais de sua pele de pêssego.

— E quem quer falar com ela? — questionou a moça, descendo mais um degrau na direção de Jianyu.

As trepadeiras de magia ficavam mais fortes e, em segundo plano, Jianyu percebeu seu perigo.

— Ela não me conhece — respondeu, resistindo à atração que a mulher exerce. — Mas temos um amigo em comum.

A moça deu mais um passo na sua direção, com um brilho nos olhos, retorcendo os lábios pintados como se estivesse achando graça. Jianyu pensou que aquela devia ser a expressão que um rato via pouco antes de o gato dar o bote.

— E esse amigo em comum tem nome? — indagou, descendo mais um degrau e chegando ao mesmo patamar que ele.

— Preferia que essa informação continuasse restrita a mim e à senhorita Johnson — respondeu Jianyu, enquanto a mulher continuava a vir em sua direção.

— É mesmo? — provocou ela, estalando a língua em seguida. — Bem, é uma pena mesmo, já que não há nenhuma Cela Johnson aqui.

— Entendo... — Era mentira. Jianyu podia ver isso com toda a clareza no rosto pálido da mulher. Mais dois passos, e ela conseguiria tocá-lo, e Jianyu tinha certeza de que não podia permitir que isso acontecesse. — Então acho que é melhor eu ir embora...

A mulher tentou segurá-lo, mas Jianyu tirou os espelhos do bolso e, com um movimento fluido, levantou-os, ao mesmo tempo em que rodopiava para longe dela. A luz fraca o envolveu, e Jianyu correu, deixando para trás a ruiva, que tentou recuperar o equilíbrio, mas caiu no chão.

"Se Cela Johnson não está aqui, essa ruiva deve saber alguma coisa a respeito de seu paradeiro", pensou Jianyu, enquanto subia os degraus de dois em dois e corria para a saída do teatro. Ficaria escondido por um tempo, mas não iria embora até vasculhar o local novamente. E não desistiria até encontrar Cela.

UM ROÇAR DE MAGIA

1902 – Nova Jersey

Dentro da estação de trem, debaixo do teto de vidro e aço, o barulho de vozes tagarelando era quase ensurdecedor, mas Esta mal percebeu a confusão. Estava entretida demais se preparando para o que precisava ser feito.

Apesar de jamais ter saído de Nova York, a estação de trem de Nova Jersey quase lhe parecia conhecida. Em sua própria época, ela ia com frequência para a Grand Central Station com o Professor Lachlan, como parte de seu treinamento. Juntos, observavam os passageiros, enquanto ele a instruía a respeito da natureza humana. Os turistas, deslumbrados com a velocidade e o tamanho da cidade, agarravam-se às suas malas como se o próprio demônio fosse roubar sua bagagem, mas os moradores já estavam acostumados com a correria e com o barulho e não se davam mais conta do perigo. O Professor a ensinara como identificar e roubar pessoas a caminho do trabalho, distraídas demais com o celular para perceber que havia um ladrão observando todos os seus movimentos.

Os horários dos trens estavam escritos em um enorme quadro negro, na parede dos fundos do saguão principal da estação. Havia uma composição partindo para Chicago dentro de meia hora, da plataforma sete, mas Esta ainda precisava conseguir duas passagens. Ela e Harte haviam chegado à conclusão de que comprar bilhetes ali, tão perto de Nova York, onde poderiam ser reconhecidos, era arriscado demais. A Ordem provavelmente ainda estava procurando pelos dois – em especial por

Esta –, e ela não tinha dúvidas de que a instituição havia alertado todos os centros de transportes. Em vez de comprar duas passagens, precisava roubá-las.

Outrora, Esta não pensaria duas vezes antes de desacelerar o tempo e atravessar de fininho, sem ser vista, pelos espaços entre os segundos para procurar um alvo. Mas, depois do que o acontecera na ponte – depois da escuridão que brotou em sua visão e daquela sensação de que o tempo se dissolvia ao seu redor –, estava se sentindo insegura a respeito de si mesma... e em relação à sua afinidade.

O que *não* era um sentimento agradável.

Mas aquela escuridão... Mesmo a simples *lembrança* fazia Esta tremer. Ela não queria admitir para si mesma que estava com medo – medo do que aquela escuridão poderia significar e de que, se usasse sua afinidade naquele momento, poderia descobrir que não mais existia ou que fora danificada de alguma maneira pelo poder da Beira.

Então fez o que qualquer pessoa faria naquela situação: *não* admitiu, nem para si mesma nem para ninguém. Em vez disso, confiou na profunda certeza de que era uma ladra boa a ponto de ser capaz de roubar duas passagens de alvos desavisados sem usar nenhuma espécie de magia. Por mais que suas pernas estivessem bambas.

Esta ainda estava escolhendo o melhor lugar para avistar seu alvo quando sentiu o roçar de um choque de energia, cálido e convidativo – sinal da antiga magia. Franziu a testa e procurou Harte no meio da multidão. Tinham combinado de se encontrar na plataforma, mas não seguir conforme o plano era a cara dele. Esta não podia correr o risco de Harte aparecer e fazer com que fosse pega roubando. No entanto, por mais que vasculhasse a multidão, não encontrou nem sinal do mago. E, apesar de ter ficado atenta, não sentiu o calor da magia novamente.

Talvez tivesse se enganado...

– Não temos tempo para tomar café da manhã. O trem sai em menos de dez minutos, e ainda temos que encontrar a plataforma sete.

A voz grave do homem a fez tornar a prestar atenção no espaço ao seu redor. "Plataforma sete... o trem para Chicago."

Esta deixou seus questionamentos de lado e procurou a origem daquela voz. Ali perto, três homens usando elegantes ternos sob medida conferiam suas passagens. Um espremia os olhos na direção do quadro negro, confirmando a plataforma para onde deveriam ir, enquanto o outro guardava o bilhete no bolso externo da pasta de couro envernizado. Esta ficou escutando a conversa mais um pouco e, quando ouviu um deles repetir o número da plataforma, começou a andar.

Segui-los não daria certo – seria muito óbvio. Mas, pelo jeito, só havia uma entrada para as plataformas, saindo do terminal principal. Poderia encontrá-los ali. Uma passagem, pelo menos, seria fácil de roubar. A segunda não deveria ser muito difícil.

Sentindo-se mais segura a cada passo, Esta vestiu uma capa de autoconfiança que foi quase tão efetiva quanto a invisibilidade de Jianyu. Manteve os três homens em seu campo de visão periférico e foi caminhando em direção ao corredor de acesso às plataformas. Quando estava cerca de três metros adiante dos homens, parou e fingiu ler um cartaz que anunciava um espetáculo de teatro de revista que acabara de chegar à cidade. Manteve uma expressão tranquila e ligeiramente interessada no cartaz à sua frente, por mais que estivesse concentrada nos homens. Quando passaram por ela, esperou um instante e começou a segui-los. Seria mais fácil roubar as passagens no túnel que levava até os trens, onde o fluxo de passageiros se retardava naturalmente, onde não perceberiam – nem achariam estranha – a sua proximidade. Nem o fato de serem abalroados por outro passageiro.

Os homens estavam logo à frente de Esta, e ela ainda conseguia ver a passagem saindo do bolso da pasta.

"Fácil."

À medida que os homens se aproximavam da entrada das plataformas, Esta foi apressando o passo. Mais um pouco e conseguiria ultrapassá-los. Talvez pudesse tropeçar e fingir uma queda. Um deles, provavelmente, seria educado ao ponto de parar para ajudá-la, dando-lhe a oportunidade de pegar a segunda passagem. E então ela estaria na plataforma, e em seguida, dentro do trem – com Harte –, antes que descobrissem que os bilhetes haviam sumido.

Esta estava praticamente nos calcanhares deles – mas, do nada, sentiu um novo roçar daquela energia cálida, que a fez tropeçar. Conseguiu recuperar o equilíbrio antes de cair e teve que correr para alcançar os três homens, enquanto passava os olhos pelo corredor, que se estreitava cada vez mais. "Nenhum sinal de Harte." E os homens estavam quase na plataforma. Continuou andando até eles ficarem quase ao alcance de sua mão. Mais perto ainda... Estava quase do lado dos três, quase perto o bastante para tirar a primeira passagem da pasta, quando ouviu alguém chamar seu nome.

– Esta?

Não foi porque ouvir seu nome foi algo inesperado que Esta parou. Seu primeiro pensamento foi "Harte". Mas, assim que virou para trás, deu-se conta de que fora um erro. Um movimento imbecil, um erro de principiante que Esta jamais teria cometido se estivesse em plena forma naquela manhã.

Antes que conseguisse entender completamente quem havia falado, Jack Grew segurou seu braço.

O NEW BRIGHTON

1902 – Nova York

Viola ficou em silêncio enquanto percorria ao lado da mãe as sete quadras que as separavam do pequeno clube esportivo onde seu irmão passava a maior parte dos dias. No meio daquela manhã, o ar estava pesado, ameaçando chover, e um cheiro de cinza e fuligem se misturava aos odores costumeiros do bairro: de fruta passada, do lixo que se acumulava na sarjeta, de pão sendo assado, além do odor pungente de alho e especiarias que saía pelas portas. Quando passaram por um prédio que ainda ardia em chamas, Viola teve certeza, sem precisar fazer perguntas, de quem era a culpa pela tragédia.

Era *dela*.

Por ter permitido que o mago a enganasse, havia falhado com Dolph. Falhara com seus semelhantes e consigo mesma. A Ordem deveria ter sido destruída. Mas, em vez disso, tornou-se mais opressiva do que nunca, vingando-se da cidade inteira pelos atos de poucos.

Viola mataria todos os integrantes da Ordem, se pudesse. Mas precisava continuar viva para conseguir fazer isso, e Paolo era o meio de que dispunha para atingir esse fim. Antes disso, precisava sobreviver à penitência que seu irmão lhe reservara, fosse qual fosse. O que já seria uma provação e tanto, já que Viola traíra sua família ao abandoná-la para se juntar ao Filhos do Diabo. Pois, para todos os efeitos, Paul *era* a sua família.

Depois que seu pai morreu, a responsabilidade pela família recaiu sobre os ombros de Paolo, que sustentou a todos lutando boxe sem luvas. Adotou a forma anglicizada de seu nome, Paul Kelly, porque pensou que assim ganharia mais dinheiro. E deu certo. Mas o querido irmão de Viola não continuou sendo apenas um pugilista. Liderar a gangue Cinco Pontos se mostrou bem mais lucrativo do que ter os dentes arrancados a socos todas as noites. Como era inteligente ao ponto de molhar as mãos certas no Tammany Hall, a polícia fazia vista grossa.

Os acordos entre Paul e o Tammany garantiram o sucesso de seu clube, que não passava de uma fachada para atividades bem menos condizentes com a lei. Quando chegava a noite, o clube era palco de lutas de boxe sem luvas, onde a cerveja corria solta, e as pessoas apostavam – e, do montante de tudo isso, Paul levava uma percentagem, é claro. Como escondia da mãe a verdade a respeito do trabalho que realizava, ela jamais ficou sabendo que tipo de atividade realmente punha o pão na mesa da família.

Ao contrário do Filhos do Diabo, o clube de boxe dirigido por Dolph, o estabelecimento de Paul não pulsava com o calor da magia. Kelly, assim como a mãe, era Sundren, sem afinidade, e sua gangue era formada principalmente por garotos da vizinhança cuja dureza da infância evoluíra para uma brutalidade declarada. Viola era a ovelha negra da família, uma anomalia inesperada, cuja afinidade apareceu depois de gerações e gerações sem nenhuma manifestação de magia. Seus pais acharam um desperdício o poder ter sido concedido a uma menina, mas seu irmão viu em Viola uma oportunidade – e uma que ele se sentia no direito de explorar.

Viola, claro, não compartilhava da mesma opinião. Não que isso tivesse alguma importância para Paul ou para a mãe naquela época.

Ainda estava muito cedo para a turma de Paul estar ali. Então, quando sua mãe bateu na discreta porta de madeira do clube, foi um garoto mais ou menos da mesma idade de Viola quem abriu e permitiu que entrassem, sem dizer quase nada. O salão principal do clube estava quase vazio. No canto dos fundos, um homem musculoso socava um saco de pancada que pendia do teto. Não tinha pelos no peito e, no ombro esquerdo, exibia a marca da queimadura da gangue Cinco Pontos, um desenho anguloso, que também era o mapa do bairro que dava nome à gangue do irmão de Viola. Uma dupla praticava *sparring* no meio do salão, e o calor e o suor que os corpos emanavam colaboravam para transmitir a sensação de um local abafado demais, apertado demais. Ali perto, um sujeito mais velho fumava uma cigarrilha e observava tudo.

Quando Viola e sua mãe entraram, o homem da cigarrilha levantou os olhos, encarando a mãe de Paul com surpresa, que se transformou em hostilidade quando percebeu que Viola estava ao lado. A mão dele tateou a arma que – Viola tinha certeza – levava escondida por baixo do colete. Os dois homens que praticavam *sparring* e o outro, bem maior, que treinava mais ao fundo, pararam para ver do que se tratava aquela interrupção.

– Vá chamar meu filho – disse a mãe de Viola, sem dar importância ao clima de mal-estar que se formou no salão.

De início, o homem mais velho não deu sinais de que cumpriria a ordem da mãe de Viola.

– O que ela está fazendo aqui? – perguntou, fazendo sinal com a cabeça na direção de Viola.

Como a própria filha, Pasqualina Vaccarelli não tinha mais de um metro e meio de altura. Podia até ser uma mulher robusta, de aparência forte, mas a estatura era uma desvantagem imediata. Ela sequer se mexeu, só lançou para o homem o mesmo olhar que lançava para Viola e todos os seus irmãos – incluindo Paolo – toda vez que eles *realmente* se metiam em encrenca, aquele olhar que costumava vir acompanhado de um golpe ardido de sua colher de pau.

– E por que você acha que isso é da sua conta? – retrucou.

O homem inflou as narinas, mas fez sinal para os dois lutadores, dispensando-os. E, em seguida, foi para o cômodo dos fundos em busca de Paul. A mãe de Viola sentou-se no lugar dele. Mas Viola não a acompanhou. Preferia encarar Paul de pé.

Elas esperaram cinco, dez minutos, marcando o tempo com os

socos que o outro homem dava no saco de lona. Finalmente, Paul apareceu, usando seu costumeiro terno bem cortado e com o cabelo castanho-escuro lambido e impecável, parecendo mais um banqueiro do que o gângster que de fato era. Abraçou a mãe e ficou paparicando-a por um ou dois minutos, ignorando Viola por completo. Não era o caso se iludir, pensando que o irmão não a vira. Por isso não se surpreendeu quando, por fim, Paul lhe dirigiu atenção.

Viola percebeu o ataque – já esperava por ele – e poderia ter derrubado Paul para detê-lo. Mas, em vez disso, deixou que as costas da mão do irmão colidissem com o lado esquerdo de seu rosto. Cambaleou e literalmente viu estrelas, pois sua visão começou a escurecer, e teve dificuldade para continuar de pé. Pelo menos, não soltou um gemido de dor sequer. Não queria dar essa satisfação a Paul.

O próximo soco veio antes que Viola conseguisse se endireitar completamente. E, em seguida, mais um, até que ela sentiu o calor do sangue escorrendo de seu nariz, e o gosto metálico em sua boca. Como sua cabeça tinha girado demais para que ela conseguisse continuar de pé, caiu de joelhos. Parecia que o mundo se resumia à dor que os punhos de seu irmão haviam infligido na superfície de seu corpo.

Com cautela, Viola encostou em seu lábio partido. Mas não levantou os olhos para Paolo nem disse uma palavra sequer. Apenas ficou ouvindo o *pam... pam... pam...* dos punhos que golpeavam a lona, um som que acompanhava a batida de seu próprio coração cansado e partido.

Paul levantou Viola, e sua cabeça ainda rodava enquanto ela tentava fixar seu olhar no irmão. O rosto de Paul estava perto do seu quando Viola ouviu a voz da mãe dizendo *"fermati"*.

– Eu é quem decido quando é hora de parar, *mamma* – disse Paul, apertando ainda mais o braço de Viola, porque a mãe não estava vendo.

Viola podia sentir o perfume da colônia cara e o calor do corpo dele, que se agigantava diante dela. Paul estava tentando intimidá-la, como fazia quando os dois eram crianças. Mas Viola não era mais criança. Fazia muito tempo.

— Tenho que pôr Viola em seu devido lugar – falou Paul.

— Você já pôs – retrucou a mãe, indicando pelo tom de voz que o assunto estava encerrado. – Seja lá o que ela tenha feito, ainda faz parte da família.

Paul olhou feio para Viola, que o encarou, sem se encolher de medo. Mas ele ainda a segurou por mais um tempo, machucando o braço da irmã com os punhos de ferro, e por fim a soltou. Então se afastou e, colocando delicadamente a mão no ombro da mãe, abaixou-se e lhe deu um beijo no rosto.

— Não se preocupe, *mamma*. Sei muito bem cuidar da família. Cuido da senhora, não cuido?

Viola nem precisou olhar para saber que o olhar de sua mãe se enternecera e que os lábios até então tensos esboçaram um sorriso. Podia ouvir o afeto em seu tom de voz.

— Você é um bom menino, Paolo.

Viola precisou de todas as suas forças para não bufar.

Paul mandou chamar um de seus garotos e, quando dois deles apareceram, saídos do cômodo dos fundos, correndo como ratos assustados, ordenou que levassem a mãe para casa.

Antes de ir embora, a mãe de Viola segurou o queixo dela com firmeza. Com uma expressão quase terna, olhou com atenção para o rosto ensanguentado da filha e disse:

— Ouça o que o seu irmão tem a dizer, *mia figghia*. Mais tarde vamos visitar o padre Lorenzo, e você pode se confessar.

— Sim, *mamma* – murmurou Viola, baixando os olhos, enquanto a amargura daquelas palavras se misturava com o sangue que enchia sua boca. Ignorou a exaustão que mais parecia um peso, a mágoa que não podia mais ser desfeita, assim como a tatuagem que tinha entre os ombros.

Depois que a mãe deles foi embora, Paul chegou perto e examinou o rosto de Viola, com um brilho de desprezo – e também de ciúme – no olhar.

— Sei por que você voltou. — A boca larga se retorceu em um esgar de desdém. — A *mamma* acha que você pôs a cabeça no lugar, mas não foi por isso, não é mesmo? — Então deu uma batidinha nada amigável no rosto ainda dolorido da irmã. — Não... É porque aquele maldito aleijado não está mais aqui para proteger você, não é mesmo?

Viola teve vontade de cuspir na cara de Paul. Teve vontade de amaldiçoar seu nome e dizer que Dolph Saunders fora muito mais homem do que ele jamais seria. Mas ficou de boca fechada e tentou evitar que seu ódio transparecesse em seu olhar.

— Quê? Não vai dizer nada em sua defesa?

— Que importância tem o motivo para eu estar aqui? — disse. As palavras saíram com dificuldade de seus lábios inchados. — Eu voltei. Você pode me usar de novo, não é mesmo?

A boca larga de Paul se retorceu.

— Você não tem nenhuma utilidade para mim se não merecer minha confiança.

— E a quem mais eu poderia dedicar minha lealdade? — perguntou Viola. — Você tem razão. Dolph Saunders está *morto*, e não estou interessada em ser assassinada nem presa por alguma patrulha da Ordem. Você acha que não vi seus rapazes trabalhando com eles? Acha que não sei que você tem amigos poderosos? — Viola sacudiu a cabeça e continuou: — Não sou nenhuma *imbecille*, Paolo. Não tenho para onde ir. Faço tudo o que você precisar, desde que mantenha a Ordem bem longe de mim.

Paul não disse nada logo de cara.

— Sei o que você quer... Quer controlar a Bowery — insistiu Viola. — Todo mundo sabe o que sou capaz de fazer. *Todo mundo*. Não acha que seria uma dádiva se soubessem que agora trabalho para você?

Ele ficou observando a irmã com aquele rosto tão parecido com o do falecido pai e, ainda assim, tão diferente. Era mais duro, menos leniente. Muito, *muito* mais determinado do que o rosto de seu pai jamais fora.

Paul veio na direção de Viola e, antes que ela percebesse quais eram as intenções dele, agarrou-a pela garganta com as mãos grandes e carnudas e apertou tanto seu pescoço que Viola não conseguia respirar. Tão apertado que deixaria marcas.

—Você foi esperta quando procurou a *mamma*, irmãzinha. Vou acolher você por causa dela. Mas, se me contrariar de novo, será a última vez.

Com os últimos pingos de força que ainda lhe restavam, Viola espalhou sua afinidade ao seu redor e a direcionou para o irmão, até que ele arregalou os olhos e soltou um suspiro de agonia, soltou sua garganta e colocou as mãos em volta da própria. O homem que esmurrava o saco de pancadas parou e começou a vir na direção dos dois.

— Diga para ele não chegar perto – disse Viola.

Os olhos de Paul estavam repletos de ódio, mas o rosto já ficava roxo pela falta de ar. Finalmente, ele levantou a mão, e o homem parou de se aproximar.

— Não voltei para lhe fazer mal. Mas Deus sabe que tenho motivos para isso, depois do que você fez. Se levantar a mão para mim de novo, se permitir que um dos seus homens encoste um dedo em mim, vou *acabar* com você.

Viola parou de controlá-lo. Paul soltou um suspiro desesperado e foi cambaleando para a frente.

— Eu mato você primeiro – ele disse, com a voz rouca.

Viola ficou apenas olhando para o irmão, sem se abalar.

— É bom que essa bala seja rápida, Paolo.

Ele olhou feio para Viola e retrucou:

— Pode deixar.

— E como você vai explicar isso para a *mamma*? – Viola sentiu os lábios se enrijecerem quando tentou forçar sua boca a dar algo parecido com um sorriso frio. – Não pense que não tomei minhas providências para desmascará-lo se alguma coisa acontecer comigo. A *mamma* vai ficar sabendo de todas as suas outras atividades, das putas e dos criminosos de quem você depende para ganhar dinheiro. – Era mentira, claro. Se Viola tivesse mais alguém a quem recorrer, não estaria parada ali, se humilhando.

— Preciso de sua proteção e, em troca, posso ser sua matadora, mas é melhor você e seus *scagnozzi* não encostarem suas malditas mãos em mim.

Os irmãos ficaram se encarando, em um silêncio tenso, até que, finalmente, Paul bufou, soltando um som que parecia uma expressão de quem estava achando graça.

"*Va bene.*" Viola precisava que Paul respeitasse seu poder, mesmo que não a respeitasse como pessoa.

— Vá se limpar — disse ele, apontando para a mancha de sangue na blusa dela. — Não posso permitir que minha matadora ande por aí toda suja, não é mesmo? Quer minha proteção? Trabalhe para pagar por ela.

— Não esperaria menos de você.

Viola estava cansada demais, aborrecida demais pela violência de sua vida, para sentir algo que se assemelhasse a alívio. Mas havia, sim, certa satisfação. Paul já a teria matado se não tivesse intenção de ficar com ela. Até que conseguisse descobrir o que precisava fazer a seguir, Viola estaria em segurança. Pelo menos, tão em segurança quanto qualquer outro Mageus daquela cidade poderia estar.

Mas, antes que se retirasse, soou o sino da porta da frente, avisando que mais alguém tinha entrado no clube.

— É James — falou Paul, passando por Viola e indo cumprimentar o recém-chegado.

Ela virou para trás para ver quem era. Contornado pela luz da manhã, estava um rosto familiar, de um garoto de no máximo 16 anos, com um cabelo loiro sujo e óculos dourados. "O que ele está fazendo aqui, já que deveria estar bancando o chefe do Filhos do Diabo?" O visitante estava apoiado em uma bengala conhecida, com uma cabeça de medusa de prata, uma reprodução do rosto de Leena, amiga de Viola. A bengala que um dia pertencera a Dolph Saunders.

Viola deu um passo para a frente, prestes a arrancar a bengala das mãos de Nibsy. "Ele não tem o direito." Mas o olhar severo de Paul a fez desistir. Ainda não era hora de irritá-lo. Ainda não era hora de ele tomar conhecimento de quem contava com sua verdadeira lealdade.

– Obrigado por vir, Paul.

– Não tem de quê. Você já conhece minha irmã – respondeu Paul, apontando de modo vago para Viola. – Ela voltou recentemente para o seio da família.

– É mesmo? – respondeu Nibsy Lorcan, mancando pela sala.

Viola era capaz de enxergar os questionamentos refletidos nos olhos de Nibsy, mas não disse nada que pudesse respondê-los.

– Olá, Viola. Não posso dizer que é um prazer vê-la novamente – falou Nibsy, apontando para a perna machucada. Os olhos brilhavam por trás dos óculos. – Mas certamente é uma surpresa.

– Eu vou mostrar o que é surpresa de verdade – ela urrou, dando um passo na direção dele.

– Você já mostrou. – A voz de Nibsy estava mais baixa e ameaçadora do que nunca. Foi o que bastou para fazer Viola parar. Então ele olhou para Paul e disse: – Se você não é capaz de controlar sua irmã, não sei se nosso acordo pode funcionar. O que seria uma pena, já que consegui as informações que você queria. – Então tirou um pequeno embrulho de papel do bolso do casaco e o segurou, deixando-o às vistas de todos.

– Já chega – disse Paul, mal olhando para Viola. – Vá se limpar, como mandei.

– Não vou sair daqui até ele devolver o que é meu. – Viola olhou nos olhos do irmão, determinada. – Você quer que eu seja sua matadora? Funciona melhor se eu tiver uma boa faca.

Paul mal esboçou reação, mas Viola conhecia o irmão fazia tempo suficiente para reconhecer a frieza calculista de seus olhos.

– Pelo jeito está se esquecendo, irmãzinha, de que eu sei que você não precisa de faca nenhuma para matar. No que me diz respeito, se o senhor Lorcan está com algo que lhe pertence, pode ficar... É um presente meu.

– Você não pode...

– Posso, sim – interrompeu Paul, calmamente. – Ou você voltou para o seio da família ou não voltou. Ou você é leal a mim, *me obedece*, ou não temos mais o que conversar.

Viola olhou feio para o irmão. Por um instante, pensou em pôr fim naquela farsa toda – e em *Paolo*. Mas, se fizesse isso, o que aconteceria depois? Nunca mais conseguiria encarar sua mãe e estaria por sua conta e risco mais uma vez. A surra que acabara de levar não seria nada perto disso. E talvez nunca descobrisse o que havia no embrulho que Nibsy entregara para Paul.

Viola encarou o irmão por mais um tempo, para se certificar de que Paul havia entendido que ela não tinha medo. Era uma escolha. Viola esperaria pacientemente e fingiria ser dócil. Mas, quando chegasse a hora certa, faria questão de garantir que eles se arrependessem do que fizeram. A morte era pouco para seu irmão. Sendo ou não sendo da família, primeiro Viola faria Paul rastejar.

SORRISO DE COBRA

1902 – Nova Jersey

— Eu *sabia* que era você – disse Jack, apertando o braço de Esta com força. "Não tem como ele estar aqui."

Esta ficou paralisada de choque por um instante – mas apenas por um instante. Logo após o choque, veio a fria certeza de uma emoção muito mais sinistra do que o medo. *Claro* que tinha como Jack Grew estar ali. Por ser sobrinho de J. P. Morgan, era praticamente da realeza de Nova York. Sua família devia ter molhado a mão das pessoas certas, sussurrado nas orelhas certas, e assim a pequena *indiscrição* de Jack na ponte poderia ter sido varrida para debaixo do tapete. Mesmo que fosse uma tentativa de assassinato.

Se não fosse a reação rápida de Esta – e sua habilidade de parar o tempo e tirar Harte da linha de tiro –, Jack teria assassinado o mago. Com a terrível máquina que estava tentando construir, mataria todos os Mageus de Nova York. Como Jack ainda estava com a mesma expressão quase descontrolada, de olhos arregalados, do dia anterior, Esta teve certeza de que ele ainda representava um perigo. E não estava disposta a lhe dar a oportunidade de matá-la também.

Esta se recompôs, engoliu o gosto pungente de ódio que sentiu na boca, deu um sorriso de cobra e adotou o sotaque falso com o qual costumava falar com Jack.

— Jack, meu querido – ronronou Esta, averiguando discretamente a força com que ele segurava seu braço. – É você mesmo?

— Surpresa em me ver? — perguntou ele, retorcendo a boca para retribuir o sorriso, mostrando todos os dentes de tanta expectativa. Por pouco seus dedos não encostaram no bracelete que Esta usava por baixo da blusa.

Esta ignorou a fúria que se estampava na expressão de Jack e chegou mais perto dele.

— Fiquei tão preocupada quando a polícia levou você...

Jack piscou, pego de surpresa pelas palavras de Esta, bem como ela queria. Quase pareceu não saber o que fazer, só que não soltou o braço dele. Em seguida, assumiu uma expressão fria e magoada.

— Não sei por que, mas duvido — falou, espremendo os olhos. — Foi você quem ajudou Darrigan a me fazer de idiota. Você *acabou comigo*.

— Não, Jack — respondeu Esta, arregalando os olhos para fingir surpresa. — Não diga isso.

— Acha que eu não me dei conta de que você e Darrigan estavam agindo juntos desde o princípio? — Os dedos de Jack apertavam tanto o braço de Esta que deixariam marcas. — Pensa que eu não sei que tudo o que me disse era mentira?

Esta sacudiu a cabeça.

— Não... Darrigan me *usou* — respondeu, com um tremor forçado na voz. Tinha uma única chance de desempenhar bem aquele papel. — Eu não sabia quais eram os planos dele naquela noite. Não lembra? Darrigan me deixou lá, sozinha naquele palco, para levar a culpa. Você precisa acreditar...

— Não. Na verdade, não acredito mesmo. — Jack olhou feio para Esta. — Se alguma coisa do que acabou de dizer fosse verdade, a Ordem já teria posto as mãos em você. Só que conseguiu fugir milagrosamente... duas vezes.

— Fiquei com medo de que ninguém fosse acreditar em mim...

— Porque não merece que acreditem — disparou Jack. — Darrigan tirou você da Mansão Quéfren de alguma maneira, e depois ainda conseguiu sumir da ponte sozinha, o que só pode significar que não está contando toda a verdade.

E então Jack começou a arrastá-la, afastando Esta da plataforma sete.

"Não." Esta não queria ir para *lugar nenhum* com Jack. O pânico fazia seu coração acelerar, mas ela se empertigou e, por mais que o medo transparecesse em sua voz, assumiu o papel que aperfeiçoara para fisgar Jack.

– Solte-me – ordenou, usando o tom mais altivo que conseguiu, enquanto tentava escapar dele.

Não fosse aquela multidão, Esta teria se livrado dele em uma questão de segundos. Mesmo em público, era só girar o braço e balançar o corpo que Jack cairia de costas. O problema era que, se isso acontecesse, as atenções de todo mundo na estação se voltariam para ela.

Em qualquer outro momento, Esta até teria arriscado. Pois, assim que se soltasse, poderia retardar os segundos e sumir. Só que desaparecer dessa maneira significaria revelar para Jack o que realmente era e, se sua afinidade estava tão fraca quanto parecia ou se tivesse mesmo perdido o controle dela – como acontecera na ponte –, ficaria presa ali, com muito mais testemunhas do que o desejado. Estaria à mercê da multidão… e de Jack.

A cabeça de Esta girava enquanto ela cambaleava, fazendo de tudo para retardar o progresso de Jack. O trem próximo soltou seu vapor sibilante, sinal de que as caldeiras dos motores estavam quase prontas, lembrando-a de que o trem para Chicago também partiria em breve. Tirando aqueles estranhos sussurros de energia que sentira, Esta não vira nenhum sinal de Harte. Não havia esperanças de encontrá-lo ainda esperando no local combinado, mas Jack a arrastava para o lado errado.

Se não aparecesse, Harte pensaria o pior e acreditaria que ela o havia traído? Não seria nenhum exagero, considerando o histórico dos dois. O mago sairia procurando por Esta ou iria embora sem ela?

Um pensamento gélido tomou Esta de assalto:

"Ele pode ir embora."

Esta entregara o Livro para Harte. Sim, estava com a pedra, mas entregara o Livro para Harte, como garantia de que *ela* não fugiria. Por que não passou pela sua cabeça que *Harte* poderia fugir? Afinal de contas, o mago já tinha saído de Nova York. *Estava livre.*

E Esta estava nas garras de Jack.

"Isso não tem importância." Harte estar esperando por ela, como prometido, ou tê-la abandonado dava na mesma: era preciso se concentrar. Se ao menos conseguisse se livrar de Jack, ainda poderia sair da cidade. Sabia onde estava a primeira pedra. Seria capaz de encontrá-la – e, como sabia para onde Harte se dirigia, poderia encontrá-lo também.

As pessoas ao seu redor estavam começando a olhar, e Esta resolveu usar isso a seu favor, resistindo e relutando para chamar atenção.

– Por favor, senhor – choramingou, quando um homem de terno mal cortado e chapéu-coco surrado passou e diminuiu o passo ao ver os dois. – Não conheço este homem – rogou.

Só que Jack a puxou, colocando-se entre Esta e o homem para quem ela suplicava.

– Ela sabe *muito bem* quem eu sou – disse para o desconhecido. – É nossa empregada. Tentou fugir da cidade levando o colar de minha mãe.

O homem examinou os dois novamente, e Esta teve certeza do que ele enxergou: o terno caro e bem cortado de Jack, em contraste com suas saias amarrotadas, que tirara de um varal naquela mesma manhã. Isso, somado ao seu sotaque falso, fez o homem levar apenas um segundo para chegar a uma conclusão. Ele fez um aceno de cabeça para Jack e continuou caminhando em direção à plataforma de embarque, levando consigo todas as esperanças de salvação de Esta.

– Você realmente pensou que isso ia funcionar? – perguntou Jack, dando risada.

Esta olhou feio para ele e respondeu:

– Você realmente pensou que eu não tentaria?

– O que achou que iria acontecer? Que apareceria um policial para *me* prender? – Jack deu risada e continuou: – Pouco provável. E, depois de ser pega pela polícia, a Ordem faria você desejar ter dado fim à sua vida naquela ponte junto com Darrigan.

– Até parece que você não vai me entregar para eles de qualquer jeito.

Ao ver o prazer refletido nos olhos de Jack, Esta sentiu seu corpo gelar.

— Talvez, quem sabe, eu acabe entregando você para o meu tio e os amigos dele... depois de terminar o que quero fazer.

Esta ficou toda arrepiada.

— Se está pensando que vou permitir que encoste um dedo em mim...

— Se está pensando que tem escolha, não é tão inteligente quanto finge ser. Mas não quero *você*. Mulheres como você existem em qualquer esquina. Quero o que Darrigan roubou da Ordem.

— Não *sei* o que ele roubou — suplicou Esta, fingindo-se de burra.

Jack lhe lançou um olhar de deboche.

— Não acredito nisso nem por um segundo. Você sabe tão bem quanto eu que Darrigan roubou alguns objetos muito importantes da Ordem: um livro intitulado *Ars Arcana* e os cinco artefatos antigos. Quero tudo de volta.

— Tenho certeza de que sim, mas não posso entregar algo que não tenho — disse Esta, olhando-o nos olhos. — Até onde eu sei, essas coisas que você procura estão no fundo do rio, junto com ele.

— Darrigan pode até estar no fundo do rio, mas não acredito que as mercadorias roubadas também estejam. — Jack então se curvou, aproximando o rosto de Esta. Com fortes traços aristocráticos e uma cabeleira loira, poderia até ser um homem bonito. Mas havia uma arrogância fria naqueles olhos azuis que deixavam Esta arrepiada, e Jack tinha uma pele de aparência inchada e enferma, efeito do uísque que ela já podia sentir em seu bafo logo pela manhã. — Não... Acho que havia um motivo para você estar em cima daquela ponte ontem. Acho que Darrigan lhe contou onde estão os objetos da Ordem. Talvez tenha até entregado tudo para você.

Esta balançou negativamente a cabeça e disse:

— Ele não...

Jack a sacudiu para que não falasse mais.

— Então ele contou *alguma coisa* para você. Darrigan não se daria ao trabalho de roubar os artefatos para depois se jogar da ponte. Você não está revelando tudo o que sabe. Mas deixe estar... Tenho meus meios de arrancar informações.

— Fique à vontade para testar — respondeu ela, empertigando-se diante da ameaça. Jack tampouco conseguiria pôr as mãos no que *realmente* estava em seu poder. Assim que ficasse a sós com ele, Esta faria o que não podia fazer ali. Faria Jack se arrepender de ter encostado as mãos nela.

Jack inclinou de leve a cabeça ao ver a ousadia de Esta.

— Você sabe o que está acontecendo neste exato momento, enquanto fica parada aí, fingindo que é inocente? A Ordem está virando a cidade de cabeça para baixo, tentando encontrar seus tesouros perdidos. E vai destruir qualquer um que se meter no caminho. Quanto mais você adiar o inevitável, mais pessoas vão sofrer.

Ele tinha razão. Pessoas estavam sendo punidas por causa de Esta. Por causa do que ela não conseguira fazer. Mas não poderia permitir que Jack usasse isso contra ela.

— Para se dar a esse trabalho, a Ordem deve estar morrendo de medo. Seus integrantes devem ter consciência de que, sem suas bugigangas, não são *nada*.

Jack a olhou de cima a baixo, de um modo exageradamente minucioso.

— São os homens mais poderosos do país...

— São covardes. Exploradores dos pobres e oprimidos. Fico feliz que Darrigan tenha roubado seus preciosos badulaques. Fico feliz que a Ordem esteja com medo.

Jack, então, fez algo que Esta não esperava: *deu risada*.

— Mesmo sem seus *badulaques*, são capazes de destruir você. — E então o ar de graça se esvaiu de sua expressão, e Jack a puxou para perto, com um olhar um tanto perdido. Passou o dedo no seu rosto e completou: — Mas eu poderia proteger você deles. Assim que puser minhas mãos no que Darrigan roubou, você não precisará mais temer a Ordem.

Em princípio, aquelas palavras pareceram sem sentido. Mas logo Esta se deu conta do que significavam.

— Você não pretende devolver nada para a Ordem, não é mesmo?

— Por que deveria? — respondeu Jack, com um tom de amargura. — Você tem razão. A Ordem não passa de um bando de velhos caquéticos.

Veja com que facilidade aquele lixo de gente conseguiu penetrar na fortaleza deles. Se tivessem, pelo menos, permitido uma consulta ao *Ars Arcana*, eu poderia ter livrado a cidade inteira do perigo. A preciosa Mansão Quéfren ainda estaria de pé. Eu poderia tê-los *protegido*.

"Com a máquina." Harte contara para Esta tudo a respeito da perigosa invenção que Jack estava desenvolvendo, uma solução moderna para expandir o poder da Beira e erradicar a magia, e as pessoas que tinham afinidade com ela.

— Você teria matado gente inocente.

— Não existem vermes inocentes — disse Jack, com desdém. — A antiga magia corrompe a todos, sem exceção. — Então ele ficou em silêncio, como se algo engraçado tivesse lhe ocorrido. — Suponho que devo ser grato a Darrigan por libertar o *Ars Arcana* para mim. Com o Livro, provarei para o mundo quem realmente sou e o que posso fazer, e a Ordem virá implorar meu perdão de joelhos.

O trem liberou mais um silvo de vapor, lembrando Esta de que seu tempo estava se esgotando.

— Porque você é mais inteligente do que eles — disse, baixinho, quase suspirando, pois resolvera mudar de tática. — Sempre foi.

Jack arregalou os olhos, bem de leve, e prendeu a respiração. Por um instante, ficou calado, e Esta pensou que seu artifício havia funcionado. Mas então ele apertou seu braço de novo e disse:

— Você realmente pensou que eu ia cair de novo em suas mentiras?

Esta sacudiu a cabeça. Só podia torcer para aquilo dar certo.

— Não foi mentira, Jack.

Um sopro de incerteza passou pela expressão de Jack.

Ignorando o bafo de álcool, Esta se aproximou e falou:

— Nunca menti a respeito dos meus sentimentos, querido.

Então, antes que pudesse pôr em dúvida sua própria decisão, Esta levantou a cabeça e roçou os lábios nos de Jack.

De início, a boca de Jack ficou tensa de surpresa. Mas logo começou a beijá-la. Ou melhor: ele começou a massacrá-la com os lábios ávidos demais e sem delicadeza, como se pudesse conquistá-la simplesmente machucando sua boca. Esta precisou de todas as suas forças para não se afastar nem vomitar.

Depois de uma eternidade, Jack parou para respirar, com os olhos azuis vidrados de satisfação, e Esta pensou que ele até poderia soltá-la, como esperava. Só que Jack apenas apertou seu braço ainda mais.

— Se você estiver mentindo de novo...

— Não, Jack...

Esta se esforçou para se manter calma, mas estava gritando por dentro. Seu plano não havia funcionado e, ainda por cima, ficara com aquele gosto estragado dele na boca. Começou a reunir suas forças para enfrentá-lo — para fazer tudo o que fosse necessário para chegar à plataforma sete antes que o trem partisse.

— Se me trair, vou matá-la com minhas próprias mãos. E ninguém sentirá sua falta quando você se for. Nem aquele lixo da Bowery nem, com certeza, aquele seu mago golpista. — Um brilho sinistro de deleite apareceu nos olhos de Jack. — Ele está muito ocupado, alimentando os peixes do rio Hudson.

— Tem certeza disso, Jack? — disse alguém, e Esta não precisou olhar para trás para saber que Harte havia finalmente a encontrado.

LUZ E PODER: UMA VISÃO

1902 – Nova Jersey

Harte Darrigan sabia que era um filho da puta em todos os sentidos, mas não conseguiu conter a onda de ciúme que tomou conta dele quando viu Esta levantar o rosto e beijar Jack Grew.
O trem para Chicago estava prestes a partir. E, como não tivera sinal de Esta na plataforma onde combinaram de se encontrar, Harte foi procurá-la. Fez uma curva e a encontrou com Jack. Não havia como se enganar a respeito do que vira: *ela* beijou *Jack*. Por vontade própria. Naquele exato momento, estava grudada nele, e não fazia nenhum esforço para fugir. E, se existia alguém no mundo capaz de fugir, era Esta.

Por um instante, Harte só conseguiu enxergar os dedos de Esta enroscados nas lapelas do casaco de Jack. A voz que havia dentro dele urrou, soltando um grito estridente, ensurdecedor de tão agudo, afiando as garras para escapar dos limites a que fora confinada. E, quando Harte conseguiu ignorar a voz e colocá-la de volta em seu devido lugar, Jack estava falando.

—... mago golpista... ocupado alimentando os peixes do rio Hudson.
A raiva tomou conta de Harte, e a voz concordou.

— Você tem certeza disso, Jack? — perguntou, sentindo satisfação ao ver que a surpresa fizera Jack empalidecer. Mas, em um piscar de olhos, a expressão do outro mudou: a surpresa se transformou em confusão, depois em reconhecimento, e ele puxou Esta mais para perto, prendendo-a do seu lado.

Harte deu um passo à frente, mas Esta sacudiu a cabeça.

Por um instante, a fúria que havia dentro dele ressurgiu, mas então Harte percebeu o quanto os olhos de Esta estavam arregalados. Havia um medo refletido neles, algo tão pouco característico de Esta que ela quase parecia ser outra pessoa. De repente, parecia que a estação se dissipava, como se o mundo inteiro tivesse se resumido às íris cor de uísque de Esta.

Os olhos dela estavam arregalados, em uma expressão de puro terror. As pedras ao redor brilhavam, em um círculo flamejante de luz e poder. Uma por uma, as pedras escureceram, e então o pretume de suas pupilas se derramou na cor das íris, obliterando-a, espalhando-se pela parte branca, até que o olhar dela se tornou pura escuridão. Vazio. Nada. E a escuridão começou a verter dela...

Harte se aproximou sem pensar, sem saber o que poderia fazer. Sem ter certeza do que estava vendo.

— Não! — disse Esta, e o medo que deixou transparecer na voz fez Harte parar de supetão. — Não se aproxime.

De uma hora para outra, a visão se dissipou. Estavam de novo na estação, e os olhos de Esta eram dourados. Ainda estavam amedrontados, mas não havia mais nenhum sinal do profundo pretume que Harte vira havia apenas uma fração de segundo antes. E Jack sorria, como se já tivesse vencido.

— Eu daria ouvidos a ela se fosse você — falou Jack, com uma voz calma e pausada, como se estivessem discutindo algo tão corriqueiro como o tempo ou o preço do pão. — Ou não. Não faz muita diferença para mim. Para ser sincero, provavelmente acabarei dando um tiro nela de qualquer modo. — Jack estreitou os olhos e completou: — Mas, até onde sei, você não tem muita familiaridade com a honestidade, não é, Darrigan?

"Honestidade?" A voz bradou de repente dentro de Harte. *"E o que ele entende de honestidade?"*

Desorientado e tomado por uma mistura de culpa e raiva que não conseguia entender direito, Harte tentou se recompor.

— Anda brincando com armas de novo, Jack? — perguntou, surpreso por ter conseguido falar sem sua voz tremer nem deixar transparecer seu medo. – Tenho certeza de que a polícia daqui adoraria saber disso.

– E ela vai levar uma bala nas costas antes mesmo de você conseguir chamar a polícia – retrucou Jack, presunçoso.

Os outros passageiros desviavam deles como a água de um rio contornando uma rocha, ignorando aquela cena tensa, de um confronto óbvio. "Mas, até aí, quem possui uma riqueza como a de Jack tem direito a um certo nível de invisibilidade", pensou Harte. Ninguém questionava quem tinha aquela aparência de dono do mundo.

Harte continuou encarando Jack para não ter que lidar com o medo refletido nos olhos de Esta.

– Você não quer fazer mal a ela de verdade, Jack. Sua família até pode ser dona de metade de Nova York, mas assassinato é assassinato. Haverá consequências se atirar em uma moça em plena estação de trem.

– Oh... Acho que você acabará descobrindo que está enganado a esse respeito – retrucou Jack, e Harte não gostou nem um pouco do brilho nos olhos dele. – Mesmo que haja certas *inconveniências*, creio que você perceberá que estou disposto a enfrentar muita coisa para conseguir o que quero. Estou disposto a fazer o que for preciso.

O tom determinado de Jack foi como uma pontada no estômago de Harte.

– Sei que está mesmo, Jack. Mas não precisa. É isso que estou tentando dizer. Podemos facilitar as coisas. Você não *precisa* machucá-la. O que você quer não está com ela.

Jack estreitou os olhos. Mas, mesmo assim, Harte pôde perceber a expectativa e a cobiça estampadas neles. "Apenas o mantenha interessado." Porque sem Esta...

Ele não conseguia sequer se permitir pensar em uma coisa dessas.

– E por acaso está com *você*? – perguntou Jack.

– Não... – Esta começou a falar, porém levou mais um puxão de Jack e soltou um suspiro de dor.

Harte tentou enviar uma mensagem silenciosa para Esta, torcendo para que fosse um olhar encorajador, que comunicasse que tudo ficaria bem. Os dois sairiam daquela confusão. *Ele* encontraria uma saída.

— É claro que sim — respondeu Harte, calmamente. Ele sabia o que Jack queria. Ainda era a mesma coisa que todo mundo desejava desde o início: o Livro. E o conhecimento e o poder que suas páginas continham. Bem... Jack poderia ficar com uma dessas duas coisas.

— Onde está? — indagou Jack.

Harte não sabia ao certo se a decisão que estava prestes a tomar era acertada ou se seria o maior erro de sua vida. Mas, pelo olhar enlouquecido de Jack, o mago teve certeza de que ele faria tudo o que estava ameaçando. Afinal de contas, para Jack, Esta era descartável. Jack não sabia o que ela era, sequer imaginava como poderia lhe ser útil, por isso não hesitaria em atirar nela. E se isso acontecesse — se Esta morresse ali, naquele instante —, Harte também estaria perdido.

Seu corpo tremeu enquanto a voz tentava chegar à superfície de sua mente, usando suas garras. Fazendo-o seguir em frente. *Compelindo-o.*

Harte tirou o Livro de dentro do casaco.

— Você não pode... — disse Esta quando viu o volume, mas Jack a empurrou, fazendo-a ficar calada ao pôr o revólver em suas costas.

Jack arregalou de leve os olhos, que brilharam de cobiça.

— Me dê logo isso — disparou.

— Sei o quanto você quer este Livro — falou Harte, assumindo o tão conhecido papel que aperfeiçoara ao longo dos últimos anos: o do mago impassível, inabalável. — Quantas vezes me falou que seu tio e os amigos dele impediam você de atingir todo o seu potencial porque se recusavam a lhe dar acesso a este Livro? Bem, aqui está, Jack. Pode ficar com ele: com o poder do *Ars Arcana* e com todo o conhecimento que ele contém. É só soltar Esta que o Livro pode ser seu. *Tudo* o que ele contém pode ser seu.

O olhar gélido de Jack era determinado, e Harte podia sentir que o desejo que o outro sentia pelo Livro ardia fortemente. Ele estava tentado a aceitar...

Mas então a expressão dele mudou, e os lábios se retorceram.

– Agora tenho certeza de que você está mentindo. Espera que eu acredite que você desistiria de tudo isso por *ela*? Depois de tudo o que fez para consegui-lo? – Jack sacudiu a cabeça. – Nenhuma moça vale *tanto assim*.

Harte soltou uma risadinha de escárnio, apesar de seu estômago ter se revirado.

– Bem, sem dúvida... fique com ela, então. Eu prefiro ficar com isto, na verdade – mentiu, fazendo questão de guardar o Livro no bolso com todo o cuidado antes de se virar para ir embora.

Ignorando a tensão que tomou conta do corpo de Esta, Harte controlou a voz que berrava de insatisfação por pensar que ele deixaria Esta para trás. Ao seu redor, parecia que a estação recuava. O cheiro de fumaça de carvão no ar e o barulho dos passageiros que viajam logo pela manhã. O ruído sibilante do vapor que saía de um trem ali perto e da última chamada do condutor. Nenhum dos sons ou das imagens da estação o atingia, porque toda a sua energia estava concentrada em se afastar de Esta.

Harte tinha dado exatos três passos quando Jack fez exatamente o que ele esperava.

– Espere! – gritou.

Harte virou para trás devagar, fingindo estar irritado com a mudança de ideia de Jack.

– Sim?

Jack levantou o queixo, um movimento brusco que deu ritmo a suas palavras impertinentes.

– Se esse livro aí realmente é o *Ars Arcana*, você deve ser capaz de provar. Uma simples demonstração do poder do Livro será suficiente.

Harte evitou transparecer uma gota sequer do alívio que sentiu ao ouvir as palavras de Jack.

– É claro...

Tirou o Livro do bolso novamente. Seu coração batia forte e ritmado como um trem correndo pelos trilhos.

Esta estava com um olhar determinado, desesperada para transmitir uma única mensagem, que Harte estava igualmente determinado a ignorar: "Não".

"Confie em mim", suplicou em pensamento, mas não havia como saber se ela entendeu.

Harte fez questão de inspecionar o Livro, de folhear suas páginas desiguais, de admirá-lo.

— Apesar da aparência humilde, este Livro é *deveras* admirável. Já aprendi tanto com ele... — Harte disse para Jack, aprofundando-se em seu personagem e se sentindo à vontade naquela parte conhecida e confiável de si mesmo. — Acho que você ficaria *muito* impressionado ao ver o que sou capaz de fazer com ele.

Jack apenas fez cara feia para Harte.

— Duvido. Se esse Livro tivesse algum poder *verdadeiro*, você não estaria aqui parado, conversando.

Harte encolheu os ombros, em um gesto de concordância.

— Você tem razão, Jack. Vamos deixar a conversa de lado. — E então segurou o Livro bem na sua frente.

O rosto de Esta estava crispado de dor, em uma expressão de desespero e pânico.

— Não, Harte. Você não pode...

Mas, antes que Esta pudesse terminar a frase, Harte jogou o Livro para o alto, bem acima de suas cabeças.

A DECISÃO

1902 – Nova Jersey

Esta parou de se preocupar com a dor causada pela arma apertada contra suas costas no instante em que viu Harte tirar o Livro do casaco e oferecer para Jack.

– Não! – gritou, quando Harte atirou o Livro para o alto.

Teve a sensação de que tudo acontecia ao mesmo tempo: no mesmo instante em que o Livro voou pelos ares, Jack soltou seu braço e deu um pulo para pegá-lo. Quase na mesma hora, Harte avançou na sua direção e segurou seu pulso, como quem dizia: "Agora!".

Em um instante súbito de compreensão, Esta percebeu quais eram, desde o início, as intenções de Harte. E, com uma velocidade e uma certeza que surgiram de uma combinação de instinto e anos de treinamento, acionou sua própria afinidade e retardou o tempo... bem na hora em que o Livro caiu na mão estendida de Jack. Esta quase se encolheu de alívio quando um estranho silêncio reinou na estação ao seu redor – o vapor da locomotiva parada ficou suspenso no ar, uma nuvem imóvel de gases e poeira encobriu as silhuetas presas dentro dela, e as pessoas na plataforma ficaram petrificadas em volta de Esta e de Harte. Jack também congelou em pleno salto, com o rosto crispado em uma expressão frenética e louca. As pontas dos dedos dele ainda não seguravam plenamente o pequeno volume de capa de couro que era a raiz de todos os seus problemas.

Sua afinidade parecia desequilibrada, incerta, mas ainda estava presente.

Quase imediatamente, Esta foi apertada contra o peito de Harte e cercada por seu conhecido perfume, pois ele a abraçou.

— Graças a Deus que você entendeu.

O hálito dele estava quente e, quando aninhou o rosto de Esta no pescoço, ela sentiu que o mago tremia.

Esta mal conseguiu ouvir o que Harte dizia. Mal notou o calor daquele corpo forte e robusto, porque toda a sua concentração estava voltada para exercer um instável controle sobre os segundos ao seu redor.

Sem soltá-la, Harte se afastou e encarou Esta. Havia um questionamento nos olhos cinzentos dele que ela não conseguia discernir direito. E, por um instante, Esta pensou ter visto o brilho daquelas cores estranhas nas íris do mago.

— Você está bem? — perguntou ele, por fim.

— Já estive melhor — respondeu Esta, dispensando a preocupação dele com o instinto incutido pelos anos de treinamento sob o pulso firme do Professor Lachlan.

Na verdade, parecia que suas pernas eram feitas de gelatina, e o ponto que fora pressionado pela arma, logo acima do rim direito, ainda doía. O cano deixaria uma marca, mas Esta aceitava de bom grado o hematoma em vez da bala que, com certeza, teria sido fatal.

À sua volta, parecia que a rede material do tempo oscilava e vibrava... ou talvez fosse sua própria magia. Seu poder estava presente, mas parecia escorregadio e muito instável, e Esta precisava se concentrar mais do que de costume. Quanto mais aumentava o foco para não perder o controle do tempo, mais aumentava a dor que sentia nas têmporas.

Por um lado, queria se aninhar em Harte. Ele não a traíra nem a deixara para trás. E, com aquela dor de cabeça e o controle instável sobre sua própria afinidade, Esta sentia que *precisava* tirar toda força e todo consolo possível daquela certeza que o corpo dele representava.

Mas, tão logo pensou nisso, desistiu da ideia. Tal necessidade não passava de fraqueza. Então, recorreu à *sua* própria força e deu um passo para trás, até que os dois ficaram ligados apenas pelo toque suave de Harte em seu pulso. Aquilo era suficiente para mantê-lo conectado a ela, para que o mago não ficasse petrificado como as demais pessoas presentes na estação. E era distância suficiente para acalmar os anseios perturbadores que Esta sentira pouco antes. Mas, a cada segundo que passava, a luta com a própria afinidade só se tornava mais difícil.

— Precisamos ir embora — disse.

Harte a observou por mais um instante, pensativo, e a boca retorcida dele causou em Esta o mais estranho desejo de beijá-lo, nem que fosse só para mudar aquela expressão. Nem que fosse só para apagar a lembrança de Jack. Só que Esta não agiria motivada pelo desejo, muito menos enquanto ainda sentisse os próprios lábios conspurcados pela lembrança do ataque vingativo e regado a uísque de Jack.

Juntos, eles se aproximaram de Jack, que estava suspenso na rede do tempo. Harte levantou o braço e tirou, com facilidade, o Livro da mão dele. Em seguida, guardou-o de volta no bolso e perguntou:

— Preparada?

Jack continuava em pleno ar, com o braço estendido, tentando pegar algo que não estava mais ali. Mas os olhos ainda ardiam de ódio, o que fez Esta ficar em dúvida, por mais que seu controle sobre o tempo estivesse se esgotando.

— Não podemos simplesmente deixá-lo aqui — falou Esta, lutando para manter o controle sobre os segundos. — Ele agora sabe que você está vivo. Sabe que está com o Livro. Se desaparecermos, deduzirá o que somos.

Harte olhou para Esta com uma súbita desconfiança.

— Jack pode contar para a Ordem que você ainda está vivo ou vir atrás de nós. — As têmporas de Esta latejavam ainda mais, e sua visão periférica começou a ficar borrada. Ela sentiu uma escuridão invadir seu campo de visão, espelhando a de seus pensamentos, e estendeu o braço para tirar o revólver da mão de Jack. — Enquanto ele estiver vivo, representará uma ameaça para nós.

— Não podemos simplesmente matá-lo — respondeu Harte, com um tom que deu nos nervos de Esta.

— Ele ia me matar.

Esta olhou para o revólver que, naquele instante, já estava em sua mão. Concentrando-se na arma, quase conseguia ignorar a escuridão que se insinuava no seu campo de visão, expandindo-se para acompanhar o ódio se acumular dentro do peito enquanto sentia o peso da arma nas mãos.

Esta não fora apenas treinada para lutar com as mãos e com lâminas. O revólver não seria sua primeira opção, mas ela sabia atirar. Também sabia o significado de uma arma estar engatilhada, pronta para disparar, por isso entendia como estivera perto de ter uma bala rasgando seus rins e intestinos – um ferimento irremediável, que causaria uma morte dolorosa, principalmente naquela época.

– Jack não ia deixar nenhum de nós dois escapar – insistiu.

Harte puxou-a pelo pulso com delicadeza, como se assim pudesse impedi-la, mas se deteve em seguida. Os olhos dele foram inundados por aquelas cores estranhas, e Esta sentiu o início daquela mesma energia rastejante que subira pelo seu braço quando os dois atravessaram a ponte. Pensou que Harte estava prestes a concordar com ela, mas então o mago piscou, e com os olhos voltando ao normal, tirou a arma de sua mão e desengatilhou.

Quando finalmente disse alguma coisa, sua voz foi firme:

– Não somos iguais a Jack, Esta.

– Não? – questionou ela, pensando em todas as pessoas que os dois estiveram dispostos a trair nas semanas anteriores para conseguir o Livro, para conseguir o que queriam. Também pensou em todos os inocentes que sofreriam por causa do que ela fizera, por causa das decisões que tomara. Podia pôr um fim em tudo aquilo. Podia, pelo menos, deter Jack.

Em sua visão periférica, a escuridão continuava a crescer, esparramando-se por aquele mundo parado e silencioso. Seu domínio sobre o tempo não duraria muito.

– Se deixarmos Jack aqui, quantos mais vão morrer?

– Se você matá-lo a sangue frio, será transformada por isso – disse Harte, com firmeza. – Não vale a pena pagar esse preço por Jack.

—Você tem certeza disso? – perguntou Esta, por mais que a escuridão continuasse a crescer. Havia algo estranhamente cativante naquilo, por mais aterrorizante que fosse. – Porque *eu* não tenho.

Esta olhou novamente para Jack. Era bem verdade que aquele cachorrinho em forma de homem não era a causa de sua dor. Não fora Jack quem a manipulara, quem assassinara sua família, quem destruíra tudo o que Esta pensara que era até só restar uma menininha com a alma em carne viva. Mas Jack tampouco era inocente, de forma nenhuma.

Havia muita maldade no mundo, e muita ainda por vir. Podia valer a pena trocar sua alma por um modo de impedir que um pouco dessa maldade viesse à tona. Sim, Esta poderia ir embora e deixar Jack são e salvo, ainda capaz de fazer mal aos outros. Ou poderia começar sua tarefa ali mesmo, naquele instante. Poderia se tornar a encarnação da vingança que ardia na boca de seu estômago.

Tentou pegar a arma, mas Harte a tirou de seu alcance.

— Tenho certeza, *sim* – falou. Então esvaziou o tambor, atirou as balas no chão e colocou o revólver no bolso do casaco de Jack.

— Harte... – tentou argumentar Esta.

— A minha alma, por outro lado, já está bem poluída – interrompeu ele, cerrando os punhos.

No instante em que os nós dos dedos de Harte atingiram o rosto de Jack, um ruído perturbador de ossos se partindo ecoou por toda a plataforma silenciosa. A afinidade de Esta já parecia exaurida e incerta por causa da escuridão que invadia seu campo de visão. E, no instante em que o punho de Harte encostou em Jack, a fraca afinidade foi interrompida pela conexão entre os dois homens. Sacudida pela adição de mais um corpo ao circuito de magia que havia entre ela e Harte, Esta não conseguiu mais se concentrar e perdeu seu controle sobre o tempo.

O mundo voltou a girar de supetão. Em volta dos três, a balbúrdia da plataforma se restabeleceu. Harte virou para Esta, sem entender a falha, apenas deduzindo que ela não tinha palavras, nem tempo, para explicar.

Atrás de Harte, a cabeça de Jack foi jogada para trás violentamente enquanto o mundo se movimentou de chofre, mas ele não caiu.

— Ande logo! — ordenou Esta, arrastando Harte. Olhou para trás e viu Jack cambaleando, tentando estancar o sangramento do nariz ao mesmo tempo, piscando os olhos, confuso. Jack estava desnorteado, mas não continuaria assim por muito tempo. — Precisamos embarcar em algum trem.

— O que foi que aconteceu? — perguntou Harte. — Por que você soltou o tempo?

— Não soltei... — começou a explicar Esta, mas não sabia como descrever a escuridão que vira nem o vazio que sentira. — Agora não — disse, arrastando Harte e tentando encontrar os fios do tempo, tentando se concentrar o bastante para retardá-los.

Juntos, os dois correram, desviando da multidão de passageiros preocupados, contornando desavisados e carrinhos de bagagem, correndo em direção à sua única chance de escapar dali.

— Não consegui pegar as passagens — contou Esta, levantando as saias para poder acompanhar as passadas longas de Harte.

— Não tem importância. — Harte apertou ainda mais a mão de Esta enquanto os dois corriam. — Vamos dar um jeito. Só precisamos entrar em um trem. *Qualquer* trem.

— Plataforma sete — insistiu Esta, lembrando da pedra que estava em Chicago. — Precisamos chegar à plataforma sete.

Quando chegaram à plataforma, o apito estridente se sobrepôs à confusão barulhenta da estação. Esta olhou para trás e viu que Jack não estava muito longe, seguido por um guarda da ferrovia. O trem já começava a se movimentar lentamente pelos trilhos. Uma nuvem de fumaça cobria a plataforma com sua pesada névoa de carvão e enxofre, o vapor saía chiando dos motores, e a composição começava a pegar ritmo.

— Ande logo! — gritou Harte, porque Esta não conseguia acompanhá-lo. Logo adiante, mais dois guardas corriam na direção deles, já erguendo os cassetetes e gritando para as pessoas saírem da frente.

Harte derrubou uma pilha de malas, criando um bloqueio para retardar quem vinha atrás. Só que isso não os deteria por muito tempo. – Precisamos de mais tempo – falou para Esta, desviando-a de um idoso.

A afinidade de Esta estava mais instável do que nunca, como se sua magia fosse algo separado dela, inalcançável. Seu coração estava acelerado, sua cabeça latejava, e o tempo mais parecia as pontas desfiadas de um lenço que o vento acabara de soprar para longe.

– Não consigo – respondeu.

Ela viu a confusão nos olhos de Harte, mas o mago não pensou duas vezes. Correndo ao lado do trem que já se movimentava, conseguiu chegar à parte de trás de um dos vagões e impulsionou Esta, colocando-a lá em cima, enquanto continuava correndo. Então segurou a alça e estava prestes a subir. Foi quando ela avistou Jack.

– Cuidado! – gritou Esta, mas o aviso chegou tarde demais.

Antes que Harte conseguisse subir no trem, Jack o agarrou pelo pulso e o puxou para trás.

– Harte! – Esta estava prestes a pular do trem, mas o mago gritou, pedindo que não fizesse isso.

Todo mundo em volta deles parou para olhar. A plataforma inteira foi tomada por um silêncio estranho que não tinha nada a ver com a afinidade de Esta e tudo a ver com a curiosidade dos demais passageiros.

Harte se afastou de Jack e tirou um dos braços do casaco para se soltar dele. Com isso, Jack perdeu o equilíbrio e caiu para trás, segurando a peça de roupa. Na mesma hora, Harte conseguiu subir no trem.

– Vamos – disse, levando Esta para a frente do vagão quase vazio. – Não podemos ficar aqui... – Só que, antes que os dois chegassem à metade do vagão, um guarda da ferrovia entrou pela porta. Assim que viu Harte e Esta, levantou o cassetete e bloqueou a entrada. Os poucos passageiros já sentados levantaram os olhos, curiosos para saber o que estava acontecendo.

Harte ficou na frente de Esta e foi empurrando-a delicadamente na direção da saída traseira do vagão. Tiveram apenas um minuto para recuperar o fôlego, pois a porta se abriu. Esta virou para trás e deu de cara com Jack, bloqueando a outra saída que ainda tinham.

— Tire a gente desta situação, Esta — murmurou Harte, sem desviar os olhos das duas saídas do vagão e dos agressores que se aproximavam.

— Você não tem para onde ir, Darrigan — disse Jack, com um sorrisinho de satisfação.

— Ele tem razão, filho. Levante as mãos e fique de joelhos, para que possamos fazer isso do jeito mais fácil — disse o guarda que estava na frente do vagão.

Harte e Esta estavam encurralados. Mesmo que ela conseguisse parar o tempo, não havia para onde ir, não havia como escapar.

"A não ser que..."

Esta jamais tentara atravessar o tempo daquela maneira, não dentro de um veículo em movimento. O tempo era conectado ao lugar, o que significava que só conseguiria atravessá-lo se tal lugar existisse na época em que queria chegar. Mas ela e Harte não precisavam ir muito longe: um ou dois dias, talvez; uma semana, no máximo só o suficiente para estar em uma versão diferente daquele trem, longe daquela ameaça.

Esta usou toda a sua força, toda a sua energia, para se concentrar nos segundos ao seu redor. Ignorando o latejar de suas têmporas, acionou sua afinidade com uma profundidade que jamais usara. A pedra em seu braço, a Chave de Ishtar, ficou tão quente que causou incômodo, enquanto Esta se concentrava nos espaços entre os segundos e começava a tocar as camadas de instantes que constituíam a realidade de um lugar. Folheou esses instantes, desesperada para encontrar o que procurava.

Ao redor dos dois, o trem começou a roncar, vibrando violentamente sobre os trilhos, a ponto de obrigar o guarda a se segurar em um assento para conseguir continuar de pé.

— O que está acontecendo? — perguntou Harte.

Mas Esta só ouvia aquele rugido em seus ouvidos e continuou procurando sem parar até ver apenas a multiplicidade de momentos empilhados ao seu redor, reais e palpáveis como o presente.

Normalmente, vasculhar o tempo era como folhear as páginas de um livro à procura de alguma palavra, algum detalhe para acessar a data e a época certas. Normalmente, Esta tinha tempo para se concentrar e explorar as camadas até encontrar o ponto exato que queria, um ponto *seguro*. Mas, com o trem ganhando velocidade, e o calor da conexão entre ela e Harte desviando sua atenção, o tempo em si parecia solto e desconexo. Em vez de encontrar um lugar seguro, Esta deparou com enormes buracos nos quais o trem em que estavam não existia.

Para encontrar o mesmo trem, no mesmo lugar... em um tempo diferente...

Esta concentrou tudo o que tinha, tudo o que *era*, resistindo à impossibilidade do ato. A Chave de Ishtar ficava cada vez mais quente, quase queimando seu braço. E então, *lá estava*. Surgiu o reluzir de uma possibilidade.

Por mais que parecesse que o mundo estava se despedaçando sobre eles e o chão estivesse se abrindo, Esta não parou para se certificar. Segurou a mão de Harte e o arrastou consigo, avançando no tempo.

NO TEATRO WALLACK

1902 – Nova York

Jianyu Lee entendia muito bem o peso do fracasso. Sua opressão o expulsara da casa do irmão e depois o impelira, desesperado para provar seu valor, para uma terra desconhecida. Como na lenda de Kua Fu perseguindo o sol, Jianyu tentou fugir das decepções de sua adolescência. Só que as carregou consigo durante aquela jornada interminável, atravessando oceanos e continentes, e acabou encontrando mais delas quando chegou a Nova York e descobriu que as promessas feitas pelo representante das Seis Companhias eram mentira.

Tentou se conformar com o trabalho que fazia para Wung Ah Ling, o homem que se apresentava como Tom Lee. Com um prendedor de gravata de diamante e o elegante chapéu-coco, o autodenominado "prefeito" de Chinatown era bem conhecido, e por toda a cidade. Ficou encantado com a possibilidade de ter um Mageus como seu empregado e assumiu a tutela de Jianyu. Foi Lee quem ajudou o garoto a aperfeiçoar o inglês que aprendera durante sua longa viagem, e também quem explicou a função da *tong* de ajudar os irmãos a entender os estranhos costumes daquela terra estranha. Protegê-los. No entanto, quanto mais Jianyu coletava o dinheiro extorquido dos comerciantes pobres, que dormiam no próprio local de trabalho, ao passo que Tom Lee morava no esplendor de um verdadeiro palacete, um apartamento de três andares no número 20 da Mott Street, mais se dava conta de que Lee não era muito diferente dos mercadores ricos do Cantão, que se alimentavam bem enquanto os agricultores morriam de fome.

O dia em que mandaram Jianyu cobrar a taxa de um dono de

lavanderia – cuja voz rouca e pele enrugada o fizeram se lembrar de seu avô há muito falecido – foi quando Jianyu se deu conta de que ainda não passava de um ladrãozinho. A vida nova pela qual tanto ansiava era igual à antiga. Depois disso, cada dia como lacaio de Tom Lee, usando sua afinidade contra quem não podia se defender, tornava-se mais uma pedra no fardo sobre seus ombros. Mas Dolph Saunders lhe proporcionara uma maneira de se livrar de um pouco desse peso quando lhe oferecera um lugar no Filhos do Diabo. O sonho de destruir a Beira deu a Jianyu a esperança de um futuro diferente – para si mesmo e para cada um de seus conterrâneos que viviam em sua terra natal e tinham uma afinidade, que estariam em perigo se permitissem que o poder canceroso da Ordem se alastrasse.

Jianyu ficara tão entretido na defesa contra a ameaça representada pela Ordem que não fora capaz de enxergar o perigo que havia entre eles. Ninguém fora capaz de enxergar, e isso custara a vida de Dolph. Nos dias que se seguiram à morte de Dolph, Jianyu sentiu a vergonha, aquela sua velha conhecida, voltar, esgueirando-se nas sombras daqueles cômodos silenciosos demais, esperando que tornasse a carregar o fardo de seus fracassos. Talvez Jianyu até devesse fazer isso. Talvez um dia até fizesse. Mas, naquele meio-tempo, tinha uma tarefa a cumprir. Nibsy Lorcan representava uma ameaça talvez até pior do que a Ordem, que parecia estar mais concentrada no poder que exercia em Nova York. Se o que Harte Darrigan lhe contara fosse verdade, as ambições de Nibsy eram muito maiores. Se Nibsy obtivesse o controle das pedras, teria um poder capaz de atravessar oceanos e mares. Independentemente do que acontecesse, não podiam permitir que Nibsy Lorcan saísse vitorioso.

Jianyu prometera a Darrigan que protegeria Cela Johnson e a pedra que estava em seu poder. Era o primeiro passo para derrotar Nibsy, e ele não fracassaria.

Só que primeiro precisava encontrá-la, antes que alguém o fizesse.

Depois do confronto com aquela mulher no porão do teatro, Jianyu teve certeza de que não podia ir embora antes de descobrir se Cela estava ou não lá dentro. E foi por isso que passou o dia inteiro vigiando as portas do local, de um beco do outro lado da rua, envolto em luz para que ninguém notasse sua presença. Durante toda a manhã, distraiu-se observando os movimentos daqueles que não precisavam se preocupar com quem ou o que eram, pessoas que tinham certeza de que se enquadravam na sociedade – ou que conseguiam fingir que se enquadravam. Quantos dentre aqueles que passaram por ele naquela manhã também eram Mageus, capazes de se misturar e se tornar invisíveis em meio à multidão sem usar mágica nenhuma? Esse era um conforto que Jianyu não tinha desde que fora embora do país onde nascera.

Mas, naquela época, em sua terra natal, a magia era diferente. Não existia Ordem, não existia Beira. Sua afinidade não era um ponto fraco, como em Nova York.

Jianyu não sabia ao certo em que instante foi finalmente tomado pela exaustão dos dois dias anteriores, mas já estava escurecendo quando foi acordado pelo cutucar da bota de um policial. Depois de mostrar os documentos de identidade exigidos, papéis falsificados que serviam para protegê-lo quando não podia usar sua afinidade –, Jianyu fingiu que tomou seu rumo, como o guarda ordenara. Quando o homem se afastou, acionou sua afinidade e tornou a esperar, até que a plateia do último espetáculo da noite saísse pela porta da frente, e os artistas finalmente parassem de aparecer na entrada do palco.

Jianyu esperou um pouco mais até ver a mulher que encontrara pela manhã, com aquele cabelo que parecia uma chama viva sob o brilho da marquise iluminada para o espetáculo da noite. Assim que ela virou a esquina e sumiu de vista, Jianyu se envolveu na luz novamente e voltou para o teatro. Lá dentro, deixou de lado a magia, apenas por precaução, caso houvesse alguém capaz de senti-la, e esperou que seus olhos se acostumassem à escuridão. Mais uma vez, começou a procurar sinais de Cela, torcendo para que não tivesse ido embora naquele momento em que ele não conseguira permanecer acordado.

Como não encontrou nenhum sinal da sala do figurino nos bastidores, voltou para o porão, onde a mulher atrapalhara sua busca.

Mesmo que a própria Cela não estivesse lá embaixo, talvez o ateliê pudesse lhe dar alguma pista de onde ela tinha ido ou poderia estar.

Como estava escuro demais para procurar direito sem o auxílio de uma fonte de luz, Jianyu correu o risco de usar os espelhos de bronze que levava nos bolsos da túnica. Concentrando sua afinidade através deles, amplificou os minúsculos fios de luz ao seu redor e os enrolou em volta do disco até que brilhasse. O suave halo de luz o guiou pelo local empoeirado, na procura de algum sinal de que não se enganara – de que Cela estava mesmo ali.

Finalmente, chegou a um cômodo no fundo do porão. A porta estava fechada e trancada, mas Jianyu desarmou a fechadura sem deixar vestígios, abriu a porta e deu de cara com um ateliê. O brilho de seus espelhos permitiu que percebesse que era um espaço pequeno, mas limpo e bem organizado. Havia rolos de seda e peças de tecido empilhados por todos os lados. Jianyu passou o dedo no metal gelado da pesada máquina de costura que havia no canto, e ele saiu limpo. Não havia pó acumulado nem ali nem em lugar nenhum. Parecia que o ateliê estivera sendo usado... e recentemente.

– Cela? – chamou baixinho. – Cela Johnson? Você está aí?

Jianyu ficou prestando atenção aos ruídos, com a certeza de que o silêncio seria a única resposta, e então tentou de novo:

– Eu me chamo Jianyu Lee e estou aqui para ajudá-la. – Ficou quieto de novo, pesando os prós e os contras de falar demais caso outro alguém estivesse ouvindo. E então resolveu arriscar: – Harte Darrigan me enviou para protegê-la.

Jianyu ficou parado no ateliê por muito tempo, com os ouvidos atentos e o olhar aguçado, em busca de algum sinal de vida, alguma indicação de que Cela ainda estava ali. E então, no canto, ouviu um farfalhar...

Mas, quando levantou o disco, a luz quente revelou o rabo de algum roedor, que fugiu em seguida.

Cela Johnson estivera no local havia pouco tempo, Jianyu tinha certeza. Mas não estava mais lá. Uma única pergunta ainda restava, encobrindo todas as outras: tinha saído dali por vontade própria ou alguém a encontrara antes dele?

PROBLEMAS QUE ATRAVANCAM O CORAÇÃO

1902 – Nova York

Cela odiava a escuridão. Desde pequena, desde que Abel a trancara no depósito de carvão do Velho Robinson, como castigo por ter comido a última bala de hortelã. Quando ele finalmente a deixou sair, Cela havia chorado tanto que o ranho escorria de seu nariz, seu rosto estava todo vermelho e inchado, e sua voz estava rouca. Na tentativa de acalmá-la, Abel lhe dera um abraço sem jeito, o único tipo de que os meninos-prestes-a-se-tornarem homens eram capazes, e jurou que nunca mais faria aquilo.

E cumpriu sua promessa pelo tempo que pôde.

"Só que Abel se foi."

Mais uma vez, a dor apertou seu coração com tanta força que Cela pensou que pararia de bater de vez. Teve que aguardar um instante e se obrigar a respirar. Mas não podia ficar ali. Cela precisava dar um jeito naquela situação, com ou sem escuridão.

Escutou a voz do homem chamando seu nome novamente e, então, ouviu-o dizer que fora enviado por Harte Darrigan. E para protegê-la, ainda por cima. Bem, considerando que Harte Darrigan até então só lhe trouxera aquele monte de problemas que afligia seu coração, ela ficaria bem melhor sem a ajuda do tal homem, fosse lá quem fosse. Cela, com certeza, não queria a proteção de mais ninguém. Já pesavam na sua consciência a vida de duas pessoas que tentaram protegê-la, cujas almas carregaria consigo pelo resto da vida.

Mesmo depois de achar que o homem já fora embora, Cela

continuou esperando, só por garantia, para soltar o painel da parede atrás do qual estava escondida e sair. Fizera aquele esconderijo para guardar seu material de costura. Por mais que todo mundo do Wallack conseguisse o figurino que queria, sempre havia uma pessoa ou outra de dedos leves, querendo garantir o melhor para si.

Cela jamais tivera a intenção de se esconder ali dentro, mas funcionara mesmo assim.

Como seus olhos já tinham se acostumado à escuridão, não teve muita dificuldade para se movimentar pelo espaço exíguo do ateliê. E ficou feliz ao descobrir que o visitante deixara a porta aberta.

Cela não se deu ao trabalho de pegar nada, a não ser um pedaço de pano para se enrolar. Fechou a porta do ateliê e deixou aquela parte de sua vida trancada para sempre – não pretendia voltar mais. Nunca mais. Então, com um andar acelerado e confiante, seguiu os passos leves do homem escada acima, pelos corredores dos bastidores até a entrada do palco, saindo para a escuridão da noite.

RUAS DESERTAS

1902 – Nova York

Depois de sua tentativa fracassada de encontrar Cela, Jianyu chegou a um impasse. Não fazia ideia de onde poderia procurá-la. Mas, se aquela mulher que encontrara no teatro estivesse com ela – ou qualquer outra pessoa –, Jianyu precisaria de ajuda. Seria necessário ir atrás de Viola, ou seja, voltar para a Bowery.

A Bowery – disso Jianyu tinha certeza – estava um caos. E, com Nibsy Lorcan no controle do Filhos do Diabo, as ruas em volta do Strega não eram mais um lugar seguro para ele, como um dia haviam sido.

Existia apenas um lugar em Nova York onde os conterrâneos de Jianyu eram recebidos sem desconfiança: as quadras perto da Mott Street conhecidas como "bairro chinês". Ele podia ir para lá, porém não era bem-vindo no local havia mais de dois anos, desde que quebrara seu voto de lealdade a Tom Lee e à On Leong Tong e se juntara ao Filhos do Diabo.

Se fosse pego por alguém da On Leong, teria que pagar por suas transgressões. Restava saber qual seria o preço. Tom Lee poderia usar a violência pura e simples ou fazer mais do que isso. Afinal de contas, Jianyu só era sobrinho dele no papel. Enquanto Dolph era vivo, todos os segredos que Jianyu reunira garantiam que estivesse a salvo de Tom Lee. Só que o poder de tais segredos havia morrido junto com Dolph. Se assim desejasse, Lee poderia avisar para as autoridades da condição precária de Jianyu em Nova York, e da falsidade de seus documentos.

Uma deportação seria o mesmo que uma sentença de morte, pois ser expulso da cidade significava atravessar a Beira.

Não parecia valer a pena correr o risco de circular entre esses perigos na calada da noite, quando era mais difícil usar sua afinidade para se esconder. Em vez disso, Jianyu virou à direita e foi até a Rua 24, a poucas quadras de distância do mais novo arranha-céu da cidade, que estava quase pronto. Ali Jianyu tinha um amigo, que conhecera em seus primeiros dias de Nova York, dono de uma pequena lavanderia com a mulher, uma robusta moça irlandesa, de olhos ternos e bochechas coradas. Como fazia muitos anos que não se viam, Ho Lai Ying ficou surpreso ao encontrá-lo, mas conhecia o alcance da influência das *tongs*. Apesar de não ter acordado a esposa nem a família, Lai Ying ofereceu a Jianyu uma tigela com o que sobrara do jantar e um lugar quente para passar a noite. Só que Jianyu mal dormiu e foi embora antes do amanhecer, para não pôr o velho amigo em perigo.

Quando a manhã começou a ficar mais quente, o destino de Jianyu finalmente o levou de volta à Bowery. Precisava falar com Viola, mas também encontrar Cela sem despertar o interesse de ninguém que pudesse estar à procura dela ou da pedra. Estava tão absorto em seus pensamentos, ponderando suas alternativas, que não percebeu a dupla que vinha lhe seguindo desde que atravessara a Houston. Quando percebeu a presença dos dois homens, era tarde demais para abrir a luz ao seu redor – não sem revelar o que era.

Jianyu apressou o passo e foi em direção a uma das vias públicas mais movimentadas. Talvez fosse menos provável que fizessem algo com ele se houvesse muitas testemunhas. O que se revelou uma esperança vã e ingênua. Era tão cedo que as ruas estavam praticamente desertas. E, mesmo que estivessem lotadas, era mais provável que as testemunhas participassem da agressão do que a impedissem.

Em um piscar de olhos, os homens estavam bem atrás de Jianyu, e ele teve certeza de que não tinha muita escolha. Virou-se para trás, com as mãos levantadas, pronto para atacar, mas os dois se entreolharam e deram risada. Estavam usando o conhecido uniforme das gangues da Bowery: camisas de cor berrante, coletes listrados ou xadrezes, calças bem cortadas e o indefectível chapéu-coco inclinado por cima do olho. A pele alva e viscosa parecia lívida e enferma perto daquelas roupas chamativas.

– Que é que tu acha que vai poder fazer? – perguntou um deles, dando risada para o outro. – Já vi esses aí lutando... Parecem umas galinhas batendo as asas depois que a gente corta a cabeça – completou. Então deu um passo à frente. Tinha olhos pequenos, com pálpebras tão caídas que parecia estar meio dormindo. – Ande logo, mande seus melhores golpes... Pode vir. A primeira batida de asa é de graça.

Jianyu ficou prestando atenção nos dois, que o rodearam.

– Ande logo, seu filho da puta imundo – provocou o outro, sem interromper a risada sinistra.

Talvez estivessem esperando outra coisa de Jianyu. Ou então tinham mais sorte do que juízo. Mas Jianyu aceitou o convite e se atirou em cima deles. O mais rechonchudo dos dois foi lento ao se defender do primeiro soco. Desabou com facilidade e ficou esparramado na sujeira da rua, gemendo por causa do estrago do punho de Jianyu na cara.

O outro arregalou os olhos por um instante e ficou encarando o amigo com uma espécie de choque horrorizado que fez Jianyu sentir uma satisfação no fundo da alma. Mas não passara aquele tempo todo no clube Filhos do Diabo, treinando com o restante do bando de Dolph, para deixar de se aproveitar da perplexidade dos dois. Girou o corpo bruscamente e acertou um murro no estômago do outro, deixando o garoto sem ar antes mesmo que conseguisse entender o que estava acontecendo.

O primeiro estava levantando, com sangue pingando do nariz e um olhar de ódio. Porém, uma estranha calma tomara conta de Jianyu. Com um sorriso lento e debochado, levantou a mão e fez sinal para o garoto se aproximar. Os dois ficaram girando em volta um do outro, se abaixando e se esquivando dos socos, enquanto o segundo levantava. De uma hora para a outra, ele veio correndo e derrubou Jianyu no chão.

Jianyu bateu a cabeça na beira da calçada e, por um instante, sua visão ficou borrada. Esse instante foi o suficiente para os agressores ganharem vantagem. Um montou nele e, antes que pudesse se proteger, Jianyu sentiu o primeiro socorro na lateral do corpo. Tentou se defender, acertando um ou dois socos de raspão, mas o outro já se levantara e também estava batendo nele.

Então foi atingido por um chute cruel nas costas, que ocasionou uma onda de dor quase cegante, que percorreu todo o seu corpo.

— Veja se aprende essa lição — berrou um dos garotos, socando o estômago de Jianyu novamente. — Seu maldito...

Jianyu não precisou ouvir o resto da frase para saber o que o garoto dissera. Aquela palavra — ou palavras como aquela — o perseguiam desde que descera do barco, no México. Ele as ouvira quando viajara de trem, ficando de boca fechada durante dias, primeiro ao cruzar a fronteira e depois ao atravessar aquele país onde — tinha certeza — jamais seria tratado como no seu. Os insultos foram sua companhia na calada da noite, quando os balseiros o levaram para Manhattan de modo ilícito. E, desde que chegara, Jianyu ouvia aquele insulto — ou alguma variação dele — todos os dias nas ruas de Nova York, disparado por mendigos imundos que nem eram homens o bastante para olhar no seu olho quando diziam aquilo.

Ele tentou se ajoelhar, mas levou outro chute cruel no estômago. Bateu mais uma vez com força no chão, sentindo o gosto metálico do sangue na boca. Seus ouvidos zuniam. Precisava levantar, precisava ficar de pé de alguma maneira, se quisesse sobreviver.

— ... maldito...

Os garotos o seguraram pelo cabelo. Um deles agarrou a longa trança que descia pelas costas de Jianyu. Ele ouviu um zumbido forte, mas não soube dizer se era dos socos ou da certeza do que aqueles dois estavam prestes a fazer, antes mesmo de ouvir o *clique* do canivete sendo aberto. Sua cabeça latejava. Em seus ouvidos, uivavam milhares de ventos. Jianyu queria gritar, mas estava com a boca cheia do próprio sangue.

Quando o disparo aconteceu, Jianyu sentiu o tiro tanto quanto ouviu. Foi tão de perto que seu eco reverberou em sua cabeça e sacudiu seus ossos, apesar de a bala jamais ter roçado em seu corpo.

Jianyu demorou um pouco para se dar conta de que ainda estava vivo, de que não fora atingido pelo tiro. Estava caído, com o rosto espremido contra a sujeira da rua, sentindo o azedume do próprio sangue na boca, mas ainda respirava. Sua cabeça doía, verdade, mas ele ainda respirava.

Passos se aproximaram, até que Jianyu enxergou os bicos de um par de botas marrom.

— Você tem sorte de eu ter aparecido justo agora — disse a voz, na entonação bem conhecida da língua materna de Jianyu. — Aqueles dois teriam matado você assim que terminassem de lhe escalpelar.

"Escalpelar..."

Jianyu sabia, sem sequer precisar passar a mão, que seu cabelo havia sumido. E que, sem isso, voltar para o seu país seria impossível. Sem a trança, o único e modesto sonho que carregava por tanto tempo em segredo no coração se resumira a cinzas.

— Você deveria ter deixado que me matassem — respondeu, e aquelas palavras lhe trouxeram alívio, por mais que seus lábios estivessem tão ensanguentados e inchados que soaram enroladas até para ele mesmo.

— Ora, por que eu faria uma coisa dessas? — perguntou a voz. — Faz tanto tempo que espero para conversar com você...

PODERIA SER PIOR

Nova Jersey

Harte estava esparramado no chão de um vagão de trem em movimento, mas os policiais haviam sumido. Assim como Jack.

Quando tentou erguer o corpo, sua cabeça girava tanto que ele mal percebeu o amontoado macio de tecido sobre o qual estava – nem as pernas que se movimentavam mais abaixo. E, assim que ficou na vertical, seu estômago se revirou. Harte ficou de pé com dificuldade, correu até a porta nos fundos do vagão e quase não chegou à plataforma a tempo de esvaziar o estômago nos trilhos do trem.

Ficou ali pendurado, sentindo um gosto azedo e uma brisa morna batendo em sua pele pegajosa, enquanto o solo passava correndo debaixo dele. Quando a porta do vagão se abriu logo atrás, pouco depois, não precisou olhar para saber que era Esta. Alguma coisa no ar mudava quando ela estava por perto. Sempre fora assim. Só que, mais recentemente, a voz dentro de Harte sussurrava "sim" sempre que Esta se aproximava. "Em breve."

Harte expulsou a voz de seus pensamentos e, com a pouca força que lhe restara, a amarrou com um nó bem forte. Esse esforço fez sua cabeça começar a girar de novo.

– Você está bem? – perguntou Esta, ficando do seu lado, encostada na grade de proteção.

O mago balançou a cabeça, ainda se sentindo enjoado e com calor.

"Porque *o tempo* está quente *demais*."

O céu não estava mais pesado e cinzento como naquela mesma manhã. O ar fresco da primavera se transformara no calor úmido de um dia de verão.

— O que acabou de acontecer? — perguntou, fechando os olhos para não sentir o movimento do trem.

— Você me pediu para nos tirar dali...

Harte se virou para Esta. Sua consciência já começava a entender. Mas, antes que pudesse dizer algo, a porta atrás dos dois se abriu, e um cobrador uniformizado apareceu.

— Passagens, por favor.

Harte e Esta não tinham passagem nenhuma. Mas, se pelo menos ele conseguisse pôr a cabeça no lugar e ficar na vertical apenas o suficiente para largar da grade de proteção, poderia resolver a situação. Precisaria apenas de um único toque...

Só que Esta começou a falar antes que ele conseguisse fazer isso.

— Sinto muito — disse, tirando uma carteira escura da capa de viagem que usava. — Estávamos com tanta pressa que não tivemos tempo de comprar as passagens antes de embarcar. Podemos pagar agora?

— Claro, claro — respondeu o homem, tirando um pequeno talão e perfurando duas das passagens com uma ferramenta prateada. — Até o fim da linha... Fica três e cinquenta cada.

Harte deveria estar curioso a respeito da origem daquele dinheiro. Deveria estar interessado em observar aquele novo ritual, o de comprar uma passagem — a legitimação de sua liberdade. Mas só conseguiu evitar que seu estômago se revolvesse novamente e que sua mente se concentrasse demais na realidade do que Esta acabara de fazer.

— Há um vagão-leito disponível? — perguntou Esta, tirando duas notas da carteira e entregando para o cobrador. Seu tom de voz parecia leve e despreocupado, mas Harte conseguia perceber a tensão. — Meu marido não está se sentindo muito bem. Acho que seria melhor se ele pudesse deitar.

— Nada de leito — disse o homem, levantando a sobrancelha para eles. – Este trem só vai até Baltimore. Vocês podem fazer a baldeação para um vagão-leito na próxima parada, se seu destino for mais adiante.

– É claro. Que tolice a minha – falou Esta, com uma risada forçada.

– Obrigada mesmo assim. – Dissera aquilo de modo leve e gracioso, mas não conseguira disfarçar o nervosismo em sua voz.

Harte esperou até o homem passar para o vagão seguinte e escorregou até o chão. Sua cabeça ainda girava quando encostou na proteção, e o balanço do trem fez seu já frágil estômago se revirar novamente. Ignorou essas sensações também e se concentrou em Esta.

– O trem da plataforma sete não ia para Baltimore.

Esta não estava prestando atenção em Harte. Em vez disso, tentava puxar a manga para cima. Sua boca estava tensa de concentração – ou seria dor?

– Esta...

– Espere – disse ela, entredentes. Em seguida, tirou o bracelete do braço e suspirou de dor. – Pronto...

Então segurou a joia com todo o cuidado, franzindo a testa enquanto a examinava. O bracelete em si era uma peça delicada, de prata polida, mas o metal não era tão importante quanto aquilo que estava engastado nele: a Chave de Ishtar. Era um dos artefatos que conferiam poder à Ordem, porém aquela pedra específica era especial porque permitia que Esta viajasse através do tempo.

"Através do tempo..."

O estômago vazio de Harte lhe dava a sensação de ter engolido uma pedra em brasa.

– O que você fez, Esta? Este trem deveria estar indo para *Chicago*.

– Você me pediu para nos tirar dali, e foi isso que eu fiz.

Esta falava com Harte, mas toda a sua atenção estava voltada para a pedra que tinha nas mãos, não para ele.

– Mas este não é o trem em que estávamos, é?

– É claro que é – respondeu ela, finalmente tirando os olhos do bracelete. – É o mesmo trem, *exatamente* o mesmo vagão... – Ela pensou um pouco, franzindo a testa de leve, e completou: – Só está *um pouquinho* adiante no tempo.

– Pouquinho quanto? – perguntou Harte, com uma queimação no estômago causada pelo movimento do trem e pelo que Esta acabara de fazer.

– Não sei. Um ou dois dias, não muito além diss... – interrompeu a frase quando olhou para as passagens que o cobrador lhe entregara.

– O que foi? – indagou Harte, engolindo mais uma onda de enjoo que tinha muito pouco a ver com o movimento do trem.

Esta soltou um palavrão, e seu rosto ficou completamente sem cor.

Harte teve um mau pressentimento, uma sensação de que não ia gostar da resposta para a pergunta que precisava fazer:

– Quanto tempo avançamos?

– Eu só estava tentando nos levar para longe de Jack e da polícia – respondeu, sem tirar os olhos das passagens.

– Quanto tempo, Esta?

Ela quase esburacou a própria boca, de tanto que mordia o lábio.

– Eu queria ir um ou dois dias adiante. Não tive a intenção... Não...

– *Esta.*

Harte a interrompeu e respirou fundo, tanto para se acalmar quanto para não ficar de novo com ânsia de vômito. Poderia ser pior. Os dois poderiam estar presos. Poderiam estar à mercê de Jack e da Ordem.

– Foi tão ruim assim? Quanto?

Sem dizer nada, ela entregou as passagens.

Os olhos de Harte ainda estavam com dificuldade de ajustar o foco por causa daquela estranha e violenta sensação de empuxo de poucos momentos antes. Parecia que o mundo estava caindo em cima dele, retorcendo seu corpo. Foi uma sensação horrível, de algo *errado*. Ao olhar fixamente para as passagens, a sensação piorou, porque a data impressa não deixava margem para dúvidas.

– Dois *anos*?

Harte estava prestes a vomitar de novo.

Dois anos antes, ele ainda estava tentando sair da imundície da

Bowery, fazendo de tudo para sobreviver. Dois anos antes, Harte não tinha dinheiro no bolso nem a reputação que conquistara nos palcos. Dois anos antes, não tinha sequer o nome que adotara. Dois anos era praticamente uma vida em um mundo tão peculiar e perigoso quanto o seu, e Esta lhe arrancara isso sem pestanejar.

– Não foi de propósito – sussurrou ela, com uma expressão consternada.

– Mas como isso é possível? – disparou Harte, contorcendo-se todo por dentro ao perceber como suas palavras soaram ríspidas.

Mas sua aspereza teve o efeito de esfregar uma pedra na outra, acendendo o mau humor de Esta.

– Viajar no tempo não é uma coisa fácil, sabia? – retrucou ela, arrancando as passagens de sua mão. – Nos meus melhores dias, preciso usar toda a minha concentração para encontrar o minuto certo para pousar, e isso quando *não* estou dentro de um trem em movimento, encurralada pela polícia. De nada, aliás, já que você não está na cadeia no momento e tudo mais.

– *Dois anos*, Esta.

Mas então Harte percebeu que a mão com a qual ela segurava as passagens tremia, e mudou um pouco de tom.

– Eu pedi... – ele sacudiu a mão em um gesto vago – ... para desacelerar as coisas, para que pudéssemos descer do trem e fugir.

– Nós conseguimos fugir, não? – disse Esta, apontando para a óbvia ausência de Jack.

Harte respirou fundo, tentando segurar a bile em seu estômago, assim como sua raiva.

– Você tem razão. Estávamos em uma enrascada, e você nos tirou dela – falou, fazendo um esforço para suas palavras parecerem sinceras. – Vai dar tudo certo. Você consegue dar um jeito nisso. Consegue nos levar de volta.

– Harte...

A hesitação de Esta fez o estômago de Harte se revirar ainda mais.

– Você consegue *nos levar de volta* – repetiu.

Esta tinha uma expressão consternada.

— Não faço ideia do que acabou de acontecer. Eu queria avançar dois dias e acabei avançado dois *anos*.

— Porque estávamos dentro de um trem, você mesma disse — falou Harte, bem devagar, tentando manter a compostura. — Vamos descer na próxima estação, e aí você pode...

— Não foi só por causa do trem — interrompeu Esta, sem olhar Harte nos olhos.

Por algum motivo, a náusea de repente não parecia mais ter tanta importância.

— O que você quer dizer com isso?

— Minha afinidade... parece estranha. Desde que atravessamos a Beira, está esquisita. Instável.

Harte franziu a testa. Sabia que a Beira tinha feito mal a ela, mas não se dera conta de que afetara sua magia.

— Por que você não me contou? Poderíamos ter esperado mais um dia.

— Tínhamos que ir embora. Precisamos encontrar as pedras — disparou ela. — Nosso tempo já estava se esgotando mesmo sem esperar. Logan logo chegará a Nova York e...

Esta se interrompeu, como se tivesse se dado conta do que dissera. Já era tarde demais. Por causa do que ela fizera, seu amiguinho Logan já estava na cidade havia dois anos.

— E *nada*. Você deveria ter *me contado* — falou Harte, com um pouco mais de firmeza do que pretendia, talvez. Mas seus nervos estavam em frangalhos, e a raiva era a única coisa que o impedia de vomitar de novo na lateral do trem.

— Eu *sei* — retrucou Esta, igualmente incisiva. Mas então fechou os olhos e respirou fundo. — Eu sei — repetiu, com um tom mais calmo. — Só que tudo estava acontecendo tão depressa... Tínhamos que encontrar roupas e sair do Brooklyn, e pensei que, se me forçasse, tudo ficaria bem. Que *eu* ficaria bem.

— Mas você não está bem, está? — perguntou Harte, vendo uma

série de emoções se desenharem no rosto de Esta. Negação, frustração, preocupação, todas misturadas.

– Você viu o que aconteceu na estação. Mal consegui segurar o tempo até fugirmos de Jack – explicou, ainda olhando para a paisagem, como se não fosse capaz de olhar para Harte. – Você tem razão. Eu jamais deveria ter tentado avançar no tempo, mas estávamos encurralados, dentro de um trem em movimento, e pensei que, se pelo menos eu conseguisse passar para o trem seguinte... se pelo menos conseguisse chegar ao dia seguinte... estaríamos a salvo. Mas, assim que comecei a avançar, não consegui mais controlar. E além disso, com você...

– Comigo? – interrompeu Harte. – Você está querendo dizer que *eu* sou a causa disso tudo?

– Não *você* – falou Esta, sacudindo a cabeça. – Mas essa coisa que agora está dentro de você. Posso senti-la quando você me toca. E, quando estou tentando acionar minha afinidade, parece que estou segurando um fio desencapado.

O estômago de Harte se revirou de novo.

– Você acha que é por causa do Livro?

Bastou mencioná-lo que a voz começou a se agitar nas profundezas de Harte. Na ponte, o mago contara para Esta que o poder do Livro estava dentro dele, mas não revelara tudo. Antes, não conseguia encontrar as palavras para explicar o que o Livro queria, principalmente o que queria *dela*. E, naquele momento, com as dúvidas e o *medo* que brilhavam nos olhos de Esta, não tinha coragem de mencionar nada.

O cabelo de Esta estava meio despenteado, e algumas mechas castanhas batiam no seu rosto, mas a expressão dela se mantinha firme.

– Não tenho como ter certeza. Talvez não tenha sido você. Talvez tenha acontecido algo comigo quando atravessamos a Beira.

Talvez Harte devesse ter consolado Esta – perdoado, até. Mas ainda estava muito aborrecido por causa dos dois anos de vida que ela lhe ceifara, sem mais nem menos, para oferecer algum tipo de leniência.

Esta abaixou-se até sentar ao lado dele no chão, e suas saias ficaram em cima de Harte. Com cuidado, a mão dela tocou seu rosto, virando-o para obrigá-lo a olhar para ela.

— Vamos dar um jeito nisso — falou, com um brilho determinado nos olhos. — *Eu* vou dar um jeito nisso. Mas acho que não devemos tentar voltar. *Ainda* não — completou, antes que Harte pudesse reclamar. — Não sei por que avançamos tanto. Não sei por que não consegui controlar onde paramos. Normalmente consigo. Mas, se eu tentar voltar e errar de novo, podemos ficar presos. Você viu o que aconteceu com o saco de pedras que tentei trazer de volta da ponte.

— Elas sumiram — lembrou Harte. Sobraram apenas os restos carbonizados das joias onde estavam engastadas. As pedras em si viraram cinzas.

— Acho que as pedras não podem coexistir com outras versões de si mesmas. Se eu não conseguir controlar minha afinidade novamente e retrocedermos demais, a Chave de Ishtar vai se encontrar consigo mesma e desaparecer. Ficaremos presos no momento em que pousarmos, sem ter como sair de Nova York de novo e sem poder deter Nibsy nem a Ordem. — Esta umedeceu os lábios e concluiu: — E não sei o que pode acontecer *comigo* se a pedra desaparecer.

— Com você? — Harte sacudiu a cabeça, sem entender.

— Ou com você. Já contei o que Nibsy fez antes de eu e você mudarmos as coisas. Como ele me mandou adiante no tempo?

— Quando você era bebê...

Esta confirmou com a cabeça e continuou:

— Acho que aquilo ainda precisa acontecer. Se eu jamais for mandada para a frente, também não posso ir para trás. Se acontecer, quer dizer que eu não estaria lá para ajudar no assalto à Mansão Quéfren nem para salvar você. Nada daquilo. Você vai morrer. E só Deus sabe o que isso pode significar para a Ordem, para Nibsy ou para a magia. — Uma sombra caiu sobre seu rosto, e Esta continuou: — Se eu nunca for mandada para a frente quando bebê, vou crescer como deveria ter crescido... no passado. Não sei se esta versão de mim mesma continuaria existindo.

O pânico cresceu dentro de Harte.

— Você não pode simplesmente desaparecer.

— Por que não? As pedras desapareceram, não? — perguntou Esta, com um olhar firme.

Harte refletiu por um instante sobre aquilo, um mundo sem Esta. Tudo o que fizera para tentar mandá-la de volta à sua própria época fora com a intenção de salvá-la do passado, do poder que se assomava dentro dele. Mas Esta havia voltado. E, ao fazer isso, lhe dera outra chance... que Harte não merecia.

— Então você tem razão. Não devemos arriscar. Vamos esperar.

— Você não se importaria?

— As pedras que estamos procurando ainda existem, não? Só se passaram dois anos. Não podem ter ido tão longe assim. Vamos encontrá-las aqui... e *agora*.

Esta ainda estava fazendo cara feia.

— E depois, acontece o quê? Não conseguiremos levá-las de volta.

— Porque elas ainda existirão em 1902 — percebeu Harte.

Os dois ficaram sentados em silêncio por um instante, enquanto o *clique-claque* dos trilhos marcava o tempo debaixo deles.

— Não tem importância — disse Esta, por fim. — Vamos nos preocupar em levar as pedras para 1902 quando tivermos certeza de que *podemos* voltar para 1902. Primeiro vamos controlar o poder do Livro. Precisamos das pedras para isso. Talvez, quando as conseguirmos, exista algo no próprio Livro para resolver essa questão. Ele nos ajudou a atravessar a Beira, não? Se não existir, dois anos não é tanto tempo assim.

"Dois anos são uma vida."

— Não é um plano muito bom...

E então Harte se deu conta: "o Livro".

"Não."

Harte olhou para Esta, momentaneamente sem fala.

— Meu casaco — foi tudo o que conseguiu dizer.

— O que tem ele?

Harte viu o instante em que Esta entendeu o que ele queria dizer, mas pronunciou as palavras mesmo assim, pois precisava encarar os fatos. Sabia que nenhum silêncio seria capaz de torná-las menos reais.

– O Livro estava no casaco. No casaco que deixei para trás... para me livrar de Jack.

ALGUMA ESTAÇÃO LONGÍNQUA

1904 – Nova Jersey

—Você deveria ter me deixado matar Jack – disse Esta, sentindo seu corpo gelar quando se afastou de Harte. Pois, se havia alguma coisa clara, era que nada daquilo teria acontecido se o mago não a tivesse impedido de matar Jack. Ainda teriam o Livro, para começo de conversa. E ainda estariam em 1902, porque Jack não teria ido atrás deles.

Esta poderia tê-lo matado.

Seria capaz de carregar, com todo o prazer, aquele fardo pelo resto da vida. Até podia não ter como saber qual seria o efeito de sua inação, mas tinha certeza de uma coisa: nada de bom poderia surgir do fato de Jack ter posto as mãos no Livro.

Harte ainda estava sentado na plataforma dos fundos do trem quando Esta ficou de pé. Estava pálido e parecia tonto, mas para ela não estava nada fácil sentir pena.

—Você não deveria ter me impedido – continuou.

— E o que você faria depois? – perguntou Harte. – Teria simplesmente virado as costas e ido embora, com as mãos manchadas pelo sangue dele?

— Antes o sangue dele do que o nosso.

Harte esfregou o rosto, soltou um suspiro de exaustão e fechou os olhos por um instante. Estava com cara de quem iria vomitar de novo.

— Já fiz muito mal na minha vida, mas não quero ser o tipo de homem capaz de matar alguém a sangue-frio. – Então abriu os olhos e encarou Esta. – Mesmo que esse alguém mereça, como Jack.

Algo na mudança do seu tom de voz, o fato de poder ouvi-la tão claramente, apesar do vento, mesmo com o barulho do trem e dos trilhos, fez Esta ficar em silêncio.

Mas só por um momento.

Aquele mundo não permitia que alguém ficasse em silêncio, nem que tivesse dúvida. Não permitiria que Esta nutrisse fossem lá quais fossem os sentimentos nobres que Harte acreditava que ela devia ter.

De uma hora para outra, a lembrança da biblioteca do Professor Lachlan, no alto do prédio da Orchard Street, surgiu em sua mente. As luzes difusas. O cheiro dos livros velhos que um dia significara segurança para Esta. Nos pulsos, ainda conseguia sentir a dor dos machucados causados pelas cordas que a amarraram na cadeira. Quase era capaz de sentir o calor das pedras com as quais o Professor Lachlan a adornara, pois sua intenção era fazer de Esta um sacrifício humano. O homem que a criara teria usado a sua afinidade – teria usado *a própria Esta* – para reunir as pedras e assumir o controle do poder do Livro. "Você é apenas o receptáculo." Ele a teria matado.

Esta levantou a mão, encostou na ferida ainda mal cicatrizada logo abaixo da clavícula e fechou os olhos para afastar a lembrança do que acontecera... "Essas coisas tendem a funcionar melhor com um pouco de sangue."

Aquela noite acontecera havia menos de 24 horas, e também faltavam cem anos para que chegasse. Na escuridão por trás de suas pálpebras, outra lembrança a tomou de assalto: Dakari entrando na biblioteca, sem ter noção dos planos do Professor Lachlan. Sem estar preparado para a bala disparada depois de poucos instantes.

O eco do tiro.

O som do corpo de Dakari caindo, inerte, no chão.

E o peso da culpa que ela carregava pela sua morte.

Talvez Esta jamais tivesse possuído nobreza nenhuma. Ou talvez o que restava dessa compaixão tivesse sido assassinado de modo tão claro como Dakari naquele dia. De qualquer modo, Esta tinha certeza de que, se conseguia viver com a lembrança daquela noite, seria capaz de aguentar qualquer coisa. Poderia *se tornar* qualquer coisa. Harte podia até duvidar de sua força, mas Esta já sobrevivera à perda sem sentido de seus amigos, de sua família – de seu *pai*. Um pouco de sangue nas mãos em troca de suas memórias e da vida daquelas pessoas não era nada.

Além disso, tinha certeza de que não precisaria carregar nada daquilo por muito tempo. Independentemente do que acontecesse no momento presente e no fim das contas, o Professor Lachlan já lhe explicara como as pedras podiam ser usadas para controlar o Livro. Esta ainda não contara isso para Harte. Não sabia como ele reagiria ao descobrir que a manobra exigiria um sacrifício – de sua afinidade e, provavelmente, de sua vida –, e os dois não tinham tempo a perder, caso Harte resolvesse ser um exemplo de nobreza de novo ou hesitar. Mas, até aí, Esta era uma moça sem passado e sem futuro. Já estava resignada a ter pouca esperança de sair daquela situação com vida.

No momento os dois precisavam enfrentar as consequências de *não* ter matado Jack quando tiveram a oportunidade. Dois anos haviam passado e, durante esse tempo, o mundo seguiu girando, a história continuou a se desenrolar, dia após dia. O que haveria mudado durante os dias e as semanas desde que Jack Grew pusera as mãos no Livro e em todo o conteúdo de suas páginas? O que estaria à espera de Harte e Esta na estação, na última parada do trem?

Harte estava com cara de quem ia passar mal de novo. E Esta não podia culpá-lo. Quando pensava em Jack com o Livro nas mãos, também tinha vontade de vomitar.

– Vai dar tudo certo – falou, depois de alguns minutos tensos de silêncio, nos quais os dois eram fustigados pelo vento enquanto o trem seguia seu rumo.

Esta não sabia se acreditava naquilo, mas foi a única coisa que conseguiu dizer dentro daquele trem que prosseguia nos trilhos, indo a toda velocidade em direção a alguma estação longínqua que Esta jamais pensou que um dia veria, em direção a um futuro que estava decidida a encarar de cabeça erguida, assim como enfrentava qualquer coisa.

— Você sabe o que Jack é capaz de fazer com o Livro. — Harte virou as costas para Esta, e os olhos dele se dirigiram, meio sem foco, para a paisagem rural por onde passavam. — A Ordem não queria que Jack tivesse acesso ao Livro pois sabia o quanto isso era perigoso, e eu *entreguei* o Livro para ele de mão beijada. Jack terá nas mãos segredos que mesmo a Ordem teve a inteligência de esconder dele.

Cada vírgula do que Harte dissera era verdade. Mas ainda assim...

— Se Jack tivesse impedido você de subir no trem, tudo estaria acabado do mesmo jeito.

— Eu poderia ter brigado com ele — falou Harte, com o maxilar tenso. — Poderia ter batido nele.

— Claro... Com os guardas da estação na sua cola, com toda aquela gente em volta *e* com o trem prestes a partir. Uma briga de socos era exatamente o que teria resolvido a situação. — Quando Harte olhou de novo para Esta, com a expressão enevoada pela irritação, ela continuou a falar: — Você precisava subir neste trem, *naquele* trem, *que seja*. Fez uma escolha, assim como eu. O que precisava fazer para se safar. Além disso, Jack não tem lá grandes coisas, na verdade. O *poder* do Livro está dentro de você, certo?

Harte cerrou os dentes e respondeu:

— Aquelas páginas ainda contêm informações. É mais do que suficiente para continuarem sendo perigosas.

— Então simplesmente teremos que pegar o Livro de volta. — Esta levantou de novo e completou: — Eu sou ladra, não sou? Vou roubá-lo.

Harte olhou para ela e disse:

— Pode ser tarde demais para isso.

— Se conseguirmos controlar minha afinidade, tarde demais é uma coisa que não existe.

Mesmo assim, por um lado, Esta teve medo de que Harte tivesse razão.

Estendeu a mão para ele e sugeriu:

— Podemos descer na próxima estação e resolver o que vamos fazer. Harte ignorou sua oferta de ajuda.

— Podemos também esperar até chegarmos a Baltimore. Já pagamos a passagem. Não faz sentido descer do trem, a não ser quando estivermos em uma cidade grande a ponto de nos oferecer diversos caminhos. Dois anos se passaram — disse, em resposta à pergunta que Esta não chegou a fazer. — Não sei por onde andam as pessoas que precisamos encontrar. Terei que mandar alguns telegramas, fazer algumas pesquisas. Se Julien ainda estiver fazendo apresentações, não será muito difícil encontrá-lo.

A área repleta de prédios de aparência industrial ao redor da estação já começava a dar lugar a uma zona mais aberta. O cheiro do carvão que queimava no motor do trem era fraco, e o ar tinha um aroma que Esta não soube reconhecer: algo verde, fresco e terroso que não existia na cidade.

— É melhor procurarmos um lugar para sentar — disse. — Ainda falta muito para chegarmos a Baltimore.

Harte ficou de pé sem a ajuda de Esta, mas se segurou com força na grade de proteção por um instante, para conseguir se equilibrar.

— Onde você conseguiu o dinheiro das passagens? — perguntou, abrindo a porta do vagão, que segurou para Esta passar.

— Foi um oferecimento de Jack — respondeu ela, ao entrar.

O vagão estava quase vazio. Na frente havia um homem mais velho, cochilando com a cabeça enfiada no próprio peito. Sequer se mexeu com o barulho da porta e o ruído dos trilhos. Mesmo assim, Harte baixou a voz para dizer:

— Você roubou a carteira de Jack?

Esta encolheu os ombros.

— Não vai fazer falta. E ele estava um pouco... distraído naquela hora. — Esta entrou em uma fileira de assentos vazios. Ao ver que Harte não sentara ao seu lado, levantou os olhos para ele. O mago a encarava com uma expressão indecifrável. — Que foi?

— Era por isso que você estava beijando Jack.

De início, suas palavras não fizeram o menor sentido para Esta.

— Como assim, beijando...? — Mas então ela se deu conta do que estava acontecendo dentro da cabecinha de Harte. — Você é um imbecil. E sabe disso, não?

Harte teve a decência de fazer uma cara meio envergonhada ao sentar do seu lado.

— Sim — murmurou. — Tenho consciência disso.

Esta queria falar mais, mas Harte estava entretido com a paisagem através da janela. Parecia que, enquanto estivera sentado no chão do vagão, era como se não visse nada. Mas, naquele momento, Esta poderia até desaparecer que ele nem perceberia. Harte só conseguia enxergar o mundo lá fora, passando pelas janelas do trem — um mundo pelo qual ele mentira, roubara e traíra.

Esta achou melhor permitir que Harte desfrutasse disso. Por enquanto.

Através dos assentos, Esta conseguia sentir as vibrações dos trilhos, que telegrafavam o relevo da região atravessada. Nunca pensou que sairia de Nova York — nem nunca quisera —, mas naquele momento teve que admitir que o mundo era mais vasto, mais tentador em sua beleza, do que pudera imaginar. As cidadezinhas já davam lugar a uma paisagem de campos atapetados pelo verde luxuriante dos cultivos de verão, cujos caules ondulavam ao sabor da brisa. As cores, de alguma maneira, eram mais vibrantes. Mais rústicas e vivas.

Esta não deveria estar ali, além dos limites da cidade que por tanto tempo chamara de lar.

Deveria estar morta àquela altura, mas sobrevivera à tentativa do Professor Lachlan de arrancar seu poder — e sua vida. Sobrevivera a Jack encostando um revólver em suas costas.

Por um instante, ela se permitiu apoiar a cabeça no ombro de Harte e aproveitar o fato de que, até que o trem parasse na estação, os dois estariam a salvo. Até que o trem chegasse à parada seguinte, só existiriam os dois, o verde da paisagem e a cadência constante do trem.

Mas, apesar de ter se permitido aquele fugaz instante de paz, Esta sabia que havia um futuro à sua espera. O mundo do lado de fora do vagão poderia ter mudado para formas perigosas durante os anos que ela e Harte haviam pulado. Quando o trem finalmente parasse em Baltimore, só poderia ter certeza de uma coisa: sobreviveria ao que estivesse por vir, fosse o que fosse. Um passo de cada vez, um instante, depois mais outro. Até que consertasse o mal que fora feito... e obrigasse aqueles que o fizeram a pagar.

PARTE II

VOLTANDO À TONA

1902 – Nova York

Quando Jack abriu os olhos, a luz do recinto era cor de lavanda. Parecia que estava dentro de uma maldita flor. E se sentia pesado... incrivelmente pesado, em especial no braço esquerdo, preso em sua barriga com uma espécie de atadura. Parecia que não conseguia mexer os dedos. Mas, com aquela luz cor de lavanda, Jack não conseguia ter forças para se importar com nada. Embora sua cabeça parecesse prestes rachar ao meio.

Deviam ter lhe dado alguma coisa – alguma droga para diminuir a dor –, porque o quarto em que estava parecia muito distante, como se Jack o visse através de um túnel. Mas como chegara até ali?

Fora transportado de ambulância. Jack se lembrava da dor no fundo dos ossos causada pelo sacolejar da carruagem que o levara para o hospital... Mas ali não era o hospital. De forma lenta, mas constante, o quarto foi entrando em foco. As paredes eram cobertas por um brocado floral e, acima de sua cabeça, havia um dossel de renda.

E então Jack entendeu onde estava: era um dos quartos de hóspedes desocupados da casa de sua mãe. Longe do ideal, mas nem tão terrível assim. Considerando a raiva destilada pelo seu tio – quando fora isso? –, sua família bem que poderia tê-lo deixado sozinho, em um frio hospital público. Ou pior: poderiam ter cumprido a ameaça e enviado Jack para o Oeste, estivesse ferido ou não. Pelo jeito, Jack conseguira uma moratória. Uma espécie de segunda chance. E não seria desperdiçada, de jeito nenhum.

Assim que ele conseguisse se mexer...

Jack ficou deitado por muito tempo, acompanhando com o olhar os desenhos rebuscados da renda acima de sua cabeça, sentindo o cérebro inchado e pesado. Pouco a pouco, os acontecimentos que o tinham levado ao quarto vago da casa da mãe começaram a ressurgir em sua memória.

O trem... Darrigan e a garota...

Lembrou-se, de repente, do instante em que os médicos lhe entregaram o casaco que não era seu e se deu conta do que havia guardado em seu bolso. "O Livro."

Com um sobressalto, tentou se sentar, mas esse mínimo movimento fez sua cabeça latejar e seu braço inteiro doer. Jack gemeu e deixou seu corpo escorregar até encontrar a maciez da cama. Como não conseguia se lembrar do hospital nem de nada do que acontecera por lá, não sabia ao certo que fim tivera o Livro. "Teria sido encontrado dentro do casaco? Teria sido levado?" Ele precisava saber.

A porta se abriu, e uma jovem criada espiou dentro do quarto. Era um pouco magra demais para o seu gosto, mas a pele era clara, e o cabelo castanho devia cair pelos ombros se ela soltasse o coque sisudo que estava usando.

"A julgar pelo estado de minha cabeça e de meu braço, isso terá que ficar para depois", concluiu Jack.

– Senhor Grew? – A moça hesitou por um instante antes de entrar no quarto. Como Jack não respondeu, chegou mais perto. Chamou-o pelo nome novamente, e Jack foi abrindo os olhos lentamente, fingindo que estava acordando naquele momento. – O senhor está acordado, então? Tem visita, se estiver se sentindo disposto.

– Água? – Jack ficou surpreso ao perceber o quanto sua voz estava rouca.

– É claro – disse a empregada. E então saiu correndo para buscar um copo. Quando voltou, segurou-o ao alcance da mão de Jack, mas ele não se deu ao trabalho de pegá-lo.

– Meu braço. Será que você poderia...

A moça olhou para ele, desconfiada, porém ainda assim chegou mais perto da cama para ajudá-lo a beber. Jack percebeu que estava nervosa, e algo dentro dele se regozijou ao saber que, mesmo acamado, ainda representava uma ameaça para a criada.

Ele bebericou a água e desfrutou da proximidade da moça com toda a calma. A criada tinha o cheiro do sabão usado para lavar os lençóis e da doçura do medo. Enquanto o patrão bebia, mantinha os olhos fixos no copo que segurava com os dedos finos, recusando-se a encarar Jack. Quando ele deu o último gole, no instante antes de a criada poder puxar o copo, segurou o pulso da garota com sua mão livre e sentiu prazer ao ouvi-la respirando fundo.

O pulso da moça era tão delicado quanto ela. Parecia tentadoramente frágil sob seus dedos, e veio à mente de Jack a estranha ideia de que poderia esmigalhá-lo com a mesma facilidade que os ossos de um passarinho, sem o menor esforço. Mas não fez isso, e ela não tentou tirar a mão. Em vez disso, as bochechas dela ficaram com um rosado atraente, e os olhos arregalados cruzaram com os de Jack.

— Você deve estar melhor, se já está se engraçando com a criadagem — disse uma voz, vinda da entrada do quarto.

A empregada aproveitou a oportunidade gerada pela momentânea distração de Jack para se soltar e sair correndo. Essa movimentação revelou a origem da voz: era um dos meninos da família Barclay, o mais novo deles, que fora colega de escola de Jack. Thaddeus ou Timothy ou Theodore.

— Theo...

Pelo sorriso que se esboçou no rosto de Theo, Jack acertara seu nome. Sim, fora Theo Barclay que entrara no quarto, como se os dois fossem amigos de longa data e não meros conhecidos. E trouxe consigo uma moça que fez Jack tirar completamente a criada da cabeça.

— Que bom ver que você não está tão mal quanto dizem por aí — comentou Theo, dando passagem para a empregada. — Lembra que eu lhe contei que estava noivo?

Jack não lembrava, é claro. Mas, mesmo com as drogas que embotavam seu cérebro, ainda podia se guiar pelas obrigações sociais.

– É claro – murmurou, perguntando-se por que diabos um homem levaria sua noiva ao pé da cama de outro.

– Theo ficou sabendo que você tinha se machucado e não podia deixar de vir fazer uma visita – falou a moça. Sua voz era delicada e graciosa, absolutamente feminina, como ela. – Espero que você não se importe por eu ter vindo junto. – A jovem umedeceu os lábios rosados, nervosa, e completou: – Sei que ainda não fomos apresentados formalmente...

Jack chegou à conclusão de que não se importava com o *motivo* pelo qual Theo trouxera a noiva, porque a moça era algo lindo de se ver. A luz arroxeada do quarto favorecia a pele alva e o cabelo claro, como se tivesse sido planejada apenas para ela. A garota usava o que poderia parecer um vestido comum em qualquer outra pessoa, mas a gola alta era feita de uma renda clara tão delicada que era quase transparente.

– Não me interesso muito por formalidades – disse Jack, querendo desesperadamente saber com que roupa estava por baixo daqueles lençóis. – Não posso oferecer nada para vocês beberem, já que, pelo jeito, a criada se evadiu com o copo d'água, mas fiquem à vontade para sentar onde bem entenderem.

– Não vamos ficar tanto tempo assim – avisou Theo, abrindo mais um sorriso simpático. – Só queríamos ver como você está. Teve muita sorte, sabia?

– Tive? – pensou Jack, em voz alta. A julgar pelo fato de estar preso na cama, com o braço e a cabeça doendo como o diabo, não parecia que tivera tanta sorte.

– Eu diria que sim – respondeu Theo, balançando a cabeça de forma resoluta. – Vi as imagens nos jornais, a destruição foi simplesmente incrível. Depois das histórias que andam correndo pela cidade, meio que esperava encontrar você à beira da morte.

– Que histórias? – perguntou Jack, tentando juntar os pedaços que faltavam na sua memória com as palavras de Theo. "Eu estava em um trem."

– Boatos – corrigiu Theo. – Você sabe como são nossas mães quando se juntam para tomar chá e fofocar.

Jack só podia imaginar o que sua mãe e as outras mulheres que se reuniam com ela para tagarelar sobre as notícias do dia poderiam ter dito a seu respeito.

— Estou bem — resmungou, tentando se sentar novamente. Mas uma nova onda de dor aguda atravessou seu braço, e ele soltou um suspiro e tornou a deitar. Como um velho caquético. "Fraco."

A moça chegou mais perto e disse:

— Se houver algo que possamos fazer...

— Não — berrou Jack. Mas então, ao perceber que ela havia arregalado os olhos por causa de seu grito, mudou de tom, apesar de sua cabeça estar latejando de dor. — Não. Estou bem. O trem descarrilou? — perguntou, tentando lembrar.

— As autoridades não sabem ao certo o que aconteceu — explicou Theo. — Mas, pelas fotografias, parece que um buraco se abriu na superfície da Terra. Você teve muita sorte. O vagão em que estava tombou para o lado, mas saiu intacto. O vagão seguinte, em compensação... ao que parece, uma explosão o partiu ao meio. Os trilhos e tudo mais simplesmente... *sumiram*. Alguns jornais estão chamando você de herói, por ter sobrevivido.

— E os outros? — perguntou Jack. Porque sempre havia outros.

— Um dos jornais conseguiu falar com o médico que atendeu você no local do acidente — disse a moça. — Ele contou que você estava consciente quando foi tirado do vagão e disse que sabia o que havia causado o descarrilamento.

— Eu disse, é? — indagou Jack, tentando se lembrar dos instantes que se seguiram ao acidente. Tudo era um borrão de dor e confusão, mas se recordou, sim, de uma coisa com mais clareza: "Darrigan e a garota". E foi então que lhe ocorreu...

— Eles sumiram — falou Jack, mais para si mesmo do que para as visitas. O que era impossível. As pessoas não *desaparecem* assim, a menos que...

"Não." Como pôde não ter percebido? Mas fazia sentido, uma

espécie de sentido doentio. De que outra maneira Darrigan poderia tê-lo ludibriado com tanta facilidade? De que outra maneira a garota poderia tê-lo enganado com aquelas mentiras? Como qualquer um dos dois poderia ter fugido da Mansão Quéfren sem usar algum tipo de poder selvagem? "Eles são Mageus."

— Sumiram? — repetiu a moça. — Quem sumiu?

— Harte Darrigan e a garota — respondeu Jack, com a voz rouca em razão do ódio que sentia por eles. Aqueles dois haviam tirado seu livre-arbítrio e o haviam usado, do mesmo modo que a bruxa da Grécia.

— Harte Darrigan... o mago? — perguntou a moça, chegando mais perto.

— Ele estava naquele trem. Estava no vagão comigo antes de tudo acontecer. Eu o *vi*. E a garota também.

Jack notou que Theo e a noiva trocaram olhares desconfiados. Nem se deram ao trabalho de disfarçar o ceticismo. Era o mesmo olhar que as pessoas trocavam logo que ele voltara arrastado da Grécia. Pensaram que Jack era apenas um tolo apaixonado. Ele tentou explicar que não estivera apaixonado, mas enfeitiçado. Houve uma noite de bebedeira da qual não conseguia se lembrar direito, e então... não foi mais capaz de se separar dela. Só quando o primo apareceu para tirá-lo de lá.

A vergonha que Jack sentiu foi tão ardente que reduziu a cinzas a gratidão que poderia sentir por ter sido resgatado. E, naquele instante, a raiva por terem abusado dele de novo era o cimento que o mantinha de pé.

— São golpistas e ladrões, os dois — afirmou Jack, dirigindo-se a Theo e ficando cada vez mais agitado. — Eles me arruinaram quando destruíram a Mansão Quéfren e roubaram os maiores tesouros da Ordem, e agora querem me arruinar de novo.

— Você sabe que Darrigan morreu, não? — perguntou Theo, com um tom cauteloso. — Saiu em todos os jornais: ele pulou da ponte do Brooklyn um dia antes do seu acidente.

— E por acaso alguém encontrou o corpo? — questionou Jack.

— Não sei ao certo — disse Theo, em dúvida.

— Então como pode ter certeza de que ele está morto?

— O corpo dele também não foi encontrado nos destroços do tem — argumentou Theo. — Se estava no mesmo vagão que você, deveria ter sido localizado. — Mas ele falou em um tom calmo demais, condescendente demais, deixando Jack irritado.

— Eu estou dizendo — falou Jack, com a paciência se esgotando. — Ele *sumiu*. Os dois sumiram. Não haveria corpo nenhum para ninguém encontrar.

Os dois trocaram olhares novamente, e Jack sentiu sua fúria aumentar.

— Eu sei o que vi: Darrigan e a garota estavam no trem comigo. Eu tinha acabado de encurralar os dois e estava prestes a prendê-los. Perguntem para os guardas da estação... Um deles também estava no vagão.

Theo franziu a testa.

— Havia um guarda no mesmo vagão em que você estava, mas ele não sobreviveu.

— Você realmente acha que Darrigan e essa tal garota causaram um descarrilamento terrível? — perguntou a moça. Havia menos dúvida e mais interesse em seu tom de voz. — E também acha que o mago sumiu. A única possibilidade de isso ser verdade é se ele for...

— Mageus — disse Jack, completando a frase.

— Mas a Beira... — insistiu ela, aproximando-se ainda mais da cama de Jack. — Não se tem notícias fidedignas de uso de magia selvagem além dos limites de Nova York há anos. Se Darrigan é Mageus, não deveria ser capaz de atravessá-la.

— Eu já disse, ele roubou os artefatos da Ordem... — Jack refletiu, repassando a questão em pensamento enquanto sua cabeça latejava. — Ou a garota roubou.

— E quem é mesmo esta garota? — perguntou a noiva de Theo.

— Uma golpista chamada Esta Filosik... — Jack ficou em dúvida. — Pelo menos este é o nome que ela *me deu*. Estava lá na noite em que a Mansão Quéfren pegou fogo. Ajudou Darrigan naquela ocasião e em cima da ponte.

— E a Ordem permitiu que os dois entrassem na Mansão Quéfren? – perguntou a moça. – Ninguém se deu conta de que Darrigan e a garota eram...

— Não – esbravejou Jack, antes que a moça pudesse terminar a pergunta. Então olhou feio para ela, desafiando-a a perguntar mais alguma coisa. Desafiando-a a julgá-lo.

— É melhor irmos embora, querida – disse Theo, puxando a noiva para trás.

— Mas tenho outras...

— *Agora* – falou Theo, com um tom mais duro. – Podemos buscar alguma coisa para você antes de irmos embora, Jack? Qualquer coisa?

Ele precisava do Livro.

— Como? – disse Theo. – Que livro você quer?

Jack não teve a intenção de falar, e sua voz falhou quando tentou disfarçar seu erro.

— Meu casaco – corrigiu. – Quis dizer que gostaria do meu casaco de volta.

— Você está com frio? – perguntou a moça, e a expressão dela se transformou de novo. Dessa vez, foi do ávido interesse à preocupação. – Posso atiçar a lenha ou, talvez, trazer mais um cober...

— *Não* – respondeu Jack, sem ligar para o fato de a moça ter se encolhido toda. Não precisava que sentissem pena dele. – Não quero cobertor nenhum, nem estou com frio. Quero meu *casaco*.

— Espere um pouco, Jack – falou Theo. – Tem uma pilha de coisas suas ali perto da cômoda, deixe-me dar uma olhada.

Jack fechou os olhos para bloquear a luz cor de lavanda, a preocupação estampada no olhar da moça e a dor que ainda fazia seu corpo latejar. Mas, por trás da escuridão de suas pálpebras, só conseguia enxergar o próprio fracasso e a própria impotência. Fora um tolo.

— É este? – perguntou Theo.

Então Jack abriu os olhos e viu o sobretudo de lã áspera que Harte Darrigan estava usando quando fugiu.

"Sim. Sim. Sim, sim, sim..."

— Traga-o para mim — exigiu Jack, sem se importar com o tom de suas palavras. Não sabia direito de onde tinha saído aquela energia súbita, nem por que sentia um desespero tão devastador de ter aquele couro rachado em suas mãos novamente.

Jack precisava saber se *eles* o tinham encontrado. Estava na casa da mãe, e havia a possibilidade de alguém da Ordem ter mexido em suas coisas. Poderiam ter levado o Livro antes que ele tivesse a chance de descobrir todos os seus segredos.

— Você quer que chamemos alguém? — sugeriu Theo, colocando o casaco sobre o peito de Jack. — Ou talvez eu possa lhe dar algo para a dor. Acho que vi alguns frascos no criado-mudo...

— Não... Podem só me deixar descansar — respondeu Jack, fechando os olhos novamente. Torcendo para que os dois fossem embora logo.

À medida que o peso do casaco se acomodava em cima dele, Jack foi se sentindo muito distante de si mesmo. Estava grogue e cansado e, ao mesmo tempo, insuportavelmente desperto. Devia ser efeito das drogas que lhe deram, da morfina que os médicos provavelmente usaram para pôr seu braço no lugar.

— Fico feliz de ver que você está bem, Jack — disse Theo. — Agora cuide-se, sim?

— Adorei conhecer você — uma voz de menina ecoou.

Jack não chegou a abrir os olhos. Fingiu que estava dormindo até ouvir o ruído da porta sendo fechada depois que os dois saíram. Quando teve certeza de que tinham mesmo ido embora, virou aquela peça de roupa feia com sua mão livre. Ignorou a dor que o movimento causou, procurou a abertura do bolso e então... *pronto*.

Levantou o *Ars Arcana* e o observou naquela luz suave, sentindo a vitória correr em suas veias. Era difícil folheá-lo deitado, mas sentar doía demais. Fazendo careta por causa do esforço exigido para olhar, encontrou o pequeno frasco de remédio do qual Theo falara, no criado-mudo ao lado da cama. Tentou alcançá-lo, mas a dor que sentiu no braço quase o cegou. Por um instante, pensou em chamar a criada, mas não podia correr o risco de que ela visse o Livro.

Jack se encolheu e tentou de novo. E, dessa vez, seus dedos encostaram no vidrinho e o derrubaram, colocando-o ao alcance das suas mãos. Tirou a tampa e pegou dois cubos sem se dar ao trabalho de ler a bula. Os cubinhos de dissolveram, deixando um gosto amargo em sua língua, mas a dor não passou de imediato. Jack ainda podia sentir sua pulsação no fundo dos ossos. Então enfiou mais dois cubos dentro da boca e, desta vez, mastigou-os.

Lentamente, a dor começou a diminuir. E, assim que Jack conseguiu respirar de novo, abriu o Livro. As páginas eram quebradiças e nem um pouco uniformes. Pareciam ter sido tiradas de diversas fontes e depois encadernadas de alguma maneira dentro daquela capa para formar aquele pequeno tomo. À primeira vista, estavam repletas de anotações desbotadas e escritos – alguns em latim, outros em algo que parecia grego. Outros, ainda, em línguas que Jack jamais vira.

Ele passou o dedo pela beirada das páginas e não soube discernir se o calor que sentia vinha do próprio Livro ou da morfina que se assentava em suas veias. Um instante depois, concluiu que isso não tinha importância e começou a ler.

UMA CIDADE NOVA

1904 – Saint Louis

Em comparação com a fria primavera que deixaram para trás em Nova York, a noite de Saint Louis parecia úmida e abafada enquanto Esta caminhava ao lado de Harte. Só que nenhuma das pessoas que lotavam as calçadas parecia se importar. Esta e Harte tinham atravessado o Mississippi e chegado à cidade naquele mesmo dia. Depois de enviar alguns telegramas em Baltimore, descobriram que Julien não estava mais em Chicago. O circuito de teatro de revista no qual se apresentava o levara até Saint Louis, e os dois pegaram o primeiro trem noturno que conseguiram para ir atrás dele.

Não deixou de ser um choque chegar àquela enorme estação de trem lotada de turistas, que visitavam a cidade por causa da Feira Mundial. Mas, juntos, Esta e Harte conseguiram encontrar um hotel e comprar algumas roupas. Esta se convencera de que ela e o mago eram apenas parceiros e nada mais, mas passar a noite dividindo a mesma cabine de trem a deixara perturbada e inquieta. Foi um alívio passar algumas horas sozinha. Estavam do lado de fora do teatro onde Julien Eltinge se apresentava, esperando para comprar os ingressos. O murmúrio animado das pessoas que haviam saído de casa para aproveitar a noite era eletrizante.

Saint Louis certamente não era nenhuma Nova York. As ruas eram mais largas do que em Lower Manhattan, e a maior parte era de cascalho, não de paralelepípedo. O ar era pesado, por causa da fumaça de carvão que saía das barcas e dos navios a vapor que navegavam o Mississippi.

Apesar de as ruas serem repletas de restaurantes, cujos nomes eram pintados em letras douradas nas fachadas de vidro, as luzes pareciam fracas se comparadas às que brilhavam na Broadway ou até mesmo na Bowery.

Esta se perguntou o que Harte estaria pensando de tudo aquilo. Desde que ficara sabendo que ela os levara tão adiante no tempo, vinha mantendo tudo em segredo. Naquele exato momento, os olhos cinzentos dele estavam fixos na fila, que avançava lentamente. Mas ele franzia a testa de leve, como se estivesse comparando aquele mundo no qual se inseria com expectativas que jamais poderiam ser cumpridas. Ainda assim, parecia calmo, preparado para qualquer coisa que a noite pudesse lhes reservar.

Na verdade, levando em consideração que passara quase toda a viagem verde de enjoo, Harte estava com uma aparência ótima, usando um elegante *smoking* preto, com o cabelo penteado para trás, mostrando todos os traços fortes do rosto. Esta não sabia ao certo como Harte poderia estar com um aspecto tão arejado, ainda mais levando em consideração as camadas de linho e lã que vestia. Mal parecia estar com calor, ao passo que Esta tinha a sensação de estar enrolada em um cobertor, debaixo daquelas camadas de saias e do espartilho. Uma gota de suor escorreu por suas costas, e ela começou a achar que, talvez, ter escolhido aquele vestido de seda crua para usar à noite não tivesse sido uma ideia muito boa.

Só que era tarde demais para mudar de roupa. Por trás das paredes do teatro à sua frente, além da multidão e de seus murmúrios regados a champanhe, estava a primeira das pedras: a Estrela de Djinni.

— A que horas Julien se apresenta? — perguntou Esta, avançando com a fila.

— O número dele é mais para o fim — respondeu Harte, olhando para a marquise, onde o nome de Julien Eltinge estava escrito, com o brilho das luzes elétricas. — Por volta das nove, será?

— Ainda acho que seria mais fácil entrar sorrateiramente no apartamento dele e roubar o colar.

Esta e Harte haviam discutido por causa disso no trem, mas o mago fora insistente.

— Talvez... se tivéssemos certeza de que a pedra está lá. Mas não vale a pena correr o risco de sermos apanhados invadindo a casa de alguém se posso simplesmente pedir a pedra para Julien.

— Jamais sou apanhada — retrucou Esta, olhando feio para Harte. — E você acha mesmo que usar sua afinidade com Julien é a melhor opção?

— É a mais simples.

Mas Esta não tinha tanta certeza assim. Se a *sua* afinidade parecia estranha, fraca e instável, como estaria a de Harte, com o poder do Livro dentro dele?

O vento soprou com mais força, trazendo um certo alívio do calor da noite ao ficar encanado entre os edifícios, farfalhando o vestido de seda e a estola de tafetá que Esta usava. Havia um aroma gélido e metálico no ar, que prometia chuva, e as nuvens, pesadas e cinzentas no céu do crepúsculo, pareciam concordar com isso. Mas o vento também trazia algo mais: uma energia cálida que era a marca inconfundível da magia.

— Você está sentindo isso? — perguntou Esta. Só que, pelo jeito, Harte não sabia do que ela estava falando. Quando o mago subiu até o guichê da bilheteria, ela concentrou sua atenção nas pessoas que estavam ao redor. De início, nada lhe pareceu estranho, mas então viu a menina de azul.

Se a própria Esta não fosse ladra, não teria visto nada de mal no modo como a garota tropeçou nem na maneira como o cara perto do poste estendeu braço, segurando-a para que ela não caísse. Só que Esta *era* ladra, por isso não pôde deixar de perceber a viradinha de pulso que a garota deu nem o fato de o sujeito ter pegado um pequeno embrulho nessa interação, aproveitando a falta de jeito da menina para escondê-lo no colete sem que ninguém notasse.

Tudo isso durou apenas um instante. A menina de azul agradeceu e continuou andando. O homem continuou encostado no poste, cobrindo os olhos com a aba larga do chapéu de caubói, assim como boa parte dos traços do rosto, com exceção da boca séria. Seus ombros estavam encolhidos de um modo que Esta suspeitava não poder ser ensinado.

Ela ainda estava tentando descobrir o que a menina poderia ter entregado quando um apito estridente tomou conta do ar. Logo em seguida, Esta se virou e viu três homens correndo na direção do teatro. Usavam casacos escuros e compridos, na altura dos joelhos, e levavam uma braçadeira branca no braço direito, com algum tipo de insígnia. Na lapela, medalhões dourados reluziam à luz do poste de rua. Eram um pouco menores do que os distintivos normais da polícia, mas tinham a mesma aparência oficial.

O sujeito de chapéu de caubói observou a confusão, mas aquela boca séria não deixou transparecer surpresa ou medo. Em vez disso, um dos lados se ergueu em um esgar, como se ele já esperasse que os homens apareceriam. Sacou um relógio de bolso, que brilhou na luz projetada pelo poste quando ele o abriu. Bem devagar, girou o mostrador, como se tivesse todo o tempo do mundo.

Então levantou a aba larga do chapéu – e olhou diretamente para Esta. Ele piscou e, em seguida, arregalou os olhos muito de leve. A movimentação anterior repuxou a manga de sua camisa apenas o suficiente para revelar uma tatuagem preta e circular em volta do pulso. Se ficou surpreso ao perceber que Esta o encarava, passou rápido. O homem piscou para ela e fechou o relógio, e uma explosão de energia gélida e ardente ricocheteou pelo ar... e então o cara *sumiu*.

Esta ainda olhava fixamente para o ponto onde o homem desaparecera quando Harte a puxou para trás, fazendo-a perder o equilíbrio, enquanto os três homens dispersavam a fila de pessoas que ainda esperavam para comprar ingressos. Enquanto eles passavam, Esta sentiu outra onda de magia no seu encalço. Por instinto, manteve sua própria afinidade ao esbarrar em Harte.

Sentiu os braços dele apertarem seu corpo, e sua pele ardeu com essa proximidade.

Mas, se Harte também percebeu a mesma atração elétrica entre os dois, não demonstrou.

— *Isso* eu senti — disse, franzindo o cenho como se estivesse procurando sinais de perigo. — Venha...

Então levou Esta para a entrada do teatro, bem na hora em que o trio chegou ao poste e segurou um desavisado que estava sentado em um banco, perto de onde o caubói estivera.

— Mas...

Esta espichou o pescoço tentando ver o que estava acontecendo e procurando por algum sinal do paradeiro do cara do relógio.

— Não precisamos nos envolver nisso, seja lá o que for. — Harte ainda estava com os braços em volta de Esta e a levava para o saguão do teatro.

— *Aquilo* foi magia — disse ela. — Como pode existir magia por aqui?

— Não sei — respondeu Harte, olhando para a porta do teatro. — Mas não me pareceu muito natural.

— Pareceu... *errado*, não?

Esta deveria ter se afastado de Harte, já que os dois haviam entrado, mas não fez isso. Mesmo através das camadas de tecido que havia entre os dois, podia sentir o calor dele, um antídoto para a energia gélida e corrompida que ainda pairava no ar. Por instinto, chegou mais perto, querendo se livrar do incômodo que aquele acontecimento lhe provocara. Respirou o cheiro cálido de Harte, fresco, limpo e conhecido, e se apoiou nele.

O que foi um erro. Harte ficou com uma postura rígida e uma expressão cuidadosamente neutra, tirou os braços da cintura de Esta e foi um pouco para trás.

— Lembrou um pouco a Beira — disse, com um tom neutro e objetivo, como se jamais tivesse encostado em Esta, ou pelo menos como se não tivesse nenhuma segunda intenção ao fazê-lo. — Mas o que foi que causou aquilo?

Esta ignorou a pontada que a indiferença de Harte lhe fez sentir. "Se é assim que as coisas vão ser de agora em diante..."

– Pelo que vi, estavam atrás de um cara metido a caubói, que tinha um relógio de bolso mágico. – Esta então contou da menina e da queda, e que o sujeito olhara direto para ela e depois sumira. – Parecia que ele já sabia que os homens não o pegariam.

– Mas ele viu *você*? – perguntou Harte, franzindo o cenho, como se isso fosse um problema.

– Olhou bem para mim – confirmou Esta, lembrando da ligeira mudança na expressão do homem quando a vira. – Mas, até aí, fui eu que comecei a observar primeiro. Talvez ele tenha notado.

– Você acha que eles poderiam ser da Ordem? – perguntou Harte.

– Vestidos daquele jeito? – A Ordem só aceitava como integrantes os homens mais ricos e privilegiados da cidade, herdeiros de fortunas familiares. – Não me pareceram ser do tipo que entra na Ordem.

– Então quem podem ser? – indagou Harte, franzindo a testa. – E quem eram aquelas pessoas que, pelo jeito, estavam atrás deles?

– Não sei. Não estou gostando nem um pouco disso tudo.

Quando chegaram a Baltimore no dia anterior, nada lhes parecera visivelmente diferente, e Esta pôde respirar um pouco mais aliviada, torcendo para que isso significasse que o fato de Jack estar com o Livro *não* havia causado nenhuma mudança dramática no estado das coisas. Mas o caubói do relógio e aqueles homens uniformizados foram sinais de alerta. Ela jamais ouvira falar de nada parecido, muito menos além da Beira.

– Vamos logo embora – disse. – Podemos passar na casa de Julien mais tarde ou voltar aqui amanhã, se for preciso.

Harte olhou para trás, na direção das portas do saguão, depois para a rua além delas, como se estivesse pesando as opções dos dois.

– Mas já estamos aqui – falou, depois de um tempo. – Seja lá o que for aquilo, pelo jeito já passou. E ninguém lá fora ficou muito assustado. Continuaremos em alerta. Mas, por enquanto, vamos andar logo com isso e sair desta cidade antes que aconteça mais alguma coisa.

Esta não gostou, mas Harte tinha razão. Tinham ido até ali e, para ela, desistir naquele momento significaria admitir que estava temerosa. E não estava disposta a fazer isso, muito menos quando *Harte* aparentava não sentir medo nenhum.

Depois do saguão de mármore, havia tapetes vermelhos e paredes de onde brotavam ouro e cristais. Comparada à austera fachada de tijolos, a opulência do teatro em si foi uma surpresa. Na área da plateia, o cavernoso teto abobadado tinha cenas de anjos e deuses pintadas, e lustres de cristal iluminavam todo o recinto com um brilho suave e reluzente. Apesar de o espetáculo ser de revista, as pessoas da plateia bem que poderiam estar indo à ópera, sentadas em suas poltronas estofadas de veludo, usando sedas e peles, adornadas de joias. Mesmo com trajes de luxo, ninguém parecia se importar com o ar quente e abafado. As mulheres se abanavam lentamente, e os homens logo secavam com os lenços as gotas de suor que surgiam na testa, sem reclamar.

Os dedos de Esta coçaram. No escuro, seria tão fácil roubar duas ou três daquelas joias, até porque ela não sabia o que o futuro lhes destinava. A segurança que um broche de esmeraldas representava era mais do que tentadora... mas os dois ainda tinham que encontrar Julien *e* pegar o colar que estava com ele. Continuar ali por muito tempo, correndo o risco de ser descoberta, era um erro de principiante, e Esta estava longe de ser uma principiante.

Esta e Harte tinham acabado de sentar quando as luzes se apagaram, deixando o teatro na escuridão, com exceção da área do palco tapada pela cortina de veludo vermelho, tornando impossível continuar conversando sobre o que acabara de acontecer. Ao seu lado, Harte se inclinou para a frente de modo quase imperceptível, esperando a cortina subir. Esta aproveitou a penumbra para observá-lo disfarçadamente. As feições angulosas tinham se transformado em sombra e luz, por causa do brilho que vinha do palco. O olhar estava sério quando começou a primeira atração, rompendo o silêncio com uma canção.

Para Esta, a hora seguinte pareceu interminável. Presa no assento entre Harte – que se inclinara para longe dela, como se não quisesse sequer correr o risco de encostar em seu cotovelo – e uma velha cujo casaco de pele tinha um cheiro tão forte de naftalina que seus olhos lacrimejaram, não conseguiu reunir uma gota de interesse sequer pelas atrações. Não deu a mínima para a trupe de dançarinas que levantava as pernas à mostra até o teto nem para o homem baixinho de barbicha que fez um monólogo que, em qualquer outra ocasião, teria feito Esta morrer de rir. Não se concentrou sequer na mulher esguia, toda vestida de preto, que engolia as palavras enquanto contava piadas obscenas. Já tinha passado mais de uma hora de espetáculo quando um número finalmente chamou sua atenção: uma mulher que cantava em um contralto sensual.

Não era de uma beleza clássica, mas tinha algo absolutamente atraente. Um rosto interessante, com uma pele alva e leitosa e bochechas ligeiramente rosadas. A boca carnuda estava pintada em coração, e usava um vestido brilhante azul-piscina, bordado com pérolas. A mulher ocupava todo o palco sem se movimentar mais do que um metro para lá ou para cá, e a voz... Era clara e retumbante, transmitindo toda a dor, a esperança e o encanto da letra da música.

– Chegou a hora – sussurrou Harte, inclinando-se para a frente e fazendo sinal para Esta levantar.

– Quê?

Esta virou para Harte, confusa. O plano era sair dali enquanto Julien estivesse em cima do palco, para que os dois pudessem chegar antes dele no camarim.

– Chegou a hora – repetiu Harte, inclinando a cabeça na direção da mulher que estava em cima do palco.

– Pensei que fôssemos esperar a apresentação de Julien – sussurrou Esta.

– E esperamos – disse Harte, com um brilho de deleite nos olhos. – *É* Julien quem está no palco.

FAMIGERADA

1904 – Saint Louis

Harte sabia que deveria ter preparado Esta para a apresentação de Julien, mas a expressão de surpresa dela fez valer a pena guardar o segredo. O deleite de Esta também foi um enorme alívio. A verdade era que Harte não sabia ao certo como ela reagiria quando descobrisse que Julien Eltinge conquistara a fama representando mulheres em cima do palco – nem todo mundo aceitava aquele talento peculiar. Esta, porém, lançou mais um olhar em direção ao palco, entreabriu os lábios carnudos em uma espécie de admiração quando Julien soltou uma nota inacreditavelmente aguda, de partir o coração, e sorriu em seguida. Depois, segurou as saias, preparando-se para levantar.

Ela usava um vestido longo de um cinza plúmbeo, que escolhera por achar que, como era bastante discreto, não chamaria atenção. Harte não teve coragem de dizer que o vestido provocara o efeito contrário. Feito de uma seda que parecia quase líquida, ondulava sobre o chão quando Esta caminhava, fazendo-a parecer uma aparição do além. Atraiu os olhares dos homens – e das mulheres – por todo o percurso do hotel até o teatro, e Harte precisou de todas as suas forças para resistir à tentação de passar o braço pelo seu ombro, de modo possessivo, para que todos aqueles curiosos – e a própria Esta – soubessem com quem ela estava.

Só que Harte não fez isso. Pois, depois de ter passado as últimas 24 horas tão perto dela – primeiro no trem, depois explorando aquela cidade desconhecida para encontrar um hotel e comprar trajes de luxo –, o pouco autocontrole que lhe restava estava se esgotando.

Fora um erro encostar nela antes de o espetáculo começar. Agira por instinto, para tirá-la do caminho antes que os homens de casaco escuro a derrubassem no chão. Mas, no mesmo instante em que a envolveu em seus braços, Harte a sentiu — a energia da afinidade, o âmago de quem e do que ela era —, mesmo através das luvas de couro fino e das camadas de roupa que Esta vestia. E depois ela se aninhou em seus braços, como se ali fosse o seu devido lugar. Harte poderia tê-la beijado bem naquele momento, em pleno saguão lotado, e que todas as consequências fossem às favas.

O poder que havia dentro de Harte certamente queria que ele fizesse isso, mas o modo como ganhou força com a proximidade de Esta foi o que bastou para o mago voltar a si e controlar a tal força. Reprimiu o poder, junto com todos os seus desejos, e soltou Esta. E, a partir dali, conseguiu manter as mãos longe dela. Só precisava *continuar* fazendo isso.

— Harte? — perguntou Esta.

— Que foi?

O mago piscou e percebeu que Esta olhava fixamente para ele. Tinha dito algo, mas Harte não ouvira.

— Perguntei para que lado vamos — repetiu ela, sem saber para onde os pensamentos de Harte realmente se dirigiam.

Quando os dois chegaram novamente ao saguão, Harte ouviu o estardalhaço dos aplausos lá dentro, apesar de as portas para a área da plateia estarem fechadas, porque Julien terminara de cantar sua primeira música. Os dois tinham quinze, talvez vinte minutos, até a apresentação de Julien chegar ao fim — o que não era muito tempo, já que Harte não tivera a chance de estudar o prédio.

Só que teatros são quase todos iguais, e Harte conhecia o ritmo da vida em cima do palco e o modo como o mundo por trás da cortina funcionava, como a engrenagem de um relógio, escondida e essencial. Seguiu seus instintos e foi na frente, até chegar a uma porta discreta no final do saguão. Do outro lado, as luzes eram mais fracas, e a energia dos bastidores tomou conta de Harte, que esperou um instante para seus olhos se acostumarem à pouca claridade e tirou as luvas — só por precaução. Então se preparou, certificando-se de que o poder dentro dele estava bem trancafiado, e segurou a mão de Esta. Ignorando a onda de calor e desejo que se ergueu dentro de si, Harte guiou Esta pelo labirinto das coxias, até o local onde ficavam os camarins.

Contornaram um canto e deram de cara com uma mulher carregada de tecidos. Pelo jeito, era camareira, uma das pessoas que trabalhavam nos bastidores ajudando os artistas entre uma apresentação e outra. Por um instante, Harte pensou em Cela — na própria mãe. Mas, quando a mulher arregalou os olhos, surpresa ao vê-los, teve certeza de que era sinal de problemas.

— Vocês não deveriam estar aqui — disse a mulher, franzindo o cenho e olhando para os dois de cima a baixo, reparando nas roupas finas que usavam.

Esta apertou a mão de Harte, que simplesmente abriu seu sorriso mais sedutor, aquele que normalmente garantia que conseguisse entrar onde bem entendesse.

— Não estamos nem um pouco enganados — disse, soltando a mão de Esta e estendendo a sua para a mulher. — Charlie Walbridge.

A camareira se limitou a fechar a cara para Harte e ficou olhando para a mão estendida, franzindo o cenho. Enrugou o nariz como se tivessem lhe oferecido um pedaço de carne podre.

— Walbridge, filho de Cyrus P. Walbridge... dono deste teatro — completou. Então baixou a mão e adotou um leve tom de impaciência. — Esta é minha noiva, senhorita Ernestine Francis.

Não fora difícil descobrir quem era o dono do teatro, assim como o nome de alguns dos homens mais importantes da cidade. Harte não fazia ideia se o vereador Francis tinha ou não uma filha, mas sabia que nomes — *certos* nomes — têm poder.

O truque funcionou. A mulher arregalou discretamente os olhos e balbuciou um pedido de desculpas qualquer.

Harte lhe lançou um olhar crítico.

— Sim, bem... todo mundo tem direito de errar, não é mesmo? Faço questão de contar para meu pai como seus funcionários são dedicados ao bom funcionamento do teatro, principalmente você, senhorita... – Então ficou em silêncio, esperando que a mulher lhe dissesse o nome.

– É senhora, na verdade, apesar de meu marido já ter falecido há três anos. Senhora Joy Konarske.

– Bem, foi um prazer conhecê-la, senhora Konarske. – Harte estendeu a mão de novo e complementou: – Faço questão de contar para meu pai que a senhora foi muito diligente. Ele ficará feliz em saber que seu teatro está sendo bem cuidado.

A mulher enrubesceu e trocou os tecidos de braço para poder apertar a mão que Harte lhe estendia. Tinha a mão áspera e calejada, de tanto lavar os figurinos e cuidar do guarda-roupa dos artistas todas as noites, e Harte sentiu uma pontada de culpa ao se concentrar para direcionar sua afinidade para ela, em um pulso discreto – "só um pouquinho" – através da delicada fronteira de pele até o âmago de quem e do que ela era.

A mulher arregalou os olhos, mas não puxou a mão. "Ninguém faz isso", pensou Harte.

Quando finalmente soltou a mão da camareira, segundos depois, ela estava com um olhar levemente vidrado. Abriu um sorriso fraco para os dois e foi embora. Harte teve certeza de que a mulher os deixaria em paz. Esqueceria o fato de tê-lo visto, porque ele assim ordenara. E, no instante em que ouvisse ou visse uma descrição de Harte e de Esta, a senhora Joy Konarske sentiria uma onda tão forte de repulsa que faria qualquer coisa para fugir da pessoa que estivesse perguntando.

– Por acaso, você... – perguntou Esta, em voz baixa.

Harte olhou nos olhos dela, esperando ver a reprovação estampada, mas só encontrou preocupação. Ou talvez fosse tristeza?

– Você preferia que ela contasse para alguém que nos viu aqui? – sussurrou.

– Claro que não – sussurrou Esta. – É só que... acha que é seguro? Com o poder do Livro dentro de você?

Harte não havia pensado nisso. Por que *não havia* levado em conta esse fato?

— Não sei.

Ele não tivera muita escolha. Fizera a única coisa que podia fazer, a menos que os dois quisessem ser descobertos antes mesmo de começarem a missão.

Por sorte, não depararam com mais ninguém até encontrar o camarim de Julien, então entraram. Apesar das diversas perucas e dos vestidos femininos que ocupavam quase todo o recinto, era um espaço masculino. O que, por ser de Julien, não era de se surpreender. Em cima da penteadeira, havia um cinzeiro com tocos de vários charutos, e o fantasma nauseante da fumaça ainda empesteava o ar.

— Quanto tempo ainda temos? — perguntou Esta.

— Talvez mais uns dez minutos.

— Vou procurar aqui, e você pode olhar na penteadeira — falou Esta, virando-se para um grande baú encostado no canto.

Harte sabia que não custava nada procurar. Se encontrassem o colar, sequer precisariam falar com Julien. Mas não esperava realmente que a joia estivesse no camarim — Julien não era burro. Mesmo que não fizesse ideia do poder contido na pedra, não seria descuidado ao ponto de deixá-lo em um camarim destrancado, dentro de um teatro lotado. O pesado colar de platina tinha uma pedra cor turquesa com veios reluzentes de alguma substância prateada que a fazia parecer um céu estrelado. Era uma peça única e obviamente valiosa, e Julien guardaria algo desse tipo em algum lugar seguro... *ainda mais* com o bilhete que Harte incluíra no pacote.

Mas Esta tinha razão. Não custava nada procurar, já que estavam ali.

Antes mesmo que Harte conseguisse sentar à penteadeira, Esta já havia tirado um grampo do cabelo e aberto o cadeado do baú. O mago ficou parado por um instante, observando-a vasculhar as gavetas, e então se virou para a penteadeira.

Por um segundo, sentiu um choque, reconhecendo a cena. Quantas vezes não sentara diante de um móvel daquele tipo, com o brilho das lâmpadas elétricas acima do espelho, iluminando os ângulos e volumes conhecidos de seu próprio rosto? Havia potes de maquiagem e *kajal* espalhados pela superfície, e os aromas familiares eram, para Harte, mais fortes até que o fedor do cinzeiro cheio, provocando suas memórias e inspirando uma pontada de saudade e perda tão aguda que o surpreendeu.

Harte jamais sentaria diante de uma penteadeira como aquela novamente. Essa vida havia acabado para ele.

Mesmo que conseguisse sair vivo daquela confusão — mesmo se os dois conseguissem exorcizar o poder que espreitava debaixo de sua pele *e* fugir da Ordem *e* deter Nibsy —, Harte, para todos os efeitos, estava morto. Não podia simplesmente ressuscitar. Não haveria mais os aplausos, as luzes da ribalta. Ele jamais teria a silenciosa solidão de um camarim só seu novamente.

Talvez pudesse encontrar um novo nome, uma nova vida que o fizesse feliz, mas não seria nos palcos. E sentiria falta disso: o nervosismo antes da apresentação e a emoção dos aplausos depois, e não se dera conta até aquele momento.

— Encontrou algo? — perguntou Esta, que ainda remexia nos papéis de uma das gavetas do baú. Foi o que bastou para tirar Harte de seu ataque piegas de autocomiseração e fazê-lo arregaçar as mangas.

— Ainda não — respondeu. Abriu a primeira gaveta, que estava cheia de potinhos de ruge e cheirava a talco. Nem precisou revirar seu conteúdo para saber que o colar não estava ali.

— O que é tudo isso? — murmurou Esta, e Harte se virou para ver o que ela havia encontrado.

Esta tinha nas mãos uma caixa de couro, com bordas douradas e um emblema filigranado em ouro, com um monograma estilizado das letras *PV*. Harte se aproximou quando Esta tirou dela um pequeno medalhão dourado preso em uma fita verde de cetim. Era do tipo que dignatários ou generais importantes usam quando participam de um desfile. "Que estranho..."

Harte tirou a medalha das mãos de Esta e o examinou. Como a própria caixa, tinha um *PV* ornamentado, mas com o retrato de um homem de rosto comprido e barba avantajada em sua superfície. A imagem poderia ser de um cruzado ou santo, com aquele rosto ossudo e aquela expressão solene, mas parecia parcialmente coberto, como se houvesse um pedaço de tecido sobre ele. Em volta das beiradas, o medalhão tinha sinais que tanto poderiam ser meramente decorativos como de uma língua desconhecida – era impossível saber.

– Não sei – disse Harte, franzindo o cenho. O Julien que ele conhecia jamais se envolvera em nada além do teatro, e aquele medalhão não parecia ser uma imitação que fazia parte de algum figurino.

– Tem mais – falou Esta, levantando com cuidado um pedaço de seda escarlate cuidadosamente dobrado em forma de quadrado. Era uma espécie de cinta e, nela também, havia outro medalhão. No fundo da caixa havia uma pequena bandeja de prata, também ornamentada, com mais daqueles estranhos símbolos em volta de uma versão ainda mais elaborada das mesmas duas letras: *PV*.

As luzes da penteadeira se enfraqueceram por um instante e voltaram ao brilho normal em seguida.

– Guarde isso – pediu Harte, devolvendo a medalha. – É a deixa para a próxima atração. Julien vai voltar para cá a qualquer segundo.

Esta fechou o baú e trancou o cadeado. Estava recolocando o grampo no cabelo bem na hora em que a porta do camarim se abriu, e a cantora maquiada que vira em cima do palco entrou naquele diminuto espaço.

Era sempre um choque ver Julien de perto quando ele estava arrumado, pronto para se apresentar. Mesmo sem a distância da plateia e o clarão dos refletores, continuava um mestre em sua arte. Sua caracterização não lançava mão do caricato, como os outros homens que interpretavam mulheres. Não era cômica nem exagerada para garantir risadas. Não, a arte de Julien – seu verdadeiro talento – estava em sua habilidade de se tornar aquilo que representava. Se Harte passasse por ele na rua, como estava vestido naquele momento, não enxergaria nada além de uma mulher diante dos seus olhos.

Sem perceber que não estava sozinho, Julien tirou a peruca loira perfeitamente penteada e a colocou sobre uma cabeça de manequim de madeira. E então se dirigiu à penteadeira espelhada para se sentar. Antes de se preocupar em tirar a maquiagem ou o vestido, pegou um charuto preto e grosso de um pequeno umidificador e acendeu. Deu uma tragada longa, permitindo que a fumaça penetrasse em sua cabeça, então pegou a garrafa que havia ao lado do cinzeiro e serviu uma dose. Deu um grande gole, prendeu o charuto entre os dentes e começou a tirar as longas luvas até o cotovelo que estava usando.

– Sabe, Darrigan... – Julien olhou para cima e cruzou o olhar com Harte pelo espelho. Sua voz grave e rouca não combinava nem um pouco com o vivo tom de carmim dos lábios pintados. – Para um homem morto, você está com uma aparência e tanto.

Harte encolheu os ombros, despreocupado.

– Não posso dizer que me sinto tão morto assim.

Julien se virou, com um meio sorriso nos lábios, que seguravam o charuto, e sacudiu a cabeça.

– Não acredito que você está aqui. Não acredito que está no meu camarim.

– É bom ver você, Jules – disse Harte, estendendo a mão para cumprimentá-lo.

Julien ficou de pé, apertou a mão de Harte e respondeu:

– É muito bom ver você, bom mesmo, Darrigan.

– Folgo em sabê-lo – falou Harte, mandando um pequeno pulso de sua afinidade para Julien.

Harte nunca enxergava pensamentos claramente, apenas impressões e sentimentos. As memórias mais recentes de Julien vieram primeiro: o clarão dos refletores, o estrondo dos aplausos que acabara de receber, a satisfação aguda e calorosa. Harte ignorou seu próprio anseio por aqueles refletores e pela ardente emoção que os aplausos sempre lhe causaram e se concentrou em seu propósito: conseguir alguma pista do paradeiro da pedra. Apareceu em seguida: uma imagem clara do colar com a pedra fantástica. Agarrando-se a essa imagem, Harte concentrou tudo o que tinha e enviou mais uma fagulha de magia na direção de Julien, ultrapassando o tênue limite entre si mesmo e seu amigo, transmitindo para Julien uma mensagem muito simples. Uma única ordem.

A expressão de Julien se transformou, os olhos ficaram levemente vidrados, e as sobrancelhas, franzidas por um instante. Mas então Harte o soltou, e as feições de Julien voltaram ao normal. Sem consciência do que acabara de acontecer, Julien virou para o espelho novamente e pegou um pote grande de creme. Ignorando tanto Harte como Esta, espalhou o creme pela metade do rosto e começou a tirar a base clara e o ruge vibrante.

Como Esta observara tudo aquilo sem dizer uma palavra, Harte fez sinal para que se aproximasse.

– Jules, quero lhe apresentar uma pessoa – disse Harte.

Julien levantou os olhos até encontrar os de Esta, refletidos no espelho. E Harte sabia exatamente o que seu velho amigo estava enxergando: o modo como o vestido de seda que ela usava realçava cada curva do corpo, e o modo como pintara os lábios com um rosa sutil e prendera o cabelo em um penteado que parecia ao mesmo tempo engenhoso e displicente. Esta parecia uma moça de família rica, bem arrumada e elegante. Mas, pela altura e autoconfiança, também parecia perigosa, como uma debutante prestes a fazer algo mais ousado.

Ficou claro, pela expressão de Julien, que ele gostou do que viu ao observar o reflexo de Esta no espelho.

"Minha", foi a resposta que uma das vozes dentro de Harte sussurrou, mas o mago não soube dizer se veio de seus próprios pensamentos ou daquele outro poder. Sem se importar muito com isso naquele momento, segurou a mão de Esta, para que não restassem dúvidas a respeito de com quem ela estava.

– Ela é...

– Ah, sei perfeitamente quem ela é – interrompeu Julien, contorcendo-se para olhar os dois ao mesmo tempo.

– Sabe? – perguntou Esta, lançando um olhar desconfiado para Harte.

– Claro que sei, senhorita Filosik. – Julien pegou o toco de charuto de novo, apontou para eles, levantou a sobrancelha e disse: – Reconheci a senhorita assim que entrei neste recinto. Afinal de contas... a senhorita é *famigerada*.

O ANTÍDOTO PARA A FOFOCA

1902 – Nova York

Jack começou a ouvir a gritaria vinda da saleta da casa de sua mãe bem antes de terminar de descer a escada. Quando estava nos últimos degraus, sentiu um suor frio na testa e só tinha vontade de sentar, mas a voz retumbante de seu tio lhe comunicou que precisava seguir em frente.

Graças a Deus, a criadinha miúda superara o medo de Jack. Se não o tivesse informado da súbita visita do tio, ele poderia ter dormido o tempo todo que Morgan estivera lá, continuando sem a menor consciência dos planos que a família traçava para o seu futuro. Não fazia a menor diferença o fato de sua cabeça girar por causa da morfina que acabara de tomar, nem o fato de ainda parecer que seu corpo... Bem, parecia que fora atropelado por um trem, não? Jack entraria na saleta com suas próprias forças e tomaria as rédeas de seu próprio destino.

— ... alguém conseguiu falar com ele — rugia o tio, sacudindo um jornal amassado na cara de sua mãe.

— Ninguém entrou aqui — respondeu ela, com a voz trêmula, o que costumava acontecer quando estava estressada. — Acho que eu perceberia se um repórter entrasse na minha casa.

— E de que outra maneira poderiam ter ficado sabendo de tudo isso? Morgan sacudiu o jornal na cara da mãe de Jack novamente.

— Pierpont, meu querido...

Fanny, tia de Jack, estava sentada ao lado de sua mãe e falou em tom de ameaça. Não que o tio tenha dado muita atenção.

O primo de Jack também estava lá, de pé, mais para trás, de braços cruzados e com a mesma cara fechada que vinha exibindo desde a viagem de volta da Grécia, no ano anterior. Era sem dúvida uma reunião de família, o que sempre significava que Jack estava em apuros.

Demorou até notarem sua presença. Sua mãe o viu primeiro e levantou de supetão.

– O que você está fazendo fora da cama, meu amor?

Ela sequer havia dado três passos na direção do filho quando o tio a ultrapassou e sacudiu o jornal que brandia na cara de Jack.

– O que significa isso, rapaz?

A saleta girava um pouco, mas Jack se obrigou a continuar de pé.

– Isso o quê? Estou de cama há... – Jack olhou para a mãe. Os dias se misturaram. – Quanto tempo faz que estou lá em cima?

– Três dias, amado – respondeu ela, com um sorriso fraco e triste no rosto, olhando fixamente para Jack. – É melhor se sentar. Você não está bem. – E, em seguida, foi até a poltrona mais próxima de Jack e começou a ajeitar as almofadas.

Jack não suportava aquela preocupação toda da mãe, parecia que ele ainda era criança. Era assim que a família inteira o via, disso Jack tinha certeza. E estavam todos enganados.

– Estou bem – falou, fazendo sinal para a mãe sair da frente.

Jack não estava bem. Mas, com toda a certeza, não admitiria isso na frente do tio e do primo. A última coisa que queria era parecer fraco diante deles.

– Não faço a menor ideia do que o senhor está falando – disse, dirigindo-se a Morgan, olhando o velho nos olhos. – Talvez, se o senhor parasse de gritar e explicasse, eu poderia dar uma resposta.

Morgan olhou feio para Jack e perguntou:

– Com quem você andou falando?

– Recentemente? Ninguém além de minha mãe e da procissão interminável de médicos e criadas que insistem em atrapalhar meu descanso e minha recuperação o tempo todo.

A maioria das criadas até que era bonita, mas os médicos eram um incômodo, sempre aparecendo para ver como ele estava e o mandando descansar, quando o tudo o que Jack queria era estudar o Livro que escondera debaixo da montanha de travesseiros e cobertores que as empregadas empilhavam em cima da cama. Dia e noite, Jack só tinha vontade de esquadrinhar aquelas páginas e descobrir os segredos que escondiam.

– Então como foi que o *Herald* conseguiu as informações para publicar esta matéria? – disse Morgan, atirando o jornal em Jack.

Ele cambaleou um pouco, mas abriu a página amassada e deu de cara com uma manchete a seu respeito. Passou os olhos na reportagem e disse:

– Que problema isso tem? – Não havia nada que lhe parecesse despropositado. – Nada do que está escrito aqui é mentira. Darrigan e a garota estavam dentro do trem antes de descarrilar. As autoridades disseram que não foi uma bomba, então a causa do acidente pode muito bem ter sido magia.

– Nada disso tem importância – respondeu Morgan. – Não dou a mínima para esse maldito descarrilamento. Mas me importo com o fato de esse repórter saber o que aconteceu com a Mansão Quéfren, que o incêndio não foi um acidente causado por uma falha na instalação elétrica. Você tem noção do esforço que o mais alto escalão da Ordem teve de empreender para garantir que a verdade a respeito da tragédia na Mansão Quéfren não viesse a público? Foi complicado desviar a atenção da imprensa da verdadeira causa do incêndio. E, apesar de tudo, aqui está: uma reportagem de página dupla que não apenas revela que levaram nossos mais importantes artefatos, mas também que fomos roubados pela mera *escória*. Essa matéria expõe tudo. Com quem você andou falando?

Jack passara os últimos dias em uma névoa de dor e morfina... e escravizado pelo Livro. Poderia ter falado até com o próprio presidente Roosevelt, que não necessariamente lembraria. Não que estivesse disposto a admitir isso naquele momento.

– Com ninguém. Não tenho a menor ideia de como esse tal de... Reynolds, seja lá quem for, ficou sabendo de alguma coisa a esse respeito.

— Bem, ele ficou sabendo, e isso causou uma enorme confusão — retrucou Morgan, arrancando o jornal das mãos de Jack. — Você tem ideia de como a Ordem parecerá *fraca* com isso? Já estamos recebendo notícias das outras Irmandades, que estão preocupadas com o estado do Conclave, com a capacidade da Ordem de sediá-lo. Afinal de contas, se não consigo sequer controlar minha própria família, como podemos cogitar a possibilidade de organizar um evento tão importante quanto o Conclave?

Morgan atirou o jornal em um canto.

— Não sei por que o senhor logo concluiu que a culpa foi minha — falou Jack, arrepiado com o tom do tio.

— Porque, normalmente, a culpa *é* sua — interveio o primo. — Com você, é uma péssima ideia atrás da outra, Jack, e nenhuma delas tem o menor cabimento. Você não pensa antes de agir. Tem certeza de que não deu essa entrevista?

Jack cerrou os dentes para não vituperar contra os insultos do primo. Do outro lado da sala, sua mãe ainda o observava com um olhar triste, o que lhe deu vontade de socar sua preciosa coleção de bibelôs. Quando se pronunciou, teve que se esforçar muito para que suas palavras saíssem calmas e bem pensadas.

— É a primeira vez que levanto da cama.

Só que seu primo não lhe deu ouvidos.

— Talvez devêssemos dar umas férias ao Jack, para ele se recuperar — sugeriu, dirigindo-se a Morgan. — Até a poeira baixar.

— Não vai baixar poeira nenhuma — disparou Morgan. — Não se trata de um assunto de família confidencial, como aquele problema que houve na Grécia, no ano passado. Essa maldita reportagem está por toda parte, e os outros jornais também estão publicando a história. Se despacharmos Jack agora, vai parecer que temos algo a esconder. E queremos tudo menos isso: daria credibilidade à reportagem.

— E o que mais podemos fazer com ele? — perguntou o primo.

— Estou bem aqui — disse Jack, irritado. Estava sem ar só de ficar ali parado. Mas, graças a Deus, a morfina que tomara antes de descer acalmara a dor que sentia no braço e na cabeça.

— Até parece que isso tem alguma importância — debochou o tio. Em seguida, virou-se para o filho, o primo de Jack, e afirmou: — Exigiremos uma retratação.

— Do *Herald*? — O primo sacudiu a cabeça. — Ultimamente, não passa de um folhetim de fofocas. Não dão importância à veracidade das informações, desde que vendam jornais. Pode ser melhor atacá-los com suas próprias armas. Publicar outra reportagem por aí que lance dúvidas a respeito dessa. Posso falar com Sam Watson, se o senhor quiser. Ele tem se revelado um grande amigo da Ordem, primeiro no roubo que houve no Met e depois, nas últimas semanas, com os editoriais a respeito da ameaça que um certo tipo de criminoso representa. Tenho certeza de que poderia fazer uma entrevista com Jack e mostrar o outro lado da história.

— Não quero fazer porcaria de entrevista nenhuma — disse Jack, mas ninguém estava prestando atenção.

— Faça isso — falou o tio, andando de um lado para o outro. — É um começo, mas não basta. Publicar uma retratação a essa reportagem não muda o fato de esse tal de Reynolds ter pintado os integrantes da Ordem como velhos tolos.

"O que, na verdade, vocês são", pensou Jack. Mas, mesmo com a morfina relaxando sua mente, conseguiu ficar de bico calado. Não precisava mais se preocupar nem com o tio nem com a Ordem, agora que tinha o Livro.

— Para mim, parece que vocês precisam de um noivado — aventurou-se dizer tia Fanny.

Morgan dirigiu-se a ela, impaciente.

— Obrigado, minha querida, mas esse assunto não é da sua conta.

A tia de Jack ignorou o corte.

— Se está tentando neutralizar fofocas indesejadas, precisa de algo que seja mais interessante para a imprensa do que uma entrevista,

Pierpont. Confie em mim. O mundo da fofoca é algo que eu conheço intimamente, e tenho muito mais experiência em controlá-lo do que você. Quando a reputação de uma moça é manchada, o melhor que a família pode fazer é arranjar um noivado para ela, e depressa. Não há nada como um grande casamento da nata da sociedade para desviar as fofocas. Não é verdade, Mary? – perguntou, dirigindo-se à mãe de Jack.

Sua mãe, uma mulher pequena e fraca que se tornara ainda mais frágil com o passar dos anos, parecia perturbada.

– Acho que Jack não está em condições de cortejar ninguém – respondeu, hesitante. – Mas suponho que a moça dos Stewart possa ficar interessada, já que teve uma temporada social tão minguada.

– Não vou me amarrar a uma debutante fracassada – reclamou Jack.

Ele certamente não permitiria que a mãe e a tia lhe arranjassem um casamento para salvar sua reputação, como fariam com uma moça arruinada.

– Não, querido – disse a tia, dirigindo-se à sua mãe. – Eu jamais faria isso com aquela pobre moça.

Jack abriu a boca para discutir, mas não conseguiu encontrar nada para dizer. Não queria que o obrigassem a casar, mas a resposta petulante da tia fora um insulto.

– Não precisamos de um casamento *de verdade*. Se querem pôr fim à fofoca, precisam dar às pessoas outro assunto para conversar. Basta ser um evento. Um evento *espetacular*. – Então a tia se virou para Morgan e completou: – Uma festa, uma noite de gala ou algo assim. A Ordem poderia organizar, o que seria uma demonstração de sua inabalável força.

– Não é hora para festas, Fanny.

A tia de Jack estalou a língua e insistiu:

– Nós não nos escondemos do mundo quando as línguas começam a bater nos dentes, Pierpont. Aparecemos na ópera usando o vestido mais fino que encontrarmos.

– Também não é hora de pensar em fazer compras – grunhiu Morgan.

– Mamãe tem razão – disse o primo de Jack, coçando o queixo, pensativo. – A Ordem poderia sediar uma noite de gala, um evento grandioso e elaborado. Melhor ainda se for exclusivo. Isso faria os jornais se interessarem em cobri-lo.

– E onde poderíamos sediar o evento? – perguntou Morgan, mal--humorado. – A Mansão Quéfren virou uma pilha de cinzas e de destroços, caso você tenha esquecido.

– Use nosso salão de baile – disse a tia. – Mas não pode ser só um baile. Você precisa de algo mais original. – E então pensou na questão por um instante e completou: – Que tal um *tableau vivant*?

– Isso não é um tanto *risqué*? – perguntou a mãe de Jack.

– São perfeitamente aceitáveis, quando reproduzem obras-primas – respondeu a tia, com uma certa afetação. – Mas, sim, não raro são considerados deveras *risqué*, e é por isso mesmo que sugeri. A notícia causaria alarde. Especulariam por semanas quais seriam as obras de arte selecionadas e quem posaria para cada cena.

– Não basta ser uma obra de arte – disse o primo, sacudindo a cabeça. – Não adianta escolher cenas de alguma pintura rococó rebuscada. Se queremos restabelecer a reputação da Ordem, precisamos apresentar grandes obras, que mostrem força e importância. Cenas dos perigos da magia selvagem, do poder da ciência e das luzes para proteger as pessoas. Poderia funcionar.

– Talvez – disse Morgan, mal-humorado, pensando na proposta. – Mas temos que garantir que essa manobra não bosteie tudo de novo – completou, fazendo sinal com a cabeça para Jack. – Precisamos garantir que ele fique bem longe.

– *Ele* está parado bem aqui – resmungou Jack, mais uma vez. E, mais uma vez, foi ignorado. "Já chega", pensou, e começou a se dirigir à relativa sanidade de seu quarto. Podiam resolver o que bem entendessem, desde que seus planos não incluíssem exibi-lo por aí no papel de moço casadoiro. Jack tinha outros e mais importantes assuntos para se preocupar.

– Ah, não – falou a tia. – Vocês não podem escondê-lo.

– Por que não, diabos? – questionou Morgan.

— Todo casamento da alta sociedade precisa de uma noiva, Pierpont. É o mais importante — disse a tia.

Jack parou na mesma hora e se virou para a sala.

— Todo mundo aparece na igreja para ver a sirigaita vestida de branco. Redimida — explicou a tia. — Todo mundo quer saber se foi por amor mesmo ou se o noivo está com cara de quem vai fugir. Se quiser desacreditar essa tal reportagem, precisará mostrar que não tem nada a esconder.

— Não vou me casar com uma garota qualquer — repetiu Jack, com a voz tensa, mal contendo sua frustração.

— Não estou falando de você arrumar uma noiva, querido. Estou falando de você *ser* a noiva — explicou a tia, com um sorriso sonhador.

— Uma ova... — Jack começou a dizer, mas sua tia não havia terminado de falar.

— Você precisa fazer de Jack o centro das atenções — falou ela, dirigindo-se ao tio.

— De forma nenhuma — urrou Morgan, franzindo o nariz de desgosto.

— É a única maneira — insistiu a tia, olhando para Jack com uma expressão perigosamente pensativa. Nada de bom poderia surgir de uma mulher intrometida que começava a pensar. — Sim. Agora vi tudo — falou para Morgan. — Você faz de Jack o homem do momento, o anfitrião da noite. O evento vai provar que a Ordem não está com medo, nem fraca, nem sequer esperando a poeira baixar. E pode usar a nova reportagem a seu favor. Não pode retirar o que foi escrito, assim como uma moça não pode recuperar a virgindade, mas pode usá-la para ajudar sua causa. Dar uma nova roupagem a Jack, a do herói que descobriu o perigo dentro do trem, um perigo que revela a necessidade perene da Ordem.

— Não estou gostando disso — disse Morgan.

— Isso não vem ao caso, querido. Que pobre moça gosta de ser forçada a casar por causa de uma única pequena indiscrição, se os homens podem cometer quantas bem entenderem? O que vem ao caso é a necessidade. Você precisa pegar aquela história e recontá-la a seu modo. É a maneira mais garantida, que ratificará o poder da Ordem ao mesmo tempo.

— Não sou nenhum fantoche para ser usado dessa maneira — urrou Jack. Parecia que sua cabeça estava leve e pesada ao mesmo tempo, por causa da morfina que corria em suas veias, mas sua raiva lhe transmitia a impressão de algo puro. Como tinham coragem de determinar sua vida? Como *tinham coragem* de tratá-lo como uma sirigaitazinha burra que passava de mão em mão? — Eu mereço dar minha opinião.

Morgan dirigiu-se a ele:

— Pelas informações publicadas na reportagem, você já deu sua opinião. Agora pode escolher entre ouvir e ir embora. Fui claro?

Morgan cerrava tanto os dentes que Jack suspeitou que rachariam a qualquer momento, mas assentiu com a cabeça para o tio, todo tenso, e respondeu:

— Perfeitamente.

Os quatro voltaram aos seus planos, como se Jack não passasse de uma criança que se comportara mal, e em seguida fora repreendida e dispensada. "Tudo bem." Eles que pensassem assim. Eles que acreditassem que Jack se curvaria e rastejaria para cair novamente em suas graças. Não percebiam que já estavam se tornando desnecessários. O mundo continuava seguindo seu rumo sem eles, e Jack faria o mesmo. Enquanto ficavam tagarelando feito mulherezinhas a respeito de toalhas e porcelanas, Jack se dedicaria ao estudo e ao planejamento. E, quando chegasse a hora certa, tomaria o lugar deles e tornaria obsoletos aqueles velhos que acreditavam governar a cidade.

E, enquanto isso, Morgan não era o único que tinha contatos e conhecia pessoas que podiam lhe fazer favores. Jack poderia se valer de um de seus contatos para localizar o tal R.A. Reynolds. Conhecera Paul Kelly havia algumas semanas e, pelo que tinha ouvido falar, o gângster entregaria de bom grado uma mensagem para ele. Ele saberia como fazer o maldito repórter se arrepender de ter mexido com Jack Grew.

CONSEQUÊNCIAS

1904 – Saint Louis

Se Esta não fosse treinada desde criança para suprimir os mínimos traços de emoção diante de algum perigo súbito, seu queixo teria caído quando ouviu as palavras de Julien Eltinge. Em vez disso, continuou com uma expressão plácida, aquela combinação de tédio e frieza que sempre conseguia desviar a atenção. Por mais que detestasse o homem que a criara, ficou grata naquele momento por sua habilidade de esconder tão completamente suas reações. Só que, por dentro, seus instintos estavam em alerta máximo, parecia que acabara de levar um soco no estômago.

– *Famigerada*? – perguntou. – Não sei o que o senhor andou ouvindo ao meu respeito, mas "famigerada" é certamente um exagero, senhor Eltinge.

Os lábios de Julien se enrolaram no charuto de novo.

– Ah, acho que não é exagero nenhum – respondeu, com um brilho nos olhos castanhos. Aguçados demais. Perceptivos demais. E Esta tinha a sensação de que ele também era. Julien pousou o charuto no cinzeiro novamente, virou-se para o espelho e começou a tirar a maquiagem do outro lado do rosto. – Afinal de contas, não dá para destruir um trem e pensar que não vai ganhar má fama, como você bem sabe – completou, com a tranquilidade e a casualidade de quem está falando sobre o clima.

"Como assim, destruir um trem?"

Parecia que o camarim estava se distanciando e, de uma hora para a outra, Esta se sentiu transportada novamente para o trem que partia de Nova Jersey. A pedra que usava no braço quase parecia quente quando se lembrou de como fora difícil agarrar os segundos e encontrar o momento certo de atravessá-los para escapar de Jack. Apesar de estar com os pés firmes no chão, Esta teve a sensação de que suas pernas estavam sem apoio, assim como acontecera quando o chão debaixo do trem pareceu tremer, como se o vagão estivesse prestes a sair dos trilhos por conta própria. E, mesmo sob a luz quente do camarim, a escuridão que se insinuava em seu campo de visão e em sua consciência a assombrava.

"Não... Não é possível."

– Mas, por favor, deixe de cerimônia. Pode me chamar de Julien. – Ele levantou os olhos e encarou Esta pelo espelho, esboçando um leve sorriso enquanto tirava a maquiagem. – Afinal de contas, quem é amigo de Darrigan é meu também.

– Do que você está falando, Julien? – perguntou Harte. – Ela não destruiu nada... que dirá um trem.

– Acho que esse é o tipo de coisa que alguém não esqueceria... – comentou Julien, lançando mais um de seus olhares aguçados demais. – Mas foi isso que os jornais disseram.

– E você acreditou? – indagou Harte, com um leve tom de desdém. –Você, melhor do que ninguém, deveria saber que não se pode confiar nesses denuncistas.

A expressão afável de Julien mudou levemente, mas ele não respondeu de imediato. Esta percebeu que Eltinge ainda a observava, e continuou fazendo isso por mais alguns instantes antes de tornar a se virar para o espelho. Então limpou o que restava do creme e da maquiagem com toda a calma, apagando a mulher que dominara o palco até restar apenas o homem que havia por baixo dela, que não era menos atraente. Os traços de Julien não tinham nada nem remotamente feminino sem a camada de base ou o rubor do ruge nas bochechas e nos lábios. Pelo contrário: ele tinha uma aparência máscula, quase mediterrânea, com uma pele morena, um cabelo empapado de suor que sugeria a existência de cachos e uns olhos cor de carvão aguçados como os de um corvo. Julien segurou o charuto de novo – um gesto de afetação, percebeu Esta – e brandiu o grosso toco como se fosse uma espada.

Depois se virou de frente para Harte e Esta. E, quando falou, foi com um tom sério:

– Para ser sincero, Darrigan, não dei atenção a essa história logo que foi publicada. Sempre que acontece um ou outro acidente, os jornais ficam remoendo a história. Mas então aquele sujeito alegou que *não* foi um acidente. E, na verdade, só prestei atenção porque o tal sujeito alegava que você estava lá.

– Que sujeito?

– Como era mesmo o nome dele?... Aquele, que anda grudado em Roosevelt ultimamente – disse Julien, balançando o charuto no ar enquanto tentava lembrar. – Grew, acho que é isso. Gerald ou James...

Esta sentiu uma pontada no estômago e falou:

– Jack.

– Isso mesmo – confirmou Julien, apontando o charuto para Esta. – Jack Grew... É da família Morgan, não?

– Sobrinho de J. P. Morgan – informou Harte, com uma voz tão oca quanto o peito de Esta estava naquele exato momento.

Julien balançou a cabeça, não aparentando ter notado a reação de qualquer um dos dois.

– Sim, o próprio. Estava envolvido na confusão. Alguns dias depois do acontecido, um jornal publicou uma grande reportagem, dizendo que o descarrilamento não foi acidental. Jack Grew alegou que vocês dois incendiaram e destruíram a sede da Ordem da Ortus Aurea em Nova York para acobertar um assalto e que tinha localizado e quase prendido vocês dentro do trem, quando você o atacou...

– *Eu* ataquei *Jack*? – Esta sequer tentou disfarçar a aversão em sua voz.

– E explodiu metade do trem para conseguir fugir – completou Julien. – Muita gente morreu no acidente, sabia? Depois que Grew alegou não ter sido um acidente, as autoridades competentes começaram a prestar atenção... Ah, não faça essa cara de ofendido, Darrigan. Só estou contando o que os jornais publicaram.

– Você está nos acusando de ter destruído um trem, Jules – falou Harte, com um tom mais grave e ameaçador. – De matar pessoas inocentes.

– Não estou acusando *você* de nada. Afinal de contas, para todos os efeitos, era para você estar morto. Foi uma queda bem feia da ponte, até onde eu sei.

– Então você está me acusando? – perguntou Esta, ainda tentando entender aquela pessoa estranha que era Julien Eltinge.

Esta conhecia homens como aquele, que se valiam da boa aparência e da autoconfiança para conseguir o que queriam. Como Logan, que Esta acreditou ser seu amigo e parceiro até que se virou contra ela. Como o próprio Harte, se quisesse ser sincera consigo mesma. O charme de Julien era uma espécie de aviso, um sinal de que Esta precisava ficar alerta. Mas havia algo mais por baixo daquele charme, e aquele lado dele permanecia um mistério.

– Não estou acusando ninguém – respondeu Julien.

Harte bufou, impaciente, e disparou:

– Você está enchendo minha paciência, Jules.

Julien lançou um olhar sarcástico para Esta, de esguelha.

– Você sabe, de vez em quando, Darrigan consegue ser bem babaca – comentou, ficando em silêncio por alguns segundos, para pensar no que acabara de dizer. – Na verdade, não só de vez em quando. É um babaca quase sempre, não é mesmo? Só que jamais pensei que fosse um assassino. Você, por outro lado... – Então olhou diretamente para Esta, com uma expressão de dúvida nos olhos sinistramente aguçados. – Não sei de nada a *seu* respeito.

– Ela está comigo. – Harte avançou, entrando um pouco na frente de Esta, para se afirmar fisicamente enquanto falava. – É tudo o que você precisa saber.

Esta mal conseguiu conter a vontade de revirar os olhos de tanta irritação. Harte praticamente a ignorara desde que os dois tinham partido de Nova York, e *agora*, do nada, estava interessado nela? Típico. Mas, na frente de Julien, permitiu que ele tivesse aquele breve instante de glória.

Jules lançou um olhar inquisidor para Harte.

— Entendi — falou, enfim olhando para Esta, com uma expressão de deleite. Em seguida, soltou uma risadinha e completou: — Harte Darrigan... Jamais pensei que viveria para ver... — E deu risada de novo.

Esta levantou o queixo de leve, de um modo afetado, esperando ter feito uma expressão do mais completo desinteresse, embora ainda estivesse tentando processar tudo o que Julien acabara de dizer. Alguma coisa acontecera com o trem em que estavam depois que os dois avançaram no tempo, algo que jamais havia acontecido.

— Fale mais sobre o trem — pediu Esta.

Julien encarou Esta por mais alguns instantes e então começou a falar:

— Houve um grande descarrilamento, há dois anos. O acidente abriu um buraco em uma parte da ferrovia, logo depois da estação de Nova Jersey. De acordo com o que saiu nos jornais, esse trecho desapareceu. Foi completamente demolido, levando metade do trem junto. Os técnicos disseram que danos dessa magnitude só poderiam ter sido causados por uma explosão. De início, acharam que tinha sido um desse grupos anarquistas que saem por aí explodindo coisas quando não conseguem o que querem. Só que, dois dias depois, o *Herald* deu um furo, falando desse tal Jack Grew. Ao que parece, ele alegou que vocês dois eram os responsáveis pelo acidente. Claro que quase todo mundo achou que o sujeito estava maluco, já que nosso querido Darrigan, teoricamente, *já deveria estar morto*... sem querer ofender...

— Não ofendeu — garantiu Harte, mas com os dentes cerrados. E Esta ficou com a impressão de que ele não gostava de ser lembrado disso.

— E ele também alegou não ter havido bomba nenhuma. Disse que você usou magia.

— Magia? — perguntou Esta, fingindo surpresa.

— Segundo ele, vocês são Mageus — completou Julien, deduzindo a pergunta que ninguém fez.

— Nós nos conhecemos há séculos, Jules. Se eu fosse Mageus, você não acha que saberia? — indagou Harte, desviando a atenção de Julien para si mesmo. — Se um de nós fosse Mageus, como teríamos conseguido sair de Nova York?

Esta tentou não segurar a respiração enquanto esperava pela resposta de Julien.

— Essa foi a pergunta que todo mundo se fez — respondeu ele, por fim. — Magia perigosa além da proteção da Beira? Deveria ser impossível. Mas os corpos de vocês dois jamais foram encontrados no local do acidente, e Grew continuou jurando que estavam lá.

— É claro que a turma dele usou tudo isso para provar que o trabalho da Ordem ainda tem importância. A Ordem negou que a magia poderia escapar dos limites da Beira, e também que o incêndio em sua sede tivesse sido outra coisa que não um simples acidente: falha na instalação elétrica ou algo do gênero. Ninguém poderia ter roubado nada deles porque apenas um ladrão enviado pelo próprio demônio seria capaz de arrombar os cofres da Ordem da Ortus Aurea. Como você pode imaginar, o público *adorou* isso. A Ladra do Demônio.

— A Ladra do Demônio? — repetiu Esta.

— Foi assim que você passou a ser chamada — explicou Julien, apagando o charuto de vez. — Você estampou todos os jornais por um tempo. Todo mundo queria descobrir quem você era e onde tinha ido parar. Todos os repórteres queriam desmascarar a Ladra do Demônio.

— Que nome mais imbecil — resmungou Harte.

Julien deu risada.

— Pode até ser, mas dá uma manchete e tanto, se você quer saber.

— Não quero — disse Harte, seco.

Julien o ignorou.

— Tem um certo... *je ne sais*... alguma coisa. Chama a atenção mesmo. — Então olhou mais diretamente para Esta e falou: — Funcionaria muito bem para o palco, caso você tenha interesse por uma carreira na área do espetáculo.

Harte falou antes que Esta pudesse responder:

— Ela não tem, não.

Esta lançou um olhar de reprovação para Harte, mas ele sequer percebeu. Estava concentrado em Julien, e com uma impaciência tão grande que parecia ter vida própria.

Julien, pelo jeito, não percebeu. Ou talvez não tenha levado a sério. Deu de ombros e continuou falando:

— Que pena... Uma moça alta como você? Aposto que tem um belo par de pernas debaixo dessas saias...

— Julien... — alertou Harte.

— Não dá para acreditar que vocês não sabiam *nada* disso — falou Julien, trocando a expressão de deleite por uma de confusão. — Imaginei que era por isso que você tinha sumido: que estava morto ou escondido em algum lugar. De qualquer modo, não esperava vê-lo aqui.

— Estávamos... — Harte ficou em silêncio, como se não soubesse direito como explicar.

— Fora do país — Esta foi logo completando.

Julien franziu o cenho e ficou olhando para os dois.

— Ainda assim, é de se pensar que esse tipo de notícia teria...

Alguém bateu à porta, interrompendo Julien antes que pudesse terminar a frase.

A súbita postura defensiva de Harte espelhava o incômodo que a própria Esta sentia. Só havia uma entrada — e, por conseguinte, apenas uma saída — no camarim. Se Julien tivesse razão a respeito de Harte e Esta serem procurados pela polícia, e se *ele* a reconhecera com tanta facilidade, era possível que alguém mais também tivesse. Ninguém poderia vê-los ali. Muito menos depois de tudo o que fizeram, menos ainda com o tanto que restava por fazer.

— Você não... — Harte começou a dizer, mas Julien levantou a mão, fazendo sinal para que se calasse.

— Quem é? — gritou Julien, sem se dar ao trabalho de abrir a porta. Ele também, de uma hora para a outra, parecia tenso.

— Sal.

— É o diretor de palco — sussurrou Julien, dirigindo-se a Harte.

— Bem, e o que você quer? — berrou. — Estou um pouco ocupado neste exato momento.

— Tem um pessoal da Guarda Jefferson aqui. Estão dando uma batida pelo teatro inteiro — gritou o diretor do outro lado da porta fechada. — Pensei em avisar, caso você estivesse... hã... indisposto.

— Pois estou, sim. — O olhar de Julien se alternou entre Esta e Harte. —Você consegue segurá-los por alguns minutos?

— Acho que consigo por uns cinco — gritou a voz que vinha do outro lado da porta.

— Faça isso que fico lhe devendo uma garrafa de algo bem melhor do que aquela lavagem que você costuma beber.

Os três ficaram esperando em silêncio até ouvirem os passos de Sal se afastarem. Assim que pararam de ouvir, Julien ficou de pé.

—Venham.Vocês precisam sair daqui — falou. Então afastou uma arara repleta de vestidos de gala bordados, que reluziram ao serem movimentados.

— O que está acontecendo? — Esta perguntou para Julien. — Do que ele estava falando... que guardas?

— Da Guarda Jefferson. É uma milícia particular aqui de Saint Louis — explicou Julien, soltando um painel na parede dos fundos do camarim. — A principal atribuição deles é caçar magia ilegal. Mas estão em alerta máximo por causa da Exposição que acontece este ano, principalmente depois dos atentados dos Antistasi em outubro passado.

— Antistasi? — perguntou Harte, no mesmo instante em que Esta disse:

— Que ataques?

— Os Antistasi são grupos anarquistas. Mas, em vez da dinamite e das balas de sempre, usam magia para causar confusão. Começaram a chamar atenção depois que a Lei de Defesa Contra a Magia entrou em vigor, no ano passado. Mas vocês provavelmente também não sabem o que é isso. — Assim que Harte e Esta sacudiram a cabeça, Julien prosseguiu: — Na prática, a Lei tornou todas as formas de magia natural não sancionadas oficialmente ilegais – explicou, terminando de soltar o painel da parede.

– Esses tais Antistasi... são Mageus? – perguntou Esta.

– É o que eles dizem. Assim que a Lei entrou em vigor, do nada, pareciam estar *por toda parte*, causando um monte de confusão. Para falar a verdade, vocês e o trem se tornaram uma espécie de inspiração para eles.

Harte trocou olhares com Esta, e ela teve certeza de que o mago estava pensando exatamente a mesma coisa.

"Mageus vivendo fora de Nova York... fora da Beira?" A antiga magia não deveria existir em nenhum outro lugar do país. Não fora o que lhe disseram a vida inteira? Ela fora educada para acreditar nisso. Mas a própria Esta sentira do lado de fora do teatro. Existia magia nas ruas de Saint Louis, uma magia estranha, mas igualmente poderosa. Algo teria mudado em razão do que ela e Harte haviam feito lá em Nova York, quando roubaram os artefatos da Ordem e permitiram que Jack pusesse as mãos no Livro? Ou tudo o que Esta sabia era uma mentira?

Houve uma época em que Esta se sentia grata pela educação que recebera. Seu profundo conhecimento da cidade de Nova York lhe permitia ser mestre de suas ruas onde quer que estivesse. Mas, naquele instante, percebia ainda mais as lacunas que havia nessa formação. O Professor Lachlan teria escondido a informação de que havia Mageus fora da cidade de propósito, para mantê-la às cegas? Ou aquilo fazia parte de um novo futuro para o qual Esta não tinha como ter sido preparada?

Uma coisa *era* certa: em sua época, não existia nenhuma Lei de Defesa Contra a Magia.

– Não se preocupe, meu bem – falou Julien, baixinho, interpretando de forma equivocada sua expressão de preocupação. – Vamos tirar você daqui. – Empurrou o painel para o lado, revelando um buraco na parede. – A Guarda Jefferson até pode não estar procurando especificamente por você. Mas estou disposto a apostar que a recompensa pela sua linda cabecinha é maior do que a de costume.

— Existe uma recompensa? — perguntou Esta.

— Jesus Cristo! — exclamou Julien, meio irritado e meio surpreso. — Vocês realmente passaram um bom tempo fora. *É claro* que existe uma recompensa. Foi o próprio J. P. Morgan quem ofereceu. Você não pode sair por aí explodindo trens sem sofrer consequências, sabia?

— Eu já falei que ela não fez nada com aquele trem — esbravejou Harte.

— E eu já disse que estou inclinado a acreditar, só que vai ser mais difícil convencer a Guarda, se encontrarem vocês dois aqui. Eles não têm fama de agir com justiça, então se deem por satisfeitos se conseguirem fugir.

— Mas... — Harte tentou argumentar.

— Ele tem razão — interrompeu Esta, antes que o mago pudesse retardá-los ainda mais. — Vamos embora enquanto ainda é tempo. — E lhe lançou um olhar em silêncio, torcendo para que ele entendesse.

— Que moça esperta — falou Julien.

Esta não se deu ao trabalho de agradecer pelo elogio. Sua cabeça girava, pensando nas implicações de tudo o que acabara de descobrir: ela era uma criminosa procurada, e havia magia, talvez até Mageus, além dos limites da Beira.

A essa altura, Julien removera completamente o painel da parede, revelando uma passagem.

— Eu saía por aqui quando queria ir embora sem enfrentar a multidão na entrada do palco. — Sua expressão mudou subitamente, e para Esta foi impossível não imaginar o que isso queria dizer. — Sigam essa passagem e virem à esquerda — instruiu Julien. — Vocês chegarão à sala da caldeira. A partir daí, acho que conseguem encontrar a saída sem dificuldade.

— Em relação àquela recompensa, Jules... — A expressão de Harte era dura como o cabelo perfeitamente repartido. — Tem certeza de que não tem o menor interesse que venha parar no seu bolso?

Julien pareceu ofendido, e com razão. Quando finalmente disse algo, sua voz tinha um tom de advertência:

— Pensei que você me conhecia bem a ponto de não pensar uma coisa dessas de mim, Darrigan.

— Como você mesmo disse, faz *muito* tempo que não nos vemos — falou Harte, e uma tensão implícita ficou evidente entre os dois. — Parece que muita coisa mudou enquanto estive fora. Só preciso saber se você também não mudou.

— Não quero o dinheiro sujo daquela gente — respondeu Julien, seco, apontando com o queixo para a abertura na parede. Pelo olhar no rosto dele, Esta até poderia acreditar que estava sendo sincero. — Andem logo. Quando a Guarda Jefferson aparecer, vou fazer questão de distraí-los por um tempo, para que vocês consigam se afastar bastante do teatro.

— Ainda assim precisamos conversar, Julien — insistiu Harte.

— Claro, claro — respondeu Julien, fazendo sinal para os dois seguirem em frente. — Encontro vocês no King's dentro de umas duas horas.

— Onde fica o King's? — perguntou Harte.

— É uma taberna na Del Mar. Uma espelunca onde ninguém deve reconhecer vocês ou, se reconhecer, não vai se importar. — Julien se afastou para que os dois pudessem entrar no túnel atrás da parede. — Andem logo. Antes que eles reapareçam.

CÉU DE UM
BREU SEM ESTRELAS

1904 – Saint Louis

Harte hesitou por apenas mais um segundo, buscando no rosto de Julien alguma indicação de que aquela abertura logo adiante era alguma espécie de truque ou armadilha, mas não encontrou. O olhar de Julien era firme, e a expressão dele aparentava sinceridade. Ainda assim, não valia a pena correr riscos desnecessários.

Então estendeu a mão e disse:

– Obrigado, Jules.

Julien cumprimentou Harte sem pensar duas vezes, apertando ligeiramente sua mão antes de soltá-la. Mas o contato de pele contra pele bastou. Um pulso de poder, e os dois estariam a salvo – pelo menos de Julien. Só que, a julgar pelo que acabara de descobrir, Harte não sabia ao certo a dimensão dessa segurança.

Sem dizer nada, entrou no túnel atrás de Esta, e a passagem se tornou ainda mais escura quando Julien colocou o painel de volta na parede. Os dois esperaram na escuridão, ouvindo a arara de vestidos arranhar o chão enquanto Julien encaixava o painel e seus olhos se ajustavam à ausência de luz. Mesmo sem vê-la, Harte era capaz de sentir que Esta estava por perto. O calor que emanava de Esta – e da afinidade dela – o atraía, assim como o poder que havia dentro de si. Por enquanto, esse poder estava em silêncio, mas Harte sabia que estava apenas observando, esperando que ele baixasse a guarda.

– Vamos logo – sussurrou, assim que quase conseguiu enxergar os contornos da passagem. – Precisamos ir enquanto ainda é tempo.

Por fim, chegaram à sala da caldeira, uma câmara mais ampla com um leve cheiro de carvão e poeira. Como era verão, o recinto estava silencioso e vazio, as chamas haviam se apagado fazia muito tempo. Os grandes tanques de aço que aqueciam a água antes de ser bombeada para os radiadores ao longo de todo o teatro se assomavam acima deles, formas escurecidas que os impediam de ver se havia alguém do outro lado. Harte e Esta se moveram com cautela, fazendo o mínimo de ruído, e logo chegaram à entrada de manutenção, do outro lado do recinto.

— Tem certeza de que não é uma armadilha? — perguntou Esta, ao ver a porta sem janelas.

— Se for, não foi Julien quem armou — garantiu Harte. — Eu me certifiquei.

— Mesmo assim, precisamos tomar cuidado. Nunca ouvi falar desses patrulheiros. Não sei se são algo novo ou... — As palavras pareciam lhe faltar. — Não me lembro de ter estudado nada a respeito delas ou da lei contra a magia que Julien mencionou. Nada disso existia no futuro que conheci.

Harte julgou entender o sentimento por trás das palavras de Esta. Em Manhattan, havia Mageus dispostos a entregar pessoas de sua própria espécie em troca de um punhado de moedas. Mas a Guarda Jefferson e fosse lá o que fosse a tal lei que tornava a magia ilegal eram ameaças que os dois não haviam previsto.

— Mesmo que esses patrulheiros sejam Mageus, não devem ser capazes de nos identificar, a menos que algum de nós use nossa afinidade. Não precisamos de magia nenhuma para voltar ao hotel — falou Harte, tranquilizando o medo de ser pega que Esta não chegou a expressar. — Não é nada muito diferente dos rapazes de Corey, lá do Haymarket. Se formos discretos e não usarmos magia, não teremos problemas. — Era isso que Harte torcia para que acontecesse.

Esta pareceu acreditar na falsa bravata de Harte, ou pelo menos fingiu. Assentiu com a cabeça, confiante, e saiu com ele no beco atrás do teatro. Mas, enquanto se afastavam, o mago continuou alerta, para o caso de haver alguém à espreita. Parecia que o caminho estava desimpedido, e os dois foram até o fim do beco sob o estrondo dos trovões que ribombavam ao longe.

— Vá mais devagar — sussurrou Esta. Harte abriu a boca para argumentar, para dizer que, quanto mais depressa se afastassem daqueles guardas, tanto melhor, mas Esta explicou antes que ele conseguisse pronunciar uma só palavra: — Se começarmos a correr, chamaremos mais atenção. Pareceremos culpados.

Ela estava certa. Por mais que todos os seus instintos o mandassem correr, Harte se obrigou a diminuir o passo quando chegaram à extremidade do beco.

À direita, havia um camburão parado na frente do teatro. Ao lado da carruagem sem janelas, mais homens de casaco escuro. Deviam ser da Guarda Jefferson, pelo que Julien contara, o que explicava por que estavam atrás do caubói que Esta vira. Parados nas portas do teatro, havia mais quatro homens vestidos de maneira semelhante, todos virados para a frente, esperando a plateia sair. Mantinham uma postura alerta e obviamente vigilante.

— Podemos dar a volta na quadra — sugeriu Harte. — O caminho é um pouco mais longo, mas pelo menos não teremos que passar por eles.

— Pensei que você tivesse dito que esses guardas não são capazes de sentir nossa presença.

Harte franziu o cenho, lembrando da faísca de energia gélida que acompanhara os três guardas que passaram correndo em frente ao teatro. Se fosse uma magia completamente natural, só poderia ter causado uma sensação de calor.

— Não acho que sejam capazes. Mas, com o poder do Livro dentro de mim e o que aconteceu antes do espetáculo...

Esta fez que sim com a cabeça, com uma seriedade estampada nos olhos dourados.

— Você tem razão. Não vale a pena arriscar.

O teatro ficava a poucas quadras do hotel onde estavam, o Jefferson, perto do rio Mississippi e não muito longe do coração da cidade. Era um prédio de treze andares, com uma rebuscada cornija decorativa no topo, que mais parecia uma coroa. Um edifício obviamente novo, construído para receber as levas de visitantes que vinham para a feira. Mesmo com a cidade superlotada, a sujeira das carroças puxadas a cavalo e a fuligem das chaminés dos barcos a vapor da região ainda não tinham conseguido encardir o prédio.

Talvez devessem ter escolhido um lugar mais discreto. Mas já fazia dois anos que haviam saído de Nova York. Pensaram que dois anos seria tempo suficiente, e que Saint Louis estaria a uma distância suficiente para que ninguém estivesse procurando por eles. Além disso, o Jefferson tinha banheiros privativos, e a promessa de se livrar da sujeira dos últimos dias e descansar da longa viagem de trem em uma banheira em seu próprio quarto – longe de Esta e de como ela provocava o poder que havia dentro dele – fora uma tentação forte demais para Harte resistir.

Naquele instante, com as nuvens se acumulando no céu anunciando a tempestade que estava por vir, o hotel parecia um verdadeiro refúgio. Dentro dos quartos, estariam a salvo. Ainda tinham duas horas até o horário combinado com Julien, que traria a pedra, como Harte ordenara silenciosamente antes de se despedirem. O mago precisava desse tempo para se fortificar. Trancafiar a voz que havia dentro de si, controlar o poder que ameaçava constantemente vir à tona consumia energia demais... ainda mais quando Esta estava tão perto.

Quando adentraram na tranquilidade do saguão, foi uma diferença gritante da cidade ruidosa e lotada que ficou do lado de fora. Assim que entrou, Harte sentiu um pouco da tensão acumulada naquela noite se esvair e se deixou acalentar pelo silêncio do hotel. Havia uma sacada no mezanino que corria pelas quatro faces do saguão, com colunas de mármore em círculo dando sustentação a um teto arqueado, pintado com o tom verdejante de palmeiras que pareciam reais. Lustres de cristal lançavam uma luz suave na copa de palmeiras *de verdade*, espalhadas por todo o recinto. Em algum lugar distante – talvez no salão de baile, mais acima – estava tocando música. Mas, apesar de ainda haver pequenos grupos se delongando por ali, o clima naquele átrio ressonante de dois andares era de segurança.

Harte e Esta mal tinham atravessado saguão para ir até os elevadores – cujas cabines eram de metal, bem ornamentadas – quando o mago percebeu uma movimentação com o canto do olho. Ao se virar, teve a impressão de que as palmeiras plantadas em pequenos canteiros individuais espalhados pelo recinto estavam se movimentando, como se houvesse um vento invisível soprando as folhas. Enquanto observava, intrigado, a música parou de tocar, e ele ouviu apenas o vento. O saguão ao seu redor pareceu mudar – ressurgir em outro lugar... em outra época...

Era noite, e o teto acima de sua cabeça se transformara em um céu de um breu sem estrelas, e o vento que agitava as palmeiras trazia o cheiro da traição, pungente e metálico como sangue seco... Um amigo convertido em inimigo destruiria o coração da magia se pusesse as mãos nele. E estava a caminho...

Harte piscou, e a visão se desfez.

"Quem está a caminho?"

Quando olhou novamente, as palmeiras estavam imóveis, e ele estava mais uma vez cercado pela opulência do saguão. No ar, havia apenas o distante tilintar da música e o suave murmúrio das conversas. Mas o poder que havia *dentro* dele estava causando um verdadeiro tumulto.

Esta apertou seu braço.

– O que foi? – perguntou Harte, pensando que ela talvez pudesse ter visto a mesma noite escura e experimentado a mesma sensação perturbadora de que algo terrível estava por vir.

– À sua esquerda, ali perto da palmeira grande. De calça cinza e paletó claro – respondeu. Na mesma hora, Harte teve certeza de que Esta não estava falando do que ele acabara de ver.

– Tem um apoiado no balcão da recepção... *não*! Não olhe direto para eles – sussurrou ela.

– Para quem? – indagou o mago, resistindo ao impulso de espichar o pescoço e tentando ignorar a voz que ribombava dentro dele, cujo poder só se agitava e concentrava mais e mais.

— Não sei, mas com certeza não são hóspedes. Sei esquadrinhar um lugar desde os 8 anos. Sei reconhecer um policial mesmo quando não está de farda. Eles têm uma postura e um olhar vigilante que nunca deixam de lado, por melhor que trabalhem à paisana. — Então finalmente olhou para Harte e perguntou: — Você tem *certeza* de que Julien não iria atrás da recompensa?

— Eu me certifiquei disso — falou Harte, incomodado com a desconfiança de Esta. A lembrança daquela visão o deixara irritadiço, e o questionamento dela só piorava as coisas.

— Bem, talvez não tenha funcionado...

Antes que pudesse terminar a frase, Harte a puxou para o lado, pressionando as costas dela contra uma das grandes colunas de mármore, escondendo-se atrás de uma das palmeiras, para que Esta tivesse uma visão completa do saguão atrás dele. Em seguida, abraçou-a e aproximou o rosto do pescoço dela. E ficou satisfeito ao perceber que Esta ficara sem ar por alguns instantes.

A voz dela saiu doce e ofegante:

— O que você está...

— Veja em quantos eles estão — sussurrou perto do ouvido de Esta, testando seu próprio autocontrole, mesmo quando o poder dentro dele se insurgiu com a proximidade.

Harte sentiu o instante em que Esta se deu conta do que ele estava fazendo. O corpo dela se tornou maleável, e os braços se ergueram e se enroscaram em seu pescoço, entrando na farsa. "É só uma encenação", convenceu-se, ignorando o fato de que isso não fazia diferença.

Ela devia ter usado aquele sabonete francês que encontrara em uma loja naquela mesma tarde, quando compraram as roupas de gala, porque estava com um perfume diferente. O aroma era de um floral marcante. Mas, por baixo do perfume inebriante de flores, ainda era a mesma Esta, límpida, verdadeira e tão familiar que Harte precisou se segurar para não chegar ainda mais perto.

A voz que havia dentro dele ronronou, incentivando-o, e Harte pôde sentir o calor corrompido dela se assomando e se movimentando, preparando-se para o instante em que estaria no auge da fraqueza. O instante em que Harte se esqueceria de manter as rédeas de seu poder.

Ele não permitiria que isso acontecesse.

Pensou na visão que tivera na estação de trem – Esta com os olhos substituídos por uma escuridão infinita – e jurou que jamais seria tão fraco. Se aquele poder dentro dele se tornasse forte demais, Harte iria embora. Protegeria Esta mesmo que isso significasse perder todas as esperanças de reconquistá-la. Já se dispusera a destruir a si mesmo uma vez para silenciar o Livro. Estaria pronto para fazer isso de novo, se fosse o caso.

Mas, com Esta em seus braços, a suave música ao longe e o aroma dela o envolvendo, os pensamentos lúgubres se dissipavam. Não conseguiu se controlar e roçou os lábios de leve na nuca morna de Esta.

Ela ficou sem ar de novo, e Harte ouviu a voz, que o instigou a ir além. Então se afastou, recusando-se a dar a si mesmo e ao poder uma gota sequer de verdadeira satisfação.

– São seis, talvez sete, no saguão – disse ela, parecendo calma e segura. Mas, com aquela proximidade, Harte podia sentir o subir e descer do peito dela e, pelo menos, teve certeza de que Esta não estava tão indiferente quanto fingia estar, de que ele não era o único a ter sentimentos.

– Você tem *certeza* de que são policiais? – perguntou.

– Tenho quase certeza – respondeu Esta, com a voz baixa e rouca. – Todos os integrantes da Guarda Jefferson no teatro usavam braçadeiras. Ninguém estava escondendo o que era.

– Pode até ser, mas, seja lá quem forem esses homens, não estão aqui atrás de nós – falou Harte, esperançoso, abusando da sorte e do autocontrole e enfiando o nariz no cabelo de Esta. As mechas lhe deram uma sensação de frio na pele, parecida com a da seda, e a voz começou a cantarolar de desejo. Mas o mago se afastou de novo, provando para o poder que havia dentro dele, e para si mesmo, que conseguia se afastar de Esta. Era ele quem estava no comando, não seu desejo, e muito menos a voz que passara a marcar presença constante nos recônditos de sua mente.

— Ah, estão aqui por nossa causa, sim — garantiu Esta. — Ou talvez estejam aqui só por minha causa... Aquele perto da samambaia não para de olhar para cá. — Esta soltou um suspiro, e o hálito quente dela roçou o pescoço de Harte. — Não acredito que fui burra a ponto de deixar você me convencer a ficar neste lugar. Mesmo usando nomes falsos, era arriscado demais. Um hotel muito grande, muito no centro.

— Eu sei — disse Harte, sentindo uma pontada de culpa. Esta sugerira um lugar mais fora de mão. Mas, depois do quarto infestado de pulgas em que ficaram no Brooklyn, ele queria água corrente e aquecida e uma cama sem nada rastejando em cima. — Mas é tarde demais para voltar atrás. Agora precisamos dar um jeito de sair daqui.

— Bem, não vai ser pelo mesmo lugar por onde entramos — retrucou Esta, apoiando-se ainda mais em Harte.

O mago não soube determinar se ela estava fazendo aquilo por instinto ou se era parte da farsa, mas se segurou mesmo assim. Podia sentir o poder que havia dentro dele se preparando, ansiando pelo instante em que seria liberado, mas Harte não podia permitir que aquilo saísse vitorioso.

— Eles são muitos — disse Esta.

Harte ficou se perguntando se Esta tinha consciência do quanto os dois se encaixavam bem, a suavidade das curvas dela em suas linhas retas, ou se percebia o que provocava em Harte ao ficar tão perto sem se permitir ir além. Seu coração batia estrondosamente, mas o mago manteve a compostura.

— Será que existe uma saída de serviço?

— Provavelmente — murmurou Esta, afastando-se um pouco. — Mas devem ter montado guarda lá também.

Harte sentiu Esta mudar de posição em seus braços.

— O que foi? — perguntou.

— Precisamos sair daqui — sussurrou Esta. — Eles estão começando a se movimentar. É só... agir naturalmente. Temos pelo menos um pouco de vantagem se não souberem que percebemos que estão aqui.

Esta soltou uma risada graciosa, coisa que Harte não esperava.

Então abaixou a cabeça, em uma demonstração de recato que não passava de uma encenação, feita para quem estivesse olhando. Em seguida, deu o braço para Harte e começou a levá-lo para longe daquele esconderijo entre as palmeiras.

No mesmo instante, Harte se deu conta de que seria em vão. Os homens, que até então podiam não ser policiais, de repente passaram a parecer, pelo modo como estavam espalhados pelo recinto. Não restavam dúvidas a respeito do que estavam fazendo: vigiando a saída, para que os dois não tivessem por onde escapar.

– E agora?

– Tive uma ideia – falou Esta. – O elevador.

Mais uma vez, os dois começaram a andar em direção às cabines de bronze, mas Harte tomou ainda mais consciência de como os homens que estavam no saguão eram capazes de acompanhá-los sem precisar sequer mexer a cabeça.

– Você enlouqueceu? – falou, diminuindo o passo e puxando-a para trás. – Se entrarmos em um elevador, ficaremos encurralados.

– E também ficaremos fora do alcance dos olhos deles. Ganharemos um pouco de tempo... A menos que você tenha uma ideia melhor...

Os elevadores estavam a poucos metros de distância.

– Podemos correr até lá. Se você achar que consegue controlar sua afinidade, pode retardar o tempo e nos dar uma chance de sair daqui sem que ninguém perceba.

– Talvez... – Esta estava com os olhos fixos nos elevadores logo adiante. – Mas, se eu não conseguir controlar, estaremos em uma situação ainda pior.

Antes que Harte pudesse se preparar, os dois já haviam chegado aos elevadores. E, antes que pudesse impedi-la, Esta já tinha apertado o botão. Logo acima, o ponteiro do mostrador foi se movimentando para baixo de maneira constante, como se fosse um relógio que decrescia o tempo que tinham, enquanto os homens que estavam no saguão começavam a se aproximar.

O RELÓGIO DE BOLSO

1904 – Saint Louis

Jericho Northwood – North, para a maioria das pessoas que o conhecia – espantou dois ou três pombos quando reapareceu, encostado no poste, algumas horas depois de a Guarda ter vindo atrás dele com grande estardalhaço. Mas era tão tarde que não havia muita gente para reparar na sua presença. Seus olhos ainda miravam na direção de onde a garota estivera, mas ela já se fora havia muito tempo.

North ainda não conseguia acreditar que ela estivera ali. Parada na fila para comprar ingressos do teatro, como qualquer almofadinha da cidade. Como se não fosse uma das Antistasi mais procuradas do país.

Os retratos falados que os jornais publicaram, na época em que o primeiro acidente de trem aconteceu, a retratavam como uma bruxa enlouquecida, um demônio vingador decidido a destruir todos os Sundren que lhe fizeram mal. A moça que vira era alta como as reportagens descreviam, porém mais nova do que parecia em qualquer um daqueles retratos, e também mais delicada. Só que North a reconhecera mesmo assim. Sem sombra de dúvida. Esta Filosik – a Ladra do Demônio – estava em Saint Louis.

North olhou novamente para seu relógio de bolso, que seu paizinho lhe dera quando ele fez 11 anos. Sabia-se lá onde seu paizinho o arranjou – North sempre soube, por algum motivo, que não deveria perguntar. A vida já era bem perigosa guardando um segredo como a magia, mesmo antes de a Lei de Defesa Contra a Magia entrar em vigor, depois do Grande Conclave de 1902. Mas comércio de objetos capazes de reforçar uma afinidade moribunda? Bem, fazer perguntas a esse respeito poderia ser praticamente mortal, se chegasse aos ouvidos da pessoa errada. Mesmo quando era criança, North sabia disso.

O relógio era uma peça desgastada de bronze que um dia deve ter parecido ser de ouro, mas os anos acabaram consumindo a mentira. O vidro que cobria o mostrador simples já estava quebrado quando North o ganhou. Mas, como não usava o objeto para *ver* as horas, isso não o incomodou nem um pouco. Já estava com ele fazia sete anos e não se dera ao trabalho de consertar. Por que consertaria, se funcionava perfeitamente? Quando North o utilizava, pensava em seu paizinho. E, em todas as outras ocasiões, mantinha as lembranças do pai e de tudo o que acontecera bem longe, em seu devido lugar.

North guardou o relógio no bolso do colete – assim como as lembranças –, junto com o pacote que Maggie lhe dera poucos minutos antes. Não precisou olhar para saber o que continha: a chave da farmácia no fim da quadra. Xingou Mãe Ruth três vezes por ter mandado Maggie cumprir uma tarefa tão perigosa. A menina não tinha nada que ficar por aí roubando chaves, já que Ruth tinha gente de sobra para fazer isso com a mesma facilidade e correndo muito menos risco. Mas North sempre suspeitou que Ruth gostava de testar a irmã mais nova – para ter certeza da lealdade de Maggie e para que se tornasse mais esperta.

Da perspectiva de North, Maggie era mais do que esperta. A menina era de uma genialidade milagrosa quando o assunto era criar soros e dispositivos, e ele achava que Ruth desejaria mantê-la fora de perigo, considerando a importância dela na ação seguinte do grupo.

Eles tiraram a ideia da expressão "propaganda pela ação" – o uso de atos deliberados para inspirar outras pessoas – dos anarquistas, mas os Antistasi não eram descuidados a ponto de usar bombas. Em vez disso, se valiam da magia. No ano que se passara desde que North fora para Saint Louis e conhecera Ruth, ajudara os Antistasi em muitas ações – incluindo a do último outubro –, mas a que estavam planejando na ocasião era diferente. Era mais do que uma demonstração para chamar a atenção: era uma exigência de reconhecimento. Uma ação tão monumental, tão dramática, que transformaria o país.

E também surgia cedo demais. Da perspectiva de North, ainda havia muitas variáveis e perguntas sem resposta. Eles só dispunham de mais algumas semanas para dar conta de tudo isso, pois só haveria uma única oportunidade de acertar o maior de todos os alvos.

Mas North era apenas um soldado raso. Não era o general. Tampouco tinha interesse em ser.

North tirou o embrulho do bolso e, de dentro dele, a chave. No pedaço de papel, havia uma lista escrita com os garranchos de Maggie. Ele sabia que a menina precisava daquele material para fazer seus testes, mas também que Ruth iria querer um relato sobre tudo o que vira. Ele não sabia ao certo se o fato de Esta Filosik estar na cidade era um bom ou mau presságio. Talvez ela pudesse ajudá-los... Por outro lado, se alguém mais soubesse de sua aparição, poderia ser um problema. A Guarda ficaria mais atenta, e a cidade inteira entraria em alerta.

Bem, não havia motivos para North fazer algo a esse respeito naquele exato momento. Maggie dera uma lista de materiais para ele arranjar, e North não começaria a desapontá-la àquela altura.

North baixou o chapéu até tapar os olhos e entrou no beco ao lado da farmácia, certificando-se de que ninguém o vira pegar a chave e entrar no estabelecimento de fininho. Quando terminasse aquela tarefa, teria todo o tempo do mundo para contar tudo a Ruth. Tinha seu relógio, afinal de contas.

POEIRA E METAL

1904 – Saint Louis

Enquanto Harte observava o ponteiro do elevador se arrastar inexoravelmente para baixo, teve a clara sensação de que o tempo de que ele e Esta dispunham estava se esgotando. Cada segundo que passava era um a menos até o instante em que os policiais que estavam no saguão do hotel os alcançariam. Mas, depois de vários segundos, nada havia acontecido.

— Eles não vêm — disse, quando percebeu que os homens à paisana pararam de se aproximar.

— Se já soubessem que estamos aqui, provavelmente teriam montado guarda na frente de nossos quartos — disse Esta, com a voz mais calma do que seus sentimentos. — Não há motivo para fazer uma cena em público, se podem nos prender lá em cima.

Isso não fez Harte se sentir nem um pouco melhor.

— Se não podemos ir para os quartos, para onde vamos? — perguntou.

Esta lhe lançou um olhar e respondeu:

— Estamos em um hotel, Harte. Há *um monte* de quartos. Não precisamos ir para os nossos.

Dentro de Harte, o poder do Livro estava inquieto, como se fosse um animal enjaulado andando de lá para cá.

— Eles vão ver em que andar paramos — argumentou, com o peito apertado, bem quando o ponteiro chegou ao térreo e o elevador parou, guinchando.

— É essa a ideia — falou Esta, inclinando-se para lhe dar um leve beijo nos lábios.

O beijo terminou antes que Harte se desse conta do que estava acontecendo. Mal percebeu o choque do calor e da maciez da boca de Esta roçando na sua. Se não fosse o absoluto tormento da voz, avisando que Harte a deixara escapar mais uma vez, ele poderia pensar que havia imaginado tudo aquilo.

As portas do elevador se abriram, revelando que não havia ninguém lá dentro além do ascensorista.

— Qual andar? — murmurou ele, quando os dois entraram no exíguo espaço da cabine.

Naquele mesmo dia, Harte admirara a madeira polida e os espelhos reluzentes do elevador. No dia em que chegaram ao hotel, Harte considerou os elevadores elegantes e modernos, uma das maravilhas da época. Só que, naquele instante, a cabine espelhada lhe pareceu tão asfixiante e claustrofóbica quanto uma cela. Assim que as portas se fechassem e o elevador começasse a subir, ele e Esta ficariam ainda mais distantes de sua possibilidade de fuga.

— Sétimo, por favor — respondeu Esta.

O ascensorista era um senhor mais velho, de pele bem escura, que usava o uniforme impecável dos carregadores do hotel.

Harte se deu conta de que ela falara alto o suficiente para que os homens no saguão do hotel conseguissem ouvir.

— Sim, senhora — respondeu o ascensorista, já fechando a grade da cabine.

Assim que as portas se fecharam e o ascensorista acionou a alavanca, fazendo o elevador subir, Esta encostou em Harte e sussurrou em seu ouvido:

— Pode ser melhor se ele não lembrar nada disso, mas precisamos que o elevador continue subindo. Um pouco mais devagar, talvez. — Então fez sinal com a cabeça na direção do ascensorista e completou: — Obrigue-o a parar no sétimo... *com delicadeza.*

Harte acenou de leve a cabeça, para informar a Esta que havia entendido, por mais que não fizesse a menor ideia de quais eram os planos dela para livrá-los daquele apuro quando chegassem ao sétimo andar.

O ascensorista se empoleirou em um banquinho, calado e estoico, de frente para o mecanismo e monitorando a subida do elevador, ignorando os passageiros, como devia ter sido treinado para fazer. Se ouviu alguma parte da conversa, fingiu que não. Se percebeu que havia alguma coisa errada, não demonstrou. Mas o uniforme era um problema. O ascensorista estava abotoado até o pescoço, com as mãos e os pulsos cobertos pelas luvas brancas. Como a afinidade de Harte precisava de um contato de pele contra pele para funcionar, a única opção era a faixa de pele à mostra entre a gola alta do casaco do homem e o limite bem aparado do cabelo, uma lacuna causada pelo modo como os ombros do ascensorista estavam encurvados, que devia ser resultado das longas horas de trabalho.

Harte se sentiu culpado por se aproveitar dele, mas não conseguia ver outra saída para aquela encrenca em que tinham se metido. Respirou fundo, concentrando sua afinidade e se preparando – só teria uma chance de conseguir fazer aquilo direito sem precisar recorrer a outras medidas, mais violentas. Quando o elevador passou pelo segundo andar, o sininho bateu, e a própria cabine vibrou de leve. Harte aproveitou a oportunidade para estender a mão e encostar delicadamente dois dedos na nuca do homem, direcionando sua afinidade para o limite entre o corpo e a alma de uma só vez.

O ascensorista ficou tenso por um instante, mas não tirou a mão da alavanca, diminuindo um pouco a pressão, para que a subida do elevador se tornasse discretamente mais lenta. Harte tirou os dedos segundos depois, e o ascensorista sequer se mexeu. O elevador continuou subindo, ainda que de modo mais arrastado, e o homem continuou com o olhar fixo no mostrador. Se dependesse dele, Esta e Harte poderiam ser dois fantasmas que não faria a menor diferença.

– Me dê um pezinho – disse Esta, olhando para os painéis de madeira do teto.

Foi então que Harte entendeu quais eram as suas intenções: lá em cima, a luz suave projetada pelo globo de vidro revelava um painel.

—Você não pode estar falando sério — resmungou, mas não se deu ao trabalho de discutir. Até porque não tinha um plano melhor.

Harte se preparou para aguentar o costumeiro burburinho de excitação da voz, posicionou as mãos para Esta poder firmar o pé nelas e a levantou até o teto rebaixado. Esta levou apenas um minuto para soltar o painel e passar pela abertura.

—Venha — disse, estendendo a mão para Harte.

O elevador continuava subindo devagar, de forma constante. O sininho bateu de novo quando passaram pelo quarto andar.

— Consigo subir sozinho — respondeu Harte. E, dando um leve pulo, agarrou-se à beirada da abertura com as pontas dos dedos. Enquanto o elevador continuava se movimentando, ergueu o corpo até sair para a escuridão do poço. Tinha cheiro de poeira e de metal e, no instante em que Esta recolocou o painel do teto, a única luz que tinham para se guiar era a dos raios estreitos que vazavam pelas grades de metal que marcavam os andares. O hotel possuía um conjunto de três elevadores, e o motor que movimentava os cabos ia ecoando ao seu redor à medida que cada cabine parava em um andar diferente.

— E agora? — perguntou Harte, segurando-se no cabo do elevador que ainda subia para conseguir se equilibrar. O movimento lembrava demais o sacolejar do trem. Respirou fundo e se segurou com mais força.

Esta não parecia incomodada com a movimentação, já que não se segurava em cabo nenhum.

— Se tivermos sorte, aqueles caras que estavam no saguão devem estar correndo para o sétimo andar neste exato momento. Só que não vamos estar dentro do elevador quando ele parar.

— Mas também não podemos ficar aqui. Ainda que o ascensorista não seja capaz de dizer onde fomos parar, uma hora ou outra vão acabar descobrindo.

— *Uma hora ou outra* — concordou Esta, falando alto para que Harte pudesse ouvi-la apesar dos cliques e gemidos mecânicos. — Estou apostando nisso também. Será um desperdício de homens e de tempo mandar parar os elevadores para nos procurar. Só que, quando isso acontecer, também não vamos estar aqui. – Ela espiava para fora da beirada da cabine, tão perto da extremidade que Harte teve vontade de puxá-la para trás. – Me dê sua mão – falou, levando o braço para trás sem sequer virar para ver se Harte atendera a seu pedido.

– O quê? – hesitou Harte.

– A mão. Já! – Só então virou, com um brilho de determinação nos olhos. – Confie em mim, Harte.

Antes que Harte conseguisse pensar em todos os motivos que tinha para não confiar em Esta, deu a mão para ela.

Satisfeita, Esta voltou para a beirada.

– Pronto? – perguntou, sem olhar para Harte. – Um...

– Não, Esta...

– Dois...

Ela nem estava escutando.

O conteúdo do estômago de Harte subia rapidamente para a garganta.

– Não...

– Três!

UMA VIRADA NO JOGO

1902 – Nova York

James Lorcan sentiu que sua visão do futuro se reorganizava quando pousou o jornal na mesa gasta diante de si. Aquela fora a mesa de Dolph, assim como o apartamento onde estava, que também pertencera a Dolph.

O apartamento era bem mais apropriado do que os dois cômodos apertados no andar de cima que James antes chamava de lar. Mas o conforto das acomodações não tinha a menor importância em comparação ao que também estava ao alcance das mãos de James: todas as anotações de Dolph, todos os seus livros e todo o seu *conhecimento*.

"E ora, ora... quanta coisa Dolph andou escondendo."

James já se valera de alguns dos segredos de Dolph para selar a aliança com Paul Kelly. Ele se aproveitaria de mais alguns nos dias por vir, para posicionar os peões da Bowery exatamente onde queria.

Na parede, havia um retrato de Newton debaixo de uma árvore, uma sobra do assalto ao Metropolitan realizado pelo bando de Dolph. Para um observador comum, o quadro não retratava nada além da mais espantosa revelação da Idade Moderna: a descoberta da gravidade por Newton. Aos pés dele, havia uma maçã, vermelha e redonda. Acima, brilhavam o sol e a lua, uma dupla de guardiões do céu.

Mas, para alguém mais astuto, a imagem também retratava algo mais. O livro que Newton segurava, segundo boatos, era o Livro dos Mistérios. O quadro registrava o momento da história em que as duas vidas de Newton convergiram – Newton, o mago, que quase enlouquecera com seus experimentos alquímicos; e Newton, o cientista. Ambos estavam à procura da verdade eterna e do conhecimento inédito e, naquela pintura, ambos encontraram isso nas páginas do *Ars Arcana*.

Ao longo dos séculos, muitas histórias e muitos mitos surgiram a respeito do lendário Livro. Havia quem dissesse que o volume continha a própria origem da magia. Outros acreditavam que era o Livro de Toth, um manuscrito antigo enterrado às margens do rio Nilo, que guardava o conhecimento dos deuses, impróprio para a mente inepta dos homens. Outros ainda afirmavam que era um fantástico manual de bruxaria, um livro com os mais poderosos rituais de magia já desenvolvidos. Muitos tentaram pôr as mãos nele – o próprio James tentara. Dois dias antes, pensava que o Livro tinha se perdido, estaria fora do seu alcance para sempre. Mas então...

James passou novamente os olhos pelas letras impressas no jornal, permitindo que sua afinidade se expandisse, procurando novas conexões no Éter, enquanto ponderava sobre aquele acontecimento.

Quase lhe passara despercebido. Os jornais sempre estavam repletos de trivialidades – matérias publicadas para atrair atenção, com detalhes tétricos de mortes e tragédias. James não se dera ao trabalho de ler a reportagem sobre o trem e a carnificina causada pelo descarrilamento. Na verdade, já havia deixado o jornal de lado quando Kelly lhe contou que mandara Viola matar o repórter.

E, naquele instante, seus olhos repararam no nome de um homem morto.

"Harte Darrigan."

Se fosse possível acreditar nos jornais – e, na verdade, com frequência *não era* –, Harte Darrigan não estava morto. Esta tampouco. Se os dois tivessem sobrevivido à travessia da Beira, isso significava que não só o Livro ainda existia e poderia ser obtido, mas também que eles o estavam *utilizando*.

James segurou a adaga de Viola e ficou equilibrando a ponta no tampo da mesa enquanto pesava as possibilidades. Dois dias antes, acreditava que o destino do mundo já estava escrito: a magia morreria. Iria se dissipar até se tornar apenas uma lembrança e uma superstição. O futuro não pertenceria aos Mageus, com suas conexões inatas com o mundo, mas aos Sundren. Nos dias que se seguiram àquela confusão em cima da ponte, James aceitara seu destino. Pesou suas opções e promoveu ajustes para assegurar seu poder, mas aquela informação inédita mudava a situação novamente.

Afinal de contas, as páginas de um livro podem ser arrancadas. Uma história pode ser reescrita. Sua afinidade não era perfeita, claro – ou pelo menos não *ainda*. Mas, se aquela informação inédita tinha algum significado, era uma ótima possibilidade de James conseguir tudo o que queria quando tudo chegasse ao fim.

James afundou a ponta da faca na página do jornal, recortando os nomes como quem recorta um coração. Guardou-os no bolso do colete, como se fossem talismãs para o futuro, e desceu para o bar, para marcar presença na corte de seu novo reino. Tinha a sensação de que algo estava por acontecer, alguma mudança no Éter que poderia significar uma virada no jogo a seu favor. Havia muito o que pensar, mas Harte Darrigan e Esta Filosik não escapariam de suas garras novamente. Pagariam por sua perfídia, disso James faria questão de se encarregar.

MOCK DUCK

1902 – Nova York

Jianyu olhou para cima, ainda deitado na imundície da rua, com a cabeça latejando e a visão borrada, e deu de cara com Sai Wing Mock – líder dos Hip Sings e rival de Tom Lee no bairro chinês –, de pé ao seu lado. Se Tom Lee e os On Leongs eram conhecidos como aproveitadores, os Hip Sings eram implacáveis, e ninguém era mais implacável do que o homem conhecido pelo apelido de Mock Duck.

Mock se vestia como dândi, usava um terno estilo ocidental ajustado e escondia a trança debaixo de um chapéu *pork pie* cinza-azulado, mas corriam boatos de que vestia uma cota de malha por baixo da roupa – uma defesa contra os inimigos que fez ao longo dos anos, desde que dera início à guerra entre os On Leongs e os Hip Sings. Ainda segurava a arma de que se valera para afugentar os agressores de Jianyu, e tinha as unhas compridas, pontudas e bem polidas – um sinal escancarado de riqueza e posição social. Um trabalhador qualquer não poderia ter pontas dos dedos tão mortais quanto aquelas.

De início, o líder dos Hip Sings ficou só olhando para Jianyu, que estava deitado no chão. Os olhos escuros do homem estavam pensativos.

– Já ouvi muitas histórias a seu respeito, senhor Lee – disse por fim, novamente no cantonês que Jianyu também falava.

– Meu nome não é Lee – falou Jianyu, sem medir as palavras. Era burrice sua provocar Mock. Ainda mais ali, sozinho, desarmado e à mercê de um homem que, segundo diziam, era mandante de inúmeros assassinatos. Mas, nas mãos do rival de Tom Lee, pareceu importante para ele deixar claro que não tomava partido na guerra sangrenta dos dois.

Mock Duck repuxou a boca larga e carnuda e respondeu:

— Também já ouvi falarem isso.

Jianyu tinha vontade de saber por que Mock Duck o estivera observando e o que o líder da *tong* poderia querer, mas entendeu sem precisar de explicações que o silêncio era uma postura mais segura. Quando alguém depara com uma víbora, a sobrevivência muitas vezes depende de não dar motivos para a cobra dar o bote. Em vez disso, Jianyu concentrou sua afinidade e tentou encontrar os fios de luz. Mas sua cabeça girava por causa da pancada na calçada. Estava com dificuldade para continuar acordado, e não conseguiu se concentrar o suficiente para impedir que a luz escorregasse pelos seus dedos.

— Levantem-no — ordenou Mock — e o carreguem.

Mock não estava sozinho. "Claro que não." Os rapazes que haviam derrubado Jianyu não se deixariam afugentar por um homem só, armado ou não.

Jianyu sentiu que erguiam seu corpo com brutalidade, e sua cabeça girou novamente por causa do movimento. Seu estômago, apesar de vazio, reagiu, ficando embrulhado, e ele teve que se segurar para não vomitar, o que seria interpretado como mais um sinal de fraqueza. Desvencilhando-se de quem o segurava, obrigou-se a ficar de pé. Pelo menos, andaria com suas próprias pernas.

Mock foi na frente, e o grupo percorreu um dos túneis que conectavam as várias quadras em torno do bairro chinês. O ar subterrâneo pesado e parado, e o único som ali embaixo era o eco de seus passos. Quando saíram do túnel, estavam perto da Bowery, longe do território habitual dos Hip Sings.

Jianyu sabia para onde iam muito antes de ver a bruxa de olhos dourados da tabuleta do Strega. Por isso, não ficou propriamente surpreso quando Mock Duck passou pelas portas da taberna como se fosse dono do lugar, com seus capangas logo atrás, ladeando Jianyu.

Como era muito cedo, o salão estava quase vazio, mas Jianyu reconheceu alguns dos rapazes de Dolph – Sanguessuga e Werner estavam lá no fundo, e Sylvan limpava o balcão sob a vigilância de outro que só poderia ser um integrante da Cinco Pontos. Todos olharam quando Mock Duck entrou, mas sua expressão era apenas de curiosidade.

Não havia sinal de Viola.

Houve um tempo em que o Strega fora o lar de Jianyu, um refúgio dos perigos das ruas da cidade. Entrar como prisioneiro naquele salão tão conhecido, de alguma maneira, doía mais do que todos os seus machucados. Parecia que sua cabeça ia se partir ao meio, por causa da pancada na calçada, e seu estômago latejava por causa do chute, mas ser tratado como um estranho naquele lugar que um dia fora seu lar o fez se sentir mais perdido do que nunca. Com tudo o mais que acontecera, era um baque quase insuportável, e ele só conseguiu continuar de pé porque viu o traidor que assassinara Dolph.

Nos fundos do salão, sentado no lugar pelo qual tivera que matar, Nibsy Lorcan levantou os olhos para ver do que se tratava aquela confusão. Seus óculos refletiram a luz, e as lentes grossas faziam-no parecer aquele autômato de olhos redondos que Jianyu vira um dia, em um museu de engenhocas acionadas por moedas. Sem alma. Ativado por algum mecanismo interno que Jianyu não compreendia.

Os dois capangas que seguravam Jianyu o atiraram para a frente, e Mock Duck o apresentou.

– Você o encontrou – disse Nibsy, e Jianyu não conseguiu distinguir se o tom do garoto era de satisfação ou mera expectativa.

– Pode ficar com ele assim que pagar minha parte – falou Mock.

Nibsy gritou para o *barman*, e o garoto lhe trouxe uma pilha de cédulas embrulhadas em papel e um livro-caixa. Mock Duck contou o dinheiro cuidadosamente e folheou a caderneta em seguida, murmurando, contente com o que via.

– Isso tudo foi cobrado de Tom Lee?

– E de outros que poderiam causar problemas – respondeu Nibsy.

Mock Duck assentiu de leve com a cabeça para Nibsy, satisfeito, e fechou a caderneta.

— Acredito que faremos negócios novamente, senhor Lorcan.

Então estendeu a mão, e Nibsy a apertou.

— Igualmente. — Nibsy pediu que dois homens, da Cinco Pontos, se Jianyu não estava enganado, segurassem Jianyu. Então esperou até que Mock Duck e seus homens fossem embora e olhou para ele. — Então... — disse, bem devagar, levantando e apoiando-se na bengala que pertencera a Dolph para andar até onde Jianyu estava. — O traidor está de volta.

Na visão embaralhada de Jianyu, havia dois Nibsy, mas ele deu uma risada de desdém para ambos.

— E você tem coragem de *me* chamar de traidor?

— Todos estávamos em cima daquela ponte, não é mesmo? — perguntou Nibsy, e Jianyu se deu conta de que ele estava se dirigindo às outras pessoas presentes no Strega, que observavam tudo com ar de desconfiança. — Estávamos lá para apoiar Dolph, para apoiar o Filhos do Diabo, e *você* não. Sua covardia provocou a desgraça de todos nós.

Sua cabeça girava, e sua visão começava a escurecer. Era uma luta continuar acordado, mas Jianyu se obrigou a se concentrar e permitiu que um dos cantos de seus lábios se curvassem de leve.

—Você tem tanta certeza assim da minha ausência?

Jianyu percebeu um lampejo de compreensão por trás das lentes dos óculos de Nibsy, mas a expressão do garoto permaneceu impassível.

— Se você estava lá, não nos ajudou. Deixou o mago fugir e, com ele, lá se foram nossas chances de derrotar a Ordem. Você traiu a todos neste recinto.

As pessoas no salão já estavam murmurando, um burburinho tenso de uma colmeia prestes a eclodir. Jianyu entendeu muito bem a encenação. Nibsy usaria o Filhos do Diabo contra ele. Convenceria a todos de sua traição e, em troca, conseguiria que os outros fizessem o trabalho sujo dele. Não seria necessário muito esforço... Afinal de contas, só se seguraram porque Dolph pedira, naquela vez em que Tilly estava ferida.

— Se existe um traidor neste recinto, não sou eu — falou Jianyu, com a voz rouca de dor e de raiva. — Não foi minha a arma que pôs fim à vida de Dolph. Foi a sua.

O salão ficou em silêncio.

— Mentiras de um traidor. — Nibsy deu risada, mas Jianyu pôde sentir as dúvidas que ainda pairavam no ar. — Uma tentativa precária de encobrir sua própria culpa — completou, chegando ainda mais perto. Então tirou do casaco uma faca bem conhecida, a de Viola, e a brandiu na cara de Jianyu.

"Onde foi que ele conseguiu a faca de Viola?"

Viola valorizava aquela adaga acima de todas e não teria a entregado para ninguém de livre e espontânea vontade, por mais que acreditasse que a pessoa fosse sua amiga. Ela não podia estar morta. Não Viola. Não agora, que precisava dela.

— Sabe o que fazemos com traidores por aqui, Jianyu?

A faca brilhou na luz do salão, mas Jianyu sequer se mexeu.

— Traidores merecem morrer — disse, lutando para sua voz não tremer, já que até respirar lhe doía. Deviam ter quebrado uma ou duas de suas costelas. — Você está preparado para morrer, Nibsy?

— Eu me chamo James — retrucou Nibsy, aproximando a faca até a ponta encostar logo abaixo do queixo de Jianyu. — E não sou eu quem vai morrer hoje.

O ar do salão estava carregado. Todo mundo olhava para Jianyu, para Nibsy e para a ponta da adaga infalível que havia entre os dois. Mas Jianyu ficou simplesmente encarando Nibsy, recusando-se a se afastar. E a retirar suas acusações.

Depois de um longo e tenso momento, Nibsy deu um sorriso e recuou.

— Acho que uma morte rápida é pouco para este sujeito, não? — perguntou, dirigindo-se aos demais, que não responderam nada, a não ser com seu silêncio. — Na minha opinião ele deveria nos contar tudo o que sabe: a respeito do paradeiro de Darrigan e o que ele fez com os tesouros da Ordem. Mas não aqui. Não, não queremos deixar tudo uma bagunça antes do horário de mais movimento da tarde. Leve-o para meus aposentos, sim, Sanguessuga? Acho que podemos continuar nossa conversinha lá em cima.

Talvez Jianyu devesse ter resistido quando saíram do salão principal e subiram a tão conhecida escada. Suspeitava que não seria muito difícil. Por mais que Sanguessuga tivesse sido treinado no ringue do clube de boxe sob o olhar atento de Dolph, assim como Jianyu, praticava o pugilismo havia bem menos tempo. Jianyu, porém, ainda estava muito abatido pela surra que levara para se arriscar. Se levasse mais uma pancada na cabeça, duvidava que conseguiria ficar acordado.

Mais do que isso: achava que não convenceria Sanguessuga de nada se o atacasse. Se Nibsy tinha planos a longo prazo, que assim fosse.

MÃE RUTH

1904 – Saint Louis

Ela era chamada de Mãe Ruth, mas não era mãe de ninguém. Pelo menos, não de sangue. Seus braços jamais acalentaram um bebê saído de seu ventre, nem jamais ansiaram por isso, porque ela entendia muito bem uma simples verdade: abrir mão de si mesma dessa maneira constituía uma fraqueza. Jamais permitiria que um homem lhe tirasse tal liberdade, porque já haviam arrancado muito dela. Não convivera com seus pais contando as moedas, mal tendo o suficiente para alimentar a família? Não vira com seus próprios olhos a mãe se esvaindo, tendo um filho depois do outro, até que, finalmente, o décimo quarto levou suas últimas forças?

Ou talvez sua mãe tivesse se esvaído por outro motivo. Ruth se fazia esta pergunta com frequência: teria sido mesmo por causa dos filhos? Ou porque sua mãe abrira mão daquele pedaço de si mesma que a tornava um ser humano por inteiro? Pois Ruth era obrigada a concluir que o que fazia de sua mãe um ser humano por inteiro era exatamente a mesma coisa que fazia dela um ser humano por inteiro: magia.

O pai de Ruth fora um homem de mentalidade tacanha. Só Deus sabia por que sua mãe se apequenou só para ter uma aliança no dedo. Mas, quando seu pai descobriu que a esposa possuía a antiga magia, fez tudo o que estava a seu alcance para tirá-la de dentro dela a tapa, até que sua mãe descobriu maneiras de manter a magia escondida dentro de si. Mas coisas como a magia não podem ser reprimidas para sempre.

A mãe de Ruth só possuía magia de cozinha, um tipo de poder que podia incutir na comida que preparava ou na cerveja que produzia, mas a própria Ruth tinha consciência do poder que emanava de algo aparentemente tão simples, pois o seu era igual. Jamais entendeu isso, uma mulher como sua mãe acovardada diante de um homem como seu pai. Mas, mesmo quando era bem pequena, Ruth já tinha idade e conhecimentos suficientes para saber que certas coisas neste mundo não foram feitas para serem compreendidas. A mãe de Ruth escondera sua magia e, antes de morrer dando à luz o décimo quarto filho, ensinou aos filhos nascidos com afinidades – incluindo Ruth – a esconder a deles.

No dia em que Ruth enterrou a mãe, seu pai lhe disse sem meias palavras que, como filha mais velha, os irmãos seriam responsabilidade sua dali em diante. Ruth até poderia não ter escolha quanto a *essa* questão, mas resolveu naquele mesmo dia que a maneira *como* faria isso seria uma escolha sua. Ensinou os irmãos e irmãs a ter autonomia e a cultivar sua magia para jamais serem reprimidos por ninguém.

Talvez pudesse ter fugido. Talvez devesse.

Afinal de contas, já tinha mais de 20 anos quando a mãe morreu e, naquela época, ainda era jovem e bonita a ponto de fazer vários rapazes virarem a cabeça quando passava. Poderia ter escolhido qualquer um deles, todos muito cabecinha vazia e despreocupados, mas para que trocar uma obrigação por outra? "Melhor ficar com o diabo que já conheço", pensou Ruth.

Então deu um jeito de criar todos os irmãos e todas as irmãs até virarem adultos. Mãe Ruth. Era assim que lhe chamavam, por mais que ela dissesse que não era mãe de ninguém. A maioria se afastou do ambiente de pobreza da infância, o que não era problema para Ruth. Eram menos bocas para ela se preocupar. Podiam fazer o que quisessem naquele mundo, inclusive ela faria o mesmo se fosse possível.

Durante toda a sua vida, Ruth teve exatamente uma hora por semana para si mesma – o tempo que passava na missa. Mas, em um domingo fatídico, não conseguiu comparecer. Naquele dia, arriscou correr até o abrigo de um estábulo qualquer para se proteger da chuva, a caminho da igreja de St. Alban. Além dos ruídos dos cavalos, percebeu que estava interrompendo uma reunião, e ficou surpresa consigo mesma quando permaneceu por perto para ouvir o que estava sendo dito em vez de retomar seu caminho. Mas havia magia no ar, um calor do qual sentia falta, que costumava vir dos braços de sua própria mãe e que a atraía como nada mais era capaz. E havia um elemento extra: uma raiva justa que lhe transmitiu a sensação de responder a um chamado que vinha das profundezas de seu ser.

Em vez de rezar, ela aprendeu a gritar. Em vez de se ajoelhar, aprendeu a se erguer. E nunca mais parou.

Os Antistasi representaram uma vida nova para Ruth. Quando tomou conhecimento de sua existência naquele dia, o grupo não passava de um punhado de pessoas confusas buscando companhia e uma fuga das condições de vida precárias. Eram desorganizados e indisciplinados e tinham escolhido aquele nome por causa de alguma história de ninar de tempos passados, da época em que Mageus lutaram ferozmente contra sua própria aniquilação, durante o Desencantamento.

Mas, desde o Grande Conclave, que ocorrera fazia dois anos, desde que a Lei de Defesa Contra a Magia tornara ilegal tudo o que Ruth era, alguma coisa mudara na organização. E Ruth se transformou junto com ela.

Dedicou ao movimento tudo o que tinha, tudo o que era. Pegou dinheiro da cervejaria que construíra para si e para os irmãos, e também utilizou o prédio da Cervejaria Feltz para apoiar a causa. Desde então, passava pelas fileiras de mulheres que limpavam e enchiam garrafas e sabia que viera ao mundo com um propósito. Não apenas o de salvar de uma vida de servidão por causa de um instante de indiscrição as moças que trabalhavam para ela, mas para algo muito maior: para demonstrar o poder daqueles que viviam nas sombras. E essa demonstração poderia fazer *toda* a diferença para aqueles que ainda tinham uma ligação com a antiga magia.

Ruth observava com toda a atenção as trabalhadoras enquanto se dirigia à creche, que ficava nos fundos da cervejaria. A creche era obra de Maggie, sua irmã mais nova – a que arrancara a vida de sua mãe. Maggie já tinha 17 anos e era a única que ainda morava com Ruth. Como nunca tiraram fotografias, Maggie não tinha como saber que era a cara de sua mãe, com o cabelo castanho-acinzentado que se enrolava na altura das têmporas e os pequenos óculos de aro prateado empoleirado na ponta do nariz arrebitado. E os olhos... para Ruth, olhar para Maggie era como ver a mãe a observando do além. Ou poderia ser, porque os olhos de Maggie tinham uma força que Ruth não se lembrava de ter visto alguma vez nos olhos da mãe.

Quando Ruth entrou na exígua creche, Maggie estava cuidando do bebê recém-chegado, um pacotinho de energia abandonado pelos pais que ou não podiam ou não queriam cuidar dele. Isso acontecia muito com Mageus que nasciam em famílias cuja afinidade já esfriara havia muitas gerações. Muitas dessas crianças eram vistas como anomalias. Aberrações. Seres abomináveis.

Havia pais que aceitavam os filhos – mas isso era raro. Na maioria das vezes, os esforços dos pais para restringir os poderes dos filhos não traziam resultados, e eles os descartavam. Havia manicômios e orfanatos por toda a zona rural repletos desses enjeitados, crianças estranhas que não entendiam quem ou o que eram. As que eram deixadas em manicômios raramente saíam ilesas – quando saíam. E, no orfanato, o açoite corria solto. As crianças se tornavam agressivas como cães raivosos, perigosas e instáveis, alvos fáceis para a polícia e para a Guarda Jefferson.

As demais crianças da creche haviam sido vítimas da Lei. Os pais haviam sido caçados, mandados para a prisão ou deportados. As crianças que ficavam para trás até poderiam ser adotadas por amigos ou vizinhos e escondidas, para que a Guarda não conseguisse encontrá-las, mas nem todo mundo tinha com quem contar. As crianças que não tinham ninguém não raro eram levadas para a cervejaria, até que pudessem ser encaminhadas para lares onde ficariam em segurança.

Foi ideia de Maggie começar a acolher os órfãos – raptá-los dos manicômios e orfanatos quando necessário – e criá-los, dando-lhes entendimento a respeito do que eram, para que pudessem ser encaminhados para famílias que os valorizariam. Para que se desenvolvessem, assim como Ruth fizera com *ela*, de acordo com o raciocínio de Maggie.

A menina era tão inocente que chegava a ser um defeito. Passaria por maus bocados se não parasse de ver o mundo através daquelas lentes cor-de-rosa. Ruth deu permissão para montar a creche porque lhe pareceu um bom negócio. Ter mais crianças com magia significava que os Antistasi poderiam crescer, em vez de morrer. A Sociedade e outras organizações do gênero poderiam fazer o que quisessem para erradicar a antiga magia, mas já havia uma nova geração se preparando para o levante.

Maggie tirou os olhos da criança, que dera um jeito de pôr fogo no cobertor que tinha nas mãos, e lançou um olhar do mais puro desespero para Ruth.

—Vejo que esse aí está lhe causando problemas.

— Ele não faz por mal — respondeu Maggie, pisoteando as chamas que ainda restavam.

— Se ele puser fogo na minha cervejaria, não terá a menor importância se fez por mal ou não.

— Estamos dando um jeito nisso — falou Maggie, mas com o rosto alvo enrubescido de vergonha, e as emoções estampadas em sua pele de porcelana.

— Dê *Nitewein* se for preciso.

— Mas ele é só um bebê — protestou Maggie.

— Ele é um perigo se não conseguir controlar a afinidade. Ponha alguém para cuidar dele ou eu mesma faço isso em seu lugar. Estamos atrasados demais para arcar com qualquer coisa dando errado a uma altura dessas.

— Sim, Mãe Ruth — murmurou Maggie, olhando para baixo.

Ruth soltou um suspiro. Não fora para isso que ela havia ido até lá.

— North acabou de chegar.

— Jericho já voltou? — perguntou Maggie, e a irmã percebeu a expressão de interesse.

Por mais empedernida que fosse, Ruth entendia o poder de um

rosto magro com um olhar cheio de segundas intenções. North tinha o poder de atração de um gato vira-lata estropiado – julgamos que podemos domá-lo, que depois ele nos amará para sempre. Mas Ruth não duvidava que, como qualquer gato vira-lata, Jericho Northwood tivesse garras.

Pelo modo como a expressão de sua irmã se iluminou, ficou claro que o interesse que Maggie nutria pelo garoto não diminuíra. Ruth deixou para lidar com a paixonite da irmã depois. Mas enquanto isso...

– Ele trouxe o material que você pediu.

Só que Maggie não lhe deu a menor atenção. Ainda estava às voltas com o bebê.

– Vou ver assim que der – disse, com um tom de quem não achava que houvesse motivos para se justificar.

A determinação férrea que sua irmã escondia por baixo da delicada carapaça externa sempre conseguia surpreender Ruth.

– Você sabe o quanto o soro é importante – insistiu.

Maggie balançou a cabeça e disse:

– Mas pode esperar até os bebês dormirem.

– Pode até ser. Mas as novidades que North tem para contar não. Você precisa vir comigo.

O menino que estava no colo de Maggie pegou um cavalinho de madeira, e as pontas dos dedos dele se acenderam em um tom de laranja vivo que chamuscou o brinquedo.

Ruth lançou um olhar de advertência para Maggie e saiu da creche. Naquela noite, os Antistasi tinham assuntos mais importantes para tratar do que os filhos dos outros.

O RISCO DA MAGIA

1904 – Saint Louis

Na escassa luz do poço do elevador, Esta detectou o medo de Harte com a mesma clareza que sentia as vibrações do motor que havia debaixo de seus pés. Mas não tinha tempo para dar explicações.

Quando a cabine ao lado deles desceu, levantou uma lufada de ar quente com cheiro de pó e de graxa, que farfalhou a seda das saias de Esta e fez as mechas soltas de seu cabelo baterem em seu rosto. Harte segurava sua mão com tanta força que ela podia sentir o fervilhar da energia que corria entre os dois rastejando por sua pele.

Não era a primeira vez que Esta tinha a impressão de sentir outra coisa que não Harte. Aquela energia não era igual à carícia tépida da vez que ele a controlara no teatro, semanas antes, ou de quando tentara ler seus pensamentos dentro da carruagem, a caminho da Mansão Quéfren. Aquela energia parecia ser diferente. Mais poderosa. Mais *atraente*, o que era o sinal de perigo mais claro que Esta tivera na vida.

Só que, naquele exato momento, ela não tinha tempo para se preocupar com isso. Dispunha de uma única tentativa, somente uma chance de acertar. E poderia estar cometendo um erro gravíssimo.

Assim que os elevadores ficaram lado a lado, Esta se concentrou em sua afinidade e parou o tempo. As vibrações que sentia debaixo de seus pés ficaram em suspenso, e o ruído no poço cessou. No mesmo instante, puxou Harte para a frente, para cima do teto do outro elevador e parou de controlar o tempo.

Os elevadores voltaram a se movimentar de chofre, bem quando Esta soltou a mão de Harte.

Ela foi invadida por uma sensação de alívio, e o mago se segurou nos cabos para manter o equilíbrio. "Funcionou." Esta não sabia ao certo o que poderia acontecer se usasse sua afinidade. Sequer sabia se seria capaz de usá-la. Chegou a pensar em pular sem desacelerar os elevadores, mas o risco de usar sua magia pelo mais breve dos instantes pareceu preferível a saltar em direção à morte.

Sua aposta dera resultados. Juntos, ela e Harte ficaram observando o elevador onde estavam havia poucos instantes continuar subindo, ao mesmo tempo em que o outro descia. Esta usara sua afinidade, e nada de estranho acontecera. Funcionara como sempre, com facilidade. "Como deveria." Mas isso não bastava. Não podiam ficar parados ali, pois cada segundo que passava os levava para mais perto do térreo, onde havia mais policiais à sua espera.

Quando o elevador em que estavam parou subitamente no quarto andar, Harte já voltara ao normal, ao que parecia.

— Não podemos ficar aqui — disse, exprimindo os pensamentos de Esta.

Ela estava prestando atenção aos ruídos da porta que se abria e sentiu um leve sacolejar causado pelas pessoas que entraram no elevador.

— Não vamos ficar aqui — respondeu. — Vamos descer.

— Tem gente demais lá dentro, Esta — falou o mago, apontando para a cabine debaixo de seus pés.

Pelo som de portas se fechando, Esta teve certeza de que estavam prestes a se movimentar novamente.

— Não vamos sair assim. Calma — disse, segundos antes de os cabos entrarem em funcionamento.

Harte fez careta, e as sombras projetadas pela escassa luz do poço do elevador bruxulearam pelo seu rosto.

— Quais são seus planos?

— Sair pelas portas do poço — explicou Esta, apontando para a abertura no quarto andar, da qual se afastavam. — Quando chegarmos ao segundo andar, vou retardar o tempo de novo, até conseguirmos abri-las. Se houver alguém de guarda no saguão, não vai perceber que o elevador parou.

—Você acha mesmo que consegue?

— Funcionou agora mesmo. Só precisamos torcer para continuarmos com sorte. — O segundo andar se aproximava rapidamente e, a qualquer momento, a polícia, que devia estar esperando pelos dois no sétimo andar, daria de cara com o elevador vazio. — Me dê sua mão — ordenou. E, dessa vez, Harte não discutiu.

Quando o elevador já havia passado pela metade da grade de bronze ornamentada do terceiro andar, Esta se concentrou nos segundos ao seu redor. Em sua pele, conseguia sentir o crepitar do poder que fervilhava dentro de Harte, mas ignorou a sensação e se concentrou no tempo que estava pendurado nos espaços em volta dos dois, real e palpável como os cabos que sustentavam os elevadores e aquela poeira que fazia seu nariz coçar. Levariam mais do que uns poucos segundos para sair do elevador, e Esta não sabia ao certo o que poderia acontecer — muito menos com Harte e o poder do Livro lhe dando a sensação de que sua afinidade estava, mais uma vez, muito instável. Só que não lhe ocorreu mais nenhuma ideia.

Ela encontrou os espaços entre os segundos, aqueles instantes que continham a realidade e seu contrário, e os afastou até o elevador diminuir de velocidade e o mundo ao seu redor ficar em silêncio. Mas, com o calor do poder do Livro lhe cutucando, não era fácil continuar controlando o tempo.

— Me ajude — pediu, segurando as grades de metal com a mão livre.

Harte entendeu e segurou o outro lado da grade, e os dois começaram a empurrar a porta. Assim que conseguiram uma abertura suficiente, Esta espiou para se certificar de que não havia ninguém ali. A poucos metros, perto da escada, estava um homem que poderia ser um dos policiais à paisana. Estava parado, olhando fixamente na direção deles, sem enxergá-los.

—Você consegue segurar o tempo mais um pouco? — perguntou Harte.

As trepadeiras de calor e poder que vibraram na pele de Esta quando ela segurou a mão de Harte já subiam pelo seu braço. Quanto mais se enroscavam nela, mais escorregadios ficavam os espaços entre os segundos. Poucos momentos antes, esses espaços lhe pareciam firmes e reais, mas a cada batida do seu coração o controle que exercia sobre o tempo – e sobre sua própria magia – ficava mais difuso, nebuloso. Era como se não existissem nem os segundos, nem sua magia.

– Não por muito tempo – respondeu, cerrando os dentes, lutando para controlar sua afinidade.

– Então é melhor irmos logo com isso.

Harte pulou do teto do elevador e caiu no corredor. Em seguida, se virou para ajudar Esta a descer.

Assim que os pés de Esta encostaram no chão, ela se deu conta de que a escuridão do poço do elevador a seguira até aquele corredor bem iluminado. Permanecia em sua visão periférica, ameaçando-a.

Ela ouviu um rangido dos cabos, vindo de dentro do poço, um som disparatado no silêncio daquele momento suspenso no tempo.

– Você ouviu isso?

Harte franziu o cenho e perguntou:

– Isso o quê?

Mais um rangido, dessa vez mais alto.

– *Isso*.

Não deveria haver nenhum som, até porque Esta retardara os segundos quase ao ponto de pará-los, e o resto do mundo estava imóvel e silencioso. Sentindo o medo se assomar dentro de si, Esta tentou se afastar de Harte, mas o mago continuava apertando sua mão.

– Não consigo...

– Esta?

Harte apertou ainda mais sua mão, com um olhar perturbado e confuso.

Havia pessoas dentro daqueles elevadores, que não tinham nada a ver com os policiais que a perseguiam. E podiam morrer se os cabos se partissem e o elevador caísse, assim como as que estavam no trem. Esta não entendia o que estava acontecendo, mas sabia que precisava fazer alguma coisa para impedir.

Puxou a mão para se soltar de Harte, libertando-se daquela energia perturbadora que parecia querer possuí-la e fazendo o tempo voltar a correr de supetão. De repente, as engrenagens do elevador começaram a ranger, e Esta pôde ouvir a música que vinha de algum lugar ali perto.

— O que...

Harte começou a falar, mas, antes que pudesse questionar Esta, o homem parado perto da escada gritou:

— Ei!

O homem apontou para os dois, arregalando os olhos, sem acreditar que não havia percebido antes que eles estavam bem ali. Levou um apito à boca, e a mão ao distintivo dourado, na lapela. Só que, antes que pudesse encostar nele, Harte o atacou. Bateu no homem e o nocauteou, sem que ele pudesse fazer nada a respeito.

— Precisamos sair deste corredor — falou, esfregando os nós dos dedos da mão direita. — Antes que alguém venha.

Esta já havia se dado conta de que precisavam de um esconderijo. Quando Harte se levantou, tinha destrancado a porta de um dos quartos.

— Traga-o para cá — disse, afastando-se. — Se o deixarmos aí, os outros vão descobrir.

O quarto era exatamente igual ao que Esta ocupara naquele mesmo dia. As paredes eram revestidas com o mesmo tecido floral elegante, a cama fora feita com os mesmos lençóis requintados, e a mobília era da mesma madeira polida com detalhes em metal. Só que aquele era obviamente ocupado por um homem. Havia calças e meias espalhadas pelo chão e, mesmo com a janela aberta, um cheiro desagradável de fumaça e suor empesteava o ar.

— O que fazemos com ele? — perguntou Harte, trancando a porta.

— Traga-o para o banheiro — respondeu Esta, apoiando uma das pernas na cama e prendendo as saias.

Em vez de se mexer, Harte ficou olhando para sua perna à mostra.

Esta ignorou o olhar ardente que o mago lhe lançou, e o calor que sentiu fervilhar dentro de si logo em seguida, e foi tirando a meia de seda que estava usando.

– Que tal parar com isso? Tome – falou. Então jogou a meia para Harte, que a segurou, ainda meio atordoado. – Use para amarrá-lo.

Esta tirou também a outra meia e a jogou para o mago.

Se os dois não estivessem em um apuro tão grande, o fato de Harte ter ficado com as orelhas vermelhas ao segurar aquele pedaço de seda provocaria uma sensação adorável. Só que precisavam sair daquele quarto e daquele hotel o mais rápido possível. Quanto mais se demorassem, maiores seriam as chances de serem capturados. Afinal de contas, era apenas uma questão de tempo até a polícia deduzir o que Esta e Harte haviam feito e começar a vasculhar os quartos.

Enquanto o mago estava no banheiro, amarrando o guarda, Esta começou a tirar o vestido. Assim que o experimentara na loja de departamentos, teve certeza de que era perfeito. Nunca ligara muito para roupas, mas adorou o vestido, apesar de saber que não estava em posição de se importar com coisas belas e frívolas. Soltou um leve suspiro quando o traje caiu no chão, formando um amontoado de seda cor de mercúrio. "A mesmíssima cor dos olhos de Harte."

Esta descartou esse pensamento indesejado, saiu do meio daquele monte de tecido e amarfanhou o vestido, gesto que enfatizou a pouca importância daquela peça de roupa. Então chutou o amontoado para debaixo da cama.

– O que você está *fazendo*?

Ela virou para trás e deu de cara com Harte, de olhos arregalados e bochechas vermelhas.

– Estou me livrando do vestido.

– Estou vendo – disse ele, e Esta não pôde deixar de perceber que o mago cerrou os punhos, e que a voz dele estava tensa. – Mas *por que* você está se livrando do vestido?

— Chama muita atenção — respondeu Esta, fazendo careta. — E eu chamo muita atenção com ele.

— E você não acha que *isso* vai chamar muito mais atenção? — indagou Harte, apontando, todo sem graça, para ela, só de espartilho e calçolas.

Em sua própria época, Esta vira gente com muito menos roupa andando pelas ruas de Nova York. Não que Harte fosse capaz de entender. Ela esquecia com frequência o quanto os dois eram diferentes, o quanto o mago era fruto da época dele. Momentos como aquele a faziam se lembrar disso... mas Harte simplesmente teria que engolir essa.

— Eu não estava planejando sair assim — disse, dirigindo-se ao guarda-roupa. — Deve haver alguma coisa aqui dentro.

Esta pegou algumas roupas do homem, que estavam penduradas dentro do armário, limpas e recém-passadas. Viu a expressão de dúvida do mago, mas a ignorou.

— Isso não vai dar certo — murmurou, mais para si mesmo do que para Esta.

— Lembre-se da facilidade com que Julien me reconheceu, e ele sequer estava me procurando... Sou alta demais para não me destacar. Pelo menos para uma mulher.

Harte não parecia estar convencido.

— Você acha mesmo que está *parecendo* homem?

— Acho que as pessoas normalmente só veem o que esperam ver — respondeu Esta, enquanto vestia uma camisa que cheirava a roupa lavada e goma, aromas que traziam à tona lembranças do Professor Lachlan, de uma infância inteira tentando agradá-lo, dos dias que passara estudando ao lado dele na biblioteca, que ocupava todo o último andar do edifício.

Só que, naquele instante, a lembrança daquela biblioteca suscitava uma imagem diferente. "Dakari." E o cheiro de roupa lavada e de goma só serviram para lembrar Esta de que, com frequência, as mentiras se escondiam por trás do rosto das pessoas em quem confiávamos.

Esta desvencilhou-se do passado e abotoou a camisa, não sem antes soltar um pouco os cordões do espartilho, para não ficar com uma silhueta de ampulheta tão marcada. Quando finalmente conseguiu respirar, terminou de abotoar a camisa.

— Vamos torcer para que todos sejam cegos — resmungou Harte. — Todos, sem exceção.

Mas deixou que Esta terminasse de se trocar e foi dar uma última olhada no homem amarrado no banheiro.

Ela tentou não se animar muito com a reação de Harte e encontrou uma cartola dentro do armário. Ajeitou o melhor que pôde as mechas que estavam soltas em volta de seu rosto e escondeu o cabelo dentro do chapéu. Sorrindo para o próprio reflexo no espelho bisotado, ficou se perguntando se Harte não tinha mesmo razão. Seu rosto ainda era muito delicado, e ela só tivera tempo de tirar o pó de arroz que passara na noite anterior.

"Vai dar certo."

Esta já havia se vestido de homem — quando ajudara Dolph Saunders a assaltar a exposição de Morgan no Metropolitan Museum of Art, havia algumas semanas. Entrara em um ambiente cheio de integrantes da Ordem — incluindo o próprio J. P. Morgan —, e ninguém percebera que era mulher. Mas isso poderia ter funcionado só por que as pessoas nunca prestam muita atenção nos serviçais, claro.

— Pronto? — perguntou, dando uma última puxada nas lapelas para esconder as evidências que ainda restavam do espartilho que usava por baixo do terno.

Harte se virou e lhe lançou um longo olhar crítico.

— Deveríamos apenas usar sua afinidade e sair de fininho sem tudo... — Ele apontou para o novo traje de Esta e completou: — ... *isso*.

— Você não viu o que aconteceu no corredor? — indagou Esta, sentindo um leve arrepio ao se lembrar da escuridão. Era uma coisa que tinha algo de raso e profundo a um só tempo, dava a sensação de que Esta poderia se perder ali dentro se encarasse aquilo de frente. E ainda houve o rangido dos cabos. Ela não confiava em sua afinidade naquele exato momento, muito menos se estivesse conectada a Harte.

— Se você ainda estiver se sentindo fraca, podemos ir aos poucos. Não precisa controlar o tempo por períodos tão longos de uma vez só.

O desejo que Esta vira refletido nos olhos de Harte havia poucos instantes se esvaíra. Em seu lugar, restava aquela compaixão suave que deixava Esta arrepiada.

— Estou me sentindo ótima. — Era mentira, já que se sentia abalada e insegura em relação à sua afinidade, mas aquela escuridão não era culpa sua... Ou poderia ser? Ela teria trazido consigo alguma coisa da Beira, algo perigoso e inesperado? Não havia como saber, e os dois não tinham tempo para descobrir. A única certeza de Esta era que odiava aquele olhar de preocupação de Harte. — Não há por que abusar da sorte. Vamos simplesmente fazer do meu jeito, ok?

Ela não deu ao mago muita escolha: já estava no corredor antes que ele pudesse discutir.

Mais uma vez, o som da orquestra e os murmúrios longínquos de uma festa chegaram aos ouvidos dos dois através do silêncio.

— Se conseguirmos chegar ao salão de baile, podemos nos esconder em meio ao público — disse Esta, apontando na direção de onde vinha a música. — Se existe um salão de baile, deve haver um modo de chegar à cozinha. Uma área de serviço ou algo desse tipo. De lá, talvez possamos encontrar uma porta de passagem de carga e descarga.

— Devem estar vigiando essa saída também — argumentou Harte, olhando para trás, para ver se ninguém os seguia, enquanto os dois caminhavam pelo corredor.

— Provavelmente. — Esta e Harte pararam apenas por um instante antes de passar pela escada onde haviam encontrado o homem que estava preso no banheiro. — Mas, se eu tiver que correr o risco de usar minha magia, prefiro esperar até chegarmos lá.

— *Se* conseguirmos chegar até lá — murmurou Harte, entredentes.

Esta lhe lançou um olhar fulminante.

— A esta altura, já devem ter visto o elevador vazio. E, se descobrirem que o guarda deste andar sumiu...

— Não está nos meus planos ficar aqui parado, esperando que eles nos encontrem — completou Harte, indicando com um gesto que Esta deveria ir na frente.

Os dois foram seguindo a música até a entrada do salão de baile, no mezanino, um balcão estreito que circundava três lados da pista de dança no andar de baixo. Lá dentro, os lustres cintilantes projetavam uma luz suave, envolvendo o salão de baile com um brilho ameno. Nos fundos ficava o palco, onde uma pequena orquestra tocava uma valsa, mas ninguém na pista estava dançando. "Provavelmente, porque só há homens no salão", concluiu Esta. Até os serviçais — todos de paletó branco e calça escura — eram homens. Não havia nem uma mulher à vista.

Esta se abaixou bem perto de Harte para poder falar baixinho:

— Sinta-se à vontade para admitir que eu tinha razão. Quando quiser.

AS MÃOS DA JUSTIÇA

1904 – Saint Louis

Trovões ribombavam no céu enquanto Jack Grew percorria as ruas de Saint Louis dentro de sua carruagem. Estava naquele buraco dos infernos integrando a comitiva do presidente, em visita à feira mundial. E também como representante da Ordem no encontro das Irmandades organizado pela Sociedade, que aconteceria dentro de duas semanas. Nos dois dias anteriores, andava irritado por ter de ficar tanto tempo longe de Nova York. Mas, de repente, a viagem lhe pareceu mais promissora. Acabara de ficar sabendo. "Eles a encontraram."

Dois anos. Dois anos sem um vestígio sequer, e agora Esta Filosik seria sua.

Jack esperava por esse momento havia tanto tempo que já repassara em sua cabeça diversas possibilidades para esse reencontro. Pensou em dar um rápido sorriso de desprezo e uma risada gélida enquanto observava Esta ser arrastada para apodrecer na prisão. Mas também pensara em fazer algo que Esta não esperaria dele: talvez lhe *agradecesse* por ter feito o que fez, por ter se tornado o que se tornou.

Claro que não foi Esta quem lhe entregou o Livro – isso fora obra de Darrigan. Mas o acidente de trem que deixara Jack de braço quebrado criou, por uma ironia do destino, um futuro novo para ele. A garota fora um bode expiatório deveras conveniente, um alvo para o ódio da opinião pública e uma evidência da contínua necessidade da Ordem e de entidade semelhantes.

Houve um tempo em que a Ordem era vista como uma mera curiosidade, algo sem importância para o cidadão comum. Só que, desde aquele dia no trem, o jogo havia virado. Antes a mágica até poderia parecer parte de um longínquo conto de fadas, mas o descarrilamento e os atentados que se seguiram a transformaram em um perigo iminente. O país inteiro estava amedrontado, o que era muito conveniente para Jack. A cada novo atentado dos Antistasi, a cada nova tragédia cometida em nome da Ladra do Demônio, o poder da Ordem – e, por conseguinte, o de Jack – aumentava.

Enquanto a carruagem sacolejava pelas poucas quadras que o separavam do hotel, Jack não conseguiu se segurar e riu sozinho. Sim. Quando finalmente ficasse cara a cara com Esta, ela estaria algemada, e Jack lhe *agradeceria*. Em sua cabeça, projetou a imagem de Esta entreabrindo os lábios carnudos, confusa. E, muito provavelmente, imploraria a clemência de Jack. A senhorita Filosik – se esse fosse mesmo o verdadeiro nome dela – não era burra. Compreenderia imediatamente que sua vida estava, para todos os efeitos, *acabada*. Fim da linha. Mas, antes que sofresse um acidente inesperado no presídio feminino, Jack aproveitaria a oportunidade para agradecer por todas as suas traições. Afinal de contas, foi isso que fez dele um astro.

Como sua família poderia obrigá-lo a ir embora de Nova York, se Jack era um herói que tentara deter uma louca desvairada? "Não poderia." Por isso, louvaram sua bravura publicamente, um por um. Mas, apesar de seu sucesso – de todo o poder que conquistara e de tudo o que havia feito para garantir que a Ordem continuasse tendo relevância suficiente para que Jack pudesse usá-la para seus próprios fins –, eles sussurravam entre si a seu respeito. Ainda se perguntavam se Jack não imaginara ou inventara os acontecimentos transcorridos dentro do trem.

Só que Jack tinha certeza de que não estava louco. Tinha certeza de que Esta não apenas estava no trem, mas também de que havia *sobrevivido*.

Ele enfiou a mão no colete e roçou os dedos no Livro, que carregava consigo para todos os lados. Mandara ajustar todas as suas roupas para que pudesse escondê-lo, e o levava perto do corpo o tempo todo. Jamais deixaria o Livro para trás, acontecesse o que fosse. Tampouco o confiaria a criados ou cofres, muito menos depois que o volume lhe abrira as portas de uma consciência com a qual Jack apenas sonhava.

Sem conseguir resistir ao chamado, tirou o Livro de seu devido lugar, perto de seu peito, e folheou suas páginas. Conseguia ler as passagens em grego e latim graças à interminável educação que recebera quando menino. Mas havia outras línguas, menos compreensíveis, misturadas com símbolos estranhos, ornamentando muitas das folhas. Aquilo deveria ser impossível de entender para Jack. Só que, mesmo assim, ele acordou um dia na casa da mãe, depois de ter sido sedado com morfina, e na primeira vez que abriu o volume percebeu que, de algum modo, também era capaz de decifrá-las.

E agora sua própria mão, pequena e bem cuidada, preenchia as páginas com notas e traduções, só que olhar para os escritos dentro da carruagem sacolejante lhe deu dor de cabeça. Jack tirou um pequeno frasco do bolso do colete e colocou um dos cubos em cima da língua. Só levou um instante para sentir o amargor na boca, já conhecido e gratificante. E demorou apenas mais alguns segundos para que Jack sentisse que a pressão atrás de seus olhos aliviava.

As anotações ficaram nítidas enquanto Jack procurava a página que queria. Uma espécie de talismã ou, pelo menos, ele assim acreditava. Sozinho na carruagem, deixou que sua língua formasse aquelas estranhas palavras, que tomaram conta do espaço exíguo com o gélido eco do poder que seria seu para todo o sempre.

Jack sempre soubera que a garota estava viva. E seria capaz de provar isso para todos.

A carruagem parou na frente do Jefferson, e Jack devolveu o Livro à segurança de seu colete, preparando-se para descer. Agradeceria à senhorita Filosik e, se ela quisesse implorar pela própria vida, aceitaria o que a garota tivesse a lhe oferecer. Em seguida, a devolveria para as mãos da justiça, que eram controladas, claro, pela sua família e por outras como a sua.

Miles, o valete e guarda-costas de Jack, abriu a porta para ele e ficou esperando em silêncio, segurando um guarda-chuva. Quando desceu da carruagem, Jack percebeu a fileira de carruagens conduzidas por guardas uniformizados e sorriu. "Desta vez, não haverá como fugir."

— Espere aqui — ordenou, passando por Miles e ignorando o guarda-chuva. Que importância tinha um pouco de umidade quando Jack estava a poucos passos da vitória? Ele teria uma grata satisfação. Tinha certeza disso. Uma certeza palpável como o Livro que estava em seu bolso, cujo peso tão conhecido lembrava Jack de que era ele quem dava todas as cartas.

O VERDADEIRO TRAIDOR

1902 — Nova York

Jianyu não enfrentou Sanguessuga quando ele o conduziu pelos tão conhecidos degraus do Strega.

— Não sou nenhum traidor — disse, baixinho, enquanto tentava obrigar suas pernas a se movimentarem apesar da dor, subindo um degrau por vez.

Mas, se Sanguessuga o ouviu, não esboçou nenhuma reação.

Quando chegaram ao segundo andar, Sanguessuga abriu uma porta bem conhecida de Jianyu e o empurrou para dentro do cômodo. Então o obrigou a sentar em uma das cadeiras nas quais já sentara incontáveis vezes, para conversar com Dolph.

— Não sou nenhum traidor — repetiu, enquanto Sanguessuga amarrava seus braços para trás e seus tornozelos nas pernas da cadeira. — O verdadeiro traidor é aquele que tirou o lar de um homem caído, assim como tirou sua vida. O verdadeiro traidor é aquele que usa a bengala de Dolph e comanda as posses dele como se tivesse esse direito.

Sanguessuga encarou Jianyu e disse:

— Você espera mesmo que eu acredite que foi o nanico do Nibsy quem deu aquele tiro nas costas de Dolph? Ele não é disso.

— Então por que você obedece às ordens dele? — perguntou Jianyu, em voz baixa.

— Nibs pode até não ser durão, mas é esperto — respondeu Sanguessuga, depois de um tempo. — E, de qualquer modo, quem mais tenho para obedecer, você?

— Nibsy vai descartar você assim que deixar de ter utilidade para ele. Veja só o que já está acontecendo.

— Não está acontecendo nada.

— Então por que tem gente da Cinco Pontos no Strega?

Se Dolph ainda estivesse vivo, isso jamais aconteceria. Todos os integrantes do Filhos do Diabo, sem exceção, sabiam do que os homens de Paul Kelly eram capazes. Todos, sem exceção, haviam ficado furiosos quando integrantes da Cinco Pontos atacaram dois membros do Filhos do Diabo havia menos de uma semana.

— Temos um acordo agora — falou Sanguessuga. Mas, pelo tom tenso na voz dele, Jianyu deduziu que nem todo mundo estava feliz com o tal acordo.

— Têm mesmo? — indagou Jianyu, baixinho. Cada palavra que pronunciava era um sacrifício, mas ele continuou: — Por que Nibsy confia em Kelly?

— Aqui ninguém confia em Kelly. Todo mundo sabe que o cara é uma cobra. Mas Nibsy explicou: Kelly tem os contatos de que nós precisamos. Ele não pôs fogo no Strega, não é mesmo?

— Isso é verdade — admitiu Jianyu, mantendo o tom mais baixo e firme possível. — Mas segurar uma cobra pelo rabo não a impede de dar o bote.

— Quer saber? Feche essa sua matraca, ok? — Sanguessuga ficara mais agitado. — Se você não nos traiu, onde estava aquele dia da ponte, enquanto a gente tomava no rabo?

— Eu estava cumprindo as ordens de Dolph.

O que não era nada mais, nada menos, do que a verdade.

— Dolph Saunders está morto — retrucou Sanguessuga, e voz dele tremeu por causa de algo que parecia dor e frustração combinadas em uma única emoção. — Já tinha batido as botas antes de irmos para a ponte.

— A morte de Dolph não invalidou a tarefa da qual ele me incumbiu — falou Jianyu, com todo o cuidado. — *Me* incumbiu. Não aquele traidor que você anda obedecendo.

Sanguessuga se afastou e começou a andar de lá para cá. Não era o membro mais inteligente do Filhos do Diabo, e o que Jianyu dissera o tinha afetado visivelmente.

Sacudia a cabeça sem parar, como se esse movimento pudesse livrá-lo de um pensamento desagradável. Então parou, olhou feio para Jianyu e disse:

— Não. Não quero mais ouvir essa sua voz e essas suas mentiras. Só... trate de ficar com esse seu maldito bico horroroso calado, está me ouvindo?

Jianyu não respondeu aos desaforos. Ficou observando o garoto, que um dia fora leal a Dolph, andar de lá pra cá, com uma energia nervosa que deixava claro o efeito que as palavras de Jianyu haviam surtido. As bochechas de Sanguessuga estavam cheias de manchas vermelhas, de tanta agitação. Se ao menos Jianyu conseguisse ficar alerta e acordado por mais um tempo, talvez pudesse continuar a atiçar as dúvidas de Sanguessuga.

Mas não haveria tempo. Antes que pudesse dizer mais alguma coisa, Werner escancarou a porta.

Sanguessuga se virou, surpreso, já levantando os punhos cerrados, como se estivesse esperando um ataque.

—Você tem que vir...

— Que diabo você pensa que está fazendo, entrando aqui como se...

— O Strega está pegando fogo. – O outro garoto segurou Sanguessuga pelo braço e completou: – Precisamos ajudar.

Sanguessuga ficou sem cor, mas não pensou duas vezes e foi atrás de Werner.

—Vocês não podem me deixar aqui! – gritou Jianyu, mas os dois já tinham ido embora.

O Strega ocupava o primeiro andar do edifício. Se a taberna estava pegando fogo, logo o restante do prédio também arderia em chamas, e Jianyu estava preso dois andares acima, amarrado a uma cadeira. Ele tentou afrouxar as cordas que prendiam seus pulsos e descobriu que estavam apertadas demais para que conseguisse soltá-las. E o mesmo valia para seus pés.

Pouco a pouco, foi sentindo o cheiro da evidência do incêndio, à medida que a brisa entrava pela janela aberta. Talvez, se conseguisse arrastar a cadeira até ali, poderia pedir ajuda.

Com toda as forças que lhe restavam, balançou o corpo para a frente, movendo a cadeira alguns centímetros na direção que queria. O movimento o deixou zonzo de novo, e seu estômago ameaçou expelir todo o conteúdo, mas Jianyu tentou mais uma vez. Sentia a pele pegajosa, úmida por causa do esforço de tentar chegar mais perto da janela com a cadeira. Mas, quando a porta se escancarou atrás de si, Jianyu ficou imóvel.

— Então você está aqui...

Ele se virou e deu de cara com uma garota, que já entrava no recinto. Tinha mais ou menos a sua idade — talvez 17 anos — e era de média estatura. Apesar da silhueta ser delgada, havia certo volume na curvatura dos quadris e na saliência do peito. O rosto em forma de coração tinha olhos profundos e expressivos, puxados no canto. O cabelo grosso e escuro estava repartido ao meio e preso para trás com um coque na altura da nuca, um penteado que, pouco tempo antes, havia se tornado moda em Nova York. Só que, em torno das têmporas, finos tufos de cabelo começavam a encaracolar, estragando o toucado. Usava um vestido de um tom de chá verde que favorecia a pele, de um marrom escuro e avermelhado. Por mais que estivesse amarrotado e com a bainha suja, o traje tinha um caimento tão perfeito que poderia ter saído do ateliê da mais requintada das modistas da Quinta Avenida. E foi por isso que Jianyu arriscou um palpite a respeito de quem seria a garota.

— Cela Johnson? — perguntou, certo de que só poderia estar enganado. Não era possível, a moça que andava procurando estava bem *ali*, no Strega.

Cela assentiu de leve com a cabeça e, pelo jeito, essa seria a única resposta positiva que Jianyu conseguiria naquele momento.

— O que você está fazendo aqui? — perguntou ele, tentando enxergá-la nitidamente. Sua cabeça doía tanto que parecia haver duas garotas.

– Vim salvá-lo – respondeu ela, dando a entender que Jianyu deveria ter adivinhado isso sozinho. – Ou será que não está percebendo?

Cela já desamarrava as cordas nos pulsos de Jianyu com os dedos ágeis.

– Mas como foi que você me encontrou? – indagou Jianyu, encolhendo-se de dor porque, ao puxar as cordas, Cela o balançava.

– Eu segui o senhor, quando saiu do teatro.

Jianyu já estava com os pulsos livres, e Cela começou a desamarrar seus pés. Ele deveria tê-la ajudado, mas só de pensar em se movimentar, o quarto inteiro girava.

– Mas por que...

– Olhe, senhor Lee...

– Jianyu – corrigiu ele, pois não queria que Cela o chamasse por um nome que não era o verdadeiro.

– Senhor Jianyu...

– Apenas Jianyu. Sem "senhor".

Cela soltou um ruído de irritação e disse:

– Não temos tempo para isso. Não vão demorar muito para perceberem que o incêndio que provoquei não representa uma verdadeira ameaça. Quando isso acontecer, precisamos estar longe daqui.

Mesmo com tanta dor, Jianyu ficou surpreso.

– *Você* provocou o incêndio?

– *Você* faz muitas perguntas – murmurou Cela, ao desamarrar a última corda. – Não tem problema, porque também tenho as minhas. Mas tudo isso terá que esperar. Precisamos ir andando. Você consegue caminhar?

Jianyu garantiu que sim balançando a cabeça – torcendo para que não fosse mentira – enquanto levantava, apoiando-se na mesa. Seus olhos repararam em um recorte de jornal que havia ali em cima. Fora cortado de qualquer jeito. E, quando leu a manchete, Jianyu entendeu o porquê. Amassou o pedaço de papel e enfiou no bolso da túnica.

– Ande logo – insistiu Cela, já saindo pela porta.

Com passos trôpegos, Jianyu foi atrás dela. Mas o espectro da fumaça que assinalava o incêndio no Strega já empesteava o ar.

BRINCANDO COM FOGO

1902 – Nova York

No mesmo instante em que Cela ouviu Jianyu dizer que fora enviado por Harte Darrigan, a costureira teve um pressentimento de que ele lhe traria problemas. Ao vê-lo penando para continuar de pé enquanto os dois fugiam do prédio, teve certeza disso.

Jamais deveria tê-lo seguido. Assim que conseguiu sair de seu ateliê, poderia ter se afastado do centro, ido ao encontro de sua família. Mas a curiosidade levou a melhor enquanto Cela observava Jianyu se afastar do teatro, tarde da noite do dia anterior, com a longa trança balançando às costas.

Cela não sabia que Harte Darrigan tinha um amigo chinês. Não sabia de *ninguém* que sequer conhecesse alguma daquelas pessoas que costumavam ser reservadas e insistiam em usar suas roupas estranhas e preservar seus costumes estranhos. Então, não pôde deixar de se perguntar se fora mesmo Darrigan que enviara aquele homem e, em caso positivo, por quê? Será que ele sabia quem era o responsável pelo assassinato de seu irmão?

Se Jianyu soubesse de algo a respeito do que acontecera com Abe, lhe pareceu que valia a pena arriscar. Por isso Cela o seguiu, sempre mantendo uma certa distância. Primeiro, até uma lavanderia chinesa na Rua 24, no limite mais ao sul da área que algumas pessoas chamam de "Tenderloin", e outras, "Circo de Satã". Talvez devesse ter parado por aí, mas se sentiu quase segura escondida em um beco lateral perto da lavanderia. Cela só pretendia descansar um pouquinho, mas caiu no sono sem querer e só acordou quando ouviu a porta da lavanderia se fechar, por volta do amanhecer. Foi nessa hora que se obrigou a levantar e seguiu o homem em direção ao centro, até a Bowery.

Notou que aqueles garotos o seguiam antes mesmo que Jianyu percebesse. Uns moleques imbecis, compridos e magros, que mal tinham pelos nascendo no queixo alvo e cheio de espinhas – umas pragas, como os ratos. Sequer teve tempo de alertar Jianyu antes de ele ser encurralado e atirado no chão. Além do mais, Cela não era grande nem forte – muito menos burra – a ponto de se meter em uma briga que não tinha como ganhar. Pensou em esperar que os moleques fossem embora para ajudar Jianyu, mas aí o outro apareceu.

O tal Mock Duck, como é conhecido. Todo mundo na cidade já leu sobre as coisas das quais ele é capaz. Os jornais vinham cobrindo a guerra entre as *tongs* da Mott Street e da Pell Street da mesma forma como as fofocas sobre as pessoas que viviam nas mansões da Quinta Avenida, como se aquilo fosse algum tipo de esporte. Mas os moradores dos endereços chiques usavam o chapéu errado ou saíam para dançar com outra pessoa que não o próprio marido, ao passo que a violência provocada por Mock Duck e seus capangas matava gente inocente.

Cela quase abandonou os dois naquela hora, porque pensou que o cara que estava seguindo deveria ser um dos capangas do próprio Mock Duck. Eles cuidavam bem do próprio povo, mesmo que o homem não fosse capaz de colar o cabelo de volta na cabeça de Jianyu. Só que logo ficou claro que Mock Duck não estava ali para salvá-lo, mas para levá-lo na condição de prisioneiro.

Se fosse mais esperta, Cela talvez tivesse desistido naquele instante. Se tivesse um pouco mais de massa cinzenta, não teria seguido Jianyu, adentrando ainda mais na Bowery. Porém Cela não tinha muito mais a perder. Jianyu Lee alegara ter sido enviado por Harte Darrigan para protegê-la. Seu irmão já havia morrido ao fazer isso – assim como seu pai –, e Cela ficaria com esse peso na consciência até o fim de seus dias. Não estava disposta a adicionar mais uma vida ao seu fardo.

"Quem brinca com fogo...", pensou, puxando o pedaço de pano que cobria sua cabeça. Ficou um pouco para trás e seguiu os dois até uma taberna qualquer da Bowery. E depois, quando precisou de algo que desviasse a atenção das pessoas, para que pudesse ficar a sós com Jianyu, ela mesma deu um jeito.

Cela acabaria queimada – literalmente – se os dois não saíssem depressa dali. Mas, pela lerdeza dos movimentos de Jianyu, isso não seria possível.

Estavam quase no térreo, quase livres, quando ouviram vozes – vozes enfurecidas – vindo em sua direção.

Cela olhou para Jianyu, parado no degrau logo acima dela, para ver se ele também ouvira. Pela expressão no rosto dele, era óbvio que sim. Talvez pudessem voltar lá para cima... Mas, se o fogo ainda estivesse ardendo... Cela achava que não, mas se *estivesse* não estava preparada para morrer tão cedo.

O garoto não parecia ter metade da preocupação de Cela. Com um movimento fluido e bem treinado, tirou dois discos escuros de um bolso interno da túnica.

– Suba aqui e se agarre em mim – disse.

– Me agarrar em você? – repetiu Cela, certa de que ouvira mal.

– Você tem razão. É melhor subir nas minhas costas. – Então ele ficou na frente de Cela, se abaixou um pouco e esperou que ela subisse.

– Não vou subir nas suas costas. Nem sei quem você é – respondeu, achando que, talvez, fosse melhor se arriscar no incêndio. – E mal está conseguindo caminhar.

– Estou ótimo – disse o garoto, cerrando os dentes.

Cela percebeu que Jianyu mascarava a dor com o fogo que ardia em seus olhos. Ela mesma fizera aquilo tantas vezes...

– Não é nada pessoal. Eu só...

– A menos que queira explicar quem você é e por que está aqui para os homens que vêm subindo as escadas, seria prudente fazer o que estou mandando e subir nas minhas costas.

As vozes estavam cada vez mais perto.

– Certo – falou Cela. E torceu, do fundo da alma, para que sua mãe não a estivesse observando do além quando se apoiou nos ombros de Jianyu, subiu nas costas dele e cruzou as pernas em torno do corpo do rapaz.

Seu primeiro pensamento, que talvez tenha sido o menos apropriado que Cela poderia ter escolhido, foi o de que o cara era puro músculo. Parecia semimorto, por causa da surra que levara. Mas, com as pernas presas em volta do tronco de Jianyu e os braços em volta do pescoço dele, Cela podia sentir a força por baixo das roupas largas do rapaz.

Seu segundo pensamento, assim que conseguiu se livrar do primeiro – o imbecil –, foi o de que os jornais estavam enganados. Só que, até aí, Cela deveria saber muito bem que jornais se enganavam. Isso não acontecia quase sempre, quando o assunto era qualquer um que não fosse branco? Ela já lera todo tipo de história a respeito dos chineses que se instalavam em Nova York: os hábitos estranhos, as condições imundas em que viviam, a recusa em se tornar bons e confiáveis cidadãos norte-americanos como todos os outros. Mas aquele garoto tinha um cheiro terroso, de algo verde e agradável.

Cela ainda estava absorta no segundo pensamento quando Jianyu fez um movimento sutil com as mãos, e ela teve a sensação de que o mundo se inclinara.

– Segure-se – disse ele, e começou a descer as escadas.

Quando chegaram ao piso de baixo, Jianyu parou e ficou prestando atenção aos ruídos. Cela conseguia sentir a dificuldade que ele tinha para respirar.

– Fique quieta e não faça barulho – mandou ele, como se tivesse algum direito de *lhe* dar ordens, já que era Cela quem estava ali para salvá-lo. Mas, já que também fora ela quem subira nas costas dele, ainda que de má vontade, talvez a atitude de Jianyu não fosse assim tão despropositada.

Havia homens subindo pela escada – os mesmos italianos de pele trigueira que estavam parados pela taberna. Usavam calças e casacos escuros e tinham uma aura de maldade, mas Jianyu apenas se encostou na parede.

E, sem mais nem menos, os homens passaram pelos dois, como se nem estivessem ali, como se Cela não passasse de um espírito ainda preso no mundo.

Os homens estavam muito perto, e Cela estava nervosa demais para perguntar o que acabara de acontecer. Por isso resolveu aceitar a graça concedida e torcer para que os dois continuassem com sorte.

Enquanto os homens subiam, Jianyu tornou a descer. Sem demora, ele e Cela saíram pelos fundos do prédio e se misturaram às pessoas que lotavam a Elizabeth Street.

— Não solte — disse Jianyu, quando Cela começou a tirar os braços de seu pescoço.

Ela provavelmente não deveria ter obedecido, mas o modo como Jianyu pronunciara aquelas palavras, com um tom mais de desespero do que de autoridade, a fez acatá-las.

— Eles não conseguem nos enxergar — sussurrou ele, respondendo à pergunta que Cela não chegara a fazer.

— Ninguém?

— Não enquanto você ficar onde está — respondeu Jianyu. Então a ergueu um pouco e foi se afastando do prédio do qual Cela acabara de resgatá-lo.

Foi então que a costureira entendeu tudo:

— Você é um daqueles...

Mas, apesar de ter cerrado os dentes, Jianyu não respondeu.

Só colocou Cela no chão quando já estavam a duas quadras de distância. Ao longe, a costureira podia ouvir o ranger das rodas das carroças da brigada de incêndio. O rosto de Jianyu estava virado, com uma expressão séria e solene, para o lugar de onde vinha o som.

— O que foi?

— Dolph construiu o Strega do zero. Vê-lo arder em chamas... — a voz de Jianyu tremeu.

— Você está falando do bar? Não vai arder em chamas — garantiu Cela. — Só fiz uma fogueira pequena, dentro de uma lata de lixo. Faz muita fumaça e parece pior do que realmente é. Além disso — completou, parando ao ouvir as sirenes que se aproximavam –, parece que alguém lá dentro tem amigos importantes, porque as brigadas já estão chegando.

Jianyu se virou para Cela e disse:

– Obrigado por me salvar, senhorita Johnson.

O cabelo liso e escuro dele escorria de modo irregular pelo seu rosto, já que fora cortado tão sem cerimônia. Poderia parecer um ninho de rato, mas só acentuava os traços angulosos daquele rosto: os ossos pronunciados das bochechas, o queixo marcado, o nariz largo e forte, as belas sobrancelhas acima dos olhos perspicazes.

– Pode me chamar de Cela. Todo mundo me chama assim.

– Cela – repetiu Jianyu, se balançando de leve.

– Ei, cuidado! – exclamou a costureira, segurando-o pelo braço, para que ele não caísse. – Fizeram um belo serviço em você, não foi?

– Estou ótimo – respondeu Jianyu, fazendo careta de dor até para falar.

– Até parece.

Cela ajudou-o a chegar a uma porta de venezianas, onde poderia se apoiar e descansar um pouco.

– Vamos – disse ele. – Ainda estamos perto demais.

Jianyu foi na frente, até uma parada de bonde na próxima quadra, e só voltou a falar quando os dois estavam dentro do veículo, afastando-se do centro e da Bowery.

– Você tem algum lugar para ir? – perguntou, ainda segurando o estômago enquanto o bonde sacolejava, como se quisesse impedir que o órgão saísse pela boca. – Algum lugar onde se sentiria segura?

– Segura? – Cela teve vontade de rir do absoluto absurdo daquela ideia. – Nem sei mais o que isso significa.

CUIDADO COM
A LADRA DO DEMÔNIO

1904 – Saint Louis

As chances de Harte Darrigan colocar um vestido eram provavelmente bem maiores do que as de admitir que fora uma boa ideia Esta vestir as roupas que encontrara naquele quarto de hotel. Por mais que, logo abaixo, o salão de baile estivesse *lotado* de homens. Não só porque admitir que ela estava certa apenas a tornaria ainda mais ousada. Mas também – o que, talvez, fosse até mais importante – porque Harte precisava de todas as suas forças para não se distrair com os contornos das pernas de Esta, realçados pelas calças que usava. Então, em vez disso, lançou para ela um olhar fulminante e se concentrou na questão que precisavam resolver naquele momento: sair do hotel antes que os policiais os encontrassem.

– A entrada da cozinha deve ser por ali – disse Harte, ignorando o comentário que Esta fizera quando ele apontou para o outro lado do salão, onde uma porta se abria constantemente, toda vez que os garçons de paletó branco iam e vinham, em intervalos regulares. – Vi alguns degraus ali no canto, perto do palco. Depois, andamos bem rente à parede, até sermos obrigados a atravessar o salão. Fique próxima de mim, mas não demais. E tente não balançar tanto os quadris.

– Eu *não* balanço os quadris – retrucou Esta, olhando feio para Harte.

– Balança, *sim* – disse Harte, seco. E o mago sabia muito bem disso, já que acabara de percorrer um corredor inteiro atrás dela. Esta abriu a boca como se fosse discutir, mas Harte a impediu de falar: – Você caminha feito mulher. – Então parou para observá-la, em busca de alguma outra falha que pudesse pôr seu disfarce a perder. – Abaixe o chapéu – ordenou, enquanto Esta o encarava. – Seus olhos... são muito delicados. Jesus... – blasfemou, com o estômago revirado. Não haveria maneira de Esta atravessar um salão cheio de homens sem que percebessem quem ela realmente era. Se estivesse apenas de espartilho, daria na mesma. – Estamos fritos.

–Vamos conseguir. Tenho convivido com homens a minha vida inteira.

– E... Bem, caso você não tenha notado, tenho *sido* um deles, de verdade – resmungou Harte. – Seria um pouco difícil eu não perceber. – Esta retorceu a boca, e o mago pensou ter visto algo mais forte do que simples deleite refletido naqueles olhos cor de uísque. Ao perceber isso, o poder que havia dentro de si influ de tanta cobiça. Harte estava distraído demais tentando colocar o poder de volta no devido lugar para responder à provocação de Esta, que soltou um suspiro de irritação por causa de seu silêncio.

– Ah, Harte, pare com isso. A maioria dessas pessoas está bêbada. Ninguém vai reparar em mim.

– Vamos torcer para que seja verdade – respondeu o mago, sem muita convicção.

Assim que desceram ao salão de baile principal, foram cercados pelo tilintar das taças e pelo ruminar dos homens, que riam de suas próprias piadas. Esgueiraram-se pela parede do salão, até que algo no campo de visão periférico de Harte chamou a sua atenção. Ele olhou para cima e viu que havia alguns homens parados na beirada do mezanino, vasculhando com os olhos o público no salão inferior. Usavam os mesmos casacos escuros e a braçadeira branca da Guarda que o mago e Esta viram do lado de fora do teatro.

– Não olhe para cima – avisou Harte. Então cumprimentou, com um aceno cabeça, um velho de olhos vidrados e pegou uma taça de champanhe de uma bandeja que passou perto dele.

– O que...

– Eu disse "não olhe" – censurou, cerrando os dentes e levando a taça à boca. Harte não bebeu, mas aproveitou o movimento para perscrutar o salão disfarçadamente. – Há dois homens no mezanino neste exato momento... Talvez mais.

– Da polícia? – perguntou Esta.

– Da Guarda – respondeu Harte, olhando para ela. – Se eles já estão nos procurando por aqui, nosso tempo está se esgotando.

– O *meu* tempo está se esgotando – corrigiu Esta. – Eles estão procurando a Ladra do Demônio – completou, com o olhar firme e o maxilar tenso.

– Bem, não vão encontrá-la. – O mago olhou para Esta por cima dos óculos e falou: – Você poderia nos tirar daqui agora mesmo.

Esta sacudiu a cabeça.

– Você viu o que aconteceu naquele corredor. Mal consegui segurar os segundos. Não sabemos do que a Guarda é capaz. E se conseguem mesmo rastrear magia...

Esta devia ter razão. Se a Beira ou o poder do Livro dentro de Harte tivessem feito algo com a magia dela – ou com a do próprio mago –, era melhor não arriscar até que soubessem mais a respeito.

– Vamos.

Os dois deixaram para trás a relativa segurança que a cobertura do mezanino representava e começaram a atravessar o salão. Do lado oposto, as portas duplas das cozinhas balançavam nas dobradiças toda vez que um garçom aparecia com mais uma bandeja de champanhe ou de canapés. Atrás daquelas portas, as luzes da área de serviço pareciam um farol, incentivando-os a seguir em frente.

Harte teria ido até lá em linha reta, se isso fosse possível. Mas, se andasse rápido ou fosse direto demais, poderia chamar a atenção dos homens que observavam do mezanino. Por mais que o fundo do seu ser gritasse "corra, vá, saia daqui", ele se obrigou a manter um ritmo interminável, ziguezagueando por aquele salão lotado, parando de vez em quando para fingir que estava assistindo à orquestra ou para pegar algum aperitivo das bandejas levadas pelos garçons de paletó branco que circulavam pelo público.

Parecia que os dois jamais chegariam ao outro lado... E então, de uma hora para a outra, estavam ali, perto do final do salão. Só mais alguns metros e poderiam se esconder em segurança nos fundos do hotel. Momentos antes de conseguirem passar pelas portas, porém, a orquestra ficou em silêncio abruptamente. Ao redor deles, havia uma reação em suspenso, uma onda de consciência que surgia no público à medida que os homens ali presentes, por mais bêbados que estivessem, se davam conta de que algo havia acontecido.

Harte também se virou, só o suficiente para ver que um dos policiais à paisana subira no palco e levantava as mãos, pedindo para os presentes terem paciência, ao mesmo tempo em que, de uma hora para a outra, a luz dos lustres ficava mais forte.

– Um minuto de sua atenção, cavalheiros – gritou o policial. – Sou o inspetor Sheenan, da polícia de Saint Louis. Lamento interromper seu divertimento, mas há uma criminosa à solta. Ela foi avistada neste hotel há alguns minutos, e acreditamos que ainda possa estar dentro do prédio.

O burburinho aumentou, e os homens espichavam o pescoço, procurando uma mulher entre eles. Ao lado de Harte, Esta baixou ainda mais o chapéu, cobrindo as sobrancelhas.

O policial continuou:

– Só vamos precisar de um momentinho, para meus homens bloquearem as saídas do salão e fazerem uma rápida revista.

– Estou aqui, seu guarda – gritou uma voz, sobressaindo-se à balbúrdia do recinto.

Esta, assim como todos os demais, levantou os olhos em direção à sacada, onde havia um vulto parado, de vestido de baile carmesim. Metade de seu rosto estava encoberta por uma máscara de porcelana vermelha com chifres. A figura ficou em cima da balaustrada com os braços levantados, como se fosse se jogar no meio das pessoas. Os integrantes da Guarda começaram a se movimentar pelo mezanino, se aproximando do local onde a silhueta estava. A mulher agitou os braços, fez uma reverência e, em uma nuvem repentina de fumaça escarlate, desapareceu.

— Vocês têm que andar mais rápido do que isso se quiserem me pegar — gritou outra voz, vinda do outro lado do salão. Mais uma vez, todos viraram a cabeça, procurando a origem do som. O vulto usava a mesma máscara demoníaca, mas estava com um vestido de baile azul--noite. De pé, em cima da balaustrada, parecia uma sombra, em contraste com as paredes douradas.

— Ou me pegar — urrou outra voz, que usava um vestido de um branco fantasmagórico e também estava mascarada.

— Ou me pegar. — Outra voz, vinda de outro canto do mezanino.

— Ou me pegar. — A mulher de vermelho estava de volta.

As vozes ecoavam ao bater nas paredes, enquanto o salão de baile era atravessado por um ribombar de trovão. E, de uma hora para outra, o ar parecia carregado e elétrico. Um vento estranho, improvável, começou a rodopiar pelo recinto, suscitando mais murmúrios nervosos dos homens que até poucos instantes estavam se divertindo. Uma única palavra circulava pelo salão, com a mesma rapidez de um incêndio que se espalha pela vegetação seca: "Antistasi".

Os presentes começaram a correr em direção à porta, mas a polícia bloqueara todas as saídas.

— Quem são essas pessoas? — sussurrou Esta, segurando o braço de Harte.

— Não sei — respondeu ele, olhando para as mulheres do mezanino. Todas se equilibravam de forma temerária na balaustrada. — Pelo jeito, encontramos os tais Antistasi que Julien comentou.

— Cuidado com a Ladra do Demônio — invocavam, em uníssono, enquanto a fumaça saía debaixo delas. — Que seus inimigos tenham muito cuidado com sua ira.

Com um clarão, os vultos sumiram, mas a trilha de fumaça ainda ficou descendo sem parar até o chão do salão de baile, como se fosse um ser vivo.

— Elas são incríveis — sussurrou Esta, com um tom quase extasiado.

Mas Harte não sentiu aquele mesmo êxtase, tão evidente na expressão de Esta. Havia alguma coisa estranha naquelas aparições. Algo mais do que perturbador. E o fato de as mulheres mascaradas usarem aquela maldita alcunha – que os jornais atribuíam a Esta – não ajudava em nada. Só poderia significar que os dois estariam em apuros enquanto permanecessem na cidade.

Foi então que Harte sentiu a ardência gélida da magia no ar e teve certeza de que estava relacionada àquela névoa de fumaça que pairava sobre suas cabeças. E não pagaria para ver o que tal névoa continha.

– Vamos – falou. Em seguida, puxou Esta pela mão e foi na direção contrária à do público no salão. Àquela altura, os presentes já estavam entrando em pânico.

Harte nem se deu ao trabalho de verificar se alguém vira os dois cruzando aqueles últimos metros que os separavam das portas da área de serviço. Assim que passaram por elas e chegaram ao corredor, ele e Esta começaram a correr.

– Por aqui – disse Esta, apontando uma escada estreita que levava ao primeiro andar.

Os dois desceram correndo e, quando terminaram os degraus, estavam em outro salão com piso de linóleo e paredes cor de creme. Harte já ouvia ruídos descendo as escadas. À direita, outras vozes pareciam se aproximar. Não sabia se eram mais policiais ou apenas funcionários da cozinha, mas não podiam ficar parados, esperando para descobrir.

Harte puxou Esta pelo salão na direção contrária, e os dois passaram por uma porta.

– É um beco sem saída – falou Esta, olhando em volta, buscando outra escapatória.

Era uma despensa. Uma das paredes estava repleta de talheres de prata, sopeiras e travessas com suas respectivas *cloches*. No canto, havia dois cestos com rodinhas, abarrotados de toalhas de mesa e guardanapos limpos.

Dava para ouvir um som de vozes vindo de trás da porta, e Harte se encostou nela e a entreabriu para conseguir ouvir.

— Tem alguém aqui fora — falou, tentando entender o que estavam dizendo. — Acho que estão procurando aquelas mulheres que apareceram no salão. Precisamos sair daqui.

— Que tal por ali? — respondeu Esta, apontando para uma porta menor na parede oposta. Era quadrada, mais ou menos na metade da altura da parede. Quando a abriu, Harte viu que era uma espécie de duto. Tinha a largura aproximada para uma pessoa conseguir passar. — Parece que vai até o porão. Talvez seja para a roupa suja — sugeriu, apontando para os cestos abarrotados de toalhas.

— E também pode ser muito bem um duto de lixo, que leva até um incinerador.

O mago se aproximou e enfiou a cabeça lá dentro por alguns instantes.

Do outro lado da porta, as vozes foram ficando mais altas.

— Acho que devemos arriscar — disse Esta, já levantando a perna para entrar no duto. — Se conseguirmos chegar até o porão, deve haver uma saída.

— Não, Esta — falou Harte, puxando-a para trás, bem na hora em que ouviram a batida da porta no corredor. — Não sabemos qual é a altura da queda nem o que há lá embaixo.

— Mas...

Harte tirou Esta dali antes que ela pudesse terminar seu protesto.

— Não podemos correr o risco de quebrar uma perna ou algo assim — argumentou, enquanto carregava Esta, que se debatia, até as cestas de roupa suja.

Então o mago percebeu que os olhos de Esta se arregalaram quando ela entendeu o que Harte estava prestes a fazer.

— Harte, nem sequer pense em...

Só que ele já a estava soltando dentro do cesto com rodinhas.

— Cubra-se — ordenou.

Esta teve trabalho para se acomodar no meio do amontoado escorregadio de tecidos.

— Mas...

— Não temos tempo para discutir — cortou Harte, pegando mais algumas toalhas do outro cesto. Fossem lá quem fossem aquelas mulheres que apareceram no salão de baile, proporcionaram um tempo extra para Harte e Esta, distraindo os policiais. Pelo menos, Harte torcia para que fosse assim. — Eu confiei em você lá no elevador. Agora é a sua vez de confiar em mim.

— Harte...

— Abaixe-se e *fique* abaixada — disparou ele. E então amontoou mais algumas toalhas em cima de Esta antes que ela pudesse discutir.

Harte amarrou uma das toalhas de mesa brancas em volta da cintura, imitando os aventais que vira os garçons usando. Não estava de paletó branco, como os demais funcionários do hotel, mas só podia torcer para Esta ter dito uma verdade quando declarara que ninguém prestava atenção nos serviçais.

— Preparada? — perguntou para o carrinho, recebendo como resposta uma sequência de xingamentos abafados. Chegou à conclusão de que valiam como um "sim".

Com cautela, foi saindo da despensa de costas, puxando o carrinho. Afastando-se das vozes e tentando descobrir onde estava, Harte se esforçou para agir com naturalidade enquanto manobrava o cesto de rodinhas pelo corredor. Estava quase fazendo a primeira curva quando ouviu alguém atrás dele gritar:

— Ei! Você aí!

O mago fingiu que não ouviu e manteve um ritmo acelerado e constante, indo em direção ao ponto em que o corredor se bifurcava.

— Ei! — gritaram novamente. — Parado aí!

Harte virou à direita e começou a correr. Não se deu ao trabalho de diminuir a velocidade para passar pelas portas vaivém logo adiante. Pelo contrário: atravessou-as a toda, entrando de supetão na cozinha. Cozinheiros surpresos ergueram a cabeça, parando o que estavam fazendo para observá-lo passar correndo. Harte não olhou para trás para ver a que distância estava de seus perseguidores. Chispou pelo corredor e passou por mais uma porta vaivém, que dava no saguão.

A entrada do hotel estava logo adiante – só mais alguns metros, e os dois poderiam sair ao encontro da noite. Bem nessa hora, um apito retiniu com seu som estridente, fazendo o tilintar do piano ser interrompido de chofre e atraindo os olhares das pessoas espalhadas pelo saguão. E, na frente de Harte, bloqueando a única saída que lhe restava, dois policiais apareceram para detê-lo.

Foi nesse instante que Harte teve certeza de que ele e Esta estavam fritos. Deveria haver mais policiais do lado de fora e, mesmo que conseguissem passar pela entrada principal, não teriam para onde ir. Não que ele estivesse disposto a se entregar sem lutar.

– Segure-se – disse para Esta, acelerando o passo.

– Harte, o que você está...

O mago esperava que os dois homens fossem sair do seu caminho, mas eles fincaram os pés no chão e se prepararam para o impacto. Quando o carrinho os abalroou, todos foram para o chão. Esta caiu do cesto e ficou desorientada, com o cabelo escapando de dentro do chapéu, mas Harte já estava de pé, segurando a mão dela.

– Corra! – gritou ele, meio que arrastando Esta, apressado em direção à saída.

Mas, de repente, apareceram mais três homens bloqueando a passagem. O mago parou de supetão, ao se dar conta de que seria impossível passar pelos policiais, ainda mais sem magia.

– Esta – falou, em um tom que era de indagação e exigência a um só tempo.

Ela apertou a mão de Harte como se houvesse compreendido, mas de início nada aconteceu.

– A qualquer momento – alertou ele, quando os homens começaram a se aproximar dos dois.

Esta piscou para Harte e disse:

– Bem...

Harte quase perdeu o equilíbrio quando os homens que os perseguiram pararam no ar, e Esta soltou um suspiro trêmulo. Juntos, desviaram deles e saíram pela entrada principal do hotel. O mago tinha razão: havia mesmo camburões e uma fileira de policiais de farda escura parados na frente do hotel, esperando por ele e por Esta.

A tempestade que ameaçara cair a noite inteira havia começado, e os pingos gelados de chuva, suspensos no ar, mais pareciam agulhas quando atingiram o rosto de Harte, enquanto os dois se afastavam correndo do hotel. Um relâmpago iluminava o céu, e as bifurcações reluzentes dos raios elétricos estavam petrificadas, parecendo rachaduras em um lago congelado, clareando a noite com aquele brilho cintilante.

Ao seu lado, Esta segurou a respiração e tropeçou, quase levando Harte para o chão junto com ela. Mas Harte conseguiu segurá-los antes que os dois caíssem.

– Esta?

– Não consigo… – respondeu ela, com os dentes cerrados. – É demais para mim – completou, tentando se afastar de Harte.

Foi então que o mago percebeu que as mãos deles estavam enrodilhadas. Fitas de energia, parecendo miniaturas dos relâmpagos suspensos no céu, se enroscavam nelas, prendendo-as. Só que esses raios não estavam congelados no tempo, como tudo o mais ao seu redor. Aquela energia era viva – cálida e perigosa, subindo pelo braço de Esta. A voz que havia dentro de Harte urrava de júbilo, cantando vitória.

– Estamos bem perto – disse ele, olhando para o que estava acontecendo com uma espécie de horror paralisante. Ainda podiam ver o hotel. A polícia ainda representava uma ameaça. Tudo o que haviam arriscado, tudo o que fizeram para escapar, seria em vão se não conseguissem fugir. – Preciso que você aguente firme por mais alguns minutos.

O rosto de Esta estava contorcido por causa do esforço.

– Queima feito fogo – respondeu. Mas concordou.

E, sem pensar duas vezes nem pedir permissão, Harte a colocou sobre seus ombros, como se fosse um bombeiro resgatando alguém de um incêndio, e foi desviando do tráfego, que estava petrificado. Ignorou as agulhadas dos pingos de chuva gelados. O poder que havia dentro dele se refez, pulsando de satisfação, mas Harte reuniu todas as suas forças e o controlou.

Mal tinha atravessado a rua, com o hotel saindo brevemente de seu campo de visão, quando Esta soltou um suspiro, e o mundo ao redor deles voltou ao normal. O céu escureceu e, segundos depois, um trovão irrompeu, abafando o tamborilar constante dos pingos de chuva. Harte correu para se proteger deles em um vão de porta e pôs Esta no chão.

– Conseguimos? – sussurrou ela.

– É – respondeu Harte, tirando o cabelo do rosto de Esta. – Conseguimos. Só que precisamos continuar andando. Preciso de uma mãozinha. Você terá que caminhar sozinha.

Ela não estava nem ouvindo. Estava com os olhos vidrados, sem foco, fixos no céu noturno.

– Está vendo isso? Parece que a escuridão está devorando o mundo.

Harte não se deu ao trabalho de olhar. Estava concentrado em Esta. Nos olhos dela, que foram se fechando, e nas pernas, que foram ficando bambas.

UM DESAFIO INESPERADO

1904 – Saint Louis

Ruth esperava debaixo da cobertura da carroça da cervejaria, parada do outro lado da rua do Hotel Jefferson, procurando indícios do que estaria acontecendo lá dentro. Por toda a rua, perto da entrada principal, os vultos dos camburões bloqueavam sua visão da porta do estabelecimento. Ela havia posicionado mais Antistasi nas outras entradas, só para garantir.

Não sabia ao certo o que esperava. Desde que a lenda da Ladra do Demônio surgira, depois do acidente de trem ocorrido dois anos antes, Ruth sempre presumira que fosse uma mentira perpetrada pela Ordem e pelas outras Irmandades do Oculto para incitar o ódio contra a sua espécie. Ruth jamais acreditara que uma garota, uma simples *garota*, seria capaz do que as reportagens alegavam que a Ladra fizera. Mas isso não impediu Ruth e os outros líderes Antistasi de dizer que a Ladra do Demônio era um deles, nem de usar o nome dela para unir os que lutavam pela sua causa.

Por todo o país, havia núcleos de Mageus que viviam em paz, mas algo mudara desde que a Lei de Defesa Contra a Magia fora aprovada. Pessoas comuns, que viviam felizes suas vidas comuns, de repente se deram conta de que jamais haviam gozado de segurança. Começaram a ver na Ladra a promessa de um futuro diferente, e grupos como o de Ruth fizeram questão de lhes dar esperanças.

Quando outras ações – pequenas e grandes, por todo o país – foram realizadas por outras pessoas que alegavam ser a Ladra do Demônio, Ruth sempre presumira que eram apenas um grupo Antistasi como o dela. Jamais pensou que a própria garota pudesse estar envolvida. A Ladra do Demônio não passava de um mito, uma espécie de figura folclórica heroica como o gigante lenhador Paul Bunyan ou o trabalhador braçal negro John Henry e sua força descomunal. Talvez até pudesse ter sido uma garota real em algum momento, mas a Ladra se tornara algo muito maior do que uma única pessoa poderia ser. Se tornou um ideal. Uma convocação.

E então, naquela mesma noite, North vira a tal garota. Aquela cujo rosto estampara os jornais de todo o país. Ruth foi obrigada a aceitar que poderia estar enganada a respeito dela. Também precisou admitir que poderiam desafiar o poder que ela exercia sobre a cidade de Saint Louis. Afinal de contas, histórias costumam ser mais fáceis de dominar do que corações de verdade.

Ruth não fazia ideia de quem era aquela pessoa, muito menos do que queria. Sequer sabia se *era* mesmo a Ladra, apesar de a polícia e a Guarda obviamente a tratarem como se fosse. Na melhor das hipóteses, a aparição da garota era algo sem importância, que desviava a atenção deles. Na pior, a Ladra poderia ter vindo para Saint Louis com o objetivo de assumir o controle sobre a cidade. Ruth não dera tão duro, não fizera tantos planos, para permitir que isso acontecesse.

Ainda assim, não estava disposta a permitir que a garota fosse presa naquele exato momento. Se isso acontecesse, o espectro da Ladra do Demônio não poderia mais ser usado como escudo contra as retaliações que os Antistasi de Ruth poderiam vir a sofrer. Como havia muita coisa em jogo, levou seus seguidores até o Jefferson. Para desviar a atenção, facilitando a fuga da garota. E, se fosse possível, trariam a Ladra até Ruth. Como sua concorrente, a tal menina poderia se tornar um problema. Mas, como sua aliada — melhor ainda: como sua *subordinada*... Bem, essa ideia não deixava de ser atraente...

Estavam demorando demais. Com North e seu relógio, o tempo se tornava flexível. Mas, mesmo assim, a espera parecia interminável. Enquanto houvesse gente de seu grupo lá dentro, Ruth ficaria preocupada.

Só que ela não precisou se preocupar por muito tempo. Um relâmpago irrompeu, formando um arco cintilante no céu, iluminando a rua e a fachada do hotel. E, antes que o trovão ecoasse, duas pessoas apareceram do nada. Ruth espremeu os olhos, por causa da chuva, e viu o mais alto dos vultos pôr o outro nas costas e sair correndo. Em seguida, sentiu o choque da magia cálida tomando conta do ar, com uma força incomum. Uma pureza inconcebível. Ruth jamais sentira um poder como *aquele* na vida.

Instantes depois, quatro vultos mascarados, usando vestidos de baile, apareceram, logo à frente do facho projetado pelo poste de iluminação. Correram até a carroça e entraram antes que alguém os visse. A porta de trás da carroça se fechou, e uma janela se abriu perto do assento do cocheiro.

– Vocês tiveram algum problema? – perguntou Ruth, espiando na escuridão da cobertura da carroça.

North já havia tirado a máscara do rosto e estava despindo o vestido azul-noite.

– Nenhum – respondeu ele. – Os dispositivos de Maggie nos deram sorte.

– Costumam dar – confirmou Ruth, sentindo uma fagulha de orgulho da irmã mais nova.

– Não encontramos a Ladra lá dentro. Você acha que ela conseguiu fugir? – perguntou Maggie, tirando a máscara. Era sempre um choque encontrá-la vestida de escarlate, já que Ruth estava acostumada a ver a irmã com roupas de cores mais suaves. Pela cara de North, de um enlevo descarado, Ruth suspeitou que ele teve a mesma sensação.

Ela tornou a olhar para o ponto onde aquelas duas pessoas haviam surgido, em meio à chuva, e respondeu:

– Acho que sim. Mas North tinha razão: ela não está sozinha.

– Você quer que eu siga os dois? – indagou North.

Ruth avaliou a sugestão, e a expressão de preocupação que sua irmã fizera quando a ouviu. Com o óbvio poder que a Ladra detinha, atraí-la para o seu lado poderia ser uma dádiva. Mas Ruth sabia que, se Maggie ficasse preocupada com North, não teria a concentração necessária para finalizar o soro. Com ou sem a Ladra, o tempo estava se esgotando.

– Temos olhos e ouvidos por toda a cidade. Se os dois aparecerem de novo ou causarem alguma confusão, ficaremos sabendo. Nesse meio-tempo, preciso de você aqui por perto.

RESPONSABILIDADES

1902 – Nova York

Dentro do bonde – que se afastava do centro sacolejando, indo em direção à Rua 52, onde o tio da costureira morava com a família –, Cela não conseguiu evitar que sua voz tremesse ao contar para Jianyu que Abe fora assassinado dentro de sua própria casa. As lágrimas rolavam pelo seu rosto enquanto ela explicava que seu ateliê no teatro, que sempre fora seu orgulho, seu refúgio, se transformara em uma prisão.

– Eu *sabia* que você estava lá dentro – disse Jianyu.

Cela assentiu com a cabeça e continuou:

– Eu ouvi você, mas não sabia quem era. Depois da noite que eu tive... E aí você começou a falar de Darrigan, e pensei que não seria prudente aparecer. Ainda mais depois de tudo o que havia acontecido.

– É bem compreensível, depois do que aconteceu com o seu irmão e com a sua casa – declarou Jianyu, sem rodeios, revelando ter um conhecimento que Cela não entendeu muito bem.

– Eu não disse nada a respeito da minha casa – comentou a costureira, sentindo uma queimação repentina no estômago, como se tivesse engolido ferro derretido.

– Você não sabia? – indagou Jianyu, mudando de expressão. – Quando fui lá procurar você, o prédio estava ardendo em chamas.

Apesar de Cela estar sentada, chegara a sua vez de cambalear. E a vez de Jianyu ampará-la. Aquela casa era o maior orgulho de seu paizinho. A marca que ele deixara no mundo. E, se Jianyu tivesse razão, havia sido destruída. Como seu irmão. Como tudo o que Cela já amara neste mundo. Tudo em uma única noite.

Brotaram espinhos nas trepadeiras que apertavam seu coração, e parecia que estavam expulsando todo o ar de dentro dela.

"Já se passaram dois dias?"

Cela afastou sua mão, que estava debaixo da de Jianyu, apesar da sensação reconfortante que aquele toque lhe proporcionava.

Ele não se opôs, mas estreitou os olhos, pensativo.

– Que foi? – indagou Cela, com a alma em frangalhos, sofrendo por todas aquelas perdas que vinham se acumulando dentro de si.

– Harte Darrigan mentiu a respeito de muitas coisas, mas não sobre você – respondeu Jianyu, baixinho. – Ele fez uma boa escolha.

– Bem, ele deveria ter escolhido outra pessoa – retrucou Cela, sem conseguir disfarçar seu tom de amargura.

Jianyu soltou um suspiro, que Cela interpretou como um sinal de concordância. Ficaram em silêncio por mais um tempo. Mas, momentos depois, Jianyu lhe dirigiu a palavra de novo:

– E a mãe de Darrigan? – perguntou, cauteloso. – Harte me disse que a deixou sob seus cuidados. Não estava dentro da casa?

– Morreu antes de eu ir embora – informou Cela. "Antes do incêndio."

– Quem foi que matou seu irmão?

– Eu tinha esperança de que você soubesse. Eu estava no porão quando aconteceu. Ouvi o tiro e saí correndo. Sequer sei *por que* saí correndo. Não consegui me controlar. Deixei Abe lá. Deixei meu irmão lá como faria um covarde qualquer.

A voz da costureira tremeu, e a lembrança de Abe – dos olhos risonhos e dos traços fortes, tão parecidos com os do pai – ameaçou tomar conta dela e fazê-la desabar de modo tão definitivo que jamais conseguiria levantar.

– Você está bem longe de ser covarde, Cela Johnson.

Jianyu limpou delicadamente as lágrimas de seu rosto. Foi um gesto de estranha intimidade, uma liberdade que ele não tinha nenhum direito de tomar. Mas Cela não o impediu. Simplesmente aceitou aquele carinho, certa de que Jianyu só tinha intenção de consolá-la.

– Foi por causa de Darrigan, não? Tudo o que aconteceu comigo, com Abe, foi porque eu acolhi a mãe dele e aceitei aquele maldito anel como pagamento.

– Não tenho como ter certeza, mas...

Então Jianyu inclinou a cabeça e se encolheu sutilmente de dor ao fazer esse movimento.

– Foi por isso que Evelyn me trancou no meu ateliê. Queria o anel que Darrigan me deu.

Cela ainda não entendia como aquela rapariga imbecil conseguira tirar a joia que estava costurada em sua saia, nem por que a entregara sem resistir.

– Você ainda está com ele? – perguntou Jianyu, olhando-a nos olhos, com um tom subitamente nervoso. – Evelyn conseguiu pegar o anel?

– Deve ter pegado.

– *Não...*

– Já vai tarde. Aquela coisa maléfica só me deu azar.

Jianyu estava ainda mais pálido. Sua pele antes tinha um certo tom dourado, mas ficou completamente sem cor.

– Trará ainda mais azar se nós não conseguirmos reavê-lo.

– Nós? Não existe "nós" coisa nenhuma – falou Cela. O bonde estava parando perto do meio-fio, e Cela encerraria seu trajeto por ali. – Aqui é a minha parada. Vou ficar com minha família, que Deus os defenda. E você pode ir para onde bem entender, mas não quero nem chegar perto do tal anel, nem de Harte Darrigan, nem de mais nada. Olhe, eu salvei você, e você me salvou. Então acho melhor nos considerarmos quites e ir cada um para o seu lado, agora mesmo.

Jianyu franziu o cenho, mas não discutiu.

– Não posso dizer que foi um prazer, mas foi interessante. – Cela estendeu a mão e completou: – Fique na paz do Senhor. Porque Deus está olhando e sabe que, se você for atrás daquele anel, vai precisar de toda a Sua proteção.

Jianyu estendeu a mão também. Mas, assim que encostou em Cela, a costureira percebeu que estava fria – gelada. Em seguida, ele desmaiou, como se tivesse ficado sem vida de uma hora para a outra. Não fossem os reflexos rápidos de Cela, Jianyu teria batido a cabeça pela segunda vez.

Cela não havia percebido que Jianyu estava tão mal. Parecia bem poucos momentos antes. Ora, ele não era responsabilidade sua. Ajeitou-o de volta no banco e começou a se afastar. Mas só conseguiu dar quatro passos e então deu meia-volta.

Não conseguia simplesmente deixá-lo ali. *Deveria*, mas não conseguiu. Cela soltou um suspiro e cutucou Jianyu até que recobrasse a consciência, apenas para conseguir se levantar. Mesmo assim, teve de sustentar seu peso – passando o braço por seu ombro –, arrastá-lo pelo corredor e tirá-lo do bonde, desculpando-se com o pessoal que a observava com um flagrante olhar de reprovação. Quando desceram, Cela parou por um instante, para se situar. Jianyu estava quase inconsciente, mas pelo menos continuava de pé.

— Venha — disse ela, adentrando no bairro. — Vou levar você para algum lugar antes que desmaie de novo.

A costureira já não estava animada com a ideia de procurar a família, para começo de conversa. Se o tio Desmond e a prole dele já a olhavam com desdém antes, era impossível imaginar o que fariam quando batesse à porta, sem ter onde morar, de luto e ainda arrastando um chinês semimorto...

OPORTUNIDADES DESPERDIÇADAS

1904 — Saint Louis

Dentro do Hotel Jefferson, estava uma loucura. Jack parou de supetão antes de ter dado três passos para dentro do saguão. Havia policiais fardados por toda parte. Alguns conversavam com grupos de pessoas em trajes de gala — mulheres com vestidos de cetim, cobertas de joias, e homens com *smokings* tão elegantes que teriam deixado até alguém da família Vanderbilt roxo de inveja —, enquanto outros formavam uma barreira em volta do recinto e olhavam com desconfiança para todos os recém-chegados.

— O senhor não pode entrar aqui neste momento — berrou um dos policiais.

A voz do homem foi o que bastou para Jack recobrar a atenção. E a morfina que acabara de ingerir foi o que bastou para Jack não lhe dar a menor importância. Passou pelo policial sem se dar ao trabalho de se explicar.

O homem o agarrou pelo braço e o virou de frente para ele.

— Eu disse que o senhor não pode...

— Pediram que eu viesse — cortou Jack.

— Quem pediu? — disparou o policial, estreitando os olhos.

— Eu pedi — disse uma voz atrás do guarda.

— Delegado-geral Matson, creio eu — falou Jack, desvencilhando-se do primeiro policial e estendendo a mão para cumprimentar o outro.

O delegado-geral era um homem baixo, corpulento e robusto, com olhos de lince.

— É um prazer poder finalmente conhecê-lo, senhor Grew

— declarou o homem, apertando a mão de Jack. — Mas talvez tenhamos feito o senhor perder seu tempo.

As palavras do homem arrefeceram o suave calor que a morfina trouxera às veias de Jack.

— O senhor disse que eles estavam aqui — retrucou Jack, com um tom irritado.

— Estavam, mas já foram embora.

— Embora... — Aquela palavra era tão inconcebível que chegava a ser um soco no seu estômago. — Eles não podem ter ido embora. O senhor não colocou guardas em todas as saídas?

— Em cada uma delas, tanto nas normais como nas de serviço. Aqueles dois não passaram por nenhuma das saídas.

— Então só podem estar aqui dentro — afirmou Jack, tentando não levantar a voz. — Vocês procuraram por todo o hotel?

— Não precisamos fazer isso — respondeu Matson.

Jack praticamente conseguia sentir a veia de seu pescoço saltando. Por mais que a morfina amainasse o barulho e a confusão do saguão, as palavras do delegado-geral estavam lhe dando nos nervos.

— E por que não, diabos?

— Que diferença isso faz? Vimos quando os dois sumiram. Raios, metade da corporação viu. Há cerca de cinco minutos. — O delegado-geral apontou para uma área a menos de vinte metros da entrada do hotel e completou: — Estávamos todos cercando os dois, todas as rotas de fuga estavam bloqueadas. Eles estavam ali e, *bum*, no instante seguinte, desapareceram, sem mais nem menos. Como se fossem fantasmas.

"Eu tinha razão. Riram pelas minhas costas e me chamaram de tolo, mas eu tinha razão."

— Claro que não acredito em fantasmas — continuou o delegado--geral. — Foi por isso mesmo que chamei a Guarda.

— Que Guarda?

Jack teve a sensação de que o mundo se estreitara a ponto de ele só conseguir enxergar uma única coisa.

— A Guarda Jefferson. São eles que resolvem qualquer problema que tenhamos com magia ilegal aqui por essas bandas.

— Não resolveram este — retorquiu Jack, furioso. — Isso é inaceitável, delegado Matson. O senhor me asseverou que seria capaz de garantir a segurança antes da chegada de Roosevelt.

O delegado-geral se empertigou, balançando a pesada papada e ficando vermelho.

— Tenho a mais absoluta certeza de que nosso pessoal fará de tudo para garantir a segurança do presidente quando ele chegar. Ei, Hendricks, venha até aqui.

Do lado oposto do saguão, um homem corado, com testa proeminente e uma vasta cabeleira cor de mel levantou a cabeça e respondeu:

— Só um segundo.

— Um segundo nada, é já — disparou o delegado-geral, tão alto que todos os presentes olharam para ele. Então se virou para Jack e bufou, irritado. — A Guarda julga que, como recebeu carta branca da Câmara Municipal, tem muita moral, mas não passam de simples amadores. Hendricks, este é o senhor Jack Grew — falou Matson, quando o homem chegou ao seu lado. — Ele está aqui para ajudar nos preparativos da visita do presidente, por ocasião da noite de gala. Eu acabei de lhe assegurar que temos tudo sob controle.

Hendricks ficou com as mãos para trás e o queixo levantado. De perto, era mais jovem do que Jack esperava. Não devia ter mais de 20 anos, porém ostentava uns ombros largos, um físico esbelto e uns traços fortes que fizeram Jack estufar um pouco mais o próprio peito.

— Hendricks é um dos coronéis da Guarda — explicou o delegado--geral. — Pode especificar todas as providências que tomamos. Posso deixar o senhor Grew a seu encargo, coronel?

— Sim, senhor — disse o homem, sem jamais mudar de expressão.

— Então, pronto: o senhor está em boas mãos.

O delegado-geral deu um tapinha forte no braço de Jack e foi atrás de outro subordinado.

— O senhor tem alguma pergunta a respeito de nossas medidas de segurança? — indagou Hendricks.

— Esta tal Guarda, no que consiste?

— A Guarda Jefferson tem como tarefa proteger a cidade de Saint Louis da magia ilegal — respondeu Hendricks, como se repetisse um texto decorado.

— E o que isso inclui, especificamente? — perguntou Jack, olhando para o homem de cima a baixo.

— Fazemos o que a polícia normal não consegue fazer. — O coronel olhou Jack nos olhos, sem revelar nenhuma emoção. — Utilizamos um conjunto específico de habilidades e ferramentas para capturar Mageus que se recusam a se tornar membros produtivos da sociedade.

Mesmo com a névoa da morfina que abrandava a claridade e os ruídos ao seu redor, Jack recobrou a atenção.

— É mesmo? Vocês capturam Mageus?

Hendricks assentiu com a cabeça e completou:

— Nós os devolvemos à sarjeta e à prisão, onde é seu devido lugar. Eliminamos a ameaça que representam para a sociedade digna desse nome.

— Excelente — falou Jack, tateando em busca do frasco de morfina. — Absolutamente impressionante.

III

NO DELMONICO'S

1902 – Nova York

As barbatanas do espartilho novo estavam machucando a pele delicada dos quadris de Viola, mas ela não podia fazer nada para ajustá-lo. Pelo menos não enquanto estivesse de braço dado com um dos *scagnozzi* de seu irmão. E muito menos enquanto fosse obrigada a bancar a dama. Fazia quatro dias que aceitara que a surra dada pelo irmão era o preço a pagar para ter a proteção dele. Em quatro dias, seu lábio rachado cicatrizara o suficiente para que ela estivesse apresentável. Durante esse tempo, Viola esperou pacientemente e fez tudo o que o irmão lhe pediu, por mais humilhante que fosse. Bancou a irmã obediente e arrependida, mas ficou de olhos e ouvidos abertos e começou a traçar seus planos.

O *maître* conferia a agenda, procurando a reserva dos dois. De quando em quando, olhava para Viola e para seu acompanhante com um ar de indagação, como se nenhum dos dois estivesse à altura do estabelecimento. Quanto mais ficavam ali parados, mais Viola sentia os olhares das outras pessoas em cima deles. Queria que aquela besta engomada andasse logo. Já estava mais do que na hora de haver uma mesa entre ela e seu par – que já tomara diversas liberdades com os olhos... e com as mãos.

Paul não a enganara nem um pouco, tinha deixado claro que arranjara tudo aquilo só para que Viola pudesse se livrar de um jornalista imbecil para "um amigo importante". Havia cem maneiras de matar alguém – talvez até mais –, e nenhuma exigia um vestido chique, empinar as *tette* até o queixo nem ficar sem ar de tão apertada que estava a roupa. Muito menos que Viola fosse obrigada a jantar em um restaurante chique com John Torrio, o homem que todos os integrantes da Cinco Pontos chamavam de "Raposa". Não. O irmão de Viola tramara tudo aquilo porque ainda não confiava nela. Torrio – ou melhor, John, como seu acompanhante se apresentou – não passava de uma babá, apesar de Viola ter certeza de que o sujeito odiaria ser chamado dessa maneira. Só estava lá para ficar de olho nela e garantir que faria o que Paul mandara.

E daí que uma dama precisava estar acompanhada se quisesse jantar em um restaurante como o Delmonico's? Matar alguém no meio de um restaurante lotado era uma tarefa que qualquer paspalho poderia ter cumprido. Viola poderia ter feito isso em plena rua, com a mesma facilidade.

Mas Paul não queria que o tal Reynolds fosse morto com facilidade. O irmão de Viola queria transmitir uma mensagem. Com tantas testemunhas, ela precisaria usar sua afinidade, e assim quebrar a promessa que fizera a si mesma anos antes. Desde que conseguisse ter uma visão clara do homem, até que seria fácil fazer parecer que ele morrera de causas naturais. E, sem um ato de agressão óbvio, seria impossível alguém deixar de interpretar a morte dele como um trágico infortúnio. Em um piscar de olhos, o amigo de Paul se livraria do probleminha dele, e a alma de Viola teria mais uma nódoa sinistra, impossível de ser apagada.

Mesmo levando tudo isso em consideração, a ação não exigia um restaurante chique. Viola sabia *exatamente* o que Paul estava aprontando. Não fora por acaso que mandara Torrio acompanhá-la: seu irmão estava bancando o cupido. Os planos dele de lhe arranjar um casamento foram a gota d'água que a obrigaram a ir embora. Agora que voltara para o seio da família e estava sob o controle de Paul, ele decidira testá-la. Como o bode velho que tentara lhe arranjar da última vez deveria estar morto àquela altura, fazia todo o sentido tentar acorrentar Viola ao homem que vinha treinando como sucessor – seria melhor ainda se pudesse ter *ambos* sob o seu controle.

Viola ficou examinando Torrio de esguelha, enquanto os dois eram levados até a mesa. Ele não era feio – um rapaz alto, vistoso, dos arredores de Nápoles, de olhos castanho-escuros e cabelos da mesma cor, lambidos para trás. Não tinha o típico calombo no nariz que a maioria dos integrantes de gangue exibia como se fosse uma medalha de honra. Mas, apesar do *smoking* caro, não tinha o mesmo verniz de Paul. Torrio ainda parecia um cara das ruas.

E, como todos os homens, andava pelo mundo com ar de que aquilo que tinha no meio das pernas bastava para torná-lo um rei. "Mas até aí...", pensou Viola, ao ver Torrio disparar uma ordem atrás da outra para os garçons, que saíram todos correndo para atender às suas exigências, "... talvez baste mesmo".

O jantar parecia interminável. Viola tentou manter no rosto algo que – assim esperava – fosse mais parecido com um sorriso do que com um esgar de desdém, enquanto seu acompanhante se locupletava de todos os seus feitos. Só que tal esforço a deixou esgotada. Torrio não parou de se exibir nem para comer os dois primeiros pratos. Pelo contrário: ficou falando de boca cheia. Quando os filés chegaram, duas fatias enormes de carne acompanhadas de manteiga de ervas e creme de espinafre, Torrio enfim – e ainda bem – calou a boca.

Era melhor o sujeito se concentrar no filé do que continuar imaginando que tinha alguma chance com Viola. Os homens nunca recebem bem esse tipo de notícia, e ela não podia se dar ao luxo de aleijar ou de matar o cara, já que estava tentando convencer Paul de que era confiável. Seu irmão e Nibsy estavam aprontando alguma, e conquistar a confiança de Paul era o primeiro passo para descobrir o que era.

Viola ficou se remexendo na cadeira, beliscando o filé sangrento e as ostras gelatinosas, odiando toda aquela situação em que havia se metido. Aquela comida era pomposa demais para ela, assim como tudo o mais no restaurante. Durante a vida inteira, Viola se ativera ao que lhe era conhecido: primeiro à cozinha da mãe e depois ao Strega, onde trabalhava atrás do balcão do bar, servindo pessoas de sua classe e de sua estirpe. Jamais fora muito além das ruas da região da Bowery, mesmo depois de abandonar a família. Mas, ao seu redor, o salão do restaurante estava tomado de toalhas de mesa tinindo de brancas e de taças de cristal cintilantes, luzes de vela e de uma prataria polida até brilhar. O Delmonico's, em meio àquela opulência dourada, era uma prova da dimensão do limite que existia entre o que Viola era e o que havia no resto do mundo.

"E as pessoas..."

Aqueles homens que sabiam fazer sinal para os garçons só com um olhar – em vez dos berros grosseiros de Torrio – e aquelas damas tão cheias de boas maneiras, com vozes infantis e tilintantes, só serviam para lembrar Viola de quem *ela* realmente era – e de quem jamais seria. Odiava todos quase na mesma medida que detestava o espartilho que feria sua pele e aqueles babados franzidos nos ombros que prendiam seus braços nas laterais de seu corpo.

E o que era pior: quanto mais ficavam ali sentados, mais Viola pensava que aquela noite não fazia nenhum sentido. Paul confiara nas informações que recebera dos contatos que tinha entre os auxiliares de garçom e cozinheiros, que lhe disseram que R. A. Reynolds jantava todas as quintas-feiras no Delmonico's, às sete e meia. Reynolds sempre sentava à mesma mesa, em um canto privativo com sofás, e Paul reservara para Viola e Torrio uma mesa do lado oposto do salão, para que tivessem uma visão clara do jornalista.

Só que as sete e meia chegaram e passaram, e não houve sinal nem de R. A. Reynolds nem de ninguém. Aquele fiasco fora uma absoluta perda de tempo. Enquanto Torrio entornava mais um copo do uísque caro que Paul estava pagando e cortava grandes nacos de carne para enfiar na boca, Viola ficou beliscando a comida e contando os segundos que faltavam até poder ir para casa e tirar aquele vestido ridículo.

Já eram quase oito horas quando uma confusão eclodiu atrás deles. Viola se virou e viu que um jovem casal acabara de chegar. Não eram muito mais velhos do que ela, mas ficou óbvio que eram populares. Principalmente a moça, que parecia conhecer quase todo mundo, parando para conversar em quase todas as mesas pelas quais passava.

Naquele mar de trajes luxuosos, a moça se sobressaía, como um pavão no meio de pombos. Usava um vestido que parecia *caro* até para Viola, que entendia muito pouco desse tipo de frivolidade. Era perfeitamente ajustado ao seu corpo esbelto, de uma cor – um rosa-claro do mesmo tom do ruge que usava nas bochechas – que pareceria ridiculamente pueril em qualquer pessoa que tivesse um pouco menos de autoconfiança. Só que, naquela moça, a tonalidade rosada só realçava o brilho da pele de porcelana e os longos cílios negros.

Parecia delgada e delicada como um caule de junco e ostentava unhas pintadas que, obviamente, jamais viram trabalho na vida. O cabelo loiro tinha um leve brilho acobreado sob a luz das velas, e o pescoço comprido e gracioso estava adornado por um simples fio de pérolas rente à sutil protuberância na base de sua garganta.

"A pele dela deve ser bem macia naquele ponto, frágil e perfumada pela fragrância que ela deve usar. Lírios, talvez... quem sabe rosas... algo tão floral e rosado quanto ela..."

Viola sentiu um calor repentino no rosto ao se dar conta da direção que seus pensamentos haviam tomado. Ficara encarando a moça despudoradamente. Lançou um olhar de relance para Torrio, para se certificar de que ele não havia percebido, mas o homem continuava distraído, enfiando o que restava das batatas na boca. Certa de que Torrio não estava prestando atenção, Viola se permitiu olhar uma última vez para a garota. No mesmo instante em que ergueu os olhos, cruzou o olhar com ela. Os olhos da moça eram de um azul-escuro, da cor do mar que Viola vira em meio ao Atlântico, e perigosos como o oceano.

Viola desviou o olhar e sentiu uma onda de vergonha: fazia poucas semanas que perdera Tilly, e ali estava ela, distraída sem mais nem menos, por causa de uma garota que até quando respirava emanava uma riqueza com a qual ela sequer poderia sonhar. E ficar distraída bem *naquele momento*, quando estava sendo obviamente observada pelo acompanhante que o irmão lhe arranjara?

"*Cazzo*. Se Paul ficar sabendo..."

Viola sabia exatamente o que iria acontecer se Paul ficasse sabendo. Ele trataria de arrumar um jeito de ver a irmã casada ou morta, já que todo mundo sabia que sua alma era poluída demais para entrar no convento.

Mas Torrio não percebera a entrada do casal nem a direção que os pensamentos de Viola haviam tomado. Quando ele fez sinal para o garçom lhe trazer mais uma bebida, Viola não conseguiu se controlar. Arriscou dar mais uma olhada para a moça bem na hora em que o *maître* abriu a cortina de um canto privativo – o lugar cativo de Reynolds – para o casal entrar. A garota já desaparecera por trás das cortinas de veludo, mas o acompanhante parou para falar com o *maître*.

Viola não se permitiu ficar pensando no aperto no peito que sentiu assim que a moça saiu de seu campo de visão. Estava concentrada no acompanhante dela, R. A. Reynolds. O homem que deveria matar.

Acionou sua afinidade e a direcionou para fora, procurando a conexão com o tal R. A. Reynolds, que estava do outro lado do salão. Foi fácil encontrá-lo: o coração dele batia de modo constante como o *tique-taque* de um relógio, pulsando quase em sincronia com o seu.

Viola era capaz de fazer aquilo. Seria muito fácil simplesmente desacelerar o fluxo de sangue, ordenar que aquele órgão vital *parasse*.

Por que então se importava com o fato de Reynolds ser tão jovem?

Por que então reparou no fato de ele ter olhado o *maître* nos olhos quando lhe dirigiu a palavra, como se fossem velhos amigos? Ou se incomodou com o fato de que a moça que estava atrás das cortinas seria obrigada a vê-lo caindo no chão, sem vida?

Viola não deveria se importar. Viola *não* se importava.

Quem era aquele tal de Reynolds para ela? *Un pezzo grosso*. Um riquinho que vivia às custas do dinheiro e do nome do pai, que nunca se esforçara na vida – nunca *se matara* de trabalhar –, nem um dia sequer. Aquelas mãos não deveriam ter calos por baixo das luvas que usava. Aquele estômago jamais conhecera a dor lancinante da verdadeira fome. Havia centenas iguais a ele, cada um menos importante do que o outro. O mundo não sentiria falta daquele riquinho específico.

Mesmo assim, Viola titubeou.

Já matara diversas vezes antes, e sua alma com certeza estava manchada a ponto de se tornar irreconhecível pelo sangue de suas vítimas. Aquilo *não* deveria ter importância.

Viola continuou olhando fixamente para a cortina de veludo do reservado por muito tempo depois que o homem desapareceu atrás dela, e as rédeas que mantinha sobre as batidas constantes do coração dele ficaram frouxas.

Torrio a cutucou com o pé por baixo da mesa.

— São eles, né? Por que você não...? — perguntou, sacudindo os dedos para Viola.

"Sim... Por que eu não...?"

Viola se deu conta de que Torrio a observava com um olhar aguçado e deveras desconfiado. Acabara de fazer exatamente o que Paul temia: desperdiçara a oportunidade de acabar com Reynolds. Agora o jornalista estava atrás da cortina de veludo, fora do alcance de sua vista e de sua afinidade.

— Paul não me falou que Reynolds costuma jantar com outras pessoas — respondeu Viola, tentando se recompor. Era uma desculpa esfarrapada. E, pela expressão de Torrio, Viola teve certeza de que ele suspeitava do que realmente acontecera. — A outra pessoa me pegou de surpresa.

— A moça? — indagou Torrio, franzindo o cenho.

— É uma testemunha — justificou Viola, ciente de que era uma desculpa ridícula. Testemunha do quê? Até parece que sua magia podia ser vista.

— Então acabe com ela também — falou Torrio, dando de ombros. — Que diferença faz para você?

— Para mim, nenhuma — mentiu Viola. — Mas para Paul pode fazer. Não sabemos quem ela é. E se for filha de alguém importante? Matar a pessoa errada pode causar muitos problemas para Paul.

— Se você não matar a pessoa *certa*, pode causar ainda mais problemas. Ele era um alvo fácil naquele momento.

— Não é tão simples assim.

Torrio fez uma careta, como se visse claramente que Viola estava mentindo. E, por um instante, ela se perguntou se seu acompanhante lera seus pensamentos, se entendia o verdadeiro motivo de sua hesitação.

O capanga de Paul chegou mais para a frente, apoiando os cotovelos em cima da mesa, com uma expressão ameaçadora.

— Bem, e o que fazemos agora?

— Esperamos? — sugeriu Viola, por mais que passar mais um minuto sequer sentada na frente de Torrio, dentro daquele restaurante opressivo, fosse a última coisa que queria. — Talvez a moça vá embora. Ou quem sabe seja melhor nós irmos.

— Você quer ir embora? — indagou Torrio, erguendo as sobrancelhas. — Pode esquecer. Você vai fazer isso direito. Podemos fazer do seu jeito, para o seu irmão ficar feliz, ou podemos fazer do meu, e aí você se acerta com Paul — completou, com um tom seco.

— Não — disse ela, voltando atrás. Viola sabia muito bem o que estaria pondo a perder se Paul não ficasse feliz. — Só quis dizer que podemos esperar e acabar com eles lá fora. Não sabemos quando vão sair dali e, se ficarmos muito tempo aqui dentro, vamos chamar atenção.

Torrio fez careta e resolveu:

— Vamos esperar mais um pouquinho.

Então gritou para o garçom que passava lhe trazer mais uma bebida e, enquanto esperava o uísque chegar, ficou examinando Viola. Ele a ignorara durante a maior parte do jantar, mas então Viola sentiu todo o peso daquele olhar perceptivo. Entendia o exato motivo para Paul ter escolhido Torrio, e também o quanto seu irmão era burro de confiar nele. O fato de as damas finas dos bairros nobres de Nova York darem muito valor à pele macia da raposa não tinha a menor importância, Viola sabia muito bem que as raposas nada mais são do que ratos supercrescidos.

— Deve doer — disse Torrio, recostando-se na cadeira.

Viola não se deixou afetar pela indireta.

— Ter que obedecer ao seu irmão de novo, quer dizer.

— Sei muito bem o que você quis dizer — retrucou Viola, olhando bem nos olhos dele, para deixar claro que não dava a mínima.

Houve um lampejo de deleite na expressão de Torrio. Mas, nele, essa emoção só deu a impressão de que estava tramando alguma.

— Como é trabalhar para o *zoppo*?

Viola sentiu um calor na pele e teve de se segurar para não perder as estribeiras. Só que Torrio continuou provocando.

— Ouvi dizer que Dolph deixa os outros fazerem o que quiserem com ele, que nem cachorrinho na coleira.

— Você quer dizer igual ao que Paul faz com você? — revidou Viola, com um tom neutro, entediado.

Suas palavras surtiram efeito. Torrio retorceu a boca, em uma expressão do mais puro desgosto.

— Pelo menos não deixo nenhum moleque mandar em mim.

— Que moleque?

— Você não sabia? — provocou Torrio, dando risada. — Aquele dos *occhiali*.

— Nibsy? — disse Viola. E, assim que o nome do moleque saiu de sua boca, teve a mesma sensação de quando se cortou na lâmina de Libitina pela primeira vez. De início, não sentiu absolutamente nada e, logo depois, veio a pontada de dor latejante. Aquele instante era exatamente assim: uma dormência seguida por uma dor aguda e lancinante.

Mas fazia sentido: pelo modo como Nibsy se apossara do Strega, quando todos estavam chocados demais, machucados demais, para fazer outra coisa que não fosse aguentar as pontas até o dia raiar. Pelo modo como atacaram Esta lá na ponte. Era *óbvio* que aquilo fora obra de Nibsy.

Dolph não tinha como saber e, ainda assim, Viola não duvidava de que tivesse lá as desconfianças dele. Andava mais reservado nas semanas que antecederam o assalto à Mansão Quéfren. Afastou-se de Viola, mas não foi ela quem o traiu. Se o que Torrio dissera fosse verdade, o traidor era Nibsy.

— Encare a verdade, Viola. Você escolheu o homem errado para obedecer. Dolph era tão fraco quanto aquela perna dele. Ou, quem sabe, não era só a perna dele que era fraca, hein? – Torrio chegou mais perto de Viola, dando risada.

Já perdendo a paciência, Viola pousou a mão sobre a faca de cortar carne, mas Torrio não reparou. Outra coisa chamara a atenção dele, que levantou o queixo, fazendo sinal para Viola olhar.

– Ela está indo embora – disse.

A moça do vestido rosado acabara de sair do reservado.

– Aonde ela vai? – perguntou Viola, cerrando o punho para não pegar a faca e dar uma lição muito merecida em Torrio.

– Como é que eu vou saber? Mas é a sua oportunidade.

– Minha oportunidade de quê? Reynolds ainda está atrás daquela cortina.

– Então mexa esse traseiro e vá para trás daquela cortina também – falou Torrio, com um óbvio tom de impaciência.

– Você acha que ninguém vai perceber se eu entrar em um reservado e sair deixando um homem morto para trás? Você é *pazzo*, Johnny. Burro e louco.

Torrio ignorou o fato de Viola tê-lo chamado pelo apelido.

– Já me chamaram de coisa pior, *bella*. Pena que, por acaso, estou no comando neste exato momento. Vou desviar a atenção das pessoas por aqui. Garantir que ninguém no salão olhe para você quando se aproximar do reservado de Reynolds.

– É uma péssima ideia – declarou Viola, cerrando os dentes.

– Não é uma ideia, é uma ordem. – John Torrio se debruçou na mesa de novo e completou: – A não ser que você queira que eu diga para Paul que não vai dar certo, a senhorita não tem direito à escolha. Agora *vá logo*.

Viola só tinha vontade de cuspir naquele homem. Mas, como estava em trajes de dama, resolveu encarnar a personagem. Deixou sua afinidade correr solta, encontrou o batimento lento do coração de Torrio e puxou só um pouquinho. Seu acompanhante ficou sem ar, e Viola respondeu ao sufoco dele com um sorriso que deixou todos os dentes à mostra.

— Precisamos esclarecer uma coisa, Johnny — falou, baixando a voz até alcançar aquele ronronar gutural que sabia que os homens gostavam. — Eu *sempre* tenho direito à escolha. Por exemplo, posso escolher acabar com sua vida agora mesmo, seu arremedo miserável de homem, mas não vou fazer isso porque prometi para a minha mãe e escolhi ficar do lado da minha família. Olhe, vou fazer o que você me pediu, mas não porque sou obrigada. Não porque falou comigo como se eu não passasse de um cachorro qualquer. Vou dar um jeito no tal Reynolds porque, neste exato momento, não quero mais olhar para a sua cara feia. E, assim que eu tiver terminado, vou pedir para o meu irmão mandar você ficar bem longe de mim, inferno.

Farfalhando as saias de seda, Viola parou de segurar a vida de Torrio e começou a andar na direção do reservado. Era arriscado, e ela sabia, dar as costas para um rato como ele, ainda mais depois de tê-lo humilhado. Viola não era burra a ponto de pensar que Torrio não estava armado, ou de acreditar que seu acompanhante não era louco ao ponto de atirar nela ali mesmo, na frente de todo mundo e do repórter que os dois deveriam assassinar, só para provar que era machão. Porém, por mais que tivesse se rebaixado ao ponto de chafurdar no estrume que eram os negócios de seu irmão, Viola jamais rastejaria. Muito menos para alguém tão patético quanto Johnny Raposa.

Foi desviando com toda a calma das mesas de toalhas brancas que brilhavam à luz de velas e exalavam um aroma de carne bovina assada de revirar o estômago. Mas, ao ver aqueles filés malpassados, Viola só conseguiu pensar em carne humana e na vida que estava prestes a tirar. Da promessa que fizera a si mesma e estava prestes a quebrar.

RAZOÁVEL

1904 – Saint Louis

Esta teve de lutar para recuperar a consciência, abrindo caminho naquela escuridão sinistra que a derrubara. Lentamente, foi percebendo que o lugar onde estava sentada sacolejava. Pouco a pouco, foi se dando conta de que não estava sozinha. Sua cabeça estava acomodada em um colo quente, e alguém acariciava com cuidado o cabelo de suas têmporas. "Harte."

"De novo, não…"

Esta bateu na mão dele para afastá-la e tentou ficar sentada.

– Cuidado – disse o mago, ao ver a falta de firmeza nos seus movimentos. Então a amparou, para que não caísse em cima dele, só que Esta o empurrou. Podia muito bem sentar por conta própria, droga.

– O que aconteceu? – perguntou, esfregando os olhos e piscando para espantar os últimos resquícios da escuridão, forçando sua visão a ficar nítida. Recordava-se dos estranhos acontecimentos no salão de baile e de ter fugido do hotel. Mas sua última lembrança era a de ter perdido a visão, inundada por uma pesada névoa de um preto retinto, e de ter a sensação de que o próprio mundo se despedaçava. E depois… nada.

– Você desmaiou – respondeu Harte. – De novo. Mas não se preocupe. Dei um jeito de tirar nós dois de lá em segurança, enquanto você descansava. – A leveza das palavras dele, porém, não disfarçaram o tom de preocupação. – Pode demonstrar sua gratidão depois.

Esta ficou arrepiada. Não precisava da preocupação do mago. Tampouco a queria.

—Vá sonhando – disparou, olhando feio para Harte.

Só que ele não retrucou, como Esta esperava. Fora da carruagem, os relâmpagos irrompiam, iluminando os contornos do rosto de Harte e realçando um olhar apreensivo. Segundos depois, um pouco mais distante, um trovão ribombou, ecoando ao longe. Quando o som cessou, a carruagem mergulhou em um silêncio constrangedor.

— Por um instante, achei que tivesse perdido você – declarou Harte, baixinho.

— Está tudo bem comigo – garantiu Esta, ignorando o tom emocionado da voz do mago. Ela não comentou que, por um instante, se sentira perdida. Alguma coisa naquela escuridão de caráter absoluto a fazia pensar que, se deixasse que tomasse conta dela, não haveria mais volta.

O olhar de Harte foi firme.

—Você está mentindo – declarou.

Aquele tom de certeza deixou Esta irritada.

— Paro de mentir quando você parar – disse.

E fez questão de que Harte fosse o primeiro a desviar o olhar.

— Aquelas pessoas que estavam no salão de baile... – comentou, rompendo o silêncio que se estabelecera entre os dois.

— Os Antistasi? – completou Harte, franzindo o cenho. – Se for isso mesmo que eles são...

— Nunca tinha visto nada parecido.

Quando Esta avistara o primeiro vulto, o que estava vestido de vermelho, ficou chocada. Mas, à medida que os outros foram aparecendo, uma sensação eletrizante correu pelas suas veias, algo que só sentia quando surrupiava um diamante ou fazia a limpa em um cofre.

— Eles são um perigo e tanto, isso sim – falou Harte, com um tom pessimista.

— O quê? – Esta se virou para o mago, confusa. – Eles foram incríveis. Enfrentando a polícia e a Guarda daquele jeito.

— Eles estavam encenando – afirmou, com um tom de ceticismo. – Aquilo foi um espetáculo.

Esta sacudiu os ombros e retrucou:

— Bem, pelo menos não estavam se acovardando nem escondendo o que realmente são.

— Estavam usando a *sua* alcunha.

Ela cruzou os braços e tentou entender qual era o problema do mago.

— Pensei que você nem gostasse dessa alcunha.

— E não gosto. Mas se gosto ou deixo de gostar não vem ao caso — falou Harte, visivelmente frustrado. — Veja com que facilidade Julien reconheceu você, Esta. E se outras pessoas também acharem que você é a Ladra do Demônio? Se esses tais Antistasi ficarem usando a sua alcunha, haverá mais gente procurando por você. Tudo o que temos por fazer se tornará ainda mais perigoso.

Harte tinha razão. Esta sabia que ele tinha razão. Mesmo assim, ver aquelas quatro mulheres fortes, poderosas e *destemidas* causara um pequeno incêndio dentro dela. Fazia tanto tempo que Esta fugia e se escondia, passara a vida inteira mascarando quem e o que era. Para ter esse grau de liberdade, aceitaria de bom grado o perigo que vinha a reboque.

— Bem, acho que esses tais Antistasi, seja lá quem forem, são admiráveis. Se a magia for mesmo ilegal, como Julien falou, pelo menos estão tentando fazer algo a respeito.

— É disso que eu tenho medo. — Pareceu que Harte ia dizer mais alguma coisa, mas a carruagem já estava prestes a estacionar. — Podemos discutir depois — falou, espiando pela janela quando o táxi parou. — Chegamos, e não tenho dinheiro para pagar pela corrida. Vamos ter que sair voando. Você acha que está em condições de correr?

Esta lhe lançou um olhar de desdém.

— *Ladra*, esqueceu?

E então tirou uma carteira do bolso interno de seu paletó roubado.

— Em pleno salão de baile?

— Achei que, uma hora ou outra, iríamos precisar — respondeu Esta, entregando duas cédulas molhadas para o mago.

Enquanto Harte entregava o dinheiro e se certificava de que o cocheiro não se lembraria deles, Esta correu até uma marquise, para se proteger da chuva e para provar para Harte, e para si mesma, que estava em condições de correr.

Os relâmpagos já eram mais esporádicos, e parecia que a chuva em si amainava. Mesmo assim, Harte chegou molhado ao local onde Esta estava, encostada na parede para recuperar o fôlego. À medida que ele foi se aproximando, Esta se endireitou de leve, para disfarçar o quanto suas pernas estavam bambas. Mas, pela cara do mago, dava para ver que ele percebeu.

O cabelo de Esta estava solto, molhado e escorrido em volta de seu rosto, e Harte prendeu de novo um dos tufos encharcados. Então segurou seu rosto e, por um instante, ela esqueceu o quanto estava irritada com o mago e se deliciou com o calor dos dedos dele. Chegou a pensar em chegar mais perto, só para provar o quanto estava bem.

Mais um passo, e seria bem fácil beijá-lo, se entregar. Acontecera muita coisa nos dois dias anteriores. E muita coisa mudara naqueles dois anos. Esta queria apenas um instante naquele intervalo entre seu passado e seu futuro, um instante em que pudesse deixar de lado tudo o que havia pela frente, para esquecer o sacrifício que teria de fazer para garantir que aquele futuro no qual a magia era ilegal e Guardas capturavam Mageus não seria o definitivo.

Harte se afastou, e a possibilidade surgida entre os dois evaporou no ar úmido da noite de verão.

– Precisamos encontrar um lugar para nos secar – disse, enfiando as mãos de volta nos bolsos e deixando claro que não sentira a mesma coisa que Esta. – Sua pele está gelada.

Encontraram uma pensão a poucas quadras dali. Era um sobrado decrépito, geminado, a cerca de três quadras do King's. A matrona que abriu a porta usava um vestidão limpo e liso, e o cabelo grisalho estava preso debaixo de um lenço de cor escura. De início, olhou para os dois com desconfiança, fixando os olhos no cabelo bagunçado de Esta e no terno que ela usava. Então Esta tirou uma pilha de cédulas da carteira roubada, e os olhos da mulher brilharam. Fez sinal para os dois entrarem, sem fazer perguntas nem se dar ao trabalho de pegar o nome deles.

A matrona disse que só havia um quarto vago, conduziu os dois por uma escada estreita e escura e abriu uma porta no andar de cima. O quarto era pequeno, com uma cama estreita e uma cadeira bamba. Havia uma segunda cadeira perto de uma lareira de ferro, no canto do quarto. Estava longe do conforto luxuoso do Jefferson, mas ao menos parecia limpo. "Ou quase." A colcha que cobria a cama estava manchada, mas os lençóis pareciam recém-lavados e não havia poeira nem sujeira acumulada nos móveis.

A mulher acendeu o fogo na lareira, deixou os dois a sós e fechou a porta do quarto.

— Você precisa se aquecer — disse Harte.

— Estou bem — declarou Esta, tentando ficar parada para que Harte não percebesse que estava tremendo.

— Você *não* está bem e só vai ficar pior se não tirar essas roupas molhadas — Então se aproximou e a ajudou a tirar aquele paletó de *smoking* molhado, antes que ela tivesse a chance de discutir. O mago ficou de costas, para que Esta tivesse um pouco de privacidade, pendurou o paletó na segunda cadeira e a colocou mais perto da lareira, para que o parco fogo pudesse secar. — Passe o resto para cá.

— Harte — disse Esta, com um tom de advertência.

— Não vou olhar — garantiu ele, antes que Esta pudesse protestar mais.

Esta nem ligava muito. Mas, como ficou claro que o mago não desistiria, desabotoou a camisa e a tirou. Fez uma bola com ela, atirou na nuca de Harte e falou:

— Pronto.

— As calças também. E depois vá para a cama.

— Nós logo teremos de sair para encontrar Julien — argumentou ela. Mas Harte tinha razão em relação às roupas: estavam pegajosas e incômodas. Em seguida, tirou as calças encharcadas.

— *Nós* não vamos fazer nada. Você vai ficar aqui, se aquecendo, para não acabar doente. Vou encontrar Julien sozinho.

As palavras do mago deixaram Esta mais gelada do que a chuva a deixara.

— Como é?

Harte virou e disse:

— Você ouviu muito bem, Esta.

— Você não vai sem mim — declarou ela. Mas, assim que deu um passo na direção de Harte, suas pernas viraram geleia.

O mago veio correndo para impedir que Esta caísse no chão.

— Como pretende ir encontrar Julien se mal consegue ficar de pé?

— Me largue — respondeu ela. Harte obedeceu a contragosto, e ficou só observando Esta ir cambaleando para trás. — Estou bem. Vou com você.

— Esta, por favor. Seja razoável.

— *Razoável?* — repetiu ela, sem se importar com seu tom um tanto grosseiro.

Harte não se aproximou, apenas disse:

— Você precisa descansar.

— O combinado era que eu iria também — argumentou Esta. Então deu um passo na direção de Harte, depois mais um, testando suas próprias forças. — Eu *preciso* ir.

— Por quê? A menos que ainda não confie em mim...

Esta ficou sem resposta. Ela confiava, ou queria confiar.

Harte se afastou e relembrou:

— Você está sendo procurada. Aquelas pessoas lá no salão de baile não fizeram nada para mudar isso.

— A Ladra do Demônio é uma *garota* — recordou Esta.

— Um par de calças não a torna menos parecida com uma garota. — Harte bufou, pois Esta lhe deu uma encarada. — Olhe só para você — disse, apontando para ela. — Seu cabelo é... — As palavras não saíram. O mago tentou de novo: — E os seus olhos...

— O que é que têm os meus olhos? — perguntou Esta, espremendo-os para Harte.

— Eles são bonitos! — completou o mago, soltando um suspiro exasperado.

— São apenas olhos, Harte.

— E você... o seu... — falou, gesticulando para indicar o corpo de Esta por inteiro.

— O meu o quê?

Esta tornou fechar a cara para Harte. Ele gemeu de tanta frustração, e as bochechas e as pontas das orelhas dele ficaram vermelhas.

— Olhe... *Por favor*... Simplesmente deixe eu tomar conta disso. Posso ir correndo até o King's e ficar esperando por Julien. Ele deve trazer a pedra — argumentou. E, antes que Esta pudesse interrompê-lo, completou: — Você pode ficar aqui, no quentinho. *Descansando*. Recuperando suas forças, para que possamos ir embora da cidade amanhã, antes que mais alguma coisa aconteça.

— Pela última vez, não preciso des...

— Por favor — suplicou Harte, baixinho, interrompendo-a. — *Eu* preciso que descanse. Você viu do que os Antistasi são capazes, hoje à noite. Viu a polícia e a Guarda. Não fazemos a menor ideia do que pode estar nos esperando lá fora, e eu não tenho como garantir sua segurança, já que você mal consegue ficar de pé neste exato momento.

Esta se encolheu toda ao perceber o tom emocionado das palavras de Harte.

— Não é responsabilidade sua garantir a minha segurança. Não sou um peso para você, Harte.

— Eu jamais disse isso.

— Acabou de dizer — retrucou Esta, sem se dar ao trabalho de esconder a mágoa e a raiva que sentia. — Deveríamos estar juntos nessa.

— E *estamos* — garantiu o mago. Então pegou as calças que Esta jogara no chão. — Mas, desta vez, só para variar, apenas se aquiete e deixe que eu cuide disso.

E, sem dizer mais nada, recolheu as demais roupas molhadas que Esta tirara, as únicas de que ela dispunha, e saiu porta afora.

NO KING'S

1904 – Saint Louis

Harte já havia se afastado quase uma quadra da pensão quando se deu conta do que acabara de fazer. Esta o mataria – ou coisa pior –, e ele bem que merecia.

Quando os dois entraram na pensão, o mago não tinha intenção de deixá-la sozinha. Só que Esta parecia tão abatida e cansada que Harte chegou à conclusão de que seria melhor se ela descansasse. Mas, quando virou e a viu seminua, teve que fugir. Com aquele cabelo caindo ao redor do rosto, feito uma ninfa que saía do mar para tentá-lo, o poder que havia dentro dele ficou lhe instigando a abraçá-la.

Talvez Harte não pudesse pôr a culpa desse impulso *apenas* no Livro. Tivera a mesma sensação quando vira Esta pela primeira vez, naquela noite no Haymarket, quando se surpreendeu indo na direção dela antes mesmo de compreender o que estava fazendo. *Aquela* decisão específica lhe valeu uma língua dolorida. E, por isso mesmo, não confiava nem um pouco em seus instintos quando o assunto era Esta.

O mago tampouco se deixaria transformar em um fantoche por aquilo que estava vivendo dentro dele. Pelo menos, não enquanto pudesse resistir. Se a voz lhe dissesse para abraçar Esta, para se permitir possuí-la, Harte faria exatamente o contrário.

Mas, a bem da verdade, saíra correndo do quarto porque era covarde. E Esta bem que poderia lhe ser útil lá no King's. Afinal de contas, não fora Harte quem reparara nos policiais que havia no hotel, e ele duvidava muito de que seria capaz de reconhecê-los na taberna, caso estivessem montando guarda.

Quando Harte entrou, não viu nem sinal de Julien. Pediu uma bebida no balcão e se sentou em uma mesa no canto para esperá-lo – e observar.

O King's tinha cerca de metade do tamanho do Bella Strega, o bar da Bowery que fora de Dolph Saunders. Como o Strega, era enfumaçado e abafado, lotado de fregueses, que ficavam perto do balcão ou em volta das mesas, encurvados sobre seus copos, como se o uísque fosse fugir. Só que, no Strega, sempre reinava o calor reconfortante da magia, e essa energia assinalava que o estabelecimento de Dolph era um lugar seguro para Mageus como Harte.

Havia outra espécie de magia pairando no ar do King's – um solavanco de energia que não tinha nada a ver com a antiga magia, com a qual Harte tinha familiaridade. Aquela magia vinha das notas saídas de um piano vertical em um canto, onde estava sentado um homem de chapéu *porkpie* puxado para trás, revelando uma testa grande e um rosto completamente arrebatado pela canção que tocava. Harte já ouvira as melodias animadas das composições estilo *ragtime*, mas os dedos daquele homem voavam pelas teclas de marfim com uma intensidade fervorosa que o mago jamais presenciara. Quando o pianista chegou aos acordes menores da canção, Harte sentiu a dissonância vibrar no fundo de seu ser, despertando algo desconhecido. O mago não era o único afetado pela música: na minúscula pista de dança, casais rodopiavam bem perto uns dos outros, compelidos pelos acordes temperamentais e pelo ritmo empolgante, com os corpos entrelaçados de maneira íntima.

Já haviam se passado vinte minutos, talvez mais. Só que, sempre que a porta da taberna se abria, ruidosa, não era Julien quem entrava. O modesto pedaço de gelo na bebida de Harte derretera fazia muito tempo. Esta deveria estar à sua espera e, ainda que Harte não demorasse, já deveria estar bem brava. Talvez algo tivesse dado errado – Julien poderia ter sido retido pela Guarda Jefferson, ou Harte talvez não tivesse lhe dado a sugestão certa.

"Ou talvez o Livro tenha interferido na minha afinidade, assim como na de Esta."

Mas o mago abandonou tal pensamento. Estava se sentindo bem e, em certos aspectos, sua afinidade parecia mais clara e forte do que nunca. Ainda assim, os segundos continuaram passando. Harte começou a achar que, se Julien tivesse mesmo intenção de vir, já teria aparecido.

Quase uma hora depois do horário combinado, Harte desistiu e bebeu seu uísque – que já estava quente –, fazendo careta porque a bebida queimou sua garganta. Via de regra, o mago odiava bebidas fortes – e a sensação de confusão e de estar com reflexos lentos que elas causavam –, mas tinha a impressão de que precisava de algo para se fortalecer antes de encarar os xingamentos de Esta quando voltasse para a pensão. Já estava de pé, pegando o casaco ainda molhado para ir embora, quando a porta se abriu mais uma vez e Julien apareceu, com a silhueta delineada pela luz do poste mais atrás.

Julien Eltinge entrou no bar do mesmo modo que subira no palco naquela noite: como alguém que sabe que veio ao mundo para ser o centro das atenções. Não que tenha feito alarde – não bateu a porta nem fez nada óbvio para atrair os olhares quando entrou –, mas parecia que a energia do ambiente mudara, e que todos os presentes haviam percebido.

Apesar de provavelmente ter visto Harte assim que passou pela porta, Julien não foi falar com ele de imediato. Pelo contrário, ficou circulando pelo salão com toda a calma, apertando as mãos que lhe foram estendidas, uma por uma. Depois aceitou a bebida que o *barman* lhe ofereceu e a tomou de um gole só. Não era por acaso, Harte tinha certeza. Julien estava deixando claro quem era o dono do território e quem daria as cartas do jogo.

Para Harte, não havia nenhum problema nisso. Ele começava a sentir o uísque suavizando o mundo ao seu redor e precisava mesmo de alguns instantes para se recompor. Quando Julien por fim se aproximou de sua mesa, o mago ficou de pé apenas pelo tempo necessário para cumprimentá-lo com um aperto de mão.

Julien sentou na cadeira do lado oposto da mesa, sem ser convidado, e pediu para o garçom trazer mais uma rodada.

— Ainda não consigo acreditar que você esteja aqui. Harte Darrigan ressurgiu dos mortos para me assombrar — falou, dando risada.

— Como falei, Julien, eu estava na Europa, não morto.

—Você sumiu por um tempo e tanto.

Apesar de as palavras de Julien serem neutras, a expressão dele deixava transparecer uma pergunta velada e, o que era mais preocupante, muitas dúvidas.

— A turnê estava indo bem, e descobrimos que gostamos dos espectadores europeus — respondeu Harte, tentando manter um tom ameno e despreocupado. —Você sabe como é quando encontramos o público certo. Exploramos enquanto dá. Mas uma hora o dinheiro acabou, como sempre. Cansei daquele ambiente, e aqui estamos.

— Fico surpreso de você ter voltado — comentou Julien, olhando Harte de cima a baixo. — É bem arriscado, levando em consideração sua companheira de viagem... a Ladra do Demônio.

— Não venha me falar de novo desse assunto — cortou o mago, com um tom ríspido. Depois das mulheres estranhas que apareceram no salão de baile, ele estava farto daquela bobagem de Ladra do Demônio. — Ela tem nome, sabia?

— Sim — respondeu Julien, observando-o como se tentasse determinar a veracidade de sua história. — Muita gente conhece o nome dela.

Apesar de se sentir mais relaxado por causa do uísque, Harte encarou Julien sem pestanejar. Depois de alguns instantes, Julien desistiu. Tirou uma cigarreira do bolso interno do casaco e ofereceu um charuto para Harte. Quando o mago recusou educadamente, Julien deu de ombros.

— Pior para você. — Então fez uma cabaninha com a mão na ponta do grosso charuto, tragando enquanto segurava o fósforo aceso para acendê-lo. Depois de duas baforadas profundas, Julien se recostou na cadeira, exalando autoconfiança, e esperou o garçom servir as bebidas. Mas continuava com um olhar de indagação. — Você sabe tão bem quanto eu que não estamos aqui para conversar sobre suas férias na Europa.

A inquietação de Harte aumentou, mas ele tentou manter uma expressão de calma.

— Na verdade, não, Jules.

— Foi o que pensei. Pelas companhias com quem você tem andado, muito me surpreenderia se não estivesse em um grande apuro.

Julien deixou o comentário em aberto, dando uma deixa para Harte, que preferiu não morder a isca.

"Apenas me dê logo a pedra."

— Olhe, Jules, prefiro não ser obrigado a mentir para um velho amigo...

Julien deu de ombros e o interrompeu:

— Não seria a primeira vez.

— Talvez eu já tenha virado essa página — falou Harte, com uma calma calculada para disfarçar seu nervosismo.

Julien bufou de desprezo pela intenção implícita daquele comentário.

— Virou coisa nenhuma, Darrigan. Eu o conheço bem demais para acreditar que *você* seja capaz de mudar.

— Talvez me conhecesse — argumentou Harte, com todo o cuidado. — Mas se passou muito tempo. — Ainda mais para Julien, que não pulara dois anos em questão de segundos. — Não podemos simplesmente concordar que há certas coisas que é melhor você não saber?

Julien encarou o mago por mais alguns instantes, soltando nuvens fedorentas de fumaça amarelada produzidas pelo charuto preso entre seus dentes. Depois de ponderar por um bom tempo, esboçou um sorriso e soltou uma gargalhada rouca.

— Você sempre está aprontando alguma, não, Darrigan? Tentei tanto colocá-lo debaixo da minha asa e mostrar como *não* se meter em encrenca, e aqui estamos nós, mais uma vez.

— Você esperava mesmo outra coisa de mim, Jules?

— Então pelo menos me responda o seguinte: é por causa da garota?

— Normalmente, é por causa de uma garota, não? – desconversou Harte, tentando fazer graça com a pergunta de Julien.

Os lábios dele se curvaram para cima ao ouvir a troça. Então se aproximou, olhando em volta como se tivesse medo de que mais alguém ouvisse. Só que havia um brilho maroto em seus olhos e, por um instante, Harte viu neles o Julien que conhecia: o velho amigo que se livrava dos socos com um sorriso e, em seguida, entrava nos bares empertigado, de cabeça erguida, só para provar que ninguém seria capaz de impedi-lo.

— Vá direto ao ponto, Darrigan – falou Julien, bem baixo. – Foi ela? O trem, quer dizer...

O calor que Harte poderia estar sentindo se esvaiu. E, de repente, ele tomou consciência do quanto suas roupas estavam úmidas e geladas e do quanto aquela situação era perigosa.

— Esta não teve nada a ver com nenhum atentado a trem. E, se você me conhecesse mesmo, saberia que estou dizendo a verdade.

Julien ficou encarando Harte, como se refletisse sobre o que acabara de ouvir. Por fim, endireitou-se na cadeira, lançou um olhar sugestivo e prendeu o charuto novamente entre os dentes.

— Como já fomos amigos, estou disposto a acreditar em você... por ora. Mas só digo uma coisa, como amigo: se ela *está* planejando causar alguma confusão por aqui, principalmente na Exposição, é melhor você se afastar. Quer saber como anda o clima na cidade? Nem um pouco agradável. Com tantos forasteiros, andam circulando rumores de que os Antistasi vão aprontar.

— E, por falar nisso, quem são eles? Nunca havia ouvido falar...

— Eles são um fenômeno meio recente – explicou Julien. – Até a Lei ser aprovada, no ano passado, Mageus não tinham muito com o que se preocupar fora de Nova York. Todo mundo presumia que a Beira havia se encarregado deles. Mas, assim que a Lei entrou em vigor, os Antistasi começaram a causar confusão *fora* de Nova York. A coisa ficou feia aqui em Saint Louis quando estavam tentando construir as instalações da Exposição. Muita gente morreu.

— Os Antistasi cometeram assassinatos? — indagou Harte, com o estômago revirado. Uma coisa era se emperiquitar e sair por aí soltando fumaça. Matar era outra, bem diferente.

Julien confirmou com a cabeça e continuou:

— No fim do ano passado foi bem pior. Em outubro, pouco depois que a Lei entrou em vigor de verdade, houve um grande atentado às equipes de construção da Exposição. Usaram uma espécie de névoa que consumiu boa parte do Lafayette Park. Quem viu de fora disse que parecia um ser vivo, que dava para *sentir* a maldade emanando daquela coisa. Quem ficou preso dentro da névoa enlouqueceu. Pedreiros derrubaram paredes que haviam acabado de levantar, eletricistas causaram incêndios que destruíram meia quadra de pavilhões, além das brigas... brigas feias, mortais... entre pessoas que antes eram amigas. Quando a névoa finalmente se dissipou, a região inteira ficou recoberta de gelo. Houve gente que teve queimadura por frio e que perdeu dedos dos pés e das mãos. Canos de água arrebentaram por todo o canteiro de obras. Isso causou meses de atraso, e a data de abertura da Exposição quase precisou ser adiada. E os Antistasi assumiram a autoria do atentado.

A consciência de Harte estava fervilhando. Aquelas pessoas que apareceram no Jefferson usaram o mesmo tipo de artifício durante o pequeno espetáculo no salão de baile. Ele não ficara por lá tempo suficiente para conhecer os efeitos da coisa, mas sentira a magia gélida que pairava no recinto. Pelo que Julien estava dizendo, ele e Esta haviam escapado de algo bem pior do que imaginavam.

Harte conhecera muitos Mageus em Nova York, mas nunca ouvira falar de ninguém que utilizasse uma névoa. A magia — a verdadeira magia — não precisava de nenhum truque para funcionar. Era uma conexão com a mais pura essência do mundo. Por outro lado, a magia ritual — a magia *corrompida* — era completamente diferente. A magia ritual provinha de uma separação. Era uma fragmentação dos elementos da existência com o objetivo de controlá-los, em vez de trabalhar no âmbito de suas conexões.

A magia ritual – como aquela que a Ordem usara para criar a Beira e a que Dolph utilizara para criar as marcas dos integrantes do Filhos do Diabo – sempre cobrava seu preço.

– E chegaram a prender os responsáveis, esses tais de Antistasi? – perguntou Harte.

Julien sacudiu a cabeça.

– Não. Os Antistasi são mestres em escapar. Mas, desde o atentado de outubro, a Guarda Jefferson foi incumbida de mais autoridade do que a polícia, com o objetivo de detê-los. Se a sua garota veio para cá com a intenção de criar confusão, terá muita dificuldade para se safar. A polícia e a Guarda Jefferson... nenhuma das duas está disposta a correr riscos. Ainda mais considerando que as atenções do mundo inteiro estão voltadas para a Exposição.

– Esta não veio causar nenhuma confusão por aqui – garantiu Harte, o que chegava bem perto da verdade. Com certeza, Esta não era nenhuma Antistasi, nem alguma outra espécie de anarquista. Os dois só precisavam do colar e, assim que o conseguissem, iriam embora.

– Acho que serei obrigado a acreditar na sua palavra. E, por falar nisso, por onde anda a tal coquete?

– Ficou lá no hotel. Falei para ela se aquietar um pouco – respondeu Harte, sendo bem grosseiro e ficando feliz em segredo com o fato de Esta não estar ali para ouvi-lo. Era mais fácil falar a língua de Julien e fingir que tinha algum controle sobre a situação. Na verdade, imaginar que alguém fosse capaz de controlar Esta era uma ideia risível. – Achei que poderíamos resolver isso só entre nós dois, velhos amigos.

– Ah! – exclamou Julien, apagando o charuto no cinzeiro. – Então finalmente chegamos a esse ponto... *velho amigo*.

Harte deu de ombros.

– Você mesmo disse que eu não estou aqui para falar das minhas férias na Europa.

– Sei que devemos este encontro àquele pacote que você me enviou, dois anos atrás – falou Julien, com um tom vago. – Aquele colar.

Algo no tom de Julien deixou Harte ressabiado.

– Exatamente – falou, desconfiado.

– Quando recebi aquela coisa maldita, fui logo pensando que acabaria me prejudicando. – Julien plantou os cotovelos na mesa e continuou: – No mesmo instante em que recebi o pacote e aquele seu bilhete ridículo, pensei: "Isso vai me causar problemas". Tive vontade de devolvê-lo pelo correio. Mas, àquela altura, já tinha recebido a notícia de que você havia pulado da ponte. Pensei em simplesmente jogar fora, mas não tive coragem.

– Posso resolver esse problema agora mesmo, tirando o colar de suas mãos de uma vez por todas – disse Harte, com um tom casual.

– Quisera eu – falou Julien, ficando agitado. – Tudo o que eu mais queria era devolver aquele troço desgraçado, mas não posso.

– É claro que pode – afirmou Harte, incentivando-o a falar mais.

Só que Julien sacudia a cabeça, e Harte teve um pressentimento de que não iria gostar do que o amigo tinha a dizer.

– Não está comigo – confessou Julien.

Pelo menos, teve a decência de parecer envergonhado.

Antes que Harte pudesse pronunciar mais uma palavra, uma voz ecoou, mais alta do que a música e a balbúrdia do salão:

– Como assim, *não está* com você?

Harte levantou os olhos, já sabendo quem estava parado ali. Ciente de que, mesmo antes que seus olhos captassem aquele casaco sujo e amarrotado e aquele chapéu de aba larga, Esta estaria o encarando, de cara amarrada. Mas não estava preparado para ver os trajes que vestia, nem o que fizera consigo mesma.

– Ora, ora – disse Julien, olhando-a de cima a baixo. Em seguida, lançou um olhar sarcástico para Harte, que teve certeza de que o amigo estava zombando dele. – Você não tinha mandado a garota se aquietar?

INESPERADO

1902 – Nova York

V iola atravessou o salão do restaurante para chegar ao reservado de R. A. Reynolds, buscando alguma convicção para o que estava prestes a fazer. Não que fosse escrupulosa em excesso. Já acabara com outras vidas antes e, mesmo assim, conseguia ficar em paz com sua consciência. Mas os homens que assassinara mereciam morrer, na medida em que alguém poderia merecer uma coisa dessas. Na pior das hipóteses, tiveram uma chance de se defender, porque ela se valera de suas habilidades, não de magia. Viola não tirava uma vida com sua afinidade desde quando era criança, uma época em que acreditava que as obrigações para com a sua família eram mais importantes do que sua própria alma. Antes de entender que era mais do que o sangue que corria em suas veias.

Viola sabia o que a gente da Bowery pensava a seu respeito: que era capaz de matar sem precisar encostar na pessoa. O que não deixava de ser verdade, mas só usava sua afinidade e o medo que despertava como escudo. Viola matava, sim, mas só aqueles que exploravam os mais fracos. E não com aquilo que era – com o que seu deus fizera dela –, só por vontade própria e com uma habilidade advinda de muita prática. Com uma faca.

Só que sua faca favorita estava em poder de um traidor. Viola só podia contar consigo mesma.

Os batimentos de seu próprio coração foram ficando descompassados à medida que se aproximava do reservado. Viola não sabia exatamente o que Torrio faria – se desviaria a atenção dos presentes, como dissera, ou se a atacaria para se vingar do que ela fizera. Mas, quando faltavam poucos passos para a cortina de veludo que protegia Reynolds dos olhares curiosos dos outros fregueses, Viola ouviu Torrio abrir o berreiro.

– Eu pedi um *scotch*, seu maldito!

Viola virou para trás bem na hora em que ele atirou um copo de uísque na cara de um dos garçons. Com todas as atenções voltadas para o escarcéu de Torrio, ela aproveitou a oportunidade e entrou de fininho pela cortina do reservado.

O homem na diminuta sala de jantar levantou os olhos do prato de sopa, e Viola percebeu o instante em que a curiosidade dele se transformou em perplexidade.

– Sim? Em que posso ajudá-la?

"Ele tem um belo rosto."

Foi um pensamento ridículo. Ela já vira, quando estava sentada do lado oposto do salão, que Reynolds era um homem bonito. Mas, na discreta intimidade do reservado, Viola pôde perceber que ele tinha o tipo de rosto que continuava bonito depois de velho.

– Você se chama Reynolds?

– Como?

Ele franziu o cenho, mas não com uma expressão ameaçadora. Era apenas interesse.

– Você se chama R. A. Reynolds? – repetiu Viola, mais devagar.

O homem ficou sem expressão e chegou mais para a frente.

– Quem quer saber?

Pela autoconfiança, dava para deduzir sua história de vida. Fosse pelo paletó chique que vestia ou pelo olhar entediado, ficava claro que o tal Reynolds era de família rica. Não era melhor do que o restante da corja, do que as outras pessoas que estavam naquele restaurante, cujas vidas tinham um padrão tão superior ao seu que ela mal conseguia imaginar como eram.

Viola se deu conta de que *seria capaz* de matá-lo. Não seria tão difícil deixar que sua afinidade encontrasse o sangue que corria nas veias do homem e o fizesse parar. Assim como fora capaz de curar a gota de sua mãe, Viola poderia acabar com ele em um piscar de olhos, e ninguém ficaria sabendo. Um riquinho a menos para se transformar em ricaço. Uma ameaça a menos ao futuro de sua espécie. Ela já estava mesmo condenada ao inferno, que diferença faria mais uma nódoa em sua alma, afinal de contas?

Só que havia uma ternura no olhar do homem que a fez titubear.

– Posso ajudar de alguma maneira? – perguntou. E na expressão dele não havia aquele frio desinteresse que a maioria das pessoas da classe a que pertencia demonstravam.

–Vim para lhe dar um recado – declarou Viola, aproximando-se.

– Entendo... – respondeu o homem, sem tirar os olhos de Viola. Se percebeu a ameaça que ela representava, não demonstrou. – E de quem, precisamente, é esse recado?

– Não tem importância. – Viola foi tateando as pregas do vestido em busca da faca que estava ali escondida enquanto se aproximava de Reynolds. – Mas é de um homem perigoso. De um homem importante na cidade.

– Ah... – falou ele, com os olhos brilhando, como se achasse graça. – Suponho que você tenha vindo me alertar.

Viola fez uma careta, pega de surpresa por sua resposta. Aquele homem não estava reagindo como deveria. Talvez fosse porque não tivesse consciência de que o Anjo da Morte podia aparecer usando saias de mulher.

– Imagino que seja por causa daquela coluna no *Herald* – continuou, parecendo mais entediado do que preocupado. – Permita-me adivinhar. Se eu não parar de causar problemas, quem acabará com problemas sou eu ou algo do gênero?

Em seguida, ele sorriu, e Viola teve certeza de que estava certa: pelas rugas que se formaram nos cantos daqueles olhos, pela covinha que suavizava o lado esquerdo do rosto... quando ficasse velho, exibiria apenas marcas de felicidade.

Só que não viveria até lá.

Em um piscar de olhos, Viola eliminou a distância entre os dois e encostou a faca na garganta dele. Mas o homem sequer se mexeu.

– Acho que você não me entendeu – disse.

– Ah, entendi perfeitamente. – O homem olhou nos seus olhos, tranquilamente. Aquele ali era *pazzo*, tinha uma faca colada na garganta e não expressava nenhuma preocupação. – Você pretende me matar para impedir que eu escreva mais colunas que vão deixar seu patrão irritado, seja lá quem for.

– Não está acreditando que vou matar você aqui e agora? – Viola pressionou a ponta da faca até deixar uma marca na pele, logo acima da grande veia que desce pelo pescoço. Se pressionasse um pouco mais, o homem estaria morto antes que alguém viesse socorrê-lo.

Ele olhou de esguelha para a faca posicionada na garganta e depois para Viola.

– Pelo contrário – respondeu, baixinho. – Estou deveras convencido de que você é capaz de me matar. Apesar de estar um pouco surpreso com a faca, para ser sincero. Um revólver resolveria a questão com a mesma facilidade, com chances bem menores de erro.

Viola olhou feio para ele e retrucou:

– Com a faca, não erro nunca.

Pelo jeito, o homem achou ainda mais graça naquilo.

– Ainda assim, sugiro que não me mate neste exato momento. Não traria o efeito desejado.

Confusa, Viola se afastou.

– E por que não?

Ela ouviu o *clique* de um revólver sendo engatilhado no mesmo instante em que uma voz feminina declarou:

– Porque ele não é R. A. Reynolds.

Viola respirou fundo e se virou, mantendo a faca apontada para a garganta do homem, dando de cara com a moça do vestido rosado, apontando firmemente a arma para ela. Pela postura, confiante e bem à vontade com a arma na mão, Viola teve certeza de que não se tratava de um blefe.

– Suponho que seja essa a pessoa que você está procurando – afirmou a menina. E se aproximou em seguida, sem deixar de mirar em Viola.

– Sim – respondeu Viola, pesando suas alternativas. Com o revólver apontado para si, já engatilhado e pronto para disparar, estava encurralada. Era precisa e mortífera com uma faca na mão, porém não seria mais veloz do que uma bala.

Ainda poderia matá-los. Bastaria um toque de magia, e sua afinidade eliminaria aquelas vidas com a mesma facilidade com que se apaga uma vela.

– Tenho um recado para R. A. Reynolds.

– Todo mundo tem – disse a garota, e seu tom espirituoso mais parecia de tédio do que de irritação genuína. – Muito me surpreende que seu patrão não tenha feito o dever de casa. Imagino que seja um homem. Os homens com mais colhões do que cérebro costumam me subestimar.

As palavras chulas da moça não combinavam com os babados de seda nem com aquele ar delicado.

– Você? – perguntou Viola, tentando entender o que a garota quis dizer, enquanto liberava sua afinidade no ambiente. Foi fácil encontrar o homem, o ritmo já conhecido do coração dele, constante e lento, e depois o da moça, tão constante quanto. Só que, por mais constante que fosse, era possível sentir a satisfação – e a empolgação – que circulavam no sangue da moça.

Viola presumira que ela não passava de um frufru, uma coisinha bonita para divertir Reynolds, mas estava enganada. "Essa aí é mais do que aparenta ser."

– Sim – confirmou a garota. – Veja só você, ele não é R. A. Reynolds. *Eu* sou.

– Você é o homem que escreve no jornal? – perguntou Viola, esquecendo de se concentrar e deixando sua afinidade esfriar de novo.

— Por acaso tenho cara de homem? — retrucou a moça, retorcendo os lábios rosados em um sorriso de deboche.

Viola ficou olhando para os dois, frustrada.

— Sou obrigado a admitir que ela está dizendo a verdade — falou o homem, com um tom alegre. A ponta da faca ainda pressionava a garganta dele.

— Quem é você? — indagou a garota, mirando em Viola. — Quem mandou você aqui?

Viola só conseguiu ficar encarando a moça, maravilhada com aquela autoconfiança e envergonhada de sua própria falta de visão. Presumira que R. A. Reynolds fosse um homem. Logo ela, que sabia muito bem como era executar um trabalho de homem em um mundo dominado por eles e, ainda por cima, ter que fazer isso melhor do que ninguém. E, naquele exato momento, estava encurralada, porque sabia que jamais seria capaz de tirar a vida daquela garota.

— Eu fiz uma pergunta — insistiu ela, com um olhar firme e uma expressão séria. — Vejamos... Normalmente, quem faz as ameaças são o Tammany e seus capangas. Mas, depois de minha última coluna, suspeito que possa ser alguém da Ordem. Não consigo imaginar que tenham gostado da reportagem, e não vejo por que alguém do Tammany daria importância ao que aconteceu com o trem.

— Da Ordem? — Viola não conseguiu se controlar e falou. Queria destruir a Ordem, não fazer o trabalho sujo para eles.

— Você sequer sabe por que está aqui, não é?

— Sei o suficiente. Você precisa parar com isso antes que algo de ruim aconteça. Antes que não tenha mais como voltar atrás.

— Se existe algo que você precisa saber a meu respeito, ainda mais que está tão decidida a me fazer mal, é que nunca volto atrás — declarou a moça, chegando mais perto. — Não é mesmo, querido?

— Para azar do resto do mundo, não. Você jamais volta atrás. Nem mesmo quando está errada.

— E é por isso que faço de tudo para nunca errar. — A garota deu mais um passo na direção de Viola e continuou: — Não devo ter errado em relação ao trem, já que seu patrão, seja lá quem for, mandou você atrás de mim. A Ordem sabe que foi a magia que destruiu aqueles trilhos, não? Eles têm plena consciência de que as pessoas que roubaram seus tesouros ainda estão soltas por aí e não querem que ninguém mais saiba disso. Têm medo de ser vistos como fracos e ineficientes. Estou certa, não estou?

Aquela ali sabia demais, mas não tanto quanto pensava. Não imaginava que uma das pessoas que roubaram os tesouros da Ordem estava parada ali, bem na sua frente.

— Chega de conversa — interrompeu Viola.

— Mas você não respondeu à minha pergunta. — A mira da moça era tão firme quanto o olhar. — E já que, neste exato momento, você está ameaçando a vida do meu noivo, acho que o mínimo que pode fazer é me fornecer algumas respostas.

"Noivo?"

Antes que Viola pudesse começar a refletir sobre o porquê de seu peito ter ficado tão apertado ao ouvir as palavras da moça, as cortinas farfalharam. E, no instante seguinte, Torrio apareceu.

— Oh... Mais convidados, querida — disse o homem, que continuou sentado calmamente quando Torrio apontou sua arma para ele.

Aquele ali, com certeza, era *pazzo*, agindo como se a faca de Viola não fosse capaz de verter o sangue dele antes mesmo de conseguir piscar. E como se o revólver de Torrio não fosse uma ameaça.

Mas a moça — Reynolds — parecia ter a consciência que o acompanhante dela não tinha do perigo que Torrio representava para os dois. Instintivamente, deu um passo para trás. A pequena pistola de prata ainda estava levantada, mas ela a apontara para o recém-chegado.

— Eu sei quem você é — declarou, com a expressão se iluminando com algo perigosamente próximo da excitação. — John Torrio. Você trabalha para a gangue de Kelly.

Os dois eram *pazza*, e a moça acabaria morrendo por causa daquela língua.

Os olhos castanho-escuros de Torrio cruzaram com os de Viola, transmitindo uma inconfundível ameaça velada: iria acontecer de qualquer maneira, fosse do jeito dela ou do dele. Não faria a menor diferença se ele presumisse que o cara que Viola ameaçava com a faca era Reynolds. A moça de vestido rosado morreria também, só por estar ali. De qualquer modo, aquele casal seria assassinado.

Então Viola tomou a única atitude que considerava possível. Deixou que sua afinidade se expandisse, encontrou as batidas já conhecidas do coração do homem que tinha aquele rosto que envelheceria tão bem, e aquela moça que parecia ter a idade e a seriedade de uma debutante até que abrisse a boca, deixando à mostra aquela língua tão afiada. Viola deixou sua magia correr solta, puxando o sangue que corria pelas veias dos dois até a moça arregalar os olhos, segundos antes de cair, inerte, no chão. O homem soltou um suspiro, levou a mão ao peito e tombou em cima do prato de sopa.

Só que, mesmo depois que o casal ficou completamente imóvel, Torrio não baixou a arma. Pelo contrário: deu um passo para a frente e cutucou o corpo da moça com o pé. Com o dedo ainda no gatilho.

— Deixe estar — sussurrou Viola, cerrando os dentes e colocando a faca de volta na bainha, escondida debaixo de suas saias.

— Só para garantir — disse Torrio, seco, já apontando a arma.

Viola contornou a mesa e ficou entre o revólver de Torrio e o corpo da moça.

— Se atirar neles agora, podem deduzir o seu envolvimento. E o envolvimento de Paul. Se deixar esses dois para lá, ninguém vai conseguir provar nada.

Torrio ficou olhando para os dois corpos, como se estivesse tentando decidir se valia ou não a pena correr o risco.

— Vamos logo embora, antes que alguém apareça — suplicou Viola, chegando mais perto de Torrio. — Antes que alguém nos veja aqui.

Torrio não respondeu de imediato, provavelmente só para deixar claro que era ele quem estava no comando.

– Tudo bem – falou. Então desengatilhou a arma e a colocou de volta no coldre que levava por baixo do paletó.

Viola não olhou para trás enquanto Torrio a arrastava, tirando-a da privacidade do reservado acortinado. O salão do restaurante ainda estava um caos. Todos gritavam, em um clima de confronto. Os que ainda não tinha fugido estavam encolhidos em um dos cantos, encurralados por homens de *smoking*, antes tão impecavelmente passados que transformavam o requintado salão em um ringue de boxe sem luvas.

– O que foi que você fez? – perguntou Viola. Então se afastou de Torrio, que foi andando em direção aos fundos do restaurante.

Ele não respondeu.

Na cozinha, os funcionários de aventais brancos ficaram observando, em silêncio, os dois passarem até saírem para o beco nos fundos do estabelecimento. O lado de fora fedia a lixo podre, e no chão havia uma camada de gordura que fez Viola escorregar, já que estava usando aqueles saltos altos ridículos. Mas Torrio a segurou firme, pela mão, e praticamente a atirou dentro da carruagem que aguardava na esquina.

Começaram a se movimentar antes mesmo de Torrio passar o trinco na porta. Ele se acomodou no banco, de frente para Viola, e ficou com uma expressão indecifrável.

– Você não ia matar os dois – afirmou, em tom de acusação.

Viola olhou fundo naqueles olhos castanhos e sem emoção, levantou o queixo e desconversou:

– Não sei do que você está falando. Os dois estão mortos, não?

– Você titubeou – insistiu ele, seco. – Pude ver nos seus olhos. Você estava amolecendo.

– E você quase estragou tudo – retrucou Viola, com o tom mais desdenhoso que conseguiu. – Homens... – disparou, limpando a garganta ostensivamente, em uma demonstração de desprezo. – Sempre acham que seus *revolvinhos* são a solução para tudo. Saem por aí, já meio engatilhados, sem parar para pensar. *Apressadinhos...* – Viola ainda ficou encarando Torrio por mais alguns instantes, só para garantir que ele entendesse o duplo sentido de suas palavras. E, quando as bochechas dele começaram a ficar vermelhas, deu de ombros e ficou olhando pela janela da carruagem.

Só que era impossível dar de ombros para a lembrança da moça — Reynolds — para o fogo que ardia naqueles olhos... até Viola tê-lo apagado.

UM BELO ESPÉCIME
DO GÊNERO MASCULINO

1904 – Saint Louis

Esta olhou para Harte, deliciando-se com o fato de ele ter ficado de olhos arregalados e sem cor.
— Então foi isso que Harte lhe disse? — perguntou, abrindo para os dois rapazes um sorriso que deixou todos os seus dentes à mostra. — Que eu deveria "me aquietar"?

Harte estava boquiaberto, em estado de choque, e a culpa ficou estampada na cara dele. Mas era merecido, por tê-la deixado para trás daquela maneira.

Julien, por outro lado, não parecia nem um pouco surpreso com a aparição de Esta. Pelo contrário: havia até um quê de admiração na expressão dele.

— Ele deve ter dito algo nesse sentido — respondeu. Então inclinou a cabeça para Esta. — Esse modelito... lhe caiu bem. Quer sentar conosco? — convidou, apontando para o lugar vago à mesa.

Esta olhou feio para Harte mais uma vez e só então aceitou o convite. Tirou o chapéu e se sentou bem de frente para o mago, desafiando-o a fazer algum comentário.

Harte fechou a boca e a abriu de novo em seguida, como se quisesse dizer alguma coisa, mas só conseguiu balbuciar.

— O que foi, Harte? — indagou Esta, com um tom perigosamente terno. — Você não está se engasgando com a bebida, está? — Então bateu as pestanas, dengosa, e completou: — Que pena — falou, de um jeito bem arrastado. Esperou um segundo e concluiu: — Talvez na próxima.

Por fim, Harte conseguiu recuperar a fala.

Poderia ter feito uma porção de perguntas — como Esta conseguira arranjar roupas, já que ele a abandonara seminua no quarto da pensão; como conseguira encontrar o King's por conta própria, para começo de conversa —, mas a primeira que fez foi, provavelmente, a que menos importava:

— O que você fez com seu cabelo?

— Gostou? — provocou Esta, piscando para ele, encabulada, enquanto passava a mão pela nuca à mostra.

— Eu...

Harte estava tentando falar. Mas, apesar de mexer a boca, nenhuma palavra saía.

Esta resolveu interpretar aquela hesitação não como sinal de aprovação, mas de sucesso. De qualquer modo, não ligava se o mago aprovava ou não — era a sua cabeça, o seu cabelo.

Até poderia ter sido um momento de loucura da sua parte. No mínimo, certamente foi assim que tudo começou. Quando Harte lhe deu as costas e saiu porta afora — como se tivesse algum direito de lhe dizer o que fazer —, por mais fraca que Esta estivesse, só conseguiu sentir raiva. Até *poderia* ter derrubado a cadeira e, definitivamente, tinha dado um soco no tampo arranhado da mesa... o que doeu mais do que ela imaginava. E também fez a gaveta se abrir, revelando uma tesoura velha e enferrujada.

Talvez Esta não estivesse pensando direito. Talvez não tivesse *realmente* levado em consideração que o resultado de suas ações seria irreversível quando segurou o primeiro punhado de cabelo e passou a tesoura de lâminas cegas. Mas, com certeza, não se arrependia.

Ficou ali parada por alguns instantes, com a mão cheia de cabelo, chocada com a própria impulsividade. Em uma espécie de transe, foi deixando várias mechas caírem pelo chão, bagunçadas como seu estômago. Mas em seguida se recompôs e terminou — pois, afinal, o que mais poderia fazer? Ignorou, resoluta, a pontada de medo de *talvez* ter cometido um erro. Muito pelo contrário: agarrou-se à ferroada veloz de adrenalina que sentia cada vez que mais um tufo de seu cabelo castanho-escuro caía a seus pés.

O corte ficou horrível, todo torto e picotado, um pouco acima do queixo. Mas, quanto mais cabelo caía, mais Esta tinha a sensação de se livrar de um peso, e mais continuava cortando. Afinal de contas, fora o Professor que a obrigara a mantê-lo comprido. Quando crescera, teria sido muito mais prático cuidar de um cabelo mais curto no dia a dia, quando treinava com Dakari ou aprendia a se movimentar por Nova York. Mas o Professor Lachlan não queria que Esta usasse perucas quando viajasse no tempo. "É arriscado demais. Não é autêntico", dizia.

Só que não existia nenhum Professor Lachlan. Só havia Nibsy e as mentiras que ele criara, feito uma prisão, a respeito de sua infância, escondendo a verdade sobre quem ele era. Sobre quem *Esta* era. A cada cacho em que passava a tesoura, Esta cortava as amarras do peso de seu passado, libertando-se cada vez mais daquelas mentiras.

Fora arriscado usar sua afinidade depois de tudo o que acontecera naquela noite, mas Harte a deixara trancada naquele quarto, só com um espartilho e calçolas de renda. Das duas, uma: ou ela se aventurava a sair ou admitia que o mago havia vencido. Como estava inconformada demais para permitir que ele saísse vitorioso, usou sua afinidade para escapar de fininho dali e entrar em um dos outros quartos. Ficou esperando que aquele pretume reaparecesse, mas isso não aconteceu. O problema não era *ela* – era *Harte*. Ou talvez fosse o poder do Livro. Mas, levando em consideração como Esta estava irritada com o mago, dava na mesma.

– E você, Julien? Gostou? Acho que combina comigo.

Esta levantou o queixo, desafiando Julien a discordar, enquanto o pianista prosseguia em um crescendo por uma sequência de notas que dominaram o ambiente, com uma emoção febril. A canção que tocava transmitia uma sensação de desejo e despertou algo dentro de Esta. Algo sinistro e secreto que ansiava por liberdade, sem saber o que a liberdade realmente era.

– É uma escolha ousada – falou Julien, sorrindo, com os lábios já dentro do copo. Deu um gole em sua bebida e ficou observando os dois, obviamente achando graça.

Em resposta, Esta lhe lançou um olhar cáustico. Não cortara o cabelo, nem enfaixara os peitos, nem descobrira sozinha onde ficava o King's só para divertir Julien. Estava lá porque *deveria*. Porque tinha *direito*. Não estava disposta a permitir que Harte a descartasse, como se ela fosse uma donzela indefesa qualquer, enquanto cuidava de assuntos que os dois tinham que resolver juntos. Afinal de contas, não fora Harte quem percebera o perigo no hotel. Não fora Harte quem tivera a presença de espírito de fugir do cerco da polícia.

E daí que Esta teve um leve desmaio depois? Ela tirou os dois de dentro do Jefferson, ao passo que Harte errou feio nos planos que fizera na lavanderia. Mesmo com o que estava acontecendo com sua afinidade, Esta não era fraca. Harte já deveria saber pelo menos isso a seu respeito, àquela altura. E Esta não deveria ter que provar seu valor – *principalmente* para ele.

E, apesar de tudo, lá estava ela, sentada em uma taberna decadente qualquer, fazendo exatamente isso. Porque precisava mostrar para Harte – para aqueles dois, na verdade – que não era alguém que poderia ser deixada de lado quando os meninos tinham vontade de brincar.

Harte se debruçou sobre a mesa, aproximando-se de Esta, e falou tão baixo que ela mal conseguiu ouvir, por causa do som do piano.

– Você não pode estar realmente pensando que isso vai dar certo.

– Tenho quase certeza de que já deu – retrucou Esta, pegando o copo de líquido âmbar pousado na frente do mago. – Ao que parece, você foi o único que ficou incomodado.

Então se recostou na cadeira e levou o copo à boca, satisfeita de ver o laivo de irritação que transpareceu na expressão de Harte. Tomou um gole do líquido tépido, tentando não esboçar reação quando sua garganta ardeu, selando sua determinação.

– Ela certamente tem a estrutura óssea necessária para encarnar o papel – disse Julien, olhando descaradamente para Esta. – E a audácia, ao que parece.

– Pare – advertiu Harte. – Tudo o que menos preciso é que você incentive isso.

— Não me parece que ela precise de incentivo — argumentou Julien, dando uma piscadela para Esta.

Ela respondeu levantando o copo em um brinde silencioso.

— Se precisar de alguma dica — falou Julien, oferecendo para Esta um dos grossos charutos pretos que guardava no bolso do casaco —, terei o maior prazer em ajudar.

Esta sacudiu a mão, dispensando o charuto — a queimação do uísque já bastava por aquela noite.

— Dicas?

— Pare... — advertiu Harte outra vez, mas ambos o ignoraram.

— Se você pretende levar adiante essa pequena caracterização, eu posso ser útil. Sou um especialista nisso, sabe. — Julien acendeu um fósforo e deixou-o queimar por alguns segundos, então acendeu o charuto que Esta recusara e ficou baforando até a fumaça empestear o ar. Sacudiu a mão para apagar a chama e atirou, de qualquer jeito, o fósforo usado no cinzeiro em cima da mesa. — Por exemplo, suas pernas.

— O que há de errado com as minhas pernas? — perguntou Esta, franzindo o cenho e olhando para as calças escuras que roubara do quarto vizinho. "Têm um bom caimento", pensou, examinando-as com um olhar crítico. Certamente eram bem mais confortáveis do que as saias que vinha usando nas últimas semanas.

— Homens não se sentam desse jeito — explicou Julien, soltando uma nuvem de fumaça que fez os olhos de Esta lacrimejarem. — As mulheres se encolhem. É algo incutido nelas, creio eu. Mas os meninos aprendem, desde que nascem, que são os donos do mundo. Afaste um pouco mais os joelhos.

Esta levantou as sobrancelhas, duvidando. Não precisava *desse* tipo de ajuda.

Julien compreendeu e sorriu para ela.

— Assim não. Como se você merecesse *todo* esse espaço. — Então se inclinou para a frente, com uma faísca de deleite naqueles olhos de corvo. — Como se *já* fosse seu.

Julien tinha razão. Mesmo na época de Esta, os homens que ela encontrava no ônibus e no metrô ocupavam o espaço ao redor como se tivessem todo o direito a ele. Esse entendimento, somado à cara de Harte, advertindo-a para não fazer aquilo, a fez afastar um pouco os joelhos.

— Assim?

— Exatamente — disse Julien. — Já está bem melhor.

— Isso é ridículo, Julien — protestou Harte, com um tom irritado.

Esta teve a sensação de que, se olhasse para o mago, ele estaria com as orelhas vermelhas de novo. Só que Julien ainda a encarava, e Esta não queria ser a primeira a desviar o olhar. Depois de um bom tempo, Julien se voltou para Harte e respondeu:

— Ela vai se sair bem. Se eu consegui transformar *você*... — Julien apontou vagamente para o mago — ... *nisso*, também sou capaz de ensiná-la.

— Do que você está falando? — perguntou Esta, sem deixar de perceber que Harte comprimia os lábios em uma linha reta.

— De nada. Apenas ignore — falou Harte, com os olhos fixos no que restara de uísque dentro do copo que Esta segurava, como se quisesse bebê-lo.

Julien agiu como se Harte nada tivesse dito.

— Estou falando que ensinei a Darrigan tudo o que ele sabe a respeito de se tornar este belo espécime do gênero masculino que está diante de seus olhos. Eu até inventei o nome dele.

— É mesmo? — indagou Esta, achando muita graça na fúria silenciosa, e na vergonha, que se esboçou na expressão do mago. Tomou o que restava da bebida de um gole só, apenas para irritá-lo.

— Onde mais você acha que ele poderia ter aprendido? Você precisava tê-lo visto na primeira vez que prestou a seleção para o Lyceum. E nem era uma das melhores casas na época, sabia? Atendia principalmente à ralé que podia pagar um ingresso um pouco mais caro do que os teatros da Bowery, mas não muito. Eu já me apresentava fazia algum tempo, com uma boa dose de sucesso. Por acaso, estava por lá um dia em que se realizavam as seleções, e o vi...

— *Julien*... — advertiu Harte, cerrando os dentes.

– Ele não era muito bom? – perguntou Esta, chegando mais perto.

– Ah, o número em si até que era. – Julien olhou para Harte e completou: – O que foi mesmo que você apresentou? Um truque de ilusionismo com as mãos ou algo assim?

Harte não respondeu de imediato. Mas, quando se deu conta de que Julien não deixaria barato, resmungou:

– As Areias do Nilo.

– Isso mesmo! – exclamou Julien, estalando os dedos para enfatizar sua animação. – Só que ele não chegou a terminar. O diretor de palco deixou a apresentação prosseguir por um minuto e meio, talvez, antes de Harte levar o gancho. Não dá para condenar o cara: todo mundo já adivinhava quem era Harte depois de vê-lo por dois ou três segundos. Você precisava ouvir o jeito que ele falava naquela época. Aquele sotaque de *mu-leque da Bau-ry* era tão carregado quanto o esgoto de Nova York. Eu mal conseguia entender o que ele dizia. E não ajudava em nada o fato de ter uma aparência tão brutal quanto o sotaque... Parecia que ia socar a primeira pessoa que lhe olhasse torto.

Esta olhou de relance para Harte, que estava quieto e emburrado do outro lado da mesa.

– Ele ainda faz essa cara, se você souber pisar no calo certo – comentou Esta.

"Na verdade, está fazendo neste exato momento." O que não era nenhum problema para Esta.

– Então você o ajudou? Por quê?

– Eis a questão, não é mesmo? – Julien deu mais uma longa tragada no charuto, soltando fumaça pelo nariz como se fosse um demônio travesso.

Esta suspeitou que ele não estava realmente pensando na resposta que iria dar. Os silêncios eram propositais demais. Era um truque até que bem engenhoso, tinha de admitir, e um que Julien dominava: envolver o interlocutor, fazê-lo ter vontade de esperar para ouvir cada palavra. Quando por fim se pronunciou, até Esta estava morrendo de vontade de saber a resposta.

— Eu poderia dizer que, simplesmente, sou uma daquelas almas generosas e benevolentes que gosta de ajudar os outros...

Harte soltou uma gargalhada debochada, mas Julien esperou até que nada pudesse desviar a atenção do restante de sua declaração.

— Eu *poderia* dizer isso... Mas direi a verdade — completou, lançando um rápido olhar para Harte. — Naquele dia, vi algo em Darrigan que não pode ser ensinado: vi uma *presença*. Por mais despreparado e desprovido de graça que ele fosse naquela época, quando subia no palco, dominava o recinto, como se tivesse nascido para estar ali. Havia algo de inacabado em seu talento, e que eu queria ajudar a modelar.

— Isso é mentira, e você sabe muito bem — falou Harte. Pelo jeito, não estava aguentando mais. – Você só me ajudou porque precisava de alguém que desse um jeito nos irmãos Delancey. — Harte então olhou para Esta e completou: — Eram dois rapazes metidos a gângsteres da vizinhança, que não entendiam que a apresentação de Jules era apenas um número. Ficavam perseguindo-o depois do espetáculo, tentando intimidá-lo para provar que eram muito homens.

— Eu mesmo os enfrentei — disse Julien, seco.

— Claro que sim, mas as regras dos clubes de boxe de cavalheiros não necessariamente se aplicam à Bowery, e olhos inchados são difíceis de esconder, mesmo com toda a maquiagem do mundo. — Harte sacudiu os ombros e completou: — Então, sim, nosso querido Jules me ensinou a não ter a aparência nem as atitudes da ralé das ruas, e eu lhe ensinei a brigar sem levar em conta os escrúpulos, para que conseguisse se livrar dos irmãos Delancey. Simples assim.

Julien ficou com uma cara de derrota.

— Você sabe como estragar uma boa história. Sabia disso, Darrigan?

— Não vim aqui para contar histórias — retrucou Harte. Então olhou feio para Esta e completou: — Nem ela. Viemos pegar o colar.

Julien fez uma careta, e Esta não pôde deixar de perceber que ele ficou um tanto ressabiado.

— Eu já disse, não está comigo.

– Como você foi capaz de se desfazer dele depois da carta que mandei? – censurou Harte, com uma voz grave. – Por acaso você não leu a parte em que eu pedi para guardar o colar para mim? Para mantê-lo *em segurança*?

– Li – respondeu Julien, com a voz cada vez mais tensa. – E entendi, mas também acreditava que você havia pulado da ponte e deveria estar morto.

– Então você resolveu ignorar um pedido meu feito à beira da morte?

Julien parecia levemente incomodado.

– Eu o guardei por tanto tempo, achei que você nunca mais voltaria...

– Chega de drama, Jules. Fale logo onde está o colar – exigiu Harte, com certo tom de ameaça.

– Harte – murmurou Esta. – Deixe Julien falar.

Julien lhe lançou um olhar clínico, mais de interesse do que de gratidão.

– Como disse, eu o guardei muito bem, *sim*. Mantive o colar trancado a sete chaves, exatamente como você me pediu. Mas, no inverno passado, a senhora Konarske, figurinista do teatro, criou um vestido que era praticamente feito para ele.

Harte soltou um gemido e disparou:

–Você não fez isso.

– Pensei que você estava morto e enterrado e não pude resistir. – Julien apagou o que restava do charuto no cinzeiro e completou: – Usei o colar por menos de uma semana, até que alguém me fez uma proposta de compra.

–Você o vendeu? – perguntou Esta, com seus instintos fervilhando. Se Julien simplesmente tivesse vendido o colar, a joia não estava perdida. Ela era ladra, só precisaria roubá-lo.

– Não tive muita escolha. – Pela expressão constrangida de Julien, Esta pôde ver que ele ainda não contara toda a história. – Bem, se serve de consolo, não usei mais o vestido desde então – completou, parecendo decepcionado.

– Não dou a mínima para o seu figurino, Jules. Preciso saber para quem você vendeu o colar. – O olhar de Harte era penetrante e determinado.

— Aí é que está... — Julien olhou para Harte e esperou alguns instantes antes de concluir: — Não faço a menor ideia.

Harte o xingou até Esta lhe dar um chute por baixo da mesa. Por mais que estivesse frustrada com Julien, os dois precisavam tê-lo como aliado. E, pelo andar da carruagem, Harte logo diria algo do qual se arrependeria.

— Você deve ter alguma ideia de quem fez a aquisição — disse ela, com mais tato. — Mesmo que não saiba quem foi o comprador, alguém teve que lhe dar o dinheiro e pegar a pedra.

— Ah, é claro que houve esse contato — confirmou Jules. — Mas isso não significa que sei quem era essa pessoa.

Esta conseguia praticamente sentir a impaciência de Harte.

— Pare de falar bobagem, Jules.

— Eu não vendi o colar para uma *pessoa*. — A voz de Julien era calma e controlada, e ele parou alguns instantes para tomar um grande gole de uísque.

— Não tenho todo o tempo do mundo aqui — insistiu Harte, cerrando os dentes.

Mas Julien se recusou a andar logo com a conversa. Foi uma lição de autoconfiança. Ele chegou mais perto, com os olhos negros realçados pelo facho do lampião em cima da mesa.

— Se você está pensando em reavê-lo, pode esquecer — falou baixinho, fazendo uma pausa dramática. — Porque vendi o colar para o Profeta Velado.

A SOCIEDADE

1904 – Saint Louis

Harte sentia que sua paciência se esgotava, e que o poder do Livro fervilhava dentro dele. Começara no instante em que levantara os olhos e vira Esta ali parada, com o cabelo tosado e os olhos brilhando de raiva. Não estava preparado para aquela aparição inesperada, não se prevenira para controlar o poder. E, quando sentiu a fúria que Esta irradiava, a voz se insurgiu, forçando os frágeis limites que o mago erguera dentro de sua própria mente.

Harte sentia o suor se acumulando em suas têmporas, pelo esforço exigido para manter aquele poder sob controle. Tinha vontade de estrangular Julien só por ter olhado para Esta, e isso duplicou quando seu amigo deu aquela explicação toda enrolada. Mas o mago conseguiu ficar com a voz relativamente calma e disse:

– Quem, *precisamente*, é o Profeta Velado?

Julien ponderou sua resposta antes de falar:

– O Profeta Velado não é tanto um "quem", mas um "*o quê*".

– Se você não parar com essas charadas – Harte começou a berrar, mas levou outro chute certeiro por baixo da mesa. À sua frente, Esta lhe lançou um olhar de advertência, que fez o poder que havia dentro dele ronronar. Aquela coisa gostava da raiva de Esta, ainda mais da de Harte, porque o fazia ficar distraído. Fraco. Sendo assim, o mago tentou controlar sua irritação o melhor que pôde.

– O que Harte *quis* dizer... – interveio Esta, lhe lançando mais um olhar – ... é que estamos um tanto encrencados. Como você pode ter deduzido pela minha nova aparência, a polícia sabe que estou aqui em Saint Louis. Só corremos o risco de vir encontrar você porque precisamos do colar. E, já que não está com ele, precisamos encontrá-lo e sair da cidade... e do seu encalço... antes que consigam me localizar. Se puder nos ajudar, seremos muito gratos.

— Viu só, Darrigan? É *assim* que devemos tratar os amigos. — Julien deu um sorriso e se dirigiu a Esta: — O Profeta Velado não é apenas uma pessoa. É uma tradição da cidade, uma espécie de potentado, e várias pessoas se alternam em seu papel. Todos os anos, a Sociedade escolhe alguém diferente para desempenhar a função, mas a identidade do Profeta em si jamais é revelada. Então, como pode perceber, a pessoa para quem vendi o colar pode ser uma dentre muitas. Nunca vi seu rosto.

— Que Sociedade é essa? — perguntou Esta.

— A Sociedade do Profeta Velado — explicou Julien.

— Nunca ouvi falar — disse Harte, se esforçando para não alterar o tom de voz.

— Como você é novo por essas bandas, não é de se espantar — comentou Julien, dando de ombros. — Mas você sabe como são as coisas: os ricos sempre têm seus clubinhos. A Sociedade não é muito diferente da Ordem. É formada em sua maioria por um bando de banqueiros e políticos que se julgam meio que donos da cidade. E, assim como a Ordem, lá em Nova York, se fazem passar por instituição filantrópica. Todo Dia da Independência, organizam uma grande parada e dão um baile glamoroso para coroar uma debutante. Nada, *absolutamente* nada, acontece nesta cidade sem o conhecimento da Sociedade ou sem que ela esteja envolvida.

— E foi por isso que você foi obrigado a vender o colar quando eles fizeram uma oferta — concluiu Esta.

E acertou. Pelo tipo de espetáculo que fazia, Julien poderia ser alvo de perseguição. Precisava que a Sociedade o apoiasse, e não que ficasse contra ele.

Julien assentiu com a cabeça e cerrou os dentes quando deu um longo gole do copo de uísque pousado na frente dele.

— Não me ofereceram apenas dinheiro — explicou. — O próprio Profeta Velado veio me procurar depois de uma apresentação. Apareceu no meu camarim sem ser convidado, assim como vocês dois — falou, mas com um tom que não era de brincadeira. — Disse que pagaria uma fortuna pelo colar e, quando recusei, pois, do fundo do coração, Darrigan, nunca tive a intenção de me desfazer daquela coisa imbecil... quando não aceitei prontamente a oferta, ele deixou bem claro que, se eu não vendesse o colar, nunca mais conseguiria trabalho nesta cidade e, quiçá, em nenhuma outra. Por outro lado, se vendesse...

— Você seria um protegido deles — completou Harte.

Julien acenou com a cabeça de leve.

— Falta *isto aqui* para eu ser um grande sucesso, Darrigan. Já veio gente do Orpheum Circuit acompanhar meu número diversas vezes, e tenho conversado com um figurão de Nova York para produzir um espetáculo só meu, talvez até com estreia lá na Broadway. Só que ainda não estão completamente convencidos da ideia. Você sabe como são essas coisas. Estão esperando para ver o andamento do restante desta temporada. Com a Exposição e todos os turistas que estão na cidade, isso pode ser muito bom. Mas, se a Sociedade resolver dificultar as coisas, pode pôr todo meu esforço a perder. Você entende?

Harte fez que sim. Ele entendia, *sim*. Sabia como era estar prestes a ser um grande sucesso, como era estar a um passo de se livrar da imundície do próprio passado. Às vezes, a pessoa faz o que for preciso. Quantas vezes o próprio Harte não ignorara a coincidência de um golpe de sorte que ocorria logo depois de ter feito algum "favor" para Paul Kelly? Muitas. Então, sim, o mago entendia, mas...

— Isso não muda nada. Precisamos do colar mesmo assim.

— Você precisa entender, Darrigan. Por mais que eu queira, não tenho como ajudar. Ainda mais com a Sociedade envolvida. Há muita coisa em jogo para mim neste exato momento.

O mago quase sentiu pena de Julien. Definitivamente, sentiu pontadas de culpa, pois tinha certa responsabilidade por aquela confusão em que o amigo se metera. E provavelmente teria sentido mais do que algumas pontadas, se Julien não tivesse desobedecido suas ordens expressas.

— Infelizmente você não tem muita escolha, Jules.

Julien franziu o cenho e declarou:

— Você não pode me obrigar a ajudar.

Estava enganado a esse respeito, claro. Bastava um simples aperto de mão ou um tapinha para Harte obrigar Julien a fazer o que bem entendesse. Pela expressão de expectativa de Esta, era isso que ela achava que aconteceria. Só que o mago não queria lidar com o assunto daquela maneira, não se pudesse evitar. Não queria tratar um velho amigo como um alvo qualquer.

Harte debruçou-se sobre a mesa e falou, em voz baixa:

— Permita que eu lhe faça uma pergunta: você acha mesmo que J.P. Morgan dá alguma importância para um bando de gente que morreu dentro de um trem?

De repente, Julien parecia hesitante e intrigado:

— Do que você está falando?

— Da recompensa pela cabeça de Esta. Não é por causa do descarrilamento coisa nenhuma. É por causa daquilo que roubamos da Ordem.

— A Ordem negou que alguma coisa tenha sido roubada — falou Julien, mas com um tom de incerteza.

— Eles mentiram — disse Esta. — Não podiam permitir que ninguém ficasse sabendo do que fizemos. Pareceriam um bando de fracos e tolos, se a notícia de que foram roubados com tanta facilidade se espalhasse.

— A sede da Ordem, na Mansão Quéfren, era praticamente uma fortaleza — completou Harte. — E, mesmo assim, conseguimos subtrair da Ordem suas mais valiosas posses, incluindo o colar.

— *Não!* — exclamou Julien, levantando a voz.

— Controle-se, Jules — pediu Harte, com delicadeza. Sua frustração fora substituída pela pena e pela culpa. — As pessoas estão começando a olhar para cá.

— Você *não seria capaz* de me fazer correr um risco desses — falou Julien, com a voz trêmula. — Depois de tudo o que eu fiz por você...

— Eu precisava de alguém em quem pudesse confiar, para guardar o colar para mim. — "Eu precisava de alguém que soubesse guardar segredo." — E, se você está bem lembrado, passei instruções bem específicas para mantê-lo escondido, a menos que fosse necessário, em caso de emergência. Uma *emergência*, ou seja: uma questão de vida ou morte. Não falei para você ficar se exibindo com ele em cima do palco só porque comprou uma roupa nova.

As mãos de Julien tremiam quando ele pegou um charuto no bolso do casaco.

— Ainda assim, não vejo como nada disso possa ser problema meu. — Então tentou acender o charuto, mas, depois de se atrapalhar por um tempo com os fósforos, desistiu.

— Ah, por favor, Jules. Não me obrigue a ser mais claro — irritou-se Harte. — Esses ricaços são todos iguais. E têm a língua solta. Você não acha que, uma hora ou outra, a Ordem vai descobrir que esse tal Profeta está com o colar?

— E, se a Ordem descobrir, vai querer descobrir se você sabe onde estão as outras coisas — completou Esta. — Virão atrás de você.

Julien estava sem cor.

— Eu sabia. Tive certeza, no exato momento em que você apareceu no meu camarim, de que não ia me trazer nada além de problemas. Deveria ter deixado a Guarda Jefferson prender você ontem à noite. Sendo ou não meu amigo.

— Pode até ser — concordou Harte. — Mas fique feliz por não ter feito isso.

— Não consigo ver por quê — retrucou Julien, estreitando os olhos. — Eu não estaria metido nessa confusão agora.

— Você criou essa confusão quando usou o colar em cima do palco.

Mas, se quiser sair dessa, terá de nos ajudar – declarou Harte, se lembrando dos estranhos objetos que Esta encontrara no camarim de Julien. – Precisamos de alguém que conheça a Sociedade por dentro. Você vai nos ajudar a descobrir onde esse seu Profeta guardou o colar. E então vai nos ajudar a entrar lá, para que possamos pegá-lo antes que alguém perceba.

OS SEGREDOS DO LIVRO

1904 – Saint Louis

Jack Grew entrou em sua suíte e trancou a porta. Assim que acendeu as luzes, teve a grata satisfação de encontrar finas sedas e mognos, tapetes persas aveludados e o brilho do bronze, mas foi o silêncio que o acalmou. *Finalmente*, o abençoado silêncio.

As horas que passara no Hotel Jefferson foram uma mixórdia de barulho e confusão. Mas, no fim das contas, só uma coisa importava: Esta fugira. A polícia e a Guarda a tinham cercado, encurralado. E, ainda assim, ela conseguira passar por eles.

Depois de checar mais uma vez se a porta estava trancada, só para garantir, e fechar as cortinas, Jack afrouxou a gravata e tirou o Livro do bolso secreto do colete. Sentado em uma poltrona em frente à lareira, passou os dedos pelo desenho na capa rachada, que já havia se tornado um velho conhecido seu. O Sigilo de Aemeth – o Selo da Verdade. Dedicou alguns instantes, como sempre fazia, a passar os dedos pelas linhas gravadas no couro. Havia algo de hipnotizante naquela ilustração. As formas pareciam distintas e separadas umas das outras: paralelogramos e triângulos se empilhavam, uns em cima dos outros. Só que, com o passar dos dedos, uma outra realidade se revelava: as formas não eram separadas, como pareciam, mas se entrelaçavam infinitamente. De maneira muito parecida com a das páginas do próprio Livro, as linhas não tinham começo nem fim, apenas aquele circuito interminável, que levava Jack cada vez mais fundo em direção à verdade.

Tranquilizado por esse ritual, tirou o frasco de morfina do bolso e colocou dois cubos na língua, acolhendo de bom grado seu amargor, como faria com um velho amigo. Já estava fazendo efeito quando ele abriu o pequeno tomo. Pouco a pouco, foi sentindo a tensão do dia se esvair, à medida que a morfina diminuía a dor que latejava em suas têmporas. Pouco a pouco, seus sentidos foram despertando, e Jack se percebeu mais lúcido do que se sentira durante a noite toda.

Por dois anos, estudara as páginas do *Ars Arcana* e ainda não desvendara todos os seus segredos. Havia dias em que tinha a impressão de que poderia virar aquelas páginas indefinidamente sem jamais chegar à contracapa. Havia outros em que o Livro lhe parecia menor e mais compacto. Nunca era o mesmo volume, e a surpresa do que Jack poderia encontrar quando o abria todas as noites era a parte preferida de seu dia.

Naquela noite, a numeração das páginas do Livro não ia muito além do 30, e Jack já vira algumas delas. Havia anotações feitas com sua própria letra a respeito daqueles escritos incompreensíveis, página após página, prova de sua devoção ao Livro. De sua devoção à arte e à *ciência* da magia. O fato de não entender a maioria daquelas inscrições não tinha a menor importância. Jack jamais se preocupava quando, depois de um frenesi regado a morfina e uísque, descobria que uma nova página fora decifrada, um novo segredo fora desvendado. Isso era parte do poder do Livro, nada mais. E um sinal de que era digno dele, já que o Livro revelava verdades quando Jack estava com a mente clara e aberta, preparada para recebê-las.

Jack esmigalhou mais um cubo de morfina com os dentes enquanto procurava a passagem que andava estudando fazia alguns dias, mas seus pensamentos teimavam em se afastar do Livro e se concentrar no fato de que Esta Filosik e Harte Darrigan estavam ali, naquela cidade.

De certa forma, não era nenhuma surpresa. Quase no mesmo instante em que descera do trem, Jack teve a sensação de que aquela viagem não seria igual às outras. Sentiu um cheiro de promessa no ar, mas presumiu que fosse uma vitória política que despontava no horizonte.

Dois anos tinham passado sem nenhum sinal dela ou de Harte

Darrigan. Claro que houve quem alegasse que ela era responsável por inúmeras tragédias. Os Antistasi gostavam de dizer que a tal Ladra do Demônio fazia parte do grupo e gostavam de usá-la para atacar os alvos que escolhiam. O que, para Jack, não era nenhum problema. Quanto mais os Antistasi resistissem à marcha da história, mais se tornariam alvo do ódio e do medo dos cidadãos comuns. Cada atentado, por menor que fosse, contribuíra, de forma garantida e contínua, para conquistar o apoio que lhes permitiu aprovar a Lei. Cada morte que os Antistasi provocavam era mais um exemplo do motivo por que o país não deveria permitir que a magia corresse livremente. Sim, dois anos tinham passado sem Esta Filosik, mas foi um tempo muito proveitoso para Jack Grew.

Desde o descarrilamento do trem, Jack vinha usando a notoriedade que o acidente lhe conferira para subir os degraus do poder. Começou com a Ordem, usando o Livro para conseguir ministrar uma palestra para os seus conselheiros durante o Conclave. Na ocasião, falou dos perigos que a magia selvagem representava fora de Nova York. Sua fala chamou a atenção de um senador, que pediu a ajuda de Jack para angariar os votos necessários para aprovar uma lei que tornaria a magia ilegal. O presidente não dera muita atenção ao assunto até que os Antistasi começaram a perpetrar atentados. Mas, levando em consideração que o próprio Roosevelt estava no cargo por causa da ação do anarquista que assassinara McKinley, havia nele um forte desejo de aniquilar outras possíveis ameaças da mesma espécie. Assim que Jack conseguiu a atenção de Roosevelt, aproveitou-se disso com sabedoria, e não demorou muito para se tornar um dos conselheiros aos quais o presidente recorria com frequência.

Afinal de contas, quem seria melhor para combater a deflagração da magia, a destruição da unidade nacional, do que alguém que fora tão prejudicado por ela?

Já fazia quase seis meses que Jack viajava como assessor do presidente Roosevelt, esquadrinhando o país para obter informações a respeito do que ainda havia de magia ilegal e dos vermes que continuavam apegados a isso. Não era um cargo oficial do gabinete – por ora, pelo menos –, mas Jack tinha esperanças. Não. Jack tinha *ambições*. E só pararia quando fossem realizadas.

Folheando aquelas páginas tão conhecidas, Jack relaxou, na clareza da morfina, e abriu sua mente para a possibilidade do Livro. Encontrou a página que desejava – que nem sempre aparecia. Era um sinal – disso ele tinha certeza – de que nascera para fazer exatamente aquilo. Passou os dedos pelas anotações que fizera nas margens. Só que, quando leu as palavras impressas na página, não falou em inglês, mas em uma língua bem mais antiga.

Jack não era nenhum imbecil. Sabia que havia um motivo para Esta e Darrigan terem reaparecido naquele exato momento, e sabia que o fato de estarem em Saint Louis tinha tudo a ver com a mais recente aquisição da Sociedade: uma joia da qual se gabavam, por ser um tesouro da Antiguidade – um colar que Jack tinha todas as intenções de pegar para si. Com ele, estaria mais perto de se apossar do poder do Livro e erradicar da face da Terra até a *lembrança* dos vermes que tentassem se opor a ele.

UMA ESCURIDÃO INEXPLICADA

1904 – Saint Louis

Esta ficou olhando para as costas de Julien, que atravessou o salão do bar lotado e depois sumiu noite adentro.

– Tem certeza de que Julien não irá correndo procurar essa tal Sociedade dele e nos entregar? – perguntou, virando-se para Harte.

O mago franziu o cenho e respondeu:

– Julien não contará para ninguém que nos viu.

– E todas aquelas coisas que havia em seu camarim, os medalhões e as cintas? – insistiu. – Todas estavam gravadas com as letras *PV*. Ele faz parte da Sociedade.

– Eu sei, mas Julien não é burro. Pode até não querer, mas nos dará as informações que precisamos, para proteger a si mesmo e sua carreira.

Esta franziu a testa, e Harte pediu mais uma dose de uísque. Quando chegou, entornou-a de um gole só. Não disse nada logo de início. Apenas ficou ali sentado, olhando para o nada por um instante, com as bochechas coradas por causa da bebida, enquanto o piano envolvia o ambiente com um ritmo hipnótico. Era um *ragtime*, uma sequência sincopada de notas ornamentais e acidentes. Aquela cadência fora o plano de fundo durante toda a noite. Mas, já que o silêncio se estabelecera entre ela e o mago, Esta não pôde deixar de prestar atenção. E, à medida que ouvia, podia praticamente escutar o futuro naquelas melodias e naqueles acordes: o andamento relaxado, descontraído, quase atrasado, que acabaria se convertendo no *blues* e no *jazz* e depois tomaria o século XX de assalto, provocando transformações quiméricas.

Naquele meio-tempo, era apenas um *ragtime* prestes a ser algo mais, porém parecia uma promessa – ou, quem sabe, um presságio – de que os dois, por mais que estivessem em segurança naquele exato momento, também estavam à beira de algo que não poderiam prever.

– Então Julien é... – Esta não sabia ao certo o que queria dizer, ainda mais com Harte a observando daquele jeito, com uma expressão tensa e indecifrável.

– Ele é um gênio, isso sim – completou o mago, seco. Não pareceu um elogio. – Você o viu em cima do palco, e depois aqui.

E Esta vira mesmo. Tudo em Julien – da risca perfeita que dividia o cabelo castanho ao modo de usar os grossos charutos para enfatizar as palavras – era um retrato da mais pura autoconfiança masculina. Se Esta não tivesse visto com seus próprios olhos Julien tirar a peruca loira e a maquiagem no camarim, teria dificuldade de acreditar que ele era mesmo a *mulher* que cativara todo o público com sua canção gutural, de partir o coração.

– Qual dos dois é o verdadeiro Julien? E qual dos dois é encenação?

Harte fez uma careta e respondeu:

– Sinceramente, não sei se isso tem alguma importância.

– Não?

O mago sacudiu a cabeça.

– Faz muito tempo que cheguei a um ponto em que resolvi que Julien é o que quiser ser. Ele *é* a mulher que cativa o público em cima do palco e *também* o homem que aparenta ser fora dele. – Harte ficou em silêncio, como se estivesse escolhendo suas palavras com todo o cuidado. – Os dois são a mesma pessoa. E essa habilidade que Julien tem, de alternar entre os dois sem jamais perder a si mesmo... Ele me ensinou o quanto é importante não perder o âmago de quem você é quando se transforma em outra pessoa.

Foi então que Esta entendeu o que Julien quis dizer quando falou que ensinara tudo o que Harte sabia. Ela viu em Julien um eco da mesma jactância masculina das atitudes do mago. "Ou melhor, a origem disso", pensou. Mas não pôde deixar de imaginar em quem Harte se transformava quando estava com ela.

— Olhe, não se preocupe com Julien — disse o mago, com um tom sombrio. — *Eu* darei um jeito nele.

Esta estreitou os olhos e advertiu:

—Você não vai me deixar de fora, Harte.

— Não estou querendo deixar você de fora. Estou tentando garantir a sua segurança.

— Bem, pare de tentar. Cheguei aqui com minhas próprias pernas e tenho me saído muito bem até agora. Não preciso de nenhum cavaleiro de armadura reluzente.

— Eu nunca disse que queria isso. — O tom de Harte foi seco. — A ideia era enfrentarmos essa situação juntos, mas você não quer que eu me preocupe nem faça nada para ajudar. Do que você realmente precisa, Esta?

"Preciso que você pare de se afastar de mim."

O pensamento foi tão inesperado que a surpreendeu.

— Preciso que você me dê mais liberdade e acredite que eu conheço meus próprios limites — foi o que Esta disse. Pela expressão de Harte, percebeu que ele ficara magoado, mas não se desculpou. — Preciso que tenha confiança em *mim*.

— Do mesmo modo que você tem confiança em mim? — Ele encarou Esta por um instante, sacudindo a cabeça, então completou: — Eu deixei você sozinha por uma hora, e tosou o cabelo.

— O cabelo é *meu*, Harte. Posso fazer o que bem entender com ele.

Harte franziu o cenho, perscrutou o rosto dela e foi baixando o olhar, até sua nuca, depois sondou o casaco, que ficava grande demais em Esta, e a camisa amarrotada que vestia, por baixo. Por mais que Esta detestasse ter que admitir até para si mesma, o olhar a fez sentir mais calor do que se Harte a tivesse tocado.

— Eu teria trazido você comigo se soubesse que faria algo tão drástico — falou, por fim.

—Você não deveria ter me deixado lá sozinha de jeito nenhum.

Harte encarou Esta, e ela era capaz de jurar que tudo que o mago estava dizendo estava refletido em seu olhar. Então Harte piscou e virou o rosto, como se não aguentasse mais vê-la.

Esta soltou um suspiro, irritada com o dramalhão do mago.

— Não dê tanta importância a si mesmo, Darrigan — declarou. Como Harte não deu sinal de ter ouvido suas palavras, ela bateu na mesa, para chamar a atenção dele. —Você me ouviu? A decisão foi *minha*.

Mesmo assim, Harte não olhou para Esta quando falou:

— Se eu não tivesse deixado você sozinha e brava...

— Eu teria feito a mesma coisa de qualquer maneira — interrompeu ela, antes que o mago pudesse dizer mais alguma besteira. — Foi uma *necessidade*. Sou mais alta do que a maioria das mulheres, eu me destaco. Mas, entre os homens, fico na média. Posso passar desapercebida. E você viu o que aconteceu lá no Jefferson. Chapéus podem cair, grampos podem se soltar. Não podemos correr o risco de que isso aconteça novamente. *Eu* não posso correr esse risco. Cabelo cresce.

Harte fez uma careta para Esta, como se não acreditasse nela, ou talvez simplesmente não quisesse.

— Além do mais, eu gostei — completou, levantando o queixo, em uma expressão desafiadora. — Julien tem razão: eu tenho estatura óssea necessária... *e* autoconfiança.

Esta teve certeza, pela expressão de Harte, de que ele não concordava. Mas havia alguma outra emoção refletida em seus olhos. Uma espécie de avidez. Por um instante, teve a sensação de ser sugada por aquela intensidade.

—Você já é perigosa demais sem a ajuda de Julien.

Esta, de repente, sentiu um calor no rosto.

—Você acha que sou perigosa? — indagou, se segurando para não esboçar um sorriso. A ideia de Harte enxergá-la desse modo a agradava, e vê-lo em estado de alerta por sua causa era ainda melhor.

— Desde o momento em que vi você pela primeira vez, lá no

Haymarket. Mas você não precisa ouvir isso de mim. – O tom cinzento de tempestade das íris de Harte parecia de certa forma ainda mais escuro do que há poucos segundos. Esta pensou ter visto novamente o reluzir daquelas cores sem nome nas suas profundezas plúmbeas. – Você já *sabe* que é perigosa.

Harte tinha razão. Esta fora treinada a vida inteira para transformar seu corpo em uma arma, mas o fato de ele reconhecer isso não diminuía seu deleite.

– Vai dar certo. – Ela sentiu que essa afirmação era verdadeira no fundo do seu ser. – Julien vai nos ajudar a surrupiar o colar, e então passaremos para a próxima pedra. Afinal de contas... – falou com um sorrisinho irônico, satisfeita consigo mesma – ... sou a Ladra do Demônio, não sou?

Algo mudou na expressão de Harte.

– Acho que você não deveria adotar essa alcunha.

– Você não está preocupado com aquelas pessoas do salão de baile ainda, está? – perguntou Esta, recordando a emoção que sentiu ao vê-las, com os rostos mascarados e saias farfalhantes. Mais do que tudo, se lembrou de como o clima do recinto se transformara, de festivo para angustiante, e como os homens ao seu redor correram, rastejando como baratas assustadas, tentando fugir.

– Se eram os tais de Antistasi, precisamos nos manter bem longe deles – respondeu Harte. E então contou o que Julien lhe relatara a respeito dos atentados à Exposição e a outros pontos da cidade.

– Pessoas ficaram feridas por causa deles? – indagou Esta, sentindo um leve tremor, provocado por uma sensação de incômodo. E, estranhamente, de decepção.

– Sim, e eles fizeram isso usando a alcunha Ladra do Demônio – respondeu Harte, com um tom grave.

– Por causa do trem. – Esta foi perdendo o ânimo. – Porque fui eu quem começou tudo isso.

Harte franziu as sobrancelhas e disse:

– Não foi você que explodiu aquele trem, Esta.

— Talvez não intencionalmente. Mas alguma coisa aconteceu. Eu avancei no tempo, e pessoas morreram.

— Talvez. Ou talvez você não tenha tido nada a ver com isso — argumentou Harte.

Esta sacudiu a cabeça e falou:

— Você não acredita de verdade nisso. Olhe só o que aconteceu no hotel e na estação. Mesmo lá em cima da ponte, quando cruzamos a Beira. Alguma coisa muda em mim quando uso minha afinidade com você por perto. Alguma coisa no poder do Livro a transforma. Sempre que tento segurar o tempo, vejo uma escuridão que não consigo explicar.

— Escuridão? — interessou-se Harte, que estava bem lacônico até então.

— Quando uso minha afinidade, consigo enxergar os espaços entre o tempo. Mas, quando encosto em você, parece que esses espaços viram nada. É como se o próprio tempo desaparecesse. Você não ouviu os cabos daquele elevador? Parecia que estavam prestes a arrebentar. — Esta umedeceu os lábios, obrigando-se a continuar falando: — E se tiver acontecido algo assim com o trem?

Harte estava franzindo o cenho de novo. E, quando finalmente começou a falar, parecia que estava escolhendo as palavras com todo o cuidado.

— Você não tem como saber. Nossa única certeza é a de que você não teve a *intenção* de fazer nada com aquele trem. Se esses tais de Antistasi estão se aproveitando do que quer que tenha ocorrido, não passam de oportunistas.

— Ou talvez apenas estejam tentando tirar algo de bom daquela tragédia — argumentou Esta. — Você ouviu o que Julien disse. Jack usou o descarrilamento para direcionar medo e ódio contra Mageus. Talvez os Antistasi só estejam reagindo a essas mentiras. — Pois alguém *precisava* fazer isso. — Esses tais Antistasi podem até ser oportunistas, mas nos ajudaram a fugir hoje à noite. Talvez isso os transforme em nossos aliados.

— Não precisamos de aliados — objetou Harte. — Precisamos pegar o colar e sair da cidade o mais rápido possível. Quanto antes pusermos as mãos no colar, mais rápido conseguiremos reaver o restante dos artefatos e voltar para Nova York, para ajudar Jianyu.

– Pode não ser possível fazer isso rápido. Estávamos agindo em equipe quando invadimos a Mansão Quéfren. Se existe mesmo um grupo de Mageus aqui em Saint Louis, tomando medidas contra a Guarda, talvez possamos contar com sua ajuda.

– Para isso, temos que encontrá-los e convencê-los a confiar em nós. E precisamos descobrir se *nós* podemos confiar *neles*. A polícia e a Guarda já sabem que você está aqui. Logo a Ordem também ficará sabendo. Quanto antes sairmos desta cidade, melhor.

Esta não pôde discordar desse argumento. Por mais que fosse difícil reconhecê-la com o novo corte de cabelo e o terno masculino, quanto mais ficassem em Saint Louis, maior seria o perigo. Encontrar os Antistasi levaria tempo, *sim*, mas Esta não estava convencida de que Harte tinha razão ao não querer sequer se informar a respeito deles.

A essa altura, o pianista estava tocando seus últimos acordes, e a pista de dança começava a esvaziar.

– É melhor irmos embora – sugeriu Harte.

Só que Esta não pôde deixar de perceber a tensão na voz dele, com o músculo do maxilar tremendo de frustração.

"Tudo bem."

O mago podia ficar emburrado o quanto quisesse, se dependesse de Esta. Só não podia mais agir sem ela.

PAPOULAS

1902 – Nova York

Depois do que ocorreu no Delmonico's, Viola sabia que estava sendo vigiada com atenção redobrada. Não fora propriamente reprovada no testezinho de Paul, mas o fato de ter hesitado em matar a repórter levantou suspeitas. Seu irmão ainda não confiava nela plenamente – e com razão, já que sua submissão não passava de uma artimanha. Só que a desconfiança de Paul tornava tudo ainda mais desagradável e desfavorável. Ainda mais que, pelo jeito, ele estava mancomunado com Nibsy Lorcan, o traidor.

Viola já teria matado Nibsy por causa da traição, mas não podia correr o risco de irritar o irmão. Pelo menos, não enquanto não descobrisse o que ele andava fazendo com o garoto. Paul tinha poder suficiente – e a Cinco Pontos, a brutalidade – para já ter acabado com Nibsy e com o que restava do Filhos do Diabo. Ou seja, Nibsy possuía algo de que Paul precisava. Talvez apenas estivesse manipulando Paul com os segredos que Dolph reunira ao longo dos anos a respeito dos integrantes da Cinco Pontos. Mas, pelo que Viola presenciara, a interação entre os dois era cordial demais para ser um simples caso de chantagem.

Permanecer sob o olhar atento do irmão significava ter que se sujeitar a Nibsy *e* à Ordem. Ambos eram repugnantes. Inaceitáveis. Só que ficar onde estava significava que nem Nibsy nem a Ordem tentariam atacá-la. Viola esperaria pacientemente e descobriria as fraquezas deles. Usaria Paul contra Nibsy e reaveria sua adaga.

E, quando chegasse a hora certa, imploderia a Ordem.

Por azar, esperar pacientemente significava ter de fingir uma docilidade contrária a tudo o que Viola era. Nos dias seguintes ao jantar no Delmonico's, ficou com as mãos ressecadas e enrugadas de tanto lavar louça, e a única arma que conseguiu ter por perto foi uma pequena faca de cortar legumes, que conseguiu esconder no meio das saias. Era uma coisinha patética – apenas uns dez centímetros de comprimento, feita de um aço molenga, com a ponta dobrada fazia tempo. Em um confronto, seria de pouca utilidade. Mas, até aí, Viola não tivera oportunidade de confrontar ninguém. Oferecera-se para ser a matadora de Paul, porém ele a transformara em uma mera criada da cozinha. Viola já tinha a sensação de estar perdendo seus reflexos afiados, como se fosse uma faca jogada dentro de uma gaveta, esquecida, e estava com medo de se tornar ineficaz como uma lâmina cega.

A porta da cozinha do Little Naples Cafe se abriu atrás de Viola e ela se virou, já tateando em busca da faca inofensiva. Mas era apenas sua mãe, que viera conferir o cozido que Viola estava fazendo.

– *'Giorno, mamma* – falou, olhando para o chão e abrindo passagem.

Sua mãe estava com uma expressão séria, com um olhar clínico. Tirou a colher da mão da filha e mexeu as lentilhas. Soltou um ruído vago quando levou a colher aos lábios para experimentar, mas em seguida retorceu a boca e disse:

– Falta sal. Você pôs *guanciale*, como eu mandei?

– Sim, *mamma* – respondeu Viola, ainda olhando para o chão, para que sua mãe não visse a frustração em seu olhar. – Cortado bem fininho, como a senhora falou.

– E fritou bem e separou a gordura antes de colocar na lentilha?

– Sim, *mamma* – Viola teve que cerrar os dentes para não dizer mais nada.

– Bem, então acho que vai ter que ficar assim mesmo – respondeu a mãe de Viola, soltando um suspiro. – Por hoje. Amanhã você faz melhor.

– Sim, *mamma*.

Viola tentou relaxar o maxilar e olhou para a mãe, que já estava conferindo as batatas que ela picara para a salada.

— O corte está muito grosso — resmungou ela, examinando o trabalho da filha.

Não tinha a menor importância o fato de as batatas estarem picadas em cubos perfeitos, uniformes e regulares — Viola sabia muito bem como usar a faca, afinal de contas —, era sempre assim. Corte muito grosso ou muito fino, com sal demais ou faltando. Todos os dias, sua mãe vinha inspecionar seu trabalho, e nunca nada estava à altura de *Paolino*.

Agora, quando o assunto era Viola...

Ela era muito arrogante, muito orgulhosa. "Você está querendo demais."

Viola espantou os fantasmas do passado e perguntou:

— A senhora vai almoçar com Paolo hoje, *mamma*?

Foi uma tentativa frustrada de tirá-la da cozinha antes que Viola dissesse ou fizesse algo do qual se arrependeria.

— *Sì* — respondeu ela, já levantando um prato para ver se estava limpo. — Traga um pouco de pão também.

Viola serviu dois pratos de lentilha acompanhados de fatias de pão. Nisso, pelo menos, sua mãe não encontraria defeitos, porque Viola aprendera a fazer pão com maestria. Observara Tilly todos os dias na cozinha do Strega, e sua amiga transformava uma montanha de ingredientes em filões quentes que enchiam a pança e alegravam Dolph e os amigos dele. Viola decorara os movimentos das mãos de Tilly ao medir, misturar e sovar — o modo como aqueles dedos ágeis trabalhavam a bola de farinha e levedura até que ficasse tão lisinha e maleável quanto uma pele. Era feliz ali, contentando-se apenas com observar a moça pela qual se apaixonara, a amiga que não fazia ideia do que significava para Viola.

Tilly fora corajosa. Morrera porque fora logo prestando socorro sem pensar em si mesma ou no perigo que corria. Mesmo depois que sua magia lhe foi arrancada, Tilly resistiu bravamente até o último segundo. E Viola também resistiria.

Ela secou o rosto e pegou dois pratos. Abriu o sorriso forçado que o irmão gostava de ver em seu rosto. Empurrou a porta e entrou no salão, sentindo os olhares dos rapazes de Paul, mas ignorou a expressão raivosa deles. Não estava nem um pouco interessada naqueles sujeitos, e sabia que ninguém encostaria o dedo nela enquanto Paul continuasse agindo como se Viola fosse propriedade dele. A mãe e o irmão já estavam sentados a uma mesa de canto, e ela serviu o almoço dos dois de cabeça baixa e coração altivo, sabendo que às vezes a bravura precisa ser suave e secreta, como a de Tilly.

Deixou os dois comerem em paz e, como precisava tomar um ar, foi esvaziar uma tigela de restos de comida na pilha de lixo que havia nos fundos do restaurante. A sequência de palavrões que foi murmurando ao sair teria feito corar até o mais empedernido dos moleques da Bowery, se falasse italiano. Só que Viola jamais empregava a língua da mãe para poupar alguém do constrangimento. Não queria nem saber se uma dama conheceria ou não as palavras que estava pronunciando — deixara de ser uma no dia em que o irmão a obrigou a matar o primeiro homem.

Viola acabara de colocar a tigela de restos de comida em cima de um banco, do lado de fora do restaurante, quando se deu conta de que não estava sozinha. Fingiu limpar as mãos no avental esfarrapado, tirou a minúscula faca das saias e continuou a ir em direção aos banheiros externos. Quando percebeu, de canto de olho, algo se mexendo, não pensou duas vezes. Com um único e fluido movimento, virou-se e atirou a faca em seu alvo.

Acertou na mosca, como sempre, prendendo a manga da intrusa na cerca de madeira.

Da intrusa?

A moça arregalara os olhos de medo — ou seria apenas de surpresa? Mas então o medo deu lugar ao prazer, e seu semblante inteiro se iluminou.

— Ah! Bravo!

Demorou um pouco para Viola se dar conta daquela verdade que estava presenciando. Era a moça do Delmonico's. Só que, em vez daquele traje rosado de babados, usava uma saia escura e algo que parecia um colete masculino. Tinha um lenço perfeitamente amarrado no colarinho de sua impecável camisa branca e uma boina, também masculina, em cima da cabeça. Estava ridícula, parecia uma criança brincando de se vestir com as roupas do pai.

"Está perfeita."

— O que você está fazendo aqui? — perguntou Viola, um tanto grosseira, ignorando o calor que inundou seu corpo ao olhar de relance para a porta da cozinha. Depois de tudo o que fizera para salvar a vida da moça, ela simplesmente entrara por vontade própria na cova do leão.

— Neste exato momento, estou tentando me libertar — respondeu ela, remexendo-se para tentar soltar a faca presa na madeira.

Viola foi correndo até ela e, com um puxão que a fez se encolher toda, tirou a faca e a posicionou na garganta da moça.

— Você não deveria estar aqui.

Então ouviu o *clique* da pistola sendo engatilhada antes mesmo de perceber que as duas não estavam sozinhas.

— E você não deveria estar ameaçando-a de novo, senhorita Vaccarelli.

"Ele sabe quem eu sou."

Viola olhou feio para o homem, para dar a entender que não dava a mínima, e não soltou a faca.

— Sim... Bem... Pode fazer a gentileza de nos acompanhar?

O rapaz fez sinal com a arma, que parecia estar tão bem acomodada em sua mão quanto um peixe vivo estaria.

"Esses *americani* e suas armas."

Todos se julgavam caubóis. Pena que as vacas tinham mais cérebro do que a maioria deles.

— Não vou a lugar nenhum com vocês — respondeu Viola.

A moça fez uma careta para o cúmplice.

— Theo, pare de bancar o idiota e abaixe essa coisa. — Então aqueles olhos azuis como a noite cruzaram com os de Viola, e suas bochechas ficaram rosadas. — Não temos a menor intenção de lhe fazer mal, por mais que Theo queira que você acredite que sim. Apenas queremos conversar.

Viola olhou de relance para o homem, o mesmo que estava no restaurante.

— Não tenho nada a dizer para vocês.

A moça soltou um suspiro e falou:

— Como você pode perceber, sabemos quem você é: Viola Vaccarelli, irmã de Paul Vaccarelli, dono deste belo estabelecimento e também líder de uma gangue de rufiões conhecida como Cinco Pontos, que vem aterrorizando a região da Bowery desde as eleições do último verão. É claro que, com sua suposta ligação com o Tammany...

— *Shhhh* — fez Viola, virando para trás mais uma vez.

— Ela pode passar dias falando desse jeito — comentou o homem, com um tom jocoso. — Descobri que a melhor maneira de fazê-la calar a boca é deixá-la falar.

— Ele provavelmente está certo quanto a isso — concordou a moça, dando um sorriso que fez seu nariz ficar enrugado.

O tipo de sorrisinho afetado que Viola teria vontade de arrancar do rosto dela a tapa. Mas, por algum motivo, causou uma onda de calor bem no seu peito.

— Viola? — gritou Torrio, de dentro da cozinha. — Você ainda está aí fora?

Viola ficou petrificada. Pensou que havia deixado claro que não queria nada com Torrio. Só que, como os galanteios dele eram incentivados por Paul e Torrio vira em Viola uma oportunidade de consolidar sua influência na Cinco Pontos, continuava aparecendo. Dia após dia. Feito brotoeja.

Ela levou a moça para a lateral do prédio e falou:

— Vocês têm que ir embora. *Já.*

— Bem, certamente não iremos, já que viemos de tão longe para conversar com você — respondeu a moça, com um tom afetado.

— Ei, Vi — insistiu Torrio. — Está precisando de ajuda ou alguma outra coisa? — A voz dele tinha um tom um tanto nervoso. Como se o capanga achasse que tivesse algum direito sobre Viola.

— Não — respondeu ela, tentando gritar com um tom educado. E transmitiu um pedido silencioso para os dois ficarem em silêncio.

— O que você está fazendo aí fora? — A voz de Torrio parecia estar mais próxima.

O pânico foi subindo pela espinha de Viola. Se Torrio visse os dois ali, sãos e salvos, ficaria sabendo que não os matara. Pior: ficaria sabendo que, quando o impediu de atirar nos dois corpos, contrariou ordens expressas. Viola precisava se livrar de Torrio.

— Só um minutinho — gritou. — Preciso dar uma mijada. Com isso você não pode me ajudar.

Houve um instante de um silêncio horrorizado. "Homens. Tão sensíveis em relação a coisas tão simples."

A voz de Torrio foi ouvida um segundo depois, mais rouca e com um tom mais impositivo:

— A sua mãe já está indo embora. Ande logo com isso, viu?

Viola murmurou mais uma sequência de palavrões enquanto esperava até ter certeza de que Torrio voltara para dentro do restaurante. Quando se virou para os intrusos, a moça mostrava um sorrisinho irônico.

— Qual é a graça? — indagou, com as mãos na cintura.

A jovem não ficou constrangida. Pelo contrário: mediu Viola de cima a baixo, demoradamente, até que pousou os olhos em seu rosto. A expressão dela havia mudado, mas Viola não soube discernir de que modo.

— Nenhuma — respondeu ela, com um ar mais sério. — Nenhuma mesmo.

— Vocês duas já terminaram? Que tal conversarmos em outro lugar? — sugeriu Theo.

— Sim — concordou a garota. — Vamos. Temos tanto o que conversar…

Viola olhou para trás de relance, mais uma vez, para se certificar de que não havia ninguém procurando por ela.

— Tudo bem — disse, sabendo que seria mais fácil se livrar da moça de uma vez por todas se cedesse naquele momento.

— Talvez você se interesse em dar um curto passeio conosco — propôs o homem. — Há uma carruagem à nossa espera, logo no fim da rua.

— Tudo bem, tudo bem — repetiu Viola. Qualquer coisa para manter aqueles dois longe de Torrio e de seu irmão.

Mas, enquanto caminhava ao lado da jovem, afastando-se do

estabelecimento de Paul e aproximando-se da carruagem reluzente que estava parada no final da quadra, Viola percebeu que a garota não tinha o doce aroma dos lírios nem a delicadeza afetada das rosas, como ela esperava. Pelo contrário: tinha um perfume muito mais terroso, como o das papoulas. No instante em que aquele aroma atingiu seu nariz e tomou conta de seus sentidos, Viola teve certeza de que se metera em uma confusão muito maior do que poderia imaginar.

PROXIMIDADE FORÇADA

1902 – Nova York

Ruby Aurelea Reynolds teve certeza de que estava em apuros no instante em que a porta da carruagem se fechou, confinando-a, juntamente com Theo, na companhia daquela garota italiana baixinha que tomava conta do ambiente. Ruby não era do tipo que costumava se sentir intimidada. Era a mais nova de cinco irmãs e sobrevivera a uma infância marcada por xícaras de chá e pelos vestidinhos de avental branco para se tornar o que queria ser: uma jornalista com textos publicados, que batalhara por uma carreira apesar dos protestos da mãe e do assombro da sociedade. E daí que causava um escândalo vez por outra? Bem, escândalos eram uma ótima maneira de se livrar do incômodo causado por pretendentes indesejados, que na verdade só queriam a fortuna que ela herdara do pai.

Ruby já havia encarado os desvalidos de Nova York e as matriarcas da alta sociedade. Mas, diante de Viola Vaccarelli – que estava ali sentada, quase encostando os joelhos nos seus –, dentro daquela carruagem em movimento, ficou subitamente nervosa. E não porque tivesse sido ingênua ao ponto de acreditar que Viola não era perigosa. Claro que era. Afinal de contas, era irmã de um nefasto líder de gangue e ameaçara o pobre Theo com uma faca quando Ruby a vira pela primeira vez. E isso somado àquela pequena façanha mortal que Viola acabara de realizar, munida apenas de uma faca de cozinha comum... Não, Ruby contava com o perigo.

Só não se dera conta... de sua dimensão exata.

Tudo parecera muito simples quando ela e Theo chegaram a uma decisão, ainda naquela manhã: localizariam Viola, e Ruby a convenceria com seu charme a revelar qualquer informação que porventura tivesse e que pudesse ajudar a derrubar a Ordem.

O povo de Nova York tinha a Ordem da Ortus Aurea tão em alta conta porque não conhecia a verdade. A Ordem fingia ser uma entidade protetora isenta e inocente, defendendo a cidade de uma horda ignara. Talvez até pudesse ter sido isso um dia, mas certamente deixara de ser. As fontes de Ruby revelaram que seus integrantes estavam mancomunados com os políticos corruptos do Tammany. E suas mais recentes experiências provavam que a Ordem não se furtava a utilizar criminosos de rua como Paul Kelly para fazer o trabalho sujo. Tudo para aumentar o poder e preservar a reputação que tinha. E para quê? A cidade não estava ficando mais segura. E, qualquer que fosse a história que a família de Ruby espalhara sobre a morte de seu pai, ela estava certa de que fora por causa da Ordem que sua mãe ficara viúva, com cinco filhas para criar.

Mas, ao ver Viola calada, fazendo cara feia, Ruby começou a duvidar de seu plano. Pelo jeito, não seria nada fácil convencer Viola usando seu charme. Ainda assim, havia muita coisa em jogo, um enorme bem que ela poderia fazer, se tivesse coragem de dar o primeiro passo.

Depois de um longo silêncio, quebrado apenas pelo ruído das rodas batendo nas ruas esburacadas, Ruby chegou à conclusão de que estava hesitante, e ela jamais titubeava.

— Talvez devêssemos começar pelas apresentações — disse, imitando a melhor impostação de anfitriã de sua mãe. Só que falou alto demais, pareceu tudo muito falso. — Sou R. A. Reynolds, como você bem sabe. O "R" é de "Ruby". E este é meu noivo, Theodore Barclay.

— Por favor, me chame de Theo — o coitado foi logo dizendo.

Viola não falou nada. Continuou olhando feio para os dois. E Ruby notou que aqueles seus olhos estreitados eram do mais surpreendente tom de violeta, o mesmo das íris que sua mãe cultivava na estufa que tinham em cima do telhado da casa.

– Bem, já sabemos quem você é – falou Ruby, mordendo o lábio, nervosa. Aquilo não estava indo nada bem. – Theo, querido, precisa baixar essa coisa. Como é que a pessoa pode relaxar se você estiver apontando uma arma para ela?

Viola olhou de relance para o revólver, mas não pareceu se incomodar com aquilo. Tampouco relaxou quando Theo finalmente guardou a pistola dentro do casaco.

– É verdade... – a voz de Ruby mais parecia um sussurro. – Apesar daquele pequeno... hã... *incidente* no Delmonico's, não temos nenhuma intenção de lhe fazer mal. Sei que você não queria nos ferir.

– Sabe mesmo? – perguntou Viola, levantando as sobrancelhas castanhas, surpresa.

A moça assentiu com a cabeça e continuou:

– É claro. Foi aquele outro, John Torrio, que obrigou você a fazer aquilo. Fiz minhas pesquisas e descobri tudo a respeito dele e de suas táticas mais... *inventivas*. Mas não havia me dado conta, até aquela noite, no Delmonico's, do que ele *é*.

Viola continuou de cara fechada, mas essa era sua única reação. Certamente, não revelaria nenhuma informação de livre e espontânea vontade.

– Você *sabe*... – falou Ruby, esperançosa, torcendo para que Viola entendesse o que queria dizer. – Um... *daqueles*...

– Torrio é encrenca certa, e isso é tudo o que sei a respeito dele – respondeu Viola, olhando para Ruby como se ela fosse a pior das tolas.

A jornalista entendia muito bem aquele olhar: era o mesmo que todos lhe dirigiam quando tentava se manifestar sobre um assunto importante. Queria dizer que ela deveria voltar para a saleta de casa, bordar alguma coisa, ter filhos e abrir mão de qualquer possibilidade de uma vida real.

– Ele é integrante da Cinco Pontos, como seu irmão. Mas isso não é tudo, certo?

Viola lhe lançou um olhar contrariado.

– Olhe só, senhorita Reynolds...

– Ruby...

— *Senhorita Reynolds* — insistiu Viola, estabelecendo um limite claro entre as duas, por mais que seus joelhos estivessem se encostando. — Não sei com o que você anda brincando, mas não queira se meter com John Torrio nem com meu irmão. Eles não são boa gente. Não obedecem a nenhuma das regras que você é capaz de entender e não pensam duas vezes antes de se livrar de qualquer um que fique no seu caminho.

— Não tenho medo deles — declarou Ruby, levantando o queixo.

Aqueles dois não podiam ser piores do que metade das amigas de suas irmãs, aquelas harpias invejosas que não titubeavam antes de estraçalhar a reputação dos outros apenas com um sussurro, só porque alguém olhava torto para elas.

— Então você é uma imbecil. Isso não é brincadeira. Meu irmão, Torrio... eles *matam* — falou Viola, e o tremor na voz dela fez Ruby sentir um aperto no peito. — Eles dão sumiço nas pessoas.

— E o Tammany Hall acoberta tudo — disse Ruby, ainda mais certa de que escolhera a abordagem certa. — As pessoas que foram eleitas para servir a todos estão acobertando os... os... *criminosos* que deveriam deter.

Theo deu um tapinha no joelho de Ruby, para que percebesse que seu discurso estava ficando acalorado demais.

— Ela fica um pouco exaltada de vez em quando — comentou com Viola.

— Não estou exaltada — retrucou Ruby, com um tom azedo, empurrando a mão de Theo. Sentiu suas bochechas pegarem fogo e xingou sua mãe por ter lhe dado aquela pele tão alva, que deixava transparecer todas as emoções com a mesma cor: rosa.

— É claro que não — corrigiu ele, mas Ruby conhecia muito bem aquele tom de voz. Por mais que adorasse Theo, não suportava quando ele adotava um ar condescendente.

Ruby olhou feio para ele, que teve a prudência de levantar as mãos, fingindo rendição. Ela então virou para Viola e repetiu:

— *Não* estou exaltada. Simplesmente me envolvo com as causas nas quais acredito. Sou jornalista, sabe...

— E esse aí, é seu noivo? — perguntou Viola.

— Culpado, creio eu — respondeu Theo, dando seu costumeiro sorriso amarelo.

— E você permite que ela faça isso? — indagou Viola, com uma expressão incrédula. — Você é outro imbecil.

Theo deu risada, enquanto a carruagem continuava sacolejando.

— Ele não *permite* nem deixa de permitir nada — interveio Ruby, sentindo o rosto ainda mais quente.

— Verdade — concordou Theo. — Eu só vou atrás, consertando o caos que se instaura por onde ela passa — explicou, com um tom jocoso. — O que uma pessoa não faz por amor...

"Chega." Viola tentou lançar para Theo o que esperou ser um olhar mortífero, mas o noivo apenas continuou sorrindo para ela. Talvez porque soubesse o quanto isso a irritaria.

— Prefiro não me envolver com o caos de ninguém — disse Viola. — Já tenho problemas demais. Não preciso de problema dos outros. Vocês poderiam me deixar descer?

— Mas ainda nem tivemos a chance de conversar — argumentou Ruby, em um súbito ataque de pânico. Então esticou o braço e segurou a mão desnuda de Viola.

O fato de Ruby estar usando luvas não teve a menor importância — ela sentiu o calor da pele de Viola mesmo através da delicada camada de couro. Ficou se perguntando se Viola também sentira o mesmo choque de energia, pois, no mesmo instante em que se tocaram, ela puxou a mão, como se tivesse se queimado.

— Então fale logo — disparou Viola, com a voz mais rouca e os olhos cor de violeta parecendo mais escuros, de certa maneira.

— Falar... — Ruby demorou um instante para lembrar a respeito do que queria conversar. — Certo... — Então tirou um caderno e um lápis da bolsa para ter tempo de se recompor.

Ficou folheando as páginas, todas preenchidas com sua própria letra, redonda e caprichada. Olhando-as de relance, recuperou o foco, concentrando-se na tarefa que precisava cumprir. Viola Vaccarelli não era nenhuma mocinha frívola e tola da alta sociedade, como a maioria das garotas com as quais Ruby crescera. Tinha uma postura altiva, um olhar direto. Parecia que conseguia enxergar além da pose de Ruby, percebendo cada uma das dúvidas que espreitavam por baixo dela.

Ruby respirou fundo, empertigou-se e começou a falar:

— Estou fazendo uma reportagem sobre a corrupção infiltrada no próprio coração da cidade. Sei que a Cinco Pontos está mancomunada com o Tammany...

— Todo mundo sabe disso — cortou Viola, cruzando os braços em cima dos peitos fartos.

"Ela está sem espartilho." Era um pensamento absurdo, mas, assim que lhe ocorreu, Ruby não conseguiu mais abandoná-lo. Só que não havia nada de lascivo no vestido de Viola. Nada de provocante. Ela simplesmente parecia... à vontade. Livre.

"Concentre-se, Reynolds."

— Como eu estava dizendo, todos sabem da ligação da Cinco Pontos com o Tammany. Mas, depois do contato que tivemos no Delmonico's, percebi que seu irmão também deve estar trabalhando para a Ordem da Ortus Aurea.

— E por que alguém se importaria com isso? — retrucou Viola. Mas ficou com uma expressão tão retraída que Ruby teve certeza de que ela estava envolvida em alguma coisa.

— Há pessoas que podem se importar com o fato de a organização que alega proteger Nova York se utilizar dos serviços de líderes de gângsteres violentos como Paul Kelly. Mas acho que darão ainda mais importância se ficarem sabendo que a Ordem também se vale dos serviços das mesmas pessoas das quais tentam nos *proteger*. Quero denunciá-los, senhorita Vaccarelli. Quero que todo mundo nesta cidade fique sabendo que a Ordem não é a força benevolente que todos acreditam ser. Pelo contrário: abriga criminosos perigosos.

— Você não pode fazer isso — declarou Viola, sacudindo a cabeça.

— Claro que posso — retrucou Ruby. — É isso que eu *faço*.

— Não se quiser chegar com vida ao dia do seu casamento — insistiu Viola, com um tremor estranho na voz. — Meu irmão e o restante da Cinco Pontos não querem ninguém se metendo nos negócios deles. É isso que eu estava tentando dizer lá no restaurante. Você precisa parar antes que eles obriguem você a parar.

— Eles podem até tentar, mas isso não terá a menor importância se eu conseguir denunciá-los primeiro — falou Ruby, tentando transmitir com suas palavras a convicção da qual estava tão fortemente imbuída. — Mas preciso de sua ajuda.

— E que ajuda eu poderia dar?

— Não finja que não sabe que Paul Kelly tem Mageus trabalhando para ele.

O rosto de Viola ficou pálido, e pareceu que ela queria saltar da carruagem em movimento.

"Talvez ela não saiba."

— John Torrio é Mageus — revelou Ruby, quase sussurrando. Só não sabia por que se dera ao trabalho de baixar a voz.

— Torrio? — a expressão de Viola ficou petrificada de tão confusa.

— Você deveria saber — insistiu Ruby. — Tive certeza no instante em que acordei daquilo que ele fez conosco lá no Delmonico's, seja lá o que for. Nós dois, desmaiarmos sem motivo algum? E... — Ruby baixou ainda mais a voz — tivemos uma *sensação* de magia, não é, Theo?

Theo fez cara de resignado e respondeu:

— Tive a sensação de bater com a cabeça na mesa, querida.

Ruby lhe lançou mais um olhar irritado e tornou a ignorá-lo.

— Foi uma sensação *eletrizante*.

— Você acha que John Torrio possui a antiga magia? — perguntou Viola, com uma voz tão vaga que só poderia ser de descrença.

"A pobrezinha não sabia."

— Sim. Oh... Entendo que isso tudo possa ser um choque para você. Mas agora pode entender por que a reportagem que estou fazendo é tão importante. Se eu conseguir provar que a gangue de Kelly tem Mageus, e que a Ordem está acobertando a Cinco Pontos, poderei provar que eles estão acobertando exatamente aquilo que dizem querer destruir. Você não percebe? – Ruby se inclinou para a frente e, sem querer, pegou de novo na mão de Viola. Dessa vez, ignorou a onda de calor que sentiu. Era de adrenalina. De empolgação. *Claro* que Viola também sentira. – Com a sua ajuda, posso pôr fim à Ordem.

VANTAGENS INESPERADAS

1902 – Nova York

Viola estava sem palavras. Ficou observando a moça, aquela tal de Ruby Reynolds, com aquela expressão de expectativa e aqueles olhos brilhantes, e conseguiu apenas ficar de queixo caído. A garota achava que *Torrio* era Mageus?

– Você entende o quanto isso é importante, não é mesmo? – perguntou Ruby. – Vai me ajudar?

– Por quê? – foi tudo o que Viola conseguiu dizer.

Ruby franziu o cenho.

– Por que o quê?

– Por que você quer destruir a Ordem? Eles são iguais a você: ricos e brancos, nascidos nos Estados Unidos. Você tem o mundo a seus pés. Por que quer fazer isso?

Pela expressão de Ruby, parecia que ela acabara de levar um tapa.

– Talvez *eu* não queira ser igual a *eles*, senhorita Vaccarelli.

Até aquele momento, Viola não sabia que era possível uma expressão silenciar. Mas não foi um silêncio natural, causado pelo medo. Era uma quietude feroz que ela conhecia muito bem. Naquele instante, o pássaro ornamental se transformou em um tigre, silencioso e mortal.

– Sim – disse Ruby, com uma voz frágil como vidro. – Tenho mesmo o mundo a meus pés. Tenho uma vida *maravilhosa*, convivendo com as melhores pessoas nas melhores festas da melhor cidade do mundo. – Então chegou mais perto, com um ar sério, e completou: – Mas estou cansada de fingir que tudo o que acontece na minha vida é perfeito. Prefiro morrer.

Viola não se deixou emocionar com as belas palavras da menina rica.

— Fique cutucando Paul Kelly que você vai morrer mesmo.

— Então, pelo menos, terei aproveitado a vida, não é?

O homem, Theo, deu um tapinha de leve na perna dela, como se quisesse consolar a noiva. Mas até Viola percebeu que Ruby não precisava de consolo. Estava com a pele corada, e um olhar claro e determinado. Aquela moça era uma criatura estranha, bem menos frágil do que Viola suspeitara que fosse. Mas talvez tão mimada quanto, se a família permitia que ela ficasse borboleteando pela cidade, correndo atrás de cada ideia que lhe viesse à cabeça.

— A Ordem é uma ameaça a esta cidade — disse Ruby, com a voz mais baixa, grave e séria. — Eles enfraqueceram, e têm medo dessa fraqueza. Têm medo da própria irrelevância nestes novos tempos, então recorreram ao Tammany para conseguir reaver o poder que perderam. E agora recorreram ao seu irmão. Tornaram-se precisamente o perigo do qual deveriam defender a cidade. Olhe só o que fizeram: mandaram você e Torrio para me amedrontar, só porque escrevi uma *reportagem*. Uma reportagem falando a verdade. Mas era uma reportagem que os retratava como fracos e ineficientes. Não querem que ninguém fique sabendo do que aconteceu na Mansão Quéfren. Como não querem que ninguém perceba como são inúteis, usarão de qualquer meio, de políticos corruptos a criminosos, passando por Mageus, para se protegerem. Para escorar sua instituição em ruínas. E pessoas vão morrer por isso.

— Já morreram — complementou Viola, com um tom sombrio.

— Então você compreende? — insistiu Ruby, deixando transparecer uma pontada de esperança em sua voz.

Os três ficaram ali, sentados, em um silêncio constrangedor. Até que Theo enfim falou:

— Nós podemos recompensá-la por seu testemunho, é claro. Podemos tirar você de Nova York, se estiver preocupada com a sua segurança.

"Nós." Porque os dois estavam juntos. Porque os dois iriam se casar. E, assim que se tornassem marido e mulher, aquela garota seria como qualquer outra moça que empunha um buquê e jura fidelidade e obediência a um homem. Viola ficou se perguntando o que aconteceria com o fogo daquela jovem depois disso. Seria extinto ou provocaria uma explosão, estraçalhando a vida perfeita dos dois?

— Não estou preocupada com a minha segurança — respondeu Viola, sacudindo a cabeça. A moça era uma ameaça a si mesma, a todos os Mageus e, dali em diante, à própria Viola. E só havia uma maneira de evitar que esse perigo continuasse aumentando. E se isso também ajudasse Viola a minar o poder da Ordem? Era uma vantagem inesperada. Seriam aliados estranhos, aqueles dois. Mas pareciam sinceros. — Tudo bem. Vou ajudar você.

— Obrigada... — Ruby começou a falar, mas Viola levantou a mão, fazendo sinal para que se calasse.

— Com uma condição.

— Que espécie de condição? — perguntou Theo, olhando para Viola como se ela fosse uma barata que acabara de sair de trás do armário.

— Você não pode escrever mais nenhum artigo até que nosso acordo seja consumado. Nada mesmo — respondeu Viola, quando percebeu que a moça argumentaria em contrário.

— Mas eu tenho de escrever. É a minha *profissão*.

Viola sacudiu a cabeça. Se mais alguma coisa fosse publicada, todo mundo descobriria que ela não matara Reynolds.

— Ela não pode escrever usando um pseudônimo? — indagou Theo.

— Mas, Theo...

— Só até você conseguir as informações de que precisa — argumentou ele. Então olhou para Viola e perguntou: — Por quanto tempo?

— Vai depender do que ela quer de mim.

— Preciso de informações — explicou Ruby. — Até onde sei, a Ordem está tentando localizar as pessoas que destruíram a Mansão Quéfren. Preciso saber o que foi roubado. Preciso de nomes, de evidências da ligação da Ordem com o seu irmão e com a Cinco Pontos. Preciso de provas incontestáveis de que a Ordem não é o que aparenta ser. Que é uma ameaça à cidade.

— Você está pedindo muita coisa... até demais, talvez. Vai demorar. — E então, antes que Ruby pudesse fazer uso daquela sua língua afiada, completou: — Paul não confia em mim. Conseguir essas informações será complicado. — Mas não impossível. E se Viola também conseguisse incriminar Nibsy? Poderia matar dois coelhos com uma cajadada só. — Se você ficar publicando essas suas reportagens, vai ser mais difícil encontrar o que está me pedindo. E também mais perigoso — concluiu, manipulando as emoções da moça.

— Bem, ela não pode ficar sem escrever por tempo indeterminado — interveio Theo. — Precisamos estabelecer algum tipo de prazo.

"Até Libitina estar de novo em minhas mãos", pensou Viola, mas isso não era algo que poderia dizer em alto e bom som.

— Até eu mandar. Minha proposta é essa. Aceite ou descubra algum outro modo de ter acesso à Cinco Pontos.

Viola esperou, meio que certa de que perceberiam que estava blefando e que Ruby rejeitaria sua proposta e continuaria com suas inconsequências sozinha. E meio que torcendo para que ela não fizesse isso.

Por fim, Ruby assentiu com a cabeça.

— Fechado — declarou, estendendo a mão para selar o acordo.

Viola ficou olhando para a mão da moça por um instante, praguejando contra si mesma em pensamento por ter se envolvido em tudo aquilo. Ruby viraria as costas e lavaria as mãos. Mas, se a moça a ajudasse a destruir a Ordem e a pôr seu irmão no seu devido lugar, além de levantar suspeitas a respeito de Nibsy... Aquela era uma oportunidade que Viola não poderia deixar passar.

Ela não gostava da tal Ruby Reynolds. Não gostava daqueles dentes brancos e perfeitos, nem daquele nariz empinado, nem daquelas bochechas que ficavam rosadas toda vez que alguém lhe dirigia a palavra. Talvez Ruby nem fosse tão frágil quanto Viola imaginara, mas a moça ainda era delicada demais para o seu mundo. Acontecesse o que fosse, pelo menos tentara alertá-la.

Viola apertou a mão de Ruby, ignorando a onda de calor que invadiu seu corpo quando sua pele deslizou pelo couro liso e macio das luvas da moça. Seus olhares se cruzaram e, por algum motivo, Viola só conseguiu enxergar Tilly a encarando de volta. E odiou Ruby Reynolds ainda mais por isso.

A carruagem parara sem que Viola tivesse percebido. Quando se deu conta, puxou de volta a mão.

– Quando nos encontraremos novamente? – perguntou Theo, rompendo o silêncio.

Viola sacudiu a cabeça e respondeu:

– Não sei ao certo.

– Isso não vai... – começou ele, mas Ruby o impediu de continuar.

– Tenho certeza de que ela tem suas responsabilidades para cumprir – falou Ruby, dirigindo-se ao noivo, mas sem tirar os olhos de Viola. – Ela mandará notícias quando conseguir alguma coisa... não é?

Poucos dias antes, Viola estava presa à Bowery, onde passaria o resto de seus dias. Estava triste, de luto por Tilly, mas conformada com a vida que lhe cabia, sabendo como era essa vida – e como seria. Naquele momento, tudo se tornou incerto. Viola não sabia mais onde cairia. Mas estava determinada a cair de pé.

– Mandarei notícias quando puder.

Theo tirou um cartão cor de creme do bolso do paletó e entregou para Viola.

– Você pode nos contatar neste endereço – disse.

Quando pegou o cartão, Viola reparou nas unhas perfeitamente manicuradas do rapaz, na pele lisa da ponta dos dedos, e no endereço na Madison Avenue. Ela já matara homens muito mais perigosos do que Theo Barclay. Mas, pela primeira vez em muito tempo, sentiu a desagradável sensação de uma espécie diferente de medo.

Theo abriu a porta e deixou Viola descer da carruagem. Ela se deu conta de que voltara para o mesmo lugar. Em meio a tudo o que acontecera, e eles só haviam dado a volta em duas quadras.

— Conversaremos de novo em breve — falou Ruby antes que a porta da carruagem se fechasse.

Viola ficou observando a carruagem se afastar até virar a esquina, abandonando a imundície e a pobreza da Bowery sem deixar rastros.

Ignorando seu péssimo humor, Viola começou a fazer o caminho de volta até o estabelecimento de Paul. Fosse lá o que fingisse ser, Ruby Reynolds não passava de uma pobre menina rica, divertindo-se com as brincadeiras dela. Representava tudo o que Viola aprendera a odiar: era privilegiada, negligente e ignorante da realidade do mundo.

Ou pelo menos deveria ser. Mas Viola notara que a expressão de Ruby mudou quando ela falou em uma vida diferente. Sim, Ruby Reynolds era tudo o que Viola deveria odiar, mas, sem sombra de dúvida, ela faria tudo o que estivesse ao seu alcance para que a bela e delicada menina rica continuasse viva até perceber o quanto estava errada.

FURIOSO

1904 – Saint Louis

Do lado de fora do King's, o ar estava úmido e ainda conservava a frieza da tempestade que caíra. Esta abaixou o chapéu, escondendo os olhos, mas manteve a postura ereta e o caminhar decidido, lembrando do que Julien lhe dissera. Ainda estava irritada com Harte, pensando no trem, nos Antistasi e no que aquilo tudo poderia significar. Mas, à medida que foram caminhando, sua irritação diminuiu.

Aquela cidade desconhecida lhe dava uma estranha sensação de familiaridade. Talvez porque a energia daquele lugar – a sensação de haver tanta gente vivendo, respirando, lutando e amando em um pedaço tão pequeno de terra – fosse igual à de Nova York. Um lugar lotado. Predominantemente vivo, mesmo na calada da noite.

Quando chegaram à pensão, Harte titubeou. O céu havia clareado, e a lua lançava seu véu sobre o semblante dele.

– O que foi? – perguntou Esta.

– Nada. Eu só...

Mas o mago sacudiu a cabeça em vez de terminar a frase e foi na frente, subindo os degraus do alpendre e depois a estreita escada que levava ao quarto alugado horas antes.

Assim que destrancou a porta, Esta só conseguia pensar em tirar as roupas malcheirosas que vestia. Tudo fedia aos charutos que Julien insistia em fumar e ao odor corporal do dono anterior das peças. Esta tirou o paletó e o atirou em um canto, depois começou a desabotoar a camisa antes de perceber que Harte ainda estava ao pé da porta, com as mãos enfiadas nos bolsos e uma cara que a obrigou a parar o que estava fazendo.

— Você não vai entrar? — perguntou ela, sacudindo os ombros para se livrar da camisa.

O mago pousou os olhos nas tiras do lençol que Esta rasgara para amarrar em volta do peito, apertando os seios para esconder sua silhueta natural.

— Isso não vai dar certo — declarou ele.

"De novo, não."

— Julien acha que vai dar certo, sim. Ninguém naquela taberna sequer reparou em mim, e você sabe muito bem disso. — Harte sacudia a cabeça, discordando. Fazia isso o tempo todo. — Você só está bravo porque não pensou nisso antes.

— Você acha que eu estou *bravo*? — disparou Harte, dando um passo na direção de Esta. Havia algo de estranho naquele tom vago, algo de indecifrável no olhar do mago.

— E não está?

Ele deu mais um passo, depois outro, até chegar tão perto que Esta podia sentir o calor de sua pele.

— Furioso.

Mas, pelo tom de voz, não parecia. Nem um pouco.

Havia uma luz diferente nos olhos dele, mas não eram aquelas cores estranhas que Esta já vira. Pelo contrário, era um questionamento, uma faísca de anseio, esperança e carência, algo tão feroz que Esta só conseguiu levantar o queixo, em um misto de resposta e convite.

E, quando viu, os lábios do mago estavam colados nos seus, firmes e confiantes, sem deixar espaço para questionamentos. Esta poderia tê-lo impedido, poderia ter impedido *a si mesma* de passar os braços pelo pescoço de Harte e puxá-lo mais para perto, mas não quis. Todo o medo, a frustração e a preocupação daquela noite ainda estavam presentes. Só que, de uma hora para a outra, simplesmente deixaram de fazer diferença. A única coisa que tinha importância naquele momento era a sensação dos lábios de Harte roçando nos seus, e aquela presença física, firme, ardente e ávida, intensificando o beijo, fazendo Esta se perder nele. Perdendo-se nela também.

E então, sem mais nem menos, Harte se afastou, interrompendo aquela ligação entre os dois. Os olhos dele estavam mais vivos, e Esta podia enxergar as cores inomináveis que ali brilhavam, enquanto o peito do mago arfava, com dificuldade de respirar. Ela teve vontade de puxá-lo para perto e beijá-lo de novo, mas aguardou, porque teve a sensação de que qualquer movimento estragaria a frágil esperança daquele momento.

Devagar, meio hesitante, Harte foi afastando as mechas de cabelo castanho que estavam no rosto de Esta.

– Não acredito que você fez isso com o seu cabelo.

– Cabelo cresce, Harte – disse ela. O calor que florescera em seu peito arrefeceu um pouco ao ouvir as palavras do mago. Mas, com Harte ali, acariciando suas madeixas curtas, ficava difícil continuar brava com ele. – Não dou a mínima se você gosta ou deixa de gostar.

Harte fez careta para Esta e falou baixinho:

– Nunca disse que não gostei.

– Lá no bar, pensei... – Harte acariciava sua nuca à mostra. – Você parecia tão chateado.

– E você pode me condenar por isso? – sussurrou o mago. Então se inclinou até encostar a testa na sua. – Você me pegou de surpresa. Achei que estivesse aqui, em segurança, e aí você apareceu... desse jeito...

Esta se afastou, pronta para censurá-lo de novo, mas se conteve quando viu a expressão de Harte. Aquele desejo e aquela *carência* eram iguais aos seus.

O mago passou a mão pela lateral de seu pescoço, e Esta sentiu sua afinidade se assomar e se aquecer, e seu corpo também ficou quente.

– Daria na mesma se você tivesse aparecido lá no bar completamente nua, com esse pescoço tão à mostra e com os contornos das pernas realçados por aquelas calças, para quem quisesse ver.

– Ninguém ficou olhando.

Esta ficou ao mesmo tempo frustrada e achando graça do pudor do mago.

– *Eu* fiquei olhando – retrucou Harte. Então puxou Esta para perto de si mais uma vez e a beijou com tamanho desespero que ela ficou sem ar.

Esta não havia se dado conta de que a porta continuava aberta atrás de Harte, porque todos os seus sentidos foram direcionados para o beijo. O mago acariciava seu pescoço, seus ombros e seus braços, aliviando a raiva e o medo que ela sentira durante aquele dia, preenchendo o vazio que experimentara quando sua afinidade fugiu do controle, despertando algo diferente, mais ardente e vivo do que tudo o que já conhecera. E então Harte começou a puxar as faixas que envolviam seu peito até caírem completamente e sua pele roçar no tecido áspero do casaco dele. Esta poderia tê-lo impedido a qualquer momento, mas não *quis*. Em vez disso, enroscou os dedos em seu cabelo, puxando-o mais para perto, incentivando-o a continuar. Correspondendo a cada vontade, a cada desejo.

Foi só quando suas pernas bateram na cama baixa que Esta se deu conta de que Harte havia se movimentado pelo quarto, levando-a junto. Os dois caíram em cima do colchão fino, e o peso de Harte a esmagou e a prendeu ali. "Sim", Esta teve vontade de dizer. Só que, no mesmo instante em que deitaram, Harte ficou completamente imóvel. Afastou-se de Esta, que ficou observando o mago fechar a cara, como se fossem as janelas de uma casa antes de uma tempestade, enquanto as cores estranhas floresciam nas íris dos olhos dele.

– Harte? – sussurrou Esta, tocando o rosto dele quando percebeu que o único movimento que ele fazia era o sobe-desce irregular no peito, porque tentava recuperar o fôlego. Mas, apesar de estar com os olhos abertos, olhando fixamente os de Esta, ela teve a sensação de que Harte não estava de fato ali.

A MULHER

1904 – Saint Louis

Harte estava a um milímetro de distância de Esta. Podia sentir a pele quente dela contra a sua, a maciez de seu corpo contra a firmeza do dele, mas não era Esta que o mago enxergava. Aquele quarto exíguo também desaparecera, e Harte sentia a opressão do verão: um calor seco e escaldante, que subia por sua pele.

Havia uma mulher envolta em um manto branco de linho que arrastava pelo chão, e estava gritando. Era Esta e outra mulher a um só tempo, e ela estava – *elas* estavam – gritando. Aquele som ecoava tão alto em seus ouvidos que Harte não conseguia escutar nada além do terror, da agonia e da *fúria* daquela voz. A mulher olhava para ele, com o rosto sobreposto ao de Esta. E, por mais que um lado de Harte tivesse uma vaga noção de que nada daquilo era real – de que era uma espécie de visão ou de pesadelo com os olhos abertos –, o mago não conseguia se libertar daquilo.

Tinha vontade de gritar para Esta se afastar. Precisava interromper a conexão entre os dois, mas era tarde demais. A voz inflara dentro de Harte, borrando completamente o rosto de Esta.

E então tudo era escuridão, e era como se ele fosse a mulher. Como se enxergasse o que ela enxergava, sentisse o que ela sentia.

Havia uma luz mais adiante, e a mulher foi na direção dessa luz até que brilhasse mais e mais e se tornasse uma câmara repleta de rolos e pergaminhos empilhados em altas prateleiras. Conhecimento, poder e todos os segredos do mundo.

Ela fizera aquilo.

Ela criara tudo aquilo, mas nada funcionara. Ainda havia coisas por fazer, caso contrário o poder que havia no mundo desapareceria, assim como o luar desaparece na claridade da aurora.

No centro da sala, havia uma mesa longa e baixa. E, em sua superfície, reluziam cinco gemas – joias que não foram mineradas da terra, mas produzidas.

O poder que ela detinha estava morrendo. A magia havia muito diminuía, ficando mais fraca a cada divisão, a cada separação. Ela tentara deter sua morte lenta. Criara algo para suspender o poder, puro e indivisível. Para preservá-lo. E então criou a palavra e a página. Mas isso não funcionou. Foi roubado dela, desvirtuado e desrespeitado.

A intenção dela era salvar a todos. E em vez disso, criara a destruição da magia. Mas poria um fim nisso. Aqui. Agora.

A mulher passou os dedos nas pedras que havia criado, e ele pôde sentir como as gemas a atraíam. Ele podia sentir a atração que exerciam, forte, firme e clara.

E então a visão se inclinou e mudou novamente. O mundo emborcou, e havia uma mulher – ou seria Esta? O cabelo castanho-escuro estava revolto em torno do rosto. Os olhos haviam enegrecido, estavam vazios, e ela estava gritando. As pedras brilhavam, e ela estava encurralada nos limites de seu poder. Dor, raiva e fúria sacudiam a câmara. E medo. Havia um medo que dominava o recinto – medo e a dor da traição.

– Harte?

O mago sentiu dedos frios roçarem em seu rosto, trazendo-o de volta das profundezas. E se encolheu para desviar deles, emergindo do pesadelo que invadira sua vigília.

– Não me toque – disse, com um tom tenso e seco. Em seguida, se afastou. Foi para trás com um solavanco desajeitado e caiu da cama para ficar longe de Esta. – Apenas... fique aí. Fique longe de mim.

A visão ainda o assombrava. A mulher e Esta, e os rostos se alternando enquanto Harte tentava tirar aquela imagem dela gritando da cabeça.

Esta deitou de lado, para poder olhar para Harte.

– O que foi? O que deu em você?

– Eu *quero você*... – Mas o mago tapou a própria boca com as mãos, porque não foi ele quem falou. A voz se aproveitara de sua fraqueza e se erguera, apossando-se de seu corpo e se utilizando dele, como se Harte não passasse de uma marionete.

Esta retorceu os lábios, com os olhos dourados escurecidos.

– Bem, acho que o que acabou de acontecer é prova de que você pode me ter – falou, provocante.

– Não! – urrou Harte. E essa palavra foi sua. O mago era *ele mesmo*. Harte Darrigan, não aquilo que vivia dentro dele.

Esta se encolheu, e Harte viu a expressão de mágoa no rosto dela.

– Harte, qual é o problema?

Ela esticava o braço na sua direção, e estava tão linda, tão frágil, tão absolutamente fácil de destruir.

Harte sabia o que a visão queria dizer: *ele* a destruiria. O Livro – o poder que havia dentro dele, seja lá o que fosse – a destruiria e se aproveitaria de Esta, e seria tudo culpa dele. "Tudo culpa minha." Harte destruiria Esta como fizera com a própria mãe. Só que, dessa vez, não sobraria nada além do pretume que ainda o assombrava, muito tempo depois de a visão ter passado.

O pretume, como a escuridão que Esta dissera ter visto quando suas afinidades se conectaram.

O mago engoliu em seco e se obrigou a olhar para Esta – para se certificar de que a escuridão nos olhos dela não era real. O cabelo estava uma bagunça, as mechas curtas haviam sido cortadas em comprimentos diferentes e caíam em torno do rosto, fazendo-a parecer uma criatura elemental, mas os olhos eram mesmo os de Esta. Havia preocupação, dor e uma indagação naquelas profundezas cor de uísque.

– Não consigo me segurar – confessou Harte. E viu um brilho de prazer iluminar a expressão de Esta, antes que ele o apagasse com as palavras que disse a seguir: – É o Livro...

– O *Livro*?

– O poder ou seja lá o que for que está dentro de mim. Eu... – Harte se interrompeu e se corrigiu: – *Ele* quer você. Quer usar você. E, se fizer isso...

O pretume era tão vazio que mais parecia o nada. Como se fosse se derramar pelo mundo, e ninguém mais estaria a salvo.

– Do que você está falando? – perguntou Esta, bem devagar, com um tom mais calmo. – Você está querendo me dizer que não *quis* me beijar?

– Sim – respondeu Harte, sacudindo a cabeça. Mas não lhe pareceu ser verdade. – Não sei.

Esta se sentou na cama e ficou olhou feio para o mago. Puxou os lençóis para se cobrir, mas Harte chegou a ver um lampejo de carne de um cor-de-rosa amarronzado e toda aquela extensão de pele lisinha que quase possuíra.

"Sim... Minha..."

– Não! – ele exclamou. E sua voz mais pareceu o estrondo de um disparo naquele quartinho exíguo. Esta se encolheu toda de novo. Mas o mago não permitiria que o poder a possuísse. – Não sei o que é isso que existe dentro de mim – explicou, com a voz rouca. – Não sei o que é isso que existe entre nós. Não sei se desejo você ou se é o poder dentro de mim que deseja. Mas *isso* não pode acontecer. Não pode acontecer nunca mais.

– Harte...

A mágoa que transparecia na voz de Esta era tão grande que Harte sentiu um aperto no peito.

– Eu vi coisas – sussurrou, ao ser novamente tomado de assalto pelas lembranças das visões.

– Do que você está falando?

– De visões. Na estação, no hotel, agora há pouco... – O mago olhou para Esta, torcendo para que ela entendesse seu relato do que vira. – Eu vou lhe fazer mal. Se eu tocá-la, se eu me perder em você, irei destruí-la.

– Você não vai...

Harte respirou fundo, com dificuldade, e disse:

– Você não tem como ter certeza disso.

— Não sou nenhuma flor frágil e delicada, Harte. Vamos dar um jeito nisso. *Juntos*.

Esta esticou o braço para tocá-lo, mas Harte foi para trás, evitando o contato. A voz estava quase na superfície. Então o mago se virou para o outro lado, pois sabia que, se viste Esta naquele momento, se percebesse a mágoa estampada nos olhos dela e no corpo despido para ele, do jeito que estava, seu autocontrole desmoronaria.

— Perdão — falou, seco, com uma voz frágil e controlada.

— Não há nada para perdoar — respondeu Esta, já de pé. Harte a ouviu se enrolando no cobertor. — Caso você não tenha percebido, eu quis isso tanto quanto você.

Só que Harte já pegava o casaco e se dirigia à porta, que ainda estava aberta.

"Sequer fechamos a porta."

Que falta de autocontrole.

— Você vai mesmo sair desse jeito? — perguntou Esta.

— Vou dar uma caminhada. — E, nesse instante, virou-se para Esta, que estava descabelada, com os lábios inchados e avermelhados por causa do beijo. — Preciso de ar.

— Harte...

— E de privacidade — completou, correndo para passar logo pela porta. Assim que passou, a fechou, de um jeito inegavelmente definitivo.

Suas pernas tremiam quando desceu correndo a escada da pensão e saiu noite afora. Ainda fazia calor, o ar estava úmido por causa da chuva, e as nuvens haviam se afastado para revelar as estrelas. Mas Harte não se deu conta de nada disso. Sequer percebeu para que lado foi. Simplesmente andou, do modo mais rápido e obstinado que seus pés conseguiram.

Ele a beijara. Beijara, tocara, e fora *tudo — mais* do que tudo. Mais do que poderia imaginar.

Poderia tê-la possuído. Esta teria se entregado para ele, e Harte poderia tê-la possuído ali mesmo, naquela cama estreita e imunda, naquele quarto estreito e decrépito.

"E ela o odiaria por isso depois."

Harte continuou andando a esmo até que o poder que havia dentro dele se acalmasse, e as solas de seus pés ficassem tão doloridas quanto sua alma. E jurou, a cada passo que deu, que jamais permitiria que aquilo se repetisse.

RESQUÍCIOS DO QUE OUTRORA FORA

1904 – Saint Louis

Esta ficou observando a pintura descascada da porta fechada enquanto seu organismo assimilava o que Harte acabara de fazer. Segurava o cobertor, tapando seu peito nu. E, pela janela aberta, vinham os ruídos dos cães latindo e das eventuais carruagens que sacolejavam ao longe. Seu coração estava acelerado, e sua pele ainda estava ruborizada e quente por causa dos beijos de Harte, por mais que sua fúria aumentasse cada vez mais.

As palavras do mago ecoavam em sua mente: "Eu vou lhe fazer mal". Pelo menos quanto a *isso*, ele não mentira.

Esta sempre soube que reunir as pedras e assumir o controle do Livro poderia significar o seu fim. O Professor Lachlan explicara isso quando tentara se apossar do poder do Livro. "Você é apenas o receptáculo". Não fora isso que lhe dissera?

Ela torcia para que o Livro guardasse algum segredo capaz de mudar tal destino, só que estava em poder de Jack Grew, e só Deus sabia por onde ele andava. O único modo de voltar para o instante e o lugar onde os dois haviam perdido o tomo era conseguir manter Harte sob controle. Mas, quando ela tocava no mago, mal conseguia desacelerar os segundos. Não estava disposta a arriscar viajar pelo tempo até que os dois descobrissem uma maneira de controlar o poder que havia dentro dele.

Um poder que, pelo jeito, a desejava.

Esta ficou toda arrepiada só de pensar. De uma hora para outra, o quarto lhe pareceu sufocante – e, ao mesmo tempo, insuportavelmente vazio. Vestiu a combinação que usara por baixo do espartilho. Por um instante ficou parada em meio ao silêncio, observando a cama estreita e afundada, a colcha manchada, amontoada e jogada para o lado, as cortinas desbotadas, tão velhas e gastas que poderiam cair a qualquer momento, e o monte de cabelo que deixara jogado no chão.

Quase dormira com Harte Darrigan. Poucos minutos antes, confiara nele a ponto de desarmar todas as suas defesas. E o mago sequer estava presente. Sequer fora a pessoa – a *coisa* – no controle da situação. Tudo o que acabara de acontecer... Harte sequer sabia se fora ele mesmo.

Um frio tomou conta de Esta, que tirou o cabelo que lhe restara dos olhos. Seus dedos ainda lembravam da sensação, sentida havia poucas horas, de alisar as longas madeixas, de prender os cachos que se soltavam atrás de suas orelhas. Mas, naquele momento, seu próprio cabelo parecia ser de outra pessoa. Sem jeito, escovou a nuca, onde as pontas picotadas estavam ásperas e espetadas, mas isso só a fez lembrar do modo como Harte a tocara.

Do outro lado do quarto, viu seu próprio reflexo no espelho arranhado e, sem pensar, chegou mais perto. Mal conseguia reconhecer a si mesma: as olheiras fundas, o cabelo curto que dava a impressão de que seu maxilar era mais pronunciado e, a boca, mais fina e severa, apesar de ainda inchada pela fricção dos beijos de Harte. Seus olhos não estavam mais realçados pela maquiagem que usava para escurecer os cílios. Não fora apenas o corte de cabelo que a transformara. Fora também o fogo em seu olhar, alimentado pela mágoa e pela tragédia sem sentido. Fora a determinação que tornara sua expressão severa.

Por um instante, Esta examinou aquela nova versão de si mesma e percebeu a verdade avassaladora do que fizera – com seu cabelo, com Harte –, do ponto a que haviam chegado e do que estava em jogo. E do que ainda estava por vir.

Ainda não conhecia aquela pessoa que a observava do espelho, mas gostava do que via. Ou aprenderia a gostar. Faria tudo o que fosse necessário para que Nibsy jamais pusesse as mãos nas pedras. Garantiria que o Livro e seu poder ficassem a salvo da Ordem e de quem mais pudesse usá-lo para fazer mal a pessoas iguais a ela. Mas também levaria mais a sério sua necessidade de se proteger de Harte Darrigan. Seria parceira dele, até poderia salvá-lo, se isso estivesse ao seu alcance, mas não se permitiria abrir o coração para o mago.

Não cometeria o mesmo erro novamente.

Aos seus pés, o resquícios do que outrora fora seu cabelo se espalhavam pelo chão. Esta ficou pensando nele, sentindo a maciez das longas mechas debaixo do solado de couro dos sapatos masculinos que ainda calçava. Aquele cabelo pertencia a outra garota. Esta não poderia voltar a ser quem era, assim como não poderia colar aquele cabelo de volta na própria cabeça. Assim como não poderia apagar a lembrança dos beijos de Harte de seus lábios. Recolheu o cabelo amontoado no chão e o atirou na lareira, mas o fogo já tinha esfriado e morrido.

TARDE DEMAIS

1902 – Nova York

A neblina que se abateu sobre a Bowery era tão espessa e obscura quanto a própria noite. O brilho suave dos postes de iluminação mal atravessava sua escuridão. As ruas, molhadas pela chuva que caíra durante o dia, brilhavam como a água que inundava os canteiros de arroz nos arredores de seu vilarejo natal. Por um instante, Jianyu quase teve a sensação de estar lá, no alto de uma colina, vendo a interminável extensão de campos ao redor da casa de sua família, o chão encharcado que afogava as ervas daninhas que, de outro modo, sufocariam o arroz, acabando com a vida da plantação. Mas então essa imagem tremeluziu, e ele só conseguia ver a cidade – o encardido das ruas, as poças d'água que jamais seriam suficientes para levar embora a imundície e a pobreza que sufocava a Bowery, acabando com a vida da vizinhança.

Ele chegara tarde demais. Já fracassara com Cela, e o mesmo aconteceria de novo.

Apertou o passo e não se deu ao trabalho de usar magia. Sua afinidade não teria utilidade nenhuma, até porque seus passos deixariam rastros em cada poça, mas se manteve nas sombras e andou mais rápido. Não poderia chegar tarde demais. Se o garoto conseguisse falar com Nibsy, os resultados seriam devastadores. Poderia torná-lo invencível.

As ruas estavam desertas, um lampejo de sorte em meio àquela sequência de dias tão lúgubres. Ter sido pego de surpresa, levado uma surra tão grande e então ser entregue de bandeja por Mock Duck em troca de um punhado de segredos? Talvez Jianyu devesse ser grato por ainda estar vivo. Certamente deveria agradecer a Cela, por tê-lo seguido e arriscado a própria vida para resgatá-lo. Mas se sentia afrontado por saber que precisara da proteção *dela*. Ele a deixara na mão – assim como fizera com Dolph –, mas não fracassaria novamente. Não permitiria que o garoto de outra época saísse vitorioso. Se isso acontecesse, Nibsy se tornaria tão poderoso quanto Harte e Esta haviam previsto, e o impacto seria sentido muito além dos limites da cidade, talvez até em outros continentes.

Uma silhueta do outro lado da rua se movimentou, chamando a atenção de Jianyu. Quando se virou, um homem saiu das sombras e se colocou sob o facho do poste de iluminação.

"Mock Duck." Os botões prateados do colete do homem brilhavam como olhos no meio da noite.

Jianyu continuou de cabeça baixa e apressou o passo. Tentou pegar os espelhos de bronze, mas descobriu que seus bolsos estavam vazios. "Não tem importância." Acionou sua afinidade, abriu a luz ao seu redor e começou a correr, usando um beco como atalho para chegar à quadra seguinte. Não olhou para trás para ver se os capangas de Mock o seguiam. Em vez disso, concentrou-se em não pisar nas poças que revelariam sua trilha exata.

Mais duas quadras adiante, depois mais meia para a esquerda, e estaria no ponto em que Esta e o garoto chegariam... se já não tivesse se desencontrado deles.

Jianyu virou na Essex Street e parou de supetão. Logo adiante, havia um grupo de homens em volta de outro.

"Tarde demais."

Jianyu manteve a luz bem perto de seu corpo e foi se esgueirando até chegar mais perto, cuidando para que seus sapatos não causassem ondulações nas poças, o que denunciaria sua presença. Quando se aproximou o suficiente para ver o que estava acontecendo, sentiu um aperto no estômago. Tom Lee e três

On Leongs estavam debruçados sobre alguém — um homem ou um garoto —, e a pessoa estirada no chão estava mortalmente inerte.

Era melhor ir embora. Tom Lee não perdoaria Jianyu por ter quebrado seu voto de lealdade à On Leong. Lee podia até não ser violento como Mock Duck, mas Jianyu tinha certeza de que, se o visse ali, não pensaria duas vezes antes de atacá-lo. Só que Jianyu precisava saber: o homem que observavam era o garoto que ele procurava? Então chegou ainda mais perto, segurando firme sua afinidade.

Um dos On Leongs chutou o homem com tanta violência que Jianyu sentiu a dor no seu próprio estômago. O homem gemeu de dor e rolou para ficar de barriga para cima.

O sangue de Jianyu gelou.

A pessoa estirada no chão não era o garoto loiro que Esta descrevera lá na ponte. No brilho tênue do poste de iluminação, Jianyu viu a *si mesmo* estirado no chão — não era o rosto do garoto, mas o seu, que se contorcia de dor enquanto os homens de Tom Lee se preparavam para atacar novamente.

Ele foi cambaleando para trás, perplexo e sem acreditar, pisando na água estagnada. No choque daquele momento, sua afinidade escorregou de seus dedos.

Tom Lee e companhia viraram para a origem do ruído e arregalaram os olhos ao vê-lo ali. A expressão deles era um misto de surpresa e horror, olhando para Jianyu, ali parado, sob o brilho fraco e bruxuleante do poste de iluminação, e para o corpo caído no chão, que mal se movia. Mas Tom Lee não demonstrou o mesmo medo. Veio andando na direção de Jianyu, com um brilho de expectativa nos olhos, tirou uma pistola do casaco e mirou.

Jianyu se virou para fugir, mas o eco do disparo abafou seus passos. Sentiu a dor da bala rasgando seu corpo e então foi caindo.

Caindo até encontrar o esterco e a umidade das ruas molhadas pela chuva. Caindo até atravessá-las — sem parar —, como se a morte não passasse de uma queda infinita. Caindo como se não fosse nunca parar de cair, como se jamais fosse aterrissar.

Até que seu corpo bateu com força no chão, e ele levantou de supetão, lutando para ficar de pé. Ele precisava correr...

— Acomode-se aqui — disse uma voz, que não falou no idioma cantonês, como Jianyu esperava. — Cela! Venha aqui, menina.

Jianyu abriu os olhos, e a rua se dissipou, substituída por um quarto pequeno, mas confortável. O brilho de um pequeno lampião iluminava o ambiente, e o ar parecia quente e abafado, fedendo a suor e a falta de banho.

Não, não era o quarto. Era *ele* quem fedia a suor. Suas roupas estavam empapadas e, de repente, ele sentiu ao mesmo tempo um calor e um frio insuportáveis.

— O que foi? — perguntou Cela, na soleira da porta.

— Ele está acordando — disse uma voz masculina. Era da pessoa que o segurava, um homem mais velho, de pele morena escura, com cabelo grisalho nas têmporas e testa larga. — Dê um jeito nele.

As mãos desapareceram e, instantes depois, a cama afundou: Cela se sentou ao seu lado. As mãos graciosas dela estavam frias quando encostaram na testa de Jianyu.

— Quanto tempo? — perguntou ele, com a voz rouca, enquanto tentava se sentar. A lateral de seu corpo ainda doía, e sua cabeça latejava.

— Espere um pouco — disse Cela, pegando um copo d'água. Em seguida, tentou colocá-lo nas mãos de Jianyu, mas ele o afastou.

— Quanto tempo faz que estou aqui? — insistiu, com o coração ainda acelerado por ter sonhado com a morte.

— Você vem recuperando e perdendo a consciência há quase cinco dias — respondeu Cela.

"Não." Ele chegaria tarde. "Tarde demais." Jianyu tentou pôr as pernas para fora da cama, mas esse movimento o deixou tonto.

— Você precisa se sentar — aconselhou Cela, segurando-o pelo braço ao notar sua falta de firmeza.

— Preciso ir — insistiu Jianyu, sacudindo o braço para se soltar de Cela.

— Ir? — Jianyu teve uma vaga noção de que a voz de Cela parecia vir de bem longe. — Você mal consegue sentar. Aonde pensa que vai?

Jianyu levantou-se com dificuldade. "Tarde demais." Mas sua visão escureceu, e ele foi cambaleando para trás.

— Você não vai a lugar nenhum — declarou Cela. Em seguida, o empurrou, com todo o cuidado, até a cama, e Jianyu sentia as pernas tão fracas que não conseguiu resistir. — Você vai tomar esta água e, se conseguir mantê-la no estômago, pode tomar um pouco de caldo.

— Vou chegar tarde demais — respondeu ele, segurando o copo. Suas mãos tremiam com o peso da água, e ele não conseguia fazê-las pararem de tremer.

— Você quase morreu de tanto apanhar. Seja lá o que for, terá que esperar — disse Cela, fazendo sinal para ele beber.

Ela estava enganada. O garoto não esperaria para chegar, não esperaria para encontrar Nibsy. Jianyu tomou a água a contragosto, mas ficou surpreso com aquele frescor, com a sede intensa e súbita que sentiu. O líquido terminou antes de sequer começar a matar sua sede.

— Mais — pediu, com um tom antes de súplica do que de exigência. "Cinco dias."

Jianyu pegou o segundo copo e bebeu tudo, principalmente para provar que conseguia do que pela sede. "Cinco dias." Perdera cinco dias. Ou seja: já era tarde demais.

DESCARTADO

1902 – Nova York

Para Logan Sullivan, viajar pelo tempo não era a aventura romântica que os filmes faziam parecer. Para começar, ele não tinha a oportunidade de sair por aí em um carro flutuante ou em uma cabine telefônica mágica, exclusiva da polícia. Não era uma empreitada fácil. Doía. E, para completar, ele ficava zonzo, parecia que suas entranhas seriam arrancadas de seu corpo e que até seu próprio *ser* estava prestes a se despedaçar. Sempre havia um momento, assim que Esta o arrastava de uma época para outra, em que ele era capaz de jurar que não sobreviver era uma possibilidade real, um ponto em que parecia que sequer existia. Resumindo, viajar no tempo era um pé no saco: difícil, perigoso e frustrante.

Mas, até aí, Esta também era.

Era a pessoa que sempre conseguia enxergá-lo como verdadeiramente era, e isso era um inconveniente e tanto para Logan Sullivan, já que descobrira fazia muito tempo que era bem mais fácil se virar no mundo quando seu rostinho bonito falava mais alto do que suas palavras.

Mesmo assim, sendo ou não um pé no saco, Logan se sentia mal por ter ameaçado Esta com uma arma, e ainda pior pelas balas que o Professor Lachlan carregara no revólver. Não que Logan não tivesse acreditado quando o Professor lhe disse que Esta os traíra e não era digna de confiança. A questão era que Logan podia ser muitas coisas, mas nunca se vira como assassino. Não gostou da ideia de dar um tiro nas costas de Esta. Por mais que ela tivesse feito isso com Dakari.

Então ficou feliz por Esta não ter resistido enquanto os dois se dirigiam ao ponto de partida. Ficou aliviado por só ter precisado cutucá-la com o revólver uma vez para que começasse a andar, mas deveria ter previsto que as coisas não seriam tão simples. Com Esta, nunca eram. Em um momento, Logan teve a sensação de que o mundo inteiro estava se despedaçando, que até sua alma implodia. E, em seguida, sentiu a dureza da calçada sob seu corpo.

Antes mesmo de conseguir ficar de pé, sentiu uma dor atravessar a articulação de seu ombro. Sua mão ficou dormente, e Esta se afastou. Logan cambaleou, tentando ficar de pé, mas sua visão tinha nitidez suficiente *apenas* para enxergar Esta pegando a sacola que ele trazia consigo e desaparecendo.

Logan estava tentando recuperar o foco da visão quando a realidade de sua situação se abateu sobre ele. A umidade da rua de paralelepípedos, o cheiro de fumaça de carvão e fuligem no ar. A estranha luz inclinada que atravessava o dia nublado, e o burburinho de vozes ao seu redor, falando línguas que ele não entendia. O Professor Lachlan tentara ensiná-lo, mas Logan nunca fora bom com as palavras como Esta.

Esta. Que sempre se saía bem em tudo. Esta, que certamente o abandonara.

No passado.

Havia outro odor pairando no ar além da fuligem: um azedume que indicava algo vivo. Ou algo que um dia vivera. Animais, comida podre ou merda. Sim, com certeza merda. No ar fresco da manhã, o fedor estava disfarçado, mas Logan podia imaginar que aquele cheiro ficaria forte ao ponto de sufocar quando o calor do verão se abatesse sobre a cidade.

Não era para Logan estar lá durante o verão. O Professor Lachlan havia prometido. Assim que entregasse a sacola e as anotações, Esta deveria levá-lo para seu próprio tempo – dele *e* de Esta.

Onde... era... o... seu... lugar.

A sacola que trazia consigo desaparecera fazia tempo. Mas pelo menos ele ainda estava com as anotações, pensou, batendo no bolso do paletó. "Sim. Estão aqui."

Logan finalmente conseguiu sentar. Suas calças estavam molhadas, pois tinha aterrissado em uma poça. "Água da chuva... Tomara que seja água da chuva..." Ao esfregar a cabeça, no ponto onde havia batido no chão, percebeu que estava sendo observado. Dois caras corpulentos, com casacos escuros e um chapéu escondendo os olhos, vinham direto na sua direção. Um deles tinha uma espécie de bastão, um porrete, mas com uma ponta de metal afiada.

Ele se levantou com dificuldade, ergueu as mãos e tentou ir para trás, mas bateu em alguém.

– Opa! – disse ele, com a cabeça ainda girando, tentando continuar de pé.

– O que temos aqui? – perguntou o maior deles, chegando mais perto de Logan e o encurralando. O cara sorriu, uma espécie de esgar impiedoso, que deu a Logan a sensação de ter engolido uma pedra. Ele não era o lutador da dupla; Esta era. Logan era mais do tipo que-se-livrava-dos-problemas-na-conversa. Mas aqueles caras não pareciam interessados em ouvir nada.

– Onde se meteu a garota? – disse o outro, fazendo uma cara tão feia quanto o nariz quebrado que ostentava. – Ela estava bem aqui e aí...

– Esqueça – ordenou o maior, atiçando Logan com o bastão. – A garota é que nem eles. – Então lançou um olhar mortífero para Logan e completou: – Não é? Quer dizer que você também é?

– Olhe, não quero causar transtorno – falou Logan.

– Meio tarde para isso, né? – respondeu o maior, enquanto o cara que estava atrás de Logan segurava seus braços. O outro pegou a arma que Logan tinha nas mãos havia poucos instantes, sua garantia contra a provável tentativa de fuga de Esta, e enfiou no bolso. – Acho melhor vir conosco. O chefe vai querer falar com você.

Empurrado e forçado daquele jeito, Logan não teve escolha a não ser ir andando – e por todo o caminho xingando Esta e a maldita traição que sofreu.

A SEREIA

1902 – Nova York

Dois dias depois, Jack Grew já tinha se cansado dos constantes afagos e cuidados de sua mãe. Em questão de cinco, já estava exausto e voltou para seus próprios aposentos. Não ter mais aquele constante desfile de criadas e médicos checando seu estado de saúde lhe trouxe uma certa paz, e ele também precisava tomar alguma distância do resto da família, que sempre aparecia para lembrá-lo da próxima entrevista ou de algum compromisso que havia marcado para Jack.

Estavam sempre marcando coisas. Sem perguntar, sem consultá-lo. Apenas exigindo, e Jack estava completamente farto. Depois que se mudou, pelo menos tinha tempo para se dedicar ao *Ars Arcana*, para decifrá-lo.

O relógio bateu oito horas, e as longas e sonoras badaladas o arrancaram de seu estupor. Ele piscou algumas vezes, tentando lembrar onde estava ou o que estava fazendo. Na mesa à sua frente, o Livro estava aberto em uma página repleta de símbolos e anotações feitas em uma língua que Jack não sabia qual era.

Certo. Ele estava lendo. Ou, pelo menos, tentando ler.

Jack esfregou os olhos. Sentara-se logo após as cinco para se dedicar a uma página em grego e devia ter pegado no sono em algum momento. Isso era algo que descobrira a respeito do Livro: quando o estudava, parecia que o tempo não fazia mais sentido. Não raro, Jack acordava pela manhã, ainda com as roupas que usara na noite anterior, com o pescoço doendo por ter dormido sentado na cadeira, com o Livro aberto diante dele.

"Ou talvez seja simplesmente um efeito da morfina", refletiu Jack, meio anestesiado, ainda que fizesse careta por causa da dor de cabeça que sentia. Tirou o frasco do bolso, pegou um cubo de morfina e enfiou na boca, retorcendo-se por causa do amargor. Mas, instantes depois, a dor começou a diminuir.

"Poderia ser mais rápido", pensou, colocando mais dois daqueles cubos amargos na boca. Mais um tempo, talvez, e Jack pararia de tomar o remédio contra dor. Não era um daqueles malditos soldados que não conseguiam largar o vício. "Não demorou *tanto* assim", concluiu, com a mente já mais aliviada e com uma crescente clareza. "Simplesmente demora um pouco", tentou se convencer, tornando a se debruçar sobre o Livro.

Não foi o bater do relógio que arrancou Jack de seu estupor pela segunda vez. *Não*. Foi uma badalada completamente diferente.

Ele piscou, com a cabeça ainda agradavelmente zonza, a dor parecendo muito distante. Quando foi esfregar os olhos, percebeu que estava com uma caneta na mão. O Livro ainda estava aberto, mas a página que antes lhe era completamente incompreensível estava repleta de anotações... feitas com sua própria letra.

"Não apenas anotações. Traduções." E Jack se não lembrava de ter escrito nada daquilo.

Ele ainda ouvia algo badalar.

"A campainha. Sam Watson." Jack esquecera completamente que o tio marcara mais uma entrevista. A primeira fora uma completa perda de tempo. Mas, aparentemente, a Ordem achava que precisava vazar para a imprensa informações sobre a noite de gala. E estava usando Sam – e Jack – para fazer isso.

Jack soltou um gemido, fechando o Livro com violência. As páginas farfalharam, sacudidas pela força de seu gesto. "A campainha – e Watson – podem muito bem esperar", pensou, enquanto levava o Livro para o quarto e o trancava no cofre. Então tomou mais dois cubos de morfina, para aliviar a dor que já atravessava sua cabeça por causa do incessante soar da campainha. Só então atendeu a porta.

Não era Watson.

— Senhorita DeMure! — exclamou Jack, surpreso ao vê-la ao pé de sua porta.

Usava um vestido de seda do mais escuro tom de verde-esmeralda, que contrastava com o vermelho dos cabelos e dos lábios.

Ela já aparecera na casa de Jack acompanhando Sam, na ocasião da primeira entrevista que ele dera ao repórter. Pelos olhares que lançou para Jack durante a entrevista, estava interessada nele — *mais* do que interessada. Jack torcia para vê-la novamente, mas não esperava que fosse aparecer em sua casa, sozinha e sem ser convidada.

Jack espichou o olhar mais adiante, procurando algum sinal de que Sam também viera.

— Sam não pôde vir — falou, já passando para dentro de casa. — Lamentavelmente, ficou preso no escritório por algum assunto. Pensei que você poderia aproveitar de minha companhia, em vez dele.

Ela virou para trás, dando um sorriso, e Jack, que não era de desperdiçar uma oportunidade como aquela, fechou a porta.

— Sua companhia? — perguntou, esperançoso, virando-se para ela.

A moça passava os dedos enluvados pela madeira escura e polida do aparador da entrada.

— Por acaso me enganei?

— Não — respondeu Jack, sentindo uma onda de calor e satisfação. — De forma nenhuma. Entre, por favor. Bebe alguma coisa?

Jack foi até a sala de estar e serviu duas taças de xerez. Evelyn aceitou a bebida que ele ofereceu com um sorriso recatado, mas então lhe deu as costas para futricar nos bibelôs no bufê.

Jack entendeu na mesma hora qual era a dança a que Evelyn acabara de dar início, e sentiu um aperto no estômago só de pensar no que estava por vir — os avanços e recuos. A provocação e a expectativa. E o momento em que ele triunfaria.

Depois de alguns instantes, Evelyn se virou para Jack, com os olhos brilhando naquela luz suave.

— Eu conheci Harte Darrigan, sabia?

— Darrigan? — Jack sentiu uma onda de irritação, e seu humor piorou muito. A última coisa em que queria pensar enquanto recebia uma mulher desejosa era no maldito mago.

Evelyn fez que sim e completou:

— Há quem diga que eu o conhecia *intimamente*.

— E é verdade? — perguntou, sem se dar ao trabalho de disfarçar a repulsa em sua voz.

— Ah, não fique com ciúme, Jack — respondeu ela. E então deu uma risada, grave e gutural.

Apesar de sua irritação, esse som mexeu com as entranhas de Jack novamente. Só que a morfina ainda circulava em seu sangue, clareando sua mente e tornando seus pensamentos objetivos. Aquela mulher o estava tratando como um caçador que brinca com sua presa antes de abatê-la.

Mas Jack não era nenhum rato.

Foi se aproximando devagar, para que não ficasse com medo. Para que não percebesse que a presa não era Jack.

— Eu jamais perderia meu tempo sentindo ciúme de um lixo feito Darrigan — declarou.

Os lábios vermelhos de Evelyn esboçaram um sorriso.

— Não achei que fosse sentir mesmo. Ouvi você conversando com Sam naquele dia, dizendo que é inteligente demais, sagaz demais, para sentir uma emoção tão mesquinha quanto o ciúme. E foi por isso que pensei que você poderia se interessar pelas informações que tenho a respeito dele.

Jack deu mais um passo, até se aproximar o suficiente para sentir o perfume enjoativo que pairava ao redor de Evelyn, feito uma nuvem, insolente e barulhenta, exatamente como ela.

— Que informações?

— Eu estava lá naquela noite, sabia? — contou, bebericando o xerez sem jamais desviar o olhar de Jack. "Isso sim é que é desafio." — Eu estava na Mansão Quéfren na noite em que tudo aconteceu. Sei que a

Ordem está tentando acobertar a verdade, que está usando você para desviar a atenção da opinião pública do que realmente aconteceu. Se você diz que Darrigan estava dentro daquele trem, eu acredito.

— Acredita mesmo? — indagou Jack, chegando ainda mais perto e colocando sua taça em cima do bufê.

— É claro, Jack. Eu conhecia Darrigan e aquela vadia que ele arranjou para ser assistente dele. Ela é a culpada de tudo isso, sabia?

Jack segurou o braço de Evelyn e se sentiu gratificado ao ver uma faísca de medo brilhar nos olhos dela.

— Não estou interessado em joguinhos. Se você sabe onde está Darrigan ou a garota, é melhor me dizer.

— Não sei onde ele está. Não sei sequer se escapou do trem com vida... — Jack apertou ainda mais o braço de Evelyn, que arregalou os olhos. — Mas sei que ele pode ter deixado algo para trás... e que talvez possa lhe interessar.

— Deixou, é? — perguntou Jack, diminuindo a pressão no braço de Evelyn e a soltando em seguida. A morfina finalmente se assentara em suas veias, suavizando tudo e lhe dando a sensação de estar muito presente, como se estivesse em todos os cantos da sala ao mesmo tempo. — E o que ele deixou para trás?

— Esse tipo de informação só posso compartilhar com meus amigos. Com meus amigos *íntimos* — ronronou Evelyn. — Nós somos amigos, Jack?

— É claro — murmurou ele.

Um sorriso se esboçou em sua boca por vontade própria, à medida que Evelyn se aproximava, com os olhos brilhando, vitoriosos, claramente acreditando que ela havia vencido.

Mas, ah... ela estava muito, mas muito enganada.

A EXPOSIÇÃO

1904 – Saint Louis

Harte esperou com Esta na esquina da Lindell com a Plaza, do outro lado da rua de uma das principais entradas para a feira mundial. Esta não lhe dirigira a palavra durante toda a manhã. Mas, até aí, ele também não estava disposto a tocar no assunto do que acontecera entre os dois na noite anterior. Pelo jeito, ambos eram covardes, mas Harte não pôde deixar de notar que Esta tomava todo o cuidado para não encostar nele, não se permitindo nem roçar o braço no seu enquanto os dois atravessavam a cidade de bonde.

Parado do lado de fora dos portões, observando o fluxo contínuo de visitantes, Harte começou a se dar conta da verdadeira dimensão da feira mundial. O Lafayette Park, que sediava a Exposição, se estendia por quilômetros em ambas as direções. A dimensão do evento era impressionante. Ao longe, o mago conseguia ouvir o rumor das multidões e o estardalhaço da música que vinha do lado de dentro dos portões. E, de quando em quando, o espoucar de um canhão ou o ruído do disparo de uma arma ecoava no ar.

– Você precisa relaxar – disse Esta, finalmente interrompendo os pensamentos de Harte. – Com essa cara, vai chamar muita atenção.

– Que cara? – perguntou o mago, arriscando-se a olhar de relance para Esta. O que foi um erro, claro. Ela estava com um olhar atento e com o rosto corado de animação pelo que aconteceria naquele dia, ou talvez fosse apenas por causa do calor, e ao vê-la, algo apertou seu peito, e não tinha nada a ver com o poder que não parara de ruminar desde que a beijara, na noite anterior.

– Cara de quem vai bater em alguém – respondeu Esta, lançando um olhar de esguelha indecifrável.

– Não estou com cara de... – Mas o mago viu um rosto conhecido se aproximando. – Aí vem ele.

Apesar de estar mais de vinte minutos atrasado, Julien veio ao encontro deles, andando empertigado como se nada houvesse acontecido.

– Você está atrasado – declarou Harte, estendendo a mão para cumprimentá-lo.

– Inevitável – disse Julien, encolhendo os ombros de modo afável. Mas os olhos dele não expressavam a mesma tranquilidade das palavras.

Quando Julien apertou a mão de Harte, o mago pensou por um instante em usar sua afinidade, só como garantia. Mas, do outro lado da rua, uma tropa, obviamente da Guarda Jefferson, vigiava, perto dos portões. Se Julien tivesse razão e eles fossem capazes de sentir magia, não valia a pena correr aquele risco.

Esta também estendeu a mão.

– É um prazer vê-lo novamente – falou, com um tom mais grave do que o normal.

– Ora, ora – respondeu Julien, apertando sua mão normalmente.

Harte resmungou um palavrão.

– Isso é uma loucura. Alguém com certeza vai perceber o que ela realmente é.

– Ninguém prestará atenção nela – retrucou Julien, balançando a cabeça na direção da entrada, do outro lado da rua. – Muito menos com as maravilhas que estão à nossa espera, lá dentro.

– Que maravilhas são essas? – perguntou Esta, aparentemente achando graça. Se estava brava pelo que acontecera na noite anterior, não disse nada. Ou seja, certamente brava, e uma hora ou outra Harte teria de enfrentar as consequências.

Não que a condenasse. O mago se aproveitara dela e a abandonara em seguida. Merecia qualquer punição que Esta lhe reservasse.

Julien enfiou os dedões nos bolsos do colete, perplexo.

— Lá dentro? Apenas a maior e mais impressionante feira que o mundo já viu. Entre aquelas quatro paredes está a prova do brilhantismo de nossa civilização e das maravilhas deste vasto mundo: todas as inovações e descobertas que esta era tem a oferecer.

— Pode parar com a encenação quando quiser, Jules — falou Harte, irritado com o modo como Esta ria das palavras de Julien. "Ela sequer olha para mim." — Só queremos o colar. Você disse que está aqui, sim?

Julien lançou um olhar de cumplicidade para Esta e respondeu:

— Tenha paciência, Darrigan.

Então começou a atravessar a rua, obrigando-os a segui-lo.

— Ele é um tanto insuportável, não? — perguntou Esta, fazendo questão de falar baixo, para que Julien não ouvisse.

— Mais do que um tanto — respondeu Harte, seco.

— Mesmo assim, gosto dele.

Harte lhe lançou um olhar de esguelha e falou:

— A maioria das pessoas tem a mesma reação. Cuidado para não cair na conversa dele. Ok, Magrelo?

— Magrelo?

— Estou só especulando — respondeu Harte, sacudindo os ombros. — Preciso arrumar um apelido para você, caso insista nesses trajes.

Esta olhou feio para ele, e Harte quase se sentiu aliviado.

— Bem, não será Magrelo.

O fato de Esta ter ficado corada fez Harte ter certeza de que aquele era o apelido certo.

— Não sei... — ele falou, retorcendo os lábios. — Acho que gosto cada vez mais desse apelido.

Esta fez que ia discutir, mas o mago simplesmente apressou o passo para ficar do lado de Julien, obrigando-a a correr para acompanhá-los.

Os três compraram os ingressos e seguiram o fluxo de pessoas que passavam pelos ornamentados arcos que faziam as vezes de portões da feira. A multidão ao redor deles se movimentava devagar, em parte porque, bem na sua frente, havia um coreto onde uma fanfarra completa tocava uma marcha animada. À medida que se esquivavam pela multidão que se reuniria para ouvi-la, Esta apontou para o grande bumbo pintado com o nome da banda.

— É Sousa? — perguntou para Julien.

O maestro estava com um traje azul, do tom das fardas do exército americano, e a batuta determinava a cadência com uma precisão quase mecânica, para manter o compasso da música. Harte já ouvira falar de John Philip Sousa, claro, "Quem não ouvira", mas ficou se perguntando por que o condutor deixara Esta com uma expressão tão séria e concentrada.

— Eu disse, tem os artistas mais famosos, as atrações mais impressionantes de países do mundo todo e os pavilhões mais magníficos já construídos — disse Julien. — A Sociedade quer que esta Exposição chame a atenção para Saint Louis, tornando-a importante como Chicago. Talvez até importante como Manhattan.

Esta olhou para Harte, dando a entender que isso não aconteceria. Mas, no instante em que seus olhares se cruzaram, ela mudou de expressão.

Harte sentiu uma pontada no estômago quando Esta virou de novo para Julien.

— Só quero o colar, Jules. Podemos ir logo ao assunto? — pediu ele.

Os três tiveram que se acotovelar com a multidão em volta do coreto. À sua esquerda, havia uma alameda arborizada que levava mais para o interior do parque, e Harte pôde ver o sol reluzindo em uma espécie de lago. Julien continuou por essa trilha, passando pelos prédios da administração, e então entrando em uma área cuja placa dizia A ROTA

— Chegamos — falou, apontando para a rua pavimentada de tijolos à sua frente.

O amplo bulevar conduzia a uma espécie de mundo fantástico, surreal. Na entrada, montanhas com altura equivalente a um prédio de dez andares se assomavam tornando diminuto um vilarejo alpino que brotava ao lado da réplica de um castelo que poderia muito bem ter saído das lendas de Rei Arthur. A perder de vista, a rua estava repleta de um amontoado de construções pintadas em cores vivas demais para serem reais. Ao longe, Harte ouvira novamente o eco de um disparo.

— O que foi isso? — perguntou Esta.

— Provavelmente, umas das encenações da Segunda Guerra dos Bôeres, que acontece duas vezes por dia — respondeu Julien, consultando as horas no relógio de bolso. — Ah, sim. São quase dez e meia, que costuma ser o horário programado para a cavalaria avançar.

— Que cavalaria? — indagou Harte, tentando imaginar que diabos era aquilo.

— Formada, em sua maioria, por atores. Mas alguns realmente participaram da guerra. — Julien deu uma piscadela e completou: — Bem-vindo à Rota. Jamais foi construído algo parecido com isso. Aqui, você pode viajar para qualquer lugar do mundo sem precisar sair da cidade. Pode ir para o Hades ou para o paraíso. Pode conhecer uma gueixa ou ir até o Polo Norte e voltar. Incrível, não?

— É algo e tanto — comentou Harte, sem muita convicção, observando o amplo bulevar à sua frente.

Harte sonhara a vida inteira em fugir de Nova York. E ali parecia que tinha a oportunidade de fazer mais do que fugir — podia ser transportado diretamente para algum lugar — mas, por algum motivo, nada daquilo lhe parecia certo. Harte jamais estivera em outro lugar que não a ilha de Manhattan. Mas teve certeza, só olhando de relance, que nada do que estava prestes a ver era real. Cada construção era pintada de cores vivas demais, com um aspecto perfeito demais. Com os letreiros elétricos e os postes de iluminação — acesos mesmo à luz do dia — e a balbúrdia dos recepcionistas, cada um gritando mais do que o outro para convencer os visitantes da feira a pagar mais vinte e cinco centavos para conhecer uma nova maravilha, a Rota tinha um ar de parque de diversões que — Harte tinha certeza — significava que aquilo era uma reprodução aproximada e pobre das verdadeiras maravilhas do mundo.

Na verdade, as atrações da Rota eram muito parecidas com aquelas dos museus da Bowery que cobravam dez centavos a entrada.

A popularidade daquelas fachadas diminutas e espalhafatosas sempre incomodara Harte, porque exibiam pessoas como se fossem esquisitices, nada além de objetos que poderiam ser vistos por uns poucos trocados.

Pela expressão meio que horrorizada de Esta, Harte teve certeza de que ela deveria estar sentindo a mesma coisa.

A Rota tinha a mais *estranha* combinação de construções. Um pagode japonês era vizinho de um prédio que supostamente deveria representar a Roma Antiga. Uma grande caverna artificial com as palavras HABITANTES DOS PENHASCOS se erguia, contígua a um prédio que poderia muito bem ter sido tirado da Praça de São Marcos, em Veneza.

— Aquelas pessoas não são nativos americanos verdadeiros, não é? — perguntou Esta, dirigindo-se a Julien, quando passaram pela atração Habitantes dos Penhascos, e ela reparou em uma dupla de mulheres de cabelos negros paradas em silêncio, vendendo pulseiras de miçanga.

— São índios, se é isso que você quer saber — respondeu Julien, lhe lançando um olhar estranho. — O que mais poderiam ser?

— Atrizes? — indagou, mas Harte não conseguiu distinguir se seu tom era de esperança ou de medo.

— E que sentido isso faria? — espantou-se Julien. E, pela expressão surpresa, parecia genuinamente confuso.

— Não sei — a resposta de Esta foi vaga. — E elas moram aqui, nas instalações?

— Só Deus sabe — respondeu Julien, desconversando. — A mim parecem bem felizes, não?

Mas, pela expressão de Esta, Harte teve certeza de que ela não estava convencida disso. Suas sobrancelhas estavam franzidas, e havia um ar de preocupação — talvez até de horror — em seu rosto.

— Elas são obrigadas a ficar aqui? — insistiu.

— Como é que eu vou saber? — falou Julien, sacudindo os ombros. — Mas tenho certeza de que são recompensadas por isso.

Julien não ligava, percebeu Harte, porque aquilo não era problema dele. Julien nascera livre para tomar suas próprias decisões, escolher os próprios caminhos – ir *aonde* bem entendesse, *quando* bem entendesse. Não era capaz de compreender como seria viver de outro modo.

Uma das mulheres percebeu a presença de Harte e levantou o braço para lhe oferecer uma pulseira. O mago sacudiu a cabeça, recusando de modo educado, não sem antes perceber que Esta tinha razão. Por trás de sua expressão plácida, havia algo que o mago sabia reconhecer muito bem: uma frustração e uma decepção com o mundo que ela não era capaz de esconder, pelo menos não de Harte. Porque ele também sentia aquilo com muita intensidade.

Harte pegou duas moedas e as trocou por uma das pulseiras. A mulher não demonstrou nenhum sinal de satisfação ao receber o dinheiro e escolher uma das mercadorias para lhe entregar. Sem sequer se dar ao trabalho de olhar para a pulseira, Harte passou o dedão pelas miçangas lisas e enfiou no bolso do colete – era um lembrete de que o mundo era mais vasto do que ele imaginara e de que os problemas que continha eram insondáveis. Os três foram avançando por aquele desfile de paisagens grotescamente belas. A arquitetura podia até não ser autêntica, mas ainda assim era impressionante. Por todo o bulevar de tijolos, cidadãos comuns se misturavam a pessoas de trajes fantásticos. Se eram ou não autênticos, Harte não soube dizer, mas os bordados, as pedrarias e os detalhes de cada um daqueles figurinos não deixavam de ter sua beleza. Havia música saindo de cada um dos pavilhões, e os estilos diferentes se misturavam e destoavam, fundindo-se ao barulho das ruas. Os organizadores da feira haviam criado um mundo onde fantasias de terras distantes e pessoas exóticas poderiam ganhar vida para qualquer um disposto a pagar vinte e cinco centavos. Podia até não ser verdadeiro, mas Harte entendia, sem precisar que ninguém lhe explicasse, que a verossimilhança não tinha a menor importância – nem para a feira nem para as pessoas que a visitavam. Aqueles que ali gastavam suas moedas não eram muito diferentes dos que se sentavam na poltrona para assistir ao seu espetáculo, noite após noite. Não queriam a realidade, com todas as complicações desagradáveis e as verdades incômodas; queriam a fantasia – uma possibilidade de fugir de tudo. E até mesmo para Harte, que sabia muito bem disso, foi impossível não se sentir um tantinho atraído por todo aquele espetáculo.

– Chegamos – falou Julien, quando se viram diante de um enorme arco que ostentava um brasão escrito RUAS DO CAIRO.

Passando essa entrada, a rua levava a uma verdadeira cidade de construções cor de areia, todas com arabescos: uma sequência de portais e minaretes ornamentava as laterais planas das construções. Acima, telhados abobadados bloqueavam a visão do céu límpido de verão e, nas ruas, homens de túnicas esvoaçantes gritavam, propagandeando passeios de camelo e de burro pelas ruas da cidade de mentira. Era óbvio que aquilo deveria representar o Egito, mas era uma versão estilizada e fantasiosa, feita para quem jamais iria até lá.

– Acho bom isso ter algo a ver com o colar, Jules – declarou Harte.

– Esta é a atração especial da Sociedade na feira – respondeu Julien, porém mal dava para ouvir a voz dele por causa da balbúrdia das ruas. – O destaque, pelo que me contaram, é um artefato mítico da Antiguidade: um colar que tem uma pedra com estrelas em seu interior.

– Está aqui? – perguntou Esta.

– Não que isso vá adiantar de alguma coisa para vocês – respondeu Julien. – O esquema de segurança é do mais alto nível. E, com as recentes atividades dos Antistasi, todos estão em alerta máximo.

– Deixe que nos preocupemos com isso depois – interveio Harte. – Vamos primeiro nos certificar de que esse é o colar que estamos procurando.

Juntos, foram percorrendo o labirinto de construções e passaram por uma imitação de feira ao ar livre, com banquinhas que vendiam peças de tecido com tramas intrincadas e bugigangas que pareciam objetos roubados da tumba de algum faraó. Havia um enorme restaurante que exalava um aroma de carnes assadas e temperos inebriantes, tentando os passantes. Por fim, bem no fundo da atração, havia uma construção projetada para parecer ter vindo diretamente do Antigo Egito.

Um grande e profundo pórtico ladeado por colunas de arenito com riscas, cada uma delas pintada com algo que lembrava hieróglifos. Harte recordou-se da Mansão Quéfren, com aqueles arabescos dourados e detalhes de um azul-celeste vivo. Pelo modo como Esta deteve o passo, como se cada célula do seu corpo entrasse em alerta, Harte concluiu que ela pensara na mesma coisa.

– Preparados para um passeio pelo Nilo? – perguntou Julien.

Só que Harte estava sem paciência para as brincadeiras de Julien. O calor daquele dia começava a afetá-lo, fazendo sua cabeça latejar e sua visão escurecer. E, de repente, o mago não conseguia ouvir nada além daquele rugido que havia dentro de sua cabeça.

O sol estava tão intenso que o templo não projetava sombra alguma. Ali dentro, estaria fresco, agradável, e seria seguro, sob a sombra daquelas grossas paredes.

A visão o submergiu em uma época e um lugar diferentes, de uma hora para a outra, e se dissipou com a mesma velocidade, deixando Harte com os ouvidos zunindo e suando frio.

– Harte? – Esta o chamava e, quando a olhou nos olhos, o mago viu a preocupação dela. Deveria ser uma sensação mais agradável do que a da indiferença demonstrada ao longo do dia, mas a visão o deixara abalado.

"Componha-se."

– Estou bem, Magrelo – falou, dando uma piscadela para Esta.

Os olhos dela brilharam de irritação.

– Mas você acabou de...

– Deixe estar.

Então o mago se dirigiu a Julien, que o observava com uma expressão séria.

– Vamos logo com isso, descobrir com o que estamos lidando.

Pelo jeito, Julien não havia exagerado: dentro do pavilhão, encontraram uma fila de pessoas esperando para subir a bordo de embarcações de verdade, com o mesmo formato dos barcos longos de fundo achatado e pontas viradas como canoas que supostamente deveriam parecer iguais às embarcações que singraram o rio Nilo. Quando chegou a sua vez de embarcar, Julien entregou sorrateiramente algumas moedas para a pessoa que organizava a fila e conseguiu que os três tivessem um barco só para eles.

— Pode passar — falou, dirigindo-se a Esta, para que pudesse embarcar primeiro.

Esta sentou-se em um lugar no meio, e Julien já ia acompanhá-la, mas Harte segurou-o pelo braço, impedindo-o.

— Primeiro os mais novos — falou para Julien, aproveitando para se sentar ao lado de Esta. Ignorou o sorriso sugestivo de Julien e fingiu que não percebeu a irritação de Esta.

Na popa da embarcação, havia um remador usando uma túnica de linho com detalhes dourados e a pior peruca que Harte já vira. As mechas enroladas à egípcia estavam desgrenhadas e embaraçadas, emoldurando o rosto magro do homem, que tinha olhos azuis-claros realçados com *kajal*. Parecia que sua pele também fora escurecida com maquiagem — tinha um tom avermelhado demais para ser natural. Provavelmente, o objetivo era que parecesse uma pintura egípcia que ganhara vida. Mas, ao contrário da caracterização feminina que Julien fazia, a fantasia do remador mais parecia uma caricatura. Como a dos artistas brancos do teatro de revista que usavam rolha queimada para pintar o rosto de preto e interpretar menestréis, aquilo era uma ofensa às pessoas que tentavam retratar.

O barqueiro permaneceu em silêncio quando começaram a se movimentar. Lenta e constantemente, foi afastando a embarcação da plataforma de embarque, levando-a por um canal estreito, com água de um azul artificial. Ao lado de Harte, Esta estava empertigada e alerta, prestando atenção a tudo, enquanto o barco se aproximava de um túnel escuro.

— Lá vamos nós — murmurou Julien, lançando um olhar matreiro para os dois, assim que o barco entrou no túnel.

Quanto mais avançavam, mais escuro o túnel ficava, até que o barco atravessou uma noite artificial, cujos únicos ruídos eram o suave rumorejar da água, movimentada à medida que avançavam.

— No início, havia apenas o mar, obscuro e infinito... — a voz do barqueiro pôde ser ouvida, grave e de uma dramaticidade exagerada. – Esse mar primevo era constituído apenas pelo caos...

A voz do barqueiro silenciou novamente, deixando-os flutuar pela escuridão turva, mas Harte não conseguiu relaxar – ainda mais porque Esta estava tão perto, e o poder dentro dele despertara naquela escuridão.

Apesar de estarem protegidos do calor do sol daquela metade da manhã, o local parecia abafado e úmido. Era quase como se tentassem respirar oprimidos por uma camada espessa de vapor. O ar tinha um gosto de mofo e poeira, como deveria ter em uma tumba da Antiguidade. Harte ficou se perguntando se aquele efeito era proposital, engolindo seco aquela sensação de opressão que fechava sua garganta e resistindo ao impulso de desabotoar o colarinho.

Não precisava enxergar para saber como Esta estava perto, assim como a voz não precisava. A escuridão parecia atiçá-la, e o mago teve dificuldade para ignorar o seu refrão ininteligível que ecoava, o que era uma dificuldade e tanto, enquanto o barqueiro tagarelava atrás deles.

– O caos era infinito e não continha nenhuma espécie de vida, até que as águas se abriram, e Rá, o Deus Sol, emergiu para estabelecer a ordem e criar o mundo.

Mais adiante, um ponto de luz surgiu, e foi aumentando à medida que se aproximavam, até que o barco passou para outro ambiente. A câmara seguinte era pintada de dourado, e – quando a luz batesse em sua superfície abobadada – deveria parecer que estavam dentro do próprio sol. A voz se aquietou só por um instante, mas foi o suficiente para Harte conseguir respirar de novo. Ao seu lado, Esta estava de costas. Observava o que havia dentro da câmara por onde passavam – ou talvez estivesse apenas evitando-o, Harte não soube dizer.

O mago se arrependia de tê-la tocado e, mesmo assim, não conseguia sentir um arrependimento genuíno. Mesmo ali, horas depois daqueles segundos roubados, quando pôde sentir cada centímetro do corpo dela – forte, bem treinado e *macio* – debaixo do seu, mesmo à luz clara e purificante do dia, seus lábios ainda sentiam o gosto de Esta, e seus dedos ainda lembravam do calor de sua pele. Se tivesse que se contentar em ter apenas isso dela, aceitaria de bom grado.

Harte não se conteve e aproveitou aquela oportunidade para observá-la com atenção: a curva graciosa do pescoço, onde encontrava o cabelo tosquiado; aqueles lábios que eram macios e rosados demais para pertencer a um rapaz qualquer, e o contorno das pernas – longas, delgadas e fortes – realçadas pelas calças que ela teimava em usar. O barqueiro voltara à sua lenga-lenga, dessa vez falando das aventuras de Rá e Osíris, de Isis e Hórus, além de outras divindades que Harte conhecera quando estava preparando seu antigo número, mas ele não estava prestando atenção. Não de verdade. Já conhecia aquelas lendas – as estudara como parte do seu suposto treinamento nas artes ocultas. Pelo contrário: ignorou o barqueiro e permitiu que sua cabeça repassasse aquele punhado de minutos da noite anterior, quando seu mundo lhe parecera algo à deriva e perigoso – e perfeito a um só tempo.

Como que reagindo a essa lembrança, o poder dentro do mago se assomou, inflando a ponto de Harte mal conseguir ouvir o suave murmúrio da água e parecer que a narrativa do barqueiro era um som longínquo. Como Harte dormira pouco mais de duas horas – e, ainda por cima, em uma cadeira de espaldar reto bastante desconfortável –, precisou de todas as suas forças para controlar o poder e impedir que se avultasse ainda mais. Mal tomou conhecimento dos ambientes pelos quais passaram, porque toda a sua atenção estava voltada para manter preso dentro de si o poder, que ameaçava irromper. E também para Esta, que estava ao alcance de suas mãos.

Depois que o barco passou por uma terceira câmara – que continha uma imitação de templo –, entraram em um ambiente repleto de prateleiras, todas abarrotadas de tabuletas e pilhas de pergaminhos enrolados. De um momento para outro, a voz dentro de Harte ficou em silêncio. Mas não era um silêncio agradável. Aquele poder, que até então se debatia e se preparava dentro do mago, pareceu se dissipar até Harte não sentir mais nada além de um vazio silencioso.

MAPEANDO A FEIRA

1904 – Saint Louis

North estava observando as gôndolas que deslizavam pela lagoa, dirigindo-se ao Paço dos Festivais, anotando o tempo que levavam para atravessá-la, quando viu o sujeito. De início, não entendeu por que parecia tão conhecido, mas então se deu conta. Era o mesmo cara que estava parado na frente do teatro na noite anterior – e que estava com a Ladra.

Por curiosidade, guardou o caderno e começou a segui-lo, mantendo uma certa distância.

Desde que largara Maggie no pavilhão onde ela trabalhava, uma hora antes, North se ocupava da mesma maneira que todos os dias enquanto esperava por ela: descobrindo tudo o que podia a respeito da Exposição. Era um lugar enorme, lotado de gente, cheio de caminhos que poderiam ser perigosos, e eles já estavam correndo contra o tempo para reunir todas as informações possíveis. Até então, North já mapeara todo o lado oriental: o cenário de vilarejos das Filipinas e a maior parte das atrações de agricultura e exploração florestal. Já estava se dirigindo aos poucos para a parte ocidental, passando pelo pavilhão presenteado pelo Marrocos e a réplica de Jerusalém. Sabia onde estavam localizadas todas as entradas e saídas, onde a Guarda costumava se reunir quando supostamente deveria estar de olho no público, os horários das trocas de turno... Conhecia os pontos em que ficariam às vistas de todos e os lugares onde poderiam se esconder, caso necessário. Pouco a pouco, foi tomando nota de todos os perigos, porque Ruth queria que ele elencasse tudo o que poderia lhes causar transtornos. North deduziu que aquele cara, com certeza, poderia ser um problema — ainda mais que não estava sozinho.

Quando o sujeito e os dois acompanhantes dele entraram na Rota, North se aproveitou do barulho e da confusão para chegar mais perto. Havia uma fila bem grande de gente esperando para ir para o Além, o que era uma coisa bem estúpida de querer, na sua opinião, mas North se aproveitou do pretexto oferecido pela aglomeração para passar na frente das três pessoas que estava seguindo. Então atravessou o bulevar até o imponente pórtico da Criação, onde poderia esperar sem ser notado. Instantes depois, os três apareceram no meio da multidão, e North soltou uma gargalhada surpresa, que assustou a mulher parada ao seu lado.

Um dos três caras não era um cara, afinal. Era a Ladra. Estava diferente, de terno e chapéu, e tosara o cabelo na altura da nuca. Mas qualquer um com um par de olhos — qualquer um que prestasse atenção, pelo menos — saberia quem era.

"Mas o que ela está fazendo aqui?"

A garota a quem todos os jornais chamavam de Ladra do Demônio aparecer na cidade justamente quando Ruth estava prestes a realizar a maior — e a mais perigosa — ação que os Antistasi já planejaram era uma coisa. Poderia ser mera coincidência. Mas aparecer na feira — no mesmo local que Ruth estudava há meses? E bem quando tudo estava prestes a acontecer?

North não gostou nem um pouco disso.

Baixou o chapéu até cobrir a testa e foi atrás dos três pela Rota, chegando o mais perto possível, até que entraram na atração Ruas do Cairo. Não gostou de terem ido diretamente para a atração patrocinada pela Sociedade, passando reto pelo restante, sem sequer olhar.

Talvez devesse ter entrado lá atrás deles, mas já mapeara aquela área — havia uma só entrada e uma única saída — e já cansara de andar naquele maldito barquinho. Não havia motivo para correr o risco de ser visto ou reconhecido, já que a última coisa de que os Antistasi precisavam era que a Guarda começasse a reparar em North. Ele ainda precisava mapear um terço da feira, afinal de contas. Em vez de entrar atrás deles na atração, encontrou um lugar para parar debaixo do portal da China, do outro lado do bulevar, bem em frente ao Cairo, e ficou esperando os três saírem.

North era um tanto indiferente ao restante da feira, mas não gostava da Rota. Tudo o que havia nela era grandioso, espalhafatoso e pretensioso demais. Mesmo assim era obrigado a admitir que o tal cavalo que chamavam de Beautiful Jim Key era mesmo uma beleza. O animal mais esperto de que North já tinha ouvido falar, e ainda mais visto com seus próprios olhos. Mas a feira era assim mesmo: inacreditável. O portal acima dele também era uma beleza de ver, pintado de um vermelho mais vivo do que o sangue e reluzindo de tanto dourado. Havia símbolos estranhos recobrindo sua superfície, em preto e azul. E, nas pontas de cada cumeeira, havia um dragão estilizado e retorcido, olhando a multidão do alto, como se fosse um guardião.

Só que nem esses guardiões poderiam impedir o que Ruth e os Antistasi haviam planejado.

No final do mês, representantes da mais alta importância de todas as Irmandades estariam em Saint Louis. Durante uma noite, estariam todos juntos, no mesmo lugar. O alvo perfeito.

Se tudo desse certo, fariam não apenas um alerta para a Sociedade, mas também uma demonstração a respeito da magia, do mundo, e de como o futuro poderia ser. A ação que Ruth estava planejando era impossível e, ao mesmo tempo, tão óbvia... Se desse certo, mudaria tudo – *absolutamente tudo*. A Sociedade desmoronaria, as Irmandades ficariam sem seus líderes, e a magia em si seria livre. *Restabelecida*.

Lenda ou não, North não estava disposto a permitir que a Ladra do Demônio atrapalhasse os Antistasi.

A ESTRELA DE DJINNI

1904 – Saint Louis

O barqueiro continuava falando, mas Esta só conseguia pensar na proximidade de Harte, que fingia ignorá-la. Aquele silêncio a irritava. Não dormira nada, pensando no que acontecera entre os dois. O mago só voltara para a pensão quando estava quase amanhecendo e, àquela altura, ela estava brava e frustrada demais – com ele e consigo mesma – para conversar. Então se virara e fingira que estava dormindo.

Só que, mesmo depois de receber o recado de Julien, pedindo que os dois o encontrassem na Exposição, Harte continuou calado e emburrado. Como não fora Esta que saíra correndo porta afora, não seria ela quem tomaria a iniciativa de acenar a bandeira branca.

Esta quase conseguia senti-lo em seus lábios. Provavelmente, lembraria para sempre do peso do corpo de Harte pressionando-a contra o colchão. Como ele conseguia ficar sentado ali, fingindo que *nada* acontecera entre os dois?

A menos que *tivesse sido* apenas o poder do Livro que a desejara, e não Harte. Nesse caso, fizera um papel ridículo diante do mago sem o menor motivo.

Esta abandonou tais pensamentos e se afastou de Harte, fingindo interesse pela atração. Cada ambiente pelo qual a embarcação passava tinha uma decoração elaborada, simulando alguma cena do Antigo Egito – ou, pelo menos, o que as pessoas do século XX imaginavam que fosse o Antigo Egito –, mas Esta mal reparou nisso. Sua atenção se voltava constantemente para Harte – com aquela postura rígida e o cheiro de limpeza, de sabão e roupa de cama, apesar do calor que estava fazendo.

– Finalmente, chegamos à Casa dos Livros – anunciou o barqueiro, quando entraram em uma câmara repleta de prateleiras, todas atulhadas com diversas tabuletas e pilhas de pergaminhos enrolados. – Aqui, o deus Toth, senhor da Biblioteca da Vida, inventou a arte da escrita e presenteou os seres humanos com ela.

Harte se mantivera distante de Esta, imóvel e vigilante, durante todo o percurso. Mas, quando o barqueiro fez menção a Toth, alguma coisa nele mudou. Parecia um daqueles instantes antes da chuva, quando o ar assumia uma certa característica, transmitindo a sensação de que uma tempestade estava prestes a cair. Quando Esta olhou de esguelha para Harte, viu que ele estava com a mais estranha das expressões.

– Então é isso que dizem? – perguntou o mago, com um tom de escárnio tão pronunciado que parecia desproporcional ao momento. – Toth, *senhor* da biblioteca? – Em seguida soltou uma gargalhada sinistra, do fundo do peito.

Harte estava agindo de modo tão estranho que Esta esqueceu de sua irritação por um momento.

– Harte?

Estendeu a mão para cutucá-lo e, no instante em que a pele dos dois se tocou, ele virou a cabeça bruscamente, ficando de frente para Esta. Moveu a mão sorrateiramente e agarrou o pulso dela, que sentiu uma queimação que não tinha nada a ver com a magia de Harte. Mesmo assim, não podia se afastar dele. Não sem balançar o barco ou fazê-lo virar.

– Toth não inventou nada – disse ele.

Mas a voz do mago parecia estranha, e os olhos, esquisitos. Como na noite anterior, olhava para Esta sem enxergá-la, só que as pupilas estavam enormes, tão dilatadas que obliteravam a cor das íris. Algo vindo de dentro dele se insinuava do lado de fora, uma escuridão que fez Esta lembrar do pretume que invadira sua visão na estação de trem e no hotel.

— Harte — repetiu, baixinho, tentando fazer o mago voltar a si. — Do que você está falando?

— Toth não passava de um *ladrão*. — Harte praticamente cuspiu ao pronunciar a última palavra, de tão enojado. — Roubou um conhecimento que não era dele e, quando isso deixou de satisfazê-lo, roubou mais. — E, outra vez, soltou aquela risada estranha, gutural, sinistra, fazendo Julien lançar um olhar de indagação para Esta.

Ela sacudiu a cabeça bem de leve, dando a entender que não sabia o que passava pela cabeça de Harte.

— *Shhhh* — sussurrou, já que ele não parava de rir.

Antes que Esta pudesse dizer mais alguma coisa, o barqueiro retomou seu discurso, explicando que os antigos egípcios acreditavam que tudo o que fosse escrito naquela biblioteca no Cairo seria transcrito e ganharia vida no reino dos deuses.

— Toth era um dos deuses mais importantes dessa antiga civilização. Presenteou o mundo não apenas com a escrita, mas com a ciência e a magia — continuou o barqueiro. — Estabeleceu a ordem a partir do caos do cosmos, por meio da criação da palavra escrita. E, pela inscrição de feitiços, eliminou a ameaça selvagem da magia, tornando o seu poder algo seguro.

— Mentira — murmurou Harte. — Tudo mentira.

— O que há de *errado* com você? — sussurrou Esta, lhe dando uma cotovelada.

Harte piscou e disse:

— Quê?

Então franziu o cenho e se afastou de Esta. Os olhos dele ainda estavam esquisitos, mas ela podia ver que o halo cinzento ao redor da escuridão estava reaparecendo. Talvez ele tivesse cometido um erro ao beijá-la na noite anterior. Talvez Esta também, ao querer que Harte a beijasse. Mas, ao notar a expressão estranha, meio atordoada, a raiva que sentia amainou um pouco.

O barqueiro continuava fazendo a narração cadenciada dele.

— Por ser um deus benevolente, Toth aprisionou os poderes

cósmicos daquele caos dentro de um livro. Enterrou o Livro de Toth às margens do Nilo, protegido por víboras, e aqueles que tentavam se apossar dele pagavam um preço muito alto, porque o conhecimento dos deuses jamais foi feito para cair nas mãos dos meros mortais.

"O Livro de Toth?"

Esta olhou de relance para Harte. Fosse lá o que o tivesse dado nele momentos antes, parecia ter passado. O mago ainda estava tenso, mas prestando atenção no que o barqueiro dizia. Ou, se não era isso, estava concentrado em alguma coisa, pois estava com uma expressão compenetrada, e não de nojo.

Eles saíram da câmara da biblioteca e entraram em um ambiente de um azul luminoso, com um grande diorama. No alto de uma colina distante, havia um templo branco, brilhando sob um sol artificial.

— À medida que o tempo foi passando e as civilizações foram se transformando em novos impérios – explicou o barqueiro –, Toth se tornou mais conhecido como Hermes, mas prosseguiu com sua busca pelo conhecimento e com sua dedicação ao homem. Os mitos nos contam que ele roubou conhecimentos do Olimpo para dar aos humanos, assim se tornando padroeiro dos ladrões. Depois, tornou-se Hermes Trimegisto, inventor da Tábua de Esmeralda, que continha os segredos da pedra filosofal, princípio absoluto da alquimia.

— Por meio dos segredos da Tábua de Esmeralda, o poder de transformar a própria essência do mundo foi revelada ao homem – continuou narrando o barqueiro, quando passaram pelo que só poderia ser o Monte Olimpo. – Através do estudo meticuloso das artes herméticas, aprendemos a controlar o poder que, um dia, representou uma ameaça. E, por meio da alquimia e das artes ocultas, aqueles que buscam a perfeição, como o próprio Profeta Velado, podem lutar contra a ameaça selvagem do poder desenfreado.

Então deslizaram para a escuridão de outro túnel, em silêncio. E, quando terminaram de atravessá-lo, viram o final da atração.

— E agora – disse o barqueiro – os senhores trilharão o Caminho da

Virtude, que leva ao Templo de Khorasan, onde o Profeta Velado lhes oferece a oportunidade de ver um de seus tesouros mais preciosos, um colar elaborado na Antiguidade, contendo uma gema que, segundo dizem, foi criada pelo próprio Toth.

Os pelos da nuca de Esta se eriçaram quando ela ouviu essas palavras. Pela cara de Harte, ele já se libertara do que quer que tivesse lhe acontecido na Casa dos Livros. Mas, na expressão dele, não transparecia a mesma expectativa que Esta sentia. Os olhos ainda estavam vidrados e distantes, o maxilar estava tenso, e as têmporas brilhavam de suor. Parecia que sequer ouvira o que o barqueiro havia dito.

O Caminho era pintado para parecer feito de prata, mas era tão falso quanto o restante das atrações da Rota. Enquanto o seguiam, junto com os demais turistas, a música mudou para uma melodia um pouco mais agitada, com vago sabor do Oriente Médio. O Caminho terminava em uma câmara menor, já lotada de gente. No centro do ambiente, fora do alcance de sua visão, havia um expositor de vidro iluminado a partir de cima.

Esta não precisou ver o que havia dentro da vitrine para saber que lá estava a Estrela de Djinni. Podia sentir a atração da pedra, assim como naquela joalheria grã-fina do Upper East Side, logo após a virada do milênio – na última vez que a roubara.

Se ao menos pudesse desacelerar o tempo, talvez conseguisse roubá-la dali naquele exato momento. Quanto mais se aproximava da vitrine no centro do recinto, porém, mais tinha certeza de que usar sua afinidade seria impossível. Não apenas porque passaram por dois integrantes da Guarda Jefferson ao entrar na câmara, mas também porque havia um cheiro adocicado e enjoativo empesteando o ar.

– É ópio – sussurrou Harte, ainda com uma expressão alheada, só que também mais séria.

– É só uma leve fragrância – retrucou Julien, ignorando as preocupações do mago. – Quiseram oferecer uma experiência sensorial completa.

Mas Esta não teve dúvidas de que Harte tinha razão. Já sentira aquele aroma e experimentara os efeitos entorpecentes da droga – que bloqueara sua capacidade de retardar o tempo – quando fora presa no Haymarket, logo que chegou à Antiga Nova York. Naquele exato momento, sentia que sua magia estava embotada, mitigada pela droga. Não era uma dose capaz de fazer mal aos visitantes, mas bastava para enfraquecer as afinidades.

Não demorou até os três ficarem de frente para o expositor de vidro. E, ali dentro, apoiada sobre um veludo azul-noite, estava a Estrela de Djinni. Engastada no colar de platina, a pedra fora polida até brilhar e, incrustadas em suas profundezas, parecia conter galáxias.

– Espero que vocês tenham entendido que é impossível reaver o seu colar – disse Julien, chegando bem perto, para que ninguém mais ouvisse. – Ruas do Cairo é um oferecimento da Sociedade do Profeta Velado para a feira, e esse colar é o destaque da atração. Eles jamais o venderão de volta para vocês.

Os dois não estavam exatamente esperando pagar por ele.

– Então acho que teremos que roubá-lo – respondeu Esta, sacudindo os ombros.

– Como assim, roubá-lo? – Julien ficou de queixo caído. Olhou para Harte, que fitava a pedra com uma expressão pensativa, e completou: – Da Sociedade? Você é completamente louca.

– Não – sussurrou Esta, dando um sorriso presunçoso para Julien. – Sou ladra.

RUAS DO CAIRO

1904 – Saint Louis

P arecia que a pele de Harte estava pegando fogo, por mais que o sangue que corria em suas veias parecesse ter congelado. À sua frente, estava a Estrela de Djinni, e o poder que havia dentro do mago estava se debatendo. Mas, se era por aprovação ou por medo, Harte não soube distinguir. Vagamente, deu-se conta de que Esta e Julien conversavam sobre o colar, mas ele não acompanhara o diálogo... até que Esta disse que era ladra.

– Aqui não – falou baixinho. Os três estavam em uma sala lotada de gente, cercados por integrantes da Guarda Jefferson. Autoconfiança era uma coisa, mas imbecilidade era bem outra.

Esta olhou feio para ele, mas fechou o bico.

– Andem logo – disse Harte, precisando de ar fresco.

Até ele tinha limites para prender a respiração e já estava se sentindo zonzo por causa do que acontecera durante o passeio de barco. Sem esperar para ver se os dois vinham atrás, foi atravessando o ambiente lotado até ganhar a rua, para finalmente conseguir respirar um ar que não fosse empesteado pelo poder nauseante e entorpecente do ópio. E para se recompor o suficiente para conseguir pôr o poder que havia dentro dele – que grunhia, animado – em seu devido lugar.

Quando conseguiu sair, demorou para os olhos de Harte se acostumarem à claridade. O mago respirou fundo para desanuviar a mente, mas suas têmporas ainda pulsavam. Em vez de sair por onde entraram, fora jogado na via principal da Rota novamente. O barulho era ensurdecedor, e parecia que todo mundo vinha na mesma direção. Harte se virou e localizou Esta e Julien no meio da multidão. Ficou aliviado de vê-los ali, logo atrás dele.

Julien puxou a manga de Harte.

— Venha — disse, tentando conduzir Harte na mesma direção à qual todos se encaminhavam. — Você não pode ficar aí parado no meio dessa confusão. Vamos ser pisoteados.

Enquanto Julien o puxava para trás, uma plataforma com rodas, rebocada por um grupo de cavalos cinzentos e idênticos, passou por eles. Uma pequena cabana que parecia ser feita de folhas secas de palmeira e galhos entrelaçados fora construída na parte de trás da plataforma. Na frente da cabana, um idoso de pele bem bronzeada, vestindo apenas um trapo de pano enrolado na cintura, estava sentado em um banquinho, demonstrando total desinteresse pelas pessoas que o fitavam ou gritavam para ele. Outros homens, trajados de modo semelhante, estavam parados na posição de sentido, e havia um bando de crianças sentadas no meio deles. Aquelas pessoas poderiam até estar cantando ou gritando — Harte não pôde ouvir, tamanha a balbúrdia que a multidão fazia.

— O que é isso tudo, afinal? — perguntou Harte, indo atrás de Julien e Esta, aproximando-se dos pavilhões, um local mais protegido, onde a multidão não era tão compacta.

— É um desfile — respondeu Julien.

— Isso eu vi, mas *por quê*? — indagou Harte, sentindo-se terrivelmente irritado. O poder que havia dentro dele ainda se debatia, e o calor começava a subir pela sua pele. — A feira em si já não basta?

— É tudo parte da diversão — explicou Julien. — De que outra maneira você pode escolher quais atrações visitar? Aquela que acabou de passar é do vilarejo Igorot, uma coisa fascinante. Eles quase não usam roupas... de qualquer modo, logo acaba. Esses desfiles nunca duram muito tempo, já que acontecem pelo menos dois deles por dia. Esse é o da programação do meio-dia. Haverá outro mais tarde, quando as luzes se acenderem.

Os três ficaram parados à sombra do pavilhão por alguns minutos, prensados pela multidão, enquanto o desfile passava. Depois do carrinho, apareceu um grupo de mulheres usando robes de seda, com os rostos pintados de branco, como as gueixas. A Guarda Jefferson marchava em linha reta ao redor delas, criando uma barreira de proteção, para que a multidão afoita não conseguisse chegar perto demais. Sempre que alguém – normalmente um homem – tentava se aproximar, o guarda que estivesse mais perto o empurrava, com uma espécie de brutalidade entediada.

– Você está bem? – perguntou Esta, fitando Harte com o cenho franzido de preocupação.

– Estou ótimo – respondeu ele, dispensando sua preocupação.

– Por que você está com uma cara...

Um lamento alto ecoou no ar, e o desfile se transformou em caos, porque três vultos usando vestidos amarrotados e máscaras estranhas e disformes surgiram no meio do desfile, atacando a Guarda Jefferson. Ouviu-se um estalido agudo, mais alto do que a barulheira e a balbúrdia da multidão. E, de repente, uma fumaça colorida começou a sair pelos dedos de um dos vultos.

Os guardas que estavam em volta das gueixas entraram em ação, reagindo ao ataque.

– Os Antistasi – falou Julien, com uma nota de medo genuíno na voz. Mas Harte não tinha tanta certeza disso. Não havia sinais de magia no ar, nenhuma indicação de que aquela fumaça era algo além de uma simples forma de atrair atenção.

Mais guardas saíram da atração do Nilo e foram atropelando a multidão, derrubando qualquer um que estivesse no seu caminho, correndo na direção dos vultos mascarados. Uma mulher gritou quando foi derrubada por eles, deixando cair a criança que levava no colo, para que tivessem uma visão melhor dos carros alegóricos. A criança começou a choramingar, mas os guardas não pararam para socorrê-la. Com uma prontidão que beirava a violência, começaram a segurar todos que tentassem escapar da névoa de fumaça. Homens, mulheres e até crianças – parecia não fazer a menor diferença.

Um dos vultos fora apanhado por um grupo de guardas, que já havia arrancado sua máscara. Debaixo dela, havia um garoto que não deveria ter mais de 14 anos e que cuspiu no guarda, gritando:

—Viva o reinado eterno dos Antistasi!

—Vida longa à Ladra do Demônio! – gritou outro, em resposta.

Esta deu um passo na direção deles, mas Harte segurou-a pelo pulso. Ela se virou para o mago, com os olhos brilhando de fúria.

— São *crianças* – disse ela, com a voz embargada ao pronunciar a última palavra.

— Não temos como ajudá-los – disse Harte.

— *Eu* tenho...

— Não – interrompeu Harte. Se Esta usasse sua afinidade ali, naquele momento, no meio daquela confusão... só Deus sabia o que poderia acontecer, ainda mais se levassem em consideração o perigo que os portões que havia atrás dele representavam.

— Não podemos simplesmente abandoná-los – argumentou Esta, já puxando a mão para se soltar de Harte.

— Se nos pegarem, a situação ficará pior ainda. Precisamos ir *embora*.

Mas Esta o encarava como se ele fosse o inimigo, como se estivesse disposta a arrancar o sol do céu para impedir aquilo que estava acontecendo. Por um instante, o mago pensou que precisaria carregá-la – ou pior, trair toda a confiança que haviam construído um pelo outro e *obrigá-la* a ir embora. Mas ele não podia arriscar. Não só porque seria a mais grave das traições, mas também porque já estava com bastante dificuldade para controlar o poder que havia dentro de si, só de segurar o braço de Esta.

Harte já sentia o poder pressionando suas partes mais frágeis: as que desejavam Esta, as que *concordavam* com ela. Juntos, poderiam destruir a Guarda. Poderiam ajudar os garotos, que obviamente não eram Antistasi, assim como todo o resto daquela multidão. Harte entendia que seria muito fácil tomar uma decisão diferente. Com um simples toque, poderia obrigar o guarda que estava batendo na criança a destruir a *si mesmo*.

A violência da cena, exposta com toda a clareza, deixou Harte tão espantado que ele ficou sem ar. Então se livrou daquela imagem e se concentrou no que era real. No que era *verdadeiro*.

O poder ainda se debatia para se aproximar de Esta, como se ansiasse pela fúria dela. O mago não podia permitir que aquilo a possuísse.

— Venha logo — disse ele, puxando-a pelo braço e seguindo Julien, que os guiou na direção contrária à do desfile, afastando-se da balbúrdia da Rota e entrando em uma das vias laterais menores, que conduziam de volta à parte principal da feira. Esta acabou indo também, olhando para trás, na direção da Rota, a cada poucos passos que dava, até chegarem ao ponto em que a entrada da Rota cruzava as vias normais da feira. Ali, a algazarra da multidão era apenas um murmúrio, e Harte mal conseguia ouvir a comoção da Rota. Canteiros muito bem aparados levavam a grandes construções palacianas, e pessoas bem vestidas entravam e saíam.

— Precisamos ir embora daqui — declarou Harte, soltando o braço de Esta e sentindo o poder que havia dentro dele se enfurecer.

— Acho melhor vocês esperarem — sugeriu Julien. — Com esse atentado dos Antistasi, farão revista em todas as saídas.

— Eles não eram Antistasi — argumentou Esta, com um tom vazio, olhando para a Rota. Dali, conseguiam enxergar apenas a silhueta dos pavilhões. Não tinham como saber o que estava acontecendo.

— Quem são ou deixam de ser não tem a menor importância — falou Julien. — Você viu a reação da Guarda. Vão procurar qualquer um que esteja envolvido, e é melhor vocês não se meterem nessa confusão.

— Jules tem razão — concordou Harte, porque precisava de um tempo para se recompor e recuperar suas forças. — Vamos esperar um pouco, bancar os turistas, até termos certeza de que a confusão se dissipou.

— Eu, infelizmente, não posso esperar — declarou Julien. — Creio que esta seja a minha deixa para dizer adeus.

— Você vai embora? — perguntou Esta, virando-se para Julien.

— *Eu* não sou um fugitivo procurado pela polícia — respondeu

Julien. – Não tenho nada a temer em relação à Guarda e, além disso, preciso me apresentar na matinê.

– Ainda não terminamos nosso assunto – falou Harte, tentando não levantar a voz, já que o poder ainda estava revoltado porque ele se recusara a atender aos desejos que brotavam dentro de si. Por isso deu um mais passo para longe de Esta, só para garantir.

Julien franziu o cenho e disse:

– Fiz o que vocês me pediram: mostrei onde está o colar.

– Só que ainda *não estamos* com o colar – objetou Harte. – Enquanto permanecer exposto dessa maneira, você estará em perigo.

Julien ficou visivelmente incomodado.

– Então deem um jeito nisso, Darrigan. Ela até pode ser ladra, mas eu não sou ladrão.

– Quer que dêmos um jeito? Precisamos de informações: sobre o esquema de segurança ou outro evento programado. Precisamos saber se o colar fica sempre ali ou se é levado para outro lugar durante a noite.

– E por que você acha que tenho como conseguir essas informações? – perguntou Julien, claramente irritado. E, se Harte não se enganara, também bastante perturbado.

– Porque você é membro da Sociedade – pressionou Harte, sem se importar com o fato de Julien ter ficado sem cor. – Pensou que nós não sabíamos disso, Jules?

– É apenas um título de cortesia. Não sou ninguém para eles. Sou uma *piada*.

Harte não pôde deixar de perceber o tom de amargura da voz de seu amigo, mas não podia fazer nada a respeito.

– Você tem mais proximidade com a Sociedade do que qualquer um de nós dois. Quer se livrar de nós? Consiga as informações.

– Tudo bem – respondeu Julien. – Mas vai demorar.

– Quanto antes conseguirmos pôr as mãos no colar, mais cedo sairemos do seu encalço. E você poderá retomar sua vida como se nada tivesse acontecido.

Julien soltou um suspiro de frustração e disparou:

— Ainda que eu nunca mais fosse obrigado a ver a sua cara, mesmo assim não seria rápido o bastante, Darrigan.

Harte ficou observando Julien se afastar, mantendo os olhos fixos no amigo até perdê-lo de vista no meio da multidão.

— Nós poderíamos ter ajudado aqueles garotos — disse Esta, com a voz grave e furiosa.

Harte soltou um suspiro de exaustão e, a contragosto, se virou para ela.

— Eu sei.

— Então por que...

— Porque temos coisas mais importantes para fazer.

— Eram crianças, Harte. Com bombas de fumaça e fantasias — disse Esta, com a voz trêmula. — Eles estavam fantasiados de Antistasi... de *mim*. As saias e as máscaras. Você viu, não? Estavam brincando de Ladra do Demônio. E aqueles guardas foram *brutais*. É impossível não terem percebido que eram apenas crianças, e não deram a menor importância.

— Você não é responsável por isso — disse Harte. E, assim que pronunciou essas palavras, teve certeza de que dissera algo de errado. Os olhos de Esta se acenderam de fúria, e o poder que havia dentro dele se aqueceu.

Quando falou de novo, Esta usou um tom frio e objetivo.

— Não sou? Talvez você consiga separar o que deseja do sofrimento que isso causa em outras pessoas. Deus é testemunha de que você já fez isso antes. Mas eu não consigo. Não *quero*.

As palavras de Esta cumpriram seu objetivo, em parte por que o mago sabia o quanto eram verdadeiras. Aquela encrenca em que estavam metidos era culpa sua, porque ele queria se libertar de Nova York. Porque estava disposto a sacrificar quase *tudo* para realizar aquele único sonho. Mas isso não mudava o fato de estarem cumprindo uma missão e, se não tivessem sucesso, Mageus teriam muito mais do que se preocupar do que com a Guarda.

— Temos que encontrar as pedras, Esta — falou baixinho.

— Precisamos do colar, e depois encontrar Bill para pegar a adaga, e em seguida atravessar o país para pegar a coroa, e não podemos fazer isso se estivermos na cadeia ou *mortos*. — Ele parou por um instante para se recompor, suprimindo o poder que cutucava suas fraquezas. Os olhos de Esta ainda o fuzilavam, mas o mago continuou falando: — Se não reouvermos as pedras, Nibsy sai vitorioso. Jack sai vitorioso. Eu queria ajudar aqueles garotos, mas fazer isso seria o mesmo que pintar um alvo enorme em nossas costas. Você quer ajudar aqueles meninos e inúmeros outros iguais a eles? Precisamos *vencer*. Precisamos encontrar as pedras e reaver o Livro.

"Meu tempo está se esgotando. E o seu também."

Esse pensamento lhe veio com tanta clareza que Harte teve certeza de que era verdadeiro.

Esta fez uma careta, mas um pouco da fúria da expressão já se dissipara.

— Eu odeio todos eles — declarou, com um tom desanimado. — Odeio a Guarda e odeio a Sociedade... todos eles.

— Eu também — concordou Harte, sendo completamente sincero. — Então não vamos nos contentar em bater em alguns guardas aqui e ali. Vamos derrotá-los. Roubamos o colar, impomos essa humilhação a eles, e então seguimos em frente e fazemos tudo de novo, até conseguirmos reunir tudo o que queremos. Até podermos voltar ao tempo em que nada disso tinha acontecido: antes da Lei, antes da Guarda, e impedir tudo isso. *É assim* que vamos conseguir salvar aqueles meninos.

Esta soltou um suspiro profundo e passou a mão na boca. Foi um gesto bem espontâneo, mas que combinou perfeitamente com seus trajes de homem.

— Você deve ter razão — falou. — Mas isso não muda o fato de eu estar muito brava com você neste exato momento.

— Pode ficar brava o quanto quiser. Desde que fique brava aqui, não em uma prisão qualquer.

— Não existe prisão capaz de me segurar — retrucou ela, olhando na direção do mago.

— Não sei, não... aquelas grades da atração do Nilo... acho que podem dar um jeito.

A expressão de Esta mudou quando o mago mencionou o assunto.

— E, por falar em rio Nilo, você não quer me contar o que foi que aconteceu dentro daquele barco?

Harte respirou fundo e disse:

— Não sei. Eu estava lá e, de uma hora para outra, não estava mais.

— Você ficou falando de Toth como se o conhecesse — comentou ela, com um olhar de indagação. — E o chamou de mentiroso.

Harte se lembrava vagamente de ter pronunciado aquelas palavras, mas tinha a sensação de que eram uma memória de outra pessoa, palavras que não eram suas.

— Acho foi aquilo, ou aquela pessoa, que estava aprisionado no Livro. Está ficando cada dia mais forte. Aumentando a cada dia o controle sobre mim.

"E ficar perto de você só piora a situação."

— Bem, seja lá o que for, certamente não gosta de Toth — disse Esta, olhando para o outro lado.

— É algo antigo — contou o mago, sem saber direito de onde vinham aquelas palavras. — Tenho a sensação de que estava esperando para ser libertado fazia muito tempo... e não vai esperar por muito tempo mais.

Esta levantou os olhos para Harte e, por um instante, a raiva estampada nos olhos dela foi substituída por preocupação.

— Bem, terá que esperar. Estamos quase lá. O colar está bem ali — falou, apontando para a Rota. — E, com o ópio, a Guarda, ou o que quer que seja, aquele pavilhão não é nenhuma Mansão Quéfren. Vamos conseguir. — Então ficou em silêncio por um instante, pensativa, e completou: — E se usássemos um desfile para desviar a atenção?

Um casal passou ali perto, e o homem ficou olhando para os dois, franzindo o cenho.

— Pode até ser, mas não vamos conversar sobre isso aqui. Não sabemos quem pode estar escutando.

— Tudo bem. Mas o que você quer fazer, então?

— Precisamos matar um pouco de tempo, mas se ficarmos parados aqui vamos chamar atenção. Você quer entrar lá e ver o que tem? — perguntou, apontando para uma construção próxima. — Pode estar mais fresco, já que vamos sair de baixo do sol.

A construção, por acaso, era o Palácio dos Transportes. O enorme saguão estava repleto de todo tipo de maquinário: elegantes motores a vapor e automóveis que brilhavam sob as luzes elétricas. Ao caminharem ali dentro, fingindo que eram turistas até poderem ir embora em segurança, Esta ficou com um olhar distante, quase triste.

— Um dia, todo mundo terá um destes — contou, passando o dedo nas curvas de metal de um dos automóveis. — Ninguém fica no mesmo lugar a menos que seja obrigado. É possível entrar em um avião e voar para onde quiser...

— *Voar?* — parecia impossível. — Como em um dirigível?

Esta sacudiu a cabeça e respondeu:

— Mais rápido. E mais alto. É possível chegar ao outro lado do país dentro de poucas horas. — A expressão dela mudou. — Ou, pelo menos, é possível para algumas pessoas. — Então olhou de novo para Harte, com uma faísca de esperança no olhar. — Quando conseguirmos reaver as pedras e o Livro... porque vamos *conseguir*... precisaremos fazer alguma coisa com eles. Precisaremos resolver o que fazer com a Beira: se vamos consertá-la ou destruí-la. Há todo um futuro por vir, e os Mageus não sobreviverão se ficarem encurralados em Nova York. Mas talvez tenham uma chance de sobrevivência se as coisas forem diferentes. Talvez seja por isso que viemos parar aqui, para ver o que pode acontecer. Para entender que as coisas *podem* ser mudadas. Que *nós* podemos mudá-las, apenas desta vez, e que podemos mudá-las para melhor. Mesmo que não dê para voltar no tempo. Podemos começar agora.

O mago não conseguiu corresponder à esperança dela. No Palácio dos Transportes, estava rodeado de máquinas projetadas para serem velozes, como uma maneira de pessoas comuns fugirem das próprias vidas e viajarem para onde bem entendessem. Eram máquinas do futuro, que um dia existiriam, só que Harte Darrigan sabia que não foram feitas para ele. Era um homem sem futuro, e nenhuma daquelas máquinas maravilhosas era veloz o bastante, nem chegaria longe o suficiente, para ajudá-lo a fugir do perigo que trazia dentro de si mesmo.

NUNCA BASTOU

1904 – Saint Louis

North tentava ver a atração do Cairo através da algazarra do desfile quando tudo começou. Assim que a Guarda Jefferson entrou com tudo, desistiu de sua tentativa de seguir a Ladra e saiu de fininho, se esquivando da multidão que tentava fugir, indo todos na mesma direção. Como eram Sundren, não perceberam que aquela confusão toda não passava de fumaça, jogada por alguns moleques imbecis querendo bancar os Antistasi.

Ele não podia propriamente condená-los pela tentativa. Passara toda a sua infância escondendo a pouca magia que corria em suas veias. Seu paizinho o ensinara como mantê-la quieta, para que ninguém percebesse. Só que esconder a magia que tinham não melhorou nem um pouco suas vidas. E, certamente, não salvou seu pai da morte.

North tinha 17 anos e vivia por conta própria fazia dois quando houve aquele descarrilamento de trem em Nova Jersey, e os jornais começaram a incutir nas pessoas o medo de que poderia haver Mageus além dos limites da Beira. Até então, a maioria dos Sundren acreditava que a Beira se encarregava da magia. Viviam suas vidinhas sem pensar que poderia haver Mageus entre eles.

Até então, esconder-se bastava para pessoas como ele – uma vida silenciosa, uma morte silenciosa.

"Nunca bastou." E, às vezes, a morte não era silenciosa nem fácil.

Não bastara para seu pai, que definhara por causa disso. Fizera de tudo para criar North depois que a mãe do menino fugiu. Mas, quando morreu em um dos abatedouros de Chicago, onde trabalhava, havia se tornado um homem pequeno, exaurido e aparentando ser muito mais velho do que realmente era. No dia em que North enterrou o pai, não tinha dinheiro para pagar nem a mais modesta das lápides, e faltava menos de uma semana para o senhorio bater à sua porta, exigindo o pagamento do aluguel. Poderia ter ido para as mesmas instalações onde o pai trabalhara e morrera, que lhe dariam um emprego, pois, mesmo naquela época, já era bem alto e forte. Só que North resolveu ir para o Oeste, na esperança de encontrar uma vida para chamar de sua naquelas vastas planícies.

Viajou para a região das extensas e intermináveis planícies e se deu conta de que, por mais longínquo que fosse o destino, por mais aberto que fosse o céu acima de sua cabeça, não havia maneira de viver em liberdade. Não para alguém como ele.

Na primeira vez em que ouviu falar da Ladra do Demônio, North estava trabalhando em um curral no Kansas. Olhou para a fotografia da moça em um pedaço de jornal amassado e sentiu uma faísca de esperança que o levou a procurar outras pessoas que também estivessem cansadas de nunca ter o bastante. Foi parar em Saint Louis, até que encontrou os Antistasi e, assim que viu Maggie, não pensou duas vezes.

Se fosse um pouco mais novo, provavelmente teria cometido uma imbecilidade como o que aqueles moleques fizeram. Se seu paizinho não tivesse ficado por tanto tempo ao seu lado, obrigando-o a andar na linha, North provavelmente teria cometido uma imbecilidade como o que aqueles moleques fizeram *mesmo* que jamais tivesse ouvido falar na Ladra.

Ficou se perguntando por alguns instantes se aqueles garotos tinham um pai que lhe dariam uma bela surra de cinta por terem sido presos pela Guarda ou se eram sozinhos no mundo, como tantas outras crianças de sua época. North concluiu que teria de cuidar deles mais tarde – tirá-los da cela onde a Guarda certamente os prenderia e levá-los até seus pais ou encontrar um lugar seguro para onde pudessem ir.

No entanto, quanto mais se preocupava com aqueles moleques, mais sentia necessidade de encontrar Maggie.

O pavilhão onde ela estava era uma coisa monstruosa, ladeado por duas torres enormes. Dentro dele, uma porção de engenhocas mecânicas ajudava a manter vivos bebês recém-nascidos. Ruth não queria que Maggie se desse ao trabalho de arranjar um emprego na feira. Muita gente no grupo poderia se encarregar do reconhecimento do terreno, e Ruth achava que ela seria mais útil se ficasse apenas desenvolvendo o soro. Porém, por mais que pudesse parecer pequena e delicada, a garota de North era implacável quando queria alguma coisa. No fim das contas, Maggie acabou vencendo... em parte. North ainda a acompanhava quando ia e voltava do trabalho, mas ela cuidava dos bebês, observando o tempo todo para ver se algum deles tinha afinidade.

North foi seguindo o fluxo do público até que chegou à grade, onde poderia chamar a atenção dela. Maggie tirou os olhos do que estava fazendo e franziu o cenho quando o viu. Os dois não precisavam de palavras para se comunicar. Bastou um olhar para que North entendesse o que Maggie queria dizer, e ele foi desviando das pessoas, na maioria mulheres, até o saguão lateral. Instantes depois, Maggie apareceu.

— O que foi? — perguntou, visivelmente irritada com a interrupção de North.

— Um possível problema. — Então ele contou tudo o que vira, falou a respeito da Ladra e dos caras que a acompanhavam. — Só podem querer uma coisa lá de dentro.

— O colar — concordou Maggie.

North se lembrou da primeira vez que visitara a atração do Cairo e vira o colar. Acreditava que os cinco artefatos não passavam de um mito, assim como duvidara da existência da Ladra antes de tê-la avistado. Mas ali estava um deles, tão real quanto poderia ser. North sabia que não era uma imitação porque sentira aquele poder. Como no relógio que ele levava no bolso, uma energia pairava ao redor da joia — e que exercia uma atração absoluta. Mas, ao contrário de seu relógio, o colar parecia ser poderosíssimo. E North achava que todos os Sundren naquele recinto sentiram a mesma coisa, por mais que não entendessem por que tinham ficado tão extasiados com a atração.

Não deveria ser permitido, de modo algum, que a Sociedade e nenhuma das Irmandades tivesse acesso a um poder como aquele. Ruth planejara roubar o colar em meio à confusão criada pela ação, mas talvez isso não pudesse esperar até lá.

— Tudo depende de termos o tal colar em mãos quando a fumaça se dissipar — afirmou North. Sem a joia, as chances de unificar e liderar os Antistasi seriam muito pequenas. Sem o colar e sem o poder dele advindo, a ação não mudaria quem estava no comando: os integrantes das Irmandades eram todos homens ricos, e viviam em um país onde o dinheiro era capaz de comprar qualquer coisa, principalmente poder. Não, os Antistasi precisavam do colar para conseguir se sobressair acima de todos e conquistar poder. — Não podemos permitir que a Ladra o roube antes de nós.

— Não... — Mas Maggie ainda franzia o cenho e estava com um olhar distante, como se ponderasse sobre todas as implicações daquele último desenrolar dos fatos. Então piscou, levantou os olhos e declarou: — Ou talvez não possamos apenas permitir que a Ladra *fique* com ele.

EM MEIO À ENERGIA INVISÍVEL

1904 – Saint Louis

O calor do dia já amainara um pouco quando Jack Grew finalmente conseguiu sair da cama, enfiar dois cubos de morfina na boca e ir para a Exposição. Saint Louis era uma pocilga, se comparada à grandiosidade de Nova York, por melhor que a Sociedade julgasse aquela feirinha gloriosa. Jamais alcançariam o mesmo *status* da Ordem, ainda mais depois que Jack a transformara, e aquela cidade sempre seria um lugarzinho parado no tempo, querendo ser algo mais.

Ainda assim, contra a sua vontade, tinha que admitir que as luzes eram algo que valia a pena ser visto. Recobriam cada superfície da feira, se refletiam na enorme lagoa e brilhavam intensamente até tarde da noite. O público começara a rarear, e a atração Ruas do Cairo estava quase vazia. Aquilo, por sua vez, não passava de uma tentativa de segunda categoria de ressuscitar o esplendor de uma civilização havia muito perdida. Não era nada em comparação ao que a Mansão Quéfren um dia fora ou ao que a nova sede da Ordem seria quando terminassem as obras. "Sequer têm um obelisco autêntico", pensou, com certo desdém. Não como o de Manhattan, instalado bem no meio do Central Park, para quem quisesse ver.

Mas nada disso impediu que Corwin Spenser e David Francis se locupletassem a respeito da atração que a Sociedade deles patrocinava na feira – uma gema ímpar, engastada em um primoroso colar de platina, lapidada de modo a dar a impressão de que emanava um brilho que vinha de dentro.

Um artefato que, um dia, estivera guardado nos cofres da Ordem.

"Será que fazem ideia do que têm em mãos?", perguntou-se Jack, olhando para o colar, instalado em um expositor forrado de veludo, bem diante de seus olhos. Aqueles dois homens — e o restante da ridícula Sociedade da qual faziam parte — saberiam que a pedra era um dos tesouros roubados da Mansão Quéfren? Estariam se gabando porque pensavam que Jack se importava com o poder da Ordem? Ou realmente acreditariam ter descoberto um novo objeto de poder? Jack não tinha como saber.

E, na verdade, não dava a mínima. A Ordem e assuntos relacionados só o interessavam na medida em que fossem de alguma utilidade para ele. Jack já havia provado como era fácil tornar a liderança do mais alto escalão daquela organização insignificante lá no Conclave, que ocorrera havia dois anos. Velhos impotentes, todos eles.

O que Spenser e Francis não se davam conta, enquanto ficavam se vangloriando a respeito do poder da Sociedade, era de que a Ordem não passava de um meio para atingir um fim, um instrumento conveniente para Jack ter acesso às pessoas e aos lugares certos. Lugares como aquela câmara, interditada ao público pelo resto da noite, mas à qual Jack agora tinha livre acesso, sem se preocupar se estava sendo observado.

— Onde foi mesmo que vocês disseram ter encontrado esta peça? — perguntou, mantendo um tom casual e ameno.

— Ah, não podemos revelar nossas fontes — respondeu Spenser, com uma expressão da mais pura satisfação.

— Com um número tão grande de visitantes, deve ser difícil garantir a segurança de um tesouro como esse — insinuou Jack. — Um feito e tanto, na verdade.

Os dois morderam a isca.

— Nem um pouco — pavoneou-se Francis. — Esta câmara dispõe dos mais modernos aparatos de segurança, por todos os lados. As paredes têm dois metros de espessura e são feitas de concreto reforçado com aço, impossíveis de penetrar, tanto por bombas como por balas. E, caso alguém tente mexer no expositor, as portas se fecham, transformando-o em um cofre mais forte do que aquele do banco, lá no centro.

"Inconveniente, mas não impossível."

– Também estamos protegidos contra quaisquer... elementos pouco desejáveis – completou Francis, estufando o peito. – O sistema de ventilação da câmara está equipado com uma máquina que distribui uma quantidade baixa de inibidor, caso alguém pense em usar poderes ilegais para ter acesso à joia. Ao menor distúrbio, multiplica por dez a dosagem, incapacitando o celerado antes que cause qualquer problema.

– E os Antistasi? – perguntou Jack. – Ouvi dizer que sua cidade anda tendo problemas para controlar esse elemento específico ultimamente.

Spenser ficou mordido.

– Os Antistasi não representam uma ameaça a esta cidade. A Sociedade e sua Guarda já resolveram o problema e, caso algum outro surja, também será resolvido, de forma ágil e criteriosa.

– Pode até ser. Mas vocês não conseguiram resolver o problema da Ladra do Demônio, não? – perguntou Jack, mantendo um tom neutro, deleitando-se com o fato de os dois terem enrubescido, consternados.

– Está tudo sob controle – insistiu Francis.

– Está mesmo? Porque ela *virá* atrás desta peça, cavalheiros. É claro que sabem disso... – Jack fez um instante de silêncio, para sua indireta surtir efeito. – Mas devem estar com tudo dentro dos conformes, porque seria deveras constrangedor se ela a roubasse antes do baile, ainda mais depois de tudo o que vocês apregoaram. Só sei que meus irmãos da Ordem conhecem muito bem a dor *dessa* humilhação em particular – completou, dando a entender claramente que gostariam de ver a mesma coisa acontecendo com os outros. – E estão ansiosos para ver se o colar é tudo isso que vocês anunciaram.

Spenser parecia ter ficado constrangido.

– Estou certo de que você poderá comunicar-lhes de que é, sim – declarou.

– É claro. Definitivamente. Parabéns, cavalheiros. – Então estendeu a mão, primeiro para Spenser. – Os senhores se saíram melhor até do que a própria Ordem, creio eu.

Spenser ainda parecia um tanto constrangido quando apertou a mão de Jack. "Perfeito." Deixe que se preocupem. Isso manteria o colar longe das garras de Darrigan e da garota até que Jack conseguisse pôr suas mãos nele.

Do outro lado do recinto, Hendricks – o guarda que estava no hotel – observava o grupo. Jack se despediu dos dois e fez sinal para Hendricks segui-lo ao se dirigir para a saída.

Do lado de fora, a Rota estava lotada na mesma proporção da falta de elegância do lugar. Jack levou Hendricks para longe da balbúrdia, até uma construção que exibia dispositivos elétricos. Dentro do pavilhão que mais parecia um templo, a Torre de Telégrafo Sem Fio de Forest transmitia mensagens pelo ar até Chicago e de Chicago para Saint Louis. Pelo que Jack conseguira entender, uma tecnologia semelhante, combinada com artes herméticas, era o que possibilitava à Guarda Jefferson estabelecer uma comunicação tão ágil e eficaz. De acordo com Hendricks, todos os guardas usavam um pequeno distintivo que podia ser ativado para alertar os demais quando avistavam algum perigo. E isso – Jack admitiu a contragosto – era bem engenhoso.

Foi também um progresso técnico que chamou a atenção de Jack, já que, bem pouco tempo antes, ele mesmo tivera interesse em desenvolver sua própria máquina. Quase esquecera como estivera perto de concluí-la na época, mas aquela atração o deixou com vontade de revisitar aquela ideia. O Livro, afinal de contas, tinha respostas que ele sequer sonhava, e guardava algum segredo em suas páginas que possibilitaria, finalmente, a conclusão de sua máquina.

– O senhor está precisando de alguma coisa? – perguntou Hendricks. Se ficou desconfiado com aquele pequeno passeio, não demonstrou.

– Gostaria de saber onde a Sociedade encontrou a peça que está em exposição na atração Ruas do Cairo. O tal colar que deixa a todos maravilhados.

Hendricks levantou a sobrancelha, com um olhar de indagação.

– Tenho esperança de que essa pessoa possa me ajudar a encontrar outra peça. Também tenho um quê de colecionador – comentou Jack, entregando uma nota alta para o guarda.

– Estou certo de que posso tentar descobrir – disse Hendricks, guardando a cédula dentro do casaco escuro do uniforme.

– Há muito mais de onde saiu esta, se você conseguir. Quero saber de tudo a respeito do colar. Onde é guardado, quando é tirado daqui, *tudo*. Preciso da ajuda de um homem decente, Hendricks. Espero que seja você.

– Pois não, senhor – respondeu Hendricks, com um brilho mesquinho nos olhos. – Fico feliz em poder lhe ser útil.

– Excelente, Hendricks – concluiu Jack. Então deu um tapinha forte em suas costas e o largou ali, em meio àquela energia invisível.

O PROFETA VELADO

1904 – Saint Louis

A caminho do camarim, Julien Eltinge tentava recuperar o fôlego depois do esforço exigido pelo seu número final, com o coração acelerado pela excitação da ovação que acabara de receber. Quase fora suficiente para apagar o estresse que passara naquele dia. Quando Darrigan e Esta revelaram os planos de roubar o colar, Julien viu seu próprio futuro desmoronar. Todos os seus esforços, todos os seus cuidadosos planos, destruídos por um capricho. Como se fosse possível roubar alguma coisa de dentro de um lugar como a Exposição ou de uma organização poderosa como a Sociedade. Mas sua apresentação o fizera voltar ao prumo, e os aplausos estrondosos aliviaram a pressão que se acumulara atrás de seus olhos e a preocupação que tensionava seus braços, como sempre.

Julien ainda se lembrava da primeira vez que teve o entendimento do que os aplausos significavam para ele. Não o alarido, nem mesmo a expressão das pessoas que aplaudiam e ovacionavam de pé, mas a sensação. Aquilo reverberou em uma parte essencial, lá no fundo, no âmago de seu ser. A primeira salva de palmas libertara algo dentro dele, obrigando-o a sair em busca de mais. Por muito tempo, Julien perseguiu os aplausos de todas as maneiras, com a mesma avidez e determinação com que um cão *terrier* corre atrás de um rato. Mas, naquele momento, já tinha aprendido. Àquela altura, deixava que os aplausos corressem atrás dele.

Depois de tanto esforço, o sucesso com o qual sempre sonhara estava quase ao alcance de suas mãos. A cada noite que subia no palco, os aplausos eram mais estrepitosos. A cada noite, mais e mais pessoas vinham assistir ao seu número, à sua arte. E a entendiam.

Os pais de Julien haviam debochado quando ele tentara explicar, mas não o impediram de subir no trem, com os sonhos na mala, guardados ao lado dos figurinos que confeccionara para usar em suas apresentações. Deviam pensar que seria um fracasso tão grande que Julien seria obrigado a voltar rastejando e admitir que tinham razão.

Julien jurou que isso jamais aconteceria e cumpriu com sua palavra. Lutou com unhas e dentes – e, não raro, com os punhos também –, mas acabou saindo vitorioso. Saint Louis não era nenhuma Nova York, mas ali ele era uma estrela, uma estrela em ascensão, em rápida ascensão. Ora, naquela mesma noite chamara a atenção do senhor Keith Albee, que estava no camarote à esquerda do palco. Era um ótimo sinal o fato de ele ter se deslocado até lá para avaliar o número de Julien. Tratava-se de um dos mais poderosos empresários do teatro de revista, e Julien estava com um pressentimento que viera para cumprir a promessa que lhe fizera.

Um espetáculo inteiro só dele – uma revista musical estrelando... ele mesmo, Julien Eltinge, em uma das maiores e mais luxuosas casas da Broadway. "Isso ainda pode se tornar realidade", pensou Julien. Darrigan cumpriria sua palavra e reaveria aquele maldito colar antes que alguém descobrisse o envolvimento de Julien. Tudo daria certo. Ele e sua carreira continuariam *ótimos*.

Julien bateu a porta do camarim e tirou a peruca, deleitando-se com a sensação do ar frio em seu cabelo empapado de suor e com a solidão. Com todo o cuidado, arrumou os cachos em cima da cabeça de manequim, certificando-se de que não amassara nenhum – seria mais do que um pé no saco consertá-los depois, melhor ter esse cuidado já. Em seguida, pegou seu costumeiro charuto de cima da penteadeira e acendeu, deixando o sabor intenso do tabaco tomar conta de sua boca e inebriar seus sentidos. A recompensa por um trabalho bem feito, como sempre.

Ao se ver no espelho, com o grosso charuto entre os lábios pintados, Julien riu sozinho. De cílios escuros e lábios vivamente pintados, de bochechas rosadas e a maquiagem que usara para esculpir seus traços e deixar seu rosto mais delicado, uma mulher o fitava. Era a transformação — não a feminilidade — que o satisfazia, não o espartilho que naquele exato momento esmagava suas costelas, nem os vestidos cheios de pesados bordados e babados que irritavam sua pele, nem o modo como chamava a atenção de outras mulheres, cuja inveja era mais uma prova de seu sucesso. Não. Era o espetáculo em si. Era a arte de transformar uma coisa em outra, completamente diferente. A improvável magia de tudo aquilo.

Alguém bateu forte na porta de seu camarim, e Julien perguntou quem era.

— Você tem visita — disse Sal, espiando dentro do camarim.

Depois do dia cheio que tivera, Julien simplesmente estava sem disposição.

— Diga que estou ocupado.

O diretor de palco sacudiu a cabeça e declarou:

— Não para esta visita.

— Então diga que já fui embora — sugeriu Julien, tornando a se olhar no espelho.

— Receio que seja tarde demais para isso.

Pelo espelho, Julien viu a porta se escancarar e revelar um vulto alto, com o rosto encoberto por um véu branco de renda. O diretor de palco meio que encolheu os ombros e deu passagem para o Profeta Velado entrar no camarim. O vulto fechou a porta, e o ruído do trinco sendo passado foi alto e absoluto como o de um tiro.

— Senhor Eltinge — disse o vulto.

— Senhor... — Julien ficou sem fala, porque não sabia como se dirigir ao homem que tomava conta do espaço que, até poucos instantes, era o seu refúgio. De uma hora para outra, Julien tomou consciência de seu estado de transição. Sem a peruca, não era nenhuma das duas versões de si mesmo e, sem poder assumir nenhum dos dois papéis, sentiu-se perdido.

Na noite em que o Profeta Velado aparecera para exigir que Julien lhe entregasse o colar, deixara bem claro que a Sociedade o vigiava de perto desde o instante em que pusera os pés na cidade. De início, acreditavam que seu número era uma ameaça, um desvirtuamento dos verdadeiros valores do estimado povo de Saint Louis. Não precisavam daquele espalhafato que havia no Leste e, se ele pisasse em falso, se achasse que poderia trazer depravação para a cidade deles, a Sociedade tomaria providências. Acabaria com sua carreira.

Naquele instante, Julien teve certeza de que eles não compreendiam nada a seu respeito e, por causa disso, cedera às exigências. Vendera o colar para a Sociedade por uma ninharia, e tudo vinha correndo às mil maravilhas — pelo menos até Harte Darrigan e aquela garota aparecerem e meterem Julien naquela confusão.

O Profeta Velado, fosse lá quem fosse por trás daquele véu de renda, não se deu ao trabalho de responder.

— Temos uma proposta, senhor Eltinge.

— Uma proposta? — repetiu Julien, odiando-se por sua voz ter tremido.

"Não tem como eles saberem..."

— Um trabalho — disse o vulto. — Um trabalho que fará bom uso de seus talentos.

Julien não pôde deixar de perceber o tom de deboche na voz do Profeta, mas não era nenhum palhaço para que o exibissem por aí e rissem dele.

— E se eu estiver muito atarefado no momento para me comprometer com outros trabalhos? — perguntou, dando mais uma baforada no charuto, só para provar que não aceitaria intimidações.

O vulto inclinou a cabeça, fazendo a renda pesada que usava na frente do rosto ondular.

— O senhor sabe muito bem qual é o alcance de nossa influência, senhor Eltinge. Vimos que o senhor Albee estava presente no teatro esta noite. Ele é um grande amigo nosso.

Julien sentiu um aperto no estômago. Aquelas pessoas poderiam destruir tudo o que ele construíra se o senhor Albee lhes desse ouvidos. Seu espetáculo, seu futuro – tudo iria pelos ares.

– Creio que posso arrumar um tempinho para ouvir sua proposta. Estou com a agenda cheia por causa do espetáculo. Amanhã à noite, quem sabe? O teatro não abre.

– Esta noite, senhor Eltinge. Agora, na verdade.

– Agora? – indagou Julien, olhando para o vestido que ainda usava.

– Vamos lhe dar um tempo para que o senhor fique mais... apresentável – respondeu o profeta, com um tom enojado. – Nossa carruagem estará à sua espera – concluiu, dando-lhe as costas em seguida.

Julien estava com um péssimo pressentimento a respeito de tudo aquilo. Olhou para seu reflexo no espelho, mas xingou Darrigan e a tal garota em pensamento. Se o colar era tão perigoso, Harte jamais deveria tê-lo enviado para ele, para começo de conversa. No mínimo, Darrigan deveria ter tido a decência de continuar morto.

PARTE

IV

A MEMÓRIA DO NOME DELA

1904 – Saint Louis

O clima, naquele dia do fim de junho, estava agradável, e o céu estava de um azul vívido e límpido. Ao redor de Esta, os prédios de um branco impecável da feira eram um contraste gritante com a sujeira e a fuligem do resto da cidade. Os casais que andavam de braços dados e as famílias que seguravam com firmeza as mãos pequenas de seus filhos não poderiam imaginar que aquele cavalheiro bem vestido perto da água era, na verdade, uma mulher. Muito menos que estava prestes a cometer um crime.

Havia algo nos instantes que precediam uma tarefa que deixava Esta arrepiada – não de medo ou apreensão, mas de expectativa, e pela pura e simples satisfação de fazer algo a que estava predestinada. Talvez fosse só adrenalina, mas Esta sempre tivera a sensação de que era mais do que uma simples reação química aleatória que fazia o seu corpo vibrar de alegria, que deixava sua mente mais clara e preparada. Só podia ser um sinal – uma espécie de bom presságio. Poucos momentos em sua vida lhe davam a sensação de que tudo estava absolutamente certo – de que todas as peças se encaixavam –, e a maioria se dava instantes antes de uma tarefa. Enquanto esperava, encostada na mureta que havia perto da grande lagoa que era o ponto central da Exposição, Esta tinha quase certeza de que *aquele* era mais um daqueles momentos.

Talvez a noite fosse uma escolha mais dentro do esperado. No entanto, depois de passar alguns dias fazendo planos e diante das informações que Julien lhes fornecera, ela e Harte resolveram que seria mais fácil roubar o colar durante o dia do que esperar a feira fechar. Para começar, poderiam tirar proveito da multidão. E o mais importante: sabiam muito bem como a Exposição funcionava durante o horário em que ficava aberta ao público. Tinham passado os últimos dias circulando pelos pavilhões e fingindo que eram turistas, para esquadrinhar as áreas ao redor de Ruas do Cairo e da Rota. Sabiam quantos guardas havia no local e os horários de troca de turnos.

A noite, por outro lado, era uma caixa-preta. Não sabiam quais eram as medidas de segurança ou se o colar permanecia lá por toda a madrugada. Mas durante o dia? Os honrados cidadãos organizadores da feira até haviam lhes feito a gentileza de fornecer uma tabela de horários para que ficassem sabendo de tudo o que acontecia – e quais eram os melhores momentos para fazer algo que desviasse a atenção.

De acordo com a tabela, ocorriam pelo menos dois desfiles por dia – um ao meio-dia e outro mais para a noite. Esta e Harte chegaram a considerar a possibilidade de aproveitar o desfile da noite, já que a escuridão poderia ajudá-los a se esconderem. Mas, no fim, resolveram que o plano mais simples e certeiro exigia que se expusessem.

Esta viu que Harte se aproximava antes que sua presença fosse percebida, e se deu ao direito de ficar observando o mago por um instante, enquanto ele se esquivava da multidão. Nos dias anteriores, os dois haviam chegado a um equilíbrio estável, para não dizer absolutamente satisfatório. Parecia que, sem dizer uma só palavra, chegaram ao entendimento de que não tocariam mais no assunto da noite em que chegaram a Saint Louis – nem do beijo, nem da discussão. Isso não significava que Esta estivesse menos magoada. Mas, depois do que acontecera no barco, não insistiu mais. Harte contaria tudo uma hora ou outra, ou não – não podia forçá-lo a confiar nela ou a vê-la como alguém com quem podia contar, assim como não podia deixar de sentir aquele aperto no peito toda vez que via o mago, toda vez que se lembrava da sensação de ter os lábios dele roçando nos seus.

Harte estava vestindo uma calça social verde-oliva, com um colete da mesma cor e um paletó de um tom mais claro. Com o chapéu de palha arredondado que cobria seu rosto e balançando os braços de maneira tão relaxada, parecia estar de banho recém-tomado e com uma roupa fresquinha, a cara daquele dia de verão. Esta percebeu o instante em que o mago a viu: ele apertou os lábios e ficou com um olhar tenso, como se estivesse se preparando para uma coisa ruim. Logo sua expressão ficou mais relaxada, como se a tensão de poucos segundos antes jamais tivesse existido.

Enquanto ele se aproximava, Esta teve a mais estranha das visões, de que o rosto do mago se iluminava com um sorriso e a convidava a andar de braço dado com ele. Quase conseguiu visualizá-los assim, explorando as atrações e a música como qualquer outra pessoa. Por um instante, desejou que pudessem se livrar de todo o peso e pudessem transformar aquela visão em realidade. Por um instante, Esta desejou que os dois pudessem esquecer o que estavam prestes a fazer e fingir que eram apenas dois visitantes comuns aproveitando aquele dia ensolarado na feira.

Mas só os otários têm desejos, e não estava nos planos de Esta ser um deles, nunca mais. Muito menos quando se tratava de Harte Darrigan.

— Acho que jamais vou me esquecer deste lugar — falou Harte, e ficou parado, olhando a água. A lagoa em si se estendia até o coração da feira e, ao fundo dela, havia uma construção de teto abobadado de um branco impecável: o Paço dos Festivais. Chegava a brilhar de tão iluminado, mesmo durante o dia. Ao longo de toda a beirada da lagoa rodeada de árvores, chafarizes espirravam arcos de água no ar, e havia frias esculturas de mármore branco que faziam as vezes de guardiões silenciosos.

— O mundo não é exatamente assim — falou Esta, sentindo, de repente, um humor mais sombrio. Encostou-se na mureta e fingiu estar admirando a paisagem, mas sua atenção estava concentrada em outro lugar. A pedra debaixo de sua mão parecia ser de mármore esculpido, mas era apenas concreto pintado. "Falso. Como tudo neste lugar."

– Metade destas construções são apenas fachada. Virão abaixo dentro de poucos meses, e será como se nada disso um dia esteve aqui.

– Eu sei... – O tom de Harte era melancólico, e Esta olhou de esguelha e viu que ele estava observando as gôndolas deslizarem pela superfície límpida e lisa da água. – Ainda assim... fizeram um espetáculo e tanto.

Harte não estava enganado. O parque em si era uma maravilha, mesmo sob o ponto de vista contrariado de Esta. As construções que ladeavam a vasta lagoa pareciam de mármore e de granito. Faziam Esta lembrar das que vira em fotos das grandes cidades da Europa. Mas, mesmo com toda a grandiosidade da Exposição, comparada a Nova York, Saint Louis parecia inacabada. Além dos muros da feira, a cidade ainda era um lugar em desenvolvimento, muito distante das ruas movimentadas de Nova York. Além dos limites da Exposição, o mundo ainda estava em suspenso.

– Você tomou as providências? – perguntou Harte.

– É claro – respondeu Esta, fingindo admirar a paisagem enquanto se certificava de que não havia ninguém reparando neles. Não fora muito difícil arrombar a fechadura de um dos portões de serviço, não muito longe da Rota. Esta o deixou fechado, para que parecesse trancado, mas serviria para saírem dali facilmente, depois que tudo terminasse. – E você?

Harte fez que sim e respondeu:

– Não havia ninguém vigiando o armário das armas. Troquei todas as balas que consegui encontrar, mas não sei se será suficiente.

– Terá de ser. Isso vai dar certo.

"Tem que dar."

Mas não seria fácil.

A parte mais difícil do plano como um todo era que seria posto em prática em plena luz do dia, ou melhor, em plena luz de um dia repleto de gente. O problema nem era o fato de os dois agirem sozinhos. Julien não estaria lá: escolheram um dia em que ele tivesse matinê para garantir que seu álibi fosse acima de qualquer suspeita.

Ele fizera tudo o que estava ao seu alance para ajudá-los, e agora os dois fariam tudo o que estava ao alcance deles para mantê-lo fora do restante da operação. Não, a parte mais complicada era precisar fazer quase tudo sem magia. Com a Guarda Jefferson em alerta máximo, não podiam correr o risco de usar a afinidade de nenhum dos dois – a menos que fosse absolutamente necessário. Teriam que fazer aquilo a seco e usar apenas a habilidade pura e simples. E, graças a Harte e a Julien, um pouco de presença de palco.

– O desfile começa em cerca de quinze minutos. Nós dois precisamos estar dentro do Cairo a essa altura. Você terá que agir rápido. Tudo certo com as cápsulas?

– Pode deixar, Harte – respondeu Esta, irritada com a rapidez que o mago deixou de aproveitar o dia e passou a ficar no seu pé. Lembrou um pouco Logan e, de repente, Esta não pôde deixar de imaginar o que teria acontecido com ele. Jianyu o teria encontrado? Logan teria conseguido contatar Nibsy? Mas havia muito tempo para pensar nisso depois. Naquele momento, era necessário se concentrar.

O plano não era dos mais elaborados, mas poderia funcionar. Tinham cápsulas de fumaça já colocadas no pavio em vários pontos da Rota, e Esta as acenderia segundos antes de ela e Harte embarcarem na atração do Nilo – segundos antes de o desfile passar na frente de Ruas do Cairo.

Havia apenas uma entrada, que também funcionava como saída, da câmara onde o colar estava em exposição. E, se tivessem cronometrado direito a queima dos pavios, as cápsulas seriam acionadas, inundando a Rota com uma fumaça de cor estranha que, com sorte, seria interpretada como um atentado dos Antistasi.

Os dois estavam contando que a Guarda correria para o local, deixando a pedra sob uma vigilância mais branda do que a habitual.

Se a tabela de horários fosse precisa – o que, até então, vinha acontecendo –, antes de a fumaça se dissipar completamente e de o público perceber que não havia perigo nenhum, os veteranos da Guerra dos

Bôeres, que encenavam suas escaramuças duas vezes por dia, estariam começando o primeiro ataque. Como Harte substituíra as balas de festim que costumavam usar por mais cápsulas de fumaça, uma confusão dos infernos se instalaria de novo assim que dessem a primeira saraivada de tiros. Com as pessoas que fugiriam em massa da encenação da Guerra dos Bôeres e a confusão instalada na Rota, a Guarda deveria ficar bem ocupada. Esta e Harte conseguiriam tirar o colar do expositor de vidro e ir embora.

— Se algo atrasar, nem que seja por poucos minutos, podemos ficar encurralados — lembrou Harte, verificando os relógios de bolso dos dois, para se certificar de que estavam sincronizados.

— Eu *sei*. — Esta estava louca para andar logo com aquilo. — Já repassamos isso um milhão de vezes.

Ela arrancou um dos relógios da mão de Harte e, nesse instante, uma família apareceu junto à mureta para admirar a lagoa. O casal era jovem — mais ou menos da mesma idade de Dolph. O pai segurava pela mão um menino pequeno de cabelo dourado que parecia uma miniatura sua. O menino começou a chorar, e ele o pegou no colo com cuidado para que o pequeno pudesse ver os chafarizes, logo adiante da mureta, enquanto a mãe mexia no cabelo da criança.

Esta só percebeu que ficara olhando fixo para eles quando Harte limpou a garganta ao seu lado, fazendo-a voltar a prestar atenção nele.

—Você precisa se concentrar. — O tom de voz dele foi terno, mas a reprimenda doeu mesmo assim.

— Eu *estou* concentrada — retrucou Esta, tentando ignorar os gritinhos de deleite do menino ao ver a água.

—Você sabe que tudo precisa sair perfeito para esse plano dar certo... e sequer teremos controle sobre a maioria das etapas. Não será fácil.

— Nunca é.

Esta olhou uma última vez para família, de relance.

Talvez tenha sido por causa da luz intensa daquele dia ou por causa do doce aroma de baunilha e caramelo que pairava no ar, mas ao ver aquela família aproveitando o dia – a vida – sem nenhuma preocupação sequer, Esta cerrou os punhos. Afundou as unhas nas palmas das mãos, aceitando aquela pontada de dor para conseguir segurar a onda de raiva que fez seu sangue ferver. "Eles têm tudo e não fazem a menor ideia disso." E ela tinha que lutar, esmiuçar e tramar, e, quando isso tudo terminasse, não teria absolutamente nada em recompensa. "E ninguém jamais ficará sabendo."

"Ou talvez alguém fique", pensou, com uma faísca de esperança. Talvez aqueles tais Antistasi, fossem lá quem fossem, manteriam viva a memória de seu nome e do que fizera – ou do que tentara fazer –, como nos dois anos anteriores.

– Ei, Magrelo. – A voz de Harte lhe pareceu vinda de muito longe. – Você ouviu o que eu disse? Está tudo bem aí?

– Está. – Então piscou os olhos, confusa por um momento, pela direção que seus pensamentos haviam tomado. – Estou ótima.

Era verdade.

Que importância tinha se ela não pudesse ter tudo? Que diferença fazia o fato de que o homem que fora um pai para ela fosse uma mentira, e de ter perdido seu verdadeiro pai antes mesmo de conhecê-lo? As dores de seu passado poderiam muito bem continuar lá. Seu passado lhe dera habilidades e talentos que, de outro modo, Esta não teria, e as mentiras que a tornaram quem era não determinavam seu futuro. Esta seria o que resolvesse ser. E se não sobrevivesse? Talvez pudesse viver de alguma outra maneira.

Ela se empertigou e abriu para Harte o sorriso mais presunçoso que conseguiu.

– Vamos logo roubar esta feira – falou.

MARGEANDO A ÁGUA

1904 – Saint Louis

Harte pagaria o preço que fosse para poder estender o braço, naquela distância que os separava, puxar Esta para perto de si e arrancar aquele sorriso do rosto dela com beijos. Só que não confiava em si mesmo – nem no poder que havia dentro de si –, não conseguiria parar. Em vez disso, ficou imóvel, com as mãos enfiadas nos bolsos, para garantir que não faria nenhuma daquelas coisas imbecis que passavam por sua cabeça.

Com a mesma velocidade que sorriu, Esta lhe deu as costas e foi caminhando em direção à Rota para pôr o plano dos dois em prática. Seu olhar foi seguindo a silhueta esbelta dela até Esta sumir no meio da multidão. Dentro de sua cabeça, a voz resmungava e rosnava, obviamente frustrada por Harte ter resolvido permitir que Esta se afastasse – mais uma vez. O mago até que estava ficando bom em ignorá-la, provavelmente do mesmo modo que alguém aprende a minimizar uma tosse crônica ou um joelho dolorido. A pessoa simplesmente passava a conviver com isso. Só que o mago não podia ignorar o fato de que o poder estava ganhando forças, e que a voz que falava através dele ficava cada dia mais clara.

De qualquer modo, apesar do calor da tarde, um arrepio gelado foi descendo vagarosamente por sua espinha. Uma premonição. Ou talvez fosse apenas um medo racional e sensato. Os dois estavam prestes a roubar um colar muito bem guardado no meio de uma feira lotada de gente, em plena luz do dia.

"Isso nunca vai dar certo."

Pena que tinha que dar. A única chance de Julien escapar da vigilância da Ordem era Harte e Esta pegarem a Estrela de Djinni e saírem logo daquela cidade.

Harte abaixou o chapéu e viu as horas pela enésima vez antes de começar a caminhar. Não foi em direção à Rota, como Esta fizera. Em vez disso, seguiu as águas para a esquerda, passou pelos ornamentados palacetes que sediavam as exposições sobre eletricidade e indústria, depois passou pelo Palácio dos Transportes, com suas seis esculturas idênticas, segurando escudos, como se fossem guardiões do alto arco da entrada.

"Tudo aqui é um palácio", pensou. Até ali, na fronteira do Oeste, que representava uma oportunidade de riqueza e progresso para o país inteiro, os americanos ainda queriam fazer parte da realeza. Era por isso que gente como Jack Grew e os demais integrantes da Ordem podiam fazer o que faziam – as pessoas comuns permitiam. O cidadão médio gostava de pensar em um futuro no qual poderia ser rico como um rei ou poderoso como um imperador. Até podia falar de democracia, mas o que queria mesmo era a pompa da realeza.

O mago continuou caminhando até ultrapassar o pavilhão e entrar na Rota, perto do Cairo. E consultou as horas de novo quando encontrou um lugar para parar perto da atração Habitantes dos Penhascos. "Perfeito." Já podia ouvir a algazarra do desfile que se aproximava.

Mas nem sinal de Esta.

UMA NOVA ERA NA BOWERY

1902 – Nova York

James Lorcan teria pagado uma bela quantia para quem lhe respondesse apenas uma de suas perguntas. Havia muitas variáveis em jogo, muita coisa em risco. Fazia cinco dias desde que Mock Duck trouxera Jianyu até o Strega e o trocara por um punhado de dólares e uma caderneta contendo segredos que poderiam ser usados contra Tom Lee. Fazia cinco dias que James tivera Jianyu em suas mãos, e cinco dias que aquele maldito vira-casaca dera um jeito de fugir.

Pelo menos, o incêndio não fora de grandes proporções, e os contatos de Paul Kelly no Tammany garantiram que as brigadas não ficassem apenas olhando o prédio arder em chamas. Por causa da ajuda deles, James ainda podia se sentar no fundo do bar e observar seus domínios.

Pelo menos, alguém tinha se encarregado de Viola. A imagem da matadora preferida de Dolph, machucada e sangrando depois de ter levado uma surra do próprio irmão, ainda lhe servia de consolo – e de deleite. Para James, isso era uma prova de que Dolph sempre a levara em alta conta sem motivo. Viola sempre foi esquentada e temperamental – um problema para os outros. Nunca gostou de James, disso ele bem sabia. Pelo olhar de puro ódio no rosto dela naquele dia, continuava não gostando, mas pelo menos não seria mais um problema. Confiara demais no próprio taco quando voltara a ficar sob a proteção do irmão, e tudo indicava que, até ali, Kelly seria capaz de controlá-la. Isso, pelo menos, era um consolo. Uma coisa a menos para James se preocupar.

Só que o futuro ainda era muito incerto para seu gosto. James não sabia o que pensar de todas as variáveis que pareciam tremeluzir no Éter, caminhos que se erguiam e desapareciam feito fantasmas. Mas de uma coisa tinha certeza: algo estava por acontecer. E que prometia mudar *tudo*.

A porta da frente do Strega se abriu, deixando passar uma lufada de ar frio que James pôde sentir mesmo estando no fundo do bar. Pelo jeito, era só pensar no diabo que Paul Kelly aparecia. E, de uma hora para outra, o clima no salão mudou, porque as pessoas que ali estavam se deram conta de que o notório chefe da Cinco Pontos acabara de chegar.

Algumas semanas antes, Kelly dar as caras na taberna que fora a sede do império de Dolph Saunders seria algo inédito. Antes da morte de Dolph, Kelly jamais teria coragem de confrontar o Filhos do Diabo em seu próprio território. Mas aquela era uma nova cidade, um novo mundo. E só o que James conseguiu pensar foi: "Finalmente".

Kelly estava acompanhado por dois integrantes da Cinco Pontos, homens corpulentos que tinham a mesma expressão impiedosa do chefe. Seguravam, cada um de um lado, um sujeito de cabelo loiríssimo que James não conhecia. O azarado prisioneiro parecia ser pouco mais velho do que James, mas tinha traços tão delicados que quase parecia ser mais novo. Estava com o olho esquerdo roxo e tão inchado que fechara, sem dúvida uma consequência de ter se metido com os homens de Kelly.

Pressentindo encrenca, os fregueses que estavam no salão começaram a cochichar, inquietos, assim que Kelly e os capangas pararam logo depois da porta e perscrutaram o bar com os olhos. A maioria ficou olhando para baixo, com os olhos fixos nos copos, como se o líquido neles contido fosse pegar fogo a qualquer momento. Uns poucos entornaram sua bebida e foram embora, passando bem longe de Kelly e companhia ao sair.

Aparentemente satisfeito com a reação provocada, Paul Kelly atravessou o salão, que ficou em um estranho silêncio. Enquanto ele se aproximava, James passava o dedo na ponteira de prata de sua bengala – uma cabeça de górgona com um rosto de anjo. "O rosto de Leena."

As cobras de prata enroscadas debaixo de seu dedo pareciam ter uma frieza artificial, lembrando que, por maior que fosse a força da Cinco Pontos nas ruas, James e aqueles que agora controlava tinham um poder com o qual Paul Kelly só poderia sonhar.

Mas aquela frieza também o lembrava do quanto havia em jogo. Havia poder enclausurado dentro da cabeça de górgona de prata – a parte da afinidade de Leena que Dolph roubara e usara para garantir seu controle sobre os integrantes do Filhos do Diabo. Só que aquele poder era inútil para James, que não tinha a afinidade necessária para acioná-lo... Pelo menos, não enquanto não estivesse de posse do Livro para libertá-lo.

Kelly já estava quase na metade do salão, e James continuava sentado. Ele se recusava a passar uma imagem de fraqueza – não ali, em seu território, diante de seus subordinados. Então, ignorando a dor que sentia na perna ferida, levantou-se e se apoiou na bengala.

Como era Sundren, Paul Kelly não tinha como perceber o modo como a magia que havia no ambiente se expandiu à medida que James atravessou o salão. Pairava no ar aquele calor tenso das afinidades prestes a desabrochar, já que cada um dos Mageus ali presente observava tudo em estado alerta, a postos, à espera do que poderia acontecer. Para James Lorcan, parecia que, naquele momento, o mundo inteiro não poderia ser maior do que aquele salão de bar enfumaçado e as pessoas que ali estavam, cada uma delas segurando a respiração e na expectativa.

– Paul – falou James, cumprimentando Kelly como se fossem velhos amigos. – O que traz você ao Strega esta noite? – E então olhou além de Paul, para o garoto que os capangas seguravam. – Ou devo perguntar o que você me trouxe?

Kelly deu um sorriso afetado e respondeu:

– Meus rapazes pegaram esse aí lá na Broome Street. Tem um rostinho bem bonito – falou, dando dois tapas no rosto do garoto que o fizeram se encolher de dor. – Mas não tem muito cérebro. Exigiu que eu o trouxesse até você.

— Exigiu, é? — perguntou James, ignorando a perturbação na energia que pairava no salão enquanto examinava o rapaz loiro.

— Exigiu, sim. O que é um problema para mim. Precisamos esclarecer uma coisa: seja lá qual for o acordo que houver entre nós, para benefício mútuo, eu não recebo ordens nem de você, nem de sua gente, entendeu?

— Ele não é gente minha — respondeu James, olhando de novo para Kelly e avaliando o perigo que pairava no ar.

— Não foi o que ele disse.

O tal loiro respirava com dificuldade, como se estivesse com dor, e encarava fixamente James com o olho que lhe restara. James ignorou as feições e se concentrou no Éter ao redor dele. Era enevoado, desordenado, mas não parecia indicar que o desconhecido representava uma ameaça. Quando muito, o fato de já estar se fundindo com os padrões estabelecidos era um bom sinal. Então se afastou do trio, e o bater de sua bengala no chão enfatizava o silêncio constrangedor que reinava no bar.

— Quem é você? — perguntou James, quando ficou cara a cara com o rapaz loiro. Definitivamente, havia algo de especial no jovem: o calor da magia pairava ao redor dele, perceptível para qualquer um que tivesse afinidade.

— Logan — respondeu o garoto, sem jamais demonstrar medo sob o olhar impassível de James. — Logan Sullivan.

— Quem enviou você, Logan Sullivan? — indagou James.

A expressão do rapaz não se abalou. O Éter em torno dele permaneceu inalterado.

— Você.

— *Eu?* — questionou James, perscrutando aquele desconhecido em busca de algum sinal de fingimento.

— Era isso que ele não parava de repetir para os meus rapazes — comentou Kelly.

— Ele está mentindo — retrucou James, continuando a examinar aquela nova entidade. — Não conheço nenhum Logan Sullivan e, certamente, não sei quem ele é.

— Conhece, sim, e posso provar — declarou o rapaz.

James tinha a sensação de que o tal Logan Sullivan, fosse lá quem fosse, não estava mentindo. Pelo menos *ele* não acreditava que estivesse. O que não ajudava em nada em relação a Kelly. Era preciso neutralizar aquela ameaça rapidamente, antes que tudo aquilo que ele tão bem posicionara começasse a ruir.

— Não estou interessado em suas mentiras — falou James, se afastando.

— Talvez você esteja interessado na Lágrima de Delfos — disse Logan. — Está bem aqui, sabia? Em Nova York...

James tornou a se voltar para Logan e perguntou:

— Do que você está falando?

— Sabe exatamente do que estou falando — insistiu Logan, com a expressão impassível. — Quer o anel? Posso encontrá-lo para você. Não está muito longe daqui, mas está sendo levado para outro lugar enquanto conversamos.

— Que conversa é essa? — indagou Kelly, com um tom tenso e desconfiado.

Era uma coisa complicada manipular Kelly sem abrir demais o jogo. Informação significava poder, e o conhecimento, uma corda que podia servir para enforcar alguém. Só que James não pensou duas vezes antes de responder:

— É uma das joias das quais eu lhe falei. Aquelas que Darrigan e a garota levaram embora durante a fuga.

— Aqueles dois que mandei meus rapazes procurarem? — Kelly estreitou os olhos, desconfiado, e completou: — Acho bom você não ter me metido em uma caçada, Lorcan.

— Nada disso — respondeu James, ignorando a ameaça. — Darrigan e a garota estão por aí e, quando você encontrar os dois e as coisas que roubaram, a Ordem lhe recompensará com uma bela quantia em dinheiro.

"Ou recompensaria, se não estivesse nos meus planos acabar com eles primeiro."

James ficou olhando para Logan e perguntou:

— Onde está essa prova que você alega ter?

— No bolso interno esquerdo do meu paletó — respondeu Logan.

Mais uma vez James se surpreendeu com a estabilidade daquele desconhecido, mas não interpretou isso como um sinal de perigo... pelo contrário.

James se aproximou de Logan novamente.

— Permita-me. — Os integrantes da Cinco Pontos olharam para Kelly, que lhes respondeu assentindo com a cabeça sutilmente. Em seguida, Jack enfiou a mão no paletó de Logan e tirou de lá um pequeno embrulho, enrolado em papel. — O que é isso? — perguntou.

— Abra — instruiu Logan, com um olhar calmo e confiante.

"Confiante demais."

James enfiou a bengala debaixo do braço e foi logo abrindo o embrulho. Seus olhos sabiam o que ele estava segurando antes mesmo de seu cérebro poder aceitar.

— Onde você conseguiu isso? — perguntou.

— Como eu disse, foi você que me deu.

Não era possível. Reconheceu a caderneta que tinha nas mãos imediatamente. Afinal de contas, tinha uma idêntica àquela no bolso do próprio paletó.

— Eu não lhe dei nenhuma... — Suas palavras se perderam ao folhear aquelas páginas e ver sua própria letra, espremida e tão conhecida. Parou e voltou ao começo... *definitivamente* aquelas eram suas anotações.

E, *definitivamente*, sua própria caderneta ainda estava dentro do seu bolso. Naquele exato momento, sentia o seu peso reconfortante.

Avançando algumas páginas, James parou no ponto em que escrevera naquela mesma manhã. Só que *aquela* caderneta seguia em frente, e tudo era escrito com a sua própria letra.

— O que é isso? — perguntou Kelly com visível impaciência, querendo saber o que James vira na caderneta.

— Não é nada — respondeu James, fechando o caderno. — Ele está mentindo. Isso aqui não quer dizer nada para mim.

Kelly olhou feio para James, franzindo o cenho como se estivesse tentando decidir se acreditaria nele ou não. Por fim, pareceu aquiescer.

— E o que fazemos com ele, então? Posso pedir para os meus rapazes darem um jeito, se você quiser.

— Deixe que eu cuido dele — respondeu James.

—Você? — Kelly parecia surpreso e bastante decepcionado.

— Ele está arrastando meu nome na lama. Acho que tenho direito de dar um jeito nele — falou James. Kelly não o teria respeitado se tivesse dito outra coisa. — Ele não vai mais incomodar você nem seu pessoal.

Kelly ficou encarando James por um bom tempo, e o constrangimento que pairava no salão pareceu aumentar com aquele silêncio. Mas então o gângster acenou de novo a cabeça para os capangas, e eles soltaram o garoto, que caiu de joelhos, obviamente ferido.

— Sanguessuga — disse James —, pode fazer o favor de acompanhar nosso hóspede até o porão? Amarre-o bem e certifique-se de que fique de bico calado até eu chegar. Faça uso da força, caso necessário.

— Não... — Logan tentou se levantar depressa, mas Sanguessuga e outro dos rapazes já o seguravam antes que ele pudesse se afastar muito. Com aquele porte delicado, não tinha muitas chances.

James esperou até eles saírem do recinto e apontou para a mesa onde estava sentado até poucos minutos.

— Aceita tomar algo comigo? Estou lhe devendo uma, por ter chamado a minha atenção para esse problema.

Kelly o encarou por mais um bom tempo antes de aceitar.

— Que mal tem? — respondeu, dando de ombros. — Vamos ver com que tipo de lavagem Saunders abastecia esse lugar.

— É melhor do que você possa imaginar — respondeu James, com plena consciência da energia tensa que pairava entre os dois quando deu um tapinha nas costas do gângster.

James sabia que cada uma daquelas pessoas que estavam no bar temiam Kelly e os danos que a gangue dele poderia causar. Nem sequer

Dolph fora capaz de protegê-los da brutalidade da Cinco Pontos nos últimos dias de vida.

"Deixe que vejam", pensou James. "Deixe que vejam e entendam precisamente quem eu sou e a influência que tenho."

Então serviu dois dedos do melhor uísque da casa para cada um e levantou seu copo, fazendo um brinde. Kelly ficou olhando James engolir antes de esvaziar o copo dele.

– Então... – falou James, servindo mais uma dose para cada um. – Como anda aquela sua encantadora irmã nesses últimos dias... continua causando uma confusão dos diabos?

Kelly deu um sorrisinho de desdém.

– Viola? – Em seguida riu baixinho, com os lábios dentro do copo. – Ela não causa nada, a menos que eu mande causar.

"Perfeito", pensou James. "Era exatamente isso que eu queria ouvir."

UMA TERRA
BANHADA EM SANGUE

1902 – Nova York

Descalço e usando um pijama grande demais para ele, Jianyu parou para testar seu equilíbrio enquanto ainda estava perto da cama e podia se segurar nos postes do dossel. A movimentação ainda turvava seus olhos, como se estivesse vendo através de uma neblina, mas respirou fundo e se obrigou a continuar de pé. Fazia muito tempo. *Tempo demais.*

Àquela altura, certamente, o rapaz a respeito do qual Esta lhe alertara já deveria ter chegado. Àquela altura, já teria feito contato com Nibsy. Ou seja, ele fracassara. "De novo."

Jianyu não sabia direito onde estava nem quanto tempo passara ali. Nas vezes em que recobrara a consciência, descobrira que mal conseguia continuar acordado, porque tinha a sensação de que o chão se abria debaixo de si, e voltava a cair na escuridão pesada. Mas finalmente conseguiu se libertar. O sol entrava no quarto, atravessando as finas cortinas que recobriam a única janela. E o ar estava quente, com um forte aroma de algo carregado de temperos que seu nariz desconhecia. Mas então Jianyu percebeu que conseguia distinguir a doçura do cravo e a pungência do alho, perfumes que o fizeram lembrar de um lar que jamais veria novamente.

Aguilhoado por esse pensamento, Jianyu se obrigou a dar um passo, parando por alguns instantes em seguida para se certificar de que o chão continuava firme debaixo de seus pés, ao contrário do que acontecera um dia antes – ou será que foram dois? Àquela altura, seu desespero para encontrar o garoto do qual Esta falara era tão grande que ele abusou e acabou caindo no chão, batendo mais uma vez a cabeça já machucada.

De início, Jianyu deu passos lentos, vacilantes, testando seus limites. E, quando ficou satisfeito com a firmeza das próprias pernas, foi caminhando na direção das vozes que ouvia. Passou pela porta do quarto exíguo e percorreu um corredor curto até chegar a uma sala de estar estreita, onde encontrou três mulheres sentadas, remendando pilhas de calças masculinas. Cela era uma. Mas, enquanto as outras duas tagarelavam, ela trabalhava de cabeça baixa, concentrada na tarefa que tinha a cumprir. Por algum motivo, parecia ser diferente das outras. As demais vestiam uma saia de tecido escuro simples, e a camisa cinturada típica das mulheres trabalhadoras, já desbotada. Cela estava com um vestido do mesmo tom de rosa da flor do chá. Era um vestido simples, para usar durante o dia, que qualquer mulher usaria. Só que, mais uma vez, Jianyu ficou impressionado com o corte e com o caimento perfeito que faziam a peça parecer ser algo mais. Os dedos ágeis de Cela terminaram a bainha da perna de uma calça e passaram para outra, mas a expressão dela parecia distante – mais triste do que pensativa.

Jianyu passara poucos instantes no ateliê de Cela, lá no teatro. Mas percebera que o recinto era limpo e muito organizado, com as peças de tecido empilhadas em linhas bem retas e as tigelas de contas e cristais bem arrumadas, sem nem uma lantejoula fora do lugar. Só que nada naquele recinto brilhava. Não havia cetim ou seda, e Cela parecia cansada.

A mais velha das outras duas mulheres levantou os olhos e percebeu que Jianyu estava ali parado, apoiado no batente da porta para conseguir se manter em pé. Ela pigarreou, fazendo Cela levantar os olhos também.

– Você acordou – disse ela, com um tom grave que fez aquelas palavras parecerem uma acusação. – Não deveria ter saído da cama.

Ela estava certa, claro. Nem terminara de falar, e Jianyu já se sentia tonto. Cela chegou ao seu lado em um piscar de olhos e o ajudou a alcançar a cadeira onde estivera sentada até poucos instantes.

Jianyu agradeceu. Mas, junto com a gratidão, sentiu o ardor da vergonha. Estar tão fraco diante daquelas mulheres. Ser incapaz de cumprir suas promessas...

— Você está bem? — perguntou Cela, acomodando-se no chão e pegando as calças que até então costurava.

Jianyu não disse nada, só fez que sim. Mas esse movimento fez seu cabelo recém-tosquiado roçar em seu rosto, lembrando-o de tudo o que havia acontecido.

A mulher mais velha o observava enquanto costurava, ao passo que a outra, poucos anos mais velha do que Cela, não parava de olhá-lo de esguelha. Porém foi a mais velha quem falou primeiro:

— Então, senhor Jianyu... Por quanto tempo você vai ficar aqui conosco, agora que já está de pé?

— Tia... — disse Cela, com um tom de censura. Mas Jianyu não conseguiu acompanhar as palavras que vieram a seguir. Pareciam inglês, pelo menos em parte, mas Jianyu teve dificuldades para compreendê-las. Talvez fosse sua cabeça...

Só que, pelo jeito, a tia de Cela entendeu. Respondia na mesma língua desconhecida. As duas ficaram conversando por alguns instantes, trocando palavras, e Jianyu não precisava falar aquela língua para entender o que queriam dizer, ainda mais que a mulher mais velha não parava de lançar olhares em sua direção enquanto as duas conversavam. Depois de um tempo, ela pôs a costura de lado e fez sinal para a outra acompanhá-la, deixando Jianyu e Cela a sós no apartamento, que caiu em um silêncio repentino.

Cela deu mais alguns pontos, mas então interrompeu o movimento das mãos e soltou um longo suspiro. Jianyu pôde perceber as lágrimas que embaçavam aqueles olhos castanhos, mas não tinha nenhum consolo para oferecer.

— Se eu causei problemas com a sua família...

Cela sacudiu a cabeça e secou as lágrimas com as costas da mão.

— Minha tia é assim, de vez em quando. Minha prima Neola é um pouco mais fácil de aturar.

— A outra moça? — perguntou Jianyu.

Cela assentiu com a cabeça e pôs a costura de lado em seguida.

— Como você está?

— Bem — respondeu Jianyu, tendo a impressão de que não seria mentira pelo menos enquanto continuasse sentado.

— Você está com uma cara melhor — confirmou Cela. — Aquela batida que levou na cabeça foi uma coisa terrível. Por uns dois dias, achei que você não fosse acordar.

Havia um tom de fragilidade e sofrimento na voz dela, mas Jianyu achou que não tinha o direito de fazer perguntas.

— Obrigado — falou, sem jeito. — Você não precisava ter se incomodado por minha causa.

Cela lhe lançou um olhar desconfiado.

— Você tem razão quanto a isso. Mas, já que me libertou lá no teatro e me salvou de Evelyn, eu não poderia simplesmente deixar você ali, meio morto, largado no bonde. E não se preocupe com a minha família.

— Sua tia... parecia brava.

— Ela normalmente fica assim quando está perto de mim — falou Cela para tranquilizá-lo, mas, ao perceber seu olhar de indagação, soltou um suspiro e começou a explicar. — A família da minha mãe é das ilhas de Barlavento. Sempre se julgaram melhores do que as pessoas que moram aqui há muitas gerações. Certamente se julgavam melhores do que o meu paizinho, que veio do sul do país e cujos pais sequer nasceram livres. Deve estar feliz de me ver aqui remendando calças. Todos me falaram que eu era uma tola por querer arrumar emprego em um dos teatros de brancos. Disseram que eu não sabia qual era o meu devido lugar e, se ao menos desse ouvidos ao senhor Washington, saberia que deveria amarrar meu burro aqui mesmo, em vez de ficar sonhando com outras paragens. — Cela deu de ombros e completou: — Sempre acreditei que tinham inveja porque não ganham nem metade do que eu. Posso até não ter puxado a pele clara da minha mãe, mas herdei a habilidade dela com as agulhas e a coragem... — Cela titubeou, desviou o olhar e declarou: — Mas talvez eles tivessem razão esse tempo todo.

As palavras de Cela atiçaram algo dentro de Jianyu, uma pequena brasa de frustração que ele carregara consigo ao atravessar o oceano. Não sabia qual era a situação da costureira, mas entendia muito bem o tom de decepção naquela voz.

— Duvido muito — falou, torcendo para que isso também fosse verdade em relação a si mesmo.

— Não sei, não — retrucou Cela, dando mais um suspiro profundo. Os olhos dela brilharam de novo, por causa das lágrimas não derramadas. — Talvez eu devesse ter me contentado com a parte que me cabia, em vez de ficar cobiçando a grama do vizinho. Acho que herdei isso do meu paizinho. Ele nunca se contentava com pouco... nem eu. Só que toda aquela ambição acabou lhe custando a vida. E a minha, tudo o que eu tinha. Minha casa. Meu irmão... — Cela ficou sem voz e parou de falar por alguns instantes, como se tentasse se recompor. — E agora estou aqui de novo, remendando calças velhas, exatamente como disseram que eu estaria. E a única pessoa que me entendia de verdade se foi.

— Então, pelo jeito, estou duplamente em dívida com você.

Cela sacudiu a cabeça e discordou:

— Estamos quites agora, se depender de mim.

— Darrigan me enviou para que eu protegesse você e o anel. Não fiz nenhuma dessas duas coisas.

— Eu não pedi a proteção de ninguém — disse Cela, com uma expressão tensa.

— Isso não faz muita diferença. Ele não agiu certo quando a obrigou a carregar o fardo do anel, ao expor você a um perigo tão grande sem avisá-la do que poderia acontecer. Mas fui eu quem não conseguiu proteger você.

— Aquele anel imbecil — respondeu Cela, levantando-se. — Queria jamais ter posto os olhos nele, nem em Harte Darrigan.

— Tenho certeza de que não são poucas as pessoas que se sentem assim em relação ao mago — comentou Jianyu, sem rodeios.

Cela olhou para ele com um ar de indagação.

— Isso inclui você?

Jianyu inclinou a cabeça e respondeu:

— Com toda a certeza. Apesar de que, se eu não o conhecesse, não teria conhecido você. E me parece ter valido muito a pena ter tomado conhecimento de que existe neste mundo uma pessoa com a sua força e a sua bondade.

A costureira desviou o olhar, ficando enrubescida por algo que poderia ser constrangimento ou prazer. Mas pelo menos aquela expressão triste havia se suavizado, ainda que só um pouco.

— Sabe… — disse ela, depois de um instante de silêncio quase confortável — … Eu poderia dar um jeito nesse seu cabelo.

Jianyu pôs as mãos nas mechas picotadas que emolduravam seu rosto. "Não tem como dar um jeito nisso."

— Sou muito boa com a tesoura e costumava cortar o cabelo do meu irmão, Abel… — Então levou o punho cerrado à boca, como se quisesse impedir a dor que havia dentro dela de sair por ali. Depois de alguns instantes, tornou a falar, com uma voz mais baixa: — Eu sempre cortava o cabelo de Abel, depois que nossa mãe morreu. Não tenho como fazer as coisas voltarem a ser como antes, mas posso dar uma aparada nessas pontas para você.

Aquela era uma oferta pela qual Jianyu não esperava. Também era um presente que ele não merecia. Mas, por algum motivo, não pôde deixar de aceitar.

Os dois se acomodaram na cozinha pequena, Jianyu com uma toalha velha em volta dos ombros para aparar os fios caídos. De início, Cela ficou hesitante, como se tivesse medo até de encostar nele. Mas em algum momento aquela timidez e relutância que havia entre os dois se dissipou, e os dedos dela se moveram com força e confiança. A tesoura foi sussurrando, sempre no mesmo tom, enquanto a costureira trabalhava.

— Então, fale mais desse tal anel — disse, deixando a pergunta no ar, para que Jianyu pudesse falar.

Ele contou tudo o que sabia a respeito do anel e do restante dos artefatos. E, assim que começou a falar, percebeu que não conseguia parar. Jianyu costumava sentar com Dolph à noite para conversar sobre qualquer assunto — as notícias da cidade, as esperanças futuras e até suas ideias a respeito do poder, da magia e do papel que desempenhavam no mundo. Mas, nos dias que antecederam o assalto à Mansão Quéfren, Dolph estava ocupado demais administrando o caos do Filhos do Diabo para ficar de papo e, depois do roubo, todos ficaram ensimesmados na própria dor — Jianyu talvez mais do que todo mundo. Fazia tantos dias que guardava silêncio que só o fato de Cela se dispor a ouvi-lo já era um bálsamo.

Cela escutou tudo sem interromper, movimentando os dedos e a tesoura sobre sua cabeça sem pestanejar.

— Então, preciso encontrar o anel e impedir que caia nas mãos das pessoas que podem usá-lo para o mal — concluiu Jianyu.

A costureira ficou em silêncio por alguns instantes, sem parar o que estava fazendo, cortando o cabelo da nuca de Jianyu.

— Sabe, toda essa confusão por causa da magia... As pessoas ficam tão preocupadas em tentar mantê-la e controlá-la que estão dispostas a fazer todo tipo de maldade por causa dela. — Então parou de movimentar as mãos e deu um passo para trás, para conferir o resultado. — Mas talvez ninguém devesse ficar com ela. Talvez a magia deva simplesmente desaparecer. — Então inclinou a cabeça e aparou mais uma mecha do cabelo de Jianyu.

— Se você quer saber — continuou —, é porque tem alguma coisa errada nesta terra. As pessoas que estavam aqui antes de todo mundo, as que realmente têm direito de estar aqui, foram mortas ou renegadas. E isso traz consequências para o lugar, tanta morte e tanta violência. A magia não pode criar raízes em uma terra banhada em sangue. Para mim, talvez isso seja uma coisa boa. Talvez ninguém deva ter esse tipo de poder sobre outras pessoas. – Cela passou a mão nos ombros de Jianyu para tirar os cabelos que caíram. – Pode olhar. Veja o que acha.

Havia um pequeno espelho quadrado pendurado do outro lado da cozinha. Jianyu foi até lá, meio cambaleando. Em parte porque já estava perdendo o equilíbrio e, em parte, porque tinha medo do que veria naquele vidro embaçado.

Aquele reflexo não parecia seu. O cabelo, que antes ficava puxado para trás, agora emoldurava seu rosto. Não era o filho de seu pai que o olhava, mas uma nova versão de si mesmo. Americanizado e irreconhecível. Jianyu sentiu o despertar de uma emoção que poderia ser medo... ou simplesmente impetuosidade.

Cela estava em segurança. Ele encontraria o anel. Ainda não fracassara, e não permitiria que isso acontecesse.

O MAPA DO MUNDO

1902 – Nova York

James teve a impressão de que o mapa do mundo mudara quando terminou de ler a última página do caderno que tirara de Logan Sullivan. Queria acreditar que se tratava de um trote, porque o contrário lhe parecia mais do que impossível. Queria que aquilo fosse uma invenção, com o propósito de desviá-lo de seu caminho, mas seus sentidos lhe diziam que tanto o caderno como tudo o que havia dentro dele estavam de acordo com a verdade.

Colocou o caderno em cima da mesa gasta à sua frente, ao lado do outro, idêntico.

Tirou os óculos do nariz e ponderou suas alternativas enquanto limpava as lentes. Cada acerto que faria e cada erro que cometeria estavam contidos no caderno que Logan lhe trouxera. Com a força de sua afinidade e o conhecimento contido naqueles dois cadernos, poderia retraçar seu próprio futuro. Poderia reescrever sua própria história – e muito mais.

Só que, antes, James precisava ter certeza – certeza *absoluta* – de quem era aquele tal de Logan Sullivan. Como o garoto mencionara a Lágrima de Delfos, James lhe daria uma chance de reavê-la. Se Logan se revelasse incapaz de cumprir o que prometera, James estava certo de que não perderia muita coisa caso resolvesse se livrar dele.

Ficou observando os dois cadernos até que, finalmente, pegou o que Logan trouxera e guardou no bolso. Até saber se podia ou não confiar naquele desconhecido, o manteria bem perto de si. Afinal de contas, já que poderia conter um registro de toda a sua vida, não poderia cair em mãos erradas. Em seguida, pegou o paletó, baixou o boné, saiu pela porta, deixando-a bem trancada, e foi falar com o recém-chegado – o garoto que mudaria seu futuro.

A ROTA

1904 – Saint Louis

Quando Esta chegou à Rota, pronta para pôr em prática sua parte no plano, encontrou o costumeiro circo de barulho e confusão. Dispunha de cerca de dez minutos para ir da entrada, ao lado daquela enorme monstruosidade que eram os falsos Alpes, até o ponto de encontro com Harte, logo saindo do Cairo. O mago fizera um caminho diferente – circundando os fundos da Rota e entrando pelo lado direito do bulevar –, para não correr o risco de alguém ver os dois juntos.

No bolso, levava bombas de fumaça, já preparadas com o pavio. Não passavam de efeitos de palco inofensivos que Harte e Julien haviam feito especialmente para aquele dia, mas as pessoas que vissem a fumaça levariam um tempo para perceber isso.

Ela passou pelos estandes da Ásia e do Japão e continuou em direção à enorme construção abobadada que sediava a atração Criação. Como o Nilo e seus barquinhos, também oferecia um passeio. Como tudo o mais, era pretensioso, chamativo e exagerado demais. Esta parou ao lado de um homem que vendida *pretzels* salgados gigantes e consultou as horas no relógio de bolso que arrancara das mãos de Harte. Faltavam cinco minutos. Teria que esperar pelo menos mais dois. Ao longe, quase inaudível, ecoava a agitação do desfile, o rufar dos tambores, sinal de que estava quase chegando a hora.

Esta olhou no relógio mais uma vez e, quando fez isso, teve a estranha sensação de estar sendo observada. Quando levantou os olhos, percebeu que tinha razão. Do outro lado da rua, perto do pavilhão Incubadora, estava o caubói que ela vira desaparecer naquele seu primeiro dia em Saint Louis, no teatro. E olhava diretamente para ela.

Não teria como fazer o que precisava se o rapaz a estivesse vigiando. Respirou fundo, ignorou o pânico e resolveu usar um dos truques do próprio caubói. Esta deu uma piscadela e correu para se misturar às pessoas que entravam na atração Criação, tentando ficar o mais incólume possível, mesclando-se cada vez mais aos turistas. Olhou para trás uma única vez e, como viu que o caubói a seguia, continuou empurrando os outros até encontrar uma pequena alcova à direita da bilheteria, onde retardou o tempo.

Soltou o ar e relaxou um pouco quando o mundo à sua volta ficou em silêncio. Apenas dois dias haviam se passado desde que testara sua afinidade, quando Harte a deixara sozinha na pensão. Mas, durante esse período, os dois tomaram todo o cuidado para não usar a magia, caso a Guarda estivesse por perto. Parecia que fazia *muito* tempo que ela não exercitava sua magia. E, então, ter certeza de sua afinidade lhe deu o estímulo para prosseguir. Foi se esquivando da multidão até ficar frente a frente com o caubói que a seguia. Assim, mais de perto, pôde ver que os olhos dele eram verdes como os de um gato, mas um tinha tantas pintinhas castanhas que parecia ser de uma cor diferente.

"Isso vai deixá-lo bem ocupado."

Esta acendeu o pavio da primeira bomba e colocou-a no bolso de fora do casaco do caubói. Em seguida, saiu correndo e parou de controlar o tempo.

Foi andando sem pensar até o Cairo, procurando alvos. Parou ao lado de uma lixeira e retardou o tempo apenas o suficiente para conseguir acender o pavio e colocar mais uma bomba dentro dela. Então seguiu adiante, soltando o tempo quando estava a uma distância segura. Tinha oito bombas, e ainda precisava posicionar mais seis antes de chegar ao Cairo. Caminhando pela Rota, encontrou um carrinho de bebê vazio aqui, um homem meio bêbado ali... Cada vez que se aproximava, usava sua afinidade apenas pelos instantes necessários para acionar a bomba.

Estava dando certo. Já conseguia ver os guardas, posicionados em intervalos irregulares ao longo da Rota, ficarem em alerta, por terem sentido a magia que pairava no ar, mas sempre estava longe do local quando eles a detectavam.

Ao chegar à atração Habitantes dos Penhascos, onde deveria encontrar com Harte, sabia que demorara mais do que o planejado. O desfile estava perto demais, e dava para perceber, pelos lábios contraídos do mago, que ele estava tentando localizá-la no meio da multidão sem deixar isso óbvio demais. Mas a expressão dele ficou mais relaxada, e os lábios se entreabriram de alívio quando a viu.

– Você está atrasada – disse, como se isso fosse jeito de cumprimentá-la.

– Tive um probleminha.

As sobrancelhas do mago se ergueram, e ele perguntou:

– Que probleminha?

– Lembra do caubói, daquele outro dia? Ele me viu.

Harte franziu o cenho.

– Talvez nós não devêssemos...

– Está tudo bem – garantiu Esta, antes que o mago conseguisse terminar a frase. – Eu dei um jeito. Ele não me viu vindo para cá. E lhe deixei uma surpresinha.

– Entendi – falou Harte, mas continuou com aquela expressão nervosa e preocupada.

– Vamos – disse Esta. – O desfile está quase chegando aqui.

Ela não deu tempo para Harte discutir, porque foi logo atravessando o amplo bulevar, indo ao encontro do Cairo e do colar.

O PESO DO PERTENCIMENTO

1902 – Nova York

Ir embora na calada da noite sem sequer se despedir não era modo de retribuir a bondade com a qual a família de Cela o tratara nos seis dias anteriores, enquanto ele se recuperava, mas Jianyu já deixara passar tempo demais desde que o anel desaparecera das mãos da costureira. Estava postergando o inevitável, só que agora tinha mais uma promessa a cumprir. Um mundo mais vasto para proteger.

Jianyu se convenceu de que Cela ficaria bem, por mais que a tensão dentro daquela casa fosse tão profunda que ele poderia até se afogar. Percebeu o modo como olhavam para ela, mas aquela era a família da moça. A costureira estaria a salvo, agora que não estava mais de posse da pedra, e aquelas pessoas cuidariam dela até que pudesse se reerguer.

Até podia ter sido covarde por não ter contado para Cela que iria embora. Mas, se alguém viesse procurá-lo, seria mais *seguro* se a costureira não soubesse onde ele estava. Jianyu poderia ter usado sua afinidade para se esconder, mas sua cabeça ainda doía de vez em quando, e utilizar os discos de bronze seria um esforço demasiado. Além disso, ainda estava convalescendo e precisava poupar suas forças para o que estava por vir.

Quando chegou à esquina da Amsterdam Avenue, uma silhueta conhecida saiu pela porta de um dos bares. Jianyu poderia ter aberto a luz para se esconder, mas era tarde demais. Ela o tinha visto. Fugir àquela altura seria desrespeitoso e ofensivo.

— Eu achava mesmo que você iria embora esta noite — disse Cela, quando Jianyu finalmente chegou ao local onde ela estava parada, à sua espera, de braços cruzados. — Então é isso? Você simplesmente ia embora sem sequer dizer adeus?

Jianyu não respondeu. O que poderia dizer? Cela tinha razão tanto nas palavras que disse como na raiva que fervilhava por trás delas.

— Depois de tudo que eu fiz por você? Depois de eu ter obrigado a minha família a lhe dar abrigo?

— Eu estou em dívida com todos vocês, a quem devo muita gratidão — Jianyu começou a dizer, mas Cela perdeu a paciência.

— Isso não tem a menor cara de gratidão. — Ela lhe lançou um olhar furioso. — Aonde você pensa que vai, aliás?

— É melhor você não saber — falou baixinho, odiando a emoção que via estampada nos olhos de Cela. Desconfiança. Repugnância. Era o sentimento que via com tanta frequência nos olhos das pessoas que conhecia, que olhavam para ele e não enxergavam a pessoa que era nem o coração que tinha, apenas a sua pele.

— Desse jeito é mais seguro para você — tentou explicar.

— Mais *seguro*? — perguntou ela, com um tom de deboche. E então franziu as sobrancelhas e completou: — Você vai atrás daquele anel, não vai?

Jianyu não respondeu, mas, pela mudança na expressão de Cela, ela entendera tudo.

— Por quê? Depois de todos os problemas que aquilo causou para todo mundo, por que não simplesmente esquecer aquela coisa maldita?

Ele deu a única resposta que poderia:

— Porque eu tenho que fazer isso.

— Por quê? — insistiu ela.

— Porque eu prometi. Dei a Darrigan a minha palavra de que eu garantiria a sua segurança e protegeria o anel. Fiz a primeira parte e agora preciso cuidar da segunda.

— Você não deve nada a Darrigan — declarou Cela, um pouco mais calma, com os lábios carnudos levemente retorcidos. — Nem eu nem você devemos mais nada a ele.

— Talvez — admitiu Jianyu. — Mas eu já expliquei o que o anel é capaz de fazer, não? Se cair nas mãos erradas, pode ter efeitos devastadores. Não posso permitir que isso aconteça. Não posso permitir que a Ordem, nem ninguém que possa usar a pedra para o mal, ponha as mãos nela.

Cela ficou encarando Jianyu por alguns instantes, com os olhos castanhos intensamente aguçados enquanto refletia sobre suas palavras. Então bufou, tanto de frustração como de compreensão.

— Então eu vou com você.

— Não...

— Fui eu que perdi o anel, então vou ajudar você a encontrá-lo.

— Essa responsabilidade não é sua. — Jianyu sacudiu a cabeça. — Você vai ficar aqui, com a sua família, onde é o seu lugar.

A costureira lhe lançou um olhar exasperado.

— Por acaso você não esteve dentro daquela casa comigo? Ali não é o *meu* lugar.

Jianyu vira, sentira a tensão que havia entre eles, mas...

— É a sua família. Seus parentes de *sangue*.

— Podem até ser parentes da minha mãe, mas nunca foram meus parentes de *verdade*, sendo ou não de sangue. — Cela estava com o queixo erguido, com uma expressão determinada. — Meus avós nunca aprovaram a escolha da minha mãe, quando ela resolveu casar com meu paizinho. Por muitos motivos. Mas, principalmente, pelo fato de a pele dele ser escura demais. O fato de ele se esfalfar de trabalhar para nos dar uma vida boa não tinha a menor importância. Meu pai nos deu um teto onde morar e sapatos para calçar. Na opinião dos meus parentes, ele era inferior. E, quando nascemos com a pele tão escura quanto a dele, também nos tornamos inferiores. Nunca disseram isso com todas as letras, mas todos nós sabíamos.

Parecia que os ombros de Cela haviam se encurvado com o peso daquela confissão.

— A família da minha mãe nos aturava por causa dela, mas nunca representaram um porto seguro para nós, nem mesmo quando ela ainda era viva. Puseram a culpa no meu pai quando ela morreu de tísica, há alguns anos, e agora me culpam pela morte de Abel. Percebo pelo olhar deles. Ouvi os sussurros, dizendo que fugi de casa. Eles podem até não dizer isso em alto e bom som. Mas, com toda a certeza, pensam que tive algo a ver com isso. Então, não: ali não é o meu lugar. Se você for embora, vou com você.

Jianyu compreendeu a expressão que Cela fez, levantando o queixo, desafiando-o a contrariá-la. Era a mesma máscara que ele costumava usar, a armadura de ferro que servia de proteção para a interminável ameaça de um mundo onde não era bem-vindo. Mas, até pelo fato de conhecê-la, também sabia o que havia por baixo da máscara: as partes frágeis essenciais da alma que poderiam ser danificadas a ponto de não haver mais conserto.

Jianyu franziu o cenho e declarou:

— Esse fardo sou eu que tenho de carregar.

A costureira soltou um longo suspiro e, subitamente, pareceu frágil.

— É aí que você se engana. No instante em que eles apareceram e mataram meu irmão, esse fardo se tornou meu também.

— Mas...

Cela o interrompeu:

— Me diga... Por acaso você tem um plano para localizar Evelyn? — Cela ficou em silêncio para Jianyu responder sua pergunta. Mas, como não ouviu nada, sacudiu a cabeça e completou: — E o que você vai fazer, ficar perambulando por aí até encontrar com ela por acaso? A cidade é bem grande. Pelo menos, eu sei onde ela mora.

NÃO SAIU COMO PLANEJADO

1902 – Nova York

Nada saíra conforme Logan Sullivan esperava. Ao deixar o prédio do Professor Lachlan, naquela manhã, não planejava terminar o dia amarrado no porão escuro e úmido de uma construção caindo aos pedaços, vigiado por dois caras que pareciam ter começado a se barbear quando tinham 8 anos.

O ruivo era especialmente preocupante. Não parava de esfregar os dedos, acendendo chamas nas pontas, sem deixar de olhar de esguelha para Logan. Parecia que estava apenas esperando que desse um passo em falso.

O que não aconteceria.

Talvez as coisas não tivessem saído como deveriam. Talvez o Professor Lachlan tivesse se enganado ao dizer que tudo seria muito fácil – que a versão mais nova dele mesmo *com certeza* seria capaz de reconhecer que tudo o que Logan dissesse seria verdade. Seria infinitamente mais fácil se aqueles dois capangas enormes não o tivessem capturado antes. E, sem dúvida nenhuma, teria sido bem melhor se Esta não houvesse fugido com o pacote que o Professor Lachlan encarregara Logan de entregar: o Livro e as pedras teriam sido de grande ajuda para esclarecer a situação.

"Mas ainda tenho o caderno", lembrou. Assim que o Professor lesse a respeito de si mesmo, saberia que Logan estava dizendo a verdade. Saberia exatamente como Logan fora útil à versão futura de si mesmo e acreditaria nele naquele presente. Talvez até pudesse ajudá-lo a voltar para seu próprio tempo. Apesar de Logan ter o péssimo pressentimento de que, sem Esta, isso seria impossível.

"Merda."

Ele ouviu passos ecoando na escada que descia, íngreme, até o porão, um caminhar irregular que Logan reconheceu imediatamente. "Pronto." Ele tinha razão desde o começo.

Logan lançou para o ruivo – Brasa McGee ou qualquer que fosse o nome dele – um olhar presunçoso. Era só uma questão de tempo até ser inocentado.

Ainda era um choque ver como o Professor era jovem ali, naquela época. Não deveria ter mais do que 15 anos, mais ou menos a mesma idade do próprio Logan quando recebeu uma passagem de avião e um convite para atravessar o oceano e dar início a uma nova vida. Seu tio, um receptador de mercadorias roubadas de baixo escalão, era um dos contatos do Professor na Inglaterra e não deu escolha para Logan. Para o menino de 13 anos, parecia quase bom demais para ser verdade: ele se livraria da ameaça constante dos socos do tio, e o Professor compraria uma casa no campo para sua mãe, como ela sempre quis. E, apesar de Logan ter que aguentar a vida por trás da Beira e a dor de cabeça de ter que viajar pelo tempo com Esta e a irritante tendência dela a bancar a espertinha, valeu a pena por causa da vida confortável que levava e do respeito que o Professor Lachlan lhe demonstrava.

Mas o garoto ainda não era o homem que o Professor se tornaria. O rosto jovem do Professor sequer tinha uma sombra de barba, e aqueles olhos por trás dos óculos de armação dourada, apesar de bem conhecidos, estavam livres das cataratas enevoadas que o atormentariam no futuro. Ainda assim, havia aquele misterioso conhecimento no olhar dele, a faísca de inteligência que fez Logan ter certeza, desde a primeira vez que o viu, que se tratava de um homem com o qual não se podia brincar.

"Vai dar tudo certo."

– Retirem-se.

O garoto que um dia se tornaria o Professor chegara ao fim da escada e estava diante de Logan, observando-o com uma expressão bem conhecida.

— Tem certeza, Nibs? — perguntou o ruivo, produzindo fogo na ponta dos dedos e olhando para Logan com uma expressão incomodada. — Posso ficar, só por garantia.

O Professor se dirigiu ao ruivo:

— Você acha que eu não posso cuidar disso sozinho? — perguntou, com uma voz que mais parecia um banho de ácido.

O fogo que havia na ponta dos dedos do rapaz se apagou.

— Eu só pensei...

— Eu estaria em apuros se dependesse do que você pensa, Sanguessuga. Mas não. Dependo de você fazer o que eu mandar, quando eu mandar. E estou mandando você me deixar em paz com nosso prisioneiro. Eu mesmo darei um jeito nele.

— Certo, Nibs. Desculpe.

Sanguessuga lançou mais um olhar ameaçador para Logan, porém logo começou a subir a escada, deixando o rapaz com a versão mais nova de seu amigo e mentor.

— Então... — disse Logan, depois de um longo e constrangedor silêncio. Não sabia direito por onde começar. O homem que aquele garoto seria um dia fora como um pai para ele. Colocara Logan debaixo de sua asa e ensinara tudo o que ele sabia, mas aquele menino diante de seus olhos era um desconhecido. — Eles chamam o senhor de Nibs?

— Só aqueles que não sabem o que é bom para a tosse. — As narinas do Professor inflaram bem de leve, do mesmo modo que faziam toda vez que Logan ou Esta faziam algo que o irritasse. Era estranho ver a mesma expressão no rosto daquele menino mais jovem. — Você pode me chamar de James, já que presumo que nos conhecemos.

— Então o senhor leu o caderno — perguntou Logan, ainda nervoso demais para se sentir aliviado.

— Li. — O Professor, ou melhor, James se apoiou em sua bengala com ponteira de prata. — É um objeto e tanto, esse que você me trouxe. Fantástico demais para ser verdade, aliás.

— O senhor não acredita? — indagou Logan. Sentiu um arrepio de incômodo na nuca. "Ele tem que acreditar." Caso contrário, Logan estaria mais do que ferrado.

— Não acredito em nada sem provas — respondeu James, empurrando os óculos mais para cima. — Você mencionou a Lágrima de Delfos...

— Está aqui, em Nova York — confirmou Logan. Pelo jeito, o caderno não continha informações a respeito do pacote com as outras pedras. O que provavelmente era uma coisa boa.

— E como você sabe disso?

— É isso que eu faço — respondeu Logan. E, ao ver que James estreitara os olhos, se explicou melhor: — Quer dizer, eu consigo encontrar coisas. Ou melhor: acho que eu deveria dizer que consigo encontrar objetos imbuídos de magia. Consigo encontrar outras coisas também — foi logo dizendo, ao ver que James fizera careta. — Só sou mais preciso quando tem algum tipo de poder envolvido.

— E os demais artefatos, as pedras e o Livro?

Logan sentiu um aperto no peito.

— Os demais? — disse, fazendo-se de desentendido.

— Você deveria trazê-los para mim, de acordo com os cadernos. Se as anotações naquelas páginas são verdadeiras, você deveria me entregar um pacote. Se não está com o pacote...

— Estava — suplicou Logan. — Juro que estava.

— Mas não agora — disse James, cada vez mais parecido com o Professor decepcionado que Logan conhecia.

— Esta o roubou — explicou ele. — Ela sabe como eu fico depois de atravessar o tempo e se aproveitou disso.

— Esta? — James ficou muito, mas muito calado. Quando falou novamente, sua voz tinha um tom de desespero. — *Ela* está com o Livro e os artefatos. Você tem certeza disso?

Logan assentiu.

— Ela me largou aqui sem ele, e então aqueles grandalhões me pegaram antes que eu pudesse encontrar o senhor.

— Os rapazes de Kelly — murmurou James sem olhar para Logan.

Estava com os olhos fixos num canto escuro do porão, obviamente maquinando alguma coisa. Então, de repente, pareceu chegar a uma conclusão. – É uma história interessante.

– É a *verdade*.

– Isso é o que você diz. E estou inclinado a acreditar, mas não há como ter certeza. Você pode ter usado o Livro para me enganar.

– Não usei, não – disse Logan, sentindo mais uma vez a pontada de pânico. – O senhor precisa acreditar em mim.

– Na verdade, não. O que é um problema... para você, pelo menos.

James se apoiou melhor na cabeça da bengala, um movimento que pareceu tão ameaçador quanto as palavras dele.

– Me deixe provar para o senhor – implorou Logan.

– Como? – perguntou James. – Que outra prova você poderia me apresentar?

– Deixe-me encontrar a Lágrima de Delfos, o anel. Está aqui perto. Eu *sei*. Vou encontrar e entregar para o senhor, e então terá certeza de que não estou escondendo nada.

A expressão do menino não deixou transparecer uma gota sequer de interesse.

– Você tem certeza de que sabe onde está?

– Não exatamente – respondeu Logan. – Mas poderia levar o senhor até ela.

James ponderou a oferta.

– Sanguessuga! – gritou, com uma voz mais potente do que Logan poderia esperar de um menino tão franzino.

– Sim, Nibs?

O ruivo apareceu no alto da escada, com uma velocidade que fez Logan ter certeza de que ele não havia se afastado de lá.

– Traga Jacob e Werner até aqui.

Não era essa a reação que Logan queria que ele tivesse. Enquanto James ficou olhando para a escada com uma expressão de expectativa, Logan tentou avaliar as cordas que prendiam suas mãos. Se conseguisse afrouxá-las, talvez pudesse se soltar. Mas as amarras estavam tão apertadas quanto no instante em que Sanguessuga as atara e, antes que ele conseguisse fazer qualquer coisa, os três grandalhões tinham descido a escada e estavam esperando as ordens de James.

– Você queria ajuda? – perguntou o de cabelos claros, e Logan soltou um suspiro, sentindo o ar ser expulso dos pulmões.

– Ainda não, Werner – respondeu James, olhando para Logan. – Precisamos dele vivo... por hora.

INVASÃO DE DOMICÍLIO

1902 — Nova York

Quando, por fim, chegaram ao prédio, Jianyu olhou para cima. Ao ver que estavam apagadas as luzes das janelas do apartamento onde, de acordo com Cela, Evelyn morava, perguntou-se — não pela primeira vez — se o caminho que havia escolhido para si era o certo. Quando criança, jamais tivera a intenção de se tornar ladrão. E então, por causa das escolhas que fizera, não tinha mais país nem lar, estava longe da família, em uma situação que ia muito além do que poderia imaginar ou controlar. Por um instante, contemplou a escuridão do céu, aquela vastidão de estrelas, procurando as constelações de sua infância.

Localizou as estrelas que formavam o Pastor e a Tecelã, que costumavam ficar visíveis em noites claras como aquela. De acordo com a lenda, os dois foram proibidos de se encontrar, separados pela extensão do Rio Prateado — a Via Láctea —, assim como Jianyu era separado de sua terra natal por um oceano e um continente. Só que foram suas próprias escolhas que o afastaram de seu primeiro lar, e não apareceriam corvos mágicos para levá-lo de volta. E, mesmo que aparecessem, ele não poderia voltar. Não sem a trança imposta pela lei manchu.

O futuro por vir era desconhecido. Seu caminho era, com certeza, o presente naquele país, mas o que Jianyu poderia fazer com isso? Aonde poderia ir, o que poderia se tornar se não fosse limitado pela Beira, já que não podia mais voltar à sua terra natal? E, se a Beira continuasse existindo, que escolhas teria para seguir vivendo naquele mundo onde estava?

Suas perguntas, porém, eram precipitadas. Não haveria nenhuma possibilidade de futuro se a pedra caísse nas mãos erradas. Sendo assim, ele se tornaria bandido – um ladrão – por livre e espontânea vontade, mais uma vez, para ter alguma chance de um futuro diferente.

– Você tem certeza de que ela mora aqui? – perguntou Jianyu.

Cela confirmou com a cabeça.

– Tive que trazer todo um figurino para cá há alguns meses para ela provar, porque estava muito ocupada ou com preguiça de ir até o teatro nos dias em que não havia espetáculo. Acho que nós temos tempo suficiente.

– *Nós*? – repetiu Jianyu, olhando para Cela, sentindo um arrepio de pânico percorrer sua espinha. Não podia roubar a pedra e garantir a segurança da costureira ao mesmo tempo. – Você não vai subir comigo – falou, com um tom mais seco e grosseiro do que pretendia.

– Até parece...

– Preciso que você fique *aqui* – insistiu Jianyu, tentando acalmá-la antes que ela perdesse a paciência. Não tinham tempo para discussões. – De vigia.

– E o que devo fazer se vir alguma coisa suspeita? – indagou Cela, sem muita convicção.

– Me avise. – Antes que a costureira pudesse continuar discutindo, Jianyu completou: – Você sabe imitar o canto de algum pássaro? A janela está aberta.

Então apontou para as cortinas que esvoaçavam na janela do apartamento.

Jianyu sabia que Cela estava brava, mas não podia continuar ali embaixo. Antes que ela pudesse detê-lo, abriu os fios de luz, espalhou-os ao seu redor e se dirigiu à entrada do prédio.

Foi fácil encontrar os aposentos de Evelyn. Mas, quando entrou sem ser convidado, descobriu que o apartamento não era o que esperava. A mulher em si era como um pavão exibido, com seus vestidos e adornos, mas os cômodos eram frios, com pouquíssima mobília, cheios de roupas espalhadas e empilhadas de qualquer jeito. Era o tipo de lugar a que alguém ia para tirar um cochilo e esperar os efeitos do consumo exagerado de Nitewein passarem ou porque não tinha opção – não porque tivesse alguma semelhança com um verdadeiro lar. Jianyu quase ficou com pena de Evelyn por morar em um lugar daqueles, mas então lembrou que as atitudes dela não eram dignas de pena. A mulher fizera tudo por escolha própria e agora teria que sofrer as consequências.

O luar que entrava pela janela era suficiente para que Jianyu pudesse se movimentar com facilidade, vasculhando caixas e debaixo das camas. Ele foi metódico em sua busca, levantando meias de seda e colocando-as de volta no lugar com todo o cuidado, para não parecer que alguém estivera ali. Era melhor não deixar rastros.

Jianyu estava procurando o anel no meio das pilhas de roupa em cima da cama de Evelyn quando ouviu o crocitar de uma coruja.

"Não é uma coruja", deu-se conta, quando ouviu o ruído pela segunda vez... e uma terceira em seguida. "É Cela."

Recolocou as pilhas de roupa no lugar onde estavam e já seguia indo em direção à porta quando ouviu o barulho da fechadura sendo destrancada. Sem ter para onde ir, tirou os discos de bronze do bolso e os usou para abrir o pálido luar em volta de si. Evelyn certamente seria capaz de sentir sua presença. Mas, se Jianyu agisse rápido, não conseguiria pegá-lo no flagra.

Então, chegou perto da porta e ficou esperando. Mas a pessoa que entrou não era Evelyn. De jeito nenhum.

SESHAT

1904 – Saint Louis

O animado desfile cumprira sua função, atraindo as pessoas para o amplo bulevar e deixando as ruas tortuosas do Cairo praticamente vazias. Harte foi caminhando atrás de Esta, e os dois percorreram os diversos bazares que vendiam badulaques baratos e passaram pelo restaurante que perfumava o ar com o aroma de especiarias e carnes assadas. O estômago do mago roncou ao passar pelo estabelecimento, mas ele continuou olhando fixamente para a parte de trás dos ombros estreitos de Esta e se concentrou no constante rumorejar de energia do poder que havia dentro de si.

Quando chegaram à réplica de templo egípcio que abrigava o passeio de barco, Harte quase tropeçou de tanto que o poder se alvoroçou para marcar presença. Alguma coisa naquela atração específica fazia a voz ficar inquieta, mas só havia uma maneira de entrar e sair da câmara onde o colar estava, e era atravessando o rio Nilo. Harte ignorou o poder como foi possível e, discretamente, deu algumas moedas a mais ao funcionário, para que tivessem um barco só para os dois. Em seguida, entrou na embarcação, depois de Esta.

Instantes mais tarde, o barqueiro começou a remar, e eles entraram na escuridão do primeiro túnel. A balbúrdia da feira se dissipou, e só se ouvia o som suave da água sendo revolvida pelos remos e se notava o odor de ar estagnado do canal. Harte não precisa enxergar Esta para saber exatamente onde ela estava naquela escuridão. Mesmo com o forte odor da água, podia senti-la bem ao seu lado. Desde que resolvera insistir naquele estratagema ridículo de se vestir de homem, parara de usar o sabonete de perfume floral suave que costumava usar. Trocara-o por outro, mais comum, com cheiro de limpeza. E, quando esse aroma chegou às narinas de Harte, no meio daquela escuridão, a imagem de Esta pela manhã, ainda molhada por ter acabado de se lavar e se esfregar, ressurgiu na sua mente.

O que foi um erro: o poder vibrou, forçando a casca daquilo que Harte era, pressionando essa delicada barreira. O mago conhecia intimamente aquela barreira, já que ele mesmo a ultrapassava com frequência, sempre que permitia que sua afinidade encostasse em alguém para ler os pensamentos ou moldar as ações da pessoa. Ser ameaçado daquela maneira era um incômodo lembrete de como sua afinidade podia ser perigosa.

O barqueiro estava recitando seu roteiro de forma monótona, mas Harte mal conseguia prestar atenção – estava completamente concentrado em evitar que o poder explodisse dentro de si. Passaram pelas cenas que retratavam a vida no Antigo Egito: a construção das pirâmides e as cheias do Nilo, com as colheitas resultantes. Vagamente, Harte tomou consciência dos nomes de deuses e deusas. Mas, à medida que o barco seguia em frente, o poder foi ficando mais forte, cada vez mais difícil de controlar.

Esta estava sentada ao seu lado, com as costas retas e olhando para a frente – preparando-se provavelmente para aquilo que teriam de fazer –, mas Harte mal conseguia enxergar. Suas mãos suavam. Sua cabeça girava, e os limites da sua visão tremeluziam, enquanto a voz ecoava em seus ouvidos, gritando palavras que ele não entendia, em uma língua que não conhecia.

Quando estavam quase no fim do passeio, a voz silenciou, e o poder se aquietou, ambos se dissipando e deixando apenas um vazio oco no lugar. Harte, que àquela altura já estava ofegante, se obrigou a respirar fundo para se recompor. Estavam quase chegando. Mais duas câmaras, e desembarcariam no chamado Caminho da Virtude, que levava ao Templo de Khorasan, onde a Estrela de Djinni estaria à espera. Mas, no mesmo segundo em que o barco começou a entrar no ambiente repleto de pergaminhos e rolos, o poder se alvoroçou novamente.

Até então, Harte achava que o poder era forte e que era capaz de controlá-lo. Mas se deu conta de que estava enganado. "Muito enganado." Tudo o que sentira até aquele momento não passara de uma sombra do verdadeiro poder, que estivera se escondendo, talvez esperando por aquele instante.

O barco, o falso Nilo e o ambiente cheio de rolos de pergaminho se transformaram em uma época diferente, em um lugar diferente. As paredes terminavam em um teto pintado de dourado e, no meio da sala, havia uma espécie de altar com um livro em cima. Havia uma mulher parada ali do lado, com cachos à egípcia emoldurando o rosto magro. Os olhos, delineados com *kajal*, estavam fixos em um pergaminho, e parecia que o próprio ar tremia por causa do desespero que ela sentia. Havia magia ali, uma magia tão ardente, espessa e forte, que Harte jamais sentira algo parecido na vida.

A boca da mulher pronunciava palavras que o mago não conseguia ouvir, mas entendia o significado, pois sentia poder delas vibrando através do ar, roçando nele, transmitindo uma ameaça inconfundível. Aquilo lhe fez lembrar de como se sentia quando Esta o arrastava através do tempo: uma sensação terrível, de perigo e de algo *errado*. Como se o mundo fosse ruir e se despedaçar ao mesmo tempo. Harte ficou observando, horrorizado, a mulher pegar a faca e cortar a ponta do dedo, deixando que o sangue escuro pingasse dentro de um pequeno cálice.

Depois pegou uma pena, mergulhou na taça e mexeu. Em seguida, a encostou no pergaminho. A cada traço, a energia do ar aumentava, agitando-se com uma fúria inacreditável. Ardente. Raivosa. Pura. A expressão da mulher era de absoluta concentração. Os olhos, com aquele delineado escuro, estavam tensos, e ela cerrou os dentes quando o poder que havia no ar fez o cabelo esvoaçar em volta do rosto dela. A mulher fez mais um traço com a pena, depois outro, até que finalmente parou, com a mão tremendo.

Então olhou para Harte como se pudesse enxergar o âmago de seu ser. Cada erro que cometera. Cada arrependimento que carregava consigo, dia após dia. Cada medo. Cada desejo. Só de olhar para o mago, teve conhecimento de tudo isso.

Então, de uma hora para outra, a mulher deixou a pena cair e gritou, como se estivesse sendo despedaçada. O poder que rodopiava pelo ambiente inchou até haver apenas um rugido furioso, que borbulhava no mais fundo do ser de Harte. Como se ele tivesse se tornado aquela mulher.

Quando fez o último traço, o grito saiu do fundo dela e também de fora dela. O mundo estava rugindo, alertando, mas ela não conseguia ouvir. Ela não queria ouvir. Terminaria o que havia começado, por mais que se sentisse despedaçada. Era um sacrifício e uma oferenda ao poder que estava no centro de toda a magia.

Uma oferenda que a transformaria em algo muito maior.

Por mais que sentisse o âmago de quem e do que era se esfacelar, por mais que sentisse os espaços dentro dela incharem e estilhaçarem, gritou de novo, segurando-se na mesa, enquanto o poder do encantamento – sua maior e mais horrenda criação – atravessava seu corpo.

Ele estava chegando. Mas isso não tinha importância. Ele chegaria tarde demais.

Tarde demais para detê-la.

Tarde demais para roubar o poder contido naquele pergaminho e naquela tinta, nas peles e no sangue que ela havia criado. Ele tentara surrupiar aquela magia e tomá-la para si, tentara administrá-la em pequenas porções, em troca de presentes e de poder, tentara concedê-la àqueles que não tinham direito de tocá-la.

Ele estava a caminho, e ela o destruiria. Arrancaria as próprias estrelas do céu, se fosse preciso, mas ele não triunfaria.

Traidor. Ladrão. Ele morreria naquela noite, e sua obra-prima estaria a salvo.

Mas antes... Ela pegou uma das gemas polidas que estavam no altar a sua frente – um lápis-lazúli – e concentrou sua magia, empurrando uma parte de si mesma para dentro da pedra. E então pegou outra – a malaquita – e outra, despedaçando-se para que pudesse se tornar algo maior.

Então pegou a última das cinco e sentiu que estava se estilhaçando mais uma vez, dividida e partida, pelo bem maior. À medida que as pedras começaram a brilhar, de uma hora para outra, a dor que ela sentia – o horror de ser destroçada – cessou. Ela tombou para a frente e se segurou na mesa.

Não tinha tempo para descansar. Moveu-se depressa, com as pernas bambas, posicionando as pedras no chão, ao redor da mesa. Uma por uma, foi posicionando as gemas no contorno do círculo perfeito que fizera, uniforme e equilibrado, cercando a mesa que servia de apoio para o Livro.

Ela ouviu o som de passos se aproximando e se virou. Havia alguém espreitando nas sombras.

Um homem. Um rosto oculto.

— Toth — disse, com a visão turvada pelo ódio.

O homem saiu das sombras e ficou debaixo da luz. A cabeça estava descoberta, e a pele marrom havia sido raspada até não restar nenhum fio de cabelo.

— Eu sabia que você viria — sua voz era fraca, em tom de acusação.

— Ah, Seshat... — respondeu ele. Então sacudiu a cabeça, triste. — É claro que eu vim. Eu vim impedir que você cometa um erro terrível.

Ela retorceu os lábios.

— Acha que é capaz de me deter? Você não passa de um simples homem.

— Eles agora me chamam de deus — disse ele, com um leve sorriso.

— Logo vão perceber esse erro de julgamento — falou ela, contornando a mesa para ficar entre o altar e o homem.

— Você não pode destruir as páginas que criou, Seshat. Arruinará a todos nós.

Seus olhos brilhavam de expectativa. O medo, se em algum momento esteve ali presente, havia sumido.

— Quem disse que eu quero destruí-las?

O ar, quente e seco naquele dia árido do deserto, começou a se movimentar, rodopiando em volta do altar, e as pedras passaram a brilhar.

— Pare — ordenou Toth.

Mas a mulher não estava ouvindo. As pedras haviam se tornado pontos brilhantes de luz, parecendo estrelas que caíram no chão e, entre elas, os fios do ser — os pedaços do mundo que punham ordem no caos — começaram a brilhar, com cores estranhas, misteriosas.

— Você tentou se apossar do que não era seu — disse ela, dando uma risada alta e estranha. Soou maníaca, descontrolada, até para si mesma. Naquele júbilo histérico, foi em direção a ele. — Pensou que poderia controlar um poder que não nasceu para

exercer? Você jamais tocará no coração da magia novamente. E os seus seguidores lhe darão as costas. Vão despedaçá-lo. E eu dançarei sobre seus ossos, que secarão ao sol.

O homem, que até então estava com um olhar horrorizado, a atacou, com o rosto contorcido pelo ódio.

Ela não estava preparada para aquela investida. Arranhou-o, e suas unhas deixaram marcas vermelhas no rosto do homem, só que ele era mais forte, e a mulher acabou caindo para trás, atravessando as cores que rodopiavam e os fios reluzentes que formavam aquele limite em volta do altar, gritando.

— Sua cadela demoníaca — disse Toth, dando uma gargalhada de desprezo e secando o sangue que pingava do rosto.

O homem olhou para o próprio sangue com nojo e então foi na direção da mulher, aproximando-se da linha de ar reluzente, mas sem a tocar.

Dentro do círculo, ela estava com os olhos arregalados de pânico. Estava aprisionada, da mesma forma como pretendera aprisionar os segredos da magia.

— O que você fez?

— Usei sua própria maldade contra você — respondeu ele. — Por acaso achou que poderia ficar com todo o poder que há dentro deste Livro só para si?

Ele sacudiu a cabeça e tirou uma espada das costas, cuja lâmina era curvada como a de uma foice.

Dentro do círculo, Seshat se debatia e gritava, como se realmente fosse o demônio que Toth afirmara que era.

— Você conhece a minha arma, não, Seshat? Uma lâmina feita de estrelas. Aço que caiu do céu. — Ele chegou perto da primeira das pedras e levantou sua espada. — Capaz de cortar qualquer coisa.

— Não — disse a mulher, com um grito estridente que ecoou por toda a câmara.

Mas não havia nada que ela pudesse fazer. Toth baixou a espada curva, a pedra se dividiu ao meio, e as duas metades apagaram. Em resposta, Seshat soltou um lamento tão profundo que continha toda a dor, todo o medo que sentia.

Toth foi até a pedra seguinte.

— Você não poderá mais causar problemas — falou, descendo a espada de novo. — Não poderá mais salvaguardar o poder só para si mesma — completou, destruindo a terceira pedra.

Àquela altura, ela estava encolhida no chão, tentando ficar de pé para ir até o altar onde o Livro estava. Quando levantou os olhos, sua visão estava escurecendo, e a escuridão parecia consumi-la, parecia consumir o mundo.

Toth foi até a quarta pedra e, quando a destruiu, o corpo da mulher se arqueou, e ela caiu de costas no chão. A escuridão agora saía de sua boca, tomando conta do ambiente, junto com seus lamentos. Mas ela levantou de novo e, quando olhou para Toth, a escuridão de seus olhos criara vida própria.

— Você não tem como se esconder de mim — disse ela. — Vou encontrá-lo e destruir o mundo para fazer você pagar pelo que fez.

Quando Toth desceu a espada sobre a quinta e última pedra, Seshat gritou uma última vez, e a escuridão foi se derramando para fora dela, até não restar mais nada. Nem corpo. Nem sangue. Nem ossos. Apenas o eco oco de seus gritos.

A DESAGREGAÇÃO

1904 – Saint Louis

Mesmo depois de ter voltado a si, Harte ainda tinha a sensação de estar se despedaçando. Ainda era assombrado pela lembrança da mulher substituída pelo nada, ainda conseguia sentir o pânico dela, o horror e a frustração por ter sido superada. Por ter sido *aniquilada*. Em um lampejo de compreensão, sentiu os anseios e a fúria da mulher. Por ter passado uma eternidade presa dentro dos limites da página do Livro, esperando, planejando e ficando cada vez mais furiosa.

O poder que havia dentro do mago tinha nome.

Seshat. Um demônio que destruiria o mundo para se vingar.

Que vivera, andara e tentara ficar com a magia só para ela, tentara resguardar a magia do resto do mundo. E fora detida. Fora destruída... só que não. Uma parte dela vivia na essência das palavras que escrevera com o próprio sangue. Aquela parte dela, a única que restara depois que todo o resto foi destruído, junto com as pedras, estava à espera nas páginas do Livro, fraca, alquebrada e furiosa – *muito furiosa...* Mas agora estava pronta – *ela* estava pronta – para renascer. Para despedaçar o mundo em retaliação.

Harte ainda estremecia, sentindo resquícios de dor, e abalado com a raiva que fervilhava dentro dele. Mesmo ao despertar da visão, as sombras de uma outra época ainda permaneciam à sua volta, uma névoa que o separava de seu próprio mundo. Então sentiu o golpe seco da mão que atingiu seu rosto, e as sombras começaram a derreter, até restar apenas a realidade.

— O que foi isso, Harte? — perguntou Esta, e, por mais que a voz dela demonstrasse irritação, ele teve uma vaga impressão de que também havia outra emoção naqueles olhos cor de uísque. "Medo."

O mago não queria que Esta ficasse com medo. Sem pensar, levantou a cabeça e roçou os lábios nos dela, mas Esta não retribuiu o seu beijo. Pelo contrário: afastou-se de chofre, com uma expressão do mais absoluto horror. O movimento fez o chão balançar.

"O chão, não..."

Os dois ainda estavam dentro do barco, no falso Nilo, no coração do falso Cairo, e precisavam roubar um colar. Atrás dele, Harte ouviu o barqueiro fazer um ruído de choque e reprovação. "E Esta ainda está vestida de homem."

— Temos que ir — sussurrou ela, entredentes. — *Já*. Antes que ele chame alguém.

Harte não sabia se conseguiria ficar de pé, mas tampouco tinha escolha. Apoiou-se na amurada para se equilibrar, ao desembarcar, e obrigou suas pernas a se movimentarem, por mais que sua cabeça latejasse e sua visão ainda estivesse embaçada.

— Precisamos abortar a missão — falou, enquanto os dois acompanhavam o fluxo de turistas que seguiam em direção à saída. Ainda estava com as pernas bambas quando começaram a trilhar o caminho prateado em direção à câmara.

— É tarde demais para isso. E estamos quase lá — sussurrou Esta. — Qual é o seu problema, afinal?

— Acho que é mais uma questão de "quem" do que de "qual" — respondeu, lembrando o calor, a dor e a sensação de estar se despedaçando. "E a traição." A dor de tudo aquilo ainda era tão real, tão palpável, que ele se sentia combalido.

Esta lhe lançou um olhar de frustração.

— Você *vai* me explicar o que aconteceu lá atrás. Se conseguirmos sair daqui, quer dizer. Porque, neste exato momento, você vai se recompor. Está com a bomba, certo?

Harte tateou o casaco e sentiu a última bomba de fumaça debaixo de sua mão.

— Estou...

Os dois já chegavam ao fim do caminho prateado, no ponto em que se abria para uma câmara mais ampla. E só faltava acionar aquela última bomba e usar a fumaça para esvaziar o recinto para causar uma distração e fugir com o colar. Não era um plano lá muito elaborado, mas era viável.

No entanto, havia algo de errado. Ao contrário dos dias anteriores, em que havia uma fila de cinco ou seis pessoas para dar uma olhada no colar, a câmara estava vazia, a não ser pelos poucos turistas que tinham desembarcado junto com eles. Tão pouca gente que era possível ter uma visão completa do ambiente do expositor de vidro onde o colar era exibido.

— Não... — Harte ouviu a voz de Esta no mesmo instante em que viu. — Não pode ter sumido — disse ela, aproximando-se do expositor visivelmente vazio no centro do recinto.

O poder que havia dentro do mago urrou e, por um instante, Harte sentiu que o mundo inteiro girava, afastando-se de Esta, e ele estava preso, sem conseguir alcançar a joia. O colar havia sumido.

— Não pode ser... — começou a falar. Mas, no lado oposto da câmara, dois guardas os observavam. As outras pessoas continuaram a atravessar o recinto, porque não havia nada ali para ser visto, nem nada que chamasse a atenção. Foi por isso que os guardas perceberam a hesitação de Harte e de Esta. Já era tarde demais. Os dois se entreolharam, e um deles apertou o distintivo dourado preso em sua lapela.

— É uma armadilha — sussurrou Harte. E, só pelo seu tom de voz, Esta entendeu e arregalou os olhos. — Venha.

Eles correram em direção à saída, mas os guardas também já estavam se movimentando. À sua frente, a porta que dava na Rota parecia um farol brilhante, incitando-os a seguir adiante. Mas. assim que começaram a percorrer aquela distância, Harte ouviu o arranhar do metal, porque o portão começava a se fechar. A saída estava a poucos metros, porém jamais conseguiriam passar por ela. As grades já começavam a descer por cima da porta, e Harte e Esta podiam sentir o gélido presságio da magia corrompida, um poder que transmitia uma sensação muito parecida com a da Beira.

O poder que havia dentro do mago urrou, ao se dar conta de que ele e Esta ficariam presos, e Harte foi cambaleando para trás, tamanha a intensidade de sua fúria – da fúria *dela*. Mas Esta também estava lá, e o segurou para que não caísse. De uma hora para outra, o recinto ficou em silêncio, e as grades pararam de descer. Harte se virou para Esta e pôde ver a expressão compenetrada dela. Ao redor dos dois, a poeira rodopiava no ar, e a luz chegava aos retângulos, vinda da Rota, chamando-os, clamando para que corressem. Mais rápido. O poder que havia dentro dele – Seshat – vociferou, triunfante, e foi forçando o caminho até chegar à superfície, pressionando as já fracas barreiras que Harte tentara manter entre ela e o mundo.

Em um piscar de olhos, Harte passou a ver o que ela via, a entender o que ela entendia – o terrível poder que era o coração pulsante da magia, a ameaça do caos que tomaria conta do mundo.

A magia vivia nos espaços entre todas as coisas. Mas, se algum dia escapasse, poderia destruir os próprios elos que mantinham o mundo unido. Naquele momento, Harte pôde *ver* aquele vazio obscuro que vivia dentro dos espaços – o mesmo que vira nos olhos da mulher quando ela fora consumida por aquilo... o vazio que se derramara do olhos de *Esta,* como um terrível pesadelo que prenunciava o que estava por vir. Que se espichava e crescia, estraçalhando os pedaços do mundo. Não era apenas destruição. Era uma *desagregação*.

Aquela sua nova consciência era aguçada, vívida e *muito* real. Se Seshat se apoderasse de Esta, se usasse o poder dela, poderia destruir o mundo. Harte conseguia enxergar – o mundo se dissolvendo e virando nada –, mas essa clareza não durou muito tempo. Assim que conseguiram passar pelos portões, Esta soltou sua mão, e o mundo voltou a girar.

Do lado de fora da atração, o sol estava ofuscante de tão claro, e a Rota estava um caos, exatamente como os dois haviam planejado.

Só que os guardas que estavam dentro da atração já corriam no seu encalço. Mesmo antes de Harte e Esta conseguirem sair do pavilhão, outros já estavam a caminho, se esquivando por entre a multidão para chegar logo ao Cairo. A cabeça do mago ainda latejava, e parecia que suas pernas iam desmoronar a cada passo, mas ele segurou a mão de Esta, sem se importar com o que os outros poderiam pensar, e arrastou-a consigo.

O poder dentro dele ameaçava querer agarrá-la, mas Harte não se deu ao trabalho de tentar controlá-lo. Todas as suas forças estavam concentradas em arrastar Esta no meio da multidão frenética e fugir da Guarda. Encontrou a viela que levava ao resto da Exposição, exatamente como haviam planejado, e assim que se livraram da confusão da Rota os dois começaram a correr.

FLAGRADO

1902 – Nova York

Jianyu se posicionou em um canto e ficou observando o desconhecido entrar no apartamento. O homem era jovem – alto, mas tinha uma aparência mais de menino –, loiro e estava com uma cara preocupada. Fechou a porta com cuidado depois de entrar, e foi então que Jianyu sentiu a magia tomar conta do ambiente. Aquelas trepadeiras que roçavam nele eram cálidas, já conhecidas, e o sujeito se virou e olhou fixamente para o canto, com uma expressão confusa.

Jianyu segurou a respiração, certo de que o garoto o havia encontrado, porque dera um passo em sua direção. O garoto estreitou os olhos, como se tentasse enxergar através do disfarce de Jianyu, e deu mais um passo em sua direção, com a mão erguida.

Mas então, de repente, tornou a se virar para o ambiente às escuras. Ficou parado, em silêncio, como se tentasse perceber algum ruído. Em seguida, foi até a janela e se ajoelhou.

Jianyu pesou suas opções. Se fosse embora, a porta se abriria, e o rapaz loiro perceberia que mais alguém havia estado ali. Se ficasse, o perigo poderia ser igualmente grande, porque era óbvio que o garoto era Mageus e, quanto mais Jianyu acionasse sua afinidade, maiores eram as chances de sua presença ser revelada. De qualquer modo, ele corria o risco de ser descoberto e pego em flagrante.

Então o rapaz loiro fez algo que obrigou Jianyu a prestar atenção nele: começou a arrancar o peitoril da janela. Instantes depois, o pedaço de madeira se soltou e foi posto de lado.

Mais uma vez, Jianyu ouviu o crocitar da coruja entrando pela janela. "Tarde demais."

O garoto estava tirando alguma coisa de um buraco que havia atrás da esquadria, um objeto pequeno, enrolado em um pedaço de pano. Jianyu não precisou olhar dentro do embrulho para saber que era o anel. Podia senti-lo, por algum motivo. A energia pairava no ar, gélida e ardente a um só tempo. Estranha, mas também atraente.

"Logan."

Com aquele cabelo loiro e a presteza com que encontrara o anel, não poderia ser outra pessoa. Como Logan viera parar ali era uma pergunta que precisaria ser respondida, mas Jianyu se esqueceu dela por ora e se concentrou na oportunidade criada pela aparição do rapaz. Aquilo era mais do que uma segunda chance: o anel e o garoto, ambos no mesmo lugar. O rapaz loiro localizara o anel, e agora Jianyu o arrancaria das mãos dele. E, depois, impediria que o tal Logan causasse mais problemas.

Foi se aproximando devagar, enquanto o garoto recolocava o pedaço de madeira que havia tirado da janela. Com cuidado, para não fazer nenhum ruído, Jianyu foi andando na direção do rapaz. Mais alguns metros, e o anel seria seu.

Atrás dele, a porta se abriu, e a lâmpada do teto, instalada sem lustre, se acendeu. Jianyu se virou e deu de cara com Evelyn, com aquela boca vermelha como o cabelo, e um olhar furioso.

— Vejam só... O que temos aqui? — perguntou com um sorriso afiado.

Jianyu foi para trás, para sair da frente de Evelyn, que foi se aproximando de Logan. O garoto lhe pareceu ainda mais jovem e inexperiente do que quando a sala estava às escuras. O rapaz loiro arregalou os olhos claros ao vê-la e escondeu atrás das costas o embrulho que encontrara debaixo do peitoril da janela.

— Ora, ora... — disse ela, bem baixinho. — O que você tem aí atrás, bonitão?

Jianyu sentiu a afinidade de Evelyn inundar o recinto. Era uma magia suave, tentadora, que o deixou com vontade de se entregar e ser seduzido, e ele pôde ver que Logan sentia a mesma coisa, porque os olhos dele ficaram vidrados. Tirou o pequeno embrulho das costas e o ofereceu para Evelyn.

— Assim está bem melhor, não é mesmo? — disse Evelyn, esboçando um sorriso, quando pegou a trouxinha e a abriu. Em seguida, pôs o anel no dedo e, quando fez isso, Jianyu sentiu a afinidade dela se avolumar. Evelyn estendeu o braço, acariciou o rosto do rapaz e passou os dedos por aquele cabelo claro. O garoto se aninhou na mão dela, feito gato, e ronronou, feliz. Mas, assim que o rapaz fechou os olhos de deleite, Evelyn agarrou um punhado de cabelo e, sem mais nem menos, o fez cair de joelhos. O garoto ainda estava com um olhar terno, submisso, e ficou olhando para o nada, sob o efeito daquilo que Evelyn havia feito com ele.

— Pode sair, encontrei você — disse Evelyn, meio cantarolando, com um olhar vívido de poder, mostrando os dentes emoldurados por aqueles lábios pintados de um vermelho-sangue. — Sei que ele não está sozinho. Posso *sentir* sua presença.

Jianyu ficou imóvel, olhando de relance para a porta aberta, sentindo que o calor da magia de Evelyn aumentava, as trepadeiras se enroscavam debaixo de seu queixo, como se fossem dedos, fazendo carícias. Era difícil resistir.

Poderia sair correndo naquele momento, mas isso significaria deixar o anel para trás e deixar Logan à mercê de Evelyn. Jianyu sabia que não podia fazer nada disso.

— Vamos facilitar as coisas — falou Evelyn, dirigindo-se ao ambiente aparentemente vazio. Ficou claro, pelo modo como os olhos dela perscrutavam a sala sem se dirigir a Jianyu, que a mulher ainda não o havia localizado. — Você para de se esconder, e eu solto este aqui. Ou vá embora agora, se quiser. Jamais colocará as mãos no anel, e eu fico com esse belo rapaz como bichinho de estimação. — Então acariciou o rosto do garoto com a mão livre e o estapeou em seguida, só para enfatizar o que acabara de dizer.

A magia de Evelyn tomava conta do ambiente, ameaçando a força de vontade de Jianyu. Ele poderia ficar. Poderia se entregar ao poder de Evelyn e...

"Não." Jianyu chacoalhou seus pensamentos e se enrolou em sua magia com mais força ainda, como se fosse uma armadura contra o ataque da mulher. Talvez conseguisse reaver o anel. Se fosse rápido, poderia ser seu, mas não seria capaz de salvar o garoto. Não com aquela magia pairando no ar, tentando-o.

Deu um passo na direção dos dois, mas não sabia se estava indo de encontro ao anel ou ao chamado de Evelyn. Qualquer que fosse a alternativa, não havia como continuar sem fazer nada.

– Isso mesmo – ronronou Evelyn. – Para que se dar ao trabalho de resistir?

APENAS VAZIO

1904 – Saint Louis

Por mais que corresse, com os pulmões ardendo e o coração acelerado, Esta conseguia sentir o poder do Livro rastejando pela sua pele, partindo do ponto em que sua mão se unia à de Harte. Tinha a impressão de que era uma espécie de teste. Aquela coisa que mais parecia uma cobra, que serpenteava em paralelo com o poder da própria Esta, que a lambia em busca de alguma falha em sua armadura, de um modo de entrar. Era muito pior do que daquela vez na estação de trem, lá em Nova Jersey. Mais forte. Mais perigoso – e também mais atraente, de um modo que ainda não se mostrara.

No entanto, a mente de Esta estava tomada demais pela esmagadora decepção de não ter conseguido roubar a Estrela de Djinni para se sentir tentada por aquele poder. O colar não estava ali. "Era uma armadilha." Alguém sabia que os dois estavam atrás do colar. E que pretendiam roubá-lo. Se a Guarda os prendesse naquele momento, talvez jamais tivessem outra oportunidade de encontrá-lo.

Esta se recusava a permitir que isso acontecesse.

Juntos, ela e Harte passaram pelo pavilhão dos transportes e então adentraram ainda mais na feira, onde os caminhos eram mais estreitos, e era mais fácil de se esconder no ambiente. Desviaram de um grupo de famílias que assistia a um teatro de bonecos e então passaram no meio de um bando de rapazes que admirava as atrações. O tempo todo, a Guarda chegava cada vez mais perto. Mas, quando ouviu o barulho de cascos, Esta teve certeza de que não conseguiriam correr mais rápido do que os cavalos.

Harte olhou para trás e disse:

— Precisamos sair daqui. *Você* precisa nos tirar daqui. Precisamos ganhar tempo.

O mago tinha razão, mas Esta ainda estava combalida por ter tirado os dois da câmara, minutos antes. A escuridão fora instantânea e *forte* demais quando ela afastou os segundos para impedir que o portão fechasse.

— Vou controlar o poder — falou Harte, como se entendesse o motivo de sua hesitação. — Você precisa...

Os guardas a cavalo estavam cada vez mais perto. Ela praticamente conseguia sentir o andar impetuoso das montarias, fazendo irradiar cada batida de casco através do chão sob seus pés, como se o próprio solo tivesse um coração pulsante. Os dois fizeram uma curva e passaram pelo relógio de flores do tamanho de uma carruagem e então se dirigiram a uma lagoa menor, mas os cavalos continuavam se aproximando. As batidas dos cascos pareciam trovões, e Esta praticamente conseguia sentir o cheiro do suor dos animais e dos seres humanos enfurecidos.

— Agora, Esta... *Agora!*

Sem diminuir o ritmo, ela apertou os dentes e encontrou os espaços entre os segundos, direcionando sua magia para eles, afastando-os para que a balbúrdia da feira se dissipasse. Os dois não pararam de correr quando os pássaros pousados nas árvores ficaram em silêncio e todos à sua volta se imobilizaram, suspensos naquele momento. Esta olhou para trás e viu os cavalos petrificados, formando um improvável quadro-vivo, como as estátuas espalhadas por toda a área da feira. Os animais estavam de boca aberta, puxados violentamente para trás pelos arreios que tinham entre os dentes, e as crinas pareciam dedos tentando agarrar o ar. E, acima de toda aquela cena, uma escuridão se alastrava pelo mundo, como se fosse um rastro de tinta preta esparramado na página da realidade, indo atrás deles.

Indo atrás *dela*.

O poder que resvalava sua pele se tornou tão ardente quanto uma marca feita a ferro e fogo, e a escuridão se assomou, crescendo até obliterar tudo. Por um instante, havia apenas a escuridão, apenas o vazio, e ao vê-lo – ao *senti-lo* – Esta puxou a mão que segurava a de Harte. O mundo voltou a se movimentar de uma hora para outra, e a escuridão que ameaçara dominar o mundo apenas um segundo antes se dissipou feito neblina destruída pelo sol.

– Esta?

Harte estendeu o braço para trás, tentando segurar sua mão, mas levantou os olhos na direção de algo que havia atrás de Esta, e a expressão amedrontada do mago a fez se sentir subitamente ressabiada. Virou para trás, esperando ver a Guarda. Mas, em vez disso, o que enxergou foi o caos. Um grande abismo se abrira no chão, parecendo uma enorme cratera afunilada. Quase parecia que o caminho que acabaram de percorrer se abrira ao meio. Os cavalos pararam de chofre ao deparar com aquela ferida na terra, derrubando os policiais montados em suas costas.

Esta soltou um ruído abafado e começou a diminuir o ritmo, mas Harte segurou sua mão novamente e a arrastou para a frente. Esta correu às cegas até se dar conta de que haviam parado porque chegaram aos muros da feira, onde a saída que ela havia deixado destrancada os aguardava. Sua mente rodopiava, pensando nas implicações do que acabara de acontecer. Era o Livro – disso não havia dúvidas. Quando Harte encostou nela, Esta pôde sentir aquele poder com a mesma clareza e certeza com a qual sentia o calor da pele do mago. Mas o que aquilo estava fazendo com ela? Com a sua afinidade? O trem, depois o elevador do hotel e agora aquela cratera que ela – *eles* – de alguma maneira haviam criado ali na feira... A sua afinidade era com o tempo, não com o inerte. Então por que o Livro estava causando tal efeito? Esta ficou atordoada e se afastou da realidade do que havia acontecido. Passou pelo portão cambaleando e só viu as pessoas que estavam do outro lado quando já era tarde demais. Harte saiu instantes depois e, ao reparar naquelas pessoas, cruzou o olhar com o de Esta, que pensou ter visto aquelas cores reluzindo neles.

O caubói saiu debaixo da sombra de uma carroça de carga ali

parada e levantou de leve o chapéu de aba larga enquanto caminhava na direção dos dois. Estava com uma arma na mão, e o clique do gatilho foi tão sonoro quanto o repicar de um sino, apesar de todo o barulho que vinha da feira.

Ao mesmo tempo, Esta e Harte levantaram as mãos, em sinal de rendição. Se estivesse sozinha, poderia desacelerar o tempo e fugir, mas Harte e a quantidade de oponentes tornavam tudo mais complicado.

— Ora, ora... Finalmente nos conhecemos — disse o caubói, com uma expressão presunçosa. — A Ladra do Demônio, em carne e osso.

"Ele sabia."

— Quem são vocês? — perguntou Esta, levantando o queixo como se *ela* tivesse encurralado o grupo, e não o contrário.

— Pode considerar que somos a cavalaria — respondeu o caubói, encostando na aba do chapéu. — A menos que você prefira se arriscar com a Guarda.

Esta trocou um olhar silencioso de indagação com Harte. Mas ele simplesmente fez que não, sacudindo de leve a cabeça.

— O que você quer conosco? — indagou o mago.

— Eu? Pessoalmente não quero nada. Mas tem alguém que quer, sim, conhecer vocês, e é meu dever tornar isso possível. Podemos fazer isso do modo simples ou do modo complicado. Mas, de qualquer maneira, vai acontecer. Então, qual vai ser?

— Você não está nos dando muita escolha — respondeu Harte.

— Sempre existe escolha — disse o caubói, com seu sotaque arrastado. — Sempre é possível escolher um lado. E, neste exato momento, escolhemos o lado de vocês. — Ele encolheu os ombros e completou: — Poderíamos muito bem não ter escolhido. É só nos darem motivos que podemos mudar de ideia.

Esta olhou de relance para Harte, que assumiu uma expressão severa, apesar de ainda estar com aquela palidez pouco saudável por causa do que acontecera no Nilo. Atrás deles, a balbúrdia da feira ficava cada vez mais próxima. Os dois precisavam sair dali. *Imediatamente.*

Quando olhou para o caubói outra vez, Esta se empertigou e inclinou a cabeça, fazendo questão de demonstrar autoconfiança.

– Creio que uma carona seria bem-vinda, se é isso que você está oferecendo.

– Foi o que eu pensei. – O caubói contorceu os lábios, abaixou a arma, foi para o lado e abriu a porta da carroça. Quando Esta foi subir, ele lhe entregou um saco de aniagem. – Tenho certeza de que você compreende que precisamos tomar certas precauções.

– Pensei que estivessem do nosso lado – desafiou Harte. – Não somos nenhuma ameaça a vocês.

– Com todo o respeito, tenho um buraco no bolso, causado por uma das suas bombas de fumaça, que prova o contrário – disse o caubói. – Se vocês não são nenhuma ameaça, não vão se importar de provar.

Eles estavam perdendo tempo. Sem esperar a resposta de Harte, Esta pegou o saco que o caubói lhe oferecia, lançou um olhar determinado para o mago e enfiou-o na própria cabeça. Logo em seguida, alguém segurou suas mãos, e ela sentiu que estava sendo levantada e colocada dentro da carroça por braços fortes. Pouco depois, ouviu Harte pousar ao seu lado – ele soltou um leve gemido quando o ar saiu de seus pulmões – e, então, a batida da porta.

A carroça deu um solavanco e começou a se movimentar.

– Você está bem? – perguntou Harte, com a voz abafada pelo capuz. Esta podia ouvir o mago se movimentando, provavelmente já tentando soltar as mãos e se livrar das cordas, já que aquela situação não era muito mais complicada do que um de seus truques de escapismo.

– Acho que sim – respondeu, aliviada por ele ter decidido acompanhá-la sem oferecer resistência.

– Vou me livrar disso tudo em um segundo – falou Harte, quando a carroça deu mais um solavanco, ao fazer uma curva. – Não sei o que você estava pensando...

– Eu estava pensando que precisávamos de uma maneira rápida de fugir, e eles estavam se oferecendo. São os Antistasi – completou, como se aquilo não fosse ridiculamente óbvio.

– É claro que são. E sabem quem você é – disse Harte, com um misto de frustração e presunção na voz.

– Eu sei. Pensei que podemos usar isso a nosso favor – argumentou Esta, torcendo para estar certa.

– Eles com certeza usaram você até não poder mais – resmungou o mago. Esta ainda conseguia ouvir Harte tentando se livrar das cordas que o prendiam. – Estou quase conseguindo...

De repente, ouviu um estalido e um som sibilante, bem próximo.

– O que foi isso? – perguntou Harte, no mesmo instante em que Esta começou a sentir um cheiro adocicado e desagradável.

Esta sequer teve tempo de responder à pergunta do mago antes que tudo escurecesse.

O HOMEM DO PRESIDENTE

1904 – Saint Louis

Jack engoliu o pedaço de frango sem sal, esturricado, e ficou bebericando o drinque aguado enquanto fingia interesse pelos preparativos do baile que ocorreria no final do mês, que Francis e Spenser explicavam nos mínimos detalhes. Seria o primeiro encontro das Irmandades desde o Conclave de 1902, um evento que fora de grande ajuda para consolidar o poder que a Ordem exercia sobre suas congêneres e também para fortalecer o poder do próprio Jack. Ele bem que gostaria de ter ido embora antes de o segundo prato ser servido, mas não estava ali por livre e espontânea vontade, e sim por Roosevelt. Então pediu mais uma dose de uísque e fingiu interesse pelos preparativos do comitê da Sociedade para a visita do presidente.

Francis e Spenser estavam fazendo de tudo para impressionar Jack. O que não tinha o menor sentido, na verdade, já que seus ternos haviam saído de moda fazia pelo menos uma estação, e a comida que serviam saíra de moda em Manhattan logo antes de Jack partir em sua grande turnê. Os homens que engrossavam as fileiras da Sociedade do Profeta Velado, incluindo aqueles dois, acreditavam que aquele desfile insignificante e o baile subsequente mudariam os rumos da cidade. Acreditavam que, se puxassem o saco de Roosevelt, poderiam contar com a atenção dele e gozar do mesmo poder e da mesma influência da Ordem.

O que não entendiam, pelo jeito, era que Roosevelt era um nova-iorquino acima de tudo, e que os homens de Saint Louis jamais passariam de comerciantes usando sapatos caros. E não eram capazes de compreender o futuro que vinha ao seu encontro a galope, na velocidade de um trem a vapor. Os desentendimentos entre as regiões não teriam mais importância nos anos que estavam por vir, mas, sim, o país como um todo, e Jack conquistaria um *status* que lhe permitiria tirar todas as vantagens quando esse momento chegasse.

Já estava terminando sua bebida quando a porta do reservado onde estavam se abriu, e um vulto apareceu, com o rosto coberto por um véu de renda branca. O uísque quase saiu pelo nariz de Jack ao ver a aparição, porém os demais homens presentes à mesa ficaram em silêncio e levantaram, em um cumprimento respeitoso. Sendo assim, ele engoliu suas risadas, que quase chegou a soltar, e fez a mesma coisa.

A figura velada – devia ser o tal Profeta do qual a Sociedade estava sempre falando – estava acompanhada por outro homem, um sujeito de cabelo castanho-escuro que parecia tão feliz de estar ali quanto Jack. Atrás deles, havia dois guardas, e Hendricks era um deles.

– Cavalheiros, boa noite – falou, fazendo sinal para que todos se sentassem. – Gostaria de lhes apresentar o senhor Julien Eltinge. Alguns de vocês devem saber que ele tem abrilhantado o palco do Hippodrome, já há alguns meses. O senhor Eltinge fará a gentileza de nos ajudar com o Desfile, usando o colar até a joia chegar ao baile.

Jack pôs o copo em cima da mesa, subitamente interessado. Vinha pensando em qual seria a maneira mais fácil de ter acesso ao colar, e aquela poderia ser uma possibilidade. Não sabia o que os homens da Sociedade achavam daquele tal de Julien Eltinge, mas o sujeito não lhe pareceu nem um pouco impressionante. Na verdade, parecia deveras incomodado com toda aquela situação. O que, para Jack, não era problema nenhum. Aquele incômodo era algo que certamente ele poderia explorar.

O RETORNO

1902 – Nova York

Cela tentou avisar novamente, escondida em um beco, do outro lado da rua do prédio de Evelyn, crocitando no meio da noite como se fosse uma coruja ensandecida, tentando alertar Jianyu que um rapaz com jeito de quem causaria encrenca entrara no prédio. Mas o edifício do outro lado da rua continuava às escuras e silencioso. E ainda não havia nem sinal de Jianyu.

Talvez o rapaz simplesmente estivesse entrando em casa. Talvez não representasse nenhum perigo, afinal de contas. Mas Cela já vivera o suficiente para saber que a impressão que tivera dele era correta. O garoto estava acompanhado por alguns outros rapazes, um bando de arruaceiros que pareciam ter saído da região da Bowery – aqueles trajes de cores berrantes e o andar empertigado pareciam desproposidados no bairro onde Evelyn morava.

Cela esperou mais alguns instantes e então se decidiu. Não queria voltar para o apartamento do tio, para aqueles cômodos abarrotados e para a família que a encarava como se tivesse culpa pela morte de Abel. Só de pensar nos olhares que trocavam, quando achavam que ela não estava vendo, sentiu um vazio no peito. Mas isso não era nada comparado às trepadeiras de dor que se enroscavam em seu coração. Se aquele garoto fosse sinônimo de encrenca, como suspeitava, Jianyu poderia estar em perigo. E Cela não permitiria que as pessoas que mataram Abel conquistassem mais uma vitória.

Resoluta, respirou fundo e foi saindo do esconderijo. Mal chegara ao poste de iluminação quando alguém a agarrou por trás e a arrastou de volta para as sombras.

A costureira tentou gritar, mas uma mão grande tapava sua boca, com a mesma força e tenacidade que a outra, que segurava sua cintura.

– *Shhhhh* – sussurrou uma voz, bem no seu ouvido. – Sou eu.

Se Cela não estivesse amparada pela força daquele braço que a segurava, teria caído no chão. Suas pernas ficaram bambas porque ela *reconheceu* aquela voz. E aquilo era impossível.

–Vou soltar você agora, mas fique quieta, ok?

Cela assentiu com a cabeça, com lágrimas nos olhos. Instantes depois, a mão saiu de cima de sua boca, ela se virou e deu de cara com o irmão, Abel, parado atrás dela. Tão vivo, inteiro e real quanto poderia estar. Pela primeira vez em dias, a costureira sentiu que podia respirar de verdade.

No instante seguinte, passou os braços no pescoço do irmão e não conseguiu controlar o choro que se insurgiu dentro dela.

– *Shhhhh* – repetiu Abel, dando tapinhas nas costas da irmã com suas mãos fortes. – Eu já falei, você precisa ficar quieta.

Cela se afastou e olhou mais uma vez para Abel, só para se certificar de que aquilo não era uma terrível peça que sua cabeça estava lhe pregando. Segurou o rosto do irmão e declarou:

– Abe, você está morto.

– Por acaso tenho cara de morto? – perguntou ele, com aquele mesmo olhar desconfiado que já lhe lançara centenas de vezes, quando Cela tentava seguir o irmão e seus amigos pela cidade, uma menininha correndo atrás de rapazes que não queriam sua companhia.

– Mas *como*? – Sua cabeça girava, e os espinhos daquelas trepadeiras que apertavam seu coração deram lugar a flores. –Você levou um tiro.

Abe lhe lançou outro olhar, dando a entender que ela já deveria ter adivinhado.

– Ninguém atirou em mim, Coelha.

O coração da costureira quase se partiu quando ela ouviu aquele apelido imbecil saindo dos lábios do irmão.

— Mas eu ouvi — disse, e sua voz tremeu contra a sua vontade. — Eu ouvi o disparo e depois seu corpo batendo no chão.

— Eles bem que tentaram, mas não fui eu quem acabou morrendo — respondeu Abel. A expressão dele ficou sombria.

"Abe não está morto." Ou seja... na última semana, também *não estivera* morto.

— E então por *onde* você andou? — indagou Cela, aturdida pelo entendimento da situação. Fazia quase uma semana que estava na casa do tio, e Abel não fora procurá-la nem uma única vez. Largou-a sozinha, pensando o pior. Largou-a sozinha, tendo que lidar com a família por conta própria. *Largou-a*. Cela deu um tapa no peito do irmão e disparou: — Achei que você tinha *morrido*. Fico chorando todas as noites até pegar no sono por sua causa. — Então deu mais um tapa no peito dele e continuou: — E, todas as manhãs, acordo sem lembrar nada, por poucos instantes. E, todas as manhãs, sou obrigada a lembrar *tudo de novo* — completou, com a voz embargada.

Em seguida, pois ainda não tivera nem metade da satisfação que queria, levantou a mão para estapeá-lo de novo.

Abel a segurou com carinho.

— Desculpe não ter aparecido, mas não queria que as pessoas que estão atrás de mim me seguissem até a casa de Desmond — explicou, segurando a mão de Cela. — Mas fiquei de olho. Esperando você se afastar de lá o suficiente para podermos conversar.

— Como assim, as pessoas que estavam atrás de *você*? — perguntou Cela, sem entender direito. — Estavam atrás de *mim*. Por causa da mãe de Darrigan.

"E por causa do anel."

Abe sacudiu a cabeça e falou:

— Eram da ferrovia.

— E por que a ferrovia estaria atrás de você?

— Estavam só tentando me assustar. Eu e mais alguns colegas estamos conversando com a Ordem dos Cavaleiros do Trabalho, para sindicalizar os carregadores da Pullman, obrigando-os a pagar melhor e oferecer uma jornada de trabalho mais decente. E, como isso é a última coisa que a companhia quer, pensaram que poderiam me convencer a parar com essa história, mas suas táticas de convencimento mais pareciam táticas de intimidação.

— Então *você* atirou neles? — perguntou Cela, sem entender como a pessoa que estava bem ali na sua frente podia ser o mesmo irmão que com certeza jamais faria mal a alguém de propósito.

— As coisas esquentaram, e ameaçaram fazer mal a você — explicou Abel, com um tom de voz sinistro como as sombras que havia ao seu redor. — Olhe, tenho um lugar seguro para ficar, com uns caras que escrevem para o *Freeman*. Vai ficar tudo bem. Podemos conversar sobre tudo isso depois.

— Abe…

— Juro que vou contar tudo, mas agora preciso sair daqui — falou, já puxando a irmã de volta para o beco.

Cela deu três passos, então parou e soltou a mão dele.

— Mas Jianyu ainda está lá em cima.

Abe balançou a cabeça e disse:

— E é por isso que temos que ir embora agora, antes que ele volte.

Abel tentou pegar a mão de Cela de novo, mas estava fora de seu alcance.

— Você não compreende. Ele é meu amigo…

Uma carruagem acabara de parar do outro lado da rua, e Cela sentiu um peso no estômago quando reconheceu a mulher que saiu lá de dentro. Foi até a boca do beco enquanto Evelyn se dirigia à entrada do prédio.

"Não." Assim que Evelyn fechou a porta de entrada, Cela saiu do beco e começou a crocitar de novo. Abe tentou puxá-la para trás, mas a costureira sacudiu os ombros para se livrar do irmão.

— O que você está fazendo? — perguntou ele, olhando para Cela com cara de quem achava que ela havia enlouquecido.

— Se aquela mulher que acabou de sair da carruagem der de

cara com Jianyu, será um problema e tanto. Não vou simplesmente abandoná-lo.

— Os problemas dele não são da nossa conta — falou Abe, colocando o braço em volta da irmã.

— São da *minha* conta — retrucou a costureira, permitindo-se desfrutar do calor e da força do irmão por alguns instantes. "Abe. Vivo." — Jianyu salvou minha vida quando você estava se escondendo sem me mandar sequer um recado — explicou, com uma voz tensa, sentindo os nervos à flor da pele. "Abe está vivo." Estava metido em coisas que Cela não compreendia, mas estava vivo.

Houve um instante de silêncio, até Abe soltar um suspiro exasperado.

— Então acho que é melhor irmos atrás dele.

Cela deixou Abe ir na frente, certa de que só perderiam tempo discutindo se propusesse o contrário. Não toparam com ninguém nem com nenhum problema dentro do edifício, mas pararam no corredor um pouco depois da porta aberta do apartamento de Evelyn. A costureira conseguia ouvir alguém falando, mas não entendia o que estava sendo dito. Pelas vozes, sabia que os dois ainda estavam lá dentro, e que Evelyn não estava feliz.

— Me deixe entrar primeiro — sussurrou.

— Não — disse seu irmão, irredutível.

— Evelyn me *conhece* — explicou Cela. Não contou para Abe que aquela vadia também a tinha trancado dentro de um cômodo e roubado a única coisa de valor que ainda lhe restava. — Posso distraí-la pelo tempo que for, para conseguirmos uma vantagem.

— Eu não vou permitir que você...

Mas Cela já se afastava de Abel. Não tinha nenhum plano, na verdade, mas já tinha perdido o irmão uma vez naquela mesma semana. Sobrevivera à dor, à terrível certeza de que ele se fora, e faria tudo o que estivesse ao seu alcance para garantir que jamais sentiria isso de novo, ainda que isso significasse ter que se colocar entre Abe e aquela demônia ruiva.

Não se deu ao trabalho de bater na porta nem de fazer algum

outro ruído que pudesse assinalar sua presença – quanto maior o susto, melhor, no que dependesse de Cela. Só que, quando passou pela porta aberta e viu a cena que se descortinava, se deu conta de que havia dado um passo maior do que a perna. Os olhos de Evelyn tinham uma luz profana, e ela segurava o garoto loiro pelo cabelo. O rapaz estava ajoelhado ao seu lado, mas, na frente de Evelyn, Jianyu segurava uma faca, encostada no próprio pescoço. A tensão era visível no rosto dele, e as mãos tremiam como se ele estivesse tentando resistir ao ímpeto de empurrar a lâmina contra a pele frágil da garganta.

"Magia", concluiu Cela. Evelyn também era um deles. A costureira passara a vida inteira em Nova York e pensava que jamais tivera contato com a antiga magia. Sabia que era uma força perigosa, uma coisa assustadora, da qual as pessoas comuns tinham que se proteger. Por isso, a revelação de que convivera todo esse tempo com aquilo fora tão perturbadora. Primeiro, Jianyu e Darrigan. E agora Evelyn. E, por mais que Evelyn fosse uma sirigaita perigosa, Cela jamais se dera conta de que era por causa da magia.

Evelyn levantou os olhos, viu Cela parada perto da porta e ficou com uma expressão sinistra e furiosa.

– Ah, Cela. Imaginei mesmo que você fosse sair do seu esconderijo, feito barata, e aqui estamos. – Evelyn retorceu os lábios pintados e deixou os dentes à mostra. – Que surpresa mais desagradável. Mas, já que está aqui, entre, por favor.

Cela se sentiu amolecer. Queria entrar na sala, por mais que soubesse que era uma péssima ideia. Deu um passo na direção deles sem querer, e então teve que se segurar para não dar mais um.

– Eu estava recebendo dois convidados inesperados – disse Evelyn. – Ou, quem sabe, eu deva dizer que estava dando uma lição em dois ladrões. Você gostaria de se juntar a nós?

– Só vim aqui por causa de meu amigo. E do que você roubou de mim – falou Cela, cerrando os dentes para resistir àquele estranho impulso que sentia. Por mais que soubesse o que Evelyn era, do que aquela mulher era capaz, Cela se sentia atraída e seduzida por ela.

—Você está falando disso aqui? — Evelyn levantou a mão, e o anel que Darrigan lhe dera brilhou sob a luz. — Fique à vontade, pode tentar arrancá-lo de mim. — Ela deu risada e completou: — Apesar de eu duvidar que uma Sundren como você seja capaz disso.

Os pés de Cela se aproximavam lentamente de Evelyn. Primeiro um, depois o outro, por mais que ela tentasse resistir. "Abe. Preciso de Abe."

Então ouviu o disparo, em resposta às suas preces.

O tiro ecoou na sala exígua, e Evelyn caiu no chão, soltando um suspiro e segurando o braço direito. No mesmo instante, Jianyu atirou a faca no chão e caiu de joelhos, ofegante, e o rapaz que Evelyn segurava pelo cabelo também desabou. Parecia atordoado demais para conseguir levantar.

Abe estava parado perto da porta, segurando firme uma pistola.

—Vamos embora — disse.

—Você *atirou* nela — respondeu Cela, ainda chocada e aturdida demais com aquele fato, e ficou observando Evelyn segurar o braço e se contorcer de dor. O irmão que ela conhecia não faria mal nem a uma mosca. "Quem é esse homem tão parecido com ele?" A costureira se contentara em vê-lo com o olhar de menina por tanto tempo que não se dera conta do quanto ele se tornara forte e seguro. Mas *deveria*. Fazia dois anos que Abel cuidava dela e a protegia, desde que o pai dos dois fora assassinado. Fazia dois anos que era seu porto seguro. Cela deveria saber que Abe herdara a firmeza do pai e a força teimosa da mãe, assim como ela.

Cela virou para trás e viu a cena que transcorria na sala. O rapaz loiro estava lá deitado, sem se mexer, e Jianyu levantou e foi ao encontro de Evelyn. Segurou a mão dela e tentou tirar o anel, mas, mesmo com o braço machucado, ela tentou bater em Jianyu, que se afastou, ficando fora de seu alcance.

—Temos que ir embora — falou Cela.

Jianyu olhou para Cela, com uma expressão ainda levemente atordoada e com a testa suada, pelo esforço de tudo que havia passado.

— Não podemos ir embora sem o anel.

— Então é melhor pegar essa coisa logo — disse Abel. — Alguém deve ter ouvido o tiro.

Ele segurava a mão da irmã. Só que, apesar de os pés de Cela terem se mexido sozinhos poucos momentos antes, a costureira não conseguia fazê-los se movimentarem naquele momento.

Evelyn tentava se levantar, com os olhos emanando de novo aquele brilho estranho e profano.

—Venha buscar — ronronou, provocando Jianyu. — Se você for capaz...

O rosto de Jianyu estava mole, e o corpo dele de repente ficara imóvel, como morto.

— Jianyu? — chamou Cela, ignorando o irmão, que tentava arrastá-la para fora daquele apartamento.

Jianyu estava de pé, com os olhos abertos, mas parecia que não a escutava. Mesmo com o sangue se acumulando debaixo do corpo, Evelyn dava risada, um cacarejar grave e maníaco que revirou o estômago de Cela. A costureira deu um passo para trás.

— Isso mesmo — falou Evelyn. — Corra. Corra para bem longe, menina Cela. — Ela deu risada de novo, com o rosto pálido e a voz rouca. — Os rapazes são meus.

— Não podemos deixar os dois aqui. — Cela se soltou de Abel e foi ao encontro de Jianyu, que estava com o olhar fixo em alguma coisa invisível, ao longe. Ainda que não estivesse escutando, Cela poderia arrastá-lo. — Pegue o outro.

Abe resmungou e soltou a mão de Cela apenas pelo tempo necessário para pegar o rapaz estirado no chão.

— Podemos ir *agora*? Ou tem mais alguém que você queira que eu carregue?

Evelyn estava caída no chão, tentando levantar e segurando o braço que sangrava. Tudo estava um caos, mas Cela sentiu uma gargalhada se assomar em seu peito. No meio de toda aquela confusão, Abe estava vivo. Desde que ela tivesse o irmão, nada mais importava. Quando chegaram à escada, Jianyu já havia voltado ao normal, e caminhava por conta própria.

— O anel — falou, quando chegaram ao fim da escada. E fez que ia voltar.

— Não — falou Cela, puxando-o para trás.

— Não podemos permitir que aquela mulher fique com ele — argumentou Jianyu, tentando se desvencilhar da costureira, mas com toda a delicadeza.

— Se você voltar lá agora, será preso por tentar matar uma mulher branca — argumentou Abe.

Pela expressão de Jianyu, dava para ver que ele queria discutir.

— Você consegue entrar de novo sem que Evelyn perceba? — perguntou Cela.

Jianyu a olhou nos olhos, e a costureira pôde perceber que ele estava maquinando. Por fim, fez que não com a cabeça e respondeu:

— Mesmo se não enxergar, ela é capaz de sentir minha presença.

— Você não pode voltar lá — disse Cela. — Não agora.

— Mas o anel...

— Não vai ser bom para ninguém se você morrer — insistiu a costureira. — Voltaremos para buscá-lo. Prometo.

— Não faça promessas que você não poderá cumprir — disparou Abe. — Não podemos estar aqui quando a polícia chegar.

Como o rapaz loiro não deu sinal de vida, Abe não o pôs no chão. Os quatro correram na calada da noite, deixando Evelyn aos uivos para trás.

A CERVEJARIA

1904 – Saint Louis

Esta foi voltando a si devagar, emergindo na consciência como um nadador que luta para chegar à superfície de um lago profundo e gelado. Seu coração batia sobressaltado, e ela estava deitada na escuridão, respirando o ar empoeirado do saco de aniagem que cobria sua cabeça. Não sabia onde estava nem quanto tempo ficara desacordada, mas lembrava quem a havia capturado.

"Os Antistasi."

Soltou um suspiro de assombro ao se lembrar de tudo o que acontecera na feira: o sumiço do colar, a escuridão se assentando, absoluta, vazia e desoladora, quando sua afinidade encostou no poder do Livro. O chão se abrindo... "O chão se *abrindo*."

Tentou levantar, mas quase caiu de novo de tanta tontura, causada pela droga que haviam usado para derrubá-la. Ópio, talvez, pelo modo como sua afinidade parecia embotada e anestesiada, mas não *apenas*. Aquilo era diferente de tudo o que Esta já experimentara – algo naquela substância que lhe deram a fazia se sentir à deriva. Como se não estivesse com os pés firmes no chão, mas flutuasse a esmo, apesar de sentir o chão bem palpável debaixo de seus pés.

Esta chamou por Harte, mas não obteve resposta.

Pouco depois, pensou ter ouvido vozes e, em seguida, a porta se abriu.

—Venha – disse alguém.

Como não reconheceu a voz, deduziu que não era o caubói. Mãos ásperas a agarraram pelo braço e a arrastaram do lugar onde estava deitada. Assim que foi tocada, Esta percebeu que seu bracelete havia sumido. Foi tomada pelo pânico ao se dar conta do que isso significava, mas não se deixou levar por aquela emoção. Suas chances de reavê-lo seriam maiores se não soubessem o quanto o bracelete era importante para ela.

Assim que saiu da carroça, Esta pôde ouvir zumbidos de insetos e um suave farfalhar de árvores. "Estamos fora da cidade." Seus passos foram cambaleantes no início, mas conseguiu se equilibrar antes que alguém tivesse de ampará-la. Acontecesse o que fosse, andaria com as próprias pernas. Mas sua cabeça doía mais agora que estava de pé.

— Onde estamos? — perguntou. Ainda sentia a língua grossa e desajeitada dentro da boca seca, mas sua voz saiu forte. Ou, pelo menos, Esta *pensou* que sim.

— Você vai descobrir logo, logo. Mas vou lhe avisar uma coisa antes de entrarmos. — Dessa vez, a voz era do caubói. — Vou dar o mesmo aviso que dei para o seu amigo. Se um dos dois sequer pensar em causar o menor dos problemas, ninguém aqui vai pensar duas vezes antes de dar um jeito em vocês de uma vez por todas. Não importa quem você seja. Entendeu?

— Entendi — respondeu Esta, apesar de já estar pensando em todas as maneiras possíveis de se libertar, e Harte também, se tudo desse errado.

— Ótimo. Agora venha. Por aqui…

Com a cabeça latejando por causa da droga e com a sensação de que todas as juntas de seu corpo haviam se soltado, foi um desafio continuar de pé enquanto a levavam, vendada, pelo que lhe pareceu uma corrida de obstáculos cheia de rampas e degraus. Por fim, entraram em uma construção — Esta teve certeza, porque os insetos silenciaram. Pelo modo como seus passos ecoavam, devia ser um ambiente amplo e, pelas outras vozes, não deviam estar sozinhos. Já havia duas, talvez três pessoas ali dentro.

Fizeram-na sentar em uma cadeira, e Esta sentiu que foi amarrada com mais cordas. E então, sem mais nem menos, tiraram o saco que servia de venda. Esta piscou. Por mais que a luz fosse fraca, sua cabeça, que já latejava, doeu ainda mais.

Ignorou a dor e espremeu os olhos, tentando fazer que se acostumassem à claridade. Tinha acertado: estavam dentro de uma construção que parecia um grande armazém. Encostados na parede, do lado oposto do recinto, havia enormes tanques prateados, dispostos lado a lado. Do outro lado, uma série de mesas compridas. Em cima delas, caixotes de madeira cheios de garrafas de vidro. Ninguém estava sentado nas banquetas em frente às mesas. "Algum tipo de fábrica." As pessoas estavam reunidas em uma área menor, aberta, entre os tanques e as mesas. Além do caubói, havia uma meia dúzia de pessoas – homens e mulheres de várias idades. Pareciam estar esperando que alguma coisa acontecesse.

Na frente de Esta, dois sujeitos com uniforme de operário ladeavam uma cadeira, onde estava sentada uma última pessoa: Harte. Ainda estava com o saco de aniagem na cabeça, mas isso parecia não ter importância. Esta teve certeza de que, mesmo com o rosto coberto, o mago tinha consciência de que ela estava ali – virou-se na direção dela, e parecia que o corpo inteiro de Harte entrara em estado de alerta, tentando se soltar das cordas que o amarravam à cadeira.

– É você, Magrelo? – perguntou. – Não machucaram você, machucaram?

– Estou ótima – respondeu Esta, com a voz baixa e tensa. – Você está bem?

– Estaria melhor se conseguisse enxergar alguma coisa – falou Harte, sacudindo de leve a cabeça, como se quisesse se livrar do saco.

– Vai enxergar logo, logo, quando Ruth resolver o que quer fazer com você – disse o caubói, franzindo o cenho para Esta. Mas, antes que pudesse dizer mais alguma coisa, ouviram uma porta se abrindo em algum ponto mais afastado da fábrica. As pessoas olharam na direção de onde vinham os passos, deixando claro que alguém importante estava chegando.

Instantes depois, uma mulher apareceu na passarela da parte superior do recinto. Olhou para as pessoas reunidas mais abaixo por alguns instantes, então desceu até chegar ao chão da fábrica. Deveria ter quarenta e poucos anos, mas o cabelo já ficava grisalho, e a expressão dela deixava claro quem estava no comando da situação.

A mulher – obviamente a tal Ruth que o caubói havia mencionado – balançou a cabeça, sem dizer nada. E, depois desse gesto, um dos homens que estava ao lado de Harte tirou o saco da cabeça do mago, que perdera o chapéu, e estava com o cabelo castanho-escuro bagunçado, arrepiado para todos os lados. Os olhos dele encontraram os de Esta, mas estavam muito arregalados, muito amedrontados. Esta contraiu os seus para alertá-lo. Se Harte não tomasse cuidado, revelaria informações demais.

"Pare com isso", tentou dizer, de modo silencioso. Mas não tinha como saber se Harte havia entendido. Os músculos do pescoço do mago estavam tensos, e não relaxaram quando ele viu Esta.

Sem sequer se apresentar, Ruth se dirigiu a Esta e lhe fez uma pergunta, com uma voz inflexível:

– Onde está?

Esta piscou.

– Onde está o quê?

– O colar – respondeu Ruth, aproximando-se da cadeira onde Esta estava amarrada.

– Não estou com colar nenhum – declarou Esta, sabendo *muito bem* do que Ruth estava falando. E, se sabiam do colar, também havia a possibilidade de que tivessem se dado conta do que seu bracelete era.

Ruth franziu os lábios, obviamente não acreditando no que ouvira.

– Só há uma coisa que você poderia querer na atração Ruas do Cairo. A mesma que nós queremos. Sabemos que você tinha a intenção de roubar o colar e sabemos que visitou a exposição hoje para fazer exatamente isso. Permiti que essa armação fosse levada a cabo porque servia aos meus propósitos, mas agora chegou a hora. Minha paciência se esgotou. – Ela se curvou até ficar tão perto que Esta conseguia enxergar as finas rugas que já lhe marcavam o rosto. – Vou perguntar uma única vez: o que você fez com o colar?

— Não tínhamos como roubar algo que não estava lá — respondeu Esta. — Era uma armadilha. Quando entramos na câmara, não havia nada dentro do expositor, e a Guarda estava à nossa espera.

Ruth ficou com uma expressão confusa.

— Você tem certeza? — Quando Esta fez que sim, ela se virou para o caubói, que apenas encolheu os ombros e sacudiu de leve a própria cabeça. — Eu sabia que isso jamais daria certo. Deveríamos tê-los detido dias atrás e ido atrás do colar por conta própria.

— Dias atrás? — indagou Esta.

— Um corte de cabelo e um terno até podem enganar a Guarda, mas eu não sou tão simplória — afirmou Ruth. — Esta Filosik. A Ladra do Demônio. Tenho gente vigiando você desde o dia em que North a viu na frente do teatro.

Esta não permitiu que sua expressão deixasse transparecer uma fração sequer do nervosismo que sentiu ao ouvir as palavras daquela mulher. Mal tomou consciência do fato de que Harte tinha razão a respeito de seu disfarce, por causa da desagradável revelação de que estava sendo seguida havia dias e nem suspeitara. Das duas, uma: ou estava ficando enferrujada ou essa gente — os Antistasi — eram ainda mais formidáveis do que ela imaginava.

— Se você sabia quem eu era, não consigo entender por que perdeu seu tempo mandando alguém me seguir — falou Esta, tentando passar uma impressão de indiferença insolente. — Você já deveria saber que estamos do mesmo lado.

— Estamos?

— É claro — insistiu Esta, recusando-se a demonstrar qualquer sinal de apreensão.

Blefando, já se livrara de situações mais complicadas do que aquela. Se achavam que era a Ladra do Demônio, tiraria vantagem daquela alcunha.

— E é *por isso* que você utiliza a minha alcunha tão sem cerimônia, não é mesmo?

A mulher inflou as narinas, irritada, mas não negou.

— Sim, eu sei de tudo — continuou Esta, adotando uma postura combativa. — Já vi as máscaras e os vestidos. Sei que o seu grupinho finge ser a Ladra do Demônio... finge ser *eu*. — Esta viu que a expressão de Ruth ficou consternada. — Sei de tudo a respeito dos Antistasi.

A mulher soltou uma risada nervosa.

— Estamos para os Antistasi assim como uma gota d'água está para o oceano.

— Mas vocês fazem parte da organização — insistiu Esta, sondando o clima do ambiente. Por mais que Ruth estivesse em dúvida a seu respeito, os demais Antistasi pareciam mais hesitantes, compreensivos, até. A não ser pelo sujeito que chamavam de North. Parecia que, mesmo que Ruth não desse muita importância ao fato de Esta ser a Ladra do Demônio, os demais davam, *sim*. Se pudesse usar isso para garantir a segurança de Harte, faria isso. — Ou será que você roubou o nome deles também?

— Não roubei nada de ninguém. Temos o *direito* de ser chamados de "Antistasi" — admitiu Ruth, com um tom amargurado.

— Foi o que ouvi dizer — comentou Esta, mantendo o tom distante e desinteressado. Ficou olhando fixamente para Ruth, por mais que quisesse se virar para Harte.

Ruth a encarou e perguntou:

— É mesmo?

Esta concordou com a cabeça.

— Vocês têm uma reputação e tanto nesta cidade. Seus feitos são impressionantes — disse, manipulando o ego da mulher.

Só que a estratégia não funcionou. Ruth estreitou os olhos e disse:

— Então você já deve saber que não estamos de brincadeira. Se tivesse alguma informação a nosso respeito, seria a de que não pensamos duas vezes antes de destruir aqueles que consideramos inimigos.

— É claro — concordou Esta. — Mas não sou nenhum inimigo. Pelo que eu ouvi dizer, parece que estou mais para musa...

— Você? — Ruth deu mais uma risada e então comprimiu os lábios, severa. — Você não passa de uma *garota*. A Ladra do Demônio é algo muito maior do que uma pessoa específica. Certamente, é maior do que *você*, que é desnecessária, na melhor das hipóteses. Na pior, é um problema que precisa ser resolvido.

— Não sou nenhum problema — discordou Esta. Mas então pensou no que havia dito e deu de ombros, como se não se importasse, recusando-se a ser intimidada. — Mas, até aí, talvez eu seja mesmo... Só que, definitivamente, não sou problema *seu*.

— Não? — ponderou Ruth. — Do meu ponto de vista, você é um peso morto para mim e para os Antistasi.

Esta soltou uma gargalhada fria, aproveitando para olhar para Harte, que observava a conversa com uma expressão tensa e concentrada.

— E por que você acha isso?

Ruth se aproximou dela e falou:

— A polícia e a Guarda estão à sua procura desde que ajudamos vocês a fugir do Hotel Jefferson. Estão em alerta máximo há uma semana, procurando indícios por todos os cantos, o que tem sido mais do que um mero inconveniente para mim. A sua presença na minha cidade tornou quase impossível para o meu pessoal cumprir suas tarefas, e todos estamos correndo o risco de ir para a prisão. Tudo isso porque as autoridades acreditam que você é especial, *perigosa*. A Ladra do Demônio... — falou, com certo tom de deboche. — Mas aqui está você, à minha mercê. Um arremedo de mulher *e* delicada demais para que qualquer pessoa com um par de olhos possa confundi-la com um homem. Você não passa de um peso morto para nós.

Esta se permitiu retorcer os lábios.

— Se acreditasse mesmo nisso, não teria nos amarrado e drogado só para ter essa conversinha.

— Não corro riscos desnecessários — retrucou Ruth, visivelmente mordida. — Muito menos quando a segurança de meu pessoal está em jogo.

— Não fiz nada para o seu pessoal — argumentou Esta. — Você não tem motivo para pensar que eu faria.

Ruth inclinou a cabeça para o lado e disparou:

— E por acaso você não colocou uma bomba de fumaça em um dos meus homens?

— Ele estava me seguindo — alegou Esta, sem demonstrar arrependimento. — E não dá para dizer que esse seu homem teve a gentileza de se apresentar, não é? Naquele momento, eu não sabia de quem se tratava, muito menos que era do seu pessoal, e precisava despistá-lo. Além do mais, ele me parece estar muito bem.

Ruth franziu o cenho.

— Apesar de admitir que tenho uma inclinação a ficar impressionada quando alguém consegue ser mais esperto do que North, *não estou* tão disposta a perdoar sua tentativa de nos incriminar com aquela encenação imprudente que fez na feira.

"North. Deve ser o caubói", pensou Esta e, pelo modo como ele a encarava, só poderia ser.

— Você tem ideia do que poderia ter acontecido se tivesse sido presa hoje? — continuou Ruth. — Tem ideia do que isso poderia ter nos causado?

— Não consigo entender por que o fato de eu ser presa teria qualquer efeito sobre vocês.

— O que só demonstra o quanto você é tola. Não sei quem você realmente é e sequer sei se fez alguma das muitas coisas que lhe são atribuídas, mas sei do seguinte: sua prisão pela Guarda teria sido uma vitória para a Sociedade e para as outras Irmandades. Seria um golpe fatal no movimento Antistasi *por todo* o país. Significaria o fim da lenda da Ladra. É essa lenda que garante a nossa segurança e inspira medo em nossos inimigos. Sem ela, ficaríamos desprotegidos.

Esta ainda não havia pensado nisso. Vira as mulheres no salão de baile, ouvira Julien contar as proezas dos Antistasi, e sentira admiração. Mas não se dera conta de que poderia pôr aquelas pessoas em risco apenas por existir *realmente*.

— Não tive a intenção de pôr nenhum de vocês em risco — falou, tentando parecer arrependida. — Não quero ser um peso. Prefiro mil vezes ser um trunfo.

— Mas não é. E, sem o colar, o que você tem para me oferecer?

— Além da minha alcunha? — questionou Esta, tentando propor algo convincente ao ponto de dissipar as dúvidas de Ruth.

— Isso nós já temos. Mesmo sem você, podemos continuar a usá-la.

— Mas vocês não têm como se infiltrar na Sociedade — falou Harte, do outro lado da sala.

Ruth franziu o cenho e se voltou para o mago. A expressão dele era tensa, mas o olhar era da mais pura determinação.

— E por que você acha que precisamos disso?

— Porque sabemos que vocês têm grandes planos — respondeu Harte, fazendo Ruth se concentrar nele. — E sabemos o que ainda falta para realizá-los.

BENEDICT O'DOHERTY

1904 – Saint Louis

A cabeça de Harte ainda latejava por causa do que haviam lhe dado na carroça. E, dentro dele, o poder do Livro fervilhava, incomodado. Não gostara daquela droga, fosse qual fosse – e, para ser sincero, Harte também não. Parecia que sua afinidade estava enevoada e difusa, como se a magia, sua companheira de todas as horas, estivesse fora de seu alcance.

Tudo bem, então. Harte até podia ser mago de profissão, mas era golpista de coração.

– Se sabe de tanta coisa assim, talvez a gente deva se livrar de você – falou Ruth, aproximando-se dele.

A mulher tinha um misto de medo e fúria no olhar, uma combinação que poderia se revelar perigosa. Mas, pelo menos, não estava mais tão concentrada em Esta.

– O que seria um erro.

– Ao contrário de você – retrucou Ruth –, nós não erramos.

– Talvez ainda não – provocou Harte, sem sequer piscar. – Mas não aproveitar o que temos a oferecer? Isso *definitivamente* é um erro.

– Por que você acha que precisamos de alguém na Sociedade? – indagou Ruth.

– O colar não estava na feira. Se vocês não estão com ele, a Sociedade o guardou em outro lugar. Como planejam pôr as mãos nele se nem sabem onde está? – Harte ficou em silêncio por alguns instantes, deixando a pergunta no ar, e então completou: – O tempo de vocês já está se esgotando.

Ruth se empertigou, e o mago pôde perceber, pelo modo como a expressão dela mudou, que as atitudes da mulher eram uma encenação, destinada a todos ali presentes.

— Você não sabe do que está falando.

— Não? – perguntou Harte, como quem não quer nada, contando com as impressões que tinha tirado de seus captores no instante em que eles o tocaram, sem se dar conta do perigo. – Seu pessoal está assustado porque sabe que você ainda não está totalmente preparada. Acham que pode ser arriscado demais, em especial aquele ali – falou, balançando a cabeça na direção do homem que segurava suas mãos para trás, o mesmo que o mago conseguira interpretar segundos antes de ser atirado dentro da carroça. – Frank, certo? Ele tem uma irmã que mora em Chicago. Está pensando em dar no pé e ir morar com ela, em vez de morrer.

Ruth se virou para o sujeito, que estava pálido.

— Isso é verdade? Você duvida dos nossos preparativos?

O cara sacudiu a cabeça, sem jeito, por dois ou três segundos, até conseguir encontrar as palavras.

— Ele está mentindo, Ruth. Só está tentando nos confundir.

Só que o medo estampado nos olhos dele dizia outra coisa bem diferente.

— É a covardia que vai matar você, Frank. Não meu planejamento. – Ruth fez sinal com a cabeça para outro dos rapazes e ordenou: – Levem-no lá para baixo e certifiquem-se de que fique bem preso. Não há espaço para medo e descrença. Muito menos agora. – Então se dirigiu a Harte: – Eu sei quem ela é, mas e você?

— Uma pessoa exatamente igual a você – limitou-se a responder o mago. – Odeio a Sociedade e tudo o que ela representa. Ficamos sabendo do que você fez no outono passado, o atentado ao canteiro de obras da Exposição. Foi brilhante. Magistral, até.

Ruth ficou observando Harte por um momento e perguntou:

— Como você se chama?

– Benedict O'Doherty – respondeu Harte, e o nome saiu pela sua boca antes mesmo que ele conseguisse pensar. – Mas me chamam de Ben.

"Ou chamaram, um dia. Pelo jeito, esta é a segunda vez que eu ressuscito", pensou Harte, um tanto lúgubre.

– Não confio em nenhum dos dois – declarou Ruth.

– Isso só prova que você não é burra. Mas não aceitar nossa ajuda... isso, *sim*, seria burrice. Ainda mais que, com ela, você poderia ter um sucesso que jamais sonhou. Nos dê uma chance de provar nosso valor. Aquele sujeito que acabou de sair daqui estava com medo de uma tarefa que você queria que ele fizesse. Passe essa tarefa para nós.

Ruth estreitou os olhos, refletindo sobre a proposta. Em seguida, a expressão dela voltou ao normal.

– Tudo bem – disse, retorcendo os lábios. – Vou dar uma única chance de provarem seu valor. – Olhou de relance para o caubói e completou: – Tire-o daqui e se certifique de que ele não vai causar mais nenhum problema.

– Mas e a tarefa? – insistiu Harte.

– Acho que vamos deixar isso com a Ladra. Se ela é tão poderosa e está tão disposta a colaborar conosco, não terá problema nenhum. E, se fizer algo contra nós, é você quem paga.

SÓ UMA GAROTA

1904 – Saint Louis

Maggie ficou só observando os subordinados da irmã tirarem a Ladra e o companheiro dela do recinto. Os dois saíram de forma pacífica, apesar da visível relutância, e do modo como o sujeito – Benedict – olhava para a Ladra, como se estivesse disposto a fazer qualquer coisa para impedir o que estava prestes a acontecer, e como esse olhar parecia atiçar algo dentro da garota.

– Isso foi mesmo necessário? – perguntou para Ruth, que estava ali parada, impassível como sempre, só observando, assim como ela.

Sua irmã mais velha, a única mãe que já teve, lançou um olhar da mais pura impaciência.

– Por acaso você está questionando a minha decisão?

Maggie sacudiu a cabeça.

– Não, Mãe Ruth. Só estava pensando... – Mas, em segredo, estava, *sim*, questionando a irmã. Já fazia tempo que andava duvidando de Ruth e das táticas dela. Mas, naquele momento, sabia que era ali que deveria estar. – Se o pessoal de Lipscomb a pegar em flagrante...

– Então vão resolver esse problema para mim – disparou Ruth, com um tom que não deixava espaço para discussão. – Ela não é a Ladra do Demônio, Maggie. É só uma garota, igual a você. Como eu fui um dia. A Ladra do Demônio é algo que vai muito além... que *nós* criamos por meio das nossas ações. Se essa moça for burra a ponto de ser pega em flagrante por Caleb Lipscomb e seu bando de socialistas palermas, acho que será por merecer.

— E se não acontecer?

A expressão de Ruth se iluminou.

— Nesse caso, ela já será parte de nossa ação. Pense só, Margaret... Se essa garota levar o dispositivo ao seu destino, não poderá mais mudar de ideia. Será responsável pela explosão e por tudo o que acontecer depois. Se tudo der certo, como você me garantiu, a Ladra terá envolvimento nos efeitos do soro. Não apenas compreenderá o poder que ele contém, mas terá orgulho de saber que fez parte disso. Ela entenderá e se juntará a nós para sempre. E, o mais importante, qualquer um que se voltar contra nós saberá que ela é *nossa*. Quando os outros grupos Antistasi ficarem sabendo que a Ladra *nos* escolheu, será um grande passo na consolidação de nossa liderança.

Maggie não pôde evitar de franzir o cenho.

—Você não acha que deveria contar para ela o que estamos fazendo?

— Por que deveria? — indagou Ruth. — Assim poderemos testar a determinação dela... a *lealdade* à nossa causa... e a mim. Se essa garota estiver mesmo do nosso lado, precisa estar disposta a matar por nós. E, se não estiver, já saberemos agora, antes que ela tenha oportunidade de atrapalhar planos mais importantes.

DERROTADO

1902 – Nova York

Fazia semanas que Jack não pisava nos bastidores do Teatro Wallack, desde que fizera uma visita a Darrigan, acreditando que o mago era um aliado, e não um inimigo. Se dependesse dele, nunca mais entraria no teatro, pelo resto da vida. Só que Jack tinha absoluta certeza de que Evelyn estava de posse de algo que ele queria – e que mais alguém estava disposto a matar para possuir.

O fato de ainda não saber o que era o irritava.

No dia seguinte à visita que Evelyn fizera à sua casa, toda insinuante e desejosa, Jack acordou e descobriu que ela fora embora, e sua cabeça latejava, por causa de todo aquele xerez que tomaram. Como havia se excedido, as lembranças daquela noite eram enevoadas e difusas. Obviamente, Evelyn não fora tão memorável assim. Por isso Jack a ignorou. Só que então leu no *Herald* que ela fora atacada. O apartamento dela fora invadido por ladrões querendo roubá-la, e acabaram atirando nela. É claro que Evelyn estava se aproveitando do assalto para ganhar notoriedade, mas isso não mudava o fato de que deveria ter algo de valor. O que fez Jack se lembrar das provocações anteriores da parte dela.

Pela possibilidade de descobrir o que estava em poder de Evelyn, valia a pena superar a aversão e a raiva que Jack sentia só de pisar naquele labirinto que havia atrás do palco. Meses antes, ninguém o deteve. Tampouco se deram ao trabalho de fazer isso naquele momento. Jack enfiou o buquê de rosas debaixo do braço, bateu duas vezes na porta do camarim de Evelyn e a abriu quando ouviu a voz dela, convidando-o a entrar.

Aquele camarim não era nada parecido com o de Darrigan. Era um pouco maior, com as paredes recobertas por faixas de cetim e de seda, que causavam uma impressão tanto de exotismo como de sensualidade. Mas Jack não se deixou impressionar. Dessa vez, teria controle sobre o desenrolar da noite.

Evelyn estava esparramada em um divã, mais parecendo uma pintura, vestindo um robe de seda. Jack não conseguiu enxergar o ferimento, mas ficou óbvio que não fora letal. Quando o viu, Evelyn esboçou um sorriso com os lábios pintados de vermelho.

– Olá, meu querido – ronronou. – São para mim?

Então levantou para pegar as flores e, quando fez isso, Jack reparou em um brilho dourado que havia no dedo dela.

O anel era enorme. A base de ouro filigranado segurava uma pedra grande demais para ser de uma rameira qualquer feito Evelyn. E, no mesmo instante, Jack teve certeza de que os ladrões estavam atrás daquilo, assim como ele.

– O que foi, Jack? – perguntou Evelyn, colocando as flores dentro de um vaso em cima da penteadeira. – Parece que você viu um fantasma.

– Não foi um fantasma – respondeu, com a voz carregada de expectativa. – Foi um *anjo*.

Os olhos de Evelyn brilharam, e ela foi ao encontro de Jack, desejosa, ardente e entusiasmada.

Mais tarde, quando Jack estava dentro da carruagem, voltando para casa, libertou-se da névoa do desejo e se deu conta de que se esquecera completamente do anel – *de novo*. Estava bem ao seu alcance, e sequer chegou a encostar na joia. E não conseguia se lembrar do porquê. Sequer conseguia se recordar do que acontecera entre ele e Evelyn.

Ele cerrou os punhos. Dessa vez, não podia pôr a culpa na bebida.

Deveria ter adivinhado. Algo parecido já lhe acontecera na Grécia, quando costumava acordar sem ter a menor ideia do que se passara durante as horas que antecediam a manhã. Na ocasião, Jack brincara, dizendo que a moça pela qual se apaixonara era uma sereia, atiçando-o para ir de encontro às rochas que seriam seu fim. Só não sabia o quanto tinha razão. Como a moça era ardilosa.

Com a súbita consciência de tudo isso, Jack se deu conta de que Evelyn era igualzinha. Como a garota da Grécia, que quase o arruinara, era capaz de derrotá-lo usando suas próprias táticas. Só que Jack não era mais o jovem inexperiente que fora naquela época. A Grécia o transformara, e o Livro – que estava guardado a sete chaves em seus aposentos – fizera dele um novo homem. Evelyn até podia possuir uma magia selvagem, e um anel que ampliava os poderes dela, mas não dispunha do Livro. Não podia sequer imaginar o quanto já estava derrotada.

O SEGREDO
DA ORCHARD STREET

1902 – Nova York

James Lorcan teve a sensação de que as coisas ficariam mais interessantes pouco depois de ver Logan Sullivan entrar no prédio de apartamentos e ouvir um ruído próximo, de algo que não era uma coruja. Mandou os outros voltarem para o Strega, com exceção de Sanguessuga. Não precisava dos grandalhões: o que estava prestes a acontecer naquela noite, fosse o que fosse, não era uma questão de força. Isso viria depois.

Manteve-se nas sombras e ficou vigiando a entrada do edifício, até que viu surgir um grupo de pessoas. Um homem de físico robusto e pele escura, carregando Logan nos ombros, e uma garota que James não conhecia, bem perto de Jianyu. Um desenrolar inesperado dos fatos, mas que respondia a uma pergunta. E, pelo menos, os companheiros dele eram Sundren. Nada de interessante, a não ser pelo fato de aqueles dois estarem com duas pessoas que deveriam ser prisioneiras suas.

Sanguessuga deu um passo na direção do grupo, que já corria pela calçada feito barata, afastando-se do prédio. Mas James o segurou pelo braço e ordenou:

– Apenas siga aquelas pessoas. Descubra para onde vão, e não faça mais nada. Então volte para o Strega.

Sanguessuga fez cara de quem queria discutir, mas James estreitou os olhos e, pelo jeito, o outro achou melhor ficar de bico calado.

Jianyu estava com Logan, mas na verdade isso não tinha a menor importância. O garoto era ao mesmo tempo um risco e um trunfo.

Além disso, James ainda não descobrira todos os segredos que precisava escondidos nas estantes de Dolph. Isso sem falar dos que constavam no caderno que levava no bolso.

O fato de Jianyu ter aparecido ali naquele edifício, onde não tinha nenhuma razão para estar, confirmou algo muito importante para James: Logan não mentira a respeito do que era capaz de fazer. O caderno que ele lhe dera não era nenhuma armadilha, nenhum truque. Era nada mais, nada menos que a verdade.

Já era tarde – quase meia-noite –, mas James ainda queria fazer mais uma parada, pois tinha certeza de que podia confiar nas palavras que levava perto do peito, que ele mesmo escreveria no futuro.

As luzes do prédio da Orchard Street estavam apagadas quando ele finalmente chegou, mas isso não era problema seu. James pagava à mulher que morava no terceiro andar mais do que o suficiente pelo inconveniente de ter que acordá-la.

Ela não ficou feliz, mas não reclamou quando abriu a porta para James e o acompanhou pelo corredor estreito até o quarto onde a menina dormia. Ele dispensou a mulher e foi até a cama, ajoelhando-se para conseguir acordá-la. Ela enrugou o rostinho por causa da interrupção do sono, mas acabou abrindo os olhos remelentos, a contragosto, e os estreitou para James.

Houve um tempo em que era difícil olhar para a menina e não enxergar Leena encarando-o, julgando as escolhas que fizera e o caminho que escolhera. Foi ficando mais fácil, com o tempo, ignorar as feições de Leena – os olhos dourados, os lábios fartos que a menina um dia teria – e ver a criança que havia por trás deles. A promessa que representava.

James chegara a pensar que poderia salvá-la dos erros de Leena. A parceira de Dolph, sua esposa de fato – em tudo, menos no nome –, fora muito mole quando deveria ter sido de aço, muito generosa quando deveria ter mantido o jogo em segredo. Foi uma surpresa – agradável, mas, ainda assim, uma surpresa – quando Leena resolveu esconder a criança de Dolph. Só que, no fim, isso foi a ruína dela.

James tinha esperanças de moldar a menina, de usá-la como bem entendesse. Agora sabia que, no fim das contas, isso jamais daria certo. Estava criando uma víbora que, um dia, seria uma ameaça a tudo o que ele construíra, e ao que era predestinado a ser.

Poderia matar a menina naquele exato momento, mas o tempo era uma coisa engraçada, enroscado como um nó e tecido em um padrão que nem sequer James era capaz de enxergar – ainda. Se a matasse, o que mudaria? O que poderia perder, que ganhara graças a ela?

Não podia matá-la. Ainda não. Mas poderia usá-la para transmitir uma mensagem.

James tirou a faca de Viola do bolso do paletó.

—Venha, Carina, vamos fazer uma brincadeirinha.

Transmitiria uma mensagem para Esta, através do tempo e do espaço e do mundo impossível. Diria que estava à espera.

Pegou a adaga batizada com o nome da deusa dos funerais e começou a fazer cortes.

A ENTREGA

1904 – Saint Louis

A carruagem foi sacolejando noite adentro, levando Esta para um destino desconhecido. No banco à sua frente, com a autoconfiança presunçosa de costume, North estava todo esparramado, ocupando espaço demais. Segurava um revólver, dando a entender que Esta não deveria tentar fazer nada, em uma clara ameaça.

– É melhor não sacudir muito isso aí – falou, quando ela mudou o caderno que estava no seu colo de posição. Parecia um caderno normal, de tamanho médio e capa de couro, que qualquer um poderia trazer consigo, porém mais pesado. O que quer que houvesse entre suas páginas era denso e pesado... e perigoso. – Não vai ser nada bom se for acionado antes de você entregá-lo.

O aviso do caubói fez Esta se empertigar no banco.

– Aonde vamos, aliás?

– Você vai ver logo, logo.

– Acho que tenho direito de saber quem vou matar – insistiu ela, tentando aparentar tédio e indiferença. Na verdade, as mãos de Esta suavam de nervoso enquanto ela tentava evitar que o caderno se mexesse dentro da carruagem, que chacoalhava sem parar. O que era um desafio e tanto, já que as ruas que iam dos arredores da cidade, onde ficava a cervejaria, até o centro de Saint Louis eram muito esburacadas.

– Quem aqui falou em matar? – perguntou North. Os olhos dele estavam encobertos pela aba do chapéu, mas a boca fina esboçou um sorriso, à luz do luar que atravessava a janela da carruagem.

— É uma bomba, não é? — indagou Esta, não se permitindo sentir nem uma gota de alívio.

North contraiu os lábios, um sinal de irritação que realçou uma fina cicatriz branca ao redor da boca.

— Bomba é coisa de Sundren. Faz muita bagunça, é um troço desleixado. Ninguém vai morrer hoje à noite. A não ser você, talvez, se essa encomenda não chegar ao destino. E com certeza seu amigo, que está lá com Mãe Ruth, caso você crie problemas.

Esta franziu o cenho, ignorando a provocação. Se os Antistasi quisessem que ela e Harte morressem, já teriam tentado assassiná-los.

— Se não é uma bomba, o que é, então?

— É um presente — respondeu o caubói. Em seguida, se virou para a janela, assinalando o fim da conversa.

"Presente? Até parece."

A mulher que Esta ouvira os outros chamarem de "Mãe Ruth" deixara bem claro que o conteúdo da encomenda era perigoso, fosse lá o que fosse. Nenhum dos Antistasi quis ficar por perto quando ela a entregou para Esta e avisou para não abrir até a hora da entrega. As instruções de Ruth foram bem simples: largar o caderno bem no meio do edifício — em nenhum outro local —, o mais perto do alvo que conseguisse. E não fazer nada para sabotar a missão, caso contrário Harte morreria.

E se Esta fosse pega em flagrante? Bem, isso não era problema de Ruth. As pessoas para as quais entregaria aquele caderno não seriam lenientes com um intruso. Ela ficaria largada à própria sorte, só que ninguém lhe falara quem era o alvo.

— Pelo menos, me diga quem vou atacar — disse ela, tentando chamar a atenção de North. A estrada dera lugar às construções com chaminés nos arredores da cidade, às fábricas e armazéns que margeavam o rio.

— E por acaso isso tem alguma importância? — desconversou o caubói, dando um sorriso debochado. — Você é a Ladra do Demônio, não é?

— Gosto de estar preparada — retrucou Esta, com um tom de

desdém. – E gosto de decidir se vale a pena ou não arriscar minha vida para tirar a de outra pessoa.

North olhou para Esta, e aqueles olhos estranhos, de cores diferentes, fuzilaram sua sensação de incômodo.

– E quem *você* pensa que é para tomar essa decisão? – perguntou ele, baixinho. – Não é a primeira ação feita em seu nome e certamente não será a última. Agora não é hora para você ficar aí, se julgando melhor do que os outros.

As palavras de North calaram fundo no coração de Esta. O caubói tinha razão. Os Antistasi já haviam usado sua alcunha sabia-se lá quantas vezes. Não fazia a menor diferença se os atentados fossem mesmo perpetrados por ela. Uma decisão tomada por Esta dera início a tudo aquilo.

– Foi isso mesmo que pensei. – North tornou a olhar pela janela, coçando a barba por fazer e observando a cidade que passava. Em um determinado momento, a carruagem parou, o caubói olhou pela janela para ver onde estavam e anunciou: – Chegamos. – Então pôs o chapéu para trás, para olhar bem nos olhos de Esta, e completou: – A menos que você tenha mudado de ideia.

Esta pesou suas opções. Não tinha dúvidas de que aquele caderno, apesar de tudo o que North dissera, era perigoso. Poderia dizer "não". Poderia deixar o caderno ali, retardar o tempo e fugir.

Mas e depois? Mãe Ruth e o resto dos Antistasi ainda estavam com Harte, lá na cervejaria. Tinham-no levado pouco depois de ele ter aberto aquela boca grande, e Esta não fazia ideia de onde o tinham colocado. Quando finalmente descobrisse, já poderia estar morto, e Esta não era capaz de retardar o tempo *tanto assim*, muito menos naqueles últimos dias. E, ainda que encontrasse Harte antes que pudessem fazer mal a ele, não fazia ideia de que fim levara a Chave de Ishtar. Não perguntou porque não queria chamar atenção para a sua importância, caso os Antistasi ainda não tivessem se dado conta. Mas, caso *tivessem* notado o tipo de poder que a pedra possuía...

Esta não podia se preocupar com isso. Por ora, tinha uma missão a cumprir. E, se tivesse que escolher entre Harte e a pessoa para quem deveria entregar a encomenda, realmente não haveria escolha. Dakari, Dolph... Já perdera muitas pessoas, não podia perder mais uma.

Mas havia outra coisa, um fato que a continuava perturbando, feito uma coceira que as mãos não alcançavam. Esta sabia que estava sendo usada. Sua alcunha vinha sendo empregada fazia quase dois anos, sem que ela jamais tivesse conhecimento. E, se dependesse de Ruth, os Antistasi continuariam a se valer dela. Só que Esta estava farta de servir de peão no jogo dos outros. Fora manipulada a vida inteira como uma marionete pelo Professor Lachlan. Não permitiria que Ruth exercesse o mesmo poder sobre ela naquele momento.

Não. Esta sentira o clima no ambiente quando Ruth falava e percebera o medo na voz de Frank quando Ruth o acusou de ser covarde. Os Antistasi podiam até obedecer às ordens de Ruth, mas isso não significava que gostassem dela ou confiassem nela. O que abria uma possibilidade para Esta. Mas, para conquistar a confiança de Ruth, o primeiro passo era provar que estava do lado dos Antistasi – a começar por North. Ou seja: tinha que levar aquilo a cabo.

– Não vou mudar de ideia – declarou. – Quem é meu alvo?

O caubói a encarou por mais um ou dois minutos, como se tentasse descobrir se aquilo era ou não um truque.

– Apenas não se esqueça de que você não é a única que sabe desaparecer. Se tentar qualquer coisa, seu amigo morre.

– Tenho consciência disso – falou. Em seguida, lançou um olhar entediado para North e completou: – Vamos ficar aqui sentados a noite inteira? – perguntou, quando percebeu que o caubói continuava a encarando. – Ou vai me dizer quem é que precisa receber essa encomenda?

– Só queria me certificar de que estamos entendidos. Procure por Caleb Lipscomb. Vai encontrá-lo no número 432. Siga ladeando os armazéns e vire à direita. Assim que entrar, vá para o segundo andar.

Caleb Lipscomb. Esta nunca ouvira falar dele, mas isso não queria dizer muita coisa.

– E como eu o encontro?

Os olhos estranhos de North brilharam, como se ele tivesse achado graça.

– Você vai saber quando o vir. Ele gosta de ser o centro das atenções. Agora vá – ordenou, soltando o trinco da porta.

Fora da carruagem, o ar estava mais fresco, mas trazia o cheiro do rio. Um cheiro terroso, de lama, disfarçado pelo odor pungente de óleo para máquinas e de carvão, que vinha das fábricas em suas margens. Esta ajeitou a encomenda debaixo do braço, para que ficasse estável e as páginas não se abrissem. Haviam lhe dito que existia um detonador dentro do caderno, que seria ativado quando ela puxasse uma folha solta bem no meio. Não seria bom se isso acontecesse antes de encontrar a pessoa que deveria recebê-lo.

Esta sentiu um aperto no peito. Não acreditou na afirmação de North, de que aquilo não era uma bomba. E, mesmo enquanto já estava a caminho de seu destino, ainda tinha dúvidas de que conseguiria levar aquilo a cabo. Uma coisa era a teoria, mas avançar em direção ao instante em que precisaria tomar uma decisão era outra completamente diferente.

Era bem verdade que estivera disposta a matar Jack, lá na estação de trem. Estava com a arma na mão, decidida a acabar com ele, porque Jack *merecia*. Porque Esta sabia que Jack faria mal a inúmeras pessoas se permitisse que ele continuasse vivendo. E tinha razão. Pelo que ficara sabendo, Jack fora um dos proponentes da Lei. Era um dos motivos para a magia ter se tornado ilegal e para os Mageus serem perseguidos abertamente, oprimidos por lei. Mas, por algum motivo, aquilo lhe parecia diferente. Esta não conhecia aquele tal de Caleb Lipscomb, fosse lá quem fosse. Era um nome sem rosto, um desconhecido que não lhe fizera mal nenhum.

Ainda assim, não conseguia ver uma saída para aquela situação, a menos que quisesse que os Antistasi se transformassem em mais um de seus inimigos. A menos que estivesse disposta a pôr a vida de Harte em risco.

O prédio de número 432 era um armazém comprido, que se estendia por uma quadra – alguma espécie de fábrica ou oficina. Havia uma única lâmpada amarelada iluminando a porta. Tudo ali passava uma sensação de armadilha. Esta olhou para trás, pesando suas opções, e viu que North ainda a observava.

O caubói acenou a cabeça, como quem diz "ande logo". Esta deu os últimos passos em direção à pálida luz da lâmpada. Abriu a porta do edifício fazendo o mínimo de ruído. E então entrou.

O CHAFARIZ DE BETESDA

1902 – Nova York

Viola cobriu a cabeça com o xale, prendendo-o debaixo do queixo para que as pessoas que estavam dentro do bonde para o Central Park não vissem seu rosto. Como Paul achava que ela iria à peixaria da Fulton Street, teria que parar lá – ou em algum lugar – na volta. Não podia correr o risco de agravar as suspeitas do irmão. Muito menos quando estava tão perto de conseguir as informações de que precisava.

Desceu do bonde perto da Madison Avenue e seguiu pela East Drive, atravessando o parque, até chegar a uma praça grande e aberta, onde havia um enorme chafariz com um anjo alado. Viola não ia muito ao parque sozinha – não sentia necessidade, se fosse sincera. Quase sempre, ver aquelas pessoas esparramadas na grama ou fazendo uma agradável caminhada pelas trilhas arborizadas só servia para se lembrar de tudo o que jamais teria. Mas, quando realmente passeava pelo parque, fazia questão de escolher uma trilha que passasse por aquele chafariz, que retratava uma história da Bíblia, de um anjo que curava pessoas com as águas do tanque de Betesda.

Em uma família Sundren, Viola sempre fora uma anomalia. A magia com a qual nascera lhe parecia um sinal de que sua vida era condenada ao fracasso desde o início. Por isso a história do anjo que curava apenas com um pouco de água sempre tocou seu coração, como se houvesse uma chance de sua própria alma ser purificada um dia, apesar de tudo.

Só que Viola não era nenhuma sonhadora. Aprendera fazia muito tempo que os contos de fada só existiam para os outros. Vivia no corpo que lhe fora dado e estava satisfeita com a trajetória de vida que trilhara. Não imaginava outras vidas e não desejava coisas impossíveis. Então foi duplamente perturbador sentir aquele aperto no peito quando viu a musseline rosa e a renda marfim da roupa da moça sentada perto do chafariz.

Ruby estava à sua espera no local prometido no bilhete. Ao lado dela havia uma pilha de embrulhos, amarrados com barbante, e o noivo, Theo, recostado no banco, com a cabeça apoiada nas mãos, como se fosse o dono do mundo. E Ruby estava escrevendo em um pequeno bloco, com o cenho franzido de tão concentrada. Nada de saia justa escura nem de camisa abotoada até o pescoço ou gravata, como estava vestida quando Viola dera aquele passeio inútil na carruagem deles. Naquele dia, Ruby estava com um vestido que parecia ter sido criado para uma debutante inocente. Era do mais pálido dos tons de rosa, com mangas levemente bufantes e um delicado babado de renda no decote. Parecia uma pintura, sentada ali, perto da água. Parecia intangível. *Impossível.*

Em certos dias, Viola tinha a sensação de que as pérolas que Ruby usava na noite do Delmonico's — aquele delicado fio de contas cor de marfim, que se acomodava perfeitamente na reentrância da base do seu pescoço — haviam sido gravadas a ferro e fogo em sua memória. E teve a impressão de que aquele momento seria mais uma dessas memórias.

"*Argh!*"

Interrompeu o pensamento e ignorou o calor que sentiu. O tempo estava mudando — era só isso. O sol estava alto e forte, e a quentura que sentiu roçando na sua pele por baixo da blusa não tinha nada a ver com aquela mocinha rica ridícula, *ridícula*, que fora burra ao ponto de mandar um mensageiro entregar um bilhete no New Brighton — bem debaixo do nariz de Paul. Ruby acabaria conseguindo causar a morte das duas. Mas, até aí, por acaso os ricos dão importância à morte de alguma coisinha insignificante? Provavelmente devem achar que podem dar uns trocados para o anjo da morte levar uma criada no lugar.

Theo foi o primeiro a perceber a presença de Viola e cutucou Ruby, que parou de escrever e espremeu os olhos, voltados para o outro lado da praça. A expressão dela se iluminou quando viu Viola indo na direção dos dois, e Ruby guardou o bloco e o lápis na bolsinha bordada que levava pendurada no pulso.

—Você veio! – exclamou. E, antes que Viola pudesse entender o que estava acontecendo, viu-se cercada pelos braços da moça rica, em meio a uma nuvem de flores, âmbar e calor.

Quando Ruby a soltou, Viola ficou de pernas bambas e cambaleou para trás. O xale caiu de sua cabeça enquanto tentava recuperar o equilíbrio. Ao ouvir o suspiro que Ruby soltou, levantou o pedaço de pano, cobrindo a cabeça e um dos lados do rosto. Só que a outra não deixou aquilo passar em brancas nuvens. Silenciosamente, os traços delicados dela se contorceram de preocupação, e Ruby esticou a mão para afastar o lenço do rosto de Viola.

– Quem fez isso? – perguntou, tão baixo que Viola mal conseguiu ouvir, por causa do rumorejar da água do chafariz.

– Ninguém. Não é nada – respondeu Viola, erguendo o xale novamente. Sabia muito bem o que Ruby estava vendo: um machucado roxo-esverdeado na lateral de seu rosto, o preço por ter ido passear de carruagem sem avisar Paul. Perdera a oportunidade de se despedir da mãe, e o irmão resolvera lhe ensinar boas maneiras a tapa.

Viola poderia tê-lo matado, mas aceitou a punição sem oferecer resistência. O que, pelo jeito, apaziguara Paul. O que mais poderia ter feito? Não poderia ter contado onde estivera. Mas, sempre que falava ou punha um bocado de comida na boca, o machucado latejava e, toda vez que doía, Viola prometia a si mesma que faria o irmão pagar, de um jeito dez vezes pior.

Mesmo assim, Viola se sentia errada por estar ali, com aquela gente. Fariam mal a Paul, se tivessem a oportunidade – principalmente a moça. Prejudicariam seu irmão, causariam a destruição dele. Viola deveria querer isso – e *queria* –, mas, apesar de tudo, Paul ainda era da família. Ainda era sangue do seu sangue. Ela não sabia mais se essa palavra tinha algum significado ou se era apenas mais uma mentira, como "felicidade" e "liberdade".

— Nada coisa *nenhuma* — falou Ruby, tentando tocá-la. — Alguém machucou você.

— Não tem importância — insistiu Viola, dispensando a preocupação da moça. As pessoas machucavam as outras o tempo todo. Por que Viola seria exceção?

Ruby esticou os dedinhos manicurados na direção de seu rosto.

— Podemos ajudar você, sabia? Não precisa...

— *Fermati!* — Viola empurrou a mão de Ruby mais uma vez. — O que vocês vão fazer? Me levar para casa, como se eu fosse um cachorro abandonado?

Ruby piscou algumas vezes, claramente surpresa com o tom de voz de Viola. Provavelmente porque ninguém jamais ousara falar com ela daquela maneira. Ruby Reynolds era do tipo de moça que crescia sem jamais ouvir a palavra "não", e Viola já nascera sentindo o gosto das negativas na boca.

— Não finja que entende a minha vida — disse Viola, tanto em tom de ameaça como de súplica. — Não finja que pode fazer alguma coisa para mudá-la. E não pense que quero que você faça. — Então levantou o queixo e completou: — Eu sei me cuidar. — Era uma declaração e uma promessa a um só tempo. — Não preciso da caridade de uma menininha rica.

Viola percebeu que Ruby se abalou, mas a moça não desistiu:

— Não foi isso que eu quis dizer. Só queria ajudar.

— Estou aqui, como você me pediu — afirmou Viola, ignorando o tom magoado da voz de Ruby. — Então, o que você quer?

— Pensei que podíamos conversar...

Ruby mordiscava o lábio rosado com um de seus dentes brancos e perfeitos.

— Então fale logo.

— Que tal irmos para algum lugar mais reservado? — perguntou

Ruby, olhando em volta, como se tivesse medo de que alguém pudesse vê-la com uma mulher simplória como Viola.

Ela sentiu um aperto no peito, parecido com o que sentira quando usara aquele espartilho justo para ir ao Delmonico's. Não deveria ter ido até ali.

Ainda podia ir embora. E deveria, antes que permitisse que aquela frufruzinha começasse a fazê-la duvidar de si mesma ou da vida que escolhera. Só que ir embora significaria que Ruby vencera, e Viola tampouco poderia permitir que isso acontecesse.

— Tudo bem — respondeu, com um tom mais seco do que pretendera. — Aonde você quer ir?

— Talvez pudéssemos pegar um daqueles barcos — sugeriu Theo. — O dia até que está agradável, e eu bem que preciso de um pouco de exercício.

Viola engoliu o suspiro que se insurgiu dentro dela. Não conseguia imaginar uma vida tão fácil, tão repleta de luxo, a ponto de ser necessário para Theo procurar algum trabalho braçal para fazer. Um trabalho inútil, ficar remando em círculos para chegar a lugar nenhum. "Ridículo." Mas, quanto antes terminassem com aquilo, melhor.

— Tudo bem — respondeu, sem olhar direito para Ruby. — Vamos.

UMA MENINA OBEDIENTE

1902 – Nova York

Viola estava com raiva dela por causa do bilhete. Não mencionou nada de específico, mas Ruby sabia que o fogo que ardia nos olhos da outra moça tinha tudo a ver com o fato de ter sido convocada. Não fora essa sua intenção, mas então se deu conta de que fizera isso mesmo sem querer. Convocara Viola, do mesmo modo que chamaria a criada ou tocaria o sininho para a cozinheira lhe fazer um chá. E, de algum modo, Theo só piorara a situação, ao sugerir que dessem um passeio pelo lago em um dos barcos a remo.

Ruby descobriu que, por mais que seu cérebro fosse rápido e sua língua, afiada, em qualquer outra situação, não podia contar com isso quando estava diante de Viola. Fuzilada por aqueles olhos violeta, não teve capacidade para fazer muito mais do que balançar a cabeça, e de leve.

— Isso é uma péssima ideia — sussurrou no ouvido de Theo enquanto caminhava ao lado dele, com Viola logo atrás.

— E por quê? — perguntou Theo, medindo-a com o olhar de cima a baixo.

— Porque ela me odeia — respondeu Ruby, baixinho, para Viola não ouvir.

— Ela é uma fonte, Ruby. Trate-a como trataria qualquer outra fonte. Viola não precisa gostar de você. Precisa *ajudá-la*.

Theo estava certo, claro, mas Ruby tinha a *sensação* de que não era bem assim.

E o fato de o funcionário do parque que preparou o barco para eles ter dito que a criada poderia ficar esperando sentada no banco perto do galpão das embarcações não ajudou em nada.

— Não — falou Ruby, com as bochechas vermelhas, completamente mortificada. — Ela vem conosco. — De canto de olho, viu Viola sacudindo a cabeça. — Quer dizer, ela não é minha criada... nossa criada... ela é nossa...

E o que Viola era, exatamente?

— Nossa amiga vai se juntar a nós — completou Theo, intervindo em seu resgate.

Não que isso tivesse detido o calor, que já subira pelo pescoço de Ruby e alcançara seu rosto. Sua pele ficaria toda manchada e vermelha. O que era um tormento. Era mesmo.

Viola permaneceu calada enquanto entravam no barco e esperavam o funcionário empurrá-los para dentro da água. Theo começou a remar com movimentos longos e vagarosos, fazendo o barco deslizar para longe da beira do lago e chegar ao centro.

O dia estava *mesmo* bonito, como Theo dissera. Em qualquer outra ocasião, Ruby adoraria o passeio: flutuar na água e se esquecer das preocupações e responsabilidades que costumavam pesar sobre suas costas. Leve e serena. Quando era apenas uma garotinha, simplesmente adorava quando o pai a levava ao parque com as irmãs, em especial em dias de início da primavera como aquele, quando parecia que a cidade inteira floresceria a qualquer momento.

Só que isso foi antes de tudo acontecer. Theo a trouxera ali umas duas vezes no verão anterior, tentando alegrá-la, mas nada surtia tanto efeito quanto seu próprio trabalho.

"Isso *é* trabalho", lembrou Ruby. Mas, com Viola ali de cara fechada, tudo era desagradável, com absoluta certeza.

Viola era simplesmente... *demais*. Não que fosse alta. Era até mais baixa do que a própria Ruby, e certamente não era gorda, nem sequer rechonchuda. Mas o corpo dela tinha as curvas e a opulência que o de Ruby não tinha. Não era mais velha do que Ruby, mas, por algum motivo, parecia mais mulher do que moça. Os olhos dela transmitiam experiência. Conhecimento.

"Ah, mas o *rosto* da pobrezinha…"

Viola percebeu que Ruby a encarava de novo e levantou ainda mais o xale, para esconder o ferimento.

Alguém batera nela. Alguém a *machucara*, o que deixou Ruby com vontade de destruir quem tinha feito aquilo.

Theo estava assobiando uma melodia irreconhecível enquanto conduzia as duas pelo lago, traçando círculos entrelaçados.

– Sim, bem… – balbuciou, empregando palavras vazias – … precisamos conversar.

Viola não falou nada. Ficou só esperando, e Ruby, que sempre tinha o que dizer, não sabia por onde começar. Era embaraçoso, aquele jeito que Viola a encarava, como se conseguisse atravessá-la com o olhar, enxergar as coisas que escondia de todos, menos de Theo – até o que escondia *inclusive* de Theo. Nem em todos os salões de baile que já estivera, rodopiando nos braços de incontáveis pretendentes, Ruby se sentira tão insegura como quando percebia o olhar de Viola sobre si.

Ruby tirou o bloquinho e o lápis da bolsa. Foi uma atitude bastante simples, mas que a ajudou a recuperar um pouco de sua concentração.

– O que você sabe da relação de seu irmão com John Torrio, senhorita Vaccarelli?

– Torrio é um dos rapazes dele. Paolo está treinando Torrio para assumir parte dos negócios. Gosta dele – falou, não sem um certo nojo. Enrugou o nariz, um sinal claro de que o que dissera não condizia com o que pensava.

– E seu irmão? – prosseguiu Ruby, concentrando-se nas anotações para não ter que olhar nos olhos de Viola novamente. – O que você pode me contar a respeito dos negócios dele?

– Ele é dono do New Brighton e do Little Naples Cafe, que são os estabelecimentos de que minha mãe tem conhecimento. E aí tem a Cinco Pontos – Viola elencou mais algumas coisas, dois bordéis e outros negócios escusos, mas nada que Ruby já não soubesse. — Meu irmão é um *coglione*... Como se diz? Não é um homem bom. Um filho da puta não de nascença, mas por escolha.

Ruby acreditou em cada palavra que Viola lhe dizia, mas outros jornais já haviam revelado as ligações de Paul Kelly com o submundo da cidade. Não era nisso que estava interessada.

— Ele mandou John Torrio me matar, não foi? — perguntou Ruby, finalmente levantando os olhos do papel. Mas, dessa vez, foi Viola quem não quis olhar para ela. — Tudo bem — falou. — Sei que você estava lá, mas também sei que não queria me fazer mal — completou, pousando a mão no joelho da outra moça.

Viola levantou os olhos e a encarou. Envergonhada e sentindo um calor repentino, Ruby tirou a mão do joelho dela.

— Você sabe por que Torrio foi enviado para me matar, senhorita Vaccarelli?

Viola fez que não com a cabeça e respondeu:

— Você escreveu algo do qual ele não gostou muito.

— Exatamente. Eu escrevi uma reportagem sobre um acidente de trem que não tinha nenhuma relação com Paul Kelly ou algum integrante da Cinco Pontos. — Viola franziu o cenho, mas não disse nada. Só que os olhos dela pareciam suplicar para que Ruby continuasse falando. — A reportagem era sobre um descarrilamento que ocorreu perto de Nova York, nove dias atrás. Havia um homem dentro daquele trem, um amigo de Theo do tempo de escola...

— Eu não o chamaria propriamente de "amigo" — disse Theo, mordido. — Muito menos agora...

— Os dois se conheciam — corrigiu Ruby, tentando controlar suas próprias emoções. — Ele disse para os médicos que o atenderam ter visto um homem que deveria estar morto dentro do trem. Quando foi tirado do vagão, levou uma forte pancada na cabeça, mas estava falando de Mageus... de um mago chamado Harte Darrigan e de uma garota.

Viola arregalou os olhos de leve e repetiu:

– Harte Darrigan?

"Viola já ouviu esse nome antes."

Mas Ruby não sabia o que isso significava.

– E de uma garota – repetiu. – Convenci Theo a me apresentar para esse homem, Jack Grew. Das duas, uma: ou ele não sabe quem eu sou ou não deu a menor importância, porque contou tudo o que havia ocorrido. Foi um furo *monumental*. E a Ordem fez tudo o que pôde para abafá-lo, incluindo tentar me matar. Então, como você pode perceber, tenho bastante interesse pessoal em tudo isso. Não serei silenciada, senhorita Vaccarelli. Não serei a menina boazinha e obediente que querem que eu seja. Irei denunciá-los e farei tudo o que estiver ao meu alcance para destruir o poder da Ordem sobre esta cidade. – Ruby ficou em silêncio por alguns instantes, obrigando seu ódio e sua impaciência a se aquietarem. – Mas isso vai além da Ordem.

– É mesmo? – perguntou Viola, com uma expressão séria e pensativa.

Ruby assentiu e respondeu:

– Se Jack Grew tiver razão, e acho que tem, pelos esforços que a Ordem está empreendendo só para me calar, aquele descarrilamento de trem não foi um acidente. Foi um *atentado*. E perpetrado com magia.

O PST

1904 — Saint Louis

Quando Esta entrou no prédio, tudo estava às escuras, mas ela podia ver uma luz acesa em um corredor à direita. Ao longe, ouviu algo que lhe pareceu o murmúrio de um grupo de pessoas. Como Harte não estava por perto, arriscou acionar sua afinidade e seguiu a fonte de luz até descobrir que vinha de uma escadaria.

Ainda controlando o tempo, subiu os degraus devagar, com cuidado para não deixar cair o caderno que levava debaixo do braço. Depois da escada, havia mais um corredor. Mas, no final, viu um clarão que passava pelo vão de uma porta fechada. À medida que se aproximava, o som de seus passos foi ecoando no silêncio criado por sua magia. A porta estava destrancada e, com o tempo ainda parado, ela entrou de fininho.

Do outro lado da porta, havia uma sala ampla, lotada de gente. O ambiente de pé-direito alto se estendia por toda a largura do edifício, e os homens e mulheres presentes estavam detidos na rede do tempo retardado, de boca aberta e com uma expressão de enlevo, ouvindo o orador, parado no centro do recinto. Apesar de haver algumas pessoas sentadas nos bancos dispostos nas laterais da sala, a maioria estava de pé, em volta do homem posicionado em cima de um pequeno estrado. O orador estava em mangas de camisa, dobradas de modo a deixar seus musculosos braços de operário à mostra. Mas era óbvio que os dias de trabalho braçal do sujeito haviam ficado para trás. O cabelo, que já rareava, era quase branco, e o rosto, parcialmente coberto por uma barba cheia. Estava com a mão erguida e tinha uma expressão arrebatadora, com a boca aberta e um olhar ensandecido.

Esta deduziu que aquele homem no centro do grupo era Lipscomb. Poderia simplesmente ter largado o dispositivo ali e ido embora. Mas, se estivesse enganada, poderia ter problemas. Precisava se certificar de que ele era mesmo o alvo.

Foi abrindo caminho em meio aos presentes, tomando cuidado para não encostar em ninguém nem balançar o caderno que levava debaixo do braço. Encontrou um lugar em um canto dos fundos, longe de qualquer um que pudesse reparar em sua aparição repentina, e então parou de controlar o tempo. A sala voltou à vida. O barulho que as pessoas faziam era ensurdecedor, e o ar de repente ficou carregado de uma eletricidade que não tinha nada a ver com magia.

No centro da sala, a voz do homem retumbava, mais alta do que tudo.

– Os burgueses não dão a mínima para os trabalhadores – gritou. – Seriam capazes de mandar imprimir seu dinheiro com o sangue de nossos filhos. Enquanto nossas famílias se matam de tanto trabalhar nas fábricas deles, os ricos desta cidade organizam bailes e festas. Banqueteiam-se enquanto morremos de fome! Vejam só os exageros da Exposição – vociferou, batendo o punho cerrado na outra mão, para enfatizar suas palavras. – Em vez de celebrar o trabalhador, o verdadeiro espírito deste país, a Exposição celebra um passado feudal cujo ressurgimento *não pode* ser permitido. Construíram palácios e templos em nossa cidade, uma cidade onde os filhos da terra morrem sem ter um teto sobre suas cabeças.

– Vejam só a Sociedade, com seus costumes que beiram a barbárie – o homem continuou. – Eles se dedicam à magia, ao *oculto*, porque têm consciência de que os trabalhadores deste país não serão silenciados. Sabem que apenas o poder bárbaro pode subjugar o poder dos trabalhadores unidos. Mas vamos mostrar para eles que nem sequer a bruxaria será capaz de apagar o fogo que acendemos aqui, neste lugar, nesta noite. – Então ficou em silêncio por alguns segundos, olhando ao redor, satisfeito. E prosseguiu: – A Sociedade preparou um desfile...

Houve um burburinho na sala, de rumores de revolta permeados por vaias. A voz do homem não irradiava nenhum sinal de magia, mas um poder pairava no ar mesmo assim. Esta podia sentir que ele atiçava as almas das pessoas que estavam ao redor apenas com as palavras. As pessoas em volta do orador se inclinavam na direção do pequeno estrado, com a mente aberta e disposta a aceitar o que ele estava dizendo.

— Sim. Esse desfile deles é uma abominação. O profeta deles é falso, um ídolo do lucro e do poder, criado para suprimir a voz do proletariado. Vocês têm consciência de tudo isso. Veem isso com seus próprios olhos todos os anos, desde que os bravos carregadores ferroviários se insurgiram, exigindo um salário digno, e foram esmagados pelos poderes dos porcos burgueses. Todos os anos, a burguesia faz questão de nos lembrar de que nossas vidas estão nas mãos dela... Mãos que nunca sentiram o peso de um martelo ou a dor do trabalho pesado... Mas este ano, não.

— Este ano, vamos nos insurgir — ele incitou. — Este ano, sob os olhos do mundo inteiro, com o próprio presidente assistindo ao espetáculo, *temos* que nos insurgir e dizer: "Basta!". Temos que exigir o que é nosso por direito. Por meio da força, se preciso for.

O público irrompeu em aplausos, e Esta levantou as mãos, batendo palmas sem muita convicção, para não chamar atenção. Só que as palavras do homem, somadas ao tom de raiva e de ódio, a deixaram incomodada. Aquela sala parecia um barril de pólvora prestes a explodir.

— É a primeira vez que você vem? — perguntou uma moça, que chegara perto de Esta e a olhava de cima a baixo.

— Como? — disse Esta, tensa por sequer ter percebido que a garota se aproximara. Ela usava um vestido cinza-chumbo, abotoado até o queixo. Aquela cor parecia séria demais para uma moça tão jovem, mas o corte simples parecia combinar com a expressão severa na feições dela.

— Seu rosto não me é conhecido — declarou a garota, com um olhar de indagação.

Os pensamentos de Esta ficaram acelerados.

— Fiquei sabendo dessa... reunião — falou, inventando a história na hora. — E pensei em ver com meus próprios olhos do que se tratava.

— E ficou sabendo por quem? — insistiu a moça.

A voz dela era suave, mas determinada. E o olhar era de desconfiança.

— Ah, por um cara lá da cervejaria. Disse que eu poderia achar interessante.

A garota ainda ficou encarando Esta por um bom tempo, como se não soubesse se acreditava ou não na história, mas acabou cedendo.

— Eu me chamo Greta, e você?

— John — respondeu Esta, dando o nome mais comum e fácil de esquecer que conseguiu pensar.

— É um prazer tê-lo conosco, John — falou Greta, entregando uma folha de papel para Esta em seguida. — Nosso movimento precisa de mais corpos fortes dispostos a se manterem firmes.

Segurando o caderno embaixo do braço, Esta pegou o papel, mas não o leu.

— Obrigada — disse. — Quem é que está discursando agora?

A moça estreitou os olhos de leve e indagou:

— O seu amigo lá da cervejaria não lhe contou?

Esta sentiu um aperto na garganta.

— Ele só falou que eu ia achar interessante... Não deu maiores explicações.

— Onde ele está? Esse seu amigo...

— Só Deus sabe — respondeu Esta. E, quando teve a impressão de que não era a resposta apropriada, completou: — Deve estar fazendo hora extra. — Então sacudiu os ombros, torcendo que tivesse dado uma impressão de frustração e cansaço. — Você sabe como é... Quando o capataz diz que a pessoa tem que ficar, a pessoa fica.

A expressão da moça ficou um pouco mais relaxada.

— Sim. Sabemos muito bem como é... — concordou. Então olhou de relance para o orador e, em seguida, para Esta. — É Caleb Lipscomb. O atual secretário do Partido Socialista dos Trabalhadores. Ele é brilhante.

— Que desfile é esse de que ele está falando?

— O Desfile do Profeta Velado? — perguntou a moça, novamente com aquele olhar de desconfiança. — Acontece todos os anos...

E deixou a frase no ar, como se aquilo fosse algo que Esta deveria saber.

— Sou novo na cidade. Vim para cá porque meu primo disse que tinha trabalho, com a Exposição e tudo o mais. Moro aqui há apenas dois meses.

A expressão da moça continuou tensa.

— Onde mesmo você disse que trabalha?

Esta teve a impressão que o colarinho engomado de sua camisa a estrangulava, mas já passara por situações mais complicadas do que aquela.

— Na Cervejaria Feltz — respondeu, dando o nome da fábrica de Ruth, já que era o único lugar que conhecia.

A garota soltou um ruído abafado e continuou falando:

— Ele está falando do Desfile do Profeta Velado, marcado para o Dia da Independência.

— E esse tal desfile... é um negócio importante? — indagou Esta, tentando ter uma ideia do que a moça achava do evento.

— Depende para quem. Muitas pessoas aqui da cidade gostam do espetáculo, mas muita gente também tem consciência da verdade. — Greta deu de ombros e prosseguiu: — Não passa de uma demonstração de poder. A Sociedade organizou o primeiro em 1878, depois de uma greve dos ferroviários que quase parou a cidade. Como não podiam permitir que um bando de reles trabalhadores se safasse de uma ação como aquela, principalmente aqueles que tinham a pele mais escura do que a deles, inventaram o Profeta e o Desfile. Usam a ameaça da magia para manter os trabalhadores em seu devido lugar durante o ano inteiro, e o Desfile é uma forma de relembrar a todos de seu poder, de relembrar a todos de quem é realmente livre neste país. — A expressão da moça se iluminou, determinada. — Nunca facilitamos as coisas para eles, e o Desfile deste ano não será exceção.

— Entendi — comentou Esta, olhando para panfleto que tinha nas mãos. As letras garrafais só enfatizavam o ódio contido nas palavras impressas.

— Bem, aproveite o restante da noite — falou a garota. — Se tiver mais alguma pergunta, é só falar com qualquer pessoa que esteja distribuindo panfletos.

— Obrigado — despediu-se Esta. E então olhou para o homem que discursava no centro da sala.

"Vá embora", pensou, quando sentiu que a moça ainda a observava.

Esta fingiu prestar atenção ao que o homem dizia. Minutos depois, olhou de relance para trás e viu que a garota estava de olho nela. Soltou um palavrão em pensamento. Enquanto a moça permanecesse ali, ela estava em um impasse: não podia sumir nem entregar a encomenda. Não sem revelar o que era ou o que estava fazendo. A magia poderia tornar sua tarefa mais fácil. Mas, por causa da moça, Esta não podia arriscar.

Um vão se abriu na multidão, e Esta aproveitou a oportunidade para sair de fininho daquele canto, aproximando-se pouco a pouco da pequena plataforma onde Caleb Lipscomb discursava. Parava de quando em quando, como se estivesse refletindo sobre as palavras dele, e em seguida aproveitava a movimentação das pessoas para se aproximar ainda mais. Não tinha dúvidas de que a moça ainda a observava, mas não podia fazer nada a respeito.

Quando ficou bem na frente do homem, parou e segurou o caderno com todo o cuidado. Esperou um ou dois minutos antes de dar o passo seguinte.

— Temos que ser vigilantes — berrava Lipscomb. — Sabemos que existem aqueles dispostos a corromper nossos propósitos. Elementos indesejáveis que trazem consigo as superstições feudais do Velho Mundo: os católicos, com sua lealdade papista, e aqueles que se recusam a abrir mão da magia selvagem para se juntar ao verdadeiro proletariado. Vocês sabem de quem estou falando — esbravejou, em um tom estridente e febril.

— Vermes! — gritou alguém, bem no fundo da sala.

Esta percebeu que Lipscomb esboçou um sorriso ao ouvir o xingamento.

— Sim. Por que vêm para cá? Por que tentam roubar os empregos pelos quais tanto lutamos? Despedaçar o país que estamos tentando construir, com esses hábitos perigosos? — Lipscomb sacudiu a cabeça de um jeito dramático e prosseguiu: — Precisamos nos resguardar daqueles que pervertem o verdadeiro proletariado com poderes duvidosos.

Esta fingiu interesse, escondendo sua revolta com uma expressão plácida. "Pelo jeito, aqui ladrão rouba ladrão e pobreza é vileza." Ela até podia não conhecer aquele tal de Caleb Lipscomb, mas conhecia pessoas como ele, e um pouco da culpa que sentia pelo que estava prestes a fazer se dissipou.

"Ele faria a mesma coisa comigo", pensou, chegando mais perto do estrado. "Faria pior."

Alguém esbarrou nela, e Esta deixou o panfleto que a moça lhe dera cair no chão. Esperou que o papel pousasse em seus pés para pegá-lo e, com um movimento sutil, aperfeiçoado por anos de treinamento, colocou a encomenda no chão, cobrindo-a com o panfleto. Então segurou a borda da folha solta e deslizou o dispositivo para a frente, posicionando-o bem debaixo da plataforma.

Os Antistasi haviam lhe explicado que ela teria menos de cinco minutos para sair dali depois que acionasse o detonador. Só que, quando levantou, Esta se deu conta de que estava encurralada, prensada pelas pessoas que estavam de pé, gritando com o fervor de devotos fiéis. Como não havia por onde passar, tentou abrir caminho dando uma forte cotovelada na barriga do homem que estava logo atrás. O homem gemeu e cambaleou, e a multidão, já tomada pelo frenesi, o empurrou para a frente. Em questão de segundos, alguém deu um soco em alguém, e o caos se instaurou.

Esta se esquivou e continuou abaixada enquanto tentava escapar daquela loucura. Quando conseguiu atravessar a multidão, retardou o tempo e saiu correndo.

Só parou de controlar os segundos quando já estava fora do prédio, do lado da carruagem, onde North a esperava. As nuvens da noite voltaram para o céu quando ela abriu a porta e entrou.

— Ande logo! — falou, olhando para trás, pela janela.

O caubói não tirou os olhos das unhas, que cutucava com um canivete.

— Ande logo! — repetiu Esta. — Temos que sair daqui.

— Vamos esperar só um ou dois minutos, por garantia.

"Ele é louco."

Esta ainda estava ofegante por ter corrido para sair do prédio e percorrido aquela meia quadra. Seu coração batia tão forte que parecia que ia saltar do peito. Quando um ladrão cumpre uma tarefa, não fica parado, esperando para ser pego em flagrante.

— Precisamos sair daqui antes que a polícia chegue.

— Temos tempo — insistiu o caubói, guardando o canivete no bolso de trás da calça. Então tirou o relógio de bolso do colete e ficou olhando para os ponteiros. — Eu diria que temos, pelo menos, mais dois minutos.

Como Esta usara sua habilidade para fugir, já haviam se passado quase quatro.

North acabara de pegar o revólver quando ouviram o eco de uma pequena explosão.

Ela sentiu um aperto no estômago.

— Você disse que aquilo não era uma bomba — falou, com a boca seca, pensando nas pessoas que estavam naquele local: trabalhadores, operários, todos que vieram escutar as palavras de Lipscomb em busca de esperança. Ficara com tanta raiva daquele discurso que não pensou nas demais pessoas quando plantou o dispositivo debaixo dele.

— Não — disse o caubói, olhando-a nos olhos. — Falei que não ia morrer ninguém, e ninguém vai morrer mesmo. Os explosivos daquela bomba não arrancam mais do que um braço ou uma perna. Só o suficiente para Lipscomb acabar no hospital e parar de nos atrapalhar.

North girou o botão lateral do relógio bem na hora em que as primeiras pessoas começaram a sair pela entrada do prédio. Com elas, surgiu uma neblina densa feito nuvem. E, apesar de estar a mais de uma quadra de distância, Esta pôde sentir aquela magia estranha pairando no ar, ardente e gélida a um só tempo.

— O que vocês fizeram com eles? — perguntou.

— A questão não é o que fizemos *com* eles — respondeu o caubói, tirando os olhos dos ponteiros. — É o que *você* fez *para* eles.

Então fechou o relógio, e Esta não teve tempo de refletir sobre aquelas palavras, porque sentiu suas veias congelarem, e o mundo ao seu redor ficou completamente branco.

O LAGO

1902 – Nova York

Viola teve a terrível sensação de que não conseguiria mais respirar.
— Como assim? Foi perpetrado com magia? — perguntou. Enquanto Ruby falava, movida pelo furor das convicções, a pele dela passou do tom mais pálido de creme a um rosa bem forte. O que não a tornou menos atraente.

— Jack foi bem claro. O trem não descarrilou pura e simplesmente. Não houve uma bomba. Os dois, Harte Darrigan, que supostamente morrera na ponte do Brooklyn no dia anterior, e essa tal de Esta Filosik, usaram magia para destruir o trem. — Ruby chegou mais perto de Viola e completou: — Usaram magia *além* dos limites da Beira.

— Isso é impossível — afirmou Viola. A menos que Darrigan estivesse com o Livro. E Esta, mancomunada com ele? "Não."

— Se não é verdade, por que a Ordem se esforçaria tanto para me impedir de contar a história?

Viola só conseguiu sacudir a cabeça, atordoada.

— O simples fato de estarem dispostos a contratar seu irmão para me matar prova que é verdade. Existem Mageus fora de Nova York, e isso não é tudo. Jack me contou o que realmente aconteceu na Mansão Quéfren na noite do incêndio.

De repente, Viola teve a sensação de que seu estômago se enchera de ferro derretido.

— Contou, é? — falou, tentando manter a voz firme, apesar de estar imaginando qual seria a profundidade daquele lago. Haveria a chance de que tudo aquilo não passasse de uma armadilha?

— Eles foram roubados — contou Ruby, com os olhos brilhando de satisfação. — Um grupo de Mageus entrou na sede e levou todos os preciosos tesouros da Ordem.

— Ah...

A voz de Viola pareceu fraca, até para ela mesma. Ruby balançou a cabeça, com um brilho naqueles olhos azuis como a noite, e continuou:

— Sim, mas a Ordem ainda está tentando acobertar o fato. Ninguém abriu o bico a respeito de quem são os ladrões, nem do que roubaram. Enquanto o povo desta cidade continuar acreditando que a Ordem é toda-poderosa, vão continuar protegendo os criminosos. É por isso que preciso de você. Para descobrir o que aconteceu na Mansão Quéfren.

— Não sei nada sobre isso que você está falando — declarou Viola, se esquecendo por um instante de onde estava. Quase levantou, mas o barco se encarregou de lembrá-la, balançando. — Me leve de volta — falou para Theo. — Para mim, já chega. Chega disso tudo.

— O que foi? — perguntou Ruby, com uma confusão genuína. — Se tem medo de ser agredida, podemos protegê-la.

— Vocês? — Viola deu risada da declaração ridícula da moça. — *Vocês* vão *me* proteger?

— Podemos garantir que fique a salvo de Paul Kelly quando a reportagem for publicada.

— De Paul? — indagou Viola, surpresa.

— Você não percebe? — disse Ruby, baixando a voz. — Tudo se encaixa. Kelly tem Torrio, um Mageus, trabalhando para ele ao mesmo tempo em que a Mansão Quéfren é roubada? Paul Kelly, que já é famoso por ser um criminoso contumaz... Sem querer ofender — completou, ficando com as bochechas ainda mais rosadas.

Viola ignorou o pedido de desculpas.

— Você acha que foi o meu *irmão* que entrou na Mansão Quéfren?

— indagou, estupefata. Era melhor do que Ruby ter conhecimento do envolvimento da própria Viola, mas não muito.

— Não sei ao certo, mas é com isso que você poderia me ajudar. Se pudermos provar que Kelly fez isso, poderíamos derrubar um chefe do crime organizado e a Ordem com um único golpe. O Tammany teria de virar as costas para Kelly, porque está interessado no apoio da Ordem, e todo mundo ficaria sabendo que a Ordem é fraca e inútil. E, se descobríssemos o que o pessoal do Kelly roubou, talvez pudéssemos até localizar os objetos e garantir que não caiam em mãos erradas.

A mente de Ruby era um prodígio, mas também perigosa. Se a moça insistisse em continuar investigando, as possibilidades de acabar descobrindo, uma hora ou outra, o envolvimento de Dolph e da própria Viola eram grandes. Mas, se dependesse de Viola para obter informações, poderia ser manipulada como ela bem entendesse. E, se fosse bem esperta, Viola poderia destruir Nibsy Lorcan nesse meio-tempo.

Ainda tinha suas dúvidas a respeito do que fazer. Mas, ao pensar em ver Nibsy derrotado, tomou sua decisão. Sim, seu irmão podia até ser seu parente de sangue, mas fora ele que escolhera aquele caminho. Viola tirou um pacote da cesta que levava consigo e o ofereceu para Ruby.

— O que é isso? — perguntou a repórter, segurando o embrulho e arregalando os olhos.

— Recibos dos últimos meses. Não sei o que tem aí nem se será de alguma ajuda, mas Paul tem grandes planos. Só na semana passada, já mandou quatro capangas saírem da cidade.

— Por quê?

Viola deu de ombros e respondeu:

— Não sei ao certo, mas Paul quer um pedaço maior do mundo do que as ruas desta cidade podem oferecer. Conheço meu irmão. Não vai ser nada bom para o vasto mundo se Paul se meter com ele.

Ruby franziu o cenho enquanto folheava os recibos, examinando-os.

— Tem mais alguma coisa?

— Tem, mas Paul carrega sempre consigo. Não consegui pôr minhas mãos neles. – Viola fez careta ao lembrar do modo como seu irmão e os rapazes dele a vigiavam de perto. – Mas vou conseguir.

– Quando? – pressionou Ruby, trazendo o embrulho para perto do corpo.

– Quando eu puder – desconversou Viola, irritada com o tom insistente da moça.

– Isso não é resposta – falou Ruby, levantando a voz e abraçando o pacote de documentos. – Preciso de uma data.

– Ruby... – interveio Theo, falando baixinho, já voltando para a beira do lago.

– Não sou sua criada. – Viola bufou. – Você não tem o direito de me dizer o que fazer, nem quando.

– Eu nunca falei isso – justificou-se Ruby, com as bochechas alvas assumindo um tom vermelho flamejante. – Eu só quis dizer...

– Você não quis dizer *nada, principessa* – disparou Viola. O estresse de estar presa tão perto de Ruby, encurralada de tantas maneiras, derrubou as barreiras que ela havia levantado, entornando-se em forma de uma invectiva furiosa. – Isso é problema seu. Os riscos que você corre, os perigos nos quais se mete, arrastando esse aí o tempo todo, como se ele fosse um cachorrinho...

– Ei! – exclamou Theo.

Mas Viola o ignorou e continuou falando:

– No seu lindo mundinho, você tem segurança demais para saber o que é perigo. Manda e desmanda nos outros e nem sequer se dá ao trabalho de se certificar de que vão obedecer. Mas você não vai mandar e desmandar em mim.

– Eu nunca... quer dizer... você está... – e então balbuciou um pouco mais, soltou um ruído exasperado e lhe deu as costas.

Viola fingiu não ter notado que os olhos de Ruby ficaram lacrimejando, nem que a voz dela fraquejou. Em vez disso, também virou as costas, ignorando os dois.

Pelos minutos seguintes, Theo continuou remando. Assim que

atracaram, Ruby levantou e desceu do barco com ajuda do funcionário do parque. Saiu pisando duro, sem dizer mais uma palavra, como a boa menina rica e mimada que era.

Theo desceu primeiro e depois ajudou Viola a sair, e ela odiou a sensação de estar em cima daquele barco. Por um instante, ficaram em um silêncio constrangedor, como se nenhum dos dois quisesse ser o primeiro a ir embora.

— Não vou pedir desculpas, se é isso que você está esperando — disparou Viola, dirigindo-se a Theo, que a encarava sem pestanejar.

Ele esboçou um sorriso, mas com uma expressão triste.

— Eu não esperava nada nesse sentido.

Viola olhou feio para ele e perguntou:

— Então por que ainda está aqui?

— Estou pensando... — Então ficou tamborilando o dedo no queixo e espremendo os olhos por causa da claridade. — Ela tem boas intenções, sabia?

Viola simplesmente olhou feio para ele de novo.

— Sei a impressão que você pode ter de Ruby, mas eu a conheço desde que tínhamos centímetros de altura. A vida dela não foi fácil. Primeiro, houve a morte do pai e, depois, tudo o que vem acontecendo com a família dela, desde então. Ruby realmente quer ajudar. Do jeito dela, está tentando fazer algo de valor. — Mas, como Viola continuava de cara fechada, Theo soltou um suspiro e perguntou: — Isso não vai acabar bem, não é?

A sinceridade do olhar no rosto dele desarmou Viola.

— Paul Kelly não é um sujeito que gosta de ser desafiado...

— Não foi isso que eu quis dizer — falou Theo, sacudindo a cabeça. — Mas você também deve ter razão a esse respeito. Foi um prazer vê-la novamente, Viola.

Ela estendeu o braço e segurou Theo pela manga.

— Existe alguma maneira de convencê-la a desistir desse plano maluco? — indagou, sem conseguir disfarçar um indesejável tom de desespero.

Theo deu risada.

— Estou para ver o dia em que conseguirei convencer Ruby de desistir de alguma coisa. Ela tem mais vidas do que um gato. — A expressão dele se suavizou ao completar: — Seja delicada com ela, sim?

Viola franziu o cenho.

— Não sei do que você está falando...

— Imagino que saiba, sim — disse Theo, dando aquele sorriso amarelo engraçado que deixaria qualquer outra pessoa com cara de bêbado. Theo simplesmente parecia inocente e... bem, *bonzinho* demais. — Acho que sabe e, apesar de seu chilique, do qual gostei muito, aliás, você será delicada com ela. Caso contrário, vai se ver comigo.

Theo se despediu inclinando o chapéu e, em seguida, se virou para pegar as coisas de Ruby. Então correu atrás dela, deixando Viola sozinha à beira do lago, boquiaberta, confusa, e com a sensação de que acabara de ser derrotada em uma discussão que nem sequer sabia que estava tendo.

A DIFERENÇA ENTRE...

1904 – Saint Louis

Harte não fazia a menor ideia de onde os Antistasi haviam lhe enfiado, mas o lugar parecia ser subterrâneo, um porão ou depósito de carvão. Pelo jeito, haviam resolvido não se arriscar: pouco tempo depois que o mago foi largado no chão, escutou o mesmo estalo seguido de um som sibilante que ouvira quando estava na parte de trás da carroça. Instantes depois, sentiu o mesmo odor pungente, que lhe dera a sensação de que sua cabeça flutuava e sua afinidade ficava embotada. Fosse lá o que fosse, já havia evaporado havia algum tempo. Mas ainda parecia que sua afinidade estava a quilômetros de distância.

Como as cordas que prendiam seus pulsos estavam apertadas demais para que ele conseguisse soltá-las, Harte simplesmente ficou sentado naquela escuridão forçada e esperou. O único desdobramento positivo dos fatos foi que a droga, qualquer que fosse, calou a voz que havia dentro dele. O mago chegou à conclusão de que deveria ser algo além de ópio, para causar tal efeito.

Quando ouviu uma porta se abrir, seus braços estavam completamente dormentes, depois de ficarem tanto tempo amarrados às costas. Harte levantou com dificuldade e se preparou para o pior: se Esta tivesse fracassado, não entrariam ali para comemorar.

– Ande logo – disse uma voz conhecida. North, o caubói.

As mãos que o levaram pelo braço não eram exatamente delicadas, mas não fizeram nada além de conduzi-lo.

Por fim, pararam e, quando tiraram o saco de sua cabeça novamente, o mago piscou para se acostumar à claridade repentina e se viu em um pequeno escritório. E não estava sozinho. A mulher estava ali – Mãe Ruth, além de North, outra moça de óculos prateados apoiados no nariz, que ainda não vira, e Esta, cuja expressão cansada e preocupada não mudou nem mesmo depois de vê-lo. Como não a tinham amarrado e ele ainda não estava morto, chegou à conclusão de que aquilo deveria significar alguma coisa boa.

Mesmo com aquele terno ridículo e aquele cabelo picotado emoldurando seu rosto, Esta ainda parecia quase insuportavelmente perfeita.

O mago cruzou o olhar com ela. "Você está bem?"

Esta lhe deu o mais sutil dos acenos de cabeça, mas olhou para Ruth em seguida.

– Fiz o que você queria, exatamente como prometido. Pode desamarrá-lo agora – declarou. Algo no tom de voz de Esta incomodou Harte, mas ela não parecia ferida.

– Vamos desamarrá-lo quando quisermos – retrucou o caubói, levantando de leve um dos cantos da boca.

– Ela fez tudo o que você pediu, North. – Desta vez, quem interveio foi a moça. Era miudinha, com jeito de frágil, ainda mais com aqueles óculos. Mas Harte não se deixou enganar. A última vez que subestimara uma pessoa de óculos fora um grande erro.

– Maggie tem razão – disse Ruth. – A garota provou seu valor... por ora. Pode desamarrá-lo.

Com um único e contínuo movimento, o caubói tirou um canivete do bolso e o abriu. "Exibido." Mas Harte guardou suas opiniões para si e disfarçou a irritação com uma expressão do mais puro tédio.

– Levando em consideração o que você me obrigou a fazer, acho que mereço sua confiança e ponto-final – falou Esta.

– Você apenas entregou uma encomenda – disparou Ruth. – Isso não lhe dá direito de fazer exigências.

– Eu quase matei aquele homem – argumentou Esta, com a voz

firme. – Detonei uma espécie de bomba mágica que teve sei lá que efeito sobre aquela gente toda... pessoas que nunca me fizeram nada.

O poder que havia dentro de Harte se agitou ao ouvir aquelas palavras, atiçado por algo parecido demais com prazer para seu gosto. E ele devia ter feito algum tipo de ruído, porque North olhou na sua direção. Só que o mago cerrou os dentes e se obrigou a manter a compostura.

Ruth lançou um olhar de pena para Esta e disse:

– Qualquer uma daquelas pessoas teria feito a mesma coisa com você, se tivesse oportunidade.

– Você não tem como ter certeza disso – discordou Esta, sem demonstrar muita convicção.

– Você sabe o que é o PST? – perguntou Ruth.

– Eles são socialistas – respondeu Esta. – Trabalhadores que lutam por uma vida melhor.

Mas havia um tom de incerteza na voz dela. Um tom que fez o poder que vivia dentro de Harte parar e prestar atenção.

– Lutam, sim, mas a que preço? – continuou Ruth, aproximando-se de Esta. – Conheço aqueles trabalhadores tão bem quanto a Sociedade. Pessoas que se espelham nos mais ricos e sonham que, um dia, serão explorados pelo próprio Profeta Velado. Ano após ano, vêm elegendo aqueles que juraram erradicar a magia deste país. Ano após ano, assumem os mesmos os medos dos ricos. Abraçam esses medos e carregam-nos nas próprias costas, só porque não serão eles que sairão feridos. A Lei, a Guarda, até a própria Sociedade... nada disso os afeta.

– Talvez até *tenham sido* inocentes um dia – prosseguiu Ruth. – Talvez simplesmente quisessem um salário melhor e pôr mais comida na mesa de suas famílias. Mas Caleb Lipscomb sabe perfeitamente o que está fazendo. Ele tira vantagem daquelas pessoas. De quem você acha que aqueles trabalhadores realmente têm ódio? Dos capitalistas que moram nas mansões da McPherson Avenue? – Ela soltou uma risada de desprezo. – Não. Cada uma das pessoas que foi àquele armazém para ouvir Lipscomb quer *se tornar* um desses homens. Eles se imaginam vivendo naquelas mesmas mansões, com as filhas vestidas com aventaizinhos de seda, e as mulheres carregadas de joias compradas com o sangue dos trabalhadores comuns. As pessoas que obedecem ao PST não têm ódio de verdade dos homens que governam esta cidade. Têm ódio de quem está abaixo deles: dos imigrantes recém-chegados, que estão dispostos a trabalhar por uma fração do salário que eles exigem. E dos Mageus, que não precisaram fazer nada para possuir um poder que eles não podem sequer imaginar.

Ruth deu de ombros, um gesto que também serviu para demonstrar toda a sua irritação.

– Lipscomb sabe disso. O pessoal dele foi responsável por um tumulto que ocorreu há três semanas, em Dutchtown. Três pessoas morreram porque Lipscomb espalhou o boato de que os moradores de lá estavam abrigando Mageus, que usariam seu poder para tirar a comida da boca dos filhos dos reles trabalhadores. Ele vê nossa espécie como uma ameaça porque sabe que nosso poder significa que temos lealdade a algo que é muito maior do que seu grupinho de homens enfurecidos. E se aproveita do ódio das pessoas porque pode fazer isso, porque seus seguidores têm medo daquilo que não conhecem nem podem compreender. Você sabe o que Caleb Lipscomb está planejando?

– Alguma coisa relacionada ao Desfile do Profeta Velado – informou Esta.

– Estava planejando plantar bombas ao longo do trajeto do Desfile. Você fez um favor para o mundo ao mandá-lo para o hospital, onde ele não poderá incitar seus seguidores.

– E por que você está interessada em salvar o Desfile do Profeta Velado? – interveio Harte.

Ruth se virou para o mago e respondeu:

– Eu *não* estou interessada no Desfile. Mas, toda vez em que há uma ação de algum grupo como o PST, a Sociedade direciona o ódio do povo para a antiga magia. Isso ajuda a aumentar o poder deles: aproveitam-se dos medos e dos preconceitos do povo. *Nós* seríamos responsabilizados pela perda de vidas inocentes.

– Então qual foi a razão do atentado de ontem à noite? – indagou Esta. – Aquilo que explodiu não era só uma bomba. Sei que havia magia nela. Aquelas pessoas também não vão responsabilizar vocês?

– Nos responsabilizar? – Ruth deu risada. – Elas vão nos *agradecer*. Mas você tem razão. Aquilo não era uma bomba. Era algo infinitamente mais poderoso... uma espécie de dádiva que Maggie criou. – Ruth se aproximou da irmã e levantou o queixo dela, em um gesto de carinho. – A Sociedade e outros grupos da mesma laia até podem achar que entendem de alquimia, mas minha irmã tem um dom para isso com o qual eles nem podem sonhar.

– Foi isso que vocês usaram no atentado que ocorreu no outono passado – concluiu Harte. E naquela névoa que utilizavam para manter Esta e ele sob controle. Não era apenas ópio, nem apenas magia. Era uma espécie de combinação das duas coisas, criando uma terceira, completamente diferente. Ao se dar conta disso, o poder que havia dentro do mago influo, e Harte ouviu uma voz ecoando em sua mente. "Viu só?", parecia sussurrar. "Viu só do que eles são capazes? Os estragos que continuarão provocando?"

Mas Harte ignorou a voz. Por mais que, em parte, percebesse que ela estava certa. Como se não bastasse o fato de homens como os integrantes da Ordem perverterem a magia para ganhar poder, Mageus faziam isso também...

– Não – declarou Ruth, soltando o queixo de Maggie. – Não foi *exatamente* igual ao do atentado do outono.

Maggie se dirigiu a eles:

– Naquela ocasião, estávamos apenas tentando atrasar as obras. Meu soro ainda não estava pronto, e precisávamos ganhar tempo.

– Que soro? – perguntou Esta. Cruzou o olhar com Harte, mas ele não tinha resposta para a pergunta.

Alguém bateu à porta, e Ruth mandou a pessoa entrar. Era um dos caras que estavam lá antes, o que ficara perto da carroça.

— Alguma notícia? — indagou Ruth, com uma expressão ansiosa.

— Funcionou — respondeu o sujeito, todo orgulhoso. — Acabaram de levar o primeiro paciente para o Hospital Municipal: uma moça que faz flores brotarem em qualquer coisa que toca.

Ruth soltou um leve suspiro, e Harte pôde perceber o alívio, e a sensação de vitória, na expressão dela.

— Ótimo. Mande Marcus se manter informado e me avise se tiver alguma novidade. — Então se virou para Maggie e disse: — *Você conseguiu*. Desta vez, finalmente conseguiu.

— Conseguiu o quê? — interveio Harte, incapaz de conter a irritação.

— Ela solucionou um problema que assolava nossa espécie fazia séculos. — Os olhos de Ruth praticamente brilhavam de tanta satisfação.

Harte sacudiu a cabeça, sem entender.

— Por que os Sundren odeiam aquilo que representamos? Por que nos rejeitam, nos encurralam e nos obrigam a suprimir aquilo que somos até nos tornarmos uma casca vazia? Até que venham gerações após gerações, e o poder que corre em nossas veias se perca com elas?

— Porque temos afinidade com a antiga magia — respondeu Esta, com uma voz estranhamente baixa. — Porque somos diferentes, e eles sabem que possuímos um poder que eles não podem ter.

— Sim. Porque eles *esqueceram* — continuou Ruth, com um tom fervoroso. — Houve um tempo em que havia magia por todo o mundo. Todo mundo possuía a habilidade de invocar a antiga magia. Mas, através dos séculos, as pessoas se mudaram dos lugares onde seu poder estava enraizado e deixaram suas lembranças para trás. Aqueles que esqueceram o que poderiam ter sido começaram a temer e a perseguir os que ainda eram próximos da antiga magia. Você sabe o que significa ser Sundren? Significa ser despedaçado, apartado. Aqueles que deixaram a magia de seus ancestrais morrer são apartados de um lado essencial de si mesmos. São feridos e incompletos e não fazem ideia do que têm, adormecido, dentro de si. É por isso que mostram suas garras para o mundo, destruindo tudo o que cruza seu caminho para aliviar um pouco dessa dor que não conseguem nomear, esse vazio dentro deles. – Ruth ficou em silêncio por alguns instantes e concluiu: – Mas... e se pudéssemos despertar a magia? E se pudéssemos curar essas feridas? E se não fôssemos mais diferentes, porque *todos* possuem a mesma magia que tanto temem em nós?

– A névoa... – comentou Esta, levantando as sobrancelhas.

– Você não entendeu? – perguntou Maggie, com uma expressão esperançosa. – Nós *curamos* aquelas pessoas.

Só que Harte não tinha tanta certeza. Conhecia a diferença entre o poder cálido, acolhedor e natural que os Mageus podiam invocar e o presságio gélido da magia ritual. Tudo o que vira e experienciara durante sua curta vida lhe dizia que a tal magia corrompida era algo deturpado. Um perigo. Dolph acreditara que poderia se utilizar dela e acabou morrendo. E arrastara Leena consigo.

– Você quer dizer que contaminou aquelas pessoas – falou o mago. – Não pediu permissão, nem lhes deu a chance de dizer "não".

Harte não conseguia imaginar aquilo trazendo bons resultados.

North deu um passo em sua direção, mas Ruth levantou a mão, fazendo sinal para que parasse.

– O que fizemos tem um alcance que vai muito além das pessoas específicas que estavam dentro daquele prédio hoje à noite. – A voz de Ruth tinha um tremor de certeza, característico dos verdadeiros devotos. – Hoje provamos que essas remotas conexões com a antiga magia ainda existem, latentes e adormecidas. Nós simplesmente as despertamos e lembramos as pessoas de como este mundo deveria ser.

– De acordo com quem? – questionou Harte.

O mago conhecia pessoas como Ruth, sempre muito certas do caminho que se descortinava diante delas. Dolph Saunders, com todos aqueles estratagemas e planos, disposto a prejudicar até aqueles que amava em nome do que acreditava ser o bem maior. Nibsy Lorcan, que tinha outra visão, mas acreditava que a dele era tão válida quanto. Até a Ordem e homens como Jack, que julgavam saber exatamente como o mundo deveria ser. Ficou claro para ele que Ruth e seus Antistasi não eram nem um pouco diferentes.

O clima do ambiente mudou quando Ruth assumiu uma expressão fria.

— Você acha que esse é um dilema só meu? — indagou ela. — Os Antistasi são tão antigos quanto o medo e o ódio da magia. A missão que cumprem vem sendo transmitida há séculos. A Ladra provou seu incrível valor esta noite, provou ser uma aliada dessa causa. Fico me perguntando... será que você também provará o seu?

A expressão de Esta suplicava para o mago calar a boca. Mas, com aquele poder se alvoroçando dentro dele, Harte não conseguiu se segurar.

— Eu tomo minhas próprias decisões. Não sou nenhum peão, ninguém vai me usar — disse. E, assim que as palavras saíram de sua boca, Esta cerrou os dentes e começou a olhar para o chão.

Ruth esboçou um sorriso, mas a expressão dela não tinha o menor traço de divertimento.

— Bem... Então, se fosse você, eu me decidiria logo, senhor O'Doherty.

O MOMENTO OPORTUNO

1904 – Saint Louis

Naquela noite, Jack estava ao lado de Roosevelt quando a notícia do atentado correu. O presidente acabara de chegar à cidade, no trem da manhã, e os dois foram direto para a feira, porque Roosevelt presidiria um evento no Palacete da Agricultura da Exposição. Ele examinava um busto de si mesmo esculpido inteiramente de manteiga, por mais absurdo que parecesse. E, quando posou para uma fotografia com a própria imagem amanteigada, Hendricks aproveitou para se aproximar de Jack.

— Houve um incidente ontem à noite — sussurrou o guarda ao seu ouvido. — Já temos tudo sob controle, mas pensei que o senhor... e o presidente... gostariam de ser informados imediatamente do ocorrido.

— O que aconteceu? — perguntou Jack, levando Hendricks para um lugar onde ninguém mais os ouviria. Poderia ser exatamente o que ele estava esperando. Sempre tivera certeza de que, mais cedo ou mais tarde, os vermes iriam longe demais, e então conseguiria usar tal erro contra eles mesmos.

— Em uma das fábricas à beira do rio, senhor — contou o guarda. — Na reunião de um grupo de socialistas. Lipscomb saiu ferido da explosão.

— Lipscomb? — indagou Jack, nem um pouco interessado.

— Ele é um dos nossos, natural de Saint Louis. Um agitador socialista a serviço do PST. Pelas evidências que encontramos, parece que o grupo dele planejava realizar um atentado durante o Desfile, na semana que vem.

– E a explosão matou essas pessoas?

Hendricks sacudiu a cabeça e respondeu:

– Não, senhor. Mas houve... outros tipos de danos.

Roosevelt já olhava para Jack, dando a entender que estava na hora de ir embora.

– E por que os danos causados a um bando de malditos socialistas seriam de alguma importância para mim? – indagou, sem paciência para aquela interrupção, que lhe parecia sem sentido.

O guarda baixou a voz e respondeu:

– O atentado fez uso de magia, senhor. E as pessoas atingidas... são acometidas de... males bastante *peculiares*.

– Peculiares como?

– Os que foram levados para o hospital estão em isolamento, mas vêm desenvolvendo alguns sintomas estranhos. Um deles não para de atear fogo aos próprios lençóis, sem utilizar nenhum instrumento, a não ser as pontas dos dedos. Outra faz chover toda vez que começa a gritar. Contaram que havia uma nuvem de bruma depois que a bomba explodiu, e os que procuraram ajuda até agora disseram que passaram a desenvolver os sintomas depois que essa neblina os atingiu. – Hendricks titubeou antes de completar: – Parecem estar contaminados, senhor.

Jack sondou a expressão de Hendricks, procurando sinais de que ele poderia estar exagerando.

– Como assim, contaminados?

O guarda estava com uma expressão séria, mas havia um certo ar de aversão nas feições dele, como se tivesse acabado de sentir cheiro de podre.

– Por magia.

Roosevelt e os assessores presidenciais foram embora da feira imediatamente, claro. Ninguém estava disposto a correr o risco de sofrer outro atentado até que os responsáveis por aquele fossem localizados e punidos. Jack também supervisionou tais medidas. Roosevelt deixou isso a seu encargo, como costumava fazer. O presidente não entendia, não de verdade. As políticas dele eram quase tão populares quanto o próprio presidente. Apoiara a Lei de Defesa Contra a Magia em segredo, porém jamais falara a respeito em público. Ainda havia muitos que pensavam que a antiga magia não passava de superstição, gente que via os vermes como pessoas normais, que apenas tentavam viver a vida.

    Mas Jack já podia sentir uma mudança de ares. Aqueles atentados eram algo novo, diferente, e infinitamente mais perigoso. Pelo andar da carruagem, os vermes terminariam cavando a própria cova. E Jack estaria lá para enterrá-los.

O BRACELETE

1904 – Saint Louis

Ruth olhou para o chão de fábrica de sua cervejaria e ficou observando as últimas mulheres limparem o local antes de fechar. Ao todo, quinze pessoas haviam sido levadas para o hospital, com sintomas de magia. Quinze Sundren cujas afinidades foram despertadas – o que deveria ter causado uma sensação de vitória, mas com certeza havia bem mais de quinze pessoas presentes no discurso de Lipscomb.

Talvez mais fossem levadas no dia seguinte. Talvez, naquele exato momento, algumas estivessem se escondendo porque sabiam o que aqueles sintomas significavam. Compreendiam o que o mundo pensava dos poderes que cresciam dentro delas. Caso contrário, o soro precisaria de mais ajustes, e o tempo para aperfeiçoá-lo estava se esgotando.

No Quatro de Julho, dignatários de todo o país estariam presentes na cidade, por causa do Desfile do Profeta Velado e do Baile Anual. E os seus Antistasi teriam que estar preparados. Aquele ano representava uma oportunidade única – com a Exposição, a Sociedade seria anfitriã de um evento que ia além de seu costumeiro baile para os ricos de Saint Louis. O baile daquele ano era uma tentativa por parte da Sociedade de usurpar o poder que a Ordem exerce no país. Uma manobra desesperada para mudar o centro do poder do Leste para o Oeste. A lista de convidados não incluía apenas integrantes da Sociedade e os poderosos de sempre – que, por si só, já seriam um alvo bastante impressionante –, mas também representantes de Irmandades de todo o país. Todo mundo que tivesse alguma relevância estaria lá – políticos e titãs da indústria, barões do petróleo e magnatas das ferrovias –, e o mais importante: o próprio Roosevelt.

O presidente com jeitão de moleque era popular, mas Ruth sabia muito bem da verdade: ele só era amigo daqueles que poderiam ajudá-lo a se consolidar no poder. Não dava a mínima para quem fosse igual a ela. Permitira que a Lei de Defesa Contra a Magia fosse aprovada sem se pronunciar, e pagaria caro por tal decisão. Se os Antistasi conseguissem desbloquear nele a magia que outros tanto temiam, *tudo* poderia mudar. Uma nova civilização poderia nascer, com a antiga magia sendo o denominador comum entre todos. Mas, se o soro não funcionasse ou se não afetasse os alvos mais importantes, não teriam outra chance.

Maggie era uma menina inteligente – esse primeiro indício do sucesso deles era prova disso. Se fosse necessário, faria ajustes no soro, para que funcionasse como deveria. Ruth não aceitaria que fosse diferente.

Ela deu as costas para suas funcionárias e voltou para a solidão de seu escritório, fechando a porta para bloquear os ruídos que vinham do depósito, no andar de baixo. Na primeira gaveta da escrivaninha, enrolado em um pedaço de flanela, estava o bracelete que seus homens haviam tirado da Ladra, quando a revistaram em busca de armas. Era uma bela peça de prata com uma enorme gema negra, que parecia conter as cores do arco-íris em suas profundezas.

A pedra era pesada demais para ser tão pequena. E fedia a magia...

Não à antiga magia, não apenas. Só que tampouco era a mesma magia dos objetos que já vira. Coisas como o relógio de North, imbuído de um poder dado por livre e espontânea vontade para ampliar uma afinidade. Tais objetos custavam uma facada, mas aquela peça era diferente. Mais antiga e poderosa.

Objetos como aquele bracelete que tinha em mãos exigiam mais do que um simples ritual para serem criados. Peças com um poder tão profundo e pesado exigiam o sacrifício de um ser vivo, e continham um tipo muito especial, muito raro, de afinidade.

Ruth sabia que todos os Mageus tinham uma conexão ímpar com a essência da existência em si. A maioria tinha uma afinidade que se alinhava ou com a matéria viva, o inerte, ou com o espírito. As afinidades eram tão únicas quanto as pessoas, e podiam se revelar fortes ou fracas, altamente especializadas ou mais genéricas. Com o tempo e a distância, tendiam a enfraquecer. Todo Mageus sabia disso.

Só que houve um tempo em que existia um outro tipo de afinidade. Mageus com o poder de afetar os laços da magia em si sempre foram raros. A maioria das pessoas achava que a existência de uma afinidade tal não passava de mito, como as lendas de deuses e deusas de antanho. Mas toda história guardava uma semente de verdade no fundo do coração, e o medo de que aquela semente específica pudesse criar raízes foi suficiente para desencadear o frenesi violento do Desencantamento. Aqueles que possuíam uma afinidade com a essência da magia em si foram erradicados, e milhares de outros foram sacrificados durante esse processo.

A magia sofreu grandes perdas naqueles dias de trevas, mas não morreu, como esperavam os inimigos. E tampouco morreria agora. Pelo contrário: com o plano de Ruth e com a ajuda do soro de Maggie, floresceria novamente. Mas a aparição daquele bracelete era uma dádiva inesperada. Tanto o colar como o bracelete eram objetos poderosos, capazes de conferir um poder inimaginável a quem os detivesse. Ambos seriam essenciais na consolidação do poder dos Antistasi, assim que a magia fosse despertada. Ou pelo menos seriam, quando Ruth também estivesse de posse do colar.

North apareceu na porta de seu escritório e informou:

— A questão dos dois novatos já está resolvida. A moça está com Maggie, e trancafiei o outro em um cômodo separado. Não vai causar nenhum problema até amanhã de manhã, pelo menos.

— Avise os outros para ficar de olho nele. Quero ser informada ao menor sinal de que vai criar caso.

— Pode deixar — respondeu North, voltando para o prédio às escuras.

Ruth envolveu a pedra com a flanela novamente e, em seguida, só por segurança, a trancou no cofre. Poderia tê-la sempre por perto, mas queria a garota que usava aquela joia ainda mais ao seu alcance. Não precisaria de muito; as palavras certas, um empurrãozinho, e Ruth poderia transformar a Ladra em uma arma para seu uso pessoal. E se o outro desse problema? Daria um jeito nele, assim como fazia com todos os problemas que atravessavam seu caminho.

PARTE

V

TRANQUILIDADE NO HARLEM

1902 – Nova York

"Tem homens demais por aqui, tomando conta do espaço", pensou Cela, enquanto observava Jianyu e o irmão, que se encaravam do outro lado do recinto. Pelo andar da carruagem, alguém apelaria para a violência antes do amanhecer. E, se os rapazes continuassem com aquele duelo de macheza, esse alguém seria ela.

— Vocês dois podem parar? — falou, entregando para Abel uma xícara do café forte que acabara de passar.

— Não estou fazendo nada — desconversou ele, ainda olhando para Jianyu de cima a baixo.

— Você está tentando rebaixá-lo apenas com a força do olhar — alertou Cela, e seu coração ficou um pouco menos apertado só de pensar que Abel pudesse lançar um olhar daqueles. "Abel está vivo." — E eu sei muito bem, porque você vive fazendo isso comigo.

— Só quero me certificar de que não cometemos um erro ao trazê-los para cá — insistiu Abel, apontando para Jianyu e para o rapaz que haviam carregado do apartamento de Evelyn. — Não pedi permissão à senhora Fortune para trazer mais gente, afinal de contas.

Abel levara todos para o local onde estava ficando desde a noite do incêndio, um edifício igual a qualquer outro na Rua 112, em uma região de Nova York chamada Harlem. O prédio pertencia a Timothy Thomas Fortune, um dos editores do *New York Freeman*, o jornal mais importante da cidade dirigido à comunidade negra. Ao que parecia, a publicação tinha desenvolvido um recente interesse pelas causas trabalhistas nas quais Abel se envolvera.

— Jianyu é boa pessoa — insistiu Cela. — Eu já disse: ele é meu amigo.

— Pode até ser, mas e o outro? — indagou Abe, apontando com o queixo para o rapaz branco. Ainda estava inconsciente quando chegaram ao Harlem e estava deitado de lado, nocauteado.

— Ele é responsabilidade minha — declarou Jianyu, que estava calado, só observando, desde que chegaram àquele lugar abarrotado de gente. — Estou em dívida com vocês pelo que fizeram por mim esta noite e não vou abusar dessa generosidade. Vou pegar o garoto e ir embora.

— Ótimo — disse Abe. Mas Cela fez que não com a cabeça.

Ela sabia muito bem como era entrar no Wallack todos os dias sendo o único rosto moreno em meio a um mar de gente branca. O fato de a quererem lá por seu talento e habilidade não fazia a menor diferença. Cela era sempre apartada dos demais, começando pelo ateliê que lhe deram, no porão, e passando pelo modo como os artistas a tratavam. Ficou se perguntando se Jianyu também se sentia assim quando caminhava pelas ruas da cidade, que sempre o enxergaria como forasteiro, e se ele se sentia assim naquele exato momento, em um quartinho apertado lotado de gente que não conhecia. Os amigos de seu irmão estavam todos juntos, em um grupinho, de costas para os recém-chegados e conversando entre si.

— Não — falou Cela. — Você não precisa ir embora. Diga para ele, Abel. Diga que ele é bem-vindo.

Seu irmão titubeou, e ela perdeu a paciência.

— Diga *logo* — exigiu. — Você me deixou sozinha por quase uma semana, Abel Johnson. Fiquei na casa do tio Desmond a maior parte do tempo, e você sequer foi me procurar. Ao contrário de Jianyu. Ele me tirou do teatro, quando aquela harpia em forma de atriz me trancafiou. Eu diria que estamos quites em relação a dívidas, você não?

Abel franziu o cenho.

— Essa briga não é nossa, Cela — respondeu baixinho. — Temos nossas próprias preocupações agora, nossas próprias lutas para vencer.

— Pode até não ser problema nosso, mas você já parou para pensar no *motivo* para não ser?

— Porque já temos problemas demais para nos preocuparmos com Mageus.

— Só que é isso que eles querem que façamos, não é mesmo? — A costureira andava de um lado para o outro. — Você não enxerga o que o Tammany está fazendo, oferecendo proteção às tabernas dos negros para que votem neles? Não estão nos ajudando. Estão nos *usando*, é a mesma coisa que os políticos sempre fizeram. Você está lutando por melhores salários, não? Mas lutando contra quem? Quem são os donos das ferrovias? — perguntou, sem dar tempo para o irmão responder. — Eu lhe digo quem são: todos são integrantes da Ordem.

Seu irmão refletiu sobre suas palavras, mas sem olhar para ela. Encarava fixamente Jianyu, como se tentasse se decidir.

— Você acha que não existem Mageus com a mesma aparência que nós? — perguntou Cela. — Você não se lembra das histórias que papai nos contava? Havia africanos capazes de *voar*, Abel.

— São apenas lendas.

— Será mesmo? — insistiu Cela, falando baixinho. — Porque papai nos contava essas lendas como se fossem verdadeiras.

— Cela...

— Não — insistiu, sacudindo a cabeça antes que Abel usasse aquele tom de irmão mais velho condescendente. — Quando eu achava que você tinha morrido, quando fiquei sozinha semana passada, essa experiência me transformou. Não posso voltar atrás agora. Essa briga pode até não ser *sua*, mas Jianyu é meu amigo, então se tornou a *minha* luta.

Jianyu observava os dois com uma expressão indecifrável.

— Você não precisa abraçar a minha luta — falou. — E jamais deveria ter sido envolvida em nada disso. Darrigan jamais deveria ter envolvido você.

— Mas envolveu — retrucou a costureira. Em seguida, olhou para Abe e declarou: — Se ele for embora, eu vou junto. Não podemos simplesmente nos esconder para sempre, Abel. Muito menos sabendo que

Evelyn está com a pedra, e entendendo o quanto é poderosa. Se aquele anel cair nas mãos erradas, de quem você acha que eles irão atrás? Não é só porque não dispomos de nenhuma magia que estaremos seguros.

Abel fez cara de quem queria continuar discutindo, mas apenas em silêncio por um período longo e constrangedor. Quando Cela viu os cantos da boca dele se erguendo, teve certeza de que havia vencido.

— Você é pior do que a mamãe, sabia disso?

E então ela deu um grande sorriso, com os olhos cheios das lágrimas que vinha segurando até então.

— Ora, ora, Abel Johnson… Acho que esse foi o maior elogio que já recebi de você.

— Não deixe isso lhe subir à cabeça, Coelha. — Mas então a expressão de seu irmão ficou tensa. — E o que fazemos com o outro?

Cela olhou de relance para o local onde o rapaz branco estava deitado. Sentiu um aperto no estômago.

— Bem, precisamos encontrá-lo antes de podermos fazer qualquer coisa com ele.

Porque o rapaz branco havia sumido.

CAMINHADA NOTURNA

1904 – Saint Louis

O quarto que Ruth designara para Esta ainda estava mergulhado na escuridão quando ela finalmente desistiu de tentar dormir. Muita coisa acontecera: o sumiço do colar, ser capturada pelos Antistasi e a decisão que fora obrigada a tomar naquele armazém. Parecia que seus pensamentos eram pássaros levantando voo. Mas não soube dizer se estavam voando em direção a uma nova liberdade ou fugindo de alguma ameaça invisível.

Quando Esta entregou a encomenda no armazém, agiu movida pela raiva e pelo desespero. As palavras de Lipscomb calaram fundo em uma parte de seu coração que ainda estava machucada por causa de tudo o que perdera, e ansiava por vingança. Mas, no instante em que ouviu a explosão, percebeu que fora longe demais. Foi só quando teve notícias do que a bomba de fato era – do que os Antistasi realmente haviam feito – teve a sensação de poder respirar livremente de novo.

Ruth despertara magia nos Sundren. A ideia era quase fantástica demais para ser verdade.

Só que fazia um certo sentido. Por acaso o Professor Lachlan não lhe revelara que os integrantes da Ordem um dia foram Mageus? Homens ricos, que aportaram em uma terra nova, escondendo o que eram às vistas de todos e com a esperança de começar uma vida nova sem a ameaça do Desencantamento e sem o medo que os outros tinham de quem realmente eram. À medida que a magia deles começou a enfraquecer com o tempo, ficaram com medo de que aqueles que chegaram depois fossem mais fortes e mais poderosos. Por isso ergueram a Beira, para proteger o próprio poder. Mas cometeram um erro: a Beira se tornou uma armadilha em vez de um escudo, e a magia daqueles homens poderosos continuou enfraquecendo nas gerações seguintes. No fim, os próprios integrantes da Ordem acabaram se esquecendo de quem haviam sido, ou talvez apenas se recusassem a se recordar.

Havia uma lógica por trás da ideia de que as afinidades perdidas ainda poderiam existir, aguardando debaixo da superfície para serem despertadas. E, se isso fosse possível, um futuro diferente também seria – um futuro sem a ameaça das divisões ou da morte da magia. Na versão do futuro em que Esta crescera, dali a cem anos, a maioria das pessoas acreditava que a magia era ficção, e que os Mageus estavam extintos. Mas, se os Antistasi fossem capazes de ressuscitar a magia para todos, o futuro poderia ser diferente. Melhor, até.

Ficou claro que Harte não enxergou o mesmo potencial que Esta ao ouvir aquela notícia. Pouco depois que o mago opinou, North o tirou da sala. Esta não conseguiu ir atrás dele – perderia a confiança de Ruth que conquistara –, mas precisava vê-lo. Alguma coisa acontecera com ele no Nilo, e sua sensação era de que isso estava relacionado ao modo como se comportara no escritório de Ruth.

Não se surpreendeu ao descobrir que a porta do quarto onde haviam o acomodado estava trancada, ainda mais depois do *showzinho* de Harte. Não condenava Ruth nem o restante dos Antistasi por não confiar nela, apesar do que havia feito por eles – provavelmente, teria feito a mesma coisa. Só que uma porta trancada jamais fora problema para Esta, que acionou sua afinidade e não demorou muito para destrancá-la. Pé ante pé, passou pelo Antistasi que pegara no sono durante o turno de vigia no corredor em frente ao quarto, e começou a procurar onde poderiam ter colocado Harte.

Encontrou-o no andar de baixo. Entrou no quartinho, que mais parecia um armário, e então parou de controlar o tempo. Havia uma lata no chão, igual à que viram na carroça, que deveria ter sido usada para garantir que o mago não criasse caso.

Harte estava dormindo em um catre estreito, respirando tranquilamente. Esta ajoelhou ao lado da cama, tirou o cabelo da testa dele e sussurrou seu nome. Como ele não reagiu, sacudiu-o de leve até que abrisse os olhos.

O mago piscou e se virou para ela, encontrando-a na escuridão do quarto.

— Esta? — sussurrou, sonolento. Levantou as mãos para segurar seu rosto, ficou acariciando e enviando pulsos de calor pelo seu corpo.

— Você está bem? — sussurrou Esta, falando baixo para não chamar a atenção do guarda do outro lado da porta.

O mago fez que sim e puxou Esta para perto, com movimentos lentos e hesitantes, sondando o clima. Levantou a cabeça e roçou os lábios nos dela, com tanta ternura que Esta sentiu um aperto na garganta. Em seguida, sentiu mais um pulso de calor atingir sua pele e um desejo correspondente, mas não se afastou. Pela primeira vez desde a noite em que haviam se beijado na pensão, achou que podia finalmente respirar.

Esta mal teve tempo de perceber que o calor que ela sentia nos lábios não era causado pelo beijo. No momento em que percebeu que era o poder que havia dentro de Harte que se infiltrava dentro dela, o corpo inteiro do mago ficou rígido, como se todos os músculos tivessem se contraído, e ele se afastou de supetão. Ficou de pé e deu um passo atrás.

— Você veio — disse Harte, mas não foi a voz dele que Esta ouviu. Havia algo mais, algum outro poder sobreposto a ela.

Cores improváveis brilhavam nas profundezas dos olhos dele, e não foi exatamente Harte que a encarou.

— Que... — ela ficou sem voz, em razão de uma combinação de medo e sentimento de traição.

— Eu sabia que você viria — ronronou aquela voz que não era de

Harte. As cores refletidas nos olhos dele se dissiparam, e a escuridão que as substituiu era puro vazio, de uma frieza devastadora e de uma antiguidade improvável. – Você vê o mundo do jeito que é, fragmentado e terrível, e veio a mim, exatamente como eu previa. Sinto sua raiva, esse ódio pulsante, puro e verdadeiro. Posso ser a lâmina que permitirá a você cindir o mundo em dois.

Harte soltou um suspiro, um som terrível, engasgado, e então se contorceu.

– Harte?

Ela sentiu ao mesmo tempo uma vontade de tocá-lo e de se afastar.

– Fique aí – disse o mago, rouco e ofegante. Então cerrou os dentes, lutando contra aquilo que havia dentro dele.

Esta não conseguiu fazer nada além ficar observando e esperando, até que, uma hora, a respiração dele se acalmou, e o corpo relaxou. Quando o mago a encarou de novo, Esta só enxergou Harte.

– Onde você estava com a cabeça? – perguntou ele. – Não pode me pegar de surpresa desse jeito.

O tom de censura acabou de destruir os já frágeis laços que controlavam a impaciência de Esta.

– Caramba, Harte! Era você mesmo durante *alguma parte* do que acabou de acontecer? – disparou Esta, com medo de ouvir a resposta.

– Você quer saber se eu lembro de tê-la beijado? – indagou Harte, hesitante. Em seguida, passou a mão no cabelo e parecia tão infeliz que Esta quase foi capaz de perdoá-lo por ter perdido a paciência. – Achei que estivesse sonhando e, quando me dei conta de que não estava, ela já tinha se apossado de mim.

Os instintos de Esta entraram em alerta.

– Como assim, ela?

Harte soltou um suspiro exausto.

– Essa *coisa* que está dentro de mim. Acho que é uma mulher. – E então contou tudo o que vira quando ficara alheado no Nilo: a mulher e o Livro, Toth e o círculo de pedras. – O nome dela é Seshat. Acho que é uma espécie de demônio ou algo assim. Toth estava tentando detê-la, mas não conseguiu. E ela não morreu. Parte dela ficou presa no Livro.

— Você viu tudo isso?

— Mais senti do que vi. Foi como se eu estivesse lá, vivenciando as mesmas sensações que ela — explicou o mago, ficando arrepiado só de lembrar. — A mulher tinha pedras, não as mesmas da Ordem, mas parecidas. Quando Toth as destruiu, isso a afetou. Acho que é isso que temos que fazer para aprisioná-la de novo. Se conseguirmos conectar as pedras, podemos trancafiar esse poder novamente. Só precisamos descobrir como.

Só que Esta já sabia a resposta para essa pergunta. *Ela* poderia conectá-las. Foi o que o Professor Lachlan tentara, e era isso que já sabia que precisaria fazer se quisesse pôr um fim àquela loucura de uma vez por todas.

— Temos que conectar as pedras através do Éter — disse. — Vamos precisar do Livro. Mas, assim que estiver em nossas mãos, posso fazer isso.

Então relembrou Harte o que acontecera quando ela voltara para sua própria época e percebeu o exato momento em que o mago entendeu o que isso queria dizer.

— Não — declarou Harte, sacudindo a cabeça. — De jeito nenhum.

— É o único jeito.

— Eu me recuso a acreditar. Vamos descobrir um outro modo. Vamos reaver o Livro, e *vai* haver outro modo.

Ele parecia tão horrorizado, determinado e ridiculamente teimoso que Esta só concordou com a cabeça.

— Claro — disse.

De que adiantaria discutir? Esta não estava ali para salvar a própria vida, e sim para garantir que Nibsy não saísse vitorioso, para garantir que a Ordem e outras organizações semelhantes não destruíssem mais um futuro. E, quem sabe, até para conseguir que Harte pudesse ser livre um dia, como ele sonhava.

— Precisamos ir embora — falou o mago, levantando. — Já perdemos tempo demais. Mas, se conseguirmos falar com Julien, talvez possamos descobrir o que a Sociedade fez com o colar e sair desta cidade, como planejamos.

Esta já sacudia a cabeça antes de falar:

– Não podemos.

– Podemos, *sim* – insistiu Harte, com um olhar sombrio.

– Os Antistasi...

– Os Antistasi não são problema nosso – retrucou ele, ignorando as palavras de Esta antes mesmo de ouvi-las. – Quanto antes encontrarmos o Livro, mais depressa descobriremos uma solução para controlar essa coisa que está dentro de mim, e poderemos voltar e deter Nibsy.

Esta ainda sacudia a cabeça.

– Eles estão com a Chave de Ishtar.

UMA ESCOLHA

1904 – Saint Louis

Harte ficou imóvel.
— Eles estão com o seu bracelete?
Esta confirmou com a cabeça, com uma expressão tensa.
— Acho que pegaram enquanto estávamos inconscientes, dentro da carroça.
— Por que você não disse nada? — perguntou o mago, sentindo uma pontada de pânico. Sem o bracelete, os dois estavam presos em 1904, não poderiam controlar o Livro e, se a joia fosse parar em mãos erradas...
— E quando eu deveria ter falado? Enquanto estava inconsciente ou no meio de uma sala onde todo mundo poderia ouvir? — disparou Esta, estreitando os olhos.
Ela estava certa. Entre serem capturados e ficarem separados enquanto os Antistasi o obrigavam a trabalhar para eles, os dois não tiveram tempo de conversar.
— Tudo bem — disse ele, com a sensação de que tentava convencer a si mesmo e também a Esta. — Vamos reavê-lo.
De início, Esta apenas franziu o cenho, como se estivesse procurando uma alternativa.
— Você pode roubá-lo — insistiu o mago no óbvio.
— Não sei se devemos. Pelo menos, ainda não.
— É *claro* que devemos. Você é ladra, e das boas — falou Harte, tentando entender o que ela estava pensando. — Por que você não quer pegá-la de volta?

— Eu quero — garantiu Esta. — Só estou pensando que... talvez devêssemos esperar. Primeiro escute — protestou, antes que Harte pudesse interromper. — Não sabemos onde o colar está neste momento.

— Julien pode conseguir essa informação — lembrou o mago. Só que os dois não podiam falar com ele enquanto estivessem presos ali, com os Antistasi.

— Claro. Mas e se precisarmos de mais gente para pôr as mãos na joia? Ruth e os Antistasi também querem o colar, certo? Por que não usar o pessoal dela, assim como eles estão nos usando?

O mago lhe lançou um olhar de dúvida.

— Eles não me parecem ser alvos exatamente fáceis.

— Dolph também não era — argumentou Esta. — Mas isso não impediu você de tentar. Por que não podem ser nossos aliados? Assim que puserem as mãos no colar, posso roubar as duas coisas, e poderemos ir embora.

Harte sacudiu a cabeça negativamente e prosseguiu:

— Esse plano deles, de contaminar as pessoas com magia, não me agrada. As pessoas deveriam ter escolha. Além disso, é perigoso. E, se nos envolvermos nessa confusão, corremos o risco de não termos chance de encontrar as outras pedras.

Mas Esta dispensou a preocupação do mago.

— Não precisaremos nos envolver se os *ajudarmos*.

— Eles estão *atacando* pessoas, Esta.

— Eles estão *dando* magia para as pessoas — argumentou ela. — Estão tentando fazer a diferença.

Harte sacudiu a cabeça de novo.

"Como ela não enxerga?"

— As pessoas reunidas naquele armazém não fizeram nada para merecer aquilo. E se não *quisessem* possuir magia? E se estivessem felizes com a vida que têm?

Esta cruzou os braços.

—Você ouviu o que Ruth falou a respeito deles...

— É — disse o mago, antes que Esta pudesse seguir em frente. — Eu ouvi o que *Ruth* disse. Mas não conhecemos aquelas pessoas. Não sabemos nada a respeito de quem são ou do que fizeram. Você está acreditando na palavra dela, que praticamente nos sequestrou?

Mesmo com a luminosidade escassa, o mago pôde enxergar a expressão determinada de Esta e, ao vê-la, o poder que havia dentro dele se alvoroçou, animado.

– Eu ouvi os socialistas conversando – contou Esta. – Escutei o que dizem a nosso respeito.

Harte soltou um suspiro.

– Você não acha que o atentado de Ruth pode simplesmente ter provado que eles têm razão?

Esta levantou o queixo com um olhar ardente.

– Talvez valha a pena, se mudar a situação.

– Esta...

– Não, Harte. Escute: não sabemos onde está Jack, nem onde está o Livro. No momento, não temos *nenhum* dos artefatos. Estamos em uma situação pior do que aquela em que começamos – ela argumentou. – Que eu saiba, a única maneira de impedir que o poder que está dentro de você assuma o controle é usar a minha afinidade. Se o poder assumir de vez...

– *Não vai* assumir – declarou Harte, com um tom severo. Ele *não* permitiria que Esta se sacrificasse por sua causa.

– *Se* isso acontecer – repetiu Esta –, não terei como levar você de volta. Você ficará preso aqui, em 1904. E, nesse caso, os Antistasi podem ser a única alternativa que nos resta para consertar as mudanças que causamos. Se o plano deles der certo, se realmente conseguirem restaurar a magia, você terá um futuro. Todo Mageus terá. E nem Nibsy, nem a Ordem estarão no comando desse futuro.

O mago sacudiu a cabeça, recusando-se a concordar.

– Não posso acreditar que seja nossa única opção.

– Talvez não seja, mas precisamos pelo menos levá-la em consideração.

– Não...

— Vamos esperar só mais um ou dois dias – suplicou Esta. – Ainda não sabemos onde o colar está. E, até descobrirmos, não temos como saber se precisaremos dos Antistasi para pôr as mãos nele. Não faz nenhum sentido cortar relações. Não enquanto não formos obrigados.

O mago não gostou nem um pouco da ideia. Não gostava daquela tal de Mãe Ruth, nem de seus Antistasi. E muito menos do modo como o poder ronronava ao ver Esta tão decidida a enveredar por esse caminho. Algo naquela aprovação lhe dizia que esse caminho não era a escolha certa.

Mas o mago conhecia Esta muito bem, e sabia que, quando estava com os dentes cerrados de modo tão inflexível quanto naquele momento, não fazia sentido tentar continuar discutindo. Pelo menos, não por ora.

— Tudo bem – falou Harte. – Mas, ao primeiro sinal de problemas, ao primeiro indício de que estão indo longe demais ou fugindo do controle, vamos *embora*. Saímos daqui sem olhar para trás. Pelo menos me prometa isso.

Só que, antes que Esta pudesse se pronunciar, a porta daquele quarto que mais parecia um armário se escancarou, e North apareceu, olhando os dois de cima a baixo, com uma expressão dura feito pedra. Ficou encarando os dois por alguns instantes, com um ar visivelmente desconfiado.

"Quanto será que ele ouviu?"

— Venham – falou, com uma voz fria feito gelo. – Os dois.

Todos os instintos de Harte o mandavam correr. Imediatamente. Pegar o bracelete e sair logo dali antes de ter ainda mais envolvimento com aqueles Antistasi. A luta daquelas pessoas não era a luta deles. O futuro que vislumbravam não era o mesmo de que Harte precisava. Mas Esta lhe lançou um olhar de súplica, e Harte se viu incapaz de recusar.

AS CONSEQUÊNCIAS

1904 — Saint Louis

Enquanto seguia North, Esta olhou de relance para trás, para se certificar de que Harte a acompanhava. Vindo de algum lugar bem no fundo do prédio, ela ouviu um barulho que não conseguiu identificar, até que chegaram a uma sala ampla, bastante iluminada. Lá dentro, Maggie e mais duas mulheres tentavam acalmar quase uma dúzia de crianças, a maioria em um choro inconsolável.

— Ainda bem que chegou ajuda — falou Maggie, entregando para Esta o bebê que segurava. Ela ficou chocada demais com toda a situação para se recusar a pegar aquele pequeno aos prantos. Apertou os braços ao redor da criança, que se debatia, o que só fez a coisinha espernear ainda mais. Mas, pelo menos, não a deixou cair no chão.

— De onde saíram todas essas crianças? — perguntou, enquanto Maggie se aproximava de uma pouco maior, encolhida em um canto, e se abaixou para afastar o cabelo dos olhos da menina.

Ao ouvir o som de passos mais atrás, Esta se virou e deu de cara com Ruth, parada na porta por onde eles tinham acabado de entrar.

— Pelo jeito, o nosso atentado a Lipscomb teve um resultado inesperado — disse Ruth. — A Guarda acabou de dar uma batida em Dutchtown, provavelmente à procura dos responsáveis. Um dos nossos aliados trouxe as crianças para cá. Eles sabem que Maggie tem um fraco pelos pequeninos.

— Mas por que a batida? — perguntou Maggie, pegando a menina no colo. – Aquela era uma reunião do PST. A Sociedade deveria ter ficado feliz por ter se livrado daquele pessoal.

– Não sei ao certo o porquê da retaliação – respondeu Ruth. – Mas essa foi a consequência.

– O que aconteceu com os pais das crianças? – indagou Esta, acomodando aquele volume quente, e talvez molhado, nos braços. "Definitivamente molhado."

– Foram presos. Serão acusados e provavelmente condenados. Ou seja, das duas uma: ou irão para a cadeia ou serão deportados – explicou Ruth.

– Mas eles não fizeram nada – argumentou Maggie, embalando a menina até que o choro se reduzisse a um lamento.

O bebê que estava no colo de Esta não pareceu muito interessado em ser consolado.

– E desde quando isso faz alguma diferença? – perguntou Ruth.

Esta olhou em volta, para os rostos e olhos vermelhos de todas aquelas crianças – que deveriam estar no braços da mãe ou do pai – e teve certeza de que se lembrariam para sempre do momento em que as pessoas que deveriam protegê-las lhes foram arrancadas.

Então se recordou do dia em que Dolph a levara por um passeio pelos cortiços da Bowery. Vira crianças não muito maiores do que aquelas mantidas dentro de casa, longe dos olhos dos outros, para que os poderes delas não fossem revelados. Ele queria lhes proporcionar uma vida melhor, destruindo a Ordem e desmantelando a Beira. Queria um novo futuro e, em vez disso, só recebera uma bala nas costas. Esta ficou imaginando o que poderia ter acontecido com as crianças que Dolph um dia protegera nos dois anos que haviam se passado desde a morte dele.

Uma coisa era certa: a Sociedade não era muito melhor do que a Ordem. Usava a Guarda Jefferson para mandar e desmandar na cidade, assim como a Ordem usava o poder de que dispunha. Não tinha a menor importância o fato de estarem além da Beira, do outro lado do Mississippi e na fronteira com o Oeste. Mesmo longe da prisão de Manhattan, não havia nenhuma liberdade ali, não para os Mageus. Não quando a própria magia que corria em suas veias – uma parte intrínseca de quem eles eram – era desprezada, temida e perseguida. Nada iria mudar. "A não ser que se forçasse uma mudança."

– North? – falou Ruth, voltando-se para o caubói. – Quero que você reúna alguns dos nossos e vá visitar os feridos no hospital.

– Os socialistas? – indagou North, visivelmente surpreso.

– A retaliação da Sociedade foi inesperada. Não confio na Guarda para cuidar dos feridos. É melhor que os recém-despertos estejam do nosso lado do que tê-los contra nós – explicou. E então olhou Harte e Esta de cima a baixo. – Leve Ben com você. Precisamos tirá-los de lá antes do amanhecer, e ele pode ajudar com aqueles que oferecerem resistência.

Harte, que estava do outro lado da sala, trocou um olhar com Esta, e ela entendeu o que o mago estava pensando. Era exatamente nesse tipo de perigo que Harte tinha medo de se envolver. Só que, parada naquela sala, com uma criança que gritava e se contorcia, Esta teve ainda mais convicção de que precisava ficar ali.

Ela já vira aquela coisa terrível que vivia dentro do mago e, mais do que nunca, tinha certeza de que estava disposta a abrir mão de si mesma para impedir que aquele poder se libertasse. E, se não conseguisse, precisava fazer tudo o que estivesse ao seu alcance para garantir um futuro melhor para Harte. Ajudaria a garantir que nem a Ordem nem a Sociedade fossem capazes de usar a antiga magia contra qualquer Mageus. Nunca mais.

NO FERRARA'S

1902 — Nova York

Já era perto do meio-dia quando Viola deu uma desculpa e saiu do New Brighton, em direção ao centro, às ruas da região da Bowery que outrora chamara de lar. As calçadas já estavam fervilhando de ambulantes, com carrinhos cheios de mercadorias e de compradores barganhando pelo melhor preço. Grupos de crianças se espalhavam pela rua, brincando com qualquer coisa que pudessem achar para se ocupar. Sozinhas, já que a maioria dos pais deveria estar trabalhando em uma das indústrias ou fabriquetas da vizinhança. Viola se lembrou daqueles dias, quando era recém-chegada ao país, e as ruas de Nova York lhe pareciam um novo mundo, estranho e perigoso. Aprendera a falar inglês naquelas esquinas, e também o quanto era diferente dos demais.

Abandonou tais lembranças, virou na Grand Street e seguiu na direção das vitrinas de vidro reluzentes e da tabuleta dourada do Ferrara's. Quando passou pela porta vaivém, o odor amargo do café tostado e a doçura da erva-doce fizeram cócegas em seu nariz, ao mesmo tempo em que foi envolvida pelo calor da padaria. O cheiro era igual ao da cozinha de sua casa na época do Natal, quando, apesar de mal ter dinheiro para pagar o teto sobre suas cabeças, sua mãe passava os dias assando *biscotti* para dar de presente aos vizinhos. Viola escolhera aquele local por causa da familiaridade, porque ficava no seu território, e não no deles. Mas esquecera que a nostalgia podia ser um veneno tão poderoso. Com um único golpe, a nocauteara. E lá estava ela novamente, uma menininha de cabelo revolto e coração mais ainda, que não fazia ideia de como o mundo tentaria diminuí-la e exigir coisas que não tinha a oferecer.

Só que ela não era mais aquela menina. Conhecia muito bem os perigos do mundo, a dureza dos corações que aprendiam tão cedo a odiar.

Nos fundos do salão da padaria, Ruby e Theo já estavam à sua espera. Ruby usava mais um daqueles trajes que a faziam parecer uma rosa prestes a desabrochar, mas estava de olhos arregalados, absorvendo tudo o que havia ao redor. Sobre a mesa, à frente deles, havia um prato de docinhos e três pequenas xícaras de café expresso, intactas.

Viola estava quase chegando à mesa quando Ruby finalmente a viu. Theo levantou para cumprimentá-la, mas ela sacudiu a mão, dispensando a gentileza, e sentou. Estava ali a negócios, não por prazer.

– Este lugar é uma maravilha – disse Ruby, abrindo para Viola um sorriso duro, que lhe pareceu forçado. – Obrigada por ter enviado o bilhete – falou, pegando um dos *sfogliatelle* no prato. – Alguma novidade?

Então deu uma mordida no doce e ficou esperando Viola responder.

Viola mal tinha aberto a boca para ir logo ao assunto quando ficou sem palavras, ao ver a súbita expressão de deleite que Ruby fez ao comer o doce. A língua dela logo tentou recolher as migalhas da delicada *sfogliatella*, e a moça soltou um ruído da mais pura satisfação. Viola só conseguiu ficar observando, petrificada por uma estranha combinação de desejo e desesperança, enquanto Ruby dava mais uma mordida.

– Bem... – Ruby encarou Viola e, quando seus olhares se cruzaram, os olhos dela se arregalaram de leve, e as bochechas ficaram tão rosadas que ganhavam até daquele vestido ridiculamente feminino que estava usando.

– Acho que o que ela quis dizer... – interveio Theo, empurrando o pratinho na direção de Viola – ... é que você deveria experimentar um desses, por favor, enquanto nos conta o que descobriu.

– Já sei que gosto têm – disparou Viola. De qualquer modo, sua boca estava seca demais para comer qualquer coisa. Então, sacudiu seus pensamentos e ficou olhando para Theo, porque era mais fácil. – Posso contar o que foi roubado da Ordem – disse, dando continuidade ao assunto.

Ruby pôs o doce no prato e se inclinou para a frente.

– Pode mesmo?

Viola fez que sim. Ainda não tinha certeza de que deveria revelar tudo, mas contar aquilo para Ruby poderia ser uma prova de que a Ordem mentira na tentativa de acobertar o roubo. Seria mais um passo para solapar o poder deles. E fora esse pensamento que encorajara Viola a contar para os dois a respeito do Livro e dos cinco artefatos.

– Não sei onde estão as coisas... – mentiu – ... mas faziam parte do poder da Ordem.

Os olhos de Ruby brilharam.

– Você tem provas?

"Só as minhas memórias", pensou, se lembrando da estranha câmara que encontraram, dos corpos que ali estavam e da traição de Darrigan.

– Não, mas trouxe alguns papéis. – Então tirou um embrulho do bolso de suas saias e o empurrou em cima da mesa. Dentro do pacote, havia provas que ligavam seu irmão a Nibsy e a Cinco Pontos ao Filhos do Diabo. – Não é o suficiente. Mas é um começo.

Ela quase não queria soltar aquele embrulho. Parecia a pior das traições em relação a Dolph chamar a atenção para o Filhos do Diabo e para o Strega. Mas ele não estava mais ali, lembrou, e se Viola pudesse fazer a Ordem se voltar contra Nibsy e também contra seu irmão, a instituição poderia ajudá-la a destruí-los.

Ruby guardou o pacote sem sequer olhar para ele.

– Obrigada – falou, estendendo o braço e segurando sua mão sobre a mesa. As bochechas de Ruby ficaram rosadas no mesmo instante em que a mão enluvada dela encostou na mão desnuda de Viola, e ela recuou.

Viola olhou de relance para Theo e viu que ele estava observando, com um olhar sério, contrastando com sua habitual alegria. O que era um problema. Aquele ali tinha cara de cachorrinho, mas enxergava até demais, e Viola já o conhecia o suficiente para saber que não podia subestimá-lo.

— Acho que Paul tem mais — completou. — Está planejando alguma coisa grande e não para de mandar gente para fora da cidade atrás disso. Acho que tem relação com a Ordem e com os objetos roubados.

Então franziu o cenho. Sendo ou não da família, Viola não podia sequer imaginar permitir que seu irmão algum dia tivesse acesso ao poder que fora da Ordem.

Alguém entrara na padaria e estava lá na frente, falando alto. Tão alto que chamou a atenção de Theo.

Ruby, ao se dar conta de que ele estava prestando atenção, pôs o doce que estava comendo no prato.

— O que foi? — perguntou. — O que eles estão falando?

— Algo a respeito de um incêndio — respondeu Viola. — Pelo jeito, um dos quartéis do corpo de bombeiros está pegando fogo.

— Um quartel dos bombeiros? — indagou Theo, franzindo o cenho. — Isso é estranho.

Viola prestou atenção novamente, acompanhando a conversa e entendendo o medo que transparecia naquelas vozes.

— Nem tão estranho assim — comentou. — Você tem ideia de quantos prédios pegaram fogo apenas na semana passada, enquanto os bombeiros não faziam nada para impedir?

— Por que eles não combateram as chamas? — questionou Ruby, enrugando a testa.

— A Ordem quer mandar um recado — respondeu Viola, encolhendo os ombros. Ela não queria encostar na comida que lhe ofereciam porque não precisava que aqueles dois lhe pagassem nada. Mas, como Ruby ainda estava com açúcar no canto da boca e ela precisava fazer *alguma coisa* para se distrair, pegou a *tazza* de expresso à sua frente e a entornou de um gole só, deixando que o amargor quente a blindasse contra sua própria estupidez.

— Não entendi — falou Theo.

— O Tammany controla a maioria das delegacias e dos corpos de bombeiros nesta região da cidade — explicou Viola. — A Ordem tem usado a influência do Tammany na Bowery para se vingar daqueles que os roubaram já faz quase duas semanas.

— Eles estão procurando pelos artefatos? — perguntou Ruby.

— E mandando um recado — completou Viola, franzindo o cenho ao perceber que o homem levantara a voz.

— E o que ele está dizendo agora? — indagou a moça, chegando mais perto.

Viola sentiu vontade de estender o braço por cima da mesa e tirar aquele açúcar do canto da boca dela, mas enroscou os dedos nas saias e se controlou.

— Parece que o jogo está virando — respondeu.

Ruby a estava encarando de novo com aqueles olhos da cor do oceano, que seriam capazes de nocauteá-la, se ela não tomasse cuidado.

— O que você quer dizer com isso?

Viola não tinha mais nada a dizer para aqueles dois. Eles não precisavam saber. Mas algo no olhar de Ruby, tão sincero — como se talvez a visse como uma amiga, como uma igual —, fez Viola falar antes mesmo de conseguir se controlar.

— De acordo com aqueles homens, a água não está surtindo nenhum efeito no fogo. As chamas estão sendo alimentadas por magia.

OS RECÉM-DESPERTOS

1904 – Saint Louis

North não deu muita importância quando Maggie lhe dissera para dar uma chance ao sujeito novo, e também não se importava com o fato de a Ladra ter conseguido entregar o dispositivo exatamente como deveria. O caubói os flagrara tarde demais para poder ouvir a conversa, mas ainda não confiava em nenhum dos dois, por mais que Ruth estivesse começando a fazer isso. E era por esse motivo que acabou sentado ao lado do sujeito que se apresentava como Ben na carroça da cervejaria, indo em direção ao hospital para buscar seus novos irmãos de luta antes que a Guarda pusesse as mãos neles. Depois do cerco aos Mageus que ocorrera em Dutchtown, Mãe Ruth não estava disposta a correr nenhum risco. E, como o tal Ben tinha cara de quem já nascera mentindo, North também não estava.

O hospital ficava no extremo norte da cidade, bem longe do alvoroço da Exposição. Como ainda era noite fechada, não passaram por mais do que uma ou duas pessoas na estrada. Resgatar os recém-despertos seria uma tarefa bem simples, já que alguém do grupo estava trabalhando no hospital, de vigia noturno.

North deu outro puxão de leve nas rédeas, para que os cavalos andassem mais rápido. Tarefa fácil ou não, quanto antes terminasse, melhor. Ao seu lado, Ben estava em silêncio, mas North conseguia sentir o peso do olhar do outro sobre ele enquanto conduzia a carroça. Depois de alguns quilômetros, ficou farto daquilo.

— Algum problema? — perguntou, fechando a cara para Ben. — Quer dizer alguma coisa?

De início, North pensou que ele não fosse responder, mas então o homem falou:

— A sua tatuagem... — comentou, com um tom estranho na voz.

Nos anos desde que a fizera, North já ouvira comentários demais a respeito daquele desenho que resolvera fazer no braço, e era por isso que costumava escondê-lo. Mas não se dera ao trabalho de abotoar os punhos da camisa que vestira às pressas quando o acordaram por causa das crianças. E, ao conduzir os cavalos, suas mangas tinham subido pelo braço, revelando o círculo negro em volta de seu pulso esquerdo.

— O que tem ela? — perguntou North, levantando o queixo e desafiando Ben a fazer mais algum comentário.

— Conheci uma pessoa que tinha uma tatuagem quase igual a essa.

— Duvido muito. — Ele girou o pulso para mostrar o bracelete tatuado, formado por um esqueleto de cobra, mordendo o próprio rabo. — A menos que fosse Antistasi.

— Era *quase* — disse Ben, franzindo o cenho. — Esse símbolo é a marca dos Antistasi?

— Este símbolo aqui? É um ouroboros, muito mais antigo do que os Antistasi. Mas, sim, os Antistasi o adotaram, provavelmente durante o Desencantamento. Era usado como código, para conseguirem identificar uns aos outros — explicou North, baixando a manga de novo. Dessa vez, abotoou o punho para esconder o desenho.

— Você foi obrigado a fazer, então, para entrar na organização de Ruth? — indagou Ben. North pôde perceber que ele estava tentando manter um tom casual. Só que não estava conseguindo, nem de longe.

— Não fui *obrigado* a nada — respondeu North. Ele tinha aquela tatuagem desde os 16 anos, uma promessa que fizera a si mesmo e ao pai que acabara de perder. Foi pura sorte o fato de ter encontrado Mãe Ruth e o grupo pouco depois, e mais sorte ainda ela ter lhe aceitado. — Ninguém é obrigado a fazer a tatuagem. Não estamos mais na Idade Média.

– Mas você *fez*.

– Porque gostei do significado – explicou North, respondendo à pergunta velada. – A cobra mordendo o próprio rabo é um símbolo antigo de eternidade. De infinito.

"Renascimento." Ele era uma pessoa diferente, e a serpente em seu pulso o fazia lembrar que algum dia ainda seria outra.

– A serpente separa o mundo do caos e da desordem que o originou – falou Ben, como se entendesse de alguma coisa. – Vida e morte, dois lados da mesma moeda, como dizia o meu amigo. Não dá para ter um sem o outro.

North franziu o cenho, sem saber o que pensar dos comentários de Ben. Nunca pensara na questão daquela forma, e não sabia se gostava disso.

– Os Antistasi a adotaram porque representa a magia em si. Porque tudo o que existe no mundo, o sol e as estrelas e até o próprio tempo, começa e termina com magia.

– E, se a magia acabar... – completou Ben, com uma voz grave e solene – ... o mundo também acaba.

North bufou, para demonstrar que não concordava.

– A magia não pode acabar. É isso que mostra o símbolo. A magia não tem começo nem fim. Desde o Desencantamento, eles vêm tentando nos abater, matar todos nós, mas não conseguiram. Nós aprendemos e nos curvamos, e então mudamos.

– Você acredita nisso? – questionou Ben, lançando um olhar de curiosidade para North.

– Você não? – retrucou North.

Só que Ben não respondeu e, de qualquer maneira, não haveria tempo, porque tinham acabado de chegar.

North parou a carroça na parte de trás do hospital, como combinado, e deu o sinal: dois assobios agudos, respondidos da mesma maneira. Minutos depois, os portões se abriram, e sua tarefa começou de verdade.

Havia cerca de doze pessoas para levar. Uma delas estava com a mão enfaixada, e todos tinham um ar sonolento e dócil.

– Qual é o problema deles? – perguntou Ben. – Foi o soro que fez isso?

North sacudiu a cabeça.

— Isso não é efeito do soro. O hospital dopou todos eles para garantir que não fizessem nada. Morfina, provavelmente.

North entendia por que as enfermeiras haviam drogado aquelas pessoas. Os Mageus recém-convertidos causaram problemas demais porque não sabiam como controlar os novos poderes.

Entendia qual fora o propósito de Ruth ao dar magia para aquelas pessoas, mas vendo aquilo de perto... não era o que ele esperava. Ruth falara de libertar algo que havia dentro daquelas pessoas, mas elas não pareciam livres. Pareciam abatidas e cansadas, como se tivessem sido arrastadas pela lama. E com medo.

A última a sair foi uma jovem que não deveria ter mais de 18 anos. O cabelo loiro caía sobre o rosto, e as sardas espalhadas na altura do nariz a faziam parecer bem jovem. Como os demais, tinha um olhar perplexo. Mas, ao contrário dos outros, parou para conversar com North.

— Quem são vocês? — perguntou. — Para onde estão nos levando?

— Somos amigos — garantiu North. — E estamos aqui para levá-los até um local seguro.

A moça fez uma careta, com os olhos ainda vidrados por causa da droga.

— O hospital não é seguro?

North suspirou, sentindo o peso de cada minuto de sono que estava perdendo. Não tinha tempo para explicar a realidade do novo mundo da garota para ela.

— Como você se chama? — perguntou, em vez de dar explicações.

— Greta — respondeu ela, bocejando.

— Sabe o que está acontecendo com você, Greta?

A moça sacudiu negativamente a cabeça. Os olhos dela brilhavam, cheios de lágrimas.

— Não quero fazer isso, mas não consigo me controlar...

— Está tudo bem, querida. Algo dentro de você acabou de despertar, só isso. A antiga magia agora é sua.

North tentou dizer isso com o mesmo tom reverente de Ruth, mas não saiu direito, e a menina apenas franziu ainda mais o cenho.

– O senhor Lipscomb. Caleb. Houve uma explosão. Ele...

– Ele está ótimo – garantiu North.

– Não nos disseram nada. Eles nos trancaram, mas não quiseram contar o que estava acontecendo.

Claro. Agora que aquelas pobres almas possuíam a antiga magia, eram tratadas como os párias que tinham se tornado.

– Estamos aqui para libertar vocês – falou North, baixinho.

Só que o queixo da moça tremeu e, quando North se deu conta, o rosto dela estava molhado. O caubói pensou que eram lágrimas, mas instantes depois percebeu que o seu também estava.

– Está chovendo – disse Ben, olhando para cima. – Não há nem uma nuvem no céu e está chovendo.

– Desculpe. – Greta fungou. – Não sei por que continua acontecendo. Não sei como fazer isso parar.

North não soube o que dizer para ela. Imaginava as pessoas para quem dariam a dádiva da magia como renascidos. Só que aquelas pobres almas mais pareciam prontas para se encostar em um canto e morrer. O caubói não conhecia palavras para aplacar aquele tipo de tristeza e ficou se perguntando se tinha direito a fazer isso, já que desempenhara um papel naquilo tudo. Sem dizer mais nada, ajudou Greta a subir na carroça. Antes de fechar a porta, acendeu o pavio da garrafa do Lenitivo de Maggie e atirou lá dentro.

– Isso é mesmo necessário? – indagou Ben. – Eles mal conseguem caminhar, do jeito como estão. Duvido que causariam algum problema.

– Eles são como crianças – explicou North. – Não sabem como controlar o que têm. Temos um lá dentro que ateia fogo nas próprias mãos porque não consegue impedir, e outra que deixa um rastro de trepadeiras em tudo que toca. O caminho até a cervejaria é longo, e não podemos correr o risco de deixá-los à solta até voltarmos em segurança e mostrarmos como eles podem fazer para controlar essa magia. – North olhou de esguelha para Ben e completou: – Você se lembra de como era, não? Quando era criança e não tinha noção de tudo o que era capaz de fazer?

– Lembro... – a voz de Ben deixou transparecer o fantasma de algum arrependimento passado. – Lembro, sim.

– Então, pronto – disse North, sentando-se no lugar do cocheiro e tendo absoluta certeza de que não era o único a ter fantasmas seguindo seus passos ao longo da vida.

Pelo jeito, tocar no assunto da infância foi o suficiente para Ben calar a boca, o que não era nenhum problema para North. Ele não estava a fim de conversa, pois tinha muito o que pensar.

Os dois atravessaram a cidade em silêncio e chegaram à cervejaria quando os primeiros raios do amanhecer iluminavam o horizonte. Mas foi Ben quem viu a fumaça primeiro.

– O que é aquilo? – perguntou, apontando para um lugar no horizonte que ardia em chamas, onde uma nuvem negra se erguia como um pesadelo, tapando as estrelas do céu.

A cervejaria estava pegando fogo.

LIBITINA

1902 – Nova York

Quando Viola conseguiu se certificar de que Theo e Ruby se dirigiam à segurança do lado deles da cidade e voltou para o New Brighton, Paul já ficara sabendo do incêndio. Ele andava de um lado para o outro, gritando com o seu pessoal, enquanto aquele que os outros chamavam de "Navalha" estava de pé, nervoso, de prontidão ali por perto.

– Por onde você andou? – perguntou Paul, assim que Viola passou pela porta. O rosto de seu irmão estava manchado, com um tom feio e furioso de vermelho.

– Por aí – respondeu ela, fingindo que não percebera a agitação dele.

– Por aí?

Viola deu de ombros e completou:

– Precisei tomar um ar.

Depois daquele encontro com Ruby, Viola *ainda* precisava tomar um ar, mas disso Paul não precisava ficar sabendo.

– Eu precisava de você aqui – disparou ele. – A sede do Batalhão 33 está pegando fogo, e não é um fogo normal.

Então olhou feio para a irmã, como se, por algum motivo, aquilo fosse culpa de Viola.

– Você acha que fui *eu* que fez isso?

Viola olhou feio para o irmão, tão feio quanto Paul olhou para ela.

– Como você mesma disse, estava "por aí".

Ela franziu o cenho ao se dar conta de que todos os integrantes da Cinco Pontos ao seu redor passaram a observá-la com desconfiança.

— Fogo não faz meu estilo, Paolo. Você sabe disso.

— Se aquela sede for destruída, o Tammany não vai ficar nem um pouco feliz — disse Navalha. — Temos que fazer alguma coisa.

Paul soltou um urro de frustração e segurou Viola pelo braço.

— Essa gente é da sua laia, então você vai me ajudar.

Quando chegaram ao corpo de bombeiros, a fumaça já empesteava o ar. Chamas saíam pelas janelas em arco, e a fachada do prédio de tijolos estava preta de fuligem, enquanto a brigada de incêndio bombeava água na direção das labaredas. O fluxo contínuo de água do caminhão-tanque não parecia surtir efeito para aplacar o fogo, provavelmente porque o calor das chamas não era o único que pairava no ar.

Alguém que possuía afinidade com o fogo deveria estar por perto, alimentando as chamas. Mas onde? Viola vasculhou a multidão com os olhos, procurando algum sinal. Como a antiga magia era uma questão de se conectar com o mundo mais amplo, exigia concentração e, com frequência, contato — uma visão desobstruída ou contato direto, por meio do toque.

Quem quer que fosse o responsável por aquilo deveria estar ali por perto.

— Encontre o verme que está fazendo isso ou nem se dê ao trabalho de voltar ao New Brighton — explodiu Paul.

Viola ignorou o xingamento que saiu da boca de seu irmão. Ele já a chamara de coisa pior.

— E o que você quer que eu faça quando o encontrar?

— Você é minha matadora, não é? — respondeu Paul, olhando feio para ela de novo.

— Estou sem faca. Graças a você.

— Quantas vezes tenho que lhe dizer que você não precisa de faca? — falou, sem rodeios. — Ande logo. Antes que seja tarde demais.

Viola pensou em discutir, mas, antes que pudesse fazer isso, ouviu um vidro se estilhaçar. Uma das janelas se partira, e as chamas começaram a brotar através dela. Se aquele quartel dos bombeiros fosse destruído por alguém que possuísse a antiga magia, o Tammany partiria para a retaliação. Pessoas inocentes correriam o risco de serem pegas no fogo cruzado.

Sem muita escolha, Viola se misturou à multidão, com os olhos aguçados, procurando sinais do incendiário, concentrando-se naquela energia ardente que não tinha a ver com as chamas. Já atravessara quase metade da multidão quando viu uma silhueta conhecida, parada nos degraus da frente de um prédio, a cerca de meia quadra. "Nibsy Lorcan."

Os óculos dourados do menino brilharam na luz do incêndio e, ao lado dele, havia um garoto com cabelo cor de brasa, concentrando toda a sua atenção no quartel em chamas.

Viola disparou sua afinidade, procurando o calor da afinidade do garoto, as batidas do coração dele. E, quando encontrou, puxou, bem de leve. Não o suficiente para matá-lo, mas mais do que suficiente para fazê-lo cair no chão.

Nibsy observou enquanto ele desmaiava, e então começou a vasculhar a multidão com os olhos. Minutos depois, descobriu Viola e esboçou um sorriso, como se soubesse perfeitamente o quanto ela se tornara inútil.

Com o coração mole demais, uma assassina que não era capaz de matar de verdade.

Mas aquele garoto... ele fora um seguidor de Dolph. Como era mesmo o nome dele? Viola não conseguia lembrar, mas tinha certeza de que não era ele quem precisava matar. Essa honra cabia a Nibsy, que sorria como se adivinhasse seus pensamentos – e não desse a menor importância para eles.

O que Viola não daria para arrancar aquele sorriso do rosto dele...

Ela deixou que a sua afinidade encontrasse o fluxo contínuo do sangue que corria nas veias de Nibsy e se deleitou ao saber que a vida dele estava em suas mãos. Seria fácil demais acabar com aquele moleque. Poderia trocar o que restava de sua alma para vingar o assassinato de Dolph. Sua alma, poluída como era, não era uma grande moeda de troca. Mas, naquele momento, Viola teve a sensação de que seria suficiente.

"Melhor ainda." Ela o mataria com suas próprias mãos.

O caos tomara conta das ruas ao seu redor. A multidão, que se reunira para assistir ao incêndio que não podia ser apagado, vaiou, desapontada, quando a água começou a surtir efeito nas chamas. Só que Viola mal ouviu a balbúrdia e, apesar de seus olhos lacrimejarem por causa da fumaça, não deu importância e foi se aproximando de Nibsy.

Ele começou a descer de onde estava empoleirado, para encontrá-la no meio do caminho. Quanto mais ela se aproximava, mais os olhos dele brilhavam de deleite.

— Espero que você tenha feito as pazes com o seu deus, Nibsy — disse ela, quando o encontrou. — Eu vim lhe buscar.

Nibsy sequer se mexeu.

— Se eu acreditasse em algum deus, teria perdido a fé anos atrás. Você não me mete medo, Viola. Se quisesse acabar comigo, tenho certeza de que eu já estaria morto.

Ela abriu um sorriso mortífero e declarou:

— Talvez, no seu caso, eu prefira brincar com a minha presa.

— Pelo visto, voltar a conviver com a família só melhorou sua personalidade encantadora — debochou Nibsy, indo um pouco para trás.

— *Farabutto* — disparou ela. Viola tinha vontade de arrancar aquela presunção do rosto de Nibsy, e faria isso com suas próprias mãos.

— Não sou seu inimigo, Viola — afirmou ele, baixinho.

— Que engraçado... Você tem cara de inimigo. Sei o que você fez, sei que traiu Dolph. Sei que traiu a todos nós.

— Eu jamais traí vocês. Dolph Saunders era um perigo para si mesmo e para a nossa espécie. Teria dado início a uma guerra que não tinha como vencer. Eu protegi o Filhos do Diabo e todos aqueles que são como nós — ele respondeu, como se realmente acreditasse naquilo.

— Jamais precisei de sua proteção — disparou Viola, com um tom de deboche.

— Não? — questionou ele, em tom de escárnio. — Então você está gostando de passar essa temporada com seu irmão? — Ao perceber que

Viola só olhara feio para ele, Nibsy continuou: — Você nasceu para ser mais do que uma criadinha da cozinha de Paul Kelly, Viola. Sim, eu sei que ele usa você. Seu irmão fica se gabando para mim. "A matadora dele." A irmã que aprendeu qual é o seu devido lugar. — Nibsy sacudiu a cabeça e completou: — Que bela matadora... Muito afiada para cortar as batatas dele e não muito mais que isso ultimamente, até onde eu sei.

— Eu poderia cortar *você*.

— Com o quê? — indagou Nibsy, provocando Viola. — Você sente falta dela, não? — falou, e o brilho dos olhos dele debochava de Viola tanto quanto as palavras que dizia.

"Libitina."

— Você não é homem suficiente para empunhá-la. Mas não se preocupe. Vou tirá-la de suas mãos logo, logo. E então vou arrancar seu coração com ela e deixá-lo no túmulo de Dolph, como uma homenagem.

— Tão sedenta de sangue... — disse ele, rindo com os olhos. Então sua expressão ficou séria. — Fique à vontade para tentar reaver sua faca, mas eu preferia *entregá-la* para você.

Viola estreitou os olhos. Era um truque. Aquele ali era liso como uma enguia, e tão traiçoeiro quanto.

— E por que você faria isso? Um garoto tão inteligente quanto você finge ser deveria saber que eu simplesmente viraria as costas e a cravaria no seu coração.

— Porque, apesar de tudo o que aconteceu entre nós, acho que podemos ser amigos.

UMA ÚLTIMA TENTATIVA
DE PUXAR ASSUNTO

1902 – Nova York

James Lorcan notou quando a descrença no olhar de Viola se transformou em ódio.
— Nunca — disse ela, praticamente cuspindo.

O que estava dentro do esperado, mas não foi suficiente para dissuadi-lo. Ele inclinou a cabeça em sinal de aquiescência e insistiu:

— Aliados, quem sabe? — Viola fez que não com a cabeça, e James teve certeza de que ela queria discutir. Viola *sempre* buscava o conflito. Mas continuou falando, antes que ela pudesse negar. — Queremos a mesma coisa, não é verdade? — perguntou, sondando o humor de Viola. Sim, Viola poderia matá-lo em um piscar de olhos, com ou sem faca, mas James conhecia o ponto fraco dela, o segredo que Dolph escondera de todos: uma moralidade equivocada que a impedia de matar usando a afinidade. Além disso, se houvesse algum indício de que o atacaria, James ficaria sabendo muito antes de Viola fazer isso. Então prosseguiu: — Nós dois queremos o fim da Ordem. Liberdade para a nossa espécie.

— Dolph também queria essas duas coisas. E você o matou — argumentou Viola.

— *Será* que era isso que ele queria? De verdade? — James ficou em silêncio, para que suas palavras surtissem efeito. Ele vinha observando Viola e Dolph antes de tudo desmoronar. As preocupações de Dolph mais do que facilitavam sua encenação naquele momento. — Por acaso foi o próprio Dolph quem lhe disse isso? Acho que não. Ele jamais revelou seu plano por completo para nenhum de nós. Não contou o que poderia acontecer na Mansão Quéfren, certo? Deixou que você entrasse em uma cilada armada por Darrigan sem se dar ao trabalho de avisar.

James percebeu que Viola cerrou os dentes, mas ela não negou o que ouviu. Não tinha como.

— Aposto o próprio Strega como Dolph não lhe contou que foi ele mesmo quem arrastou Leena para o túmulo.

— Mentira — disse Viola, entredentes. — Ele não fez isso. Dolph jamais faria mal a Leena.

James se obrigou a assumir uma expressão tristonha, a esconder cada gota de satisfação que aquela conversa lhe proporcionava.

— Você tem a marca dele no seu corpo, não, Viola? De onde acha que Dolph tirou o poder para transformar essa marca em uma arma contra nós mesmos? Ele roubou de Leena. Por que você acha que a Ordem conseguiu destruí-la com tanta facilidade?

Viola sacudiu a cabeça, recusando-se a aceitar aquelas verdades. Mas James podia perceber que suas palavras penetravam, feito vermes, por baixo da pele dela, abrindo caminho até os pensamentos. Corroendo certezas.

— Você não precisa acreditar na minha palavra — falou James, tirando um embrulho de dentro do casaco e oferecendo-o para Viola. — Tome...

Assim que pegou o volume embrulhado em papel, James teve certeza de que Viola sabia o que era. Ela estreitou os olhos, como se estivesse esperando que lhe pregassem uma peça. Não era burra, afinal de contas. Mas isso não significava que estava à altura de *suas* artimanhas.

— É só um presentinho, para demonstrar que não tenho intenção de lhe fazer mal. Você vai encontrar tudo o que precisa saber aí dentro — explicou. Graças aos cadernos que encontrara em seu apartamento, James podia fornecer provas, escritas com a própria letra de Dolph, de que tudo o que dissera era verdade... Ou, pelo menos, pareceria verdade. — Ao contrário de Dolph, não guardo segredos dos meus amigos.

— Nós *não* somos amigos, e não preciso de seus truques — retrucou Viola. Só que James não pôde deixar de perceber que ela segurava o embrulho bem perto do corpo. — Mas vou ficar com a minha faca.

— Não é nenhum truque, Viola. — James deu um passo para trás e fez que ia embora. Deu três passos na direção de Sanguessuga, que ainda estava estirado no chão, inconsciente, mas não morto. James deu a Viola o tempo daqueles três passos para refletir sobre o que acabara de acontecer, para que as dúvidas começassem a surgir. Então se virou e disse: — Só uma coisa: por que você tem tanta certeza de que o traidor sou *eu*? Por que não Jianyu? Ele não estava conosco lá na ponte. Jamais voltou para o Strega. Estou convencido de que estava mancomunado com Darrigan.

— E por que ele faria isso?

— Por que não? Ele nunca foi um de nós de verdade, não é mesmo? Sempre falei para Dolph que ele era muito mole por confiar em um sujeito daqueles. Mas, se não acredita em mim, talvez deva perguntar para o próprio Jianyu. Aposto um bom dinheiro que ele estará presente na grande noite de gala da Ordem. Dizem por aí que um dos artefatos vai reaparecer por lá: um anel que tem o poder de ampliar afinidades. Jianyu já tentou ficar com essa joia antes. Imagino que irá tentar novamente.

E, quando os dois se enfrentassem, James levaria a melhor.

UMA ONDA DE
MEDO PARALISANTE

1904 – Saint Louis

Sentado no banco do cocheiro ao lado de Harte, North atiçou os cavalos a correrem ainda mais depressa em direção à cervejaria em chamas, mas os animais, cansados, mal reagiram. Ou, pelo menos, foi essa sensação de Harte enquanto via as chamas se tornarem cada vez mais ferozes à medida que eles se aproximavam.

Quando pararam na frente da cervejaria, pelo menos metade do depósito – onde ficavam guardados os barris de *ale* e *lager* – estava tomada pelo fogo. O prédio principal, onde ficavam os escritórios e o dormitório, não havia pegado fogo, mas Harte só se sentiria melhor quando visse Esta com seus próprios olhos, sã e salva.

Ao pensar em perdê-la, não foi só o mago que sentiu uma onda de medo paralisante. Seshat, o demônio que havia dentro dele, também ficou com medo. Harte podia senti-la, arranhando e estapeando, atiçando-o com um desespero que deixou bem claro o quanto Esta era importante para os dois.

Ele pulou da carroça em movimento quando North diminuiu a velocidade e foi correndo ao encontro de Ruth, que estava parada, com as mãos na cintura e um olhar mortífero, cercada por um pequeno grupo de pessoas.

– O que aconteceu? – perguntou North, ofegante.

A luz bruxuleante das chamas realçava ainda mais a expressão furiosa de Ruth.

– Fomos acusados de dar guarida a criminosos – respondeu, com a voz entrecortada de raiva. E então o olhar dela disparou na direção de uma fileira de homens de casacos escuros e braçadeiras bem conhecidas.

"A Guarda."

– Que criminosos? – indagou o caubói.

– Não vem ao caso. Arranjaram uma acusação falsa e agora estão tentando prová-la porque tivemos a ousadia de ajudar as crianças.

– Foi a Guarda que provocou o incêndio? – perguntou Harte.

– Não temos provas – explicou Ruth. – Eles têm gente capaz de atear fogo sem sequer encostar em um fósforo, assim como nós. Apenas escolheram ficar do lado inimigo.

– Onde está Esta? – questionou o mago, quando viu que ela não estava no grupo reunido em volta de Ruth.

– Com Maggie e mais alguns outros. Estão tirando as crianças do prédio lá pelos fundos, para a Guarda não perceber.

– Vou lá ajudar – avisou Harte, já correndo em direção ao prédio.

– Não vão deixar você passar – gritou Ruth, mas o mago nem ouviu. Só conseguia pensar em encontrar Esta e se certificar de que ela estava bem.

Acabara de chegar à barreira de guardas quando houve uma explosão, e as janelas de uma das laterais do prédio principal se estilhaçaram, atravessadas pelas chamas. Harte se apressou, mas Ruth tinha razão: depois de uns poucos passos os guardas o atacaram, arrastando-o para trás com violência.

– Ninguém pode passar – disse o mais alto deles, esboçando um sorriso. – Por motivo de segurança.

– Pode haver gente lá dentro – argumentou Harte, indo para cima dos guardas novamente, em uma tentativa de ultrapassar aquela barreira. Só que eles estavam em cinco, e foi fácil obrigá-lo a recuar.

Uma fumaça negra brotava das portas do prédio principal, onde os grandes tonéis de *lager* fermentavam. As chamas já começavam a consumir o telhado. Mas, posicionada logo adiante, a barreira de guardas impedia qualquer um que tentasse conter o incêndio.

Instantes depois, North apareceu ao seu lado.

– Maggie está lá dentro – disse. Harte ouviu seu próprio medo transparecer na voz do caubói.

– Ruth não comentou que há uma entrada nos fundos? – O fogo ainda não alcançara a parte de trás do prédio, onde se localizava o dormitório, mas a fumaça seria um problema. – Talvez já tenham saído por lá.

– Há uma entrada nos fundos, mas também uma dúzia de bebês para tirar de lá. – North olhou para o depósito em chamas, e as labaredas já haviam se expandido, consumindo uma parte ainda maior do prédio. – Se esse fogo começar a se alastrar...

– Existe uma maneira de chegar lá atrás?

North confirmou com a cabeça, tenso, e explicou:

– Mas, se formos para lá agora, podemos chamar a atenção deles. Maggie e as crianças serão pegas.

– Então vamos dividir forças – sugeriu o mago. – Eu distraio os guardas, e você vai lá para os fundos.

O caubói franziu o cenho, e Harte teve certeza de que estava tentando decidir se confiava nele ou não.

– Ande logo. Pode deixar para me odiar depois.

Harte não esperou a resposta positiva de North e foi logo para cima da barreira de guardas, acionando sua afinidade no caminho. Teve tempo de acertar apenas um soco antes que os demais o atacassem, mas um murro bem na cara foi o suficiente para fazer o guarda mudar de opinião. Ele se virou para os companheiros e partiu para o ataque. Na confusão, o mago conseguiu pôr as mãos em mais dois. E, em questão de segundos, todos brigavam entre si em vez de brigarem com ele. Harte aproveitou a oportunidade criada pela confusão e passou pela barreira de fininho, correndo o mais rápido que podia na direção do prédio principal que, àquela altura, também estava em chamas.

As portas da frente estavam abertas, e Harte já podia sentir o calor que irradiava do interior da construção. Mas não parou para pensar a respeito. Só conseguia imaginar que, sem Esta, estaria perdido. Se era ele mesmo ou o poder que o incitava a agir assim, não se deu ao trabalho de refletir naquele momento.

O fogo parecia estar controlado do lado direito do prédio. Se o mago se apressasse, poderia garantir que Esta e as crianças saíssem pelos fundos. Correu lá para dentro em disparada e cobriu a boca e o nariz com a camisa, para se proteger da fumaça que já empesteava o ar. A câmara de fermentação principal estava um caos. O calor das chamas já causara a explosão de um dos tonéis gigantes de cerveja, e Harte não queria estar por perto se mais um estourasse. Subiu depressa até os escritórios, respirando apenas esporadicamente, para não inalar fumaça. Como não havia ninguém no dormitório, dirigiu-se à creche, gritando o nome de Esta, sem se importar se alguém ouviria ou não.

Quando chegou lá, viu que o recinto estava – ainda bem – vazio. "Devem ter conseguido sair." Agora quem precisava sair era ele.

Harte já estava na metade do corredor quando houve uma segunda explosão, que o fez perder o equilíbrio e o lançou contra a parede. Ajoelhou-se com dificuldade, tentando recuperar o equilíbrio, então ouviu um crepitar e mais um estouro. E, em seguida, o teto se abriu acima dele.

ENFRENTANDO O FOGO

1904 – Saint Louis

Esta ajudava a colocar uma das crianças dentro da carroça parada no quintal dos fundos do depósito quando ouviu a explosão. Virou para trás e viu o prédio principal sendo tomado pelas chamas. "Estávamos lá dentro há poucos instantes." Por uma questão de segundos, *ainda* poderiam estar.

Maggie soltou um suspiro de assombro e tapou a boca com a mão em seguida, acomodando a criança que segurava junto à cintura.

– Não – sussurrou. – Não, não, não...

Esta colocou a criança que levava no colo dentro da carroça e pegou a que estava com Maggie, que relutou para soltá-la. Os olhos dela ficavam cada vez mais arregalados e vidrados à medida que viam o negócio da família arder em chamas.

– Estamos a salvo – disse Esta. – As crianças também. Vocês podem reconstruir o resto.

Mas Maggie sacudia a cabeça, e Esta não teve como saber se ela estava discordando ou simplesmente não a escutava, de tão chocada. North chegou segundos depois e a abraçou, sem dar a mínima se alguém veria ou não. A expressão do caubói foi relaxando, aliviada, enquanto ele ficava com Maggie nos braços, sussurrando no ouvido dela.

A última das crianças acabara de ser colocada na carroça, junto com os dez ou doze pacientes resgatados do hospital, quando Mãe Ruth apareceu na lateral do prédio, acompanhada de um pequeno grupo de pessoas.

– Onde está Har... Ben? – perguntou Esta, corrigindo-se antes de pronunciar o nome errado por completo. O mago não estava entre aquelas pessoas.

— Ele não está aqui com você? — indagou North, olhando para Ruth.

Mais uma explosão ecoou dentro do prédio.

Ruth sacudiu a cabeça e disse:

— Da última vez que o vi, aquele louco imbecil estava correndo para dentro do prédio.

— Ele pensou que você poderia estar lá — completou North, com uma voz tão chocada e oca quanto o peito de Esta ficou ao imaginar que Harte poderia estar no galpão.

— Ele está lá dentro? — indagou Esta, e as palavras tiveram que lutar para passar por sua garganta apertada. O telhado do prédio principal se partiu e desmoronou. Como se lesse seus pensamentos, Maggie segurou Esta pelo pulso.

—Você não pode...

Esta puxou o braço e saiu correndo.

Assim que chegou perto da construção, retardou o tempo e entrou no prédio em chamas sem olhar para trás.

Não fazia ideia de onde Harte poderia estar, mas começou pela creche. Se o mago tivesse entrado à sua procura, era para lá que teria se dirigido.

A alta temperatura do fogo irradiava pelos corredores, mas as chamas em si estavam imóveis. Pareciam flores luminosas, brotando das paredes e do teto. Como Esta não podia parar o tempo completamente, não conseguiu impedir que o fogo continuasse queimando oxigênio. O calor era implacável, e o ar estava empesteado pela fumaça mortal, mas ela não parou de procurar. Não *podia* parar. Não até encontrar Harte.

Sentiu um aperto no peito quando entrou no corredor que dava na creche e viu uma pilha de destroços em chamas. Quase perdeu o controle de sua afinidade ao perceber o bico de um pé de sapato logo abaixo.

Não pensou duas vezes e foi logo tirando os pedaços do telhado que haviam caído em cima de Harte, mas estava levando tempo demais. Conseguiu desenterrar o rosto do mago e viu que ele estava de olhos abertos – não estava morto, mas isso não era de muita ajuda, porque estava praticamente paralisado. Esta pesou suas opções e parou de controlar o tempo. O fogo crepitou, voltando à vida com labaredas estrondosas. Harte soltou um suspiro de assombro, porque outra parte do telhado desmoronou.

O mago cruzou o olhar com Esta e empalideceu ao vê-la ali, diante dele.

– Me ajude – disse Esta, tentando tirar mais pedaços do telhado de cima de Harte.

Podia ouvir a construção rachando enquanto os dois afastavam os destroços, até que Harte finalmente conseguiu se soltar de um pedaço grande que prendia suas pernas.

– Você consegue caminhar? – perguntou ela, tossindo por causa do calor e da fumaça.

– Acho que sim – respondeu o mago, já levantando, mas cambaleando de leve. Esta o segurou para que ele não caísse no chão. – Você não pode... – falou, dando a entender que queria que ela parasse o tempo.

– Não. Não com você. A estrutura do prédio está muito abalada.

Esta pôde perceber que Harte queria argumentar, mas não deu chance para isso. Cobriu o nariz e a boca com a camisa, e os dois foram atravessando o corredor o mais depressa que puderam, em direção aos fundos do prédio.

Estavam quase saindo quando Esta parou de repente.

– O que você está fazendo? – perguntou Harte, empurrando-a para a saída.

– Meu bracelete. A Chave de Ishtar está aqui.

– Tem certeza? – insistiu o mago, tossindo.

Ela fez que não com a cabeça.

– Mas se estiver... – O incêndio começara sem mais nem menos, e Ruth estava ocupada demais discutindo com a Guarda, distraindo-os para que Maggie conseguisse tirar as crianças dali, para ter feito qualquer outra coisa. O bracelete até podia não estar ali, mas era um risco que Esta não podia correr. – Não posso sair daqui sem ele – falou, voltando-se para o fogo. Sem a pedra, os dois ficariam presos ali, sem ter como voltar. E sem ter como consertar as coisas.

— Não, Esta — disse Harte, segurando-a pela mão.

— Me solte — falou Esta, tentando se livrar dele. Mas Harte era muito teimoso, e ela já podia sentir o poder que havia dentro do mago rastejando por sua pele, palpável e absoluto como as chamas.

— Não vou deixar você aqui sozinha. Não vale a pena morrer por causa disso.

E por acaso Esta já não tinha tomado tal decisão?

—Vou morrer de qualquer jeito.

O mago sacudiu a cabeça, pronto para discutir, mas Esta o impediu.

— Preciso daquela pedra, mas não posso fazer isso se você estiver comigo, Harte. Muito menos com essa coisa dentro de você. Se me soltar, posso pelo menos tentar. Consegui tirar *você* daqui, não foi? — Esta percebia que o mago não concordava, mas não podia discutir com ele àquela altura do campeonato. —Volto lá para fora tão rápido que você não vai nem perceber.

— Não, Esta — repetiu Harte, apertando o seu braço até o contato dos dedos dele se tornar doloroso.

Havia algo de sinistro na expressão dele, um desespero puro e absoluto. Naquele instante, Esta não foi capaz de distinguir o que estava refletido nos olhos do mago — se era ele mesmo, desesperado de preocupação, ou outra coisa. Seshat. O poder demoníaco que havia dentro de Harte. Seshat saberia que as pedras significavam a destruição dela?

E foi esse pensamento que fez Esta tomar uma decisão.

— Lamento — disse ela, torcendo o braço de Harte e derrubando-o no chão.

Assim que ele a soltou, Esta retardou o tempo e tornou a enfrentar as chamas.

UMA PEÔNIA EM UM
CANTEIRO DE TOMATES

1902 – Nova York

"Mentira." Viola sabia que as palavras que saíram da boca de Nibsy eram fétidas e poluídas como os excrementos que boiavam no esgoto. E, agora que tinha Libitina de novo em suas mãos, mostraria o que pensava daquelas mentiras dele. Tinha começado a desembrulhar o pacote, sentindo o peso reconfortante da faca, quando viu, de canto de olho, um clarão cor-de-rosa, completamente deslocado no clima lúgubre e fuliginoso da Bowery.

Viola deveria ter adivinhado que a moça não lhe daria ouvidos nem voltaria para um dos bairros nobres longe do centro, onde era o devido lugar dela. Não deveria ter se surpreendido ao ver Ruby ali, espichando o pescoço para espiar o incêndio, parecendo uma peônia em um canteiro de tomates.

Ruby estava abstraída demais, tentando enxergar o que estava acontecendo. Mas, pela cara de concentração e preocupação de Theo, dava para ver que ele entendera que o clima na multidão se transformara, já que o fluxo contínuo de água começava a extinguir as chamas. Com a fonte de distração se dissipando, as pessoas estavam ficando agitadas e briguentas.

O instinto de Viola foi ir ao encontro dos dois. O mundo cão da Lower Manhattan não era lugar nem para Ruby nem para Theo, não da mesma forma que era para ela. Só que precisava pensar em Nibsy, e sua vingança estava tão perto que podia sentir aquele doce sabor no fundo da garganta.

Dividida, Viola se voltou para Nibsy e descobriu que o rato não estava mais lá. Ela o viu já bem mais adiante, desaparecendo no meio da multidão, largando o rapaz ruivo estirado no chão. "Dolph jamais faria uma coisa dessas."

Mas o rapaz não era problema dela. Escolhera de que lado ficaria quando provocou o incêndio.

Em vez de ir atrás de Nibsy, foi na direção de Ruby e Theo, que estavam sendo empurrados de um lado para o outro pela multidão cada vez mais agitada. Estava quase alcançando os dois quando viu que seu irmão estava bem atrás de Ruby, vindo na sua direção. E acompanhado de John Torrio.

Viola já podia até ver o que iria acontecer: Torrio colocaria os olhos em Theo, pensando que ele era Reynolds, e ficaria sabendo que ela não matara quem deveria. O fato de Theo sequer ser o alvo não faria a menor diferença. A única coisa que teria importância era o fato de o rapaz ser uma prova viva de que Viola não cumprira sua missão, e o que era pior: impedira Torrio de completar o serviço. Se Torrio visse Theo e Ruby, se percebesse o que Viola tinha – ou melhor, *não* tinha – feito, ela morreria. E, para completar, Theo e Ruby também.

Ela começou a sacudir os braços e foi correndo ao encontro do irmão e de Torrio, tentando chamar a atenção dos dois para que não virassem levemente à esquerda e vissem Ruby, toda cor-de-rosa e cheia de pétalas, feito uma flor. Seria impossível não repararem nela, tão elegante e delicada, no meio dos brutamontes da Bowery.

– Paolo! – gritou, desesperada para chamar a atenção dele, mas os dois estavam tão ocupados observando a multidão que não escutaram. Gritou mais uma vez, e sua voz arranhou a garganta. Então se aproximou do ponto onde Ruby e Theo estavam assistindo ao incêndio.

Finalmente, Paul a escutou, e Torrio a ouviu logo em seguida. Quando os dois a viram, mudaram de direção – desviando de Ruby – e foram ao encontro de Viola.

– O que foi? – perguntou Paul, deixando transparecer no rosto a decepção por Viola não ter posto as mãos no culpado pelo incêndio.

– O sujeito que fez isso está bem ali, caído no chão – respondeu ela, apontando para o local onde o garoto estava, ainda inconsciente, por causa de sua magia. – Um garoto ruivo, que deve ter uns 15 anos. É um dos rapazes de Nibsy Lorcan.

– De Lorcan? – repetiu Paul, com cara de desconfiado. – Tem certeza?

Viola fez que sim, mantendo uma expressão neutra, mesmo quando acionou sua afinidade para encontrar os já conhecidos batimentos do coração de Ruby. Quando os encontrou, calmos e constantes, teve certeza de que a moça ainda estava sã e salva – pelo menos por ora.

Paul lançou um olhar de esguelha para Torrio, e os dois tiveram uma conversa silenciosa, até que o gângster se dirigiu à irmã:

– Você deu um jeito nele?

– Melhor ainda – respondeu Viola. – Deixei isso nas suas mãos. Um presente para o Tammany – explicou.

– Não foi isso que mandei você fazer – retrucou Paul. – Eu disse para você matá-lo.

– Matar Nibsy não adianta nada. Pense só... – argumentou, antes que o irmão pudesse interrompê-la de novo. – Se eu o matasse, que prova você teria de que pegou o responsável pelo incêndio? Não tem como saber se um morto é Mageus. Você não teria como perguntar por que ele fez isso, nem por ordem de quem. Desse jeito, você fica com o garoto, com a *prova*. – "Ou seja: você tem prova de que Nibsy não é de confiança." – Leve-o para o Tammany e deixe que eles mesmos façam as honras. Vão lhe agradecer por isso.

Torrio lançava olhares de desconfiança para Viola, que nem se deu ao trabalho de se virar para ele. Fosse lá o que Paul quisesse que acontecesse entre os dois, ela não estava nem um pouco interessada.

Antes que Paul pudesse concordar ou discutir, Viola sentiu uma palpitação no coração de Ruby. O ritmo constante deu lugar a batimentos mais acelerados, e ela teve certeza de que alguma coisa estava acontecendo.

– Rápido! – gritou, apontando para o local onde deixara o garoto caído.

Suas ações tiveram o efeito desejado. Paul e Torrio se viraram. E, assim que desviou a atenção, ela correu para o meio da multidão, à procura da moça com cérebro de minhoca prestes a morrer.

ENGOLIDA

1902 — Nova York

Mesmo dali onde estava, bem para trás na multidão, Ruby Reynolds podia sentir o calor daquelas estranhas chamas que consumiam o quartel dos bombeiros. Parada no meio da ralé e de toda aquela gente, podia comprovar, ver com seus próprios olhos, que aquilo que estava acontecendo tinha tudo a ver com magia. Pouco antes, alguma coisa mudara, e a água que jorrava das mangueiras começou a surtir efeito sobre as chamas.

A multidão não gostou disso, *nem um pouco*.

— Precisamos sair daqui — disse Theo, usando o próprio corpo como escudo para proteger Ruby da multidão tumultuosa.

— Só mais um minutinho — suplicou Ruby. — Se conseguirmos chegar só um pouquinho mais perto...

— *Não* vamos chegar mais perto coisa nenhuma — disparou Theo, com um tom que raramente usava para falar com Ruby.

— Mas, Theo...

Ruby mal pronunciara o nome do noivo quando a multidão se alvoroçou, e ela cambaleou para a esquerda, junto com os demais. De uma hora para outra, tomou consciência de que seu ávido interesse, estimulado pela excitação, se transformara em frustração, talvez até em ódio. Uma vez, quando era pequena, seu pai a levara, junto com as irmãs, até Coney Island, para brincar na arrebentação. Ruby se aventurou fundo demais nas ondas e foi engolida pela água. Estar no meio daquela turba subitamente ensandecida a fez lembrar daquele momento, e se sentiu traída da mesma forma de quando era criança e a água se voltou contra ela.

Na ocasião, seu pai a pôs debaixo do braço e a colocou no chão em seguida, como se nada tivesse acontecido. Já naquele momento, Theo fazia o que podia para protegê-la daquelas pessoas que os empurravam e esmagavam, pobre coitado, mas o máximo que Ruby conseguiu foi continuar de pé.

Aquilo era insuportavelmente estimulante.

Pela cara de Theo, ele não achava a mesma coisa. "Pobrezinho." Sempre tão certinho e cauteloso. Mas também era o seu melhor amigo, de todas as horas: depois do colapso nervoso de seu pai, da vergonha que isso causara à família e das tramoias da mãe para conseguir casar todas as filhas depois que ele morreu. E então ainda veio o constante julgamento da sociedade. Não que Ruby desse a mínima para isso, mas as convenções sociais tornavam tudo mais difícil do que o necessário. E, em todas essas horas, Theo estivera presente.

Era uma péssima atitude da parte de Ruby obrigá-lo a passar por aquilo, mas se ela ao menos conseguisse descobrir como o incêndio começara...

– Ruby! – Aquela voz foi mais alta do que balbúrdia ao redor dos dois. – Theo!

Ela se virou e se deu conta de que era Viola, cujos olhos cor de violeta estavam ardentes, com uma emoção incrivelmente parecida com medo.

– Viola?

Ruby mal teve tempo de reconhecer aquela onda de calor que a atravessou, que não tinha nada a ver com o fogo, antes que a multidão se alvoroçasse novamente, empurrando-os para a esquerda. Cambaleou para longe de Theo, perdeu o equilíbrio e caiu em cima de Viola. Teve um instante para admirar a força da outra moça. Viola era mais baixa do que Ruby, mas por trás da suavidade das curvas tinha um corpo firme e forte o suficiente para ampará-la.

Por alguns instantes, a conexão entre as duas pareceu absolutamente inegável. Ruby sentiu um frio na barriga e um aperto no peito, e parecia que o mundo inteiro se resumia ao violeta penetrante dos olhos de Viola e aos cílios negros da moça.

Viola enrijeceu, e os braços dela ficaram duros em torno de Ruby. Nesse mesmo instante, a multidão desapareceu. Ruby sentiu um zumbido nos ouvidos e teve certeza, *certeza*, de que Viola também sentira a mesma energia fluindo entre as duas. Mas Viola apenas levantou Ruby e se afastou.

— Venham — disse, segurando Ruby pelo pulso. — Vocês precisam ir embora. Venham por aqui.

A onda de calor que atravessara Ruby poucos momentos antes arrefeceu, mas sua pele ainda estava quente no ponto em que os dedos de Viola agarravam seu pulso. Ela tentou se soltar, mas Viola a segurou firme.

— Precisamos ir embora. *Já* — ordenou ela, olhando para Theo em busca de apoio.

— Ela tem razão — disse Theo, com uma expressão de quem pede desculpas. — Aqui não é um local seguro.

"Seguro?" E por acaso existia algum local seguro que não fosse uma gaiola? A vida inteira de Ruby fora projetada para garantir sua segurança, longe de problemas, longe de perigos, longe de qualquer coisa que fosse real ou importante. "Não." Ela já resolvera que não estava mais interessada em "segurança" no dia em que encontraram seu pai no escritório dele, enlouquecido pela própria obsessão com a segurança. Ele tentara dominar a magia, exatamente como os homens da Ordem haviam instruído, e foi a magia que o dominou. Não, não apenas dominou, o *destruiu* — e quase destruiu toda a sua família também.

Agora Ruby só se interessava pela *verdade*, e a verdade era que nenhum jornalista homem em seu lugar sairia correndo por causa daquela pequena confusão.

— Não posso ir embora agora — respondeu. — Preciso descobrir o que está acontecendo. Minha reportagem...

— Você não está segura aqui — insistiu Viola, puxando-a pelo braço.

— Não ligo — retrucou Ruby, com o rosto crispado de frustração.

— Ruby... — tentou Theo.

— Não, Theo. Viemos aqui para ver o incêndio, e é isso que vou fazer. — Então se dirigiu a Viola, sentindo suas veias fervilharem de determinação. — Se essas chamas não foram naturais, preciso saber. Você não entende o quanto isso é importante?

— Não vai ser importante se você morrer — falou Viola, tentando se manter de pé no meio da multidão em rebuliço.

"Tem coisa pior do que morrer", pensou Ruby, se lembrando do pai naquele sanatório do interior antes de finalmente morrer. E de suas irmãs que, de vez em quando, até sentiam amor pelos maridos, mas na maioria do tempo não. E dela mesma, forçada a levar uma vidinha limitada que deveria ser tão maior, tão mais *ampla*...

— Acho que deveríamos dar ouvidos à senhorita Vaccarelli — insistiu Theo.

"Que traidor."

Mas Ruby sacudiu a cabeça e foi se infiltrando em meio aos presentes.

Mal tinha dado três passos quando um homem que estava ali perto deu um soco que transformou a multidão em uma onda furiosa de violência. As pessoas se empurravam, algumas partiam para a briga e outras tentavam se afastar, desesperadas. Naquele momento, Ruby sentiu a primeira pontada de medo. Foi cambaleando para trás, e Theo estava lá, como sempre.

"Por favor", suplicavam os olhos dele. E, por mais que Ruby quisesse ser forte, por mais que quisesse se manter firme, não podia dizer "não" para Theo. Balançou a cabeça e, juntos, foram atrás de Viola, que cortava caminho no meio da multidão.

Estavam quase lá, quase no final daquela loucura. "Mais alguns passos", pensou Ruby, "e estaremos em segurança". Só que mal havia chegado ao fim do empurra-empurra quando o som das sirenes ecoou pelo ar: era a polícia chegando. Em resposta, a multidão se alvoroçou de novo e, enquanto Ruby tentava recuperar o equilíbrio, ouviu um disparo, e Theo soltou sua mão.

Ela olhou para trás a tempo de vê-lo cair. E de ver a cor viva do sangue dele brotando, como se fosse um cravo na lapela.

IMPOTÊNCIA

1902 – Nova York

O grito de Ruby se elevou acima do tumulto e atingiu Viola feito uma facada no fígado. Ela se virou a tempo de vê-la tentando amparar Theo, que caía no chão.

A multidão já se dispersava, sem se dar mais ao trabalho de brigar, tentando fugir do perigo. Ouviu-se mais um disparo, depois mais um, e a rua virou um caos.

Viola olhou ao redor, procurando o irmão e Torrio ao mesmo tempo em que se atirava na confusão para encontrar Ruby e Theo. Mas, em vez de avistar os integrantes da Cinco Pontos, se deu conta de que os tiros tinham outra origem: dois grupos de *tongs* chinesas se enfrentavam em meio ao caos. Parecia que a Bowery inteira havia enlouquecido.

Theo estava caído no chão, com a lã fina do terno já manchada da sujeira das ruas e do sangue que lhe escorria do peito. Ruby estava com ele, segurando-o no colo. A pele rosada da moça estava de um branco quase fantasmagórico, e a boca dela se mexia, mas não emitia palavras. Só que Theo ainda respirava. Estava de olhos abertos, e os dirigiu a Viola.

– Tire-a daqui – falou, com a voz torturada de dor.

– Não. – Ruby olhou feio para Viola. – Não saio daqui sem ele.

Ao redor deles, tudo era violência. Mas, pela expressão séria de Ruby, Viola pôde ver que não adiantaria discutir.

– Então é melhor você me ajudar a levantá-lo.

Ruby assentiu com a cabeça, decidida, e ajudou Viola a erguer Theo, que gemia de sofrimento. Viola esperava que a moça longilínea não aguentasse o peso do noivo, mas estava redondamente enganada. O rosto de Ruby ficou crispado pelo esforço que fazia para carregar Theo, que apoiou um braço nos ombros dela e o outro nos de Viola. A matadora passou a admirar ainda mais a moça pela determinação que mostrava.

Por mais que sentisse um aperto no coração ao ver o modo como ela olhava para Theo.

Quando tinham se afastado da confusão a ponto de estarem em segurança, Theo já parecia incapaz de se mover. Mesmo assim, Viola fez questão de que se afastassem um pouco mais, até chegarem à relativa segurança da entrada de um cortiço que ela conhecia. Houve um tempo em que as pessoas que ali moravam eram leais a Dolph. Viola só podia torcer para que a vissem como amiga, não como traidora.

Arrastaram Theo para dentro do prédio, e a balbúrdia da rua foi bloqueada pela porta. Um dos moradores abriu a porta do apartamento apenas pelo tempo necessário para decidir que não queria se envolver no que estava acontecendo no corredor, fosse lá o que fosse.

Ruby abraçou Theo e ficou dando tapinhas no rosto dele, que por sua vez já estava perdendo a consciência. Os olhos estavam entreabertos, mas Viola pôde perceber, pelo fato de estarem vidrados, que ele não enxergava nenhuma das duas com nitidez. A pele estava com uma palidez de morte, e os lábios já ficavam azulados.

— Não — disse Ruby, e quase ficou sem voz quando ele não reagiu. — O senhor trate de ficar aqui comigo, Theodore Barclay. Está me ouvindo? — Lágrimas rolavam pelo rosto dela. — Não ouse me deixar aqui sozinha.

Só que Theo não reagia. A respiração dele estava rasa, e os pulmões roncavam de um modo que Viola conhecia muito bem. De uma hora para outra, se viu no apartamento de Tilly novamente, incapaz de fazer alguma coisa para ajudar, assistindo à morte da amiga.

Só que, dessa vez, ela não sentiu nem de longe aquela sensação de impotência.

— Por favor — insistiu Ruby, encostando a testa na de Theo.

Ela suplicou sem parar, com a voz fraca. Mas Theo não reagiu.

— Saia — disse Viola. Sua voz pareceu oca e desesperançada, como ela estava se sentindo. Mas só havia uma coisa que podia fazer, por mais que isso significasse revelar quem na verdade era. — *Saia* — repetiu, empurrando Ruby com delicadeza.

Ela olhou para Viola, com os olhos cheios de lágrimas, e abriu a boca para dizer "não", mas foi impedida de falar.

— Eu posso ajudá-lo — explicou, com um tom mais gentil. — Mas você precisa deixar.

Com relutância, Ruby se afastou de Theo, que ainda sangrava. Mas estava vivo. Viola sabia disso por causa do sangue que continuava fluindo do ferimento que ele tinha no peito.

Não queria tocá-lo. Não precisava fazer isso, mas sabia que seria mais fácil, a magia agiria mais rápido nesse caso. Então pôs a mão no peito dele, por cima do tecido empapado. O sangue de Theo estava quente e fez seus dedos escorregarem, mas Viola ignorou a clareza das emanações de morte e direcionou sua afinidade para o rapaz.

Pouco a pouco, foi encontrando a fonte do estrago e usou sua magia para trazer os tecidos de volta ao normal, até que o corpo de Theo expulsou a bala, que foi parar na sua mão. Viola não parou, nem se permitiu olhar para Ruby. Continuou a direcionar sua afinidade para Theo, para dentro dele, preenchendo os espaços que haviam sido dilacerados pela violência do projétil.

Colocando a vida de volta dentro do corpo dele.

Theo deu um suspiro de assombro de repente, e Viola esperou até que ele abrisse os olhos para se afastar. Suas mãos estavam pegajosas por causa do sangue e do fragmento de bala. Mas Theo sobreviveria. Ficaria *bem*. Assim como Ruby.

Viola levantou os olhos, exaurida, mas satisfeita com o que conseguira fazer, e deu de cara com a expressão de choque e horror de Ruby.

— Era *você* — sussurrou a moça, antes que Viola pudesse explicar. — John Torrio nunca foi Mageus, não é mesmo?

A cabeça de Viola se sacudia negativamente por vontade própria, por mais que ela quisesse explicar, contar tudo para Ruby, que fora enviada para matá-la e se recusara a fazer isso. Mas, por algum motivo, o tom de voz da moça a impediu, aquela frieza que Viola não esperava.

— Você mentiu para mim — disparou Ruby. — Esse tempo todo, estava mentindo para mim. — Havia algo diferente na expressão de Ruby. — Você é *da laia deles*.

Viola foi tomada pela confusão.

— Eu... — ela não sabia o que dizer — ... mas você me disse que queria destruir a Ordem.

— Porque eles dependem da magia para ter poder. — Ruby demonstrava uma expressão de puro nojo. — Porque esta cidade jamais será segura enquanto estiver sob a ameaça do poder corrompido, que destruiu meu pai. Quase toda a minha família também foi destruída por isso.

— Eu pensei que...

— Não acredito que não enxerguei o que você era. — Os olhos de Ruby estavam cheios de lágrimas, de raiva. — Eu deveria ter adivinhado, mas permiti que você se aproximasse de nós. Literalmente *implorei* pela sua ajuda — completou, e as palavras então se transformaram em um acesso de riso que acabou em um soluçar. — E veja só o que aconteceu.

Algo no tom de acusação de Ruby fez Viola perder a paciência.

— Nunca pedi para você vir atrás de mim. Avisei para manter distância. Tentei avisar, não tentei?

Mas Ruby não se deixou abalar.

— Theo quase morreu por *sua* causa.

O rapaz soltou um ruído baixo, mas Ruby não podia ver que ele já estava melhor, ainda mais com aquela névoa de ódio reluzindo no olhar.

Viola ficou de pé com dificuldade.

— Não fui eu quem o arrastou para o meio daquela confusão. Não fui eu quem se recusou a ir embora. — Viola atacou Ruby com toda a mágoa e a raiva que fervilhavam dentro de si. — Foi *você*, senhorita Reynolds. Pode pôr a culpa em mim o quanto quiser. Pode me odiar pelo que sou, por algo que não tive escolha nem capacidade de recusar. Mas enquanto você fica aí, inventando histórias a respeito de quem ou do que é maligno, precisa lembrar que Theo levou um tiro por *sua* culpa – explodiu Viola, com a voz fraca. – Eu fui a pessoa que o *salvou*.

– Fique longe de mim – disse Ruby, usando o próprio corpo de escudo para proteger Theo. – Fique longe de nós.

Viola já vira esse olhar como o de Ruby muitas e muitas vezes. Era um misto de asco e medo, e a atingiu em cheio. Como passara tempo demais tentando ser o que não era, não resistiu dessa vez. Atendeu às exigências de Ruby e, sem dizer mais nem uma palavra, deu as costas e foi embora. E não olhou para trás.

NEGAÇÃO

1902 – Nova York

Ruby mal conseguia enxergar por causa das lágrimas, mas não lamentou ao ver que Viola Vaccarelli lhe dera as costas. Não *mesmo*. Mal percebeu que Theo se mexia em seus braços, até ver que ele já havia levantado e esfregava o peito, no ponto que ainda estava encharcado de sangue.

– Theo? – o nome saiu de seus lábios feito um suspiro de assombro, e ela o abraçou.

Só que Theo a empurrou.

– Estou bem – disse, com a voz ainda fraca. – Isso foi meio grosseiro, você não acha?

Então levantou uma das sobrancelhas, e Ruby sentiu um aperto no peito ao ver aquela expressão tão conhecida e terna.

– Isso o quê? – perguntou, sabendo exatamente do que ele estava falando.

Theo se limitou a encará-la.

– Viola é da laia deles, Theo. O que você queria que eu fizesse?

– Você poderia ter agradecido – respondeu ele, baixinho.

Seu noivo tinha razão, claro. "Mas Viola é da laia *deles*."

– Viola mentiu para nós – foi o que ela disse. Então afastou o cabelo do rosto de Theo e insistiu: – Você está mesmo bem?

Ele respirou fundo, como se quisesse testar os próprios pulmões, e assentiu com a cabeça.

– Acho que sim, na verdade. E você? – questionou, com um tom mais carinhoso.

— Estou ótima. Não fui eu quem levou um tiro.

— Não é disso que estou falando. Você *gostava* dela — insistiu Theo.

— Eu não...

— Não faça isso — falou Theo, baixinho. — Você mente para todo mundo, mas para mim nunca precisou.

Ruby sentiu as lágrimas ameaçando rolar de novo, mas sacudiu a cabeça, tentando impedi-las de cair.

— Isso não importa — disse. — Viola é da laia deles, e você *sabe* qual é a minha opinião em relação à magia. Você sabe o que a magia causou à minha família.

Theo não disse nada por alguns instantes, mas então segurou o queixo de Ruby e a obrigou a encará-lo.

— Ruby...

— *Nem* comece, Theo.

Ela sacudiu a cabeça, porque não queria pensar em nada daquilo.

— Não — falou Theo, segurando o rosto de Ruby com as duas mãos. — Você é a minha amiga mais querida. E, como amo você mais do que já amei qualquer outra pessoa, vou dizer algo que deveria ter dito há meses, antes de essa sua cruzada começar. Seu pai fez as escolhas dele, meu amor.

Ruby fez menção de retrucar, mas Theo a calou apenas com o olhar. Eram amigos desde o tempo em que usavam roupas com tiras nos ombros para aprender a andar. Ninguém compreendia Ruby como Theo, porque ninguém jamais a fizera se sentir tão segura. Mas, naquele momento, não se sentia segura ao olhar para Theo. Sentia que ele era uma verdade exposta bem na sua cara, obrigando-a a aceitar os fatos.

— Sim, a Ordem pode ter levado seu pai a se embrenhar ainda mais no que já era uma obsessão doentia, mas ele sabia o que estava fazendo quando começou, e isso não tinha nada a ver com querer o bem de sua família ou o bem da cidade. Não foi a magia que o fez chegar ao limite da razão. Talvez tenha até ajudado, mas seu pai fez tudo por sua própria conta e risco.

Ruby sacudia a cabeça, desejando ter o poder de bloquear as palavras de Theo. Mas, no fundo — naquela parte de seu coração que sempre compreendeu as coisas subentendidas –, sempre soubera de tudo aquilo. Era bem nova quando o pai enlouqueceu e tentou agredir um amigo por causa de um objeto supostamente mágico. Quase matara uma pessoa por causa de uma *bugiganga*, e foi bem mais fácil para ela – *para todos eles* – pôr a culpa na magia, naquela causa externa, alheia à natureza de seu pai. Foi bem mais satisfatório odiar e lutar contra *aquilo* do que aceitar o fato de que ele fora a causa das desgraças da família.

Ele até podia ter se metido com a alquimia e com os estudos do oculto por causa da Ordem. Mas Ruby sabia muito bem da verdade. Seu pai sempre fora o tipo de homem que queria ser maior e mais importante do que realmente era. O fato de ter entrado para a Ordem tinha muito a ver com isso. Quando Ruby era pequena, o modo como o pai se gabava e se pavoneava o fazia parecer um paradigma do cavalheirismo... como se ele estivesse acima de todos.

Só que Ruby não era mais criança.

– Ela nunca vai me perdoar – sussurrou, lembrando cada palavra terrível que dissera para Viola.

– Você quer que ela perdoe? – perguntou Theo, baixinho.

– Não sei – respondeu Ruby, sabendo que era mentira antes mesmo de pronunciar essas palavras. Mas ainda estava tão brava, se sentindo tão traída, que nunca, *jamais*, admitiria.

PERTO DA SUPERFÍCIE

1904 – Saint Louis

Harte bateu no chão antes mesmo de entender o que estava acontecendo. A força do soco que levara de Esta e o choque da pancada expulsaram o ar de seus pulmões. Quando conseguiu se recompor e sentar, Esta já estava correndo novamente na direção do prédio em chamas. O mago viu a silhueta contornada pelo fogo e, em seguida, ela desapareceu.

Ao perceber o sumiço dela, o poder que havia dentro de Harte se insurgiu com uma violência para a qual o mago não estava preparado. De uma hora para a outra, se viu mergulhado na escuridão, onde só conseguia sentir a dor de ser despedaçado, a raiva por ter sido traído e um insuportável anseio acumulado durante séculos de prisão.

Harte só percebeu que também estava correndo para o fogo quando se deu conta de que North e outros funcionários da cervejaria o seguravam, enquanto ele se debatia. "Vou estraçalhá-los para encontrá-la."

Mas, em um piscar de olhos, sua visão ficou nítida novamente, e ele viu Esta vindo ao seu encontro, sã e salva. Franziu o cenho ao vê-lo, e Harte teve certeza de que ela não encontrara o bracelete.

Naquele momento, sentiu-se grato pelos dois homens estarem segurando seus braços. Seshat estava tão perto da superfície que ele não teria conseguido se controlar e correria até Esta. Não poderia ter impedido Seshat de se apoderar dela.

E Esta não estaria preparada para isso. Só perceberia quando fosse tarde demais.

À medida que seu corpo foi relaxando, North e os demais largaram Harte, bem devagar. A preocupação estava estampada no rosto de Esta, mas o mago não foi ao encontro dela. O poder ainda pressionava seus limites, ainda o testava.

Harte não podia confiar em si mesmo nem sequer para se aproximar de Esta, muito menos para abraçá-la. Então, sacudiu a cabeça, dando a entender que Esta deveria ficar longe dele.

O mago viu a mágoa refletida nos olhos dela, mas lhe deu as costas, sabendo que, se fosse até Esta naquele momento, aquele poder demoníaco que havia dentro dele sairia vitorioso.

— Temos que ir embora, antes que a Guarda resolva fazer mais alguma coisa — disse Ruth.

Harte queria se aproximar de Esta, para abraçá-la e comprovar para si mesmo que ela ainda estava sã e salva, para convencê-la a deixar aqueles tais de Antistasi para trás, assim como todos os perigos que representavam, mas a mágoa da ladra se transformara em dureza. Já se afastava dele, ajudando Ruth, Maggie e os demais a subirem na carroça que restara. E tudo o que Harte pôde fazer foi ir atrás.

AMEAÇAS E PROMESSAS

1904 – Saint Louis

J á era quase meia-noite quando Julien Eltinge saiu pela porta do palco e tomou o atalho do beco atrás do teatro. O calor úmido da noite era opressivo, sem uma brisa sequer para amainá-lo. Ainda assim, havia o silêncio, um respiro mais do que merecido depois do dia exaustivo que tivera.

A manhã começara com uma reunião com Corwin Spenser, que queria repassar os preparativos da Sociedade para garantir a segurança durante o Desfile. Nem todo mundo na cidade apreciava os festejos do Profeta Velado. A Sociedade sempre esperava confusão, causada por aquela ralé capaz de qualquer coisa para perturbar o que deveria ser uma noite de entretenimento. Mas, com a presença do presidente, não podiam permitir que nada desse errado – principalmente em relação ao colar. Julien garantira repetidas vezes ao velho que era mais do que capaz de se encarregar de qualquer um que tentasse causar problemas durante o Desfile. À reunião, seguiram-se um espetáculo atrás do outro com a casa cheia, mas com a plateia pouco entusiasmada. O calor estava afetando a todos.

Ele acabara de virar a esquina de sua casa quando percebeu que a carruagem que passava na rua de trás parecia seguir seus passos. Julien foi mais devagar, para dar a chance de o veículo ultrapassá-lo. Só que, em vez disso, a carruagem parou ao seu lado, e a porta se abriu. Lá dentro, estava um homem que ele já vira – naquele jantar que o Profeta Velado o obrigara a ir, no começo da semana. Não era integrante da Sociedade, mas representante de alguma das outras Irmandades. Qual era mesmo?

— Senhor Eltinge? — chamou o homem. — Posso lhe oferecer uma carona?

"Nova York", pensou, de repente, ao ouvir aquele sotaque atropelado. Era um membro da Ordem.

— Obrigado — respondeu Julien, com plena consciência de que o suor pingava pelas suas costas. — Mas acho que vou caminhar. Está uma noite tão agradável...

Então acenou e continuou andando, torcendo para que tivesse posto um fim naquela questão.

Mas não era o caso, claro. A carruagem tornou a parar do seu lado.

— Ah... Acho que você vai querer aceitar minha carona, Julien. — O homem se inclinou, para que o facho do poste de iluminação revelasse o rosto dele. — A menos que você queira que eu explique para a Ordem onde foi que *realmente* encontrou aquele colar.

Julien sentia a opressão da noite na pele, mas suas veias haviam congelado.

— Não sei do que o senhor está falando. — Então ponderou suas opções, mas duvidava que correr mais rápido do que um cavalo estivesse entre elas.

— Acho que sabe, sim — insistiu o homem. — Por isso vou permitir que escolha: você pode entrar nesta carruagem e me contar tudo o que sabe a respeito dos planos que a Sociedade tem para o colar na noite do Desfile. Se fizer isso, posso protegê-lo. Posso garantir que a Ordem jamais fique sabendo que você se envolveu com Harte Darrigan, ou com o roubo de seus mais preciosos tesouros. Ou pode continuar andando e me considerar um de seus inimigos.

O homem não era velho, mas era emaciado, manchado pelo excesso de bebida e pela falta de exercício. Dentro de um ringue, Julien seria capaz de nocauteá-lo, mas a vida não era uma luta de boxe. A vida estava mais para uma partida de xadrez, e Julien não estava disposto a ficar em xeque por causa de Harte Darrigan.

— Sabe... — disse Julien, tentando manter o tom casual — ... acho que preciso mesmo de uma carona, afinal de contas.

DESILUDIDA

1902 — Nova York

Viola nem sabia por onde estava andando. A várias quadras de distância, quase no limite da ilha de Manhattan, seus pés finalmente desaceleraram o passo, e a névoa que ela atravessava às cegas se dissipou. Sentindo-se subitamente exausta, se colocou debaixo da proteção de um vão de porta e foi deslizando até o chão, pois suas pernas bambearam. Ao perceber que ainda estava com o projétil na mão, atirou-o longe, enojada.

E então tirou do bolso da saia o pacote que Nibsy lhe dera. Ficou parada por alguns instantes para sentir aquele peso reconfortante nas mãos antes de começar a abrir o embrulho. Finalmente, se sentia equilibrada. Enraizada. *Preparada.*

Todos os seus planos podiam ir para o inferno. Por que deveria esperar por uma desforra futura? Por que deveria permitir que a Ordem destruísse Nibsy Lorcan, se ela mesma poderia ter essa honra? Viola o arrancaria do mundo a facadas, depois iria atrás do irmão. E, quando acabasse com os dois, atacaria a Ordem. A lâmina prateada reluziu assim que ela rasgou o papel, e Viola a ergueu, para inspecioná-la. Para se deleitar com o poder dela.

Então levantou, deixando o embrulho cair no chão, mas o que estava escrito no papel chamou sua atenção. Ela se abaixou, pegou-o e ficou examinando aquela caligrafia familiar. Viola conhecia aquela escrita, o modo como as letras pendiam de forma precisa para a direita, aqueles traços firmes e confiantes.

"Dolph."

Sentiu uma dor no peito ao se lembrar do amigo que perdera. Mas, enquanto passava os olhos naquelas linhas escritas, a dor se transformou em outra coisa. Descrença. Negação.

"Não pode ser."

Dolph não poderia ter escrito aquelas palavras. Não poderia ter ferido Leena daquela maneira. Mas, com a mesma clareza das letras naquela página, lá estavam todos os passos que dera e todas as intenções que tivera – de tomar o poder, de *usá-la*. A mulher que dizia amar.

"Só pode ser um truque", pensou. Mais uma das trapaças de Nibsy. Porque, se não fosse, tudo o que Viola sabia a respeito de Dolph Saunders seria mentira.

PARTE VI

O RIO

1904 – Saint Louis

Com a cervejaria reduzida a cinzas, os Antistasi se mudaram no dia seguinte ao incêndio para um pequeno acampamento nas margens do Mississippi, logo depois do limite sul da cidade. Sem conversar a respeito ou tomar uma decisão formal, Esta foi com eles. Harte a acompanhou, mas sequer olhava para ela. Mantinha distância e inventava desculpas para ficar em qualquer lugar onde Esta não estivesse. Não que ela pudesse culpá-lo, depois do modo como o atacara. Naquele momento, enquanto todo mundo tentava ajudar os recém-despertos a controlar as novas afinidades, Harte ficou sentado à margem do rio, de costas para Esta e para todos os demais.

"Tudo bem, então." O mago poderia ficar emburrado o quanto quisesse. Quando caísse em si, talvez se desse conta de que Esta precisava pelo menos se *arriscar* a reaver seu bracelete. E tentou não pensar no que o fato de não ter encontrado a peça significava.

Esta teria simplesmente perdido a joia? Ou será que Ruth ainda estava com ela?

No entanto, como deixar seus pensamentos correrem soltos enquanto tentava ajudar os novos Mageus não era a coisa mais segura a fazer, se obrigou a esquecer a óbvia reprovação de Harte e a se concentrar na tarefa que tinha por fazer. A maioria das pessoas resgatadas do hospital estava processando a realidade de uma nova vida. Quem nascia Mageus aprendia a usar a conexão com a antiga magia ainda criança e, quando chegava à idade adulta, isso se tornava uma espécie de instinto.

Só que o atentado de Ruth tivera adultos como alvo. Aprender a controlar a afinidade — descobrir qual era o poder que realmente tinham — se revelara algo desafiador e frustrante para aquela gente.

Para Esta, não era muito mais agradável. Aquela coisa toda a fez se lembrar de sua própria infância — dos dias que passara treinando com o Professor Lachlan. Ela o odiava. Precisava odiá-lo, por tê-la traído tanto. Mas, ao ajudar os recém-despertos, ficou se perguntando se também não estava em dívida com ele. O Professor lhe ensinara como encontrar os espaços entre os segundos e a treinara até que conseguisse retardá-los com o mínimo esforço. Ele lhe dera a Chave de Ishtar e revelara os segredos para atravessar o tempo, um fato que Esta não queria admitir — nem para si mesma. Como o próprio Professor costumava dizer, ele a criara.

"É claro que o homem que conheci como Professor não teria sido obrigado a fazer nada disso se o garoto que conheço como Nibsy não tivesse roubado minha vida inteira", lembrou Esta. Quem Esta teria sido se Nibsy Lorcan não tivesse matado seus pais?

Esta abandonou as questões do passado e tentou se concentrar no homem que estava diante dela. Arnold era de meia-idade, tinha uma faixa de cabelo de cada lado da cabeça e um bigode malcuidado, amarelado nas pontas. Não parava de perder a concentração e, quando isso acontecia, as chamas saíam das pontas dos dedos dele, o que o assustava e o fazia sair se estapeando até encontrar um balde d'água para apagar o fogo. Se não conseguisse fazer isso depressa — o que acontecia com frequência —, Esta chamava uma das engarrafadoras que trabalhavam na cervejaria, que também era curandeira, para ajudá-lo com suas queimaduras.

— Encare isso como uma conexão — tentou explicar Esta, enquanto o homem afundava as mãos no balde d'água pela décima vez. — O mundo inteiro e tudo o que há nele está conectado. A magia reside nos espaços entre essas conexões. Quando você usa sua afinidade, está pressionando esses espaços: modelando-os e manipulando-os.

O homem fez uma careta e disse:

— E como isso me ajuda com o fogo? Essa coisa *queima*.

Sinceramente, Esta não sabia. Usar sua afinidade, mesmo quando era mais nova, sempre lhe pareceu algo intuitivo, jamais perigoso.

— Não posso nem piscar que as chamas se acendem — reclamou ele. — Não tem espaço nenhum. Só *dor*.

— E se você parar de pensar que o fogo é algo que vem de fora de você? — sugeriu Esta. O fogo, por ser uma reação química, era alinhado com o inerte, mas o tempo era diferente. Era Éter. Era tudo.

Ela era uma péssima professora.

— Eu conheço você — disse uma voz suave, vinda de trás dela.

Esta se virou e deu de cara com a moça que conhecera no armazém, encarando-a. Parecia mais nova sem o vestido cinza de gola alta, tão austero. O nariz dela era cheio de sardas, e o olhar era de acusação.

— Não — mentiu Esta, já se afastando. — Você deve ter se enganado.

Só que a moça não desistiu.

— John. Você se chama John — insistiu. — Estava lá naquela noite.

— Não — repetiu Esta, que se virou no exato momento em que a garota juntou todas as peças.

— Você é da laia deles, e estava lá naquela noite — disse a moça, arregalando os olhos. — Eu vi você. Nós *conversamos*.

O dia estava claro e ensolarado, quente por causa do verão. Mas, de repente, houve uma lufada de ar gelado, como se uma explosão de inverno tivesse passado por ali. As árvores sacudiram com a força dela, e Esta olhou para cima e viu as faces verdes das folhas cobertas de gelo.

— Você fez isso conosco — falou ela, aproximando-se de Esta. — Eu sabia. Sempre soube.

— Não — insistiu Esta, afastando-se da moça. Só que não teve coragem de mentir para aquela garota que parecia tão amedrontada, tão desamparada e tão brava. — Eu só...

Como poderia reagir ao ódio estampado naquele olhar? Não lhe pareceu suficiente explicar que fora apenas uma ferramenta, que não tivera nenhuma intenção de fazer aquilo, porque a verdade era outra.

Esta entrara naquele armazém, naquela noite, sabendo que outras pessoas poderiam sair feridas. Escolhera Harte e a missão dos dois de reaver o colar em vez da vida daquelas pessoas, e faria tudo novamente.

Pelo menos *achava* que sim.

– Greta, já chega. – Era Ruth, que chegara por trás da moça.

– Mas foi ele...

– Eu disse que já chega. Você é uma de nós agora – advertiu Ruth. – Acalme-se.

O vento gelado parou de soprar, dando lugar ao calor normal do dia de verão. Nas árvores, o gelo derreteu e pingou das folhas, que ficaram marrons por causa do frio.

– Venha comigo – ordenou Ruth, dirigindo-se a Esta.

Feliz por se livrar de Greta e daquelas acusações, Esta acompanhou Ruth.

– Ela nos odeia.

– Ela ainda não entende a dádiva que recebeu. Mas entenderá.

– E se não entender? – perguntou Esta, sem pensar.

Ruth inclinou a cabeça e lhe lançou um tipo de olhar que, na cabeça de Esta, só uma mãe seria capaz.

– Você abriria mão de sua própria afinidade?

– Não, mas nasci com ela – respondeu Esta. – É quem eu sou. Greta não teve escolha – completou, pensando nas objeções que Harte levantara.

– Você também não. A sua afinidade foi imposta pelo destino e, mesmo assim, você passou a encará-la como algo essencial. Em seu devido tempo, Greta também verá dessa forma. Assim como todos eles.

Ficou claro que Ruth acreditava no que estava dizendo, e falava com uma voz tão confiante, tão repleta de emoção, que Esta quase acreditou também. Podia até ter sido uma mera ferramenta. Mas, no fim das contas, ninguém a obrigara a atacar Lipscomb nem aquele armazém cheio de gente. Poderia ter encontrado outra saída, mas não fez isso. Ouviu Lipscomb falar e julgou que a vida dele valia menos que a de Harte.

Talvez a vida dele *de fato valesse* menos que a de Harte. Mas, ao ver aqueles Mageus recém-despertos enfrentarem dificuldades e o medo refletido no olhar deles toda vez que as novas afinidades eram disparadas de forma descontrolada, Esta duvidou que tivesse direito a fazer tal escolha.

Ela respirou fundo e afastou aquelas dúvidas de seus pensamentos.

— Está precisando de alguma coisa?

— Você se redimiu de forma admirável ontem à noite — falou Ruth. — O que você fez por Maggie e pelas crianças durante o incêndio e aqui, com os recém-despertos...

— Nós avisamos que não éramos inimigos — lembrou Esta, tentando não demonstrar nenhuma gota de presunção.

— Sim, bem... — Ruth ficou em silêncio, e as narinas dela inflaram de leve, como se admitir aquilo fosse um grande esforço. — Com tudo o que aconteceu, talvez tenha que considerar você como aliada, afinal — disse, não parecendo nem um pouco feliz com a situação. — Com o estrago na cervejaria e essa responsabilidade com os recém-despertos, preciso de sua ajuda.

Essas palavras aplacaram algo dentro de Esta. "É isso."

— Quais são seus planos?

— A Sociedade. Quero fazê-los pagar pelo que fizeram conosco. Quero vê-los rastejar.

— Definitivamente, compartilho desse sentimento — disse Esta. Apesar de suas dúvidas, era um sentimento que ela poderia afirmar com toda a sinceridade.

— Só que rastejar não é o suficiente. Precisamos garantir que eles fiquem sem nenhum recurso — completou Ruth, olhando de esguelha para Esta. — Não podemos permitir que a Sociedade fique com o colar. Preciso de um ladrão.

— Então está com sorte. Porque, por acaso, sou uma ótima ladra. — Esta fez uma pequena reverência e completou: — Mas tenho uma condição. Se eu ajudá-la a fazer isso, quero de volta o que você pegou de mim. Quero meu bracelete.

Ruth ficou em silêncio por um bom tempo.

— E se eu não concordar?

— Passo a mão nele mesmo assim. Poderia ficar com o colar também, antes de você sequer chegar a encostar nele. Mas prefiro cooperar. Espero que o fato de eu ter ficado aqui por tanto tempo prove que prefiro ajudá-la a enfrentá-la.

Ao dizer essas palavras, Esta se deu conta de que não sabia ao certo se era exatamente uma mentira, mas também não estava certa de que era verdade.

— Tudo bem — respondeu Ruth, com uma expressão tensa. — Você nos ajuda a destruir a Sociedade e me traz o colar, e o bracelete é seu.

"Mas e depois?" Esta simplesmente roubaria o colar também e deixaria Ruth e os Antistasi para trás, como se jamais tivesse feito parte daquilo? Ou haveria outra maneira de seguir adiante, uma forma de ela e Harte não precisarem lutar sozinhos? Quanto mais Ruth falava e explicava o plano dos Antistasi, mais Esta se questionava.

ATÉ O FIM

1904 – Saint Louis

Harte só viu que Esta vinha na sua direção quando era tarde demais e não podia mais evitá-la. Aquela fora a melhor parte do dia, até então. E, até onde o mago podia perceber, o poder dentro dele havia se acalmado, resumindo-se a um ronco baixo de descontentamento, mas Harte não podia confiar que continuaria assim. Continuou mantendo distância de Esta, sem perdê-la de vista, porque também não confiava nos Antistasi.

Não restavam dúvidas de que Ruth era carismática. Acreditava no que fazia, achava que era correto. Mas, pela experiência de Harte, a linha entre a crença e o fanatismo muitas vezes era tênue, borrada, e tendia a se esfacelar quando examinada de perto. A ideia de dar magia aos Sundren até poderia ser nobre, se as vítimas tivessem direito de escolha. Mas Ruth forçara a magia naquelas pessoas, infectara-as com um poder que elas não queriam nem possuíam habilidade para controlar.

O mago não conseguia ver diferença entre isso e o que os Sundren faziam, obrigando os Mageus a esconder as afinidades. Ambas as atitudes eram movidas pelo desespero e pelo medo, e, aos seus olhos, eram dois lados da mesma moeda.

Quando Esta sentou ao seu lado, Harte fez questão de se concentrar em trancafiar o poder e já estava preparado, caso resolvesse subir à superfície. Parecia calmo, mas isso podia ser apenas mais um dos truques de Seshat.

Esta não falou com ele logo de início. Em vez disso, pegou um pedregulho e atirou na água turva do rio, logo adiante. O sol batia na superfície da água, iluminando as ondas concêntricas que foram se formando. Por um segundo, o mago quase conseguiu imaginar que eles estavam em outro lugar, em outra situação. Durante toda a sua vida, tudo o que sempre quis foi se libertar de Nova York. Mas, agora que era livre, estava tão consumido por todo o resto que mal tinha tempo de respirar.

– É maior do que imaginava que fosse – disse, baixinho.

Então sentiu um olhar sobre si.

– O rio?

– Tudo. – Ele se virou para Esta e completou: – Eu sabia que seria grande, mas não imaginava que seria tanto.

Esta ficou mordiscando o lábio e soltou um suspiro de cansaço.

– Sei o que você quer dizer. É maior e... *diferente* do que eu pensava.

Ela ficou em silêncio, deixando que a admiração de ambos por aquele lugar em que se encontravam se expandisse entre os dois.

– Desculpe por ter nocauteado você. Eu só estava desesperada para encontrar o...

– Tudo bem – respondeu o mago, sendo sincero.

Esta assentiu de leve e se virou para olhar o rio.

– Ruth pediu nossa ajuda – falou, finalmente rompendo aquele incômodo silêncio que se estabelecera entre os dois. – Ela quer destruir a Sociedade e, para isso, precisa garantir que não fiquem com o colar.

A voz dela era esperançosa, determinada. Mas algo naquele tom fez Harte ter a sensação de que o poder dentro dele tinha despertado novamente.

– Não estamos aqui para destruir a Sociedade, Esta – declarou, com um tom mais rude do que pretendia, porque estava prestando atenção em Seshat, caso o demônio resolvesse tentar atacar Esta de novo. – Estamos aqui para pegar o colar e cair fora, lembra? Todo o resto não é uma luta nossa.

– E por que não? – insistiu ela. – Podemos fazer algo aqui para *ajudar* as pessoas.

— Ou simplesmente piorar tudo — argumentou Harte. Ao vê-la agitada, o poder pareceu pulsar de excitação, inchando e crescendo. — Olhe só o que aconteceu depois que Ruth perpetrou o atentado contra aquela reunião. Olhe só para as pessoas que foram resgatadas do hospital.

— Ruth devolveu o poder a elas — falou Esta, recordando as palavras da líder. — Ela *ajudou* aquelas pessoas.

— Ela as *atacou*. *Olhe só* para essas pessoas — disse Harte, virando Esta para que ficasse de frente para um grupo de vítimas do atentado dos Antistasi, que pareciam exauridas. Metade daquelas pessoas ainda estava usando a roupa do hospital. — Olhe de verdade para essas pessoas. Alguma delas parece feliz neste exato momento?

Esta se desvencilhou do toque de Harte e afirmou:

— Mas vão ficar. Você não está?

O mago deu risada.

— Feliz? — Sacudindo a cabeça, tentou pensar em como fazer para que ela entendesse. Sua afinidade afastara seu pai e destruíra sua mãe. Conferia poder sobre as outras pessoas, isso era verdade, mas também o afastava delas. Harte estava sempre desconfiado, sempre com medo de chegar perto demais ou de deixar que alguém soubesse demais a seu respeito. — Nada em relação à minha afinidade alguma vez me deixou feliz, Esta.

Ela fez uma careta e rebateu:

— Isso não pode ser verdade.

— Vamos embora logo de uma vez. *Por favor*. Ainda podemos contar com Julien. Ele pode nos ajudar a descobrir onde está o colar, e aí conseguiremos reavê-lo e sair da cidade. Não precisamos dos Antistasi nem de seus planos grandiosos.

Esta apontou para o próprio braço e disse:

— Ruth ainda está com a Chave de Ishtar, lembra? Não podemos ir embora sem ela.

O mago passou as mãos pelo cabelo, tentando controlar sua frustração, para conseguir trancafiar o demônio que vivia dentro de si.

– Ela por acaso não tem um cofre aqui nas redondezas, tem? Estamos no meio do nada. Não deve ser muito difícil roubar o bracelete e ir embora. Não precisamos do restante. Não precisamos atacar a Sociedade...

– Você simplesmente viraria as costas e iria embora? – A expressão de Esta era indecifrável e, quando falou de novo, foi quase em um sussurro. – Mesmo eles tendo incendiado a cervejaria? – Então olhou nos olhos do mago e continuou: – Poderiam ter matado *crianças*, Harte. A Guarda sabia que havia crianças lá dentro e não se importou nem um pouco com isso. Queria que elas morressem. Porque são Mageus. Porque, para a Sociedade e para a Guarda, um Mageus a menos no mundo é ótimo, seja qual for a idade.

Harte não tinha argumentos para rebater nada do que Esta dissera. O incêndio era tão maligno quanto o atentado, mas a Sociedade não era muito diferente da Ordem. Agora que estava além dos limites da Beira, ficou mais claro do que nunca que ter pensado que os dois poderiam derrotá-los não fazia o menor sentido. Esmagassem uma barata ou uma centena, ainda haveria milhares delas que até então estavam longe das vistas, prontas para se juntar assim que as luzes se apagassem.

Claro, eles poderiam ajudar os Antistasi. E depois? Os riscos eram muito altos. E o bem que poderiam fazer? Harte não sabia ao certo se seria suficiente para compensar os estragos que causariam ao longo do caminho.

– Não podemos – disse, por fim.

A expressão de Esta se tornou severa.

– Agora é tarde demais para recuar.

Harte lhe lançou um olhar e perguntou:

– O que você quer dizer com isso?

Esta o olhou nos olhos e levantou o queixo, teimosa como sempre.

– Eu já revelei nossa ligação com Julien.

Harte sentiu o estômago se revirar.

– Você não fez isso...

Eles já tinham feito mal demais ao seu velho amigo, ao envolvê-lo naquela confusão, para início de conversa.

— Você já havia dito para Ruth que tínhamos como nos infiltrar na Sociedade — argumentou Esta.

— Mas sem entregar Julien.

— Eu sei, mas... — Esta soltou um suspiro e, quando olhou de esguelha para Harte, o mago pôde ver a expressão de arrependimento dela, mas não era tão clara quanto a de esperança. — Ele *pode* nos ajudar a entrar, Harte.

— E depois? — Harte sentiu sua paciência se esgotando, e o poder, crescendo com sua irritação. — Vamos embora, e Julien fica com um alvo pintado nas costas. Não posso fazer isso com ele.

— Não faremos coisa nenhuma com ele. Assim que os Antistasi liberarem o soro, tudo será diferente. Pense só, Harte. O baile estará cheio de dignatários, representantes de todas as Irmandades do Oculto. Todo mundo que tem algum tipo de poder político estará lá — explicou Esta. — Depois que os Antistasi liberarem o soro, as pessoas que fazem as leis não estarão mais interessadas em criminalizar a magia se elas mesmas a possuírem. E, este ano, o baile tem um convidado muito especial: um convidado pelo qual Ruth muito se interessa...

— Vão atacar o presidente — compreendeu Harte, com o estômago revirado.

— É esse o plano.

— É um plano terrível, Esta. Você não percebe?

Aquela faísca desafiadora voltou a brilhar na expressão dela.

— Pode dar certo, Harte. O povo ama Roosevelt. Um dia vão entalhar seu rosto em uma montanha.

"Em uma montanha?" Harte piscou, surpreso.

— E como isso é... — ele estava se desviando do assunto.

Mas Esta estava determinada.

— Ninguém vai contrariar Roosevelt, mesmo com uma afinidade desperta. Ele poderia ser a solução...

Esta enlouquecera. Estava tão cega por aquela fantasia que se esquecera dos possíveis custos.

— Não, Esta. Não *podemos* permitir que isso aconteça.

– Por que não? – perguntou ela. – É isso que Dolph gostaria que acontecesse. Que continuássemos lutando. Que tentássemos mudar as coisas de verdade.

– Você não sabe o que Dolph queria – exclamou Harte. – *Eu* não sei o que Dolph queria. Ninguém sabia. Ele não era do tipo que punha as cartas na mesa. Olhe só o que fez com Leena.

Esta sacudia a cabeça.

– Eu posso até não saber quais eram todos os planos, mas devo a Dolph tentar terminar o que ele começou.

– Você não é Dolph, Esta.

– Sei disso – disparou ela. Mas estava tremendo de emoção.

– E você não deve nada a ele – falou Harte, com mais jeito. – Pode escolher seu próprio caminho, um caminho diferente.

– Você só quer que eu fuja.

– Eu quero a nossa *sobrevivência* – corrigiu o mago. – Quero que você seja capaz de se olhar no espelho sem odiar seu próprio reflexo. Já parou para pensar que talvez houvesse um motivo para sua mãe ter escondido você de Dolph? Eu *conhecia* a sua mãe. Leena não concordava com certas coisas que Dolph fazia. Caso contrário, não teria escondido você dele. Ela deve ter desejado algo mais para a sua vida além das brigas, da violência e das mortes intermináveis das quais Dolph insistiria que você participasse.

– Ele queria mudar as coisas...

– Dolph pode até ter sido meu amigo um dia, mas não era esse santo que você está pintando. Ele fez mal à Leena porque achava que isso era o melhor para ela. Para a magia. Para *todo mundo*. Depois de ter o poder roubado por Dolph, ela nunca conseguiu perdoá-lo completamente. E que diferença tem isso para o que os Antistasi estão fazendo?

Esta o olhava com uma expressão que ele jamais vira, uma expressão que o deixou preocupado, porque não sabia como interpretá-la.

– Temos um longo caminho à nossa frente – falou, mais calmo. – Ou por acaso você se esqueceu do que deveríamos estar fazendo? Nibsy ainda está por aí, à nossa espera.

— Eu *sei* — falou Esta, levantando a manga da camisa.

— O que é isso?

No braço dela, havia uma série de cicatrizes que pareciam letras. Mas Esta se afastou antes que Harte conseguisse decifrá-las.

— Eu não tinha isso antes. Estamos mudando coisas, e tenho plena consciência de que Nibsy está à solta, à espera. Mas está esperando por *mim*, Harte.

O mago odiou a dor e o medo que ouviu na voz de Esta, mas aquilo não era motivo suficiente para atender ao pedido dos Antistasi.

— Precisamos sair vivos desta cidade. Se conseguirmos fazer isso, podemos voltar e consertar tudo. Podemos voltar para que nada disso... a Lei, os Antistasi, nada jamais aconteça. Podemos salvar as pessoas *dessa* maneira.

— E se não conseguirmos? — perguntou Esta, com um tom lúgubre. — E se eu *não* conseguir nos levar de volta para 1902? E se eu não conseguir fazer nada disso direito?

— Você vai...

— Você não tem com saber — disparou ela. — Nem eu. Preciso fazer isso. E se... — Mas Esta não completou a frase.

Harte esticou o braço para tocá-la.

— Esta...

— Não, Harte — disse ela. Então ficou de pé e deu um passo para longe dele. — Não vou obrigar você a me ajudar, mas também não vou permitir que me detenha. Ou está do meu lado, ou farei isso sozinha.

Harte soltou um suspiro de cansaço.

— Você sabe que estou do seu lado.

Pelo jeito, suas palavras fizeram Esta relaxar um pouco. Ela esboçou um sorriso e assentiu, satisfeita, então foi contar as novidades para Ruth. Harte ficou observando Esta se afastar, com as costas retas e balançando os braços. Forte. Confiante. Totalmente segura de si.

— Até o fim — murmurou Harte. Só que ele não sabia ao certo com quem estava falando enquanto o vento levava suas palavras.

TABLEAUX VIVANTS

1902 – Nova York

Enquanto sua carruagem sacolejava pelas ruas, Jack esmagou mais dois cubos de morfina entre os molares, para aliviar a dor que latejava em sua cabeça e desanuviar seus pensamentos. Com a droga correndo nas veias, sentiu que podia respirar novamente e, à medida que o mundo foi ficando mais nítido, tirou o Livro do bolso do paletó. Aproveitou aqueles últimos minutos antes de chegar à Mansão J. P. Morgan para olhar as páginas com atenção – principalmente as anotações feitas com a sua letra, apesar de não ter nenhuma lembrança de tê-las escrito. Parou de se preocupar com essa questão, contudo, e resolveu encará-la como um sinal de que o Livro resolvera se revelar para ele. Um sinal de que não apenas estava à altura do poder do artefato, mas também *predestinado* a possuí-lo.

Esse entendimento aumentou a autoconfiança de Jack e o fez ter muito mais certeza de seu caminho. Não nascera para ser manso e obediente. Com ajuda do Livro, conseguira assumir o controle dos preparativos daquela pequena noite de gala da Ordem, para que pudesse dirigir o drama que seria encenado. Mas, faltando poucos dias para o evento, ainda tinha um inconveniente que não conseguira resolver, cujo nome era Evelyn DeMure.

Ele sabia que o anel que a atriz usava era mais do que aparentava. Com a absoluta perfeição da pedra e o fervilhar de poder que – Jack podia jurar – pairava no ar quando a joia estava por perto, teria se dado conta disso mesmo sem os detalhes que o Livro lhe revelara.

O mais alto escalão da Ordem fizera segredo do conteúdo do Mysterium, guardado a sete chaves, conhecido apenas pelos integrantes da irmandade. Só que, durante suas noites de estudo, o Livro lhe entregara tais segredos de bandeja. Assim, Jack sabia que aquele anel deveria ser a Lágrima de Delfos, uma pedra criada pelo próprio Newton. E também tinha conhecimento de como fora criada – por meio de um sacrifício – e o que poderia fazer com o poder da joia.

Naquela noite, no teatro, Jack descobrira o que Evelyn era e por que conseguira se defender – e proteger o anel – de seus avanços. Mas a essa altura já tinha a solução para o problema que a atriz representava. As peças estavam todas se encaixando, e tudo seria revelado na noite de gala, quando Jack pegaria o anel e daria um jeito em Evelyn de uma vez por todas.

Quando a carruagem finalmente parou em frente à casa de seu tio, na Madison Avenue, Jack guardou o Livro no paletó. Perto de seu peito, praticamente conseguia sentir o poder do artefato, uma batida de coração que pulsava em sincronia com a sua. Desceu da carruagem, ignorando o leve latejar na cabeça. A morfina tinha ajudado. Assim como saber que, logo, logo, teria tudo do que precisava – tudo o que sempre quisera. Ordenou que o cocheiro trouxesse o caixote que estava amarrado atrás da carruagem, uma peça que o próprio Jack esculpira para o espetáculo da noite de gala.

Ficou observando enquanto um dos serviçais do tio ajudava o cocheiro a levar o caixote para dentro da casa e só então entrou, cada vez mais convicto do que estava prestes a acontecer. Havia uma nova criada esperando na porta, uma moça de pele morena que não fazia nem um pouco o tipo de Jack. Entregou o casaco e o chapéu para ela sem pensar duas vezes e foi descobrir como andavam os preparativos.

No salão de baile, haviam feito grandes progressos nos últimos dois dias. Cortinas de veludo cor de vinho cascateavam ao redor das grandes colunas que rodeavam o ambiente, transformando a pista de dança aberta em quatro palcos diferentes, onde os quadros vivos seriam encenados.

Tableaux vivants eram a febre do momento em Nova York. Todos os eventos mais exclusivos, pelo jeito, traziam aquelas demonstrações – com frequência, provocantes –, de arte que cria vida. Até os membros mais pomposos da alta sociedade eram atraídos pelo voyeurismo de observar outras pessoas fazendo diversas poses, reproduzindo cenas de obras de arte clássicas. Já corriam boatos por toda a cidade a respeito de quais pinturas os participantes recriariam na noite de gala. Para profundo deleite de sua tia, os jornais não paravam de comentar quais seriam as debutantes do ano envolvidas e o que estariam – ou não – vestindo. Repórteres de todos os jornais estavam praticamente babando para conseguir um convite. Bem como a Ordem esperava.

A Ordem podia até ter planejado o evento para consolidar a posição que tinha em Nova York, mas Jack o usaria em benefício próprio. Demonstraria sua importância, sua relevância, de uma vez por todas – não apenas para sua família, mas para a Ordem. Para a cidade inteira também.

Evelyn já estava lá. De pé em cima de uma banqueta, cercada por costureiras que ajustavam um pedaço de *chiffon* diáfano que usaria no quadro que Jack planejara para ela. Acenou para Jack, e ele sentiu a costumeira explosão de volúpia em suas entranhas, que agora sabia ser causada pelo poder selvagem. Graças a um talismã que inscrevera no próprio peito pela manhã, um segredo que encontrara no Livro, a influência de Evelyn não surtia mais o mesmo o efeito. Pelo menos, não a distância – Jack ainda não estava seguro de que podia chegar perto da atriz.

Ele acenou de volta para Evelyn, fingindo ter mais interesse do que realmente tinha ao examinar o figurino. Estava quase perfeita: representaria a beleza inconsciente do enigmático quadro O *pesadelo*, de Henry Fuseli. Ao fim da noite de gala, Jack suspeitava que Evelyn acharia a imagem que retratou mais do que adequada.

Em seguida, voltou sua atenção para os outros palcos e preparativos. Estava discutindo qual seria a melhor posição para o quadro de Circe com outros integrantes da Ordem quando foi convocado a comparecer à sala de seu tio.

Jack só estivera no escritório privativo de Morgan uma vez, quando voltara da Grécia, fraco e perturbado, como uma vergonha para si mesmo e para sua família. Não gostou nem um pouco de ser convocado para voltar lá, mas entrou de cabeça erguida, lembrando que estava com o Livro e com as graças que ele lhe concedia.

O escritório de Morgan era um lugar de ostentação, com superfícies de madeira polida e um imponente teto abobadado. Era o tipo de lugar concebido para um príncipe dos negócios, um imperador do comércio. Mas, com o calor do Livro irradiando em seu peito, Jack mal reparou naquela grandiosidade toda.

Morgan se virou quando Jack entrou, e o olhar de desgosto era óbvio na expressão do velho.

— Como andam os preparativos?

— Quase terminados — respondeu Jack, confiante.

— Já deveriam estar concluídos — retrucou Morgan. — Faltam apenas dois dias.

Jack simplesmente ignorou o tom de reprovação da voz de Morgan. Em uma questão de dias, seu tio morderia a língua e imploraria para Jack compartilhar com ele e com os demais integrantes da Ordem seu conhecimento e seu poder. E Jack riria da cara dele com o maior prazer.

Ele deu de ombros, escondendo seus verdadeiros sentimentos.

— Estará tudo pronto muito antes do tempo — afirmou.

O nariz bulboso de Morgan se repuxou de leve.

— É melhor que esteja tudo perfeito — advertiu. — Você já viu isso? — perguntou, atirando um jornal em Jack.

— Isso o quê? — indagou ele, tentando descobrir o motivo da irritação do tio naquelas manchetes igualmente apelativas.

— A notícia sobre o incêndio — respondeu Morgan, debruçando-se sobre a escrivaninha para bater com o dedo grosso na página de jornal. — Aqueles malditos animais atearam fogo em um dos quartéis dos bombeiros, lá na Great Jones Street. É o distrito de Charlie Murphy, território do Tammany Hall.

– Não entendo como isso faria diferença para o senhor. Ou para mim, aliás.

O Tammany Hall estava repleto de arrivistas, políticos irlandeses corruptos que pensavam que tinham chance de se tornar mais do que estavam predestinados a ser.

– Faz diferença porque temos um acordo com o Tammany. Eles têm nos ajudado a pressionar aqueles vermes lá do centro.

– É apenas um incêndio...

– Não é *apenas* um incêndio – interrompeu Morgan, com um tom perigoso. – Foi um ato criminoso, e as chamas não eram normais. Por mais de uma hora, a água das mangueiras não surtiu efeito. A coisa toda fede a magia selvagem.

– E? – questionou Jack, sem entender como um incêndio em um quartel de bombeiros decrépito qualquer pudesse ter algum impacto sobre ele. Se dependesse de Jack, a região inteira da Bowery poderia arder em chamas.

–Você tem ideia do quanto isso afeta nossa imagem? – indagou Morgan, batendo a mão na mesa. – Do quanto nos faz parecer ineficientes?

Jack ficou se perguntando como pudera ter tido medo daquele velho algum dia. Com toda aquela bravata, ficava óbvio como Morgan era fraco. O verdadeiro poder não tem necessidade de fúria. Pode queimar em silêncio, consumir um lugar de dentro para fora.

– A Ordem só parecerá fraca se o senhor e o resto do alto escalão não conseguirem responder à altura – afirmou Jack. Com a morfina correndo em suas veias, estava relaxado, e seu cérebro, claro e confiante. – No máximo, isso só nos ajuda. Dá à Ordem a munição de que precisa para acabar com os vermes de uma vez por todas.

– Pode até ser. Mas, se o pessoal do Tammany começar a criar confusão, poderemos ter problemas com o Conclave. Eles já estão começando a se gabar de como se tornaram poderosos em Nova York – explicou Morgan. – Outro dia, Barclay disse que ouviu um deles se locupletando de que, até o final do ano, a Ordem se tornará uma nulidade.

— Quem liga para o que um deles disse...

— *Eu* ligo — urrou Morgan. — O alto escalão da Ordem liga. Temos outras três Irmandades vindo para Nova York no final do ano por causa do Conclave, e não permitirei que a Ordem seja vista como fraca. O Conclave é apenas o começo. Vai determinar quem deterá o poder no próximo século... e quem ficará *de fora*. Como se não bastasse o fato de aqueles malditos ladrões terem surrupiado os artefatos e o *Ars Arcana*, por *sua* causa, os outros suspeitam que estamos enfraquecidos. Se a Ordem não ocupar seu espaço no topo das Irmandades unidas agora, Nova York perderá em *status* e poder. Neste exato momento, temos a atenção do presidente. Se dominarmos o Conclave, teremos o país inteiro comendo na nossa mão.

— Entendo — disse Jack. Porque realmente entendia. Apenas não tinha nenhuma intenção de permitir que aqueles velhacos que dominavam o mais alto escalão da Ordem detivessem tal poder.

— Duvido — disparou Morgan. — Mas, se você estragar tudo, irá entender. Algumas pessoas do Tammany comparecerão a esta noite de gala. É fundamental mostrar a eles a dimensão exata do nosso poder.

— Mostraremos — disse Jack, suprimindo o deleite que sentiu se avolumar dentro de si. Na noite de gala, a cidade inteira saberia exatamente como cada um deles era poderoso, e Jack estaria no topo da lista.

TUDO OUTRA VEZ

1902 – Nova York

Com uma faca na mão, Viola era capaz de perfurar o coração de um homem a uma distância de três metros. Como não era imbecil, nem sempre Paul permitia que ela tivesse acesso a lâminas. Ainda assim, enquanto ouvia o irmão reclamar sem parar de suas mais recentes falhas, ficou imaginando o estrago que poderia causar com a colher de pau que segurava naquele exato momento. Certamente, conseguiria fazer *algo* que o obrigasse a calar a boca.

— Eu *sei*, Paolo — disse, com as mãos na cintura. — Mas não quero ir com John Torrio.

— Por que não? — perguntou Paul, franzindo o cenho. — Você se acha boa demais para ele? Ou é por algum outro motivo, por causa de alguma outra pessoa sobre quem eu deveria saber?

— Eu não *gosto* dele, só isso — desconversou Viola, praticamente cuspindo.

Paul levantou a mão para lhe dar um tapa, mas ela apenas deu um sorriso.

— Não — falou o gângster, cerrando os dentes e baixando a mão. — Você não pode estar machucada na noite de gala.

— Ainda não consigo entender por que tenho que me emperiquitar toda só para aquele *maiale* ficar babando. Não confio nele, Paolo, e você também não deveria. É capaz de lhe dar uma facada nas costas assim que tiver oportunidade.

— Pensa que eu não sei? Por que você acha que quero que você vá com ele à noite de gala?

— Eu *sei* por que você quer que eu vá com ele. Porque ainda não confia em mim.

— Não confio em *ninguém*, e isso inclui Torrio. Preciso que minha matadora entre naquela noite de gala comigo, parecendo elegante e refinada. Você vai com o Raposa cumprir seu dever comigo e com a sua família, ou então não terá mais lugar aqui. — Paul retorceu o canto da boca, deixando o canino superior torto à mostra. — Só não se esqueça de que não terá que tomar cuidado só com as patrulhas do Tammany e com os moleques da vizinhança. Tenho amigos mais poderosos também. Com certeza meu amigo Jack Grew adoraria saber onde encontrar um dos ladrões que roubaram os tesouros da Ordem. Sem dúvida se sentiria ainda mais grato se eu mesmo entregasse você.

Viola cuspiu no chão, bem no pé de Paul.

— Você não teria coragem. Cairia morto antes mesmo de abrir a boca.

— Quantas ameaças, minha irmã. E, apesar de tudo, aqui estou eu. E sua vida ainda está em minhas mãos. — Paul chegou mais perto e prosseguiu: — Aceitei que você voltasse para o seio da família porque a *mamma* me pediu. Porque ela não enxerga quem você realmente é. Nunca enxergou. Acha que não lembro que o *papà* ficava mimando você, e eu tinha que consertar suas burradas? Tudo porque você nasceu uma coisa monstruosa, uma aberração. Sempre se achou melhor do que nós, como se as regras deste mundo não lhe dissessem respeito. Mas veja só. Agora quem faz as regras sou *eu*. O dono da cidade sou *eu*.

Viola soltou uma gargalhada.

— Esses homens *se aproveitam* de você, Paolo. Os do Tammany e os da Ordem. Não respeitam você nem o seu dinheiro. Você é novo-rico. E o seu dinheiro é sujo demais para o gosto deles.

Paul assumiu uma expressão de fúria.

— Eles podem até *achar* que se aproveitam de mim, mas meu dinheiro vale tanto quanto qualquer outro. E o país está mudando, minha irmã. Logo, logo, a idade da carteira deles não vai ser mais importante que o conteúdo, e eu pretendo ter mais.

— Paolo...

—Você vai com Torrio, ou então vai ficar em casa, *capisce*?

Viola cerrou os dentes para não dizer tudo o que estava sentindo. Se não precisasse de um jeito de entrar naquela noite de gala, teria arriscado a sorte com a colher de pau.

— Entendido – disse, voltando a prestar atenção na panela em que estava mexendo antes que o irmão a interrompesse.

—Vou mandar lhe entregar um vestido. Esteja pronta às seis, viu?

Ela fez que sim, porque provavelmente não conseguiria se conter caso abrisse a boca. Mas, assim que Paul saiu da cozinha, atirou a colher, bem onde a cabeça de seu irmão estava poucos segundos antes. Obedeceria às ordens dele só mais uma vez e aturaria os olhos indiscretos e as mãos bobas de John Torrio. Mas só porque precisava que Paul e companhia se aproximassem da Ordem. Depois disso, o acordo que fizera com o irmão estaria revogado.

ILHADO

1902 — Nova York

Logan Sullivan estava com frio, com fome, precisando desesperadamente de um banho. Mas pelo menos estava livre. Nos dias que se passaram desde que fora pego desprevenido no apartamento daquela mulher, dedicou-se a segui-la. Ou melhor, a rastrear o paradeiro da pedra e a coletar informações.

Agora, diante do Bella Strega, do outro lado da rua, a bruxa da placa o observava do alto, como se o desafiasse a sair correndo.

Talvez fosse isso que ele devesse fazer. A pessoa que o Professor Lachlan era no passado não era o mesmo homem que Logan conhecia e passara a ver como mentor, uma espécie de figura paterna. Aquele moleque mal tinha 16 anos e era tão arisco e perigoso como um gato-do-mato. Ir ao encontro dele naquela situação poderia ser a pior ideia que Logan já tivera na vida.

Mas quais eram suas opções? Não conhecia mais ninguém naquela versão de Nova York, e pelo menos sabia quem aquele garoto que dizia se chamar James Lorcan se tornaria. Se existia alguém capaz de localizar Esta e obrigá-la a levá-lo de volta para sua própria época, seria o moleque que reinava na taberna Bella Strega. Logan apostaria um bom dinheiro nisso.

Além do mais, depois de descobrir mais a respeito da pedra — incluindo onde e *quando* estaria —, Logan tinha algo para barganhar. Nunca prestara muita atenção quando o Professor Lachlan tentara lhe ensinar as diferentes partes da magia, mas torcia para que, se conseguissem pôr as mãos naquela joia, talvez — somente talvez — isso fosse o suficiente para levá-lo de volta para casa.

PREPARATIVOS

1904 – Saint Louis

A sensação do pincel cuja ponta Julien pressionou nas pálpebras de Esta, dando os últimos retoques na maquiagem que ela usaria naquela noite, era gelada.

– Só mais um pouquinho – disse Julien, soprando o bafo de tabaco no seu rosto, enquanto pressionava mais uma... duas vezes... – Pronto. Acabei.

Esta abriu os olhos e deu de cara com Julien olhando para ela com uma expressão satisfeita. Harte estava de pé ali perto, franzindo o cenho.

– E então? – perguntou Esta.

– Uma perfeição – declarou Julien, virando-se para o espelho, para fazer a própria maquiagem.

Esta se aproximou de Julien para ver seu reflexo e ficou de queixo caído. Sua pele estava clara demais, e os lábios, que já eram bem grandes, pareciam enormes, pintados com o escarlate alaranjado que Julien escolhera. Ele delineara seus olhos com pinceladas dramáticas de *kajal* e pintara as pálpebras de turquesa e dourado. "Dourado."

– Pareço uma palhaça – falou, dirigindo-se a Julien, tirando as longas tranças da peruca que usava da frente do rosto.

Na verdade, Esta parecia uma daquelas pinturas estilizadas da atração Ruas do Cairo, mas o efeito era praticamente o mesmo. Não era mais autêntica do que aquelas peças de decoração.

Julien olhou para Esta pelo espelho e disse:

– É exatamente esse o objetivo.

— Fazer com que eu pareça uma espécie de aberração de circo? — provocou Esta. Sua boca ainda estava pegajosa da pintura.

— Não encoste os lábios até secar — respondeu Julien, ignorando a indignação de Esta e pintando os próprios lábios com um tom mais suave de vermelho.

— Por que você pode ficar parecendo mulher, e eu tenho que parecer uma palhaça? — indagou Esta.

Julien fizera alguma coisa para que seus traços parecessem mais fortes e angulosos do que o normal, ao passo que a maquiagem dele tinha o efeito oposto, transformando os traços masculinos de seu rosto em algo suavemente feminino.

Ele olhou feio para Esta pelo espelho.

— Porque você *é* mulher. Confie em mim. Ninguém vai reparar nesse pequeno detalhe com seu rosto do jeito que está. Você parece exatamente o que precisa parecer: está igual a qualquer um dos homens que conduzirão os carros alegóricos hoje à noite.

Esta fez careta para si mesma de novo e então cruzou os olhos com Harte pelo espelho. Sua expressão parecia uma combinação de horror e dor. A maquiagem estava tão terrível quanto imaginava.

O mago não falava com ela desde aquele dia em que discutiram, depois do incêndio, mas estava presente naquele momento, cumprindo com o planejado. Portanto, Esta vencera. Por algum motivo, a vitória não era tão gratificante quanto pensava que seria. Tentou se convencer de que era apenas nervosismo, mas fora treinada para não ficar nervosa, muito menos antes de uma tarefa importante e perigosa como aquela.

Soltou um suspiro de frustração, pegou um pouco mais de enchimento de algodão e enfiou no espartilho grande demais que usava por baixo do esvoaçante vestido branco. Aquilo era ridículo: achatar os peitos só para depois pôr enchimento de novo, para caber em um dos vestidos de Julien. Tudo porque não era permitido que mulheres subissem nos carros alegóricos do Desfile — era considerado inapropriado, imoral ou algo do gênero. Esta ainda não conseguia entender como um bando de homens meio bêbados vestidos de mulher poderia ser melhor. Mas, pelo menos, aquela moralidade hipócrita lhe proporcionou uma maneira de participar do Desfile e, o mais importante: uma maneira de chegar perto do colar.

Alguém bateu à porta do camarim.

– Sua carruagem chegou – gritou Sal.

– Diga que sairemos em cinco minutos – berrou Julien. Então pôs a peruca preta, que ia até a altura do queixo e o deixava parecido com Cleópatra. Em seguida, se dirigiu a Esta e Harte: – Bem... é isso.

Ele parecia nervoso. Até demais.

– Relaxe, Jules – disse Harte, dando tapinhas no seu braço. – Não é muito diferente de qualquer outro espetáculo. Não passa de luzes e brilho, e então termina.

– É disso que eu tenho medo – murmurou Julien.

Ele não ficara nem um pouco feliz ao ver o mago quando os dois o procuraram para dizer que precisavam de ajuda mais uma vez. Se não estivessem em um restaurante lotado, Esta jurou que Julien seria capaz de derrubar Harte no chão só para conseguir fugir. Mas, no fim, explicaram seu dilema o melhor que podiam – sem contar nada a respeito dos Antistasi. Se tudo saísse de acordo com o plano, Julien jamais precisaria ficar sabendo e não correria mais nenhum perigo.

– Ninguém vai culpar você por isso, Jules. Juro – falou Harte, com uma voz tão firme quanto sua expressão. – Pronto, Magrelo?

– Pode parar com esse apelido agora mesmo – disse Esta, mas a verdade era que a ajudava. A faísca de irritação que o codinome provocava a fazia pôr os pés no chão. – Vejo você no Desfile.

Esta tentou dar um sorriso para o mago. Em vez de retribuir, ele ofereceu um aceno curto de cabeça, mas com os olhos enevoados e uma expressão indecifrável.

Fora numa noite não muito diferente daquela – e bem pouco tempo antes – que ela e Harte haviam ido em uma carruagem, em um silêncio constrangedor, à Mansão Quéfren. Na ocasião, Esta planejava trair todo mundo que aprendera a admirar em Nova York. Não fazia ideia de que o mago tinha os próprios planos. Ele também se mantivera distante naquela noite. Mas, por algum motivo, Harte se sentia mais afastado de Esta do que nunca naquele momento – ainda mais do que em Nova York, quando se convencera de que ela era a pior das traidoras.

Já fazia dias que Harte estava se distanciando, Esta admitiu para si mesma. Mesmo antes da discussão, andava ensimesmado. E, a cada vez que se tocavam ou que Esta pensava que se aproximaria dela, o mago fazia uma cara de quem estava cometendo um erro – de que tudo aquilo era um terrível engano. Mas, depois da discussão que tiveram às margens do rio, a tensão entre os dois piorou.

Esta sabia o que Harte ainda pensava: que os Antistasi estavam enganados, que aquela luta não era dela, que Esta, mais cedo ou mais tarde, se arrependeria de suas atitudes. Só que ela não tinha tempo para vacilações ou para dúvidas, muito menos com tanta coisa em jogo. Era só ver o que aconteceu quando permitiram que Jack continuasse vivo. Ela dera ouvidos a Harte, deixara que o mago a convencesse, e o futuro dos dois mudara para pior. Mageus sofreram por causa disso. "Não." Ela não seria fraca. Não naquele momento. "Droga." Soltou um suspiro de raiva e se armou para o que estava por vir. Em menos de uma hora, estariam de posse do colar, e o mundo seria um lugar diferente. Eles *fariam* do mundo um lugar diferente. Ou ela morreria tentando.

Esta acenou a cabeça para Harte, decidida, e foi atrás de Julien, atravessando o teatro e saindo para pegar a carruagem que os esperava.

Como havia guardas dos dois lados da porta, Esta escondeu sua magia, bem escondida, enquanto subia na parte de trás da carruagem.

Só que o veículo não estava vazio, como ela imaginava. O Profeta Velado estava esperando pelos dois, no interior de veludo escuro. E, ao lado dele, estava Jack.

O DEMÔNIO INTERIOR

1904 – Saint Louis

Depois que Esta e Julien saíram do camarim, e a porta ficou firmemente fechada, Harte teve que se segurar para não ir atrás dela. Esta o olhara pelo espelho poucos momentos antes, com o rosto tão maquiado que nem ele seria capaz de reconhecê-la. O mago vira mais do que Esta – vira a mulher que aparecia em suas visões, aquela cujos olhos se tornavam negros como a noite e que gritava e gritava e...

Era mera coincidência. Só que Harte não acreditava em coincidências.

Esfregou o rosto com a mão e então, com uma violência que nem mesmo ele esperava, chutou a cadeira que havia ao lado da penteadeira e depois passou a mão nos potes de tintas e maquiagens, derrubando tudo no chão. Frascos de porcelana se espatifaram, e as cores dos diferentes pós se espalharam, formando uma confusão aleatória.

Deveria tê-la impedido. Deveria ter se esforçado mais para convencê-la a desistir daquele plano maluco. Esta fora arrebatada por Ruth e pelos Antistasi, seduzida pela fantasia deles, de um mundo retificado, mas Harte não tinha o mesmo brilho nos olhos, não conseguia enxergar o mundo retificado e livre, muito menos com aquela voz que havia dentro dele prometendo nada além de morte e destruição.

A magia não passava de uma armadilha. De um *truque*.

Talvez o mago devesse mesmo ter deixado Esta ir ao Desfile, como acabou deixando. Talvez *tivesse* que fazer isso. Quem era Harte para julgar Ruth e seus Antistasi? Ainda mais com o poder que havia dentro dele, fazendo-o duvidar de si mesmo até ficar tão tolhido pelo medo e pela indecisão que aquela coisa seria capaz de atravessar as últimas barreiras que conseguira manter de pé.

Ofegante, olhou para seu reflexo no espelho: as olheiras fundas debaixo dos olhos, a barba sem fazer havia dois dias, sombreando seu maxilar. Se olhasse com a devida atenção, pensaria ser capaz de enxergar aquela criatura que havia dentro dele espiando nas profundezas de seus próprios olhos.

Mesmo naquele momento, enquanto cravava as pontas dos dedos na superfície da penteadeira, Harte tinha a sensação de que poderia sair voando se não se segurasse bem firme. Cada dia que passava era mais um tempo para Seshat se fortalecer. A cada dia, ficava mais difícil calar completamente aquela voz que ruminava e ganhava poder. E estava mais clara: ódio, tristeza, destruição e caos eram a letra da canção dela. E a melodia era cantada para Esta.

Ela destroçaria o mundo.

"Não." O mago não permitiria que isso acontecesse. Faria o que fosse necessário para impedir que o Livro se apossasse de Esta – se *aproveitasse* dela. Aquelas suas visões, fosse lá o que significassem, não seriam o seu futuro.

Harte respirou fundo mais uma vez, soltou as mãos da penteadeira e se afastou. Fechou os olhos e respirou bem fundo, usando cada fração de seu ser para controlar o poder que havia dentro de si. Então deslocou o painel da parede apenas o suficiente para conseguir passar e saiu nos fundos do teatro.

North estava à sua espera, no final do beco, dentro de uma das carroças da cervejaria, pintada para esconder o nome da empresa. Desde o incêndio, as coisas entre Harte e o caubói estavam mais tranquilas, mas North se limitou a cumprimentá-lo erguendo o chapéu, enquanto o mago subia no banco do cocheiro.

— Seu figurino está ali — disse North, apontando para um saco de aniagem que havia no chão.

Enquanto se deslocavam, Harte tirou lá de dentro uma capa e uma máscara combinando. Era uma coisa grotesca, feita de papel machê, uma feição meio de cobra, com palha para cobrir o cabelo.

Quando Harte terminou de se fantasiar, North lhe entregou um pequeno saco de flanela. O mago olhou dentro dele e encontrou o colar. Se não soubesse que era falso, jamais seria capaz de distinguir. Os comparsas de Ruth eram bons – muito bons. O metal brilhava como a platina da verdadeira Estrela de Djinni, e a pedra no meio do colar tinha quase a mesma profundidade etérea da original.

– Ficou perfeito.

– Claro que ficou – retrucou North. – Agora, não se esqueça: ao trocá-lo pelo colar verdadeiro, o fecho ativará o detonador. Quando eles tirarem a joia, vão acionar o mecanismo dentro dela. Esse tal de Julien terá, quando muito, dez minutos até que o ácido corroa tudo e o soro se vaporize.

– Isso não deve ser problema. – Assim que Harte tirasse a joia de Julien, em cima do carro alegórico, a pessoa a tocar o colar em seguida seria o próprio Profeta Velado, quando fosse transferi-lo para a moça que o usaria no baile em si. De acordo com o plano, deveria acontecer pouco antes de o Profeta Velado acompanhar a infeliz debutante e apresentá-la ao restante dos convidados da noite de gala. Julien não fora convidado para essa parte, então estaria a salvo. – Todo mundo vai estar quase chegando ao ponto de encontro quando isso acontecer. Você está com o bracelete que Ruth pegou?

– Está com Maggie – respondeu North. – Ela vai entregá-lo para você na Caixa D'água, assim que tudo terminar.

– E então deixaremos vocês em paz de uma vez por todas.

North parou a carroça na lateral da rua e pulou do banco do cocheiro para amarrar os cavalos em um poste, enquanto Harte abria a parte de trás. Lá dentro, havia mais de uma dúzia de Antistasi esperando com ar solene, todos com a mesma fantasia do mago.

Foram saindo em silêncio, um por um, até ficarem ao redor de North.

— Você precisa se certificar de que está no carro alegórico certo — instruiu North, repassando o plano mais uma vez.

Precisavam desviar a atenção. Causar distração e confusão, para que Harte conseguisse subir de fininho no carro alegórico e trocar o colar.

— O Profeta aparecerá quase no fim do Desfile — disse Harte, repassando uma informação que Julien conseguira levantar. — É ali que precisaremos causar mais baderna.

— Pode deixar que somos muito bons em causar baderna — disse um dos homens-cobra, e os demais deram risada, concordando com ele.

— Não se esqueçam — continuou North, interrompendo as risadas. — Quando as luzes se apagarem, vocês precisam se espalhar. Joguem as fantasias onde puderem e então voltem para o acampamento. Não saiam juntos. Se separem. Se forem pegos em flagrante, façam o que for preciso, mas não nos entreguem. Tiraremos vocês da cadeia assim que possível.

Houve um murmúrio de consentimento por todo o grupo, enquanto Harte colocava a própria máscara, deixando-a levantada no topo da cabeça.

— Boa sorte — disse North, estendendo a mão.

Harte apertou a mão dele. Por um instante, chegou a pensar em inocular sua afinidade, só para se certificar de que Ruth não tinha outros planos. Mas não podia correr o risco de o caubói suspeitar de algo tão cedo. Se quisessem tirar o colar e também o bracelete de Esta das mãos de um bando de outros Mageus, precisavam contar com o elemento surpresa.

Os dois ficaram se olhando por alguns segundos, e nenhum queria ser o primeiro a se render, até que Harte resolveu deixar North vencer.

Soltou a mão do caubói e o saudou em silêncio, enquanto cobria o rosto com a máscara. Em seguida, foi se juntar ao grupo de serpentes e procurar o Profeta Velado, o colar e a garota que ele jamais mereceria.

A NOITE DE GALA

1902 — Nova York

Jack Grew ficou parado no canto do salão de baile do tio, admirando tudo o que havia criado. Ao seu redor, velas brilhavam e cristais cintilavam. O suave murmúrio da expectativa tomou conta dele como se fosse um manto, dando-lhe forças para o que estava por vir. Todo mundo que tinha alguma importância na alta sociedade de Nova York estava ali, incluindo todos os integrantes da Ordem e uma seleção de jornalistas escolhidos a dedo que provavelmente cobririam o evento da perspectiva mais favorável. Em um canto, Sam Watson conversava com o mais novo dos Vanderbilt. Do outro lado do salão, sua tia se empertigava, admirando a decoração do salão de baile. Todo mundo estava feliz e contente. Inclusive Jack.

Ele estava bem perto de conseguir o que queria. Pertíssimo.

Watson o viu e foi logo atravessando o salão para cumprimentá-lo, mas Jack fingiu que não viu. Escondeu-se atrás da cortina mais próxima, que separava os convidados da área que ficava atrás dos palcos temporários que ocupavam um dos lados do salão. Ali não havia a mesma atmosfera relaxada, regada a champanhe, do lado dos convidados. Nos bastidores, a energia nervosa dos artistas tornava o ar quase carregado de eletricidade. Tomado pela expectativa, Jack tirou o frasco do paletó e esmagou mais dois cubos de morfina entre os dentes. Em seguida guardou o frasco de volta no colete, perto do calor que emanava do Livro, e foi em busca de Evelyn, se esgueirando entre os artistas preocupados.

Quando a encontrou, ela já estava usando o vestido diáfano encomendado especialmente para seu *tableau*. Todos os quadros vivos haviam sido escolhidos por motivos específicos. Mas a maioria porque retratava a força da ciência e da alquimia em relação à perigosa magia selvagem que um dia quase destruíra a civilização. *O pesadelo* seria o derradeiro quadro, uma espécie de *grande finale*. Nessa imagem, uma mulher de cabelos claros estava deitada inconsciente, estirada em um divã baixo, com a cabeça e a mão penduradas para trás. Do modo como Fuseli a retratara, a adormecida poderia muito bem estar morta, a não ser por um leve tom rosado nos lábios. Sentada em cima do peito dela havia uma espécie de gárgula, um súcubo que representava o conceito de pesadelo, pressionando-a, mantendo-a naquele sono mortal.

Evelyn já empoara o rosto, ficando ainda mais pálida do que de costume, para representar seu quadro. A pele estava tão branca que praticamente reluzia e mal tinha diferença do tom de marfim do vestido. Ela retocou o rosa pálido dos lábios em um pequeno espelho, com aquele vestido que pouco escondia. Não faria diferença se fosse transparente, de tanto que se ajustava às curvas dela. E, por ter um tom tão próximo da pele empoada, à primeira vista parecia mesmo transparente. Tudo isso fazia parte da diversão, claro. *Tableaux vivants* eram famosos por serem excitantes e *risqué* e por desafiarem os limites da decência.

Mas tais quadros vivos só podiam ser tão provocantes por causa do tema: arte clássica. O vestido de Evelyn bastaria para levá-la para a cadeia se ela o usasse na rua. Mas era perfeito para um *tableau*. Quando se recostasse no divã, pareceria muito com o da pintura, dando a impressão tanto de camisola quanto de mortalha, sublinhando as semelhanças entre as profundezas do sono e a própria morte.

Claro que, se os planos de Jack fossem levados a cabo naquela noite, tais semelhanças seriam apenas uma e a mesma.

No dedo de Evelyn, o anel cintilava na luz difusa. "Em breve", Jack prometeu a si mesmo, quando os olhos da atriz o viram pelo espelho, e ela se virou para cumprimentá-lo. "Muito em breve."

— Jack, querido – ronronou. – Como estou?

Em seguida, rodopiou, para que o vestido esvoaçasse. Àquela altura, o desejo ardente que dela irradiava já era bem conhecido de Jack. E, com o ritual que fizera, tirado das páginas do Livro, não passava de um mero inconveniente. Mas Evelyn não era a única a representar naquela noite. Jack dera um verdadeiro espetáculo, suavizando seu olhar e indo ao encontro dela como se quisesse beijá-la e não lhe torcer o pescoço.

— Deslumbrante, com sempre – respondeu, contando os segundos até que a satisfação no rosto da atriz se transformasse em medo. – Você recebeu a peruca que enviei?

Os cabelos da adormecida de Fuseli eram de um loiro claro, e o vermelho violento das madeixas de Evelyn arruinariam a realidade da cena.

— Recebi. Ia colocá-la agora mesmo. – Evelyn olhou para Jack batendo as pestanas e elogiou: – Também vi o pesadelo. Você se superou, Jack. Ele é maravilhoso.

— Não é?

Perto da plataforma onde Evelyn se prostraria mais tarde, estava a figura deformada que seria colocada em cima de seu peito.

Ela foi até lá e passou a mão, de modo sedutor, na cabeça da criatura.

— A expressão dele é tão *viva*, tão cheia de vitalidade. Quase dá para imaginá-lo assombrando nossos sonhos, não? – perguntou, com um sorriso malicioso e provocante que Jack aprendera a reconhecer como mais uma tentativa de manipulá-lo.

— Consigo mais do que imaginar – disse, examinando a criatura que havia criado com suas próprias mãos. Custara várias tentativas para que ficasse perfeito, leve o bastante para permanecer em cima do peito de Evelyn e pesada o suficiente para segurá-la quando chegasse a hora certa.

— O público ficará extasiado – ronronou ela.

— Sim. Sim, definitivamente, ficará – concordou Jack, tentando conter sua empolgação. – Bem, se você me dá licença, preciso conferir outros preparativos. Já está quase na hora de começar.

ANTES DA TEMPESTADE

1902 — Nova York

Cela ficava puxando aquele uniforme engomado. Não nascera para servir mesas ou limpar a bagunça de gente que pensava que era dona do mundo só porque tinha papaizinhos ricos. Mas prometera a Jianyu que o ajudaria a reaver o anel. Só que aquela semana trabalhando de criada na Mansão J. P. Morgan fora uma provação. Todos os dias, ela via os preparativos para a noite de gala e acabou entendendo que nenhuma daquelas pessoas precisava ter ainda mais poder. Certamente, não precisavam de um anel mágico que poderia trazer consequências terríveis, e não apenas para quem possuía magia. Acreditou no que Jianyu dissera: se caísse em mãos erradas, a pedra do anel poderia deixar o mundo de joelhos.

Cela não nascera para se ajoelhar.

Então se empertigou e se preparou. Os dois só precisavam esperar mais um pouquinho. O plano parecia bem simples: esperar até que a cena de Evelyn fosse revelada. Então, Jianyu poderia entrar de fininho e tirar o anel do dedo dela. Se a atriz tentasse alguma bruxaria, teria de afetar todos os presentes ou arriscar revelar quem era no meio de um salão cheio de homens cujo objetivo na vida, além de ganhar dinheiro, era destruir a espécie da qual fazia parte.

Pena que Cela não acreditava que as coisas seriam assim tão simples, por mais que Jianyu pensasse que sim.

No entanto, não estava sozinha. Por mais que não concordasse com a irmã, Abe resolvera ajudar. Podia até ter sido apenas para evitar que ela se metesse em uma confusão maior do que seria capaz de lidar, mas a costureira não ia reclamar. Do outro lado do salão, Abel carregava uma bandeja cheia de taças de champanhe. Os dois cruzaram o olhar, e ele sacudiu a cabeça de leve. Ainda nenhum sinal de Evelyn.

Cela acenou a cabeça, dando a entender que estava bem, e então foi recolher mais alguns copos sujos. Tudo estava prestes a começar.

UM VELHO INIMIGO

1904 – Saint Louis

Quando Esta viu Jack sentado na penumbra da carruagem, teve que se esforçar para entrar. Julien sentou ao lado dele, e ela foi obrigada a se colocar de frente para Jack. Engoliu o nervosismo e seguiu o exemplo de Julien, recostando-se e abrindo bem as pernas por baixo das saias, imitando o homem que supostamente era, torcendo para que, com a maquiagem que Julien fizera e a escassa luz da carruagem, Jack não a reconhecesse.

– Ah, senhor Eltinge, e... – falou Jack, com um tom de expectativa, olhando de esguelha para Esta.

– Martin – disse Julien, como se isso explicasse tudo. – Martin Mull.

– Não estávamos esperando mais ninguém – falou o homem por trás do véu de renda.

Esta podia sentir que Jack se interessara por ela, mas ficou olhando para a frente e se obrigou a *continuar respirando*, encarando-o sem pestanejar.

– Martin costuma atuar como meu segurança em caso de necessidade – Julien foi logo explicando. – Esta noite, mais do que nunca, presumi que uma prevenção extra seria mais do que bem-vinda. Ainda mais levando em consideração o que vocês estão me obrigando a usar pelas ruas da cidade.

Houve um longo e tenso silêncio até o Profeta inclinar a cabeça, fazendo o véu diante do rosto dele ondular. Esta praticamente conseguiu sentir que o interesse de Jack por ela se dissipou quando o Profeta a ignorou. Sem a menor cerimônia, tirou um frasco do casaco, pegou dois cubinhos e os colocou na boca. Em seguida, pensou melhor: apanhou mais dois e guardou o frasco.

Fazia poucas semanas, mas para Jack se passara mais tempo. O rosto exibia as marcas dos anos. Estava mais velho do que antes, e a pele tinha uma palidez e um inchaço doentios. Talvez fosse efeito da bebida. Só que, por algum motivo, Esta achava que não. Ele tamborilava os dedos na perna, e a energia nervosa daquele ritmo suave vibrava no ar do espaço exíguo.

"Ele ficou com o Livro. Pode até estar com ele agora." Jack estava sentado logo ali, tão perto e, se Esta arriscasse usar sua afinidade, poderia roubá-lo.

Mas, se tentasse – se conseguisse surrupiar o Livro –, Jack daria pela sua falta. A reação a tal descoberta poderia pôr a perder todos os meticulosos planos dela e de Harte – incluindo o plano de colocar as mãos no colar. Seus pensamentos estavam acelerados, mas Esta não conseguiu vislumbrar nenhum modo de pegar o Livro e também o colar. Não sem botar tudo e todos em risco. E não antes de a carruagem parar e a porta se abrir.

Do lado de fora, fios com lâmpadas elétricas dependuradas iluminavam uma área de concentração lotada de gente usando fantasias elaboradas. Em volta de um dos carros alegóricos, havia um grupo de homens com o corpo pintado de cores berrantes, vestindo penas e camurça. Conversavam com outros, fardados como soldados Confederados. Em volta de outro carro alegórico, havia homens fantasiados de sultão, com o rosto escurecido por maquiagem e longas barbas falsas coladas no queixo, dando risada e bebendo de uma garrafinha que passava de mão em mão. Em cima de uma réplica em miniatura de um dos barcos a vapor que cruzavam o rio, havia pessoas com o rosto pintado de preto e usando cartola, esperando o Desfile começar.

Esta não esperava encontrar nada muito esclarecido, mas seu estômago se revirou ao notar o espetáculo ao seu redor. "Parece que a Klu Klux Klan resolveu dar uma festa à fantasia", pensou, tentando passar uma impressão de indiferença. Não podia se dar ao luxo de que alguém percebesse sua aversão.

– Eles fazem isso todos os anos? – perguntou, dirigindo-se a Julien. Ele balançou a cabeça afirmativamente.

– E é sempre essa... – Esta ficou sem palavras.

– É o primeiro ano que venho – respondeu Julien, fechando a cara ao ver um grupo de três homens que faziam gestos obscenos para um quarto, que estava vestido de mulher e morria de dar risada. – Mas, sim. Acredito que seja.

Os dois encontraram o carro alegórico em que desfilariam – o do próprio Profeta Velado. Fora projetado para parecer uma versão maior do barquinho da atração Ruas do Cairo. Construído na parte de trás de uma grande carroça, tinha as laterais pintadas do mesmo dourado reluzente e do mesmo azul-índigo berrante que adornavam a atração da Exposição. Em cada um dos lados, cinco homens esperavam, de remo na mão, o desfile começar. Como pareciam estar completamente sóbrios – ao contrário da maioria dos foliões –, Esta suspeitou que fossem da Guarda Jefferson, uma proteção a mais para o Profeta e para o colar. No centro do barco, em cima de um pequeno estrado elevado, havia dois tronos dourados, com um dossel ornamentado de seda bordada com pedrarias.

Uma dupla de guardas uniformizados se aproximou, e um deles carregava uma pequena valise.

– Tudo como planejado, Hendricks? – perguntou o Profeta.

O guarda que segurava o estojo assentiu com a cabeça.

– Está tudo pronto para o senhor – respondeu, estendendo a valise para que o Profeta a inspecionasse.

O Profeta tirou uma chave da túnica e abriu a fechadura, revelando um brilho de platina e turquesa. "A Estrela de Djinni."

Esta cerrou os punhos para se segurar e não roubar o colar naquele exato momento. Seria fácil. Simples. Poderia roubar tanto o Livro como o colar. Só precisava retardar o tempo, pegar o colar e ir embora...

"E Julien ficaria ali, levando a culpa." Fora ele quem a trouxera, afinal de contas. A Guarda se voltaria para Julien em busca de respostas quando Esta sumisse. "E, ainda que percebam que ele não é capaz de fornecê-las, não fará a menor diferença", pensou Esta. Julien estaria arruinado.

E teria sorte se estivesse *apenas* arruinado.

Não tinha a menor importância o fato de o pessoal de Ruth estar de prontidão, pronto para arriscar a própria vida diante de toda a cidade, que comparecera em peso para assistir ao Desfile. Ruth ainda estava com a Chave de Ishtar. Se Esta fizesse alguma coisa que pusesse os Antistasi em perigo, seria muito mais difícil reaver seu bracelete.

Nenhuma das opções era boa. Ela era obrigada a agir conforme planejado, por mais que quisesse pôr as mãos no colar naquele exato momento.

De qualquer maneira, já era tarde demais. O Profeta já o colocava em volta do pescoço de Julien.

— Então, senhor Eltinge, como discutimos... — disse o Profeta — ... se alguma coisa acontecer com essa joia durante o Desfile...

— Ninguém vai passar por mim, senhor — garantiu Julien, cerrando os dentes. Então lançou um olhar para Esta, que virou para o outro lado. Para um ator, ele era um péssimo golpista.

O Profeta assentiu, e o véu farfalhou feito as cortinas de renda da casa de uma velhinha.

— Então, acredito que chegou a hora — falou, apontando para o estrado.

Julien subiu primeiro, sem precisar de ajuda, e depois o Profeta fez o mesmo. Esta os acompanhou, ficando perto de Julien. Na confusão, perdera Jack de vista, mas a Estrela de Djinni estava tão, tão perto... E, apesar disso, tão fora de seu alcance...

Pouco a pouco, dispersos e meio bêbados, os pequenos grupos começaram a se organizar, e a concentração foi ficando cada vez mais vazia, à medida que os carros alegóricos partiam. Esta podia ouvir o rufar dos tambores quando as fanfarras começaram a desfilar e, então, depois do que pareceu uma eternidade, o barco sacolejou debaixo dela e passou a se movimentar.

O trajeto do Desfile estava lotado de gente, e todos se acotovelavam para ter uma visão melhor dos carros iluminados que atravessaram a cidade. Cada um era ligado aos cabos elétricos do bonde, a fonte de energia para as lâmpadas que brilhavam como pequenos sóis, quentes e perigosos, em volta dos adereços de papel machê.

Quando viraram na Linden e começaram a avançar, lenta e constantemente, em direção aos pavilhões da feira, Esta sentiu algo afiado bater em seu rosto. Estava esfregando o ponto dolorido quando foi atingida novamente, desta vez no braço.

— Ai — gritou, esfregando o novo machucado.

— É apenas o lixo de sempre — disse o Profeta — Ignore.

Mas a saraivada de projéteis arremessados contra eles só aumentava.

Dois dos homens vestidos de sentinelas egípcias ficaram em alerta e se dirigiram à lateral do carro alegórico, procurando os responsáveis no meio da multidão na calçada, um pouco mais abaixo. Instantes depois, apontaram para alguém, e Esta viu os policiais que formavam uma barreira de proteção no trajeto se virarem para o público, procurando os culpados.

— Viu só? — falou o Profeta. — Um mero inconveniente.

O Desfile seguiu em frente e, ao longe, Esta viu o arco de entrada da feira. "Logo", pensou, mantendo os olhos alertas, procurando sinais de perigo. "Logo Harte estará aqui. E então, tudo estará terminado."

"Ou, quem sabe, estará apenas começando?"

Estavam a cerca de uma quadra de distância da entrada dos pavilhões quando Esta ouviu uma comoção no meio da multidão. Um grito ensandecido ecoou e, de repente, homens mascarados surgiram entre os espectadores sem rosto. Usavam capas escuras, e suas máscaras imitavam o rosto de cobras.

"Os Antistasi", pensou Esta, e sentiu seu corpo inteiro se aquecer e ficar de prontidão ao vê-los. Como planejado, e bem na hora.

Os homens — e mulheres, como Esta já sabia — usaram o pó explosivo que Julien fornecera, tirado do teatro, para distrair e cegar a fileira de policiais, e então saíram correndo na direção do carro alegórico onde o Profeta Velado estava. Esta se aproximou de Julien, fingindo ser o segurança que estava representando, e ficou observando enquanto mais de uma dúzia de pessoas-cobra subiam.

O ar estava espesso, por causa da magia corrompida, ardente e gélida ao mesmo tempo, enquanto os Antistasi atacavam, arrancando os barqueiros dos postos e os derrubando para o lado.

– Protejam a rainha – gritou o Profeta, e os sentinelas restantes formaram uma parede em volta deles, enquanto os Antistasi mascarados atacavam.

Esta se viu cercada pelo caos enquanto fingia lutar contra as pessoas-cobra. Mas então um deles ficou bem atrás dela e atacou Julien. "Harte." Ela se atirou na disputa, executando a coreografia que haviam ensaiado, para que a luta fosse a distração necessária para Harte tirar o colar do pescoço de Julien e substituí-lo pela réplica. O mago deu o sinal, encarando-a com um olhar da mais pura determinação – e de algo mais que ela não conseguiu interpretar –, e Esta fez o que tinham combinado, tentando tirá-lo de cima de Julien e empurrá-lo para fora do carro alegórico, onde os policiais de uniforme escuro já estavam de prontidão.

Esta não teve tempo para se preocupar se Harte aterrissara em segurança ou não. Foi puxada para trás de repente e, antes que pudesse entender o que estava acontecendo, o piso do estrado estava descendo, e ela se viu presa junto com Julien em uma pequena cela. O chão se fechou acima dos dois, e tudo ficou às escuras.

EFEITOS COLATERAIS

1904 – Saint Louis

Harte tentou se livrar dos dois policiais que seguravam seus braços, mas não demorou muito para que fosse atirado na traseira de uma longa carroça escura, com um punhado de outros Antistasi. A porta se fechou atrás deles, e a carruagem começou a sacolejar, enquanto o mago tateava para se certificar de que o colar ainda estava escondido dentro do bolso secreto costurado em sua camisa.

Durante o confronto, precisou de quase todas as suas forças para não vencer a luta de mentira que travara com Esta. A voz que havia dentro dele se insurgiu, incitando-o a derrubá-la, a se apossar de tudo o que Esta era. Mas já havia se aquietado.

Era uma quietude na qual Harte não confiava. Talvez o poder estivesse tentando se afastar da pedra enfiada em seu bolso, assim como fizera com o Livro. Mas poderia simplesmente estar à espreita, se preparando para a investida seguinte.

Alguém acendeu um fósforo enquanto Harte tirava a máscara, e as outras pessoas que estavam dentro do camburão se entreolharam por alguns instantes. Então alguém deu risada.

– Caramba, isso foi divertido – disse um homem com um dos incisivos laterais faltando, enquanto secava o suor da testa e tirava as luvas.

Harte não podia concordar, pelo menos não ainda. Relaxaria quando todos fossem libertados.

Quando a carruagem parou, ele ficou esperando, sentindo um arrepio à medida que tomava consciência da situação. Então a porta se abriu, revelando um policial que estava ali parado, com a boca retorcida de nojo.

— Pelo jeito, pegamos um bando de cobras Antistasi. — Então a expressão do homem mudou, como se achasse graça, e ele se afastou, abrindo caminho para que todos descessem.

Harte, que até então segurava a respiração, soltou o ar e sentiu que o poder que havia dentro dele se alvoroçara. Aquela coisa não era nem um pouco fraca, ao contrário dele mesmo.

O mago deixou os outros saírem primeiro. Ainda estava com os nervos à flor da pele, por causa da adrenalina do que haviam acabado de fazer, e não tinha nenhuma pressa de se mexer. Mas, assim que desceu, se sentiu aliviado por sair daquele ar parado e abafado da carruagem e ganhar o calor da noite. Ruth estava ao lado do ponto onde o veículo estacionara, à espera, com alguns outros Antistasi.

— Você conseguiu fazer a troca? — perguntou, quando viu Harte descer.

Harte fez que sim e disse:

— Está feito.

Só que o mago continuava não gostando nem um pouco daquela situação. Se ele e Esta não conseguissem voltar para 1902 e impedir que tudo aquilo acontecesse — se fossem obrigados a seguir em frente a partir daquele exato momento, quem haveria de dizer quais seriam as repercussões de um atentado grave ao presidente?

Ele tirou o colar do bolso e mostrou para Ruth.

— Agora, cumpra sua parte do acordo. Vou levar o bracelete de Esta.

— Você terá de esperar — disse Ruth, já esticando a mão para pegar o colar.

Harte tirou a joia do alcance dela.

— Até parece.

— Maggie ainda não chegou — explicou Ruth, interrompendo-o antes que ele ficasse nervoso demais. — Deve chegar a qualquer minuto.

— Então veremos se o colar ficará com você quando ela chegar com o bracelete — argumentou Harte, guardando a joia em seu paletó.

Assim que Esta chegasse, Ruth não ficaria com nenhum dos dois artefatos.

Eles esperaram enquanto outras pessoas chegavam, todas ofegantes e parecendo absolutamente enlevadas pelo que tinham acabado de fazer. Dez minutos passaram, depois vinte. E a cada segundo, Harte ficava mais impaciente. "Eles já deveriam ter chegado."

Só que, pouco depois, o som das rodas de uma carroça e do bater de cascos de cavalo se aproximando rapidamente assinalou a chegada de alguém.

Que não era Maggie... Era *Esta*.

O poder que havia dentro de Harte se alvoroçou ao ver a carruagem menor parar ao lado da carroça da cervejaria e inflou de desejo quando Esta saiu pela parte de trás antes mesmo do carroção do veículo parar completamente.

Só que a expressão de Esta não era da mais pura satisfação, como Harte esperava.

— Está com ele? — perguntou. Harte assentiu, mas a expressão dela não relaxou. — Pegaram Julien — completou, com um tom sombrio.

— Como assim? — indagou Harte, aproximando-se dela e querendo, mais do que nunca, abraçá-la e puxá-la para perto de si. Mas, quando a voz que havia dentro dele se insurgiu ao ter essa ideia, o mago parou de supetão.

O plano era bem objetivo. Perigoso, mas bastante fácil, a partir do momento em que os colares fossem trocados. O Profeta tiraria o colar falso de Julien e o colocaria no pescoço da debutante escolhida para ser a Rainha do Amor e da Beleza daquele ano. E então os dois, Esta *e* Julien, iriam embora.

— Levaram o carro alegórico do Profeta para uma rua lateral assim que o atentado começou. Nos prenderam em uma cela minúscula debaixo da base da carroça e, quando chegamos ao Paço dos Festivais, nos deixaram sair. Só que levaram Julien dali imediatamente... com colar e tudo. Jack estava esperando por ele — contou Esta.

Harte ficou petrificado.

– *Jack Grew* está aqui?

Esta acenou a cabeça e continuou:

– Tentei ir atrás deles, mas os guardas me impediram. Disseram que era pela segurança do colar ou algo assim.

Harte não gostou nem um pouco daquilo. Não havia motivo para Jack acompanhar Julien, a menos que soubesse de alguma coisa.

– E Julien estava bem?

– Acho que os guardas não suspeitaram de nada. Pareciam mais preocupados com o colar do que com algum tipo de ameaça da parte de Julien. Acho que, desde que ele fique calmo e siga com o plano, podemos voltar para buscá-lo depois que fizerem a troca do colar.

Harte não gostou, mas podia ser pior. Poderiam ter prendido Julien. E, quem sabe, em meio a tudo aquilo, também conseguissem arrancar o Livro de Jack.

Não demorou muito para ouvirem mais batidas de casco se aproximando.

– Maggie está com o bracelete – murmurou Harte, dirigindo-se a Esta, quando a irmã de Ruth apareceu. Esta assentiu, para dar a entender que havia compreendido.

– Me diga que você não fez isso – Maggie falou para Ruth mesmo antes de descer do cavalo. Então correu em direção à irmã e segurou-a pelos braços. – Diga que não foi feito. Que não funcionou. Ou...

– Tudo saiu conforme o planejado – afirmou Ruth, franzindo o cenho.

Só que Maggie sacudia a cabeça, como se não acreditasse.

– Está tudo bem – garantiu Ruth, com um tom gentil que Harte jamais ouvira. – Está todo mundo em segurança, e o colar foi trocado. Está tudo bem.

– Não – falou Maggie. – *Não*. Precisamos parar com isso.

– Não há nada para ser parado.

– Mas o soro... não funciona.

Ruth fez uma careta e respondeu:

– É claro que funciona. Vimos com nossos próprios olhos...

– Eles estão *morrendo* – disse Maggie, quase histérica. – Achei que fosse só Arnie, que não resistiu às queimaduras hoje de manhã, mas à noite aconteceu com Greta. Ela já se foi, e o restante também está indo, morrendo por causa da magia. Não pude fazer nada por eles. Nem Isobel foi capaz de curá-los. O soro está *matando* todos.

Ruth cerrou os dentes e lhe lançou um olhar severo.

– Que azar... – comentou.

– Não é *azar*. É uma catástrofe. Todos estão morrendo, e a culpa é nossa. Se o colar for detonado, seremos responsáveis pela morte de todos que estiverem no baile. Todas aquelas pessoas...

– E daí que vão morrer? – disse Ruth, se afastando da irmã. – Quantos de nós eles mataram com essas leis, com essa Guarda e com esse ódio?

– Não podemos... *eu* não posso permitir que isso aconteça – afirmou Maggie, horrorizada. – Essa não era a minha intenção. Essa não era...

– Não há nada que possamos fazer agora – interrompeu Ruth. – O que está feito está feito.

– Podemos impedir – insistiu Maggie. – Podemos interromper o baile. Podemos fazer alguma coisa para tirá-los do local antes que seja tarde demais.

– Não colocarei nenhum dos meus homens em risco por causa da Sociedade.

– Não é apenas a Sociedade que está lá, Ruth. São as esposas e filhas daqueles homens também – argumentou Maggie, sem perceber o quanto Esta havia se aproximado dela.

– Que se aproveitam das vantagens das maldades que os maridos e pais cometem.

Maggie deu um passo para trás, afastando-se de Ruth, e quase esbarrou em Esta. Pela expressão horrorizada da moça, Harte suspeitou que ela jamais vira aquele lado da irmã mais velha.

– Ruth... – suplicou.

Os dois estavam com o colar e, pelo olhar que Esta lançou para

Harte, o mago teve certeza de que ela acabara de roubar o bracelete de Maggie. Poderiam ir embora naquele exato momento, antes que se enredassem nas consequências que certamente estavam por vir.

Só que Harte não podia fazer isso.

— Não podemos abandonar Julien lá — disse, dirigindo-se a Esta. A expressão horrorizada que ela fez deu a entender que concordava.

— Não podemos deixar nenhuma daquelas pessoas lá dentro — disse Esta, com a voz fraca.

— Como você planeja entrar no baile? — perguntou Ruth. — Haverá integrantes da Guarda Jefferson em todas as entradas. Mesmo que consiga passar por eles, terá que enfrentar outros lá dentro, e os seguranças do presidente, para completar.

— Daremos um jeito — garantiu Harte. Mas, apesar de querer sair correndo porta adentro e torcer pelo melhor, Ruth tinha razão. Tentar salvar as pessoas que estavam no baile era uma missão suicida. Com tantos dignatários presentes, jamais conseguiriam burlar a segurança e, mesmo que entrassem, jamais sairiam. Fora por isso que decidiram roubar o colar durante o Desfile.

— Eu posso ajudar — North disse, baixinho.

— Não vou permitir — declarou Ruth. — É uma empreitada fadada ao fracasso. E você não vai a lugar nenhum até eu pôr as mãos no colar — falou, dirigindo-se a Harte.

— Você terá de arrancá-lo de mim — disse o mago.

— North — ordenou Ruth —, cuide disso.

— Com o devido respeito, senhora, prefiro não fazer isso — disse North, se colocando entre os dois.

— O que vocês estão esperando? — perguntou ela para os demais.

Mas os homens e mulheres vestidos de cobra para interromper o Desfile não fizeram nenhum movimento para atacar Harte. A maioria ficou olhando fixamente para o chão, com os dentes cerrados e os ombros encolhidos, por causa do peso do que haviam acabado de ajudar a fazer.

— Então não preciso mais de nenhum de vocês — falou Ruth, tentando segurar a mão da irmã. – Venha, Maggie. Vamos embora antes que alguém nos veja.

– Eu irei com eles – falou Maggie.

Ignorando os protestos da irmã, a jovem se afastou, segurando a mão de North. Os olhos do caubói brilharam de tanta satisfação.

O rosto de Ruth ficou vermelho, com uma expressão que era um misto de raiva e de choque.

– Maggie, venha já, como eu mandei.

Até Harte podia sentir a impaciência de Ruth pairando no ar, espessa e real como a própria magia.

Mas Maggie olhou para trás, para a irmã, e sacudiu a cabeça.

– Já faz tempo que não sou mais criança, Ruth. Eu provoquei isso e vou fazer alguma coisa para remediar.

NADA A PERDOAR

1902 – Nova York

Ruby conferiu mais uma vez seu reflexo no longo painel espelhado dos fundos do salão de baile e fez uma careta.
— Você não precisa fazer isso — disse Theo, franzindo o cenho ao ver o figurino que ela usava, ou talvez a ausência de figurino.

Ele tinha lá seus motivos. A peça cor de pêssego que Ruby usava por baixo do vestido de baile até que a cobria do pescoço aos pés, mas era bastante reveladora. Ruby interpretaria Circe, do quadro de John William Waterhouse, que retratava uma bruxa oferecendo um cálice de sua poção para Ulisses. Por cima daquela roupa quase transparente, o vestido diáfano que Ruby usava tinha a cor do mar em dia nublado. Era uma peça de um ombro só, mostrando muito mais do que ela revelaria se tivesse escolha.

Ruby olhou para trás.

— É claro que tenho que fazer isso — falou, preparando-se para o que estava por vir. — Ficar aqui, nos bastidores, me proporciona um acesso que eu não teria de outro modo.

— Não gostei nem um pouco — resmungou Theo. — Uma coisa é passar informação na esperança de ver as reações que isso provoca, mas entrar no olho do furacão que você mesma criou é outra, completamente diferente.

— E como posso descobrir a verdade se não estiver no olho do furacão? — perguntou ela, levantando a parte da frente do vestido em uma vã tentativa de se cobrir mais. Frustrada, Ruby desistiu e soltou o tecido.

— Na última vez que você insistiu em entrar no olho do furacão, me lembro claramente de ter levado um tiro — declarou Theo, com um tom mais seco do que bravo de verdade.

Ainda assim, Ruby foi tomada pela culpa.

— Acho que nunca conseguirei me perdoar por isso — falou, praticamente sussurrando.

Theo suavizou a expressão e disse:

— Não há nada a perdoar. Estou muito bem, obrigado. Só não quero ver você se machucando.

"Ainda mais agora, que Viola não faz mais parte de nossa vida." Essas palavras permaneceram pairando no ar entre os dois, subentendidas.

Só que Ruby não estava disposta a pensar em Viola, muito menos naquela noite. Perdera muito tempo sem escrever e sem publicar nada nas duas semanas anteriores, e estava praticamente desesperada para conseguir um furo que faria seu editor prestar atenção nela novamente.

Fora precipitada, talvez, ao passar para Jack as informações que Viola lhe dera sobre Paul Kelly, ainda que as tivesse enviado de forma anônima. Pensara que poderia atiçar o vespeiro que era a Ordem para ver o que acontecia. Mas, na verdade, agira movida pela mágoa, pela raiva e pelo ressentimento. E, talvez, pudesse ter sido impetuosa ao pedir que Theo convencesse Jack a permitir que ela participasse dos *tableaux*. Só que, naquele momento, a noite de gala da Ordem lhe parecera uma boia salva-vidas, uma maneira de voltar a ser a pessoa que era antes de permitir que um par de olhos de cor violeta a tirasse do prumo. No momento, porém, parecia que tudo o que ela acreditava ter sob controle escapava pelos seus dedos.

Ruby interrompeu seu pensamento. Não passava de nervosismo. Talvez não tivesse pensado bem em todos os detalhes, mas pelo menos estava ali, o mais perto possível do maior evento que a Ordem organizara desde que a Mansão Quéfren fora reduzida a cinzas. Naquela noite, R. A. Reynolds faria uma reportagem que ninguém mais seria capaz de fazer.

Ainda assim, aquele vestido era ridículo. Ruby jamais tivera vergonha de um certo escândalo, mas estava com medo das implicações que usar aquele figurino – e na frente de todo mundo que tinha alguma relevância no círculo social de sua mãe – poderia causar à reputação de Theo.

– Se você não quiser que eu...

Antes que pudesse terminar a frase, Jack Grew apareceu, passando pela cortina. Olhou para ela por alguns segundos, com uma expressão satisfeita demais consigo mesmo, e em seguida se dirigiu a Theo:

– Barclay, você precisa sair daqui. Já vamos começar.

Theo lançou um olhar longo e indecifrável para Ruby que, no mesmo instante, pensou em trocar de roupa e sair dali com ele. Mas, antes que pudesse fazer isso, seu noivo já tinha ido embora.

– Você está uma perfeição, senhorita... – Jack franziu o cenho e completou: – Perdão. Sei que Theo já nos apresentou, mas não consigo me lembrar de seu nome. – Então deu um sorriso, que poderia ser encantador, se o olhar não fosse tão calculista. – Efeito do acidente, suponho... ferimentos na cabeça são uma desgraça, não?

– Reynolds – respondeu Ruby, querendo, mais do que qualquer coisa, fugir dele e daquele olhar malicioso. – Ruby Reynolds.

– Reynolds? – perguntou Jack, assumindo uma expressão sinistra.

Já acontecera milhares de vezes. Caso já não soubesse de quem Ruby era filha, o rosto da pessoa se transformava assim que descobria. Só que *aquilo* foi diferente. A expressão de Jack era mais de fúria do que de pena, e Ruby se deu conta de que dera um passo em falso.

Fora um integrante da Ordem que contratara alguém para assassiná-la. "Pode ter sido Jack."

– Bem... – disse ele, ainda com uma expressão cuidadosamente neutra. – Você está com tudo do que precisa?

Ruby fez que sim, tentando esconder o medo que sentia com o sorriso radiante que aprendeu a dar quando debutou.

– Sim, obrigada.

– Excelente. Será um espetáculo e tanto.

Jack a olhou de cima a baixo e então partiu, indo fiscalizar os demais artistas.

Ruby tinha orgulho de ser uma mulher inteligente, e sua intuição a ajudara a sair de incontáveis apuros ao longo dos anos. Por isso mesmo teve certeza de que cometera um erro. Precisava encontrar Theo e sair da Mansão J. P. Morgan antes que tudo o mais desse errado. Largou o cálice e a varinha que carregaria durante a apresentação e foi colocando a capa por cima do pedaço de pano que vestia.

— O que a senhorita está fazendo? — A figurinista estava parada ali, com um olhar horrorizado. — Não há tempo para isso. — A mulher já foi tirando a capa de Ruby e enfiando-a debaixo do braço antes que ela pudesse discutir. — Vá já subindo — falou, levando Ruby até a cadeira que mais parecia um trono e entregando o cálice e a varinha que ela acabara de descartar.

— Preciso ir ao banheiro — Ruby tentou argumentar, mas a mulher apenas fez *shhhh*, impaciente.

— Todo mundo fica nervoso. Vai dar tudo certo. Pode ter certeza.

A música já começava a tocar do outro lado das cortinas, uma agitada sequência de notas de harpa e sons suaves de violino. E a mulher já estava se retirando, levando sua capa. Já era tarde demais para Ruby fazer qualquer coisa que não fosse seguir em frente e torcer para estar enganada a respeito do quanto tudo estava prestes a dar errado.

FERMATI

1902 – Nova York

O peso de Libitina era a única coisa que segurava os pés de Viola no chão. Ela deu um passo, depois outro, adentrando no salão de baile de J. P. Morgan. Estava de braço dado com John Torrio e cercada por pessoas que a odiavam, gente que preferia vê-la morta ou deportada. Precisou de cada gota de sua determinação para impedir que o ódio transparecesse em seu olhar enquanto atravessava o recinto acompanhada de Paul, que balançava a cabeça e se apresentava para as pessoas.

Os dois a tinham espremido de novo em um espartilho e um vestido cheio de babados de seda. Uma coisa ridícula que não ajudava em nada a disfarçar quem ela era. Pior, parecia apenas encorajar o Raposa, que não parava de lançar olhares para seu peito por cima do decote do vestido. De vez em quando, roçava o braço na lateral de suas *tette* e, Viola tinha certeza, pelo olhar malicioso do sujeito, que os esbarrões não eram acidentais. Se não precisasse dele – se não precisasse *desviar* a atenção de si mesma –, teria apresentado para Torrio seu acessório mais mortal, com todo o prazer: a adaga que levava presa à coxa.

Paul e Torrio atravessaram o salão arrastando Viola e, à medida que iam passando, as joias reluzentes e os vestidos de seda de corte perfeito das mulheres ao seu redor só serviam para lembrá-la de quem era – e de quem *não era*. Viola jamais fora uma daquelas debutantes de penteado perfeito, de um recato tão falso que eram capazes de ruborizar quando queriam. Não queria ser igual àquelas garotas. Por mais que uma daquelas moças tivesse a língua afiada e um nariz que ficava enrugado quando sorria.

Fermati. Viola tentou respirar fundo, mas as barbatanas do espartilho a fizeram lembrar que, naquele mundo, as mulheres não tinham direito nem de respirar. "Concentre-se." Ela precisava descobrir qual daquelas pombas de peito estufado estava com o anel.

O quarteto de cordas no canto do salão começava a fazer seu aquecimento, e os outros convidados se dirigiam aos assentos designados, quando Viola percebeu uma silhueta conhecida que quase a fez tropeçar. Theo estava lá, conversando com um homem mais velho com olhos iguais aos dele. Se Theo estivesse lá, e Torrio percebesse...

"Não fará nada", tentou se convencer. Não ali. Não no meio de todos aqueles homens que os dois estavam tentando impressionar.

Mas, se Theo estava ali, Ruby também poderia estar.

"E daí?" Ela já se cansara deles, rompera relações. Não rompera?

Viola já ia dar as costas, sentar-se entre Paul e Torrio, quando viu que Theo abriu para o homem mais velho aquele seu sorriso triste e amarelo que lhe oferecera lá no parque. Naquela ocasião, alertara Viola de que as coisas não terminariam bem, e ela não dera ouvidos.

Nada daquilo era culpa dele. Ruby o arrastara para aquela confusão e quase provocara a morte do rapaz. Só que Viola já havia arriscado tudo para salvá-lo uma vez. E então simplesmente o entregaria de mão beijada para Paul e Torrio? Isso significaria que toda a mágoa e a raiva com os quais Viola convivia desde que Ruby lhe lançara um olhar de ódio com aqueles olhos azuis haviam sido em vão.

Além disso, Ruby amava Theo.

Viola salvaria o sujeito por esse único motivo. Se o que lhe cabia na vida era sempre desejar sem jamais poder conquistar, que assim fosse. Ela era forte, inteligente e capaz de trilhar seu próprio caminho. E existiam coisas piores do que a solidão. Como as longas horas da calada da noite quando a pessoa era obrigada a lidar com as escolhas que fez na vida.

Viola pediu licença e foi atrás de Theo, que se dirigia ao fundo do salão. Paul lhe lançou um olhar curioso, mas os músicos já começavam a tocar para valer, e ele não podia fazer muita coisa sem causar escândalo. Não foi muito difícil alcançar Theo antes que ele se dirigisse a um corredor lateral. Quando virou no canto, Viola o puxou para uma reentrância fora das vistas de todos.

Theo levou um susto, mas quase não pareceu surpreso ao vê-la.

—Viola?

— *Shhhh...*

Ela o puxou mais para dentro da reentrância, evitando os olhares curiosos dos presentes.

— E eu achando que não fazia seu tipo — disse ele, dando aquele sorriso amarelo de novo.

Viola abriu a boca para refutar aquelas palavras, o que se tornara um instinto depois de passar uma vida se escondendo, negando e recusando. Mas Theo não a olhava com a mesma aversão que Paul ou sua mãe a encaravam quando perceberam o quanto Viola se sentia atraída pela professora de inglês, anos antes.

— E não faz mesmo — retrucou, o que era o mais perto de uma confissão que já chegara a fazer para alguém, a não ser para Esta.

— Onde está Ruby? — perguntou, ignorando as lembranças, porque dar atenção a elas seria perigoso demais. — Diga que ela não está aqui.

— É claro que ela está aqui. Você consegue imaginar Ruby perdendo uma coisa dessas?

"Não."

— Ela precisa ir embora. Já.

Theo, de repente, pareceu confuso.

— Isso não será possível. Ruby vai interpretar Circe, e tudo já vai...

A música parou de repente, e uma voz masculina ecoou, dando as boas-vindas aos convidados.

"É tarde demais."

UMA ESPÉCIE DE REENCONTRO

1902 – Nova York

De onde estava, escondido em um canto do salão de baile, Jianyu ficou observando Viola indo atrás do rapaz de cabelo claro até um corredor lateral. Fazia quase duas semanas desde aquele dia em cima da ponte, a última vez em que se viram. Mas, com tudo o que acontecera, Viola sumira, e Jianyu não teve como procurá-la. E não sabia direito o que pensar do fato de ela ter chegado com Paul Kelly.

Dividido, pesou suas opções. Não sabia se teria outra oportunidade de falar com Viola – de explicar tudo o que a assassina ainda não sabia –, mas teria aquela única chance de fazer contato com Evelyn enquanto ela era o centro das atenções, com menos capacidade de retaliação. No outro extremo do salão, posicionada perto de uma das saídas, Cela e o irmão observavam o Sumo Sacerdote da Ordem apresentar o homenageado da noite.

Jack Grew.

Jack subiu no palco e apertou a mão do Sumo Sacerdote. Em seguida, tomou a palavra.

Harte Darrigan contara para Jianyu tudo a respeito do sobrinho arrivista de J. P. Morgan. Era alguém imprudente e perigoso. E não poderia jamais pôr as mãos na pedra.

Mas, mesmo sabendo o que sabia a respeito de Jack Grew, mesmo com uma missão a cumprir, Jianyu só conseguia pensar em uma coisa fundamental: "Viola está aqui".

A HORA CERTA

1904 – Saint Louis

Enquanto North os levava para os pavilhões da feira, Esta terminou de tirar o vestido à egípcia, ficando apenas com a calça e a camisa masculina que usava por baixo. Sentiu-se feliz por não ter atendido aos pedidos de Julien de ficar sem nada por baixo da fantasia.

Usando as tiras do forro branco que arrancara do vestido, removeu o máximo que pôde da maquiagem enquanto a carruagem seguia sacolejando.

North parou uma rua depois da entrada da feira e prendeu os cavalos enquanto Esta e Harte saíam pela parte de trás da carroça.

Maggie, que fora na frente junto com North, estava com o cenho franzido, um olhar preocupado.

– Você está bem? – perguntou North, com cara de quem queria abraçá-la.

– Só estava pensando em Ruth... Na cara que ela fez quando fui embora.

North assumiu uma expressão terna.

– Você fez a coisa certa, Mags.

– Ela é minha *irmã*, Jericho – falou Maggie, com um tom seco e decepcionado. – É da minha família, sangue do meu sangue, e para completar me criou como se eu fosse sua própria filha.

– Ela se *aproveitou* de você – argumentou North, baixando a voz e segurando com carinho o queixo de Maggie.

Harte a olhou de relance com uma expressão de impaciência enquanto os dois conversavam, mas Esta só pôde dar de ombros. Se Maggie não se decidisse naquele momento, poderia se tornar um risco lá dentro.

– Eu sei – dizia Maggie. – Sei de tudo, mas isso não muda o que somos uma da outra.

North abraçou Maggie por alguns instantes e afirmou:

– Às vezes, os laços de sangue não bastam, Mags.

Maggie fez uma careta e respondeu:

– Eu sei.

Esta entendia bem a emoção que transparecia na voz de Maggie: a mágoa que fervilhava por baixo da autoconfiança expressa nas palavras. Uma traição como a da irmã de Maggie era algo que a assombraria para sempre, assim como a do Professor Lachlan assombrava Esta, acompanhando seus passos aonde quer que ela fosse. Mas também a incentivara a seguir em frente – a ser uma pessoa melhor, mais inteligente... mais *forte*.

– Vamos logo – falou Harte, que, pelo jeito, cansara de esperar. – Precisamos entrar. Ainda não sabemos quanto tempo nos resta. Não temos como saber quando o Profeta fará a troca dos colares.

Mas, ao longe, uma sirene ecoou. A noite, de uma hora para outra, foi assaltada pelos sons de sinos dobrando e mais sirenes ecoando.

– Chegamos tarde demais – disse Esta, quando os quatro pararam para prestar atenção nos ruídos.

– O Paço dos Festivais fica do outro lado da feira – informou North. – Mesmo sem o público, dá quase um quilômetro daqui. Mas, talvez, se nos apressarmos, ainda podemos tirar algumas pessoas...

– Assim que o ácido chegar ao soro e os gases se formarem, não teremos como entrar – declarou Maggie com a voz abafada, quase um sussurro.

Esta pensou em seu bracelete e no quanto a joia era inútil naquele momento. Não podia correr o risco de usá-la, já que, se voltasse no tempo para impedir que aquilo acontecesse, a Chave de Ishtar se encontraria com outra versão de si mesma. Se fosse apenas a sua vida que estivesse em jogo, teria feito isso, para compensar a responsabilidade que tinha naquilo tudo. Só que *não era* apenas a sua vida que estava em jogo. Estivera tão cega por seu próprio ódio, tão determinada a ser forte, que não se dera conta do quanto se distanciara dos seus verdadeiros objetivos.

Harte tinha razão... a respeito de Ruth e dos Antistasi. Os dois deveriam ter simplesmente seguido seu próprio plano. Deveriam ter roubado o bracelete de Ruth e encontrado o colar por conta própria em vez de se envolver com o plano de vingança dos Antistasi. Talvez, se Esta não estivesse tão decidida a ser forte – a ser implacável –, os Antistasi tivessem mais complicações durante o atentado. Talvez as pessoas inocentes que foram àquele baile não estariam sofrendo as consequências naquele momento.

Esta carregaria a culpa por sua responsabilidade no atentado para sempre, mas não arriscaria o bracelete para mudar aquela situação. Não naquele momento. Não *podia* – Nibsy ainda estava à solta, e se ela e Harte não recuperassem todas as pedras, ele faria isso. Esta precisava da Chave de Ishtar não apenas para si mesma, mas para impedi-lo de controlar o poder do Livro.

Só que North já pegava o relógio de bolso.

– Ainda não é tarde demais – falou, abrindo a tampa e ajustando. – Haverá guardas por todos os lados durante o baile. Mas, antes de começar, talvez tenhamos mais sorte. Pessoalmente, não gosto de voltar. Nada de bom costuma sair quando a gente tenta consertar algo que já aconteceu. Mas acho que a ocasião pede.

– Como assim, voltar? – perguntou Harte.

– No tempo. Minha mãezinha sempre dizia que eu tinha o dom de estar no lugar certo na hora certa – falou North. – Eu podia estar pela rua, aprontando com as outras crianças e, por algum motivo, sabia exatamente quando o jantar era servido. Em um piscar de olhos, estava sentado à mesa, no meu devido lugar, antes mesmo de me chamarem. Se alguma confusão estava por vir, eu saía da frente antes que acontecesse. É claro: depois aprendi que não era apenas um dom. Era um toque de magia. Mas jamais tive controle disso até ganhar este presente. – Então mostrou o relógio para os dois.

Era igual a qualquer outro relógio de bolso: uma caixa de metal com um vidro arranhado que cobria o mostrador. Os ponteiros das horas e dos minutos um dia deveriam ter sido pintados de preto, mas a tinta já descascara no ponto em que North os tocava para alterar o tempo. O ponteiro dos segundos estava parado, e o relógio em si sequer fazia *tique*, mas Esta conseguia sentir a atração do objeto: aquele puxão na energia ao seu redor que assinalava o poder invisível da peça.

Harte franziu o cenho ao ver o relógio.

– Magia ritual?

– Não sei de nenhum ritual, mas magia... isso lá ele tem – respondeu North. – Vou só voltar um pouquinho. Uma hora, talvez?

– Acho que, há uma hora, os guardas já estavam posicionados – lembrou Maggie, mordendo o lábio.

– Certo. Então vamos voltar mais alguns minutos. Assim que entrarmos, posso ajustar para o momento certo. Se conseguirmos entrar no pavilhão enquanto ainda for dia, podemos avançar no tempo de novo, até minutos antes de o Profeta chegar. Assim, já ficaremos preparados.

Esta e Harte se entreolharam.

– Tudo correrá bem – disse ela, entendendo a relutância do mago.

Só que Harte cerrava os dentes e estava com o olhar desconfiado.

– E as pedras que temos? – perguntou, bem baixo, para os outros não ouvirem.

– Teremos que deixá-las aqui. Na carroça?

– Você acha mesmo prudente?

Esta não achava. Tinha a sensação de estar abandonando uma parte de si mesma só de pensar em deixar as pedras para trás. Mas, se North podia levar todos de volta no tempo sem que ela precisasse arriscar o bracelete...

— Acho que não temos escolha, se quisermos salvar Julien. Precisamos tentar impedir que isso aconteça.

— E se as escondêssemos dentro do muro? — sugeriu Harte. — É menos provável que as encontrem, se Ruth vier atrás da carroça.

Ele tinha razão. Enquanto Maggie tirava seus suprimentos da parte de trás da carroça, Harte e Esta encontraram um lugar no muro da feira para esconder as pedras. Eles as enterraram, e então Harte utilizou um dos dispositivos de Maggie como armadilha. Quem mexesse ali teria uma surpresa desagradável.

— Venham aqui. — North reuniu todos no canto dos portões. — Agora segurem firme. — Maggie foi a primeira a segurar o braço do caubói e, em seguida, Esta fez a mesma coisa. Harte titubeou, obviamente odiando a ideia de viajar no tempo de novo.

— Se você está com medo... — provocou North.

Harte segurou o braço de North, que se limitou a abrir um sorriso debochado e fechar o relógio.

O ALQUIMISTA

1902 – Nova York

Jack esperou alguns instantes, recebendo os aplausos, como era sua obrigação. Permitiu que tomassem conta dele, uma bênção por tudo o que havia sofrido e por todos os planos que havia organizado de forma tão diligente. As luzes do salão de baile brilhavam e tremeluziam, piscando para ele, enquanto a morfina corria por suas veias, clareando suas ideias.

Ergueu as mãos e ficou satisfeito ao ver que os presentes atenderam à sua orientação. Então assumiu o controle do evento e deu início às festividades.

– Senhoras e senhores, não tenho palavras para expressar o quanto significa para mim estar aqui esta noite, homenageando o trabalho essencial da Ordem e reafirmando nosso compromisso com esta cidade que tanto amamos. Sei que, para alguns de nós, as últimas semanas foram uma provação. Nossos jornais nem sempre têm se mostrado gentis com nossa estimada organização ou com o trabalho que desenvolvemos para que nossa cidade continue sendo um local seguro. Mas esta noite provaremos que nossos opositores estão equivocados. *Esta noite*, demonstraremos que o poder da lógica e da ciência, o estudo erudito das artes herméticas, sempre serão superiores à pusilânime selvageria da antiga magia, que um dia representou uma ameaça à própria essência da civilização. Esta noite, em nome da Ordem e de seu mais alto escalão, tenho a honra de lhes apresentar nossos *tableaux vivants*.

A orquestra começou a tocar a primeira sequência de acordes, uma peça em tom menor que soava tão perigosa quanto Jack se considerava, e a atenção da plateia só contribuiu para que ele se sentisse ainda mais assim.

— Sem mais delongas, eis nosso primeiro *tableau*, um quadro do estimado Joseph Wright, *O alquimista em busca da Pedra Filosofal*.

Jack fez um floreio com as mãos, e as cortinas do primeiro palco foram abertas, revelando a cena parcamente iluminada. Havia dois homens ao fundo, debruçados sobre uma mesa, executando cálculos. No plano principal, o próprio J. P. Morgan interpretava o alquimista de Wright. O tio de Jack usava uma barba falsa e estava com uma expressão extasiada diante de um enorme balão volumétrico em cima de um pedestal de metal. Em genuflexão ao pé do altar da ciência, Morgan usava uma espécie de robe antigo, atado com uma faixa.

O público aplaudiu educadamente e trocou cochichos, achando graça de quem estava presente no primeiro quadro vivo.

— Uma cena encantadora, com toda a certeza — disse Jack, com o sangue fervendo de expectativa e de morfina. — Mas podemos fazer melhor, vocês não acham?

Os convidados murmuraram e se alvoroçaram, mas Jack os ignorou e se aproximou do palco. Seu tio e os dois atores se mantiveram nas posições, petrificados, como se fossem estátuas de carne e osso. Jack não os alertara, não contara o que iria fazer, porque queria que eles também ficassem chocados.

— Aqueles que vivem nas sombras de nossa cidade, feito ratos que infestam as próprias estruturas da sociedade que aqui construímos, dependem da magia selvagem. Um poder fraco, indócil. Mas vejam só o que o estudo erudito das artes ocultas pode alcançar. — Jack levantou as mãos e se deixou levar pelo desembaraço da morfina que corria em suas veias, e as palavras que ensaiara na privacidade de seu quarto brotaram de seus lábios como se ele tivesse nascido para pronunciá-las.

A orquestra fez silêncio, e o público riu discretamente, mas Jack mal ouviu. Estava invocando algo maior, mais profundo. Encostado em seu peito, o Livro parecia cada vez mais quente.

Sem mais nem menos, os lustres tremeluziram, e as luzes piscaram. Em seguida, como se fosse uma espécie de criatura encantada, o lume dos lustres voou em direção ao líquido escuro que preenchia o balão volumétrico diante do qual seu tio estava ajoelhado, fazendo-o brilhar.

O público caiu no mais completo silêncio, e o salão ficou às escuras, com exceção do balão luminoso do quadro vivo. E, então, de uma hora para a outra, todos irromperam em um estrondoso aplauso. O sangue de Jack borbulhou, quente e confiante. E ele estava apenas começando.

UM ROÇAR DE MAGIA

1902 – Nova York

As luzes voltaram a tremeluzir, e Viola sentiu o frio característico da magia corrompida permear o ar. Ficou ligeiramente arrepiada.

– Precisamos encontrá-la agora – repetiu.

Theo não precisou dizer que era impossível. Viola podia ver com seus próprios olhos que não havia maneira de atravessar o salão cheio de gente e chegar até a cortina sem que ninguém reparasse nela – incluindo Paul e Torrio. Quando a cortina se abrisse, Ruby ficaria às vistas de todos. Torrio teria certeza de que Viola era uma agente dupla, e nenhum dos três jamais estaria em segurança de novo.

Viola teve uma vaga sensação de calor característica da magia sendo irradiada perto dela. De início, pensou que se tratava de mais um dos truques de Jack. Mas, ao ver que a sensação não se dissipou no poder frio que tomou conta do ambiente, imaginou que pudesse ser outra coisa. Sua mão tateou, como que por instinto, a fenda que ela fizera nas saias, tirou a adaga da bainha e, com um único e contínuo movimento, brandiu a faca no ar e disse:

– Apareça!

– Viola? – perguntou Theo, com um tom de quem pensava que ela havia enlouquecido, mas ela o ignorou e foi indo na direção daquela energia quente até que ficasse mais densa.

Então apontou a faca para a frente e, no instante seguinte, Jianyu apareceu.

– Viola? – falou, com todo o nervosismo transparecendo na voz.

Viola não baixou a faca. Nibsy dera a entender que Jianyu poderia ser um dos traidores e, ainda que não acreditasse naquele rato traiçoeiro, tampouco confiava no espião de Dolph, que desaparecera de modo muito suspeito nas três longas semanas anteriores.

— Está de volta, então? Por onde você andou?

Jianyu notou a adaga empunhada ao mesmo tempo em que Theo se aproximou de Viola. Mas a matadora olhou feio para ele e voltou a encarar Jianyu.

— Você estava lá, na ponte.

— Estava...

— E não ajudou em nada, então — afirmou Viola, aproximando a faca dele.

— Eu estava com Darriga...

A lâmina encostou na garganta de Jianyu.

— Aquele traidor?

— Ele não é o traidor que você imagina.

Mas Viola só bufou, demonstrando que não acreditava. Estivera lá, no Mysterium. Fora vítima daquela traição.

— E você espera que eu acredite nisso? Onde ele está? Vou matá-lo com minhas próprias mãos.

Theo fez um ruído de preocupação, mas Viola o ignorou.

— Com Esta...

— Com Esta?

Ela ajudara a garota a fugir. Estaria enganada a respeito dela também?

— É uma longa história, e não tenho tempo para contá-la agora — falou Jianyu. — Um dos artefatos está aqui.

— Eu sei... é o anel. Nibsy me disse que você viria tentar pegá-lo.

Jianyu franziu o cenho e declarou:

— Não podemos permitir que Nibsy ponha as mãos nele.

— Não tenho a intenção de permitir que nenhum de vocês dois fique com o anel. — Viola levantou a lâmina de Libitina até que ficasse bem debaixo do queixo de Jianyu. — Onde está?

– Sei quem está com a joia... ela está nos bastidores. Eu estava indo pegá-lo quando vi você e...

– Nos bastidores? – "É onde Ruby está." – Me leve até lá. – Não foi exatamente um pedido.

– Desde que você me prometa que dará ouvidos ao bom senso quando tudo isso acabar. Preciso lhe contar muita coisa.

– Me leve até lá – repetiu Viola. Não prometeria nada nem atenderia às exigências de Jianyu. Mas pegaria a pedra e garantiria a segurança de Ruby, custasse o que fosse.

O BAILE DO PROFETA VELADO

1904 – Saint Louis

Esta viu tudo branco, mas continuou segurando o braço de North até conseguir enxergar novamente. Suas pernas estavam bambas, e sua pele, úmida de suor, por causa da magia do relógio.

Quando a claridade se dissipou, a noite havia se transformado em dia. Ao longe, as sirenes tinham sido substituídas pelos ecos da Exposição: o murmúrio do público e a melodia distante de uma banda de metais.

Harte foi o primeiro a soltar o braço de North e sentiu um calafrio. Cambaleou e tentou recuperar o equilíbrio.

– Isso me parece simplesmente *errado*.

– Isso o quê? – perguntou North, guardando o relógio no bolso.

– Você não está sentindo? – Harte se arrepiou de novo. Ao ver que North sacudia a cabeça, o mago tentou explicar. – A magia normalmente dá uma sensação de calor, de algo em que a pessoa tem vontade de se enrolar. Mas isso? Parece que tem uma lasca de gelo me atravessando.

– Nunca senti calor nenhum – comentou North, franzindo o cenho. – E também nunca senti nada gelado. E você, Maggie?

A garota fez que não com a cabeça.

Esta trocou um olhar com Harte. North era Mageus. Ela conseguia sentir o calor da afinidade dele mesclada com aquela sensação gelada e arrepiante da magia do relógio. Mas, pelo jeito, não tinha uma sintonia muito grande com sua afinidade, como ela e Harte. Talvez fosse porque, sem o relógio, a afinidade do caubói não fosse tão forte assim. Ou talvez porque *existisse* um fundo de verdade nas histórias que contavam a respeito da Beira – sobre como funcionava, conservando a magia como um todo. Se parasse para pensar, todo o poder que sentira daquele lado da Beira fora estranho, misturado com o presságio esquisito e gélido que assinalava a presença de rituais e de deterioração.

Colocando um ponto-final na conversa, North assentiu e eles começaram a se movimentar. Os quatro entraram na feira sem nenhuma dificuldade e então se dirigiram à parte dos fundos, indo em direção à lagoa. Ainda era meio da tarde e a feira estava aberta, lotada de visitantes apreciando as atrações. Barcos singravam lentamente as águas tranquilas, sem o conhecimento de que, dentro de poucas horas, tudo estaria diferente. As luzes transformariam a água em um espelho cintilante de estrelas, o mármore branco das construções brilharia e, se não fossem capazes de consertar aquilo – se não pudessem impedir a detonação do colar ou que as pessoas estivessem no baile quando isso acontecesse –, muita gente morreria, inclusive o presidente. Esta sentiu um calafrio só de pensar no que tal mudança poderia representar para o futuro.

O baile aconteceria no Paço dos Festivais, a construção de teto abobadado à beira da enorme lagoa. Tirando os barcos, que demorariam muito, não havia um trajeto direto para chegar até ali. Precisariam desviar dos pavilhões das exposições de Metalurgia e Artes Liberais, seguindo as amplas trilhas lotadas de gente até chegar ao Paço.

Da abóbada dourada aos ornamentados arabescos de mármore e gesso, o Paço era um exemplo de exagero. Naquela cidade em que boa parte das ruas não era pavimentada e os operários se reuniam em armazéns para planejar levantes, aquela coisa bela e inútil era algo desnecessário. Por todos os lados, havia flores desabrochando, luxuriantes, em canteiros perfeitamente aparados, chafarizes jorrando em elegantes padrões espirais, e coretos ornamentados proporcionando sombra durante o sol da tarde. Era um local belo e frívolo, com suas esculturas e baixos-relevos. Podia até parecer absolutamente elegante, bonito e feminino, mas também era opressor.

A construção ficava a cerca de sete metros acima da feira, no alto de uma colina artificial, como uma cidadela, com uma dupla fileira de colunas que a circundavam feito barras de uma jaula. Bloqueando a entrada principal, havia um enorme chafariz, com a frase O TRIUNFO DA LIBERDADE gravada na base, e em três dos quatro lados ficavam chafarizes menores, mas não menos ornamentados – LIBERDADE, JUSTIÇA e VERDADE –, todos jorrando água na lagoa principal, logo abaixo. No alto da abóboda dourada, a deusa Vitória fora esculpida à imagem e semelhança do homem. "É claro que sim." Esta sequer se surpreendeu. Todo aquele pavilhão era uma declaração de poder, como se Saint Louis pudesse exigir uma posição de destaque no país por meio de mármore e de água. Também era uma declaração dos homens que o encomendaram: a Sociedade, repleta de figurões locais, que mandavam e desmandavam na cidade a partir de escritórios de mogno e salões de mármore.

Só que, por dentro, o Paço era praticamente vazio, feito uma caverna. Apesar de a Guarda estar presente por todos os cantos da Exposição, era cedo demais para assumirem os postos do restante da noite. Sendo assim, Esta e os demais conseguiram entrar na rotunda da construção, misturando-se aos outros turistas que levantavam os olhos para ver o ponto em que a luz do dia atravessava as janelas impecavelmente limpas enquanto um enorme órgão de tubo tocava um hino de louvor.

Mas eles não perderam tempo parando para escutar a canção, como os demais visitantes. Esta fez um reconhecimento de campo rápido: lugares para se esconder e locais expostos demais. A Guarda faria a mesma coisa, assim como os seguranças do presidente, mas não custava nada saber onde ficavam as saídas.

North os levou além da rotunda, para um pequeno corredor de serviço perto da outra extremidade do prédio. A porta que dava na área de serviço era quase imperceptível, porque se mesclava aos detalhes ornamentados e arabescos do restante da construção. Assim que entraram na segurança daquela área, também conseguiriam serpentear pelo prédio sem ser vistos.

— O baile acontecerá lá na rotunda principal – disse North, indo na frente dos demais. Deveria ter visto as plantas da construção para ter um senso de direção tão apurado.

— Farão o Desfile passar pela avenida e, em seguida, pelos fundos do prédio, contornando o Palácio das Belas-Artes — informou Esta, lembrando onde o carro alegórico do Profeta parara para que a Guarda conseguisse tirar Julien da câmara escondida debaixo do assoalho e levá-lo embora.

— Que fica logo do outro lado desta parede — completou North. — Quando o carro alegórico do Profeta chegou aqui, você viu para onde levaram Julien?

Esta fez que não com a cabeça.

— Eles o seguraram e me deixaram para trás. Quando consegui descer do carro alegórico, Julien já tinha sumido. Obrigaram o resto das pessoas a sair da feira pela entrada dos fundos, e então fui direto encontrar com vocês. Não sei para onde Julien foi levado.

North refletiu a respeito, e os olhos dele ficaram dispersos por alguns segundos.

— A ala leste do prédio é quase toda reservada à manutenção e aos funcionários. Mas, no lado oeste, há algumas salas de reunião e escritórios. Como vão querer privacidade, suspeito que os preparativos para receber o Profeta estarão ali.

Então apontou com o queixo e os levou para uma dispensa de material de limpeza onde mal cabiam os quatro.

— O baile começa às dez, quando o Desfile chegar. Então, precisamos estar aqui um pouco antes para assumirmos nossas posições. — Ele ajustou o mostrador do relógio, movendo o ponteiro dos minutos para a frente, para que arrastasse as horas junto. Então olhou os outros nos olhos, um por vez.

— Prontos?

Um por um, eles seguraram o braço do caubói e, mais uma vez, o mundo virou um clarão branco.

FAMINTA

1904 – Saint Louis

Se nunca mais tivesse a sensação arrepiante de incômodo que sentira quando North usara aquele seu relógio mágico, ainda assim seria pouco para Harte. O mago já achara ruim quando Esta o arrastara pelos anos, mas a magia de North era pior. Quando o mundo inteiro ficou branco, Harte teve a sensação de que havia desaparecido completamente e que uma lasca de gelo tinha se encravado em seu peito. Mesmo quando recuperou a visão, a dor gélida no tórax continuou, como se a lasca ainda estivesse derretendo bem no meio de seu coração.

A voz que havia dentro dele tampouco gostou. O mago podia ouvir os gritos estridentes dela nos recônditos de sua mente, bloqueando tudo por alguns instantes e o fazendo se lembrar da visão que tivera com a mulher – o demônio – do templo.

Mas Harte suprimiu a voz até que virasse um ronco baixo e constante em segundo plano, ignorou aquele incômodo gélido e persistente em seu peito e tentou se concentrar.

– Vamos precisar de trajes – dizia North. – Uniformes ou algo do tipo. É melhor que ninguém note nossa presença, se pudermos evitar.

– Só precisamos tirar Julien daqui e causar uma comoção suficiente para todo mundo sair correndo – argumentou Harte. – Quanto mais rápido fizermos isso, melhor.

– Podemos causar uma comoção – falou Maggie, segurando a mão de North.

– Tem certeza? – perguntou Esta.

Maggie tateou os bolsos do vestido.

— Trouxe algumas coisinhas. Nada que vá causar nenhum mal de verdade. Apenas algumas bombas de fumaça e fogos para provocar um susto, mas todo mundo já estará com os nervos à flor da pele depois do atentado ao Desfile. Não será difícil evacuar o salão de baile antes que as pessoas entrem. Vocês dois podem ir buscar seu amigo.

North abriu a porta, e os sons da noite entraram por aquela fresta — um murmúrio de vozes, o tilintar de pratos e talheres sendo dispostos e, mais ao longe, a música tocada por uma orquestra.

— Nos encontramos na carroça — avisou North. — Boa sorte.

Assim que os dois saíram, Harte ficou sozinho com Esta naquele espaço exíguo. Se antes já era um desafio manter o poder dentro dele sob controle, naquele momento parecia impossível. Por trás do cheiro de poeira e do odor pungente de algum solvente de limpeza, o mago conseguia sentir o perfume de Esta — aquele aroma suave de suor limpo e puro da pele dela e do poder que havia dentro da ladra.

Esse pensamento o pegou de surpresa. Não era ele que estava sentindo o cheiro do poder de Esta. Magia não tem cheiro… "Ou tem?"

Ela trocou um olhar com Harte na penumbra do armário, e o poder se alvoroçou de novo.

— Precisamos sair daqui — disse o mago, com um tom quase descontrolado. Esta também percebeu. Franziu as sobrancelhas, acima dos olhos cor de uísque.

— Você está bem, Harte?

O mago teve vontade de sacudir a cabeça, de dizer para Esta sair correndo. Mas se limitou a encará-la, anestesiado por alguns instantes, pois sua voz fora silenciada pelo esforço que fazia para controlar o poder dentro dele.

North tinha razão.

— Precisamos de roupas — falou, por fim, engasgando nas palavras como um homem que se afoga. — Algo que não chame atenção.

Esta o observou por mais alguns instantes, com um olhar de indagação. Mas não fez nenhuma pergunta.

– Pode deixar comigo – garantiu.

Pela primeira vez, Harte não discutiu. Não queria que Esta saísse dali sozinha, mas precisava ficar longe para conseguir retomar as rédeas do poder que havia dentro de si. Só que teve apenas alguns instantes. Mal saiu pela porta, Esta já estava voltando, carregando dois ternos pretos e duas camisas brancas impecáveis.

– Será que eu quero mesmo saber? – indagou, tentando tornar aquele momento mais leve. Só que sua voz saiu muito seca, e suas palavras mais pareceram uma censura, coisa que ele não tivera a intenção de fazer.

Esta lhe lançou um olhar fulminante.

– Não foi nada muito complexo e perigoso, como você está pensando. Eles têm uma arara com uniformes para os garçons que irão trabalhar hoje à noite.

Ela deu de ombros e começou a desabotoar a camisa de tecido rústico que usava. Por baixo da peça de roupa, os seios estavam amarrados com faixas largas de lençol que contrastavam com a pele trigueira, da cor da areia do deserto no crepúsculo.

Harte sentiu um calafrio, sabendo exatamente de onde saíra tal imagem. Seshat estava faminta. Estava cansada da hesitação do mago e de sua recusa em se apossar daquilo que ele queria.

"Daquilo que *ela* queria."

Era mais fácil dar as costas para Esta, não observar aqueles braços compridos e esbeltos desaparecerem por baixo da nova peça de roupa. Mas o mago ainda conseguia senti-la. Cada partícula de seu ser estava sintonizada com Esta – com a magia cálida que residia no âmago do ser da ladra.

"Em breve", murmurou a voz. "Muito, muito em breve."

Os dois terminaram de se vestir e, quando Harte virou de novo, Esta exibia aquele olhar determinado tão característico dela que o mago mal conseguiu respirar. Tinha vontade de tocá-la, de abraçá-la e grudar seus lábios nos dela, mas sabia que estava enfraquecido demais sob constante ataque daquele poder dentro dele. Se a tocasse naquele momento, não seria capaz de parar, e isso seria o fim de ambos.

– Esta... – o nome saiu de seus lábios com um tom de súplica, e Harte não soube dizer se a estava alertando, chamando ou simplesmente se protegendo do poder que guardava dentro de si, usando o nome dela como talismã.

– Agora não – respondeu Esta, com um olhar sombrio, de quem entendera muito bem a situação. – Só depois que sairmos daqui.

Deixaram para trás a segurança da despensa de produtos de limpeza e voltaram pelo corredor até a rotunda, onde os convidados já se reuniam. A orquestra ainda tocava uma suave melodia no vão onde o enorme órgão se assomava. No extremo oposto do salão, um grupo de pessoas se reunia em torno de um homem bigodudo, que usava um *pince-nez* apoiado no nariz. "Roosevelt." O sujeito de terno escuro ao lado dele deveria ser da equipe de segurança.

Para onde quer que Harte olhasse, via uma vida que jamais teria. As sedas e as joias, o tilintar das risadas, o champanhe, o biquinho de desprezo e a liberdade que aqueles homens tinham para circular pelo mundo como se fossem donos dele.

Harte não conseguia sequer odiá-los por isso, porque não sabia se as coisas seriam melhores se o jogo virasse. Cada uma daquelas pessoas era apenas o que a vida as moldara para ser.

– Acho que o desfile ainda não chegou aqui – falou.

– Precisamos descobrir quais portas serão usadas – avisou Esta.

– Não serão as principais – disse Harte, apontando com o queixo na direção das portas por onde tinham entrado e onde já havia um fluxo contínuo de pessoas elegantemente vestidas.

– Talvez aquela área de serviço? Deve haver alguma espécie de entrada para carga e descarga, por onde passaram tudo isso hoje, mais cedo.

– Só há uma maneira de descobrir.

Harte se empertigou, adotando a postura dos demais serviçais, e então os dois se dirigiram ao centro da rotunda. Uma movimentação em seu campo de visão periférico chamou sua atenção, e ele olhou para cima e viu Maggie, andando na passarela logo acima. "Pelo menos isso vai funcionar."

Então descobriram que tinham razão. Na ala leste, havia uma porta pela qual diversos trabalhadores entravam e saíam.

– Provavelmente, entrarão por ali – presumiu Harte.

O Profeta ainda precisava pegar o colar com Julien, que usara a joia durante o Desfile, e entregá-lo à verdadeira debutante, cuja reputação dependia do fato de ela *não* se exibir publicamente pelas ruas da cidade. Só que a troca precisaria ser imperceptível. Quando a Rainha do Amor e da Beleza fosse apresentada aos convidados do baile na rotunda, já estaria usando a Estrela de Djinni.

Encontraram um carrinho repleto de taças de champanhe bojudas bem perto da porta. Pegaram panos de prato e fingiram polir os cristais, enquanto esperavam a chegada do Profeta. Não precisaram aguardar muito tempo. Minutos depois, todos os serviçais ao seu redor ficaram visivelmente alvoroçados, apressando o passo e entrando em alerta. Em seguida, o Profeta Velado passou pela porta. Atrás dele, dois integrantes da Guarda Jefferson levavam Julien – cada um segurando um de seus braços.

Harte baixou a cabeça, fingindo examinar as taças, mas se aproveitou do movimento para observar o grupo que entrou em uma das portas imperceptíveis do corredor. Outros guardas se posicionaram dos dois lados da porta.

– Você aí! – alguém atrás de Harte exclamou. – O que está fazendo? Essas taças já foram limpas.

O mago levantou os olhos e deu de cara com um dos garçons, que olhava feio para eles, segurando uma bandeja de canapés e fazendo careta.

– Marcas d'água – respondeu Esta, levantando uma das taças.

O garçom fechou ainda mais a cara.

– Não são necessários dois empregados para se encarregar das marcas d'água – resmungou. – Precisamos de mais homens lá embaixo. – Então se aproximou e empurrou a bandeja para Esta. – Tire isso daqui. Roosevelt queria comer patê.

Esta olhou para o garçom. Não teve muita escolha, a não ser pegar a bandeja e se dirigir à rotunda.

– Acabe logo com isso e saia daqui – disparou o homem, dirigindo-se a Harte, e então foi embora, apressado, para repreender outra pessoa.

Harte continuou de cabeça baixa, polindo a taça de champanhe impecável que tinha na mão, de olho na porta da sala onde o Profeta Velado mantinha Julien prisioneiro. Minutos depois, a porta se abriu, e o homem com o véu saiu, levando uma moça pelo braço.

"Não." A debutante devia estar à espera dentro daquele cômodo. Já estava com o colar falso, sendo acompanhada até a rotunda. Harte primeiro tiraria Julien dali e depois iria atrás dos dois.

O mago pôs a taça de volta no carrinho e foi ao encontro dos guardas. Andou depressa, direcionando sua afinidade para fora e atacou um dos dois. O outro reagiu, mas não foi rápido o suficiente. Instantes depois, ambos estavam olhando para o nada, em transe, dirigindo-se feito sonâmbulos à saída do Paço.

Com cuidado, Harte abriu a porta e viu que ainda havia mais um guarda, espreitando Julien.

– Eu já falei que não tive nada a ver com o atentado – a voz de Julien tinha um tom mais irritado do que amedrontado. Pelo menos isso. – Aqueles bárbaros me atacaram também. Está vendo isto? Por acaso este olho machucado parece algo que eu teria feito em mim mesmo?

Harte entrou de fininho na sala e se aproveitou do elemento surpresa. Atirou-se em cima do guarda e, em uma questão de segundos, o derrubou no chão. Direcionando sua afinidade através das tênues camadas de pele e de alma, transmitiu-lhe um único comando. O homem ficou inerte debaixo de seu corpo, de olhos abertos, fixos no teto.

– Precisamos sair daqui – disse, para Julien. – Já.

Só que Julien não parava de olhar para Harte e para o guarda incapacitado no chão.

– Você... Raios, Darrigan. Você é dessa laia – declarou, sacudindo a cabeça, como se não conseguisse acreditar.

— Pode me odiar depois, se isso tem tanta importância para você — disparou Harte. — Se não levantar agora, pode ficar aqui e encarar o Profeta sozinho. Mas eu estou indo embora.

Julien pareceu indeciso por alguns instantes. Por fim, soltou um suspiro e passou por cima do guarda prostrado.

— Você deveria ter permanecido morto — resmungou, mas suas palavras não transmitiam ódio nem indignação.

— Há dias em que tenho a mesma sensação, Jules.

E aquele dia específico, com Seshat clamando dentro de si, definitivamente era um deles.

O corredor estava vazio e o caminho até a porta estava livre. Estavam quase chegando quando Harte ouviu uma gargalhada vinda de trás dele. Virou-se e deu de cara com Jack Grew, encostado na parede, com os olhos brilhando de tanto ódio.

— Harte Darrigan — disse ele, indo ao encontro dos dois. — Ressuscitado dos mortos... mais uma vez.

O mago ficou na frente de Julien, para protegê-lo de Jack.

— Corra — ordenou. — Saia *já* daqui.

— Mas...

Harte se virou e o empurrou na direção da saída, dando graças a Deus por Julien estar de vestido, pois pôde transmitir o comando na pele exposta das costas dele. "Vá já embora", ordenou. "Não olhe para trás."

Então se voltou para Jack.

— Eu sabia que você viria atrás de mim — declarou Jack, com a voz rouca.

Harte franziu o cenho e disse:

— Não vim atrás de você.

— Não mesmo? — provocou Jack, aproximando-se do mago.

— Não, eu... — Mas as palavras morreram ainda em sua garganta. Havia algo diferente refletido nos olhos do outro. Algo sinistro que olhava através dele, vindo de dentro. A pele do rosto de Jack se mexeu, repuxando-se, como se ele tivesse levado um tapa. Em seguida, algo debaixo dela se mexeu, rastejando sob a superfície feito uma cobra.

Harte estendeu os braços, derrubou o carrinho cheio de taças, que se espatifaram no chão, virou e correu.

A voz que havia dentro dele gritava, estridente, e o mago só conseguiu continuar mexendo os pés, enquanto seus sapatos escorregavam no vidro quebrado que cobria o chão do corredor. Estava quase chegando à rotunda quando Jack falou novamente:

– Pensou que poderia fugir de mim para sempre, *Seshat*?

Ao ouvir esse nome, a voz se libertou, aumentando de intensidade a ponto de Harte não conseguir resistir. A ponto de não haver mais nada além de uma casca feita de pele e de ossos comandada e movimentada por algum poder invisível.

ATRÁS DA CORTINA

1902 – Nova York

Coberta pela cálida afinidade de Jianyu, Viola ficou observando a segunda cortina se abrir, revelando uma cena de um barco e marinheiros com uma expressão que era o próprio quadro do horror, tentando escapar de três sereias em túnicas esvoaçantes, parecendo determinadas a virar sua embarcação.

– Ande logo – disse para Jianyu, que a carregava nas costas, esgueirando-se entre os presentes, tomando cuidado para não bater em ninguém e não revelar a presença dos dois.

Jack Grew continuava com sua arenga enquanto os dois andavam e, por mais que quisesse obrigá-lo a calar a boca, Viola torceu para que ele não parasse de falar. Havia quatro cenas programadas. Ruby poderia ser revelada a qualquer momento.

– Criaturas malignas, feitas e forjadas para destruir os homens. Houve um tempo em que seu poder selvagem já representou uma ameaça, quando não era controlado, diante de seres humanos indefesos. Mas, à medida que o tempo foi passando, que os homens foram aprendendo e cultivando uma visão erudita da magia, o tempo dessas criaturas foi chegando ao fim.

Os dois já estavam perto das cortinas e, enquanto a plateia permanecia extasiada pela cena, Viola acompanhava Jianyu, que se esgueirou de fininho, entrando na área dos bastidores. Então parou de segurar a luz. Viola sentiu que o calor da afinidade se dissipava e desceu das costas dele.

– Assim será mais fácil – falou, antes que Viola pudesse discordar.

– Se fugir com o anel, vou atrás de você. E, quando encontrar, não será para conversar.

Só que suas palavras, pelo jeito, não surtiram o efeito desejado. Jianyu esboçou um sorriso e prometeu:

– Vamos sair daqui juntos. Como seria a vontade de Dolph.

Viola não demorou muito para encontrar Ruby, sentada em um trono espelhado na frente das cortinas de veludo fechadas, usando uma longa peruca castanho-escura, fazendo cara de horrorizada, para quem quisesse ver, com o que estava prestes a acontecer. Estava praticamente despida: usava uma peça inteiriça que era quase da mesma cor da pele, enrolada em um pedaço de pano da cor de seus olhos azuis como a noite.

Viola ficou petrificada por alguns instantes. Parecia que seus pés não queriam se mexer e sua voz não saía, porque só conseguiu ficar olhando fixamente para Ruby. Ela parecia tão desolada, perdida e absolutamente perfeita que Viola mal conseguia respirar. Mas sua hesitação foi um erro. Quando conseguiu se recompor, a cortina já estava se abrindo.

CIRCE

1902 – Nova York

Ruby levantou o cálice e a varinha e ergueu o queixo quando a cortina se abriu, revelando sua presença – revelando *tanto* dela – para o público presente no salão de baile de Morgan.

Houve um silêncio repentino que sentiu vontade de jogar os objetos no chão e sair correndo, mas se obrigou a ficar parada, petrificada como uma estátua, bem como deveria. Olhou fixamente à frente, procurando algum sinal de Theo, mas não o viu em lugar nenhum.

– A Ordem tem orgulho de apresentar a obra-prima de John William Waterhouse, *Circe oferecendo o cálice para Ulisses*. Contemplem a maior de todas as bruxas, que atraía os homens com seu cálice para transformá-los em porcos.

Aos olhos de Ruby, Jack parecia ter um ódio genuíno daquela coisa toda, como se fosse ela e não um ser mitológico que tivesse cometido aquela maldade tão vil. O tom de voz dele a deixou completamente arrepiada, mas ela manteve as mãos erguidas, exatamente como a personagem do quadro, e ficou contando os segundos que faltavam para tudo terminar.

Só que, de repente, o cálice que ela segurava ficou gelado, e o bojo, que até poucos instantes estava vazio, começou a borbulhar, com um líquido vermelho-sangue que transbordou pela borda e pingou em seu vestido. Ruby se voltou para Jack, em busca de algum sinal de que aquilo estava dentro do planejado, mas só enxergou a fúria refletida nos olhos dele.

Antes que Ruby pudesse entender o que estava acontecendo ou descobrir como poderia fugir, as cortinas se fecharam, e ela quase desmaiou de tanto alívio. Conseguia ouvir os aplausos vindos do outro lado do veludo, mas isso não teve a menor importância. Pôs a taça, que parecia estar cheia de sangue, no chão e olhou para sua mão manchada. Por um instante, estava novamente naquele cortiço imundo, tentando impedir que a vida de Theo se esvaísse. E então Viola apareceu.

— Venha — disse ela, sem dar nenhum tipo de explicação. — Precisamos sair daqui. *Você* precisa sair daqui.

"Viola. Aqui."

Foi algo tão inesperado, tão absolutamente inacreditável, que Ruby não conseguiu entender direito o que estava havendo, muito menos obedecer à ordem que Viola acabara de dar.

— Você está bem? — perguntou Viola, quando se deu conta de que Ruby não fazia nada além de olhar fixamente para ela.

Ruby sacudia a cabeça e se aproximou de Viola antes mesmo de perceber o que seus pés estavam fazendo. "Viola está aqui." O alívio que sentiu ao vê-la foi quase forte demais.

Sua mão ainda estava pegajosa por causa do líquido que transbordara do cálice, mas Ruby não conseguiu se conter e tocou o rosto de Viola, só para se certificar de que era mesmo ela. A criatura diante dos seus olhos usava um vestido de seda que bem poderia ser usado para ir à ópera, mas acompanhado da expressão carrancuda característica de Viola.

Ao ser tocada, Viola ficou totalmente imóvel.

— O que foi que aconteceu? Machucaram você? — insistiu.

Só que Ruby apenas sacudiu a cabeça, se inclinou para a frente e beijou Viola nos lábios.

No mesmo instante em que seus lábios se encostaram, Ruby se deu conta do que acabara de fazer. Começou a se afastar, horrorizada, com medo de ter ido longe demais e, bem nessa hora a boca de Viola relaxou. Ruby quase desmaiou pela combinação de alívio e euforia que se assomou dentro de seu corpo, densa e cálida e...

Viola se afastou, com os olhos cor de violeta arregalados.

— Por que você fez isso? — perguntou, passando os dedos nos lábios. O rosto dela estava manchado por causa da tinta vermelha da mão de Ruby.

— Não sei — respondeu Ruby. — Vi você e... tive vontade.

Foi a resposta errada, porque Viola deu um passo para trás.

— Tudo isso não passa de uma brincadeira para você, não é mesmo?

Ruby sentiu um aperto no estômago. Viola a entendera mal.

— Não... — disse. Em seguida, tentou se aproximar, mas o olhar no rosto dela a fez titubear.

— E Theo? — indagou Viola, com um tom vago.

"Theo?"

— Ele não se importa — falou, certa de que dizia a verdade. O pobrezinho provavelmente ficaria aliviado.

Viola sacudia a cabeça.

— Você o trata como se fosse um brinquedo também. — A voz dela saiu grave e rouca. — O mundo inteiro não passa de um brinquedo para você, por não ter nada a perder. *Nada*.

Só que Viola estava enganada. Ela não sabia, não *tinha* como saber que Ruby já perdera tudo e decidira que não valia a pena levar uma vida de rato, sempre fugindo. Sempre com medo.

— Não foi por isso que...

Os olhos de Viola estavam cheios de lágrimas de raiva.

— Você brinca com a vida das pessoas porque pode fazer isso, e então vai embora e volta para o seu quarto chique... para suas criadas e seus serviçais.

— Não, você não entende — suplicou Ruby. Ela queria pedir desculpas, explicar, mas sentia um aperto muito grande na garganta e não encontrava as palavras.

— Eu entendo bem até demais — disparou Viola, curta e grossa, dando mais um passo para trás. — Já vivi neste mundo tempo suficiente para saber como isso vai terminar. Você precisa ir embora. *Já*.

Ruby sentiu a dor transmitida pelo tom de voz da outra como se fosse uma facada. Foi para a frente, com a mão erguida.

—Viola, podemos dar um jeito. Tudo vai ficar bem...

— Não mandaram Torrio para matar você — revelou Viola, e a voz dela mais parecia a faca que segurava quando as duas se conheceram. — Mandaram a *mim*. Me coloquei absurdamente em perigo para salvar sua vida naquele momento, e agora estou arriscando tudo. Então, seja lá o que isso tenha sido, seja lá o que você pense que exista entre nós, faça isso por mim e vá embora, porque meu irmão está no salão, assim como Torrio. Se eles se derem conta de quem você é... e se virem *Theo*... descobrirão tudo. E nós duas teremos que pagar o preço.

Se fosse por Viola, Ruby teria ficado, teria se arriscado a qualquer coisa, mas por Theo? O confiável, inocente e maravilhoso Theo, que sempre fora seu porto seguro, que jamais lhe dissera "não"? Não podia sacrificá-lo.

— Nossa conversa ainda não terminou — prometeu Ruby.

— Terminou, sim. — Mas as lágrimas que brilhavam nos olhos dela deixavam claro que Viola estava mentindo.

Em meio ao silêncio carregado que se estabeleceu feito um abismo entre as duas, uma mulher gritou e, do outro lado da cortina, a noite de gala se transformou em um verdadeiro caos.

AQUILO QUE VIVIA
DENTRO DELE

1904 – Saint Louis

A morfina que Jack tomara o fazia se sentir insuportavelmente leve, como se seus pés não estivessem mais firmes no chão. Como se já tivesse se tornado o deus que pretendia ser.

— Sei que você veio atrás de mim — disse, e a voz que saía dele era a mesma que Jack costumava ouvir dentro de sua cabeça. A outra versão de si mesmo que descobrira na Grécia, quando alcançara o entendimento do que aquele poder era e do que seria capaz de fazer com ele. O outro Jack que o guiara, o mantivera firme em seu propósito e revelara os segredos do Livro que levava junto ao peito. Parecia mais do que oportuno que aquelas duas versões de si mesmo emergissem naquele momento, em que ele se tornaria o que sempre pretendera.

O mago já não tinha a menor importância. Não... ele desejava o que vivia *dentro* de Darrigan. O poder que escorregara pelos seus dedos havia tantos anos. A vadia demoníaca que dele escapara tantas vezes ao longo dos anos e dos séculos. Poderia possuí-la naquele momento. Poderia se apossar de cada fragmento do poder dela.

Os olhos de Darrigan haviam enegrecido, e Jack — e aquela outra voz que vivia dentro de Jack — sabia disso porque o mago não passava de uma casca. E ele finalmente poderia se vingar. Destruiria Darrigan de uma vez por todas.

— Toth... — a palavra saiu dos lábios de Darrigan, mas não foi pronunciada pela voz dele.

— Seshat... — disse Jack, enfatizando os sons sibilantes, que serpentearam feito cobra. – Desta vez, você não tem como vencer. Sem a proteção do Livro, seu poder será meu.

– Proteção? – repetiu Darrigan, retorcendo os lábios em um esgar de desdém. – O Livro era a minha *prisão*. E, agora que estou livre, destruirei você.

– Você não pode me destruir, Seshat. Eu me tornei o próprio poder. Eu me tornei um deus.

– Até mesmo os deuses precisam de um lar, Toth. Destruirei *tudo* para garantir que você jamais possa andar livremente de novo.

O RETORNO DE SESHAT

1904 – Saint Louis

Esta oferecia a bandeja de canapés para o próprio Teddy Roosevelt quando o primeiro dos dispositivos de Maggie foi detonado, espalhando faíscas por toda a rotunda e causando uma névoa que serpenteava pelo ar como se fosse uma cobra de verdade. Os seguranças puxaram Roosevelt para longe, formando uma parede humana sólida entre ele e qualquer outro convidado. Uma mulher gritou, e as pessoas na rotunda entraram em pânico, dirigindo-se para as portas feito o estouro da manada.

Esta correu na direção contrária. Ouvira o estilhaçar das taças no corredor distante onde Harte estava e, por algum motivo, teve certeza de que algo dera errado. Mas não esperava encontrar nada parecido com o que viu quando chegou ali. Jack Grew estava lá, e Harte falava com ele, mas as vozes dos dois estavam estranhas, assustadoramente inumanas. E os olhos de Harte estavam completamente pretos, inclusive as escleras.

— Você tinha tudo – Jack disse, com aquela voz estranha, do além. – Tinha a chave de todo o poder nas mãos, o coração da magia às suas ordens. Era sua, para mandar e desmandar... E, em vez disso, tentou destruí-la.

— Tentei *salvá-la* – vociferou Harte, com o rosto contorcido. – Criei as palavras e a sua forma escrita porque pensei que bastariam para impedir a possível morte da magia. Mas eu estava enganada. O Livro foi um erro.

— O Livro foi uma dádiva – retrucou Jack, aproximando-se de Harte.

– Você não tinha o direito de se apossar dele – disparou Harte. – Roubou o que não poderia ser seu. Eu o considerava meu amigo, e você me traiu. Revelei minha falhas, e você abusou da minha confiança, distribuindo poder, alquebrado e rebaixado como estava, para seres indignos incapazes de valorizá-lo... tudo em troca de algo vulgar como a fama.

– E por que a magia deveria pertencer apenas a seres como você? – indagou Jack. – Houve um tempo em que todas as pessoas eram capazes de tocar o poder que se mescla por toda a criação. Quem você pensa que é para impedir que façam isso?

– E quem você acha que é para distribuí-lo apenas aos sicofantas que o reverenciam? – retorquiu Harte. – Pensa que eu não sei o que havia por trás de sua ascensão? – O mago deu risada, aquela gargalhada estridente e maníaca de uma mulher que perdera o controle. – Que eu não sei que você roubou os segredos que inscrevi e deu de esmola apenas para aqueles que podiam pagar, aqueles que poderiam lhe conferir poder?

– Eu distribuí os segredos entre quem merecia. E fui recompensado. E você... *você* caiu no esquecimento.

– Por *sua* causa – disparou Harte. – Por que você tentou me destruir. Mas fracassou, não foi? Não esperava isso, esperava? Se tivesse se dado conta do quanto eu era ligada ao Livro, teria destruído as páginas... e a mim. Mas não fez isso e, por causa de sua falta de visão, eu deixei o tempo passar, fiquei esperando que alguém me libertasse. Esperando por *este* momento.

Harte atacou Jack, fazendo-o ir para trás, em direção à rotunda. O ar estava carregado com as plumas de fumaça negra causada pelos dispositivos de Maggie, que desviara a atenção, como prometido. Em meio àquelas profundezas, luzes bruxuleavam como relâmpagos. Esta conseguia sentir o rumorejar do poder gélido, misturando-se ao calor da antiga magia, ambos se enfrentando e guerreando acima de sua cabeça, como se fosse uma tempestade alquímica prestes a desabar.

Sob a névoa, Harte e Jack se enfrentavam, arranhando um ao outro, dando socos, rolando pelo chão. E o poder que deles emanava era devastador, ardente como as chamas que haviam consumido a cervejaria e gélido como a Beira, tudo ao mesmo tempo, chocando-se e enfrentando-se enquanto os dois brigavam. Por um instante, Esta teve certeza de que Harte venceria. Mas então algo se alvoroçou dentro de Jack, e ele rugiu, esmagando Harte contra o chão. O mago ficou inerte debaixo dele, como se tivesse ficado inconsciente.

Esta agiu por instinto, acionando sua afinidade e fazendo o tempo parar, correndo em seguida até onde os dois estavam. Tirou Jack de cima de Harte com um chute e então segurou o rosto do mago.

– Acorde – suplicou. – Por favor... – Deu tapinhas no rosto dele e o chamou novamente.

De uma hora para a outra, os olhos do mago abriram. Mas, antes que Esta pudesse sentir a onda de alívio, percebeu que não era Harte quem olhava para ela. Era algo sinistro e antigo que espiava das profundezas daqueles olhos negros.

A mão dele serpenteou e a segurou pelo pulso antes mesmo que Esta pudesse pensar em se afastar, e a intensidade do poder que sentiu se erguer entre os dois a abalou tão profundamente que ela perdeu o controle de sua afinidade. O mundo voltou a girar, e Jack gemeu baixinho, estirado no chão.

Só que Esta não percebeu. No instante em que Harte a tocou, no instante em que o poder que havia dentro do mago se conectou com o de Esta, ela foi subjugada. E então, o mundo se dissipou...

Havia uma câmara feita de pedra e de barro e a areia do deserto. E havia uma mulher com olhos cor de âmbar, iguais aos seus, que cometera um erro. Ela se debruçou sobre o altar que servia de base para as páginas de um livro aberto, e a dor e a frustração que sentiam pairavam, densas, no ar. Mas a mulher de repente ergueu os olhos, e o olhar dela cruzou com o de Esta.

– Você veio – a voz da mulher ecoou pela câmara, em uma língua que Esta não conhecia, mas compreendeu mesmo assim. E, por mais que pudesse ouvir o

que a mulher falava, os lábios dela jamais se mexiam. — Aquela que pode me libertar. Aquela que pode cumprir meu destino. Eu sabia que você viria. Sabia que você se entregaria a mim.

Esta ficou petrificada, ilhada no tempo e no Éter. Não conseguia se mexer, enquanto a mulher olhava no fundo do seu coração.

— Posso vê-la tão claramente. Posso ver seu desejo. O fim de toda essa dor e de toda essa luta.

Esta teve vontade de negar, mas não conseguiu fazer nada além de sacudir a cabeça. "Não", pensou. "Não é o que eu quero."

— Tentei salvar. A magia. O poder. A energia que flui entre todas as coisas. Que estava morrendo. Já se dissipava mesmo na minha época, à medida que as pessoas esqueciam, apartadas umas das outras e da unidade de todas as coisas. Então tentei preservar o que podia, criando a escrita. Pensei que poderia salvar o coração da magia por meio da permanência das palavras. — Os olhos da mulher brilhavam de fúria. — Mas estava enganada. Criar o poder do ritual por meio da escrita só enfraqueceu ainda mais a magia. A magia não é uma ordem, é uma possibilidade que existe dentro do caos. O ritual limitou a liberdade selvagem inerente ao poder, despedaçou-o e o manteve fraturado. Mas também o tornou controlável, mesmo para aqueles que não possuíam uma afinidade com ele.

— Contei o que eu havia feito para Toth — ela continuou — porque acreditava que ele era meu amigo Mas isso ele jamais foi. Nascera fraco e queria se apossar do poder que era meu por obra do destino. Ele viu o que eu havia feito e, em vez de me ajudar a consertar meus erros, como prometeu, roubou o poder para si. Vendeu a alma ao diabo, trocando tudo o que poderíamos ser por tudo o que ele queria ser.

— Quando percebi, criei as pedras — a mulher revelou. — Despedacei a magia para proteger os pedaços puros restantes. Para formar uma barreira contra qualquer um que tentasse roubá-la.

— Só que Toth jamais foi um íbis — afirmou. — Sempre foi uma cobra, roubando os ovos dos outros.

Esta então viu tudo o que acontecera: como Toth encurralara Seshat e depois destruíra as pedras. Ele roubou o Livro, mas era um homem frívolo e temeroso, e *jamais parou de fugir. Nunca desistiu de reunir mais e mais poder. Mais almas e mais segredos.*

— Eu me coloquei naquelas páginas que ele tanto queria, mas fiquei presa pelo pergaminho e pelo velino onde descrevi minha tentativa de preservar o verdadeiro poder da magia. Houve uma vez que quase fui libertada. Um homem... um grande mago tentou. Só que ele era covarde, incapaz de deter meu poder. Agora... agora caminho em um novo corpo. E agora você veio atrás de mim, e juntas acabaremos com ele.

"Como?", Esta teve vontade de perguntar, mas as palavras não saíam de seus lábios.

— Com você, minha querida criança. Com o poder que existe dentro de si, poremos um fim a tudo isso.

"Não..." Por mais que estivesse petrificada, essa palavra ecoava em seus pensamentos. "Não. Não. Não."

Mas Seshat apenas deu risada, e aquele som penetrante ecoou pela câmara.

— O que você pensava que era, criança? Eles perseguiram a sua espécie... a nossa espécie... através das eras. Através dos continentes e séculos. Tentaram nos varrer da face da Terra porque nos temiam. E tinham razão. Você é capaz de tocar os fios do tempo... a própria tessitura que faz a ordem emergir do caos. Assim como eu. E, assim como um dia fui capaz, você consegue despedaçá-los.

— Venha... — A mulher perto do altar estendeu a mão para Esta. — Junte-se a mim. Liberte-me.

Enquanto a mulher suplicava, Esta olhou nos olhos dela e se deu conta de que Harte estava enganado. Seshat não era um monstro. Tampouco um demônio. Era apenas uma mulher. Uma mulher como Esta, que possuía poder. Uma mulher que acreditara na possibilidade do mundo e então fora traída por ele... E agora queria se vingar dessa traição. A mágoa que havia dentro dela, a dor, era a mesma chama que consumia Esta por dentro. Ela compreendia. Aquilo ardia dentro dela, de tão profundo que era o seu entendimento.

Por que não queimar tudo aquilo e começar tudo de novo?

Porque pessoas inocentes morreriam. Esta tinha plena consciência disso, assim como sabia que Seshat começara tudo aquilo na inocência, como ela. E também sabia porque se deixara levar pela raiva e pelo desejo de vingança dos Antistasi. Era um erro que ela não cometeria novamente. Esta se encolheu toda só de pensar em aceitar, ainda que tivesse a sensação de estar indo ao encontro da mulher.

— Não podemos permitir que Toth prossiga — disse a mulher.

Seshat aniquilaria o mundo para destruir Toth. Sacrificaria todos — tudo — para se certificar de que Toth, o verdadeiro Ladrão do Demônio, morreria.

— Não aja como se fosse muito honrada — provocou Seshat. — Você está se esquecendo de que eu já vi a verdade de seu coração. Seu anseio de retaliação. Seu desejo de vingança. O ódio que arde dentro de você pode reconstruir o mundo, minha criança.

Sim, Esta desejara vingança. Queria fazer muita gente pagar pelo que fizera. Mas fora um equívoco.

Era tarde demais. Seshat já a puxava, e Esta sentia sua afinidade sendo atraída para a antiga sacerdotisa. Sentia o poder de Seshat rastejando em volta dela, criando raízes. Só que, dessa vez, era algo mais puro do que na estação de trem ou no hotel. Dessa vez, não havia como resistir.

Parecia que o mundo estava prestes a se despedaçar. A escuridão, Esta se deu conta, não era algo que aparecera no mundo. Era o próprio mundo. Eram os espaços entre as coisas, que se abriam e transbordavam. Era a aniquilação da realidade.

E não havia nada que Esta pudesse fazer para impedir.

O PESADELO QUE CRIOU VIDA

1902 – Nova York

O momento para o qual Jack vinha se preparando fazia semanas finalmente chegara. Os primeiros três quadros vivos haviam cativado o público, arrebatado as pessoas com demonstrações do seu poder e do poder do Livro, embora não soubessem que era isso que estavam presenciando. Ele tinha plena consciência de que os convidados pensavam que seus feitos não passavam de truques baratos. E eram mesmo, se comparados com o que ainda estava por vir.

Quando a terceira cortina se fechou, Jack enfiou mais dois cubos de morfina na boca e se posicionou diante da cortina final. Olhou para o público enquanto esperava que o salão ficasse em silêncio. Ali estavam os integrantes do mais alto escalão da Ordem, o Sumo Sacerdote e o restante da alta sociedade. Homens do Tammany também estavam presentes, além de outro rosto, um amigo pessoal que ele mesmo convidara: Paul Kelly, que se revelara mais uma decepção. Só que não demoraria muito para Jack lhe dar o troco.

Esperou até que todos os olhos estivessem voltados apenas para ele, enxergando o que Jack *realmente* era. E então esperou mais alguns instantes, só porque podia.

— Senhoras e senhores, chegamos ao nosso último *tableau*. Esta noite, a Ordem apresentou um verdadeiro tesouro de beleza e deslumbramento. Vocês foram transportados para o laboratório do alquimista e testemunharam o instante em que os seres humanos começaram a controlar os perigosos poderes que nos cercam. Vocês viram a arte criar vida, revelando a longa e tortuosa história da magia selvagem, daqueles que não estão dispostos a controlar o perigoso poder que há dentro deles para o bem de uma sociedade justa e esclarecida. Mas, agora, nossa noite está chegando ao fim.

Jack ficou em silêncio, permitindo que a expectativa crescesse no salão, até poder praticamente sentir o desespero das pessoas para que a cortina se abrisse... até ter todos comendo em sua mão.

— Eu apresento O *pesadelo,* de Henry Fuseli...

Com outro floreio, as cortinas se abriram e o último quadro vivo da noite foi revelado.

Evelyn, de peruca loira e um arremedo de vestido, estava esparramada em um divã baixo, assim como a mulher no famoso quadro de Fuseli. Os braços estavam atirados para trás de modo gracioso, e os olhos se mantinham fechados, como se ela estivesse adormecida. Igual à do quadro, sentada em cima de seu peito, havia uma criatura que deveria representar a encarnação dos pesadelos. O próprio Jack criara a figura, um íncubo com aparência de gárgula que era a reprodução exata da imagem da pintura.

A plateia se alvoroçou, maravilhada e amedrontada. Jack pôde distinguir o medo pelo modo como o ar pareceu se esvair do salão. Era o mais primoroso dos quadros vivos, o mais terrível e belo a um só tempo, e ficaria ainda mais.

— Aqueles que se apegam aos costumes antigos, que espreitam nas sombras de nossas ruas, são uma nódoa na perfeição de nossa união. Representam uma ameaça. Como a escuridão que se esgueira em nossos sonhos, aqueles que possuem a magia selvagem estão de prontidão, esperando nosso momento de maior fraqueza. Como pesadelos que criam vida.

Depois dessas palavras, o íncubo começou a se movimentar, virou a cabeça para encarar o salão lotado, e Jack ficou mais do que satisfeito ao ouvir o público soltar um suspiro de surpresa. O íncubo, claro, não era uma escultura qualquer. Era uma espécie de golem, um impressionante objeto mágico revelado para Jack durante uma daquelas longas noites regadas a morfina, quando ele acordava sem nenhuma lembrança de ter descoberto os segredos do Livro. O fato de ter recebido esse segredo específico era uma dádiva, e Jack o considerou nada menos do que um sinal divino do que deveria fazer. O poder selvagem de Evelyn podia até afetar seu corpo e seu sangue, mas Jack duvidava muito que seria capaz de influenciar aquela criatura disforme que esculpira em barro.

– Só que os pesadelos existem para serem domados, assim como aqueles que se apegam aos antigos costumes precisam ser domados.

Ele conseguia sentir o medo de Evelyn mesmo a distância, e isso, junto com o sussurro da morfina que corria em suas veias, apenas o encorajou.

– Esta noite, vocês viram as maravilhas da descoberta do alquimista, sereias e bruxas, mas agora eu lhes apresento uma sereia *de verdade*. Uma bruxa que seria capaz de tentar destruir a Ordem.

Ao ouvir essas palavras, Evelyn pareceu sentir o perigo que estava correndo. Tentou se sentar, mas, assim que começou a se mexer, o íncubo a prendeu com os braços e a atirou de novo no divã. No instante em que ela gritou, Jack pôde sentir o calor da magia dela roçando nele, tentando provocá-lo e desviá-lo do seu caminho, mas não o afetou. *Ela não podia afetá-lo*. Jack aprendera muito desde que conhecera aquela moça na Grécia. Aprendera muito com o Livro.

– Evelyn DeMure finge ser uma simples atriz. Talvez vocês até a tenham assistido no Teatro Wallack... – Pelo alvoroço entre os homens, Jack presumiu que muitos deles haviam feito bem mais do que vê-la no palco. – Só que ela, como muitos de sua espécie, não é o que finge ser. Tinha intenção de atingir a todos nós. Estava lá na noite em que a Mansão Quéfren pegou fogo. Pensou que seria capaz de me seduzir com suas maldades, mas, como vocês podem ver, seu poder é fraco, se comparado aos segredos do estudo erudito.

"Estou perto – tão perto...", pensou. Levantou a mão, e a figura de barro fez a mesma coisa. Jack cerrou o punho, e a criatura imitou seu gesto sobre a pele frágil da garganta de Evelyn.

Àquela altura, algumas pessoas começaram a ficar de pé. Alguns gritavam, pedindo para ele parar, mas Jack estava calmo. Deixando que o golem obedecesse às suas ordens, voltou a se dirigir ao público:

– Só que a senhorita DeMure, por mais encantadora que finja ser, não é a única cobra infiltrada em nosso meio esta noite. Há uma outra, que dissimula estar do nosso lado, mas na verdade está cumprindo ordens das mesmas pessoas das quais tentamos nos proteger.

Ele encontrou Paul Kelly no meio da plateia, aquele lixo da Bowery que fingia ser seu amigo. Kelly não apenas permitira que um inimigo de Jack continuasse vivendo, mas também se mancomunara com um dos responsáveis pelo maior constrangimento de sua vida.

– Você todos já devem ter percebido que o senhor Kelly está presente aqui conosco esta noite. Tenho certeza de que se perguntaram por que alguém de sua laia foi convidado para denegrir nosso evento – disse Jack, observando Kelly estreitando os olhos para ele. Mas ignorou a ameaça.

Aquele era o seu salão, o seu momento.

– Guardas! – gritou Jack. – Façam a gentileza de acompanhar o senhor Kelly e seus colegas até um local mais apropriado, onde possam ser devidamente tratados.

Um grito ecoou no meio da plateia, e Jack se virou a tempo de ver que alguns dos garçons haviam jogado suas bandejas no chão, tirado revólveres dos paletós de *smoking* e feito reféns. Homens de Kelly. "Não. Eles não podem... Estão estragando tudo", pensou, em um acesso de raiva.

O Livro ficou quente mais uma vez, perto de seu peito, enquanto ele observava a vitória se esvair pelos seus dedos. Kelly simplesmente deu um sorriso de deboche e correu para o meio do público, onde já tinha se instaurado a mais absoluta loucura.

O BRILHO DA FACA

1902 — Nova York

Ao redor de Jianyu, o salão se transformou em um caos quando os presentes descobriram que havia integrantes da Cinco Pontos entre eles. Pelo jeito, não era necessário usar magia para que o coração dos integrantes da Ordem fosse tomado pelo medo. Algumas pistolas de cano curto conseguiam o mesmo efeito. Os presentes no salão se acotovelavam na única e estreita saída, tentando fugir, mas Jianyu só tinha olhos para uma coisa: o anel.

Ainda no dedo de Evelyn, mas ela estava sendo vigiada por aquele monstro estranho. De onde estava, a magia gélida que cercava a criatura dizia que não era algo natural, mas nada que viesse de Jack Grew e da Ordem poderia surpreendê-lo.

Com a luz espalhada ao seu redor, Jianyu ignorou a balbúrdia e a confusão e foi se esgueirando para se aproximar do monstro que estava sentado em cima de Evelyn. A atriz parecia não estar mais respirando, mas o monstro ainda mantinha suas garras em volta da garganta dela, cujos olhos vazios fitavam o salão.

Jianyu estava quase chegando quando viu Cela se movendo pela multidão, determinada, com um único objetivo em mente. Enquanto todos os demais tentavam fugir, ela parecia uma carpa, nadando contra a corrente, tentando chegar até o palco onde Evelyn estava. Como Jianyu usava a afinidade, a costureira não percebera que ele já estava lá.

Antes que pudesse alertá-la, Jianyu viu um borrão de cabelo escuro e de seda cor de ameixa: Viola indo na mesma direção. Pelo olhar furioso, era possível notar que Viola também já vira Cela.

Jianyu não se dera ao trabalho de explicar tudo quando isso ainda era possível, e se deu conta, com uma sensação esmagadora de horror, que Viola não deveria saber quem Cela era. Veria apenas uma desconhecida atrás do tesouro que mandara Jianyu não pegar.

Parecia que aquele momento estava solidificado em âmbar, e que ele observava tudo de fora. O brilho da faca de Viola saindo das pregas da saia, a expressão de fúria enquanto gritava com Cela, ordenando que se afastasse de Evelyn – que deixasse o anel ali.

Cela olhou para trás, mas ignorou a advertência. Porque não entendeu quem Viola era. Não tinha como saber o que estava prestes a acontecer.

Mas Jianyu sabia – ele conseguia enxergar a cena se desenrolando antes que se concretizasse. Viola lançaria sua faca pelo ar. Miraria em Cela, e não erraria o alvo.

Ele soltou a luz e fez a única coisa que poderia. Sem pensar nas consequências que isso teria para si mesmo, pulou na frente de Cela, bem na hora em que a faca escorregou pelos dedos de Viola.

O salão se resumiu àquele instante. Mas, mesmo sabendo que fora atingido, Jianyu não sentiu nenhuma dor quando a adaga rasgou sua túnica e furou sua pele, atravessando músculos e ossos para se alojar em seu ombro. Não experimentou nada além de alívio quando caiu com tudo no chão, aos pés de Cela.

Ela estava lá, ao seu lado, com uma expressão que deixava transparecer a gravidade do ferimento. Estava com as mãos no rosto e a boca dela se mexia, mas Jianyu não conseguia ouvir as palavras que pronunciava. Quando levantou o olhar para Viola, viu apenas o horror refletido nos olhos da assassina, que estavam vermelhos e injetados, como se já chorassem por ele.

Jianyu levantou, segurou o cabo da adaga e o arrancou de seu braço.

Finalmente sentiu a dor, a pontada aguda da lâmina que escorregava para fora do buraco que fizera através de sua pele. Mesmo com Cela pressionando um pedaço da saia contra a ferida, tentando estancar o sangue, Jianyu sabia que precisava alcançar Viola... fazê-la entender.

— Temos que sair daqui — falou Cela, tentando ajudá-lo a ficar de pé, mas ele precisava falar com Viola. Contar uma única coisa, mas fundamental.

— Venha conosco — disse, estendendo a faca de volta para ela, ainda coberta por seu sangue. Sua voz parecia distante até para si mesmo, mas ele repetiu o convite. — Precisamos de você.

Só que Viola sacudia a cabeça e já se afastava dele.

E então Abel apareceu, e o levantou para carregá-lo.

Jianyu não sabia onde estava o anel, nem quem estava com a peça, mas naquele momento sabia que isso não tinha a mesma importância de fazer Viola entender tudo.

— Venha conosco — repetiu, sabendo que nada seria possível enquanto eles estivessem desunidos.

UM CAOS MONSTRUOSO

1904 – Saint Louis

Julien saiu correndo do Paço dos Festivais sem olhar para trás. Do lado de fora, as pessoas que antes se acotovelavam na rotunda estavam reunidas, as mulheres se abraçando, e os homens vociferando feito capões gordos. O Profeta estava entre eles, assim como outros integrantes da Sociedade, todos parados, observando as luzes que brilhavam no interior do Paço, enquanto a assustadora fumaça começava a sair por baixo das portas.

Ele estava longe daquelas pessoas, sem saber como tinha ido parar ali ou o que deveria fazer, já que conseguira sair. Como não estava em cima do palco, o vestido que usava e o peso da peruca o incomodavam e pareciam despropositados. Por um lado, achava que deveria ficar ali, para se certificar de que Esta e Darrigan estavam bem, porém sentia um impulso mais forte de sair dali e se perder no meio da noite. Começou a se afastar na direção dos pavilhões às escuras, saindo do alcance da vista de quem pudesse estar procurando alguém para pôr a culpa. Foi então que ouviu um grito de furar os tímpanos, que ecoou no meio da multidão.

Era a debutante que ele conhecera havia poucos instantes, a escolhida para ser a Rainha do Amor e da Beleza. Haviam tirado o colar falso de seu pescoço e dado para ela. Só que, naquele momento, uma nuvem densa e escura de fumaça saía de seu pescoço, onde o colar ainda estava. A moça puxava a joia, tentando arrancá-la, mas o fecho estava obviamente emperrado.

"Fui eu que fiz isso", pensou, horrorizado. Ele só queria limpar seu nome, tirar Darrigan da cidade antes que alguém ficasse sabendo e, em vez disso, ajudara os dois a criar aquele caos monstruoso.

As pessoas se afastavam da pobre moça, aterrorizadas pela escuridão que brotava da joia no pescoço dela. Mas Julien, quando deu por si, estava indo ao encontro dela – e do perigo.

Chegou lá antes de pensar direito nas consequências. Segurou o colar e afastou os braços, partindo a joia ao meio. A moça saiu correndo. Provavelmente para os braços da mãe, e Julien lançou o artefato o mais longe que pôde, para que o veneno se derramasse longe, bem longe, da multidão.

Mas não antes que ele respirasse um pouco daquela névoa tenebrosa.

NUNCA BASTA

1904 – Saint Louis

Margaret Jane Feltz fizera muitas coisas na vida das quais não se orgulhava naquele instante. E a maioria delas porque, em um dado momento, acreditara que eram atitudes corretas, porque *Ruth* lhe dissera que eram e porque desejava sua aprovação carinhosa mais do que a incômoda sensação de se opor à irmã.

Maggie até podia ter um dom incomum para misturar produtos químicos e pós – uma dádiva da magia de cozinha que, pelo jeito, era de família –, mas odiava isso da mesma maneira. Ainda assim, sentiu-se grata por ter guardado aquele último explosivo, só por garantia. Quando viu Ben segurar Esta pela garganta, sentiu que o ar na rotunda ficara carregado de eletricidade, uma energia quente e luminosa que jamais vira. Tirou a pequena lata da sacola, acendeu o pavio e a rolou no chão, na direção dos dois, posicionando-a entre o homem loiro enfurecido de *smoking* e aqueles dois que ela aprendera a ver como amigos.

A lata se abriu com uma explosão violenta de luz, atirando Ben para longe de Esta, derrubando-o no chão, inconsciente.

Então correu ao encontro de Esta, que estava prostrada, imóvel, estirada no chão de mármore. Instantes depois, North apareceu. Eles seguraram os dois e, com um clique do relógio do caubói, todos sumiram.

Entre a multidão que saía do Desfile e as notícias que começaram a se espalhar sobre o atentado ao baile, as ruas estavam um verdadeiro caos. Todo aquele planejamento dos Antistasi... E para quê? Os Mageus estariam em uma situação ainda pior. Ruth se enganara – a respeito de tudo. Maggie suspeitara disso desde o início, mas agora tinha certeza.

Enquanto atravessavam a cidade em direção à estação de trem, Maggie tentou não pensar no fato de que estava deixando a irmã para trás, assim como os Antistasi, que acabaram se tornando sua família. Mas tinha certeza de que fizera tudo o que estava a seu alcance naquele lugar, e havia outro local onde sua presença era mais necessária.

Tentara, com todas as forças, fazer o bem, ainda que em pequena medida. Mas não bastara. Nunca bastava. Desta vez, jurou, bastaria.

A ADAGA

1904 – Saint Louis

Jack acordou, em algum momento da calada da noite, apenas com uma vaga lembrança de tudo o que acontecera no baile. Darrigan e Esta haviam conseguido escapar. Tinham levado o colar, mas não conseguiram pôr as mãos no Livro. Em vez disso, se expuseram, e agora o país inteiro sabia de suas intenções malignas. Tais erros apenas o ajudariam no futuro.

Depois que voltou para seu quarto de hotel, debruçou-se sobre o Livro, procurando alguma explicação. Mas não se lembrava das palavras que lera, nem de como as páginas começaram a brilhar, nem que sua mão as atravessara, com a certeza de que se abririam para ele, com a certeza de que seus dedos seriam capazes de afundar no próprio papel para encontrar o objeto que ali colocara meses antes.

Virou-se para pegar o frasco de morfina e encontrou algo mais. Na mesinha de cabeceira havia um artefato antigo – o mesmo que escondera dentro das páginas do Livro, por precaução, tantos meses antes. Jack o segurou e o virou para luz, maravilhado com aquela aparência, deleitando-se com o peso da pedra nele engastada, sinal do poder que continha.

Jack obtivera o artefato em si fazia séculos – pouco depois de tirar o Livro das mãos de Darrigan. Após o Conclave, começou a temer que alguém pudesse encontrá-lo. Usou um dos feitiços do Livro para escondê-lo dentro das páginas, transformando o próprio tomo em um estojo para o artefato, para que pudesse carregar ambos consigo o tempo todo.

Só que, uma vez escondido, o Livro não se dispôs a devolvê-lo. Havia mais de um ano que ele quase enlouquecia, tentando obrigar o Livro a revelar aqueles conteúdos, tudo em vão.

E então, pelo jeito, sua sorte mudara. Parecia que o Livro entendia a encruzilhada em que Jack se encontrava. Parecia saber que precisaria de todo o poder que pudesse concentrar nos dias e semanas que estavam por vir. E entregara os conteúdos como se fossem uma oferenda. Uma benção para o que tinha pela frente: uma jornada que Jack tinha plena consciência que seria difícil, mas que era seu destino empreender.

SONAMBULISMO

1904 – Saint Louis

Esta não sabia como tinham conseguido sair da feira. Lembrava-se de ter sentido dor e uma explosão gélida de poder e, então, pouco a pouco foi se livrando da névoa daquilo que acontecera. Seshat. Toth. E a perigosa realidade de sua própria afinidade. Àquela altura, North já levara todos adiante no tempo. Para bem depois de a feira ter sido evacuada, e de todos terem voltado para a segurança de seus lares.

Ela se movimentara feito sonâmbula, mal enxergando ou ouvindo o que Maggie e North diziam, orientando-os pelos pavilhões da feira até voltarem para a carroça. Por pouco não esqueceu de pegar suas pedras – o bracelete e o colar –, mas Maggie a ajudou com isso. E então foi uma corrida até a estação e, antes que conseguisse processar tudo, se viu em um vagão-leito, deitada ao lado de Harte, no estreito beliche de baixo.

Apesar de tudo o que acontecera, da sensação de que seu mundo se despedaçara, o sol ainda dera um jeito de nascer na manhã seguinte. Aqueceu o rosto de Esta através da janela do trem, acordando-a. Houve um momento, assim que ela despertou, que esqueceu onde estava – *o que* era. Naquele momento entre o sono e a vigília, ainda não se lembrava direito da noite anterior. Não pensara nos erros que cometera, nem nas vidas que tais erros ceifaram. Sequer se recordava das terríveis verdades que lhe foram reveladas e da devastadora realidade do que ainda estava por vir. Em vez disso, pareceu ter ouvido a voz da mulher cantando para ela, e pensou que quase conseguia se lembrar da letra da canção. Devia ser uma memória muito antiga, de um tempo em que era apenas uma criança sem culpa, simplesmente inocente. Com o mundo diante de si, vasto e aberto, feito uma promessa.

Só que a ternura e a segurança daquele estado entre o sono e a vigília duraram apenas um instante. A dor em seus ossos e o latejar em seu crânio voltaram pouco depois, fazendo-a se lembrar do que havia enfrentado. Esta se sentia suja e exaurida, feito um trapo velho que não vale a pena guardar e lavar. Parecia que até seus ossos se estilhaçariam se ela se movimentasse de modo errado.

Ao longe, ouviu o ronco suave das pessoas dentro daquela pequena cabine. North, empoleirado em uma posição estranha em cima de uma cadeira, e Maggie, no beliche de cima. Lembrava-se de ter deitado ao lado de Harte. O poder que o mago trazia consigo estava silencioso quando Esta se aninhou junto dele, tentando aquecê-lo, torcendo para que acordasse, enquanto ela lutava contra a própria exaustão.

Mas, naquele momento, a cama estava fria e vazia.

Esta levantou e olhou em volta da pequena cabine-leito, mas não havia nenhum sinal de Harte. Depois do que acontecera na rotunda, North tinha certeza de que Harte acabaria fazendo algo impensado. Amarrara o mago ao pé do beliche, mas a corda que usara pendia, vazia.

E o que era pior: seu bracelete – aquele onde estava engastada a Chave de Ishtar – havia sumido. No lugar, havia um bracelete simples, feito de miçangas, o que Harte comprara no primeiro dia em que visitaram a feira. Esta estendeu a mão, prestes a arrancá-lo do pulso. Mas, no momento em que encostou na pulseira, uma confusão de imagens lhe veio à cabeça, e sentiu um impulso tão claro e certeiro que teve certeza de que aquilo era uma mensagem que o mago lhe deixara, nas profundezas de seu inconsciente. Usara sua afinidade nela, compreendeu Esta. Em vez de um bilhete que poderia ser encontrado ou lido por olhos curiosos, deixara uma esperança e uma súplica que só ela reconheceria.

O mago não a abandonara completamente, no fim das contas. Mas também não confiava em si mesmo ao ponto de levá-la com ele.

Xingando Harte pela falta de jeito e a si mesma por ter pegado no sono, Esta saiu da cabine, pisou no corredor e então foi até a plataforma do vagão, onde a grama da pradaria se estendia a perder de vista.

Harte se fora, mas ela não estava sozinha. Havia um longo e desconhecido caminho diante deles, que levava a outro oceano, a um país distante. Esta faria o que Harte havia lhe pedido, e então, quando o reencontrasse, faria questão de que ele se arrependesse de tê-la deixado para trás.

Ainda havia trabalho a fazer. Um semideus para destruir. Pedras para reaver, um futuro para construir.

E, na parte de dentro do seu pulso, havia uma cicatriz – uma única palavra no latim que Esta aprendera quando criança. Um comando que a chamava de volta, de volta a Nova York e ao passado.

Redi.

DISCEDO

1904 – Saint Louis

Enquanto o trem avançava por uma paisagem que ele só esperava ver em sonhos, Harte Darrigan ficou observando o horizonte se transformar, do impenetrável manto da noite para um suave brilho cor de lavanda, à medida que as estrelas desapareciam, uma por uma, na luz incipiente da aurora. Sonhara com aquilo a vida inteira, com aquelas planícies abertas, inalcançáveis, e com a sombra das montanhas ao longe, e com a liberdade que tudo aquilo representava. Mas, agora que tinha tudo isso, estava mais encurralado – mais aprisionado – do que nunca. Só que, dessa vez, era uma prisão que ele carregava consigo.

Acordara na calada da noite quando o outro trem parara de chofre em alguma estação desconhecida. Com Esta aninhada ao seu lado, o braço estirado por cima de seu corpo, naquele beliche estreito, ainda com uma expressão tensa, apesar de estar dormindo profundamente. O mago conseguia ouvir a respiração suave e constante das demais pessoas ao seu redor. E, por um instante, não soube onde estava nem o que havia acontecido. Dentro dele, a voz que carregava consigo estava em silêncio, mas era possível sentir a presença dela, respirando e lambendo as feridas.

E de prontidão.

Talvez tivesse sido mais fácil simplesmente deixar que seus olhos se fechassem novamente, deixar que o sono o derrubasse. Com certeza, teria sido mais agradável ficar lá, perto do calor de Esta, sentindo aquele cheiro tão conhecido. Se aninhar nela. Mas, só de pensar nisso, o poder que havia dentro do mago começou a se alvoroçar.

Por um momento, Harte se permitiu aconchegar o rosto no pescoço de Esta e respirar. Por um momento, imaginou como seria ficar assim com ela, como se os dois fossem apenas pessoas normais, com toda a vida pela frente e com todo um futuro possível. Só que, apesar de ser mentiroso e golpista, não era bom a ponto de conseguir enganar a si mesmo.

Se ficasse, Seshat faria tudo o que estava ao seu alcance para se apossar de Esta.

Se ficasse, Esta se sacrificaria para tentar salvá-lo.

Harte não podia ficar. Mas faria tudo o que estivesse ao seu alcance para salvá-la. Para salvar todos eles.

REDITE

1904 – Nova York

James Lorcan segurou o telegrama na ponta dos dedos e leu novamente, só para se certificar do significado. Ao seu redor, o Éter se acumulava e se movimentava: era o futuro refazendo a si mesmo de acordo com o desenho que ele criara.

Seu agente no Oeste estava de posse de dois dos artefatos e, o que era ainda melhor: estavam em poder da garota. Era apenas uma questão de tempo até tudo se encaixar.

Ele acendeu um fósforo com uma mão e ateou fogo à ponta do telegrama. Ficou observando a combustão do papel, transformando-se em uma pilha de cinzas. E então se voltou para a tarefa que precisava cumprir naquele dia: liderar os Antistasi.

NOTA DA AUTORA

Neste livro, tentei retratar a Exposição Comemorativa da Compra da Louisiana ocorrida em 1904 com a maior fidelidade possível. Com exceção do passeio fictício pelo rio Nilo, tudo – da estátua no alto do Paço dos Festivais às atrações e sua disposição na Rota – foi baseado em mapas históricos, guias da época e fotos que encontrei durante minha pesquisa. Apesar de o passeio pelo rio Nilo ter sido uma invenção minha, eu me baseei na pesquisa que fiz, principalmente no que diz respeito ao modo problemático como a feira apresentava etnias e culturas. Como para os personagens de 1904 que vivenciaram a feira era impossível ter consciência das futuras repercussões do evento, quis dar aos leitores um entendimento mais amplo das complexidades e contradições da Exposição e também de como ainda permanecem conosco nos dias de hoje.

A feira teve um impacto enorme em Saint Louis, no Meio-Oeste e no país como um todo. Entre 30 de abril e 1º de dezembro de 1904, quase 20 milhões de pessoas visitaram os 510 hectares de pavilhões, que incluíam mais de 120 quilômetros de estradas e calçadas, 1.500 construções e mostras de mais de 50 países e 43 estados norte-americanos. Quem visitava a feira podia experimentar a telegrafia sem fio, observar recém-nascidos de saúde frágil tendo a vida mantida por incubadoras, assistir ao primeiro voo público de dirigível ou examinar 140 modelos diferentes de automóveis. Theodore Roosevelt visitou a feira, a ativista cega e surda Helen Keller fez uma palestra, o astro do *ragtime* Scott Joplin compôs uma canção, e o maestro John Philip Souza se apresentou com sua banda.

Só pelo tamanho impressionante, a feira podia se propagandear como a maior e mais formidável exibição das grandes conquistas da humanidade. Mas, à medida que fui me aprofundando na história, entendi que, do mesmo modo como exibiu os mais surpreendentes progressos da ciência e da tecnologia da época, a feira também expôs pessoas. Ao fazer isso, tornou-se parte da história mais ampla das questões de raça, cultura e evolução social dos Estados Unidos. Isso não foi uma mera casualidade. O comitê de organização selecionou as mostras antropológicas que serviam especificamente ao propósito do imperialismo e do excepcionalismo do Ocidente.

É importante ressaltar que, em 1904, a maioria dos norte-americanos não tinha acesso a viagens ao exterior. A Exposição apresentava uma solução – uma oportunidade de visitar um mundo em miniatura. A feira, contudo, apresentava uma versão bem específica do mundo, visto pelas lentes do Ocidente. Ao longo da Rota, os organizadores tentaram separar as atrações "sérias" e "educacionais", trazidas por determinadas nações, das atrações mais apelativas, exóticas e "de entretenimento". Só que o visitante médio, não raro, confundia as duas coisas. Como resultado, a Exposição apresentava um mundo onde a etnicidade e o exotismo foram transformados em uma forma de entretenimento. Pessoas e culturas se tornaram objetos de consumo.

Como mostrei na narrativa, a representação de diferentes nacionalidades na Rota era altamente problemática, mas o restante da feira não era muito melhor. As atrações educacionais eram escolhidas a dedo pelos organizadores, como evidência científica do progresso natural da história humana. Os visitantes podiam supor a superioridade de sua própria cultura, em contraste com o suposto "primitivismo" das culturas estrangeiras. Em 1904, a antropologia ainda era uma disciplina acadêmica que engatinhava, mas a Exposição e outras feiras mundiais semelhantes demonstravam a utilidade dessa ciência para exercer domínio sobre pessoas. A feira de Saint Louis, especificamente, ajudou a justificar, em termos científicos, a prevalência do Ocidente e a relevância do imperialismo.

Por exemplo: o grande Vilarejo Igorot em exibição era um produto direto da mais recente vitória – e aquisição de territórios – dos Estados Unidos, na Guerra Hispano-Americana. Os organizadores da feira trouxeram pessoas do arquipélago das Filipinas e as exibiram em uma espécie de zoológico humano. Os visitantes da feira, em seus trajes da última moda, observavam as roupas e os costumes dos habitantes do vilarejo e viam os Igorot como menos modernos – e, por conseguinte, *inferiores*.

Outro exemplo do uso da antropologia a serviço do imperialismo ocidental foi a exibição de nativos americanos e das Primeiras Nações canadenses como atrações da feira. A Exposição em si celebrava a compra da Louisiana, o evento específico que permitiu a expansão para o Oeste e incentivou a disseminação dos ideais do Destino Manifesto que levaram ao massacre dos povos nativos. Harte e Esta visitam o estande dos Habitantes dos Penhascos, mas estes não foram os únicos nativos americanos a participar da feira. Os povos Apache, Cocopah, Pueblo e Tlingit também foram apresentados como atrações. Os visitantes podiam comprar uma foto autografada pelo próprio Gerônimo, líder da resistência Apache, que naquela época ainda era prisioneiro de guerra do governo americano, ou visitar uma escola indígena modelo em pleno funcionamento, onde crianças faziam uma encenação para deleite dos turistas.

Apesar de ter oferecido a alguns, como Gerônimo, a oportunidade de se tornarem empreendedores, a feira também explorou essas pessoas, oferecendo condições de vida insalubres e um pagamento irrisório. Além disso, o modo como a Exposição mostrava os povos indígenas se baseava na nostalgia e perpetuava o estereótipo de um povo que fora heroico e nobre, mas que na época era derrotado e estava morrendo. Tais estereótipos persistem até hoje e continuam prejudicando os povos nativos.

Por fim, vale lembrar que, apesar de apresentar uma diversidade de povos, a feira era visitada principalmente por norte-americanos brancos. Quando cancelaram o Dia dos Negros, planejado para celebrar a emancipação dos escravos, o chefe do comitê local revogou o convite ao escritor e educador afro-americano Booker T. Washington e disse para ele que "o crioulo não é bem-vindo na feira mundial". W. E. B. DuBois, cujo livro fundamental *As almas da gente negra* fora publicado no ano anterior e aclamado pela crítica, não foi convidado. O Oitavo Regimento de Illinois, um regimento afro-americano, montou acampamento na feira, mas foi proibido de usar a cantina pelos soldados brancos, que se recusaram a compartilhá-la com eles. Resumindo, os pavilhões da feira não eram um espaço acolhedor para os negros.

Talvez não devesse ser nenhuma surpresa o fato de a Exposição ter uma relação tão problemática e, não raro, tão ofensiva com diferentes etnias e culturas. Era um produto de sua época, afinal de contas, mas também de forças sociais mais amplas. Onze dos doze integrantes do comitê que organizou e planejou a feira eram membros da Sociedade do Profeta Velado, incluindo o presidente da entidade, David Francis. Como revelei na narrativa, a formação da Sociedade PV foi uma reação à Grande Greve dos Ferroviários de 1877, uma greve com participação de um grande número de afro-americanos e imigrantes. A criação da Sociedade e do Desfile foi uma tentativa direta por parte dos figurões brancos da cidade de retomar a superioridade racial e classista na cidade, e muito da organização e da experiência da feira – tanto historicamente como no meu livro – foi um eco dessa mesma política.

Apesar de todos os esforços para mostrar avanços tecnológicos e divulgar nações estrangeiras, no seu cerne, a Exposição Comemorativa da Compra da Louisiana não pode ser vista fora do sistema mais amplo de supremacia branca e imperialismo ocidental que ajudou a perpetuar. Não foi, contudo, a única iniciativa a contribuir com essa política. A Exposição e outras feiras semelhantes eram comuns na virada do século XIX para o XX. A combinação de exotismo como forma de entretenimento e exploração cultural mostrava aos norte-americanos brancos uma versão do mundo calcada na superioridade do Ocidente. Tal entendimento teve efeitos profundos que continuam a impactar o entendimento da população dos Estados Unidos a respeito de raça e culturas até hoje.

Para saber mais:

James Gilbert, *Whose Fair? Experience, Memory, and the History of the Great St. Louis Exposition* [Feira de quem? Experiência, memória e a história da Grande Exposição de Saint Louis]. Chicago: University of Chicago Press, 2009.

Timothy J. Fox e Duane R. Sneddeker, *From the Palaces to the Pike: Visions of the 1904 World's Fair* [Dos palácios à Rota: visões da Feira Mundial de 1904]. Saint Louis (MO): Missouri Historical Society Press, 1997.

John William Troutman, "'The Overlord of the Savage World': Anthropology, the Media, and the American Indian Experience at the 1904 Louisiana Purchase Exposition" [O "Senhor do Mundo Selvagem": antropologia, mídia e experiência dos índios americanos na Exposição Comemorativa da Compra da Louisiana de 1904]. In: *Museum Anthropology*. V.22.i.2, pp. 3-88. Londres: Wiley, 1998.

Eric Breitbart, *A World on Display: Photographs from the St. Louis World's Fair, 1904* [Um mundo em exposição: fotografias da Feira Mundial de Saint Louis de 1904]. Albuquerque (NM): University of New Mexico Press, 1997.

SUA OPINIÃO É MUITO IMPORTANTE
Mande um e-mail para **opiniao@vreditoras.com.br**
com o título deste livro no campo "Assunto".

1ª edição, jun. 2019
FONTES Weiss Std 14/15pt; Bembo Std 11,5/16pt
PAPEL Holmen Book Creme 60g
IMPRESSÃO Geográfica
LOTE G87771

A ladra do demônio

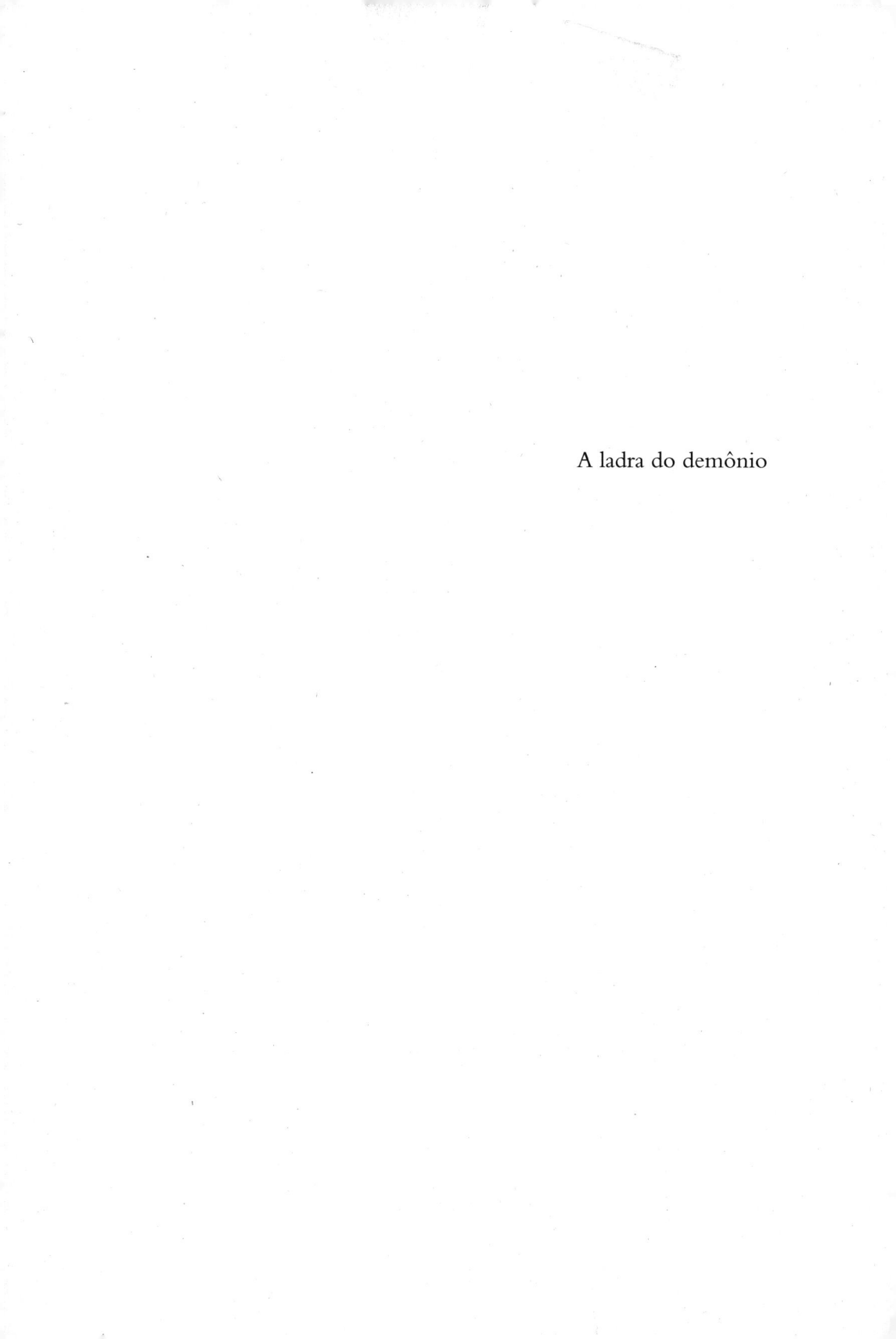